U0544000

当代文学对话录

夜莺复调

傅小平 著

·桂林·

夜莺复调
YEYING FUDIAO

图书在版编目（CIP）数据

夜莺复调 / 傅小平著. -- 桂林 : 广西师范大学出版社，2023.9
（当代文学对话录）
ISBN 978-7-5598-6237-2

Ⅰ. ①夜… Ⅱ. ①傅… Ⅲ. ①文艺思潮—研究—中国 Ⅳ. ①I209.7

中国国家版本馆 CIP 数据核字（2023）第 140905 号

广西师范大学出版社出版发行
（广西桂林市五里店路 9 号 邮政编码：541004
网址：http://www.bbtpress.com）
出版人：黄轩庄
全国新华书店经销
广西广大印务有限责任公司印刷
（桂林市临桂区秧塘工业园西城大道北侧广西师范大学出版社集团有限公司创意产业园内 邮政编码：541199）
开本：700 mm × 960 mm 1/16
印张：45 字数：560 千
2023 年 9 月第 1 版 2023 年 9 月第 1 次印刷
印数：0 001~5 000 册 定价：79. 00 元

自 序

一

出一本汇集22个话题的集子，是我先前没有想到的。话题常是应时而作，为报刊而设。而出集子，把这些在各自话语情境里东游西荡的板块，结集成一幅有“完整”感的文学地图，则近乎奢侈。

再说，这年头颇受欢迎的是那些读来轻松有趣的文字。这一篇篇对话（含6篇综述），却仿若一次次思想的历险，记录的既不是东拉西扯的闲谈，也不是遍布八卦的趣谈，而是自以为多少碰撞出一些思想火花的会谈。虽有让人放松之时，但更多是引人进入思索情境的紧张，即便有时说得一派天真，却看着“一本正经”，就算不惹人讨厌，也是不怎么讨喜的。何况，话题当时看着应景，世易时移也就“速朽”了。如今信息爆炸，眼前的事都顾不过来，谁还会惦念那过了时的旧景呢？

然而此时，我却欣慰于这些板块终于有了自己的安身之所，欣慰于它们各自归位后传递出来的那份气象与庄严，也欣慰于从中感受到唯有一本集子而非单独的一个篇章所能承载的分量和重量。而这般的欣慰，也是源于这一两年里，我的想法有了某些变化。毕竟我做这些话题，本不是为了应景，所谈也多是文学的基本问题，亦如诗人于坚所说，作家这个角色永远必须面对的“老生常谈”。说“老”也罢，道“常”也罢，却也可能因不合时宜的“老”与“常”，倒像是我们看一幅历经时光磨洗的画，看一遍后仍觉很可玩味，想回去再看个究竟。

再则，2009年至2020年间发生了很多文学事件，一树一树看过去，犹如繁花绽放，让人眼花缭乱，却可曾结成多少“思想”的果实？如此，即便是微弱的思想的火光，亦当敝帚自珍。譬如带着“微暗的火”的萤火虫，在夏日的山间一闪一闪地飞舞，不也颇有可观之处？这样想来，有这么一本“文学对话录”聊以备考，无论是于写作者，还是于读者，也不会是没有意义的吧。

二

我着实被意义难住了。因为自觉有意义，我做了一些话题。也因为觉得没意义，舍弃了一些话题。还因为太执着于意义，也常是提醒自己是不是换个角度看问题，就会看到不一样的意义。但意义的大小与有无，难道不是雾里看花水中望月，而是只要我们睁了眼看，就能看得清清楚楚明明白白真真切切吗？

想起几年前做的一次采访。在收录于前一本书《四分之三的沉默：当代文学对话录》的那篇对话里，我问阿来，在史诗渐行渐远的小时代里，该怎么理解史诗？他几乎是不假思索地说，史诗是中国人的一个病。但这是为什么呢？阿来说，每一个作家都有自己的写作路径，他会沿着这个路径，把自己的写作慢慢推进。作家缺的不是什么空间，缺的是阐述的能力、表达的能力。就他而言，他不觉得文学有那么多值得大家焦虑的问题，他只知道写一个小说，该怎么把它写好，把它内在的情感深度写出来。

坦率地说，从事媒体行业多年，先后做过很多采访，这是我不用重读原文就能马上回想起来的少数几句话之一。这么说，是因为我记忆力一向不怎么好，听过的话，说过的话，不是说忘就忘了，就是事后“过电影”才能慢慢回想起来。等想起来了，会发现新大陆似的问自己，我听过这话吗？可不是听过嘛，怎么都忘了！但过段时间没准儿又忘了。哪怕是采访的时候谈得特别好，但做完后，让我想具体谈了什么，有些时候怎么也想不起来。也因为这样，偶尔回看这些年的采访，会庆幸自己没那么偷懒，让它们只是像流水一样逝去，而是化作了可以留下来慢慢回看的“纸上的行旅”。

话虽如此，阿来这个回答，却是我不用怎么想，就能从脑海里欢天喜地蹦出来的。我还记得，面对面交流时，就有被一语击中的感觉。可不是嘛，他说得简直太有道理了！史诗是个什么问题呢？它关一字一句的写作什么事？再往远看，关于写作，关于生活，关于我们置身其中的这个世界，我们谈的问题还少吗？谈来谈去，于事无补，除了满足一点说话的欲望，还能有什么意义？再进一步说，我们说这个问题、那个问题，要是活着的当下，乃至恒久的将来，都没法解决这些问题，谈来谈去又有什么意义呢？

说实在的，对于这些问题我一时回答不上来，即使能答上来，也不会说得像米兰·昆德拉那样好。在晚年出的那本薄薄的《庆祝无意义》里，他说：“无意义，我的朋友，这是生存的本质。它到处、永远跟我们形影不离。”他还说，不但要把无意义认出来，还应该学习去爱它。我不确定自己是否真正读懂了他的用意，但我能明白他提出了一个太高的要求。我们承受得起无意义吗？它是那样轻于鸿毛，又是那样重如泰山。当认出无意义时，我们能大大方方地走过去，给它一个热情的拥抱，勇敢地说出我们的爱吗？或许我们会本能地逃避它，正如逃避虚无。如果无可回避，那何不装傻当它有意义呢？

我是太执着于意义了。意义之有无，可有什么衡量的标准？其实还是取决于我们的主观看法。我们可以从实用主义的层面来爱意义，因为这个有意义，会带来实实在在的好处。至于玄之又玄的抽象层面的意义，比如那些来无影去无踪的思想，如果说它有意义，那也只是无意义之意义。去他的爱吧。但倘是以唯物辩证法否定之否定论，在无意义的炼狱里淬炼过的意义，会不会更有意义？如此说来，昆德拉说的庆祝无意义，或许是庆祝无意义之意义。

三

因此之故，即便史诗就像阿来说的“是中国人的一个病”，就算开出个病相报告，于写作亦无什么意义。这本集子的第七章，却还是谈了被“无意义”的史诗。那是不是说，我们明知无意义，也要制造无意义？

细一琢磨，这个意义与无意义还得两说。我自然赞同谈论史诗这个概念是没什么意义的，却不认为谈论这个话题没意义。因为写史诗，恰恰要求作家必须得有阐述的能力、表达的能力，还有那种内在的情感深度。对史诗的追问，恰恰是对写作终究要面对的基本问题的追问。只是我们很多时候停留于泛泛而问，或不加判断与辨析就对写作者发出责难：你生活在有着悠久历史的民族里，怎么就写不出史诗？我们确乎很少进一步追问：我们的史诗诉求里，到底隐含了什么？

但这样的追问又有什么意义？你追问来追问去，能得出什么确定的结论吗？你谈论的这个那个问题，对写作与阅读能有什么具体的指导吗？坦率地说，我没法回答这样的问题，要得到具体的指导，我们该去读经典作家的传记、自传，还有他们传授写作经验的“写作课”，再不济读读由美国传入的、眼下颇为热门的“创意写作课”，或是由一些高校或部门编写的“写作指导课”。这些书会告诉你，托尔斯泰只在早晨写作；雨果常常叫仆人把他的衣服偷去，好让他不能外出，只好待在家里继续写作；巴尔扎克在写作时总会大量地喝咖啡，并且不加牛奶和糖。这些书也会告诉你，海明威总是在小说里把形容词删得精光；福楼拜会在房间里大声朗读，聆听写下的文字是否像音乐一样清澈美好；福克纳和马尔克斯怀有一个共同的愿望：在妓院里写作，上午寂静无声，入夜欢声笑语。

我不否认读读这些是有用的，至少是一种激励，还会有潜移默化的影响，但我不以为知道这些，就能指导我们的写作与阅读。说白了，写作也好，阅读也好，更重要的是自己去体会，去领悟，没有人能帮得了你，你只有找到属于你自己的方式。相比而言，一些看似抽象的思想或观念，却可能实实在在地影响我们的写作与阅读。比如，余华曾谈到自己曾被辛格的哥哥对辛格的一句教导深深吸引：看法总是要陈旧过时，而事实永远不会陈旧过时。我也不确定陈忠实的写作，是不是受了“人间喜剧”的影响，但巴尔扎克的一句话“小说被认为是一个民族的秘史”，被郑重其事写在了《白鹿原》的扉页上。

如此看来，相比看似神通的写作秘籍，我对谈论“事实与看法”“小说与秘史”等，抱有更多的好感。虽然这样的谈论，最后往往得不出什么结论。虽然明知在眼下讲求实际的时代里，人们最感兴趣的是最后有确定答案，哪怕是欺骗性的答案或结论，而不是那些“在路上”的谈论，但我还是偏好难有什么结论的谈论。我总感觉，20世纪90年代李泽厚先生提出“思想家淡出，学问家凸显”，部分原因也是基于学问与思想的大异其趣。在我的感觉里，学问偏重“术”，学问家可以端坐于书斋，为着某一个专业领域，依照某种程序，得出安全可靠的结论，并很可能会得到及时的现世的回报。而思想偏重“道”，思想家须走出孤岛，走向更为广阔的公共场域，而对现实的介入与干预，对既定事实的反思与思考，很可能非但得不到什么现实的好处，还会陷自己于危险与不安的境地。

也是在这个意义上，20世纪90年代的“人文精神大讨论”至今依然有值得让人怀念的理由，虽然此后整个思想界、学术界的发展，似乎只是印证了参与者的一派天真与一厢情愿。反观如今普遍的世故，天真实在是一种难能可贵的品质。思想的本质，固然是为了让我们变得深奥，但也是为了恢复人类的天真。天真的人，才会无穷无尽地追问关于这个世界的真理。可不是吗？王安忆形容汪曾祺说“他已是世故到了天真的地步”，博尔赫斯赞赏不容于世而历经沧桑的王尔德，道他身上有一种“不可摧毁的天真”。

四

我想起王尔德写的一篇童话《夜莺与玫瑰》。夜莺为了帮少年达成与女孩约会的愿望，历经重重磨难找到红玫瑰，为此付出了生命的代价。少年献上红玫瑰，少女却拒绝了他，因为她担心红玫瑰与她的衣服不相配，因为宫廷大臣的侄儿已经送给她一些珍贵的珠宝。读到这里，猝然心惊：即使是在童话里，想象中的爱情也终究抵不过现实的诱惑。要知道，夜莺寻访了很多地方，才终于找到了那能幻化出红玫瑰的玫瑰树，她等到月亮挂上了天际的时候就赴约，用自己的胸膛顶住花刺整整唱了一夜，花刺越扎越深，刺进了她的心脏。等玫瑰长成的时候，她已经躺在长长的草丛中死去了，心口上还扎着那根刺。夜莺的牺牲有什么意义呢？难道只在于换来少女的拒绝，换来少年被拒绝后的愤怒，随后一下把玫瑰扔到了大街上，“玫瑰落入阴沟里，一辆马车从它身上碾了过去”？或是换来少年遭受挫折之后的清醒？他感叹，爱情是多么愚昧啊！它不及逻辑一半管用，“于是他便回到自己的屋子里，拿出满是尘土的大书，读了起来”。又或者，只是换来一个苍凉的美的姿态？要当真如此，王尔德太执着于不可救药的天真了。

而在安徒生唯一一篇以中国为背景写的《夜莺》里，皇帝听说自己的国土内有只能唱出曼妙歌声的夜莺后，派人把她从森林里找来。不久后，日本天皇进献了一只能发出好听的乐声且外表华美绝伦的人造小鸟，一时间获得了更多的赞美。夜莺飞回了她心心念念的那片青翠树林。然而当皇帝命在旦夕时，人造小鸟却因没有人上发条，唱不出一个音符。皇帝就要死了，夜莺却在这时来到了他的窗外，为他唱起了安慰和希望的歌。于是，随着她的歌声，“皇帝孱弱的肢体里，血也开始活跃起来”，等在他身边的死神则“变成一股寒冷的白雾，在窗口消逝了”。纵使如此，夜莺也没接受什么报酬，因为她第一次唱的时候，从皇帝的眼里看到了一滴泪珠，每一滴泪珠都是一颗珠宝，她觉得这就是最好的礼物。多感人的童话故事。但我还是忍不住假设一下，假如有了如今的高科技，人造小鸟的发条会像永动机一样转个不停呢？以安徒生的慈悲，他为何让夜莺唤回一个垂死的老皇帝的生命，却不给卖火柴的小女孩派去一个美好的使者，而是让她在寒冷的清晨，捏着没烧光的火柴，脸上带着微笑，在街头的墙角里死去？

我没法回答这样的问题，只是阅读和写作带给了我这样的联想。比如，我会想，如果年老的安徒生遇见年轻的王尔德，又恰好他们有兴致坐下来一起谈谈他们笔下的夜莺，将发生怎样有意思的故事？当然，博尔赫斯与济慈是不可能遇见的，因为他们生活在不同的年代里，但博尔赫斯以一首《致夜莺》呼应了济慈的《夜莺颂》，而按博尔赫斯的说法，济慈某天晚上在一只隐蔽的夜莺身上看到了那只柏拉图式的夜莺，于是在他的这首诗歌里，他预言了叔本华发表于四分之一个世纪后的一个论点：个体在某种程度上就是种群。引申开去，是不是可以说，世界上有各种各样的人，但可以说其实只是一个人？世界上有很多很多的书，也可以说其实只是一本书？何尝不是呢？世界上的作家在写着不同的书，其实写的是对同样几个母题，相互联结又各自独立的不同的讲述和阐释。

五

就说夜莺的主题吧，如果把这些在诗歌里、小说里、童话里呼唤过夜莺的经典诗人、作家都请到一起来一场夜莺对谈，该多有意思。即使不能做到这样，那把他们谈论夜莺的篇章汇集到一起，“编织”成一个对话的场景，又当如何？

或许我做的这些对话，就是这样一种“编织”。不同领域，不同年龄，不同性别，甚或是不同国籍的各式人物，因为这样的“编织”走到了一起，“唱”出各自同时进行、相互关联但又有所区别的声部。这些声部各自独立，又尽力和谐地融为一个整体，彼此形成和声。这不是想象中的复调吗？虽然这是一种美好的愿望，与实际上能做到的多少会有距离，但因为这种想象，我们也要感谢音乐的复调，还要感谢巴赫金让这种复调，作为一种思想的景观，进入了文学的场域。在《奥斯维辛之后，写诗如何不是野蛮的？》一文里，听宁肯、陈联营、陈伟、袁劲梅、梁鸿、余泽民六个人的谈论，是不是像在听六重奏？看我们怎么“编织”吧。把灯光调亮了，让音乐响起来，道具自然要有的，报幕、串词也不能少，如此，对话就自如地像河水一样流淌了，但不是流成互不相关的支流，也不是流成同声相应的一条河。所以，我们还得野孩子般撒野，时不时给对话“制造”一点障碍，让它沿着各自的路径，流成合乎对位法的汩汩流淌的河。

此之谓“夜莺复调”。王尔德还写过一篇《谎言的衰落》，名之为观察评论，实是他虚拟的对话。主角是他两个年幼的儿子西里尔和维维安，地点位于英国诺丁汉郡一栋乡间宅邸的藏书室。我不确定他为什么要虚拟一场对话，是难以承受知音难觅的孤独吗？他又为什么虚拟两个孩子，而不是成熟的思想家呢？难道王尔德相信唯有孩子般的天真，才能承载他那些在当时看来惊世骇俗的思想？

至少，王尔德该是觉得自说自话容纳不了他的想法，穿上一袭对话的衣裳，也让他那些指名道姓的批评，看起来更有说服力。毕竟两个声部交织并进，不像是传道士在说教，倒是多了那么一点复调的意味。我真心有些同情王尔德，他在短暂的生命里没能更多付诸天才的创作，而是把太多精力耗费在与同时代各种成见的论战上，并最终像堂吉诃德被虚妄的风车“摧毁”了。但我依然欣慰于能看到王尔德的自我对话，我不确定是不是他开了这个先例，倒是确有一些后来者袭用了这种形式，但效果大抵不怎么理想，要么沦为自我炒作的文字游戏，要么给人感觉还是一个人的自说自话。如此倒不能不佩服他精湛的“编织”技艺了。

六

然而，何以为“编织”？这十二年话题，果真能编织成一幅严丝合缝的织锦挂毯？在这一幅挂毯里，我们既能清晰看到事件的起承转合，也能准确触摸意义的经纬脉络。这是徒劳的。巴恩斯在他那半篇随笔里告诫说，历史向来更像是多种媒体的拼贴，涂抹油彩的是粉刷滚筒，而不是驼毛笔。历史如此，何况一篇编年的文学记录？因此之故，我与其为了它的完整费心“编织”，倒不如让更多的问题从留有的裂缝里抽穗发芽，或可期待长成枝繁叶茂的大树，给大地投下一片绿荫。

而这样的“编织”，在我固然是工作需要或受邀而做，但投入了如许热情，却不能不承认多半是出于爱文学，并由爱文学爱屋及乌而至爱人。就像巴恩斯断言的那样，如果有一千个理由怀疑爱，就有一万个理由相信爱。他说，爱还能做什么？如果我们在推销它，我们最好点明它是民众美德的出发点。你要爱某个人就不能没有富于想象力的同情心，就不能不学着从另一个角度来看这世界。

实际上，这本集子如果说有什么价值，正在于试着从另一个或更多的角度来看这世界，但并不如巴恩斯宣称的那样“写尽人类历史的可笑与失落”，恰恰相反，是试图透过“可笑与失落”的假面看看能不能从中找到一点什么意义。于是，我们审视每一年的文学或是文化事件，试着从中淬炼出事实，由事实生发意义。我们所做的与其说是发现，不如说是重估，或是经由重估试图有新的发现。因此我们把目光投向《红楼梦》、奥斯维辛、先锋文学等，同时也试图在莫言获诺贝尔文学奖、韩寒创办《独唱团》等当下事件里倾听过往的回响。我们知道，时间之河里遍布历史的倒影，我们置身其中的世界，虽然每天都在发生着新的事件，但透过这新的表层，我们看到的却可能只是历史的反复与变奏。

也因此，在这本集子一些章节的标题里，你会看到“在我们的时代里”的标注，也会看到“文学反思”与“重估”等字眼。而所谓重估，并不一定意味着否定，重估意味着审视和追问，意味着从传统、从权威、从成见、从经典、从集体、从他人那里收复自己的头脑，向每一个塞给自己的信条问“为什么”。从这个意义上讲，这本集子更可以说是一个个“为什么”的汇集，同时也是一个个“是什么”的汇集，从“为什么”走向“是什么”，并从“是什么”回返到“为什么”，如此循环往复，从怀疑开始，向可能性敞开。

七

或许并没有什么确定的答案。所谓复调，也更多只是不同看法的交锋。但我知道，通过对话，我们不是变得更为冲突，而是达成了某些共识。退一步说，对某一个问题，如果我们不能肯定地说“是什么”，也能相对确定地说“不是什么”。即以开篇的史诗话题论，我们不能确定无疑地说史诗是什么，却可以说史诗未必是长篇巨著，未必只是悲剧，未必得有什么固定的模式，也未必是宏大叙事。

我欣慰于看到这样的交锋和共识，却也明白话题纵使有一定的意义，也不过是鲁迅所说的一个中间物，它最重要的使命，就在于让话题本身最终成为过去时，但即使话题有一天过时了，其中有价值的思想仍可能是不可磨灭的存在。倘若以冰山做譬喻，话题的存在，既不是给远航的船做温柔的停靠，也不是意图让它们折戟沉沙，以显示自己的存在。它的矗立，只是一种善意的提醒。你在某一个时刻听见了这种提醒，唯愿如博尔赫斯说的“你在一个夜晚听见了夜莺”。

在那首题为《致诗选中的一位小诗人》的诗里，博尔赫斯还写道：在一个永远不会成为黑夜的黄昏里沉醉，你倾听着忒奥克里图斯的夜莺。如是，在不会成为黄昏的思想里沉醉，我倾听来自时间的足音，如人饮水，冷暖自知。于愿足矣。

目　录

一

小说界需要
进行一场新“革命”？

- 2020 年 -

主持人： 傅小平

对话者： 贺绍俊　王　尧　余泽民　罗伟章　何　平　李　浩　路　内　石一枫　杨庆祥　笛　安　丛治辰　颜　歌　李　唐

背　景

21世纪小说二十年无疑取得了一些成绩，但诚如评论家王尧所言，从更大的范围看，尤其是相比20世纪八九十年代那场“小说革命”取得的“革命性”成就，当下作家创作无论在思想、观念、方法上，还是在语言、叙事、文本上，都显示出强大的惰性。也因此，小说写作需要做出一些根本性的改变，小说界需要进行一场新“革命”的呼声日渐强烈。

如何改变近些年小说在整体上停滞不前的现状？青年作家写作应当怎样与世界建立更为广泛、深刻的联系？当下渐显僵化、保守的小说批评又该做出哪些调整？从50后到90后，不同代际的作家、评论家围绕这些话题展开探讨，归根到底是在回应：当下小说界是否需要进行一场新“革命”，以期推动小说创作走向突破和创新。

“新小说革命”是相对于1985年前后的小说变化
VS
自80年代中期开始的小说新现象被视为一次“小说革命”

傅小平： 当我在第六届郁达夫小说奖审读委会议现场听王尧老师提

到小说要“革命”，小说界需要进行一场“革命”，确实有所触动，因此在冲动之下写了篇观察，这篇文章“落地”后也有一定反响。从一个侧面说明，这个话题有讨论的必要。说来也简单，如果当下小说让人普遍叫好，那还革什么命呢？在一些专业读者看来，当今大多数小说，即使是其中被普遍叫好的部分，也不能让人满意，不那么让人信服，更少给人以欣喜之感。就我的阅读，眼下很多小说读后，也只是觉得还过得去，但也不过如此。当然我有限的观感和听闻，不足以代表全知判断，而且也或许不可避免地包含了我个人的偏见，所以有必要听听大家对当下小说，尤其是21世纪以来二十年的小说做何判断。

王　尧：我在郁达夫小说奖审读委会议上的发言比较简单，但不是一时的冲动。我把我的核心概念概括为“新小说革命”。这是我在一段时间内观察和思考小说创作的认识，也是作为批评家自我反省的结果。在这个问题的认识上，我受到莫言和阎连科的启发。莫言的新作《晚熟的人》之“晚熟”有种种解释，我觉得“晚熟”的另一层意思是，小说艺术的发展是一个过程。阎连科这几年的小说在方法上有重大突破。阎连科认为，我们应该在19、20世纪小说的基础上往前走。我在“小说革命”之前加“新”，是因为我们曾经把1985年前后小说的变化称为“小说革命”，今天的小说创作是在这个脉络上发展的。

贺绍俊：事实上，我们也完全可以把自20世纪80年代中期开始的小说新现象以及一路走过来的轨迹，视为一次小说的革命。我们今天正在分享这次革命胜利的成果。我把这次革命胜利的成果形容为“现实主义和现代主义的大会师”。

傅小平：这个提法有意思，怎么理解？

贺绍俊：从整体上说，当代小说自20世纪80年代经历了恢复现实主义本来面目和现代主义的先锋文学潮的双重洗礼后，焕发出前所未有的生机。特别是先锋文学潮的持续影响逐渐形成了一个中国化的现代主义文学传统，虽然最初是以与现实主义对抗的姿态出现，但最终也转化为对话与交流的关系，于是构成了现实主义与现代主义两大传统双峰并峙的局面。两种传统对作家的交互影响大大拓宽了当代小说的叙述能力和表现空间。

傅小平：在这一点上，相信大家都有共识。打个比方说，现在即使有作家依然以现实主义的路子在写作，他们走的也不会是经过先锋文学洗礼之前的那个现实主义路子了。以此对照，我们对当下小说不满或许在于，虽然作家们在两种传统交互影响的轨道上进行创作，却难有新的或革命性的突破。作家们能在原有基础上有所拓宽当然是好的，但从时间的大框架上看，没有大的突破，很可能就意味着有所倒退。所以有必要问问你，你说的“拓宽”有哪些积极的表现？

贺绍俊：只要读读现在新创作的小说，我们大致上就能感觉到，大部分小说都很难明晰地判断出是以现实主义方法还是以现代主义方法写的。这说明两种传统都在作家身上起作用。这种作用是非常积极的。我曾这样描述这种作用：“无论是现实主义，还是现代主义，都是作家把自己观察到的生活以及自己在生活中获得的经验，重新组织成文学的世界，这个文学世界既与现实世界有关联，又不同于现实世界，现实主义戴着理性的眼镜看世界，现代主义戴着非理性的眼镜看世界。当作家有了两副眼镜后，能看到世界更为复杂和微妙的层面。因此现实主义文学与现代主义文学的大会师，应该为作家提供了更便利的条件，从而创造出更为完美和完整的文学世界。”我相信大会师后的小说巅峰还没有到来，我们不必对当今的小说创作太悲观。

从治辰：这二十年的小说创作的确不怎么让人振奋。但是要说没有那种出其不意别出心裁厚积薄发的好作品，恐怕也不对。再有，翻一翻旧期刊，其实在那些被认为佳作迭出的时代，大部分文学创作也还是挺让人沮丧的。所以今时今日是不是“特别”不让人振奋，我也很难判断。

王　尧：事实上，我们无法用“好”和“坏”来判断小说的状况，我们总能举出个别的例子来说“好”与“坏”。当我提出“新小说革命”时，不是基于对某一个或某几个作家的创作，也不是简单否定近二十年的小说创作。我们需要换一种方法思考。我认为近二十年，小说在整体上处于停滞不前的状态，无论是思想、观念、方法还是语言、叙事、文本，包括小说与现实世界的关系等，都显示了强大的惰性。我并不否认一些作家写出了优秀小说，但这些优秀小说之于作家个人而言是重要的，但在更大的范围看，其意义何在需要思考和判断。

杨庆祥：王尧老师提出“新小说革命”有其现实的针对性和理论的谱系性。不过谈论这个问题，我还是觉得充满了风险，因为一个批评家可能并不比一个读者知道得更多，他的趣味和判断往往也带有各种的陈规和惯性。即使从文学史的角度看，批评家判断失误的时候也比其判断正确的时候要多得多。但是，这并不意味着这二十年的创作就是没有价值的，或者说没有好作品，这两者不是一回事，我个人觉得这二十年依然有很优秀的作品，关键看放在一个什么样的坐标系里考量。

近年文学潮流蕴含着文学新元素，
但未足以构成革命性成果
VS
当代中国小说需要的不是“革命”，
而是个体创作意义上的“革新”

傅小平：评判当下文学，确实需要一个更具整全性的文学视野，也需要一个可供参照的坐标系。仅以某一个或某几个作家创作为例，往往说明不了问题。我们自然也是基于某种总体判断，呼唤进行一场“新小说革命”。

贺绍俊：“革命”是一个令人热血沸腾的字眼，也是一个能让人胆战心惊的字眼。革命往往意味着天翻地覆的变化，它要摧毁和颠覆现有的秩序，并给人们一个充满诱惑的未来想象。显然，革命的动静如此之大，它也不可能经常发生。我们也不会轻易使用“革命”这个字眼。但是情况似乎已经发生了改变，“革命”这个字眼频繁地在我们耳边响起，我们也不会被惊得不知所措了。文学界同样如此。当人们对现状不满时，往往会期待来一场革命。当人们发现一些新的现象时，也会惊喜地表示革命到来了。我检点自己的言论，发现自己在十多年前也热衷于使用“革命”这个字眼，我曾两次惊呼文学的革命要来到了。一次是我对80后的判断，一次是我对网络文学的判断。

傅小平： 这两次文学“风暴”在当时确实声势浩大。如若不是事后回望，着实有一部分人会持和你相似的判断。你那时都怎么说来着？

贺绍俊： 关于80后，我是这样说的：80后决不仅仅是一个年龄的概念，它的背后包含着“新文学革命”的内涵。如果以知识系统来衡量的话，我们的知识系统属于古典时代。80后的写作则标志着古典时代的终结。关于网络文学，我是这样说的：网络文学在文学意义上有什么新的因素呢？这种新的因素首先还是与载体的变化有关系。新的载体往往会带来革命性的变化。就像现代报刊的兴起，便催生了以现代汉语为基础的现代文学，从而取代了以文言文为基础的古代文学。同样的原因，网络作为一种新的载体，也为培植新的文学形态提供了无限的可能……网络文学在审美形态、欣赏方式，以及思维方式上都不同于传统意义上的文学。

傅小平： 但越是到近些年我们越是发现，网络文学在很多方面与中国传统文学渊源可谓深厚。相比而言，纯文学或新文学比较多受外国文学的冲击和影响，虽然从文学史的角度，被视为正统，并被赋予很高的评价，但放在中国传统文学的脉络里看，倒反而有点像是旁枝逸出的“支流”。所以，前些年，有人说网络文学才是真正意义上的传统文学，并不是无稽之谈。

贺绍俊： 网络文学具有革命性的因素，但它与五四时期的文学革命还是有区别的。“‘五四’文学革命是对抗性的，它要以新的文学形态完全取代以文言文为基础的古代文学。今天，网络语言催生的网络文学虽然方兴未艾，但它并非与以现代汉语为基础的文学传统势不两立，二者不是对抗性的，重要的是，现代汉语文学并没有失去生命力，它有强大的能力去表现新的时代。这反映两个时代的根本区别……未来的文学格局应该是现代汉语文学与网络文学两峰对峙、相得益彰、相互影响、相互渗透。”但无论是80后的写作还是“网络文学”，后来的发展打了我的脸，都没有带来革命性的成果。

傅小平：我们需要在一个长时间段里持续观察，才能对一个事件或一次风潮有更为客观、准确的判断。

贺绍俊：尽管如此，我仍然认为当年我对二者所蕴含的文学新元素的判断并没有错。因为新元素若要构成革命性后果，必须有多方面的成熟条件才行。比如80后，虽然他们是在后现代语境中成长起来的，但他们身上积累的新文化还很单薄，加之传统文化仍有强大的实力，最终大部分80后写作都融入传统文化系统中了。又比如“网络文学”，虽然支撑网络文学的新媒体和新科技来势汹汹，但主流文学系统对网络文学采取了非同寻常的“招安”行动，而市场也快速地将网络文学纳入商业模式中，招安和市场两大因素大大消解了网络文学的革命性。我现在更倾向于将80后写作和网络文学看成是两次流产的“文学革命”。

傅小平：虽然两次都流产了，没结出革命性的硕果，但好歹也是“文学革命”。相比而言，近些年除非虚构创作和科幻文学引起一些讨论外，文学界似乎没什么大的动静。我们还可以谈谈创意写作，那也主要是在写作技术提升和学院制度改革的层面上谈的。现在提“小说革命”是不是有些不合时宜？

余泽民：一百年前，梁启超就顺天应时地提出过“小说革命”，宣扬思路明确，社会效果可观，那时诞生的作品无论从内容、形式，还是语言上看，是名副其实的革命。但现在提“小说革命”，我觉得用词偏激，尽管我很理解其积极的用意。基于我个人的文学经历，更习惯从外国文学的视角看中国文学，我觉得当代中国小说需要的不是“革命”，而是“革新”；而且，我说的“革新”与市场无关，与评论无关，甚至跟读者也无直接关联，是指作家个体创作意义上的求新和解放。革命，听起来更像外界诉求，革新则源于内部渴求。

罗伟章：所以，小说需要革命，最有切身体会的，我想还是作家。

批评家提出来，成为一个话题，就带有某种声势和浪潮的意味。事实上，写作者个体，早在思考这个问题。没有人愿意把一个东西一直重复下去，那会变成苦役。但革命需要方向，你的方向在哪里？小说家们为此努力，也为此困惑。这不是朝夕之事，也不会振臂一呼万众云集。小说英雄是延时性英雄。说不定，革命已经发生，但我们还没有听见鼓声。听不见，有时候是我们的耳朵不好。

傅小平：怎么说？你在文学刊物任职，可算是处在前沿阵地啊。

罗伟章：我现在是一个编辑，但做编辑的时间很短，而且是一家省级文学刊物的编辑，稿费也薄，能得到的稿件多不代表前沿。所以，我无法判断21世纪二十年的小说。当我没有对这一阶段的小说特别是上乘小说大量阅读的时候，就自动取消了言说的资格。但我相信，每个时代总有严肃思考和认真工作的作家。对艺术的判断，永远是考察这一部分人，而不是另一部分人。

作家需要检讨的是内心是否还葆有文学立场
VS
所谓革命不能单单要求小说家“小说革命”

傅小平：文学圈里的人会一厢情愿认为，只要我们好好写作，历史、时代会给我们该有的回报。但从当下现实看，我们又不得不承认，我们回报历史、时代以歌哭，却未必会引起多少回响。如此一来，写作有时看似小圈子里的自说自话。

罗伟章：小说成了圈内的事，这是我深刻感觉到的。我们办刊，不是办给读者，是办给作家，这证明读者不需要。

傅小平：这话说得有点极端，读者可以反驳说，我们不看是因为从刊物里找不到我们想看的。但我又不得不说，你其实一语道出了一个尴尬的事实。那你倒是说说，是什么原因造成了这样一个情况？

罗伟章：原因复杂，外在原因不说，作家需要检讨的，是我们内心是否还葆有文学立场。不是所有革命都是朝前走，有些革命是往后看，往常识的低处看。

路　内：我要说的常识就是，形而上的革命其实没什么用，形而下的革命在豆瓣上可以看到，互骂、嘲讽、粉圈等，都是基于写作行为的应激反应。

石一枫：很正常吧，所谓“革命”也不是那么可怕。“新小说革命”的提法，恰恰符合文学发展演进的规律，当文学的内容和形式不再能有效反映、反思当下现实的时候，它就需要革命。小说的审美也不是看它是否符合某种写作范式，而在于它能不能展现出对生活的新发现。小说的革命也是人们生活变化的要求吧。

颜　歌：我也觉得“小说革命”这个提法蛮有意思的，“革命”这个词的出现，大概也就隐指这一场被呼唤的运动是需要从下而上的，是需要反对权力中心及其压迫的。那么在“小说”这个语境下，这个权力中心是什么呢？我想或许是一种“小说正典”的概念。如果把小说创作设想成一个权力结构，这个结构的中心就是“小说正典”，或是所谓的“经典”，来自旁边的、边缘的、地下的、草根的叙事方法、言语方式，都在被这个所谓的中心召唤，自觉或不自觉地往中心靠近。小说出现的问题，归根结底大概是小说权力中心出现的问题，因此才有“革命”一说。如果“经典”的构成单一和陈旧，那么整个小说世界就单一和陈旧；如果“经典”的领地是保守和封闭的，是拒绝给予其他新、异、野的创作进入中心通道的，那么小说世界的能量就是停滞不前的。

傅小平：大批评家、《西方正典》作者哈罗德·布鲁姆要是听你这么说，怕是顿时感到不能承受的“生命之重”。当然，他眼里的“小说正典”和你说的概念或许不是一回事。但鉴于经典占据文学的中心位置，并具有示范性，小说正典的构成，包括对正典的阐释，都应该是开放的，并且给予你说的新、异、野的创作以更大的空间。

颜　歌：我们作为读者，我们所认为的“好 / 经典”的小说，标准是什么？这个标准是在吸纳和交流中更新，还是单一和停滞不变？举个例子：互联网和社交媒体的风靡正在从根本上改变我们交流、共情、审美和叙事的方式，这样的巨变和作为语言审美和文字叙事方式的小说正在发生什么样的关系，又怎么影响我们对小说判断的标准——我个人对这个是无解的。但总体来说，是不是对小说的“革命”，应该从小说权力中心/经典和审美标准的开放和再讨论来起头？

何　平：这里面有一个前提可能值得注意，与我们的各式评奖和排行榜配套的是整个中国当代文学制度，特别是文学报刊制度。所谓“新小说革命”所针对的应该不只是最后的文本呈现环节，比如发表、选本、评奖、排榜等，而是整个文学制度，以及使其得以运行的文学权力，不能单单要求小说家进行“小说革命”。再有一个就是，中国当代文学观察者和研究者的文学视野问题。当我们谈论中国当下文学的时候，不能只局限于谈论期刊文学，也不能只局限在文学史传统中的期刊文学。

路　内：这二十年，前十年主要是确立一部分（改革开放以来的）作品的经典地位，其余判断基本就交给市场和媒体了。近十年比较复杂，小说写作在载体层面被划分归类了，至少有纯文学、畅销书、网络文学这三种吧。

笛　安：我回应一下傅小平问题中所说的当今大多数小说中被“普遍叫好”的部分，这个所谓“普遍”指的是谁？是普通读者？还是文学评论家们？“普通读者”是一个极为庞大并且复杂的群体，其实不那么容易建立起一个针对具体问题的样本；如果是指专业读者——也就是评论家们，最近二十年，也许我们所谓的“纯文学”小说缺乏一些所谓的“革命性”进展（我并不喜欢“革命性”这个词），但我们的类型文学其实是有翻天覆地的进步的。科幻小说里我们有了《三体》；在悬疑推理小说这个类型里，我们也有了一些非常卓越的作品——所以我的问题是：在我们讨论当下“小说”的创造力的时候，是不是已经从一开始就把类型文学排除在外了？这个我不能苟同。

路　内：前面我说的三个区域内的作家也不是隔绝状态，肯定有交流，他们互相看对方的路数。但似乎较少在观念和技艺层面，而是谈“载体”比较多。载体更强调运营方式。这大概就是中国人所说的，道和术的不同吧。已经获得经典地位的作家是不屑谈论运营方式的，尽管他们可能运营得更好。新晋作者都受过高等教育，知道运营意味着资源的配置。我想，肯定有作家不愿意和资本、权力打交道，但绝不表示他就不懂其中的道道。总之，因为一些我也看不明白的原因，经典和新晋之间产生了断层。

李　唐：我觉得有两个方面。首先，同时代的写作者受到质疑应该是普遍现象，回想当初最具革命性的、现在已成为大师的作家们，比如乔伊斯、卡夫卡、胡安·鲁尔福等，他们的写作在当时也并不是主流，或者说争议很大，甚至不被认可。革命可能已经悄悄发生了，但我们是与时代并行的人，无法像回溯过往那样拥有上帝视角。

贺绍俊：现在是否又在酝酿一场新的文学革命呢？我似乎还没有发现端倪。现在是否需要一场新的文学革命呢？我也还没有感到有这样一种危机感。当然，我们一直对文学现状不满意，文学创作中因循守旧、停滞不前和同质化的情景也十分明显，但我以为也不必将这些情景估计得太严重。

李　唐：还有一种可能是，当代文学确实故步自封，某些层面甚至还有很大的倒退。有些青年写作者，包括我，可能有共同的疑惑：鼓励变革、实验的声音并不少见，但是真的有所突破时，又不被认可，评论家和读者们都会觉得走偏了，没有走在“正道”上，不接地气，等等。不可否认，这些追求变化的作品也许真的很糟糕。但会不会有另一个可能性：这些不被看好的“异类”恰恰就是“革命”的力量？会不会有的评论家只是想看到符合自己定义的“革命”，如果不是，便不屑一顾？

傅小平：“新小说革命”这个话题，评论家和作家之间有比较大的分歧。评论家认为，大体说来，作家们写作存在一些问题，没写出有说服力的创新之作。作家们质问，先不说我们有没有写出来，我们就是写出来了，评论家能发现得了吗？更不要说评论家能推动小说创新了。

余泽民：你真觉得评论圈的现状能够推动小说创新吗？我们许多评

论家更像是书评员，喜欢“合唱”，例行公事，捧一本书总一窝蜂，且不吝口舌，对无利益关系的书视而不见，而且好为人师，对青年作家喜欢教导，规范，纳入“正轨”，或无原则地捧杀。当然，有视野、见地、喜推新人、论事公正的评论家肯定有，但也肯定凤毛麟角。说到当下小说，青年作家普遍确显弱势，但中年作家难道就无挣扎？创作上的限制多了，自然削弱锋芒。

傅小平：我看最好是保持中立，不予置评。但看得出大家都认同，当下小说存在一些问题，甚至是存在不少问题。

余泽民：想依靠评论家推动小说创新，说来说去还是外力，还是居高临下的呼吁，小说创新是作家个体的事情，是呼吁不来的。

贺绍俊：所以，我非常理解王尧兄提出的要来一次“小说革命”。我想，这个话题之所以值得讨论，并不在于要不要来一场革命，而在于如何认识和解决当今小说存在的问题。

傅小平：无论是认识问题，还是解决问题，都首先要找到原因。那究竟是哪些原因使得当下小说写作步入这样一种尴尬的境况？

李　浩：在我看来，大约有以下几个原因：一、创新氛围不够，整个社会对文学创新的推动、奖掖不够，无论在刊物刊发、作品研讨和文学评奖上，平庸求稳的趋向都是严重的，在这种整体境遇下创新和冒险是很难露出苗头来的。二、作家们世俗心过重，太向生活妥协，太知道自我的世俗需要了，太能猜度批评家、评委和社会的好恶和需要了，他们不仅不会为自己的作品建立棱角，而且会主动地磨去棱角，自然“圆润成熟”乃至缺乏欣喜。三、虽然说“内容越有意义，对人生越重要，作品的品格越高”，但我们的写作普遍缺乏问题意识和思想追问，严重匮乏哲学和社会学认识，匮乏自我开掘和灵魂追问，满足于保险、无害但也无效的室内剧。四、滞后而平庸的文学教育，滞后、平庸甚至错谬百出的文学批评，以及文学从业者们早已被损耗的文学耐心和判断力。五、我们甚至缺乏真正的阅读氛围。扪心自问，多少人是在假装读书？多少人，能在阅读中获得美妙、快感和心灵的重重一击？把文学交给不读书的人结果会怎样？六、整体社会中功利、浮躁、倦怠和丧失标准的侵袭，它们是种合力。等等。

余泽民：总之，青年作家变规矩，是由许多因素造成的。

“小说革命”并不是代际冲突的结果
VS
参照以前的丰饶会使我们陷入简单进化论思维

傅小平：我在想，为何是王尧老师这么一位出生于五六十年代之交的学者，而不是更年轻一代提出小说要“革命”？所谓“革命”很多时候看起来，不都是年轻一辈的“专利”？但我转念一想，这一呼声由他或他同时代人而起，也可谓在情理之中。毕竟与他同时代的作家、学者亲历过20世纪八九十年代中国文学的崛起与兴盛。虽然我们现在一般以“先锋写作”来命名那时具有实验性和探索性的创作，但这样的写作在当时无疑具有革命性。或许，王尧多多少少是基于这一比较和对照，并对当下青年作家的写作有所不满，而提出“新小说革命”一说的。

王　尧：我在提出这一问题时，没有对作家做代际的区分。如果做代际的区分，就会把文学艺术的变革变成代际的冲突，或者是鼓励“青年”打倒“老年”。“小说革命”不是代际冲突的结果，青年作家不是天然的“革命者”，尽管青春的冲动可能强烈，但这与创造能力是两回事。我们这一代人参与或见证了20世纪80年代以来的文学发展，今天那些在文学史上留下了作品的五六十年代作家，确实是“小说革命”的主力军，但我们同时也注意到，在那个年代产生影响的作家几乎都经历了“革命性”的变化。在一个历史转型的结构中，不同代际的作家遭遇的是相同的问题，也许年长者身上的包袱更重些。

傅小平：不一定，年轻者也许觉得自身的包袱更重。

李　唐：当时的先锋文学之所以是一场“革命”，就像拉美文学爆炸那样，是想要打破此前的禁锢，并且有着共同的趣味和目的。朦胧诗也是如此，那时的“对立面”很明显，人们的心灵也很贫瘠，因此还有些许启蒙色彩。可现在不一样了，如果卡夫卡、博尔赫斯对先锋一代作家、读者是冲击，那么起码对我而言，这些大师们已然是“传统”了，甚至是需要超越、打破的。于是，新一代作家失去了当初鲜明的“对立面”，加之如今信息交流如此之迅速，读者根本不再需要被“启蒙”，想要再形成先锋文学的那种潮流就不太可能了。

傅小平：所谓潮流都是应时而生，能不能形成潮流是一回事，青年作家在写作上能不能再创当年那批作家在同年龄段达到的那种辉煌又是另一回事。

王　尧：和80年代出道的作家相比，今天的青年作家多数没有在他们那个年龄写出有分量的作品，但这不意味着青年作家在今后不能写出重要作品，大器晚成的作家也很多。因而，时间这个概念是复杂的。五六十年代的作家令人敬佩，他们中的很多人保持了几十年的活力，他们现在面临的问题是：如果继续写作，能不能“衰年变法”？青年作家需要在更大的时空中考虑问题，任何一代作家都不是他们的压力，而是资源，能不能脱颖而出取决于自己的努力。文学的发展，不像培养干部那样，可以组织什么“梯队”。

傅小平：这是一个提醒，虽然我们都明白这个道理，但在我们的观念里面，不能说就没有“梯队”的印记，所以比较多强调培养青年作家，强调代际更替。

石一枫：不是有句话就叫“革命人永远是年轻”吗？上一辈人往往比我们更有锐气，这其实让人惭愧。也许我们的前辈都是从文学的狂飙突进那个年代过来的，求新求变对他们而言是一种本能，而年轻作家确实有种“好学生心态”，再不堪点儿的，装乖卖俏者也有之。我也得自我检讨，假如这是一种劣根性，大伙儿概莫能免。

余泽民：这个问题不难解释。第一，在当下体制，要想对文学表达看法是需要资历和话语权的，青年作家不具这个优势。第二，革命并非年轻的专利，即便在我们文学史上最具革命性的两个时代——五四时期和20世纪八九十年代，看上去确实是青年作家打天下，但仔细分析，年轻还是表象，而非实质。那两个时代赋予了年轻人以视野、思想、机会和勇气。80年代年轻人看世界的渴望、思想活跃的程度、在精神层面的探究、对历史的反思都是井喷式的，所以催生出张贤亮、莫言、贾平凹、余华、张炜那一大批作家，他们的文学气质是现在的年轻人难以具备的。如果王尧“新小说革命”的提法，是针对当下青年作家的写作提出来的，那我更能理解。他是恨铁不成钢，希望当下的年轻作家更具锐气和血性吧！

笛　安：20世纪八九十年代中国文学的崛起与兴盛不是凭空而来的，在那之前，中国的文艺创作本来就经历了一个漫长的枯竭时期，然后社会巨变，外面世界的文艺作品一起涌了进来——我认为最重要的，是中国人对于“个人经验”的表达欲望终于被允许与被激活——无论是创作者还是读者。所以我觉得当年的盛况本身属于一个不可复制的偶然。井喷期过去之后，有个一二十年的相对平静的时期其实是正常的，也并不奇怪——“巨变”本来就是厚积薄发的，到了某个临界点突然发生的事情。

何　平：这里存不存在一个被高估的20世纪八九十年代和被低估的当下（指当下青年写作）的变量？我承认八九十年代是一个文学黄金时代，但这个文学黄金时代的观感，一方面固然是因为文学实绩；另一方面也是低谷对应的山丘，而产生高峰的错觉和幻觉。换句话说，八九十年代是大匮乏时代之后的丰盈和丰饶，它又成了今天的参照系，青年作家一定能以更丰盈和丰饶超越前者的丰盈和丰饶吗？那其实会陷入简单进化论的思维。再有，八九十年代的文学革命也是被叙述的文学革命，在一个开疆拓土的时代，革命者的姿态是很容易被呈现的。

保守的语境下，青年作家难以进行颠覆性的写作
VS
当下不少作家的作品是在自我消耗，彼此消耗

傅小平： 我们刚才的讨论是围绕两个不同时期的文学创作展开的。无论观点有何分歧，大家都推重20世纪八九十年代的文学创作，并认为当下青年作家创作与之相比有不小的差距。

杨庆祥： 我在一些场合表达过我的观点，20世纪80年代的先锋小说现在看起来其实很简单，能留下来的作品也不会太多。它所谓的革命性是针对“17年文学”和“‘文革’文学”的坐标系。如果我们对当下青年写作不满意的话，可能是他们并没有针对其父辈进行一种颠覆性的写作，但是，20世纪90年代以来的全球历史语境基本上是一个保守的语境，不仅仅是中国青年作家，其他国家地区的青年作家也很难进行颠覆性的写作。

路　内： 话是这么说，但以我看，很多问题还得是理解系统的人，才能指出它的缺陷。不再指责青年不够努力、不够有天分，而着眼于系统的“革命”，我认为是明智的。

傅小平： 不管是你说的系统，还是总体意义上的当下文坛，都期望推陈出新。我们确实也期望当下青年作家能如那一代作家那样在写作上带给我们一些革命性的变化。但期望归期望，事实归事实，他们的写作带来某些新气象了吗？

丛治辰： 作为文学从业者，谁不向往风起云涌的文学现场啊！但是要让我去当这个搅拌机，的确是有点力不从心，是时代太寂寞，还是自己太平庸，很难说清楚，唯有力不从心的感觉非常真实。这会不会正是新气象不能出现的原因之一，或至少是表征之一呢？在这个意义上，作为文学研究者和评论者，似乎也不好意思对青年作家要求过多了。而且我总是不能够确定，到底何种程度和何种意义的“新”，才配称为“新气象”？我想这个时代的“新”是有的，但是如果按照20世纪八九十年代中国文学崛起与兴盛时代的标准来衡量，大概都算不得“新”，甚至有倒退

的意思。但是“倒退”会不会也是一种“新”呢？

路　内：部分作者的媒体化、自媒体化、网红化，也可以视为对系统的反叛，初期肯定有一些新气象，时间久了则未必。不只是文学界，各行各业吧，都有一种下行的规律。反叛可能是革命，也可能是一种骗术。文学系统对于这种反叛或有忽视，但并没有压制。因为根本也压制不到，它们在另一个系统里。问题是，这种反叛在某种力量（姑且说是资本吧）的驱策下很快形成了自己的系统。现在谁是龙，谁是屠龙者，谁屠龙之后会变身为龙，已经说不太清了。

李　浩：需要说清楚一个问题。我们有期待，但我们也要警惕“叶公好龙”，或者“口是心非”。我们真期待吗，假设它以一种具有“灾变”感的面目出现，就像卡夫卡在他那个时代的出现，就像乔伊斯、贝克特、唐纳德·巴塞尔姆在他们那个时代的出现，我们是否欣喜……这其实是个问题。

傅小平：这就回到前面作家们对评论家们的质问了：我们没有创新倒也罢了，如果是有创新，但没满足“期待”，你们要不就是不予承认，要不就是认不出来。

李　浩：我是作家，但就我有限的阅读而言，我也认为当下青年作家没有带来新气象。我看到的多是质地还算不错的“规训之物”，他们达不到让我惊艳的程度，尤其是拿他们的作品和世界文学已有的高格作品来比较的话。他们为“文学未有”做出的远不及我期待的更多。20世纪八九十年代中国文学的崛起与兴盛——在我固执甚至偏执的印象里那是中国文学少有的黄金时期，它可能包含有草创的某些粗陋和不完美，但其中蕴含的活力、冲劲和争当弄潮儿的勇气依然让我充满敬佩。他们极度在尝试、突破、创新，不断地打碎——现在，有吗？

石一枫：还是有的吧，说完全没新气象也不一定，毕竟这些年下来中国小说也有变化，我不太看重技法本身，就拿小说提供的生活质感而言，像张楚写的县城，双雪涛和班宇他们写的东北工业区，这都算是提供了新元素、新气息吧。

罗伟章：确实难言新气象。但在我，似乎更关心“旧气象”。我曾在《中华文学选刊》写过一篇文章说当下把话说得文通句顺，差不多就算好作品。真正让人吃惊的是，就我阅读过的稿件，发现大量作家和他们的作品，是在自我消耗，然后彼此消耗。最典型的是小说的腔调——都是同一个腔调，连句式都长着相似的面孔。你读了若干篇小说，感觉是在读同一篇小说。这种自我消耗和彼此消耗的结果，是看见了小说的穷途末路。

傅小平：穷途末路倒未必。但你的担忧不无道理。我读眼下很多小说，也和你有同感。总体上，当下不少作家在语言上似乎不如以前讲究，不少青年作家写的小说在文字表达上，和20世纪八九十年代成名的作家着实有一些差距。听你这么说，加之我从其他编辑、读者那里，也听到过类似的反馈。看来，这并不只是我的个人之见。我觉得，当我们谈论当下小说面临创新焦虑，我们多多少少掩盖了当下部分青年作家在文字表达上的缺失。

丛治辰：对文字表达评判是最为困难的，很容易被自己的趣味所左右。这个层面，也是文学研究和文学评论很难具体讨论的。今天的写作在文字表达的基本面上不能与我少年时代所阅读的前辈作家作品相媲美。但我也总会反省自己：我的年龄、阅历和文学经验是否使我产生了错误的判断？我是否已经腐朽到不能体会新的文字表达可能性？当然，我们也可以找到一些理由来说明何以文字的质感退步了，比如在这之上花费的时间。北大中文系当年流传一个段子，说老系主任严家炎先生，起草一个大扫除通知都要三易其稿。每次我想起这个段子，都对严先生产生一种由衷的敬意，同时感到羞愧。在今天的信息生产节奏下，还有多少人愿意以“十年磨一剑”的耐心去打磨自己的作品呢？

傅小平：作家没有时间琢磨文字是一方面，对文字表达很难评判也是一方面。但小说以文字为媒介，不谈文字只谈其他，确实是个问题。现在我们谈写作创新，往往会往题材、结构、思想、角度等上面谈，却几乎不提及或极少强调文字表达的基本面。以我的理解，所谓创新，至少得包含文字表达层面上的创新吧。

李　浩：创新，就应该是全方位的。我愿意重复北岛先生在一次演讲中使用的漂亮的短语："古老的敌意"。他谈到有三重的敌意：对时代的，对自我的，对母语的。很可能在一部新作品中，这三重的敌意都有所体现，才称得上创新。我还是说，创新不会是单一向度的，它是综合体。当然平庸也是综合体，且是多方位的。所谓对时代的敌意，是要求我们的写作不能止于那个时代的流行思想，不能不追问、不思考、不反驳，它要求我们的写作是那种"以某种方式摧毁我心中批判能力的故事"，它对同时代的"人云亦云"和"习焉不察"提出自己的理解和警告。对自我的敌意，则是要求我们在每进行下一个新的创造的开始就要和旧有的自我、旧有的成绩、方法和经验进行对抗和割裂，我们要在下一部作品中"再次蜕变"，创造一个不同的新我。对他者重复是"渺小的后来者"，是没出息和平庸的表现，对自我的重复也是。而对母语的敌意，意思是我们需要创造性地改造我们的母语，让它在我们的写作中变得更为准确、美妙、丰富，有更多的诗意和多向的注入。最好的、最有质感和美感的语言一定是由好作家提供，他们不仅仅是精于使用自己的母语，更重要的是他们为母语提供新变和陌生。

罗伟章：对，文字表达层面的创新，前提一定是思想和观念的创新，没有这个前提，很难谈及这个话题。至于青年作家在文字上稚嫩些，我们倒可以有"同情性理解"。

王　尧：语言的问题是普遍性的。这几年汪曾祺先生再次成为话题，很大程度上呈现了我们当下的问题。汉语写作在语言上暂时还不能提到创新，那是一个漫长的过程。小说的识别度差不多是由语言显现的，现代小说家的例子很多。小说不能很好地完成故事和意义，与语言表达的贫乏有关。小说的叙述语言和人物语言是两个概念，一方面是叙述语言单调，一方面是人物语言缺失个性。我们首先要恢复和积淀语言的文化性，然后才有可能形成个人的修辞，并让人物贴切地说话或沉默。

李　唐：同意。文字表达很重要，这需要写作者下大力气。

石一枫：我倒不这么看。形式能表达内容就好。

何　平：对，仅仅说文学语言问题，我觉得当下的问题不是创新，而是承传。内容和表达的关系不只是创新，首先是适合和匹配。

杨庆祥：我倒是觉得在文字上，现在的青年作家比上一辈作家要好一些。

石一枫：仅就语言来说，年轻作家的语言已经很好了，甚至有一部分能把话说得特漂亮。

杨庆祥：但现在的青年作家文字里，那种生命性的东西、原始的力的东西就少了很多，而这些，才是让文学真正拥有生命和个性的东西。

颜　歌：我个人深深地感觉我的中文越来越烂——就单单回答问题，我已经在网上查了好几次词典来确认一些字句。我个人的焦虑在于双语写作，就是两种语言都运用得非常烂，凑合地写着。

文学语言极其重要
VS
文笔再好，写出来的东西是虚假的也不行

傅小平：双语写作对作家来说当然是挑战，但我们不能不看到多懂一种语言，也会给写作带来一些充满创造性的异质性因素，并且加深我们对语言的理解。要不顾彬怎么说，很多中国作家写不好，是因为不懂外语呢。他虽然说得偏激，却不是完全没有道理。余泽民同时还是翻译家，你在这方面应该有自己的思考。

余泽民：文学语言极其重要。我们的现代汉语历史并不很长，特别是小说语言，可以说是伴随着翻译文学的发展而丰满起来的。现在我读五四时期的作品，仍能遇到许多惊艳的句子和作者自创的妙词。不得不说，“文革”十年客观上也为20世纪八九十年代登台的作家提供了巨大的创作空间。那时代作家的读书量巨大，如饥似渴，吸收力极强，现在的年轻人要补上这一课，夯实语言能力，多读优秀译著，磨炼语言嗅觉，

如果直接读原著，效果会更好。

傅小平：还别说，读外国文学原著对现在很多青年作家不成问题，但我们现在讨论的就是，为何他们在文字表达上，还不如八九十年代成名的作家？八九十年代作家中能读原著的凤毛麟角，大多数都是通过译著了解世界文学的。

余泽民：是啊，外国文学译著对他们的创作影响巨大，其中就包括语言。但我们做个对照，匈牙利人口只是中国的百分之一，能数出名字的国际级大家却有一打，而且匈牙利作家的个人语言风格十分鲜明，为什么呢？十年前，一个由五位作家、诗人、剧作家组成的匈牙利作家代表团出访中国，在北外搞了一次文学翻译研讨会。作家施皮洛在发言中提到，几乎所有的匈牙利作家都通一两门外语，而且绝大多数人做文学翻译，他们五个人都是这样；另外，匈牙利历史上的语言改革家不是作家，就是诗人。凯尔泰斯翻译过尼采、维特根斯坦和弗洛伊德的书，这对他写作的思想、语言都影响很大，他在《船夫日记》里多次提到。这跟五四时期的那一大批作家情况很像，也印证了一个事实：外语阅读或翻译可以直接打造作家的语言风格。王小波认为“最好的中文在翻译文学里”，假如我们的作家能懂外语，以后也许我们会说：最好的中文在懂外语作家的作品里。

傅小平：也许，但也未必。

路　内：对小说家而言，文字好不好，是个很单薄的评判标准。文笔再好，写出来的东西是虚假的，那也不行。有一些作者的文字是真的差，有一些不差，但它不在某个审美系统之内，也会被编辑抵触。我还见过有真写得很好的，太好了，结果编辑看不懂了，营销看不懂了，发行看不懂了，最后他们觉得拿到了一个神经病写的烂稿。

傅小平：是吗？我猜这位作者多半使用了极为陌生化的语言，而很多编辑还是在既有的表达惯性里看稿，或者只能接受有限度的陌生化。过度陌生化，确实会让人读起来没那么顺畅，但语言如果是“顺畅”到让人一目十行，更是问题。

余泽民：由于我深受自己翻译的作品影响，我很怕拿那种可以一目十行的书，翻开一页，就会像洁癖患者一样迅速放下。语言像酒，是有味道的，读书多的人会培养出自己特有的直觉，扫一眼就能判断是否符合自己的口味。

傅小平：遗憾我们不是扫一眼作品，就能判断一个作家，有没有给当下文坛带来新气象。也因此，这就成了一个令人费解的难题。

笛　安：我觉得不难。我认为新气象肯定是有的，也许不够"革命性"，但是说实话，"革命性"这个词本身就不是出生于八九十年代的人的语言体系里常用的词语。我认为，最近二十年的青年作家在对于"城市"的写作上还是留下了一些非常珍贵的文本的，"城市文学"这个丰富的领域，正在被很多青年作家们以不同的方式挖掘并且在持续地产出。

傅小平：这是一个可待讨论的新话题了。可以确定的是，你的写作为城市文学带了一些新质。相比而言，八九十年代成名的那批作家，主要成就还是体现在乡土文学上。城市文学书写，是青年作家大有可为的一个领域。要写好了，自然就有了新气象。作为90后作家，李唐怎么看？

李　唐：我认为新气象还是有的，只是每个人前进的方向不同，很难再找到某种恒定的标准去衡量。比起八九十年代，其实文学的样貌现在是丰富了许多的，也更加大胆。只不过，还是像前面讲的，这些变化有的被称赞，而有的不被接受，认为是胡闹、歧途。

颜　歌：如果从我现在栖身的这个英文文学界来讲的话，我觉得年轻一代的作家是风头很足的。千禧一代作家讨论和面对的问题，很概括地来讲，大概是生存的焦虑和存在的虚无。生存的焦虑是来自当地球的自然资源和社会资本/经济资源被上几代占据和耗竭之后，千禧一代往往面临着无可解决的生存焦虑，这也使得一部分人，为了生存，必须要选择向上一辈归顺。这里我说归顺，丝毫没有批判的意思，我也是归顺的。

傅小平：在事关生存上归顺，在别的方面或许是反叛的。

颜　歌：千禧一代的年轻人中左派更多，往往都从根本上挑战和质疑社会中和认识中的一些大问题：比如环境问题，文化 / 语言单一中心的问题，后殖民主义的问题，消费主义的问题，社会资源不合理集中的问题，甚至性别和两性关系的多样化认知。这些很蓬勃的思潮在新一代作家的文学里面有很多体现。最近这几年英文文学界大奖也有很多年轻得主，2019年都柏林国际文学奖得主就是一位1985年出生的女作家，今年国际布克奖的得主更是前无古人的一位1991年出生的跨性别作家，刚刚公布的2020年布克奖短名单有四位都是处女作作者，也被称为历史上最多元的一个短名单，包括来自津巴布韦和埃塞俄比亚的作家——从这个角度来说，我对文学里面“新”的出现还是充满信心和期待的。

王　尧：单就国内创作而言，我也留意这几年青年作家的小说创作，我感觉很多小说出现了新的素质，这是批评家需要关注的。

作家没有寻找和确立他们的世界观和方法论导致写作陷入重复
VS
对作家而言题材无大小，关键是你想讲什么，是否会讲

傅小平：对青年作家写作，不同读者会有不同的观感。我个人比较信服杨庆祥的一个总体判断。他说，80后作家甫一登场就张扬自我，却总是在“小我”主题上打圈圈，始终没什么突破，而90后作家居多开场就是写历史，写家族，像是步50后作家的后尘，显得老套不说，写作功力自是与前辈作家不可同日而语。你们认同这样的判断吗？如果不认同，说说你们的理由。如果认同，不妨说说是哪些原因使得青年一代写作缺乏突破和创新？

丛治辰：我认同庆祥兄的说法，但是任何论断都一定有其深刻的片面性，我们肯定也可以在80后作家里找到不那么“小我”的，也可以从别的角度找到90后写作的问题。我似乎发现了某种潜在的矛盾，我们拿两个时期创作做比较，但青年一代的突破和创新，不正应该针对20世纪八九十年代的文学辉煌，以及那种“文学辉煌”对于文学的全套想象吗？

这种潜在的矛盾，意味着一种深层的思维悖论，这种思维悖论显然深植于我们的潜意识之中，也深植于青年一代作家的潜意识之中，这是不是可以看作一个“理由”或者“原因”？

王　尧：我们不做简单的认同判断。庆祥的意思是每一个作家应该有自己观察和表现生活的方式，我赞成庆祥的想法。我留意了庆祥近几年的文章，他的思考不囿于文学，他想在写作和研究中建立起文本与世界更为广泛、深刻联系的思路，说明他已经走出了纯文学批评的路子。我和庆祥一样，对当下的文学与思想文化不无悲观的情绪。如果说，80后、90后作家存在庆祥所说的这些问题，我想，历史不免有重复之处，重复的原因除历史的惯性外，还是作家自身没有寻找和确立他自己的世界观和方法论。

傅小平：说到点子上了。相对而言，青年作家写作可能比较强调方法论，他们有广泛的阅读，应该熟悉写作技巧。但与世界观不能达成统一的方法论，是打折扣的。如果说所谓世界观，主要是指有自己独特的看世界的角度，那么如何找到，并把这种理念贯穿到写作中去，对青年写作来说确实是个挑战。

余泽民：所以，80后作家张扬自我并没有错，问题是他们能否通过对“小我”咀嚼反映一代人的生存努力与困境，是否能够折射人性？如果“小我”仅止于小我，顶多能成为“一本书作家”。当下并不缺乏有才气、有锐气的青年作者，但总体来看，也确实有写作上格局狭小、阅历不支、精神缺钙的问题。凯鲁亚克的《在路上》也是写“小我”，但成了垮掉的一代的代言人；凯尔泰斯更甚，咬住自己14岁一年的集中营经历写了一辈子，从“小我”的命运中看到“大屠杀是一种人类文化”……所以，“小我”与“小我”也有天壤之别。一个作家在写“小我”之前是不是应该想一下：你的“小我”值不值得写？然后才是，怎么写？

傅小平：那写历史，写家族呢？这在拥有悠久历史和丰富家族史的中国，似乎是再正确不过的事。轮到90后作家去写，为何就成了问题？

余泽民：同样，青年作家写历史，写家族，本身并不成一个问题。如果你对历史有深刻的了解，如果你有足够丰富的家族故事，当然可以写，不能简单地说成“步50后的后尘”。雨果、曹雪芹也写历史和家族，也可以说是步他们的后尘。匈牙利有位大作家艾斯特哈兹·彼得，大学专业是数学，28岁决定辞职当作家，而且专写家族小说，一直写到在欧洲得了一大堆奖。要知道，他是奥匈帝国大贵族后裔，家族里出过大主教、皇家卫队长和总理，他经历了革命，是家族中第一代平民，一辈子时间花在研究家族史上——我翻译的《和谐的天国》正是他用自己的家族史折射了欧洲六百多年的历史，绝对震撼。他在病逝前，还写了一部很“小我”的书，以日记的形式记录了自己与胰腺癌为时一年的搏斗，“小我”到不顾及读者的程度，但仍是大作。我们既然说“小说革新”，就不该给年轻人设限，对作家而言题材无大小，关键是你想讲什么，是否会讲。

傅小平：所以，问题的关键不在于写大写小，在于写小怎么写出袖里乾坤，写大怎么写出笔底微澜。说白了，如果说我们对青年作家写作大体上有所保留，就在于觉得他们大多数还没有解决好“写什么”“怎么写”的问题。相比而言，八九十年代成名的那批作家在相同年龄段有更好的表现，那是什么原因使得青年作家没能很好解决这个问题？

李　浩：是什么原因？部分的未老先衰是一个方面，而我，说实话，在21世纪以来对青年作家曾是“严重期待”，因为他们有良好的学识和丰厚的世界文学知识，他们可以有一个宽泛、大量而几无穷尽的阅读，而不像我们和上一代人，想读一本书得“千方百计”——他们可以获得强烈的现代性，可以站在巨人们的肩膀上……我以为，青年作家甚至会为整个世界文学提供新方式。但这些期待都落空了。应该说，我基本认同庆祥的说法，之所以是基本认同，是因为我的阅读上的有限，我无法像他那样对普遍进行概括。

现在青年作家比较缺乏关注现实的激情
VS
青年作家想要获得认同，就可能牺牲掉部分自我

傅小平：这是一个悖谬的问题。很多作家都会坦白自己的写作受阅读启发，似乎广泛深入的阅读能解决很多写作问题。实际上，写作还受制于社会、时代、阅历等方方面面的影响。当真分析起来，这是一个复杂的、综合的问题。

罗伟章：比如80后作家，他们成长的时代，人的整体性几乎被瓦解，又多为独生子女，内心孤独。越孤独越关注自我。人们通常认为只关注自己的人是爱自己，但按弗洛姆的说法，这样的人其实最不爱自己，因为那会把人推向空虚，从而陷入更深的孤独。孤独有境界的天悬地隔，要是孤独出"大我"来，也就成了。庆祥说总体上还是"小我"，他读得多，有视域的广阔度和判断的可信度。而90后作家的写作转向，也证明了他们对上一代纠缠于"小我"有所不满，也在寻求突破，或者说革命。复古式的革命。至于功力，那是可以修炼的。同时我也相信，他们在言说历史和家族的时候，视角和观念恐怕也与前辈有所不同。当然，90后作家也不都是在写历史、写家族。写历史和写家族的那部分90后作家，一般认为是对现实缺乏敏感，缺乏把握，其实更重要的，是缺乏关注现实的激情。这和改革开放之初的作家确实是太不一样了。那时候，作家们的毛孔都张开，感知东西南北风，任何一点风吹草动，都化为激情，他们就凭这种激情写作。激情的来源，是时代与自己深切相关，不仅与心灵，还与身体。90后作家很难感觉到这种相关性。如果说这是一个问题，作家不是问题的全部。刚刚改革开放的时候，尽管很多东西还有疑虑，还不明确，但万木逢春的时代气息是十分浓烈的，那个时代可以辨析，现在就难多了。

何　平：笼统地做代际特征的描述是要慎重的，就像五六十年代出

生的作家存在着内部的代际差异，八九十年代出生的作家自然也是这样，而且以十年作为一个计量单位本身就不精确。因此，即便要对某一个代际做整体的描述取样也要尽可能地充分，不能以显示度高的几个浮在表面的作家来做代表，使得更多的作家被代表。

傅小平：对此，青年作家一定有话说。

笛　安：首先我不认同“小我”和“大我”的区分，在我眼里，这两个词根本就不该存在。所谓的“张扬自我”，我更愿意将其形容为“更加重视对个体经验的表达”，出生于20世纪八九十年代的这拨年轻人，对整个中国现代史来说，真的很特别，你可以说他们是相对幸运的，可以在一个安定并且高速发展的大环境里面长大。这其实造成了一个比较有意思的现象，就是这拨人的个体经验真的有一些非常特别，并且存在没有被之前的中国人经历过的东西，所以投射到这拨年轻作家的创作中是非常自然的事情。我也不觉得所有的90后作家都在写历史写家族，至少在我个人的阅读经验里就不是，至于有这方面的兴趣和野心的作家，也是自然的事。还有就是，我有个疑问，如果一个写历史、写家族的90后作家，写作功力跟50后前辈们差不多，是不是就得到类似“惊艳”的评价了？我不想揣测每个个体的写作动机，不过不可否认，我在当杂志主编的那些年，确实见过不少年轻作者先入为主地认为——我必须写历史写家族写长河小说，这样才宏大、深刻，才是正经文学作品——我想问问这种审美倾向是谁给他的？跟评论家有没有关系？

傅小平：或许是有的吧，但即使有关系，评论家们也不见得买账。不过有稳定世界观的作家，或许能尽可能免除这种影响，从而坚定地走自己的路。做到这一点很难，尤其对在文坛还没确定地位的青年作家，确实是个考验。

颜　歌：总体来说，作为一个写作者，一直在写，没有停下就是突破，没有抄袭就不存在步后尘——一个写作者的一生，特别是年轻的写作者一生是很长的，无论从什么地方开始，以什么样的速度在某个时间段怎样前进，都不重要，重要的是把自己的文学旅途认真、诚恳地走完。

李　唐：无论写什么都没有“原罪”，重要的是写作者本身对此类题材是否真有强烈的感情，是非写不可的。如果是为了获得主流的认可，为了功利心与虚荣，那即使成功了，自己可能也会有所遗憾吧。

路　内：我不太清楚90后的写作，看得少。所谓突破，在我看来，就是一边在自觉生成，另一边在自然损耗。虚无地说，损耗总会消灭我们所有人。但如果在短时间内，损耗远远大于生成，那就坚持不了多久了。至于80后的自我张扬，在我看来也是对90年代某一部分文学的继承，并非凭空而来。在当时，大家也觉得是很新的，它好像和一种新的生活方式、观念贴得很紧。后来实在太多人写这个，同质化程度高了，根植其上的某种新观念也因为种种原因磨损了。技艺的提高也不能挽救这种磨损。

石一枫：青年作家的作品我看得不多，可能是我工作的刊物比较老派。我不太好判断，但我觉得杨庆祥说80后那段有道理，无非是刚开始假叛逆到后来真自恋，自以为有了叛逆的条件和自恋的资本。我也有这个毛病，有则改之嘛。可能别那么关心自己，多想想别人，尤其是跟自己无关的人，慢慢儿也就好了。像《大乔小乔》《松林夜宴图》和《骨肉》那几篇女作家写的小说，我觉得心态都挺无私的，这种境界值得我学习。

李　唐：对，80后、90后写作者各自的题材其实都不尽相同。有家族、历史，有乡村，有城市，有现实主义，也有超现实主义……不过我理解杨庆祥的说法，现在青年作家想要获得认同，可能会牺牲掉部分本来色彩，开始趋近前辈作家的成功案例。毕竟，他们定义了中国现当代文学。

颜　歌：其实，新一辈的作家里还是有很多振奋人心的尝试和实验。有好一些年轻的中国作家（小说家和诗人）都在不同语言、文化、体裁里进行新的练习，用别的语言写作，翻译其他语言的文学，或者在小说、诗歌和戏剧之间游走，探索体裁、表现方式、语言和文化之间的相互作用。特别是在眼下中国和世界越来越有一条鸿沟的时候，很多作家还是能平和、谦虚、好奇地去探索，去交流，让我觉得很棒。

人大于作品，是文学的悲哀
VS
很多时候，我们是以预设了观点的论文生产代替观察

傅小平：谈很多文学话题，我们恐怕只能从总体意义上谈，从而突出那些更具共性和普遍性的问题。但就写作而言，个案研究有特殊的重要性。何况，衡量一个时代或一个时期的文学实绩，也并不是看平均值。总体平庸、少数优秀的情况，总是存在的。有时，仅是一两个大作家的创作，就足以把一个时代的写作成就引往高处。虽然对当下青年作家写作，我们在总体上有所不满，但不可否认，或许其中有一些佼佼者的探索是值得期待的。只是迄今为止，我们只能做一个粗略的印象式判断罢了。而所谓“新小说革命”，自然不是作家、批评家呼吁就能达成的，它有赖于作家们新的写作探索，也有赖于评论家们新的批评发现。

李　浩：这话，一万个赞同。库切和纳博科夫都说过类似的话，他们认为某个时代的或明或暗完全是“强势作家”的照亮，当然这样的“强势作家”肯定不世出，是极少数。衡量，更多的应放在对“强势作家”的理解和解读上。

王　尧：文学的分母总是大于分子。一个好的文学时代应该是诸峰并起的时代，而不是谁超越了谁的时代。只有另辟蹊径，才能诸峰并起。

李　浩：我们也不得不承认，平均值或多或少会对“文学高峰”和出现“强势作家”的概率构成影响，许多时候是“强势作家”成团成簇地出现，像俄罗斯托尔斯泰和陀思妥耶夫斯基的时代，俄罗斯白银时代，东欧二战之后的时代，中国20世纪80年代，等等。社会的整体氛围、意识趋向和审美判断或多或少会影响“强势作家”的出现。不过，卓越的“强势作家”一定是超时代的。

余泽民：“总体平庸，少数优秀”是正常现象。写作作为社会职业，从事者很多，别看德、法、英的名家多，其实给名作家“垫背”的平庸作

家也是大把。对一个民族文学的整体来说，能否出几位大家当然很重要！一是能赢得世界性关注，为本国更多好作家搭设舞台；二是能鞭策那些有潜力和天赋的“平庸作家”努力摆脱平庸。

罗伟章：就算是这样，总体平庸也是一定的，任何时代都一样，连唐朝也一样。现在的有些提法很奇怪，说某某省是文学大省，某某省是文学强省，像比人口，比经济，比乡村振兴，比城市建设。这样急吼吼比的结果，是伤害了文学，至少是伤害了文学的自然生态。印象式判断如果出于公心，大概也能相对准确。但文坛早已圈子化，在圈子化里谈公心，可能性不是没有，但会动摇。我们在判断文学的时候，不排除与某个酒局暗渠相通，判断者自己都很难分清，究竟是在判断文学，还是在判断人际关系。这也不是现在才有，也不是我们才有。所以，别林斯基那样的批评家才被歌颂。

傅小平：这是个老问题了。要解决这个问题，有待整体批评环境的改善。

罗伟章：如今的作家和作家之间，作家和批评家之间，走动得过于频繁——太熟了。这对文学不是好事，对判断也不是好事。人大于作品，是文学的悲哀。当然“太熟”只是外在的，内在的还是我们自身的立场问题。

傅小平：其实，我也不确定，我听到的那些对青年作家的赞赏，在多大程度上出于作品本身，又在何种意义上是出于别的现实考量。我只是觉得他们一些新的探索，大体上还是很快就被注意到了，而且是被大力肯定和激赏的，但我更赞成王尧和杨庆祥的意见，我们不宜过早对此做出好评，而是有待进一步观察。

王　尧：我看到很多青年作家的作品受到关注和重视，这几年《收获》排行榜，青年作家作品在列的不少。我们是在同一个时空中关注青年作家作品的，受到肯定的不是他们的年龄而是他们的作品水准。你说的文学批评中的这些问题，其实是普遍的，不只是关于青年作家作品的研究。我很期待杂志和批评家像1987年《收获》推出青年专号那样，关注青年作家的创作。我建议朋友们看看程永新先生新版《一个人的文学史》，或许会受到启示。改变印象式的批评，我很赞成，是我们批评家需要努力去做的事，也特别期待青年批评家在批评同时代作家中脱颖而出。

杨庆祥：在青年作家写作这个问题上，我一直坚持的观点就是尽量少做预判，也尽量不要去进行过多的所谓“干预”或“引导”，而是让他们“野蛮生长”。中国的批评家、研究者和作家之间的关系过于“亲密”，这不一定是好事情。

余泽民：我们的青年作家有个集体性烦恼，就是他们的机会有无和成功与否，过度取决于权势过大、小圈子严重的评论“衙门”，再加上市场的逼迫、诱引和只认炒作的大众读者，使他们出头要比八九十年代的青年作家艰难得多。但在今天的青年作家里肯定潜伏着未来的大家，只是我们短视，还没看到。想当初莫言年轻时不也屡被退稿。另外，你能断定哪位作家的抽屉里没压着大作？女导演赵婷因金狮奖获瞩目，也38岁了，以前我们不知道她存在，并不意味着她不存在。希望我们的评论家们别老盯着名家锦上添花，更要多关注和鼓励青年作家，欣喜于“自己的发现”，把更多的新面孔推上舞台，用不着等他们成为余华、莫言。

傅小平：这番话很是鼓舞人心，但同样是印象式判断。估计你也不确定青年作家中究竟会不会出现余华、莫言这样等量级的人物，如果没有出现也属正常。

路　内：一部分人观望，总还有另一部分人会先发言。现在的参照系是比较多元，网红写小说，自带流量进来，文学刊物也收纳他，这样的话他基本就是自定义了一个参照系。对那些真写得好的作者、爱写的作者、人品也不错的作者，尽可能多帮助他们。这是我能想到的唯一的办法。

傅小平：是得帮忙，但帮忙是不是就意味着说好话？以我的观察，对青年作家写作，批评界总体上表达了失望和不满，具体到作家个体，则多是泛泛的好评。对于他们所谓新的探索何以新、如何新，以及在相应参照系上新到什么程度等，都缺少相关分析研究。

何　平：这个我同意，问题是我们有多少批评家和研究者在对青年作家的文学现场做观察，很多时候，是以预设了观点的论文生产代替了观察。我们在一篇文章里曾经说过，要学习社会科学研究的田野调查做文学研究。

丛治辰：说到这一点，我就只能自我检讨了。我们谈到今天的小说发展为什么不那么尽如人意，肯定有文学自身的，也有文学以外的原因。就我个人而言，我的答案是：作为一个搞文学研究和评论的人，我做得还很不够，非常惭愧。

李　浩：但种种的细读和研究，更依赖批评家，这是对他们提出的要求。伟大的作品需要伟大的阐释者，我也希望我能从那些精心的阐释者那里获得我对青年作家们的更多了解。而建立你所说的这种分析能力和谱系感，可能需要批评家们多读点书，尤其是对经典文学广博而精心的汲取。

罗伟章：分析同样不可靠。我们见惯了太多天马行空的分析，大话连篇，大词重叠，吓死人，但人家也是分析，也是研究，你信还是不信？我们很难见到分析者的感受能力，很难见到从文本出发的评点文字。我们已经没有了诚实度。

李　唐：的确如此，我们由于置身于历史中，对身旁的事物反而难以辨别，这是正常的。文学、艺术都需要时间的检验。况且，我们都有各自的趣味，以自身去评价文学，难免造成各说各话的情况。我认为这也是很正常的。

笛　安：是吧，二十年相对平静的时期，我觉得很正常。

作家的沉默其实是各种能力的退化和萎缩
VS
作家的眼界和境界往往决定了他们“变革”的欲求和能力

傅小平：我确实想为当下的“相对平静”做点辩护。记得上次和阿来老师交流，他感慨现在没什么新小说看，即使被评上诺奖，很多作家的书也不过如此。在这点上，我有同感。眼下很多外国作家写的小说，我觉得也很一般。相比而言，20世纪八九十年代，中国作家可以说和外国作家同步见证或参与了小说的革命性发展历程。如今从世界范围看，文学表现都很平淡。这倒是让我们对中国当下小说，尤其是青年作家写作没能出现我们期待的变化多一些同情性理解。

王　尧：我和你的心一样柔软。同情式的理解，在我看来是包容青年作家的探索以及探索的失败。但这不能代替价值判断。如我前面所说，我们需要在更广阔的时空中看待青年作家，我们暂时不要下大的结论。艺术的变革通常不是运动式的。小说这一文体是经历了长时间的发展才到今天这个状况，但发展是累积的，其中一些环节很重要。比如说，从晚清到五四，西方因素介入促进了文学革命，现代散文、小说和诗歌都由此发生了革命性的变化。目前文学在艺术上停滞而现实在发生巨大变动时，我提出“新小说革命”也是期望能够产生促进小说发展的动力。

罗伟章：我们在判断当下小说的时候，很难说不受关注度的干扰。而今小说不被关注，我们就认为小说本身平淡。当元曲只在青楼娼馆盛行时，谁也不敢说那东西还能成为文学遗产。而不被关注并非只是作家的责任。可是作家永远都不能去责怪读者的疏离，也不能去埋怨批评家的口诛笔伐。这是作家的弱势。作家弱势一点好，再伟岸的乔木，都是从土地上生长起来的。作家需要土地，也需要接近土地的姿态。我们其实也不必那样好心，艺术上大概没有“同情性理解”。

李　浩：是这样，别人脸上长了不好看的斑，并不意味我们的胃病或腿上的坏疽就是可以忽略和原谅的，这不是一个逻辑。

何　平：以世界小说的参照系来对中国当下小说做同情性理解，从逻辑上，是承认中国当下文学是世界文学的一个部分。假如这个前提成立，是不是世界文学不景气，一定意味着我们也毫不意外地不景气？这等于承认我们先天是跟在别人屁股后面走的。文学创造或者说革命是要出意外状况的，仅仅认命，世界同此炎凉，难道我们的文学就不能出意外，我们就不能出意外的作家和作品？对域外文学，我的观感差不多，我记得几年前林建法在江苏宜兴做中国当代短篇小说论坛，私下里讲，以中国当代社会现实的复杂程度，恰恰是可能出大作品的时代。

丛治辰：是的，我想说的正是这个意思。20世纪八九十年代的“小说革命”或许只是涉及了小说的一个方面，并且在那场革命中，不免矫枉过正地贬低了小说的其他方面。今天的中国小说家，很可能面对着一个重要的机遇，但是如果将对于小说的想象封闭在此前的时代，就很可能与这一机遇失之交臂。

傅小平：理论上讲是这样。但恰恰是在这一点上，当下小说难以让人满意。我想，我们呼唤“新小说革命”，也是在某种意义上呼唤小说回应时代变革。铁凝主席在一次讲话中，曾引用德国作家马丁·瓦尔泽说的一段话，我印象特别深刻。马丁·瓦尔泽说，中国社会的巨变，每一点进步都牵涉了许多人的命运变化。这些斑斓的生活对一名作家是多么宝贵的矿藏。在这个意义上，他很羡慕中国作家，相比而言，德国显得太安静了。我们不得不承认，从横向上比较，中国作家确实占有时代际遇上的优势。从纵向上比较，这一时代经历的巨变，不让20世纪八九十年代。但相对于时代的巨变，当下文坛显得太安静了。我想，如果当下小说写作存在创新焦虑，那部分原因也在于作家在时代巨变面前失语或表现乏力吧。

王　尧：在历史巨大的变局中，作家几乎是思想的失语者。现代作家与现代中国变革互动的景观不再。我们可以把这种局面的形成归咎于外部因素，我们也可以找到种种在道德上解脱的理由。但是，对一个作家而言，他的沉默如果是有所思，那么他的作品会是另外的气象。现在需要直面的问题是：作家的沉默，其实是各种能力的退化和萎缩。所有的策略和聪明对小说创作而言都是一种伤害。

罗伟章：我倒是觉得作家们没有失语，但表现乏力是可能的。当然，从根本上说，表现乏力，也就等于失语。我们的作家怕痛。怕痛就不敢上拳台。你分明是个力敌千钧的拳师，但因为怕痛，照样不敢上拳台。这与我们的处世之道有关，所谓儒道融通，其实就是骑墙派。作家缺乏使命感，即使有一点，也不坚定，因此特别容易坍塌，特别看重现实利益，有好处捞的时候，就儒，就入世。没好处，就道，就躲起来。如果不仅没有好处，还要费力气，担风险，就将自己完全撇清，去抒发廉价情感。我们的廉价情感太多了，但大家需要，也喜欢，于是越来越多。人言，平庸者只有一条命——性命，卓越者有三条命——性命、生命和使命，作家当然不都是卓越的人，但既然从事了写作，见贤思齐是必备的。我们见了贤，没有思齐。应该说，每一次社会变革，确实都牵涉并改变许多人的命运，不要说大的变革，就是小小的一点变化，比如20世纪20年代美国颁布一项禁酒令，都让许多人付出了生命的代价。但问题在于，如果作家们的书写都只是看到变革时的旗帜飘扬，而不深入具体细微的生活细节，不感知触动心灵的歌哭悲欣，不思考生命，对文学而言，这样的变革就毫无意义，甚至只有负面的意义。

余泽民：是这样，与其呼唤“革命”，不如呼唤“革新”或“创新”。对中国作家来说，我们既占有时代机遇的优势，同时也有劣势。我们的作家仍受许多绑缚，既有来自社会的，也有源于自身的。一个作家想写出自己的好作品，不能纯听社会呼唤，更要听内心呼唤。

李　浩：在我看来，呼唤“小说革命”和呼唤小说回应时代变革本质上是两回事，它们有很大的不同。《红楼梦》对于中国的传统小说而言具有“革命”的意味，但它似乎并不是应时代变革而生，它也没有对时代变革做出直接而强化的回应。

在世界文学参照系下，当下中国非虚构写作水平还是很低的 VS 国外非虚构长篇大热，或许源于全球动荡背景下对虚构的不消化

傅小平： 诚实地写是前提，但写一块石头，也能写成时代的范本，需要作家有巨大的才华。相比小说，非虚构写作与时代之间多了短兵相接的意味，也似乎更具时代范本的意义。而且就近些年而言，相对于非虚构写作的异军突起，或者说广被议论，反倒是小说领域显得太安静了。

李　浩： 小说领域的安静有两个原因，一方面是你所说的，它越来越狭窄平庸，越来越不回应社会问题和这个时代的精神疑难，凭什么吸引读者；而另一方面，我们对新书的评判，包括对某些经典的评判，难道不是依赖宣传册、教科书上的人云亦云？我们能经得起他者对其中故事、结构和细节的追问吗？不读书当然这不妨碍我们先于理解之前就做出判断，并且笃定自信。

傅小平： 判断先于理解，或者说急于下结论，而不是耐心做分析，确实是我们时代的通病。以非虚构写作而论，我们理当给予适当的关注，但就因为它一时的反响，就认定它比小说写作取得更大的成绩，有更为开阔的前景，甚而取小说而代之，或许就犯了故作惊人之语的通病了。

李　浩： 至于非虚构写作，说句不太客气的话，其实成绩了了，如果放在一个更为广阔更为宏观的文学史语境下观察，可能会更清晰些。如果谈“在时代中”的影响力，非虚构写作是否能与“三红一创”和它们的时代影响比较？如果考察，我愿意考察它的独特性和技艺，而不是其他。

何　平： 如果以非虚构做对比，在世界文学参照系下，我恰恰认为当下汉语非虚构写作水平还是很低的。我们的作家一边吐槽文学直接回

应现实的难度和风险；一边又写不出不回应社会现实的好的文学作品。

颜　歌：实际上在英语文学世界里——我只能拣我比较熟悉最近情况的一边来讲——非虚构文学也是大有超越小说的势头，非虚构长篇（non-fiction novel）是一个在出版界和学术界都很热的概念。就连我自己，进入三十岁之后，也越来越多看纪实类的作品。这或许真的是在不断发生动荡的全球大事件下，对虚构的一种虚无感和不消化，以及虚构文学的失语。但是从另一个角度来讲（乐观一些），小说从来都不擅长于“立刻反应”，反而需要一种必须由沉淀产生的“滞后反应”。“一切叙事都发生在过去。”这句叙事学的话也可以用来讲小说的宿命，只能在现在描绘过去，在未来描绘现在。

路　内：现实主义也好，后现代主义也好，作为一种方法，都能处理时代巨变的题材。硬写的话，两种方法都行啊，非虚构也是一种方法。我们不缺方法，可能缺其他的吧。

傅小平：实际上，只要说到文学与时代的关系，我们会比较多强调作家缺思想能力。不过，在小说范畴里谈思想其实有一定的风险。一个作家再有思想，他也得通过文学化的书写，或者说是通过小说这种文体呈现出来。但小说这种文体发展到眼下这个阶段，似乎出现了一些问题。鉴于当下世界范围内小说的平淡表现，我有时忍不住想，小说是不是几乎已经穷尽了所有的可能，后世作家所能做的，不过是在即将封顶的小说大厦上修修补补，或是添砖加瓦。

笛　安：20世纪初，有个物理学家说过几乎一样的话，物理学发展到今天，以后的物理学家要做的就是修修补补就可以的工作——说完这番话的几个月以后，爱因斯坦带着他的狭义相对论来了，再然后量子力学也来了——所以我个人觉得，一切皆有可能。

丛治辰：“小说”不等于狭义上的“小说文体”。或许正是因为将小说革命仅仅想象为文体层面的革新，才限制了我们对于小说变化的想象力。

余泽民：今天的文学在世界范围都表现平淡，但如果就文学说文学，它始终是人们表达思想、认识世界的重要艺术形式，只要社会在变化，历史在进行，小说家就永远有故事讲，谈不上封顶。更何况人类的普遍情感是不怕重复的，可以换个包装，作家在文体、风格、语言上的创新努力，为的就是解决这个问题。

李　浩：我也不认为小说大厦即将封顶——我倒是建议我们要警惕这一理念，它很可能意味着我们的自我设限，意味我们创造力和想象力的有限。和阿来的阅读感受相同的是，抱着期待与热情阅读某些获奖的作家作品有时让人失望，它们的内容不足以让我惊艳和耳目一新；不同的是，好作家好作品其实异常丰富，有时觉得一辈子的时间真不够用。而且有些书，反复阅读才更有意味，更能品啜出它的天才滋味。在阅读卡尔维诺的小说之前，我认为“线性结构”的小说是没前途的，它难以容纳现代性的丰富、复杂和多歧，但卡尔维诺让我意识到它有可能，说不可能只是我的不可能，是我的局限；在阅读君特·格拉斯、萨尔曼·拉什迪的小说之前，我从未想象过小说可以如此的宽宏、凝滞、美妙而繁芜，他们开创了前所未有的可能。所以，我和赫尔曼·布洛赫一样认为“发现是小说唯一的道德”，我们要不断地发现、提供新质和可能，当然这里的新质和可能不仅仅是技艺变化，还包含巨大的智力因素——对不起，我对平庸和拙劣没有同情心，我对这样的写作也没有同情心。

余泽民：毕竟文学不是体育竞技，没办法掐秒表，测高低，但总的来讲，世界上的诸多文学奖还是有各自文学眼力的。在外版书繁荣的今天，在我们看来并不惊艳的作品确实很多，原因也复杂，有的由于题材不是我们关注的，有的由于翻译质量，有的由于文体、形式超乎我们的习惯，很难一概而论。不管怎样，青年作家多读译著有益无害，创作本身需要有参照物。我不仅翻译，写作，也为中国文学在国外搭桥，我也看到类似的现象，在中国获得很高评价的作品，但译成外文反响平平。文化差异，无疑会影响作品的接受，但这种错位，问题不全在作品本身。

小说在当下的困境可能与文体历史势能的消耗有关
VS
当代文学缺少“野蛮”的力量

傅小平：作品评价或者说作品质量和市场反响之间并不存在对等的关系，反响姗姗来迟也是经常有的情况。但这似乎不应该是作家首先要考虑的问题。作家们主要考虑的应该是怎样尽其所能把作品写好。

王　尧：我印象中，马尔克斯好像没有感叹过前面有托尔斯泰等巨匠，这小说怎么写下去。如果止步，是我们关于小说的想象力出了问题。当阿来说他对一些作品不满意时，其实表明他对小说有新的期待。我们不希望我们读到的作品在意料之中，而是在意料之外。像《爱与黑暗的故事》《比利时的哀愁》这样的小说，中国作家还没有写出来。这几年我们比较多地强调中国传统，但不够，还是要在中西对话中往前走。我们不能说小说这一文体已经山穷水尽了。

杨庆祥：作为一种艺术体式，小说这个文体已经太古老了。文体的更新甚至消失在历史上是常见之事，所以小说在当下的困境也可能与这一文体历史势能的消耗有关，在这一点上，“小说革命”可能需要进一步，即“革小说的命”。

笛　安：小说这个文体既然有开端，有发展，有辉煌，就会有衰落乃至消亡的那天，这是自然而然的事情，没有必要大惊小怪——文体有穷尽，但是文学永恒。喜欢并且相信文学的创作者有的会选择坚持写小说到最后一刻，有的会转身去别的形式里探索，这都是类似生态系统自然演化的过程。我坚信一件事，人类永远是需要“虚构”的，不管是远古时期的神话史诗，还是唐诗宋词，还是今天我们所谈论的小说——至少从我个人来讲，我选择写小说本质上是因为我热爱“虚构”这件事——我相信虚构不会死。

路　内：现实主义小说的题材并未穷尽，而是替换了。新一代的个体、群体经验还是可以转化为创作素材的，包括电影、电视剧。我指的是原创吧。这取决于作者是否具备一种“中国式的见过世面”。在大面上，中国作家表达最熟稔的是地域经验，因为它的同质化程度相对最低，其次是阶层经验，阶层的不断变动就是当代性的体现。

傅小平：你说的这个角度，有启发。但你是不是过于推重经验了？

路　内：仅仅依赖经验当然会出现问题，但务实地说，要想脱离装修的职能，经验是一种基础。先天的经验是没有太多边际成本的，如果像何伟那样要写一本《江城》，时间和金钱成本会考验作者。边际成本的问题是最困扰当代青年作者的吧。我希望这个说法不会被认为是对文学的亵渎。好小说具备的认知方法（一种经由小说呈现的世界观）也是个问题，这种认知应该是作者在现实与阅读中磨炼出来的，而不是基于文学史的修修补补，其实很多文学批评也是这样。

颜　歌：是不是我比较容易被感动，我还是时常读到让我觉得“活着真好”的小说。几个星期前有一天在公园里读完了美国作家韦尔斯·托尔（Wells Tower）第二人称写的短篇小说《豹》(*Leopard*)，我就看着在阳光下闪闪发亮的树叶，想着这个小说的结尾，起了老半天鸡皮疙瘩。我最近正在看的墨西哥作家阿尔瓦罗·恩里克（Alvaro Enrigue）的长篇小说《突然死亡》(*Sudden Death*)，写的是意大利画家卡拉瓦乔和西班牙诗人奎耶多之间一场虚构的网球比赛，也是让我看得很激动，半夜把我先生叫起来读给他听（当然他很生气）。近一年来，我特别喜欢读不同文学/文化圈的作家（非英美白人作家）的作品，很爱比较这些作品之间不同的审美，语境，甚至写句子的方式。单单从黑人文学来讲，非洲的作家和加勒比作家的叙事风格差别就很大，在津巴布韦作家 NoViolet Bulawayo 惊艳的长篇处女作《我们需要新的名字》(*We Need New Names*）里，语言浸润着口语叙事的舒展和悠长；在获得布克奖的牙买加作家马龙·詹姆斯的新长篇《黑豹，红狼》(*Black Leopard, Red Wolf*)里，读到的句子充满了快速的音乐节奏。总而言之，我还是很容易在阅读中感到激动的——进而在自己的写作中感到无尽的沮丧。

李　唐：我个人觉得，当代文学缺少了一点“野蛮”的力量，这种“野蛮”不是说要写得如何重口味、粗粝、原生态，而是完全发自自我、燃烧自我的写作，它也可以写得很优雅。例如我喜爱的贝克特、卡夫卡、罗伯特·瓦尔泽、布劳提根等，他们的小说绝非无懈可击的，但你能读出作者那种黑黢黢的力量感。他们的写作是百分百生长于自身之内的，是不管不顾的。现在很多写作者会琢磨如何写出“好的”小说，但缺少点“不管不顾”的劲头。

写作者还没弄清自己想写什么，结果必然尴尬

VS

感悟力与挖掘能力会为小说写作提供更多的可能性

傅小平：眼下这批青年作家大多经过正规的学院教育，大体是熟悉文学史的，并读过大量中外经典作品。相比20世纪八九十年代成名的那批作家，青年作家在文学表达或文学创新的不尽如人意，很可能不是源于他们不懂写小说，而是源于他们太懂小说的套路，以致陷在套路里难有创新。

罗伟章：你说得太好了，以至于我说不出别的看法。我记得多年前看过南帆先生的一篇文章，大意是说，“老三届”那批作家，读的书少，但他们对社会活动亲身参与，全情体察，后来，那种体察就变成了创作的财富。比照起来，那批作家的写作是从生活中来的，现在的好多写作是通过阅读，从阅读里去找感觉，所以前者鲜活，后者雷同。

余泽民：这确实是个新问题，现在创意写作班很火，书店里有许多“手把手教你写小说”的速成书，给人感觉写小说就像数理化，是可以硬学的技术活儿。不少青年作家比老作家更懂套路，写小说像写好莱坞剧本，几页要有一个高潮，人物关系设置更有套路，复杂得可以像悬疑小说。另外，有些写作者还没弄清自己想写什么，能写什么，就先钻文学史，追文学流派，模仿大师风格，结果必然尴尬。要知道文学创作一

旦陷入套路，等于自杀。流行小说可以学套路，纯文学写作要破除套路，甚至要冒犯传统，才会发出自己的光。真想写作的青年人，大量阅读就够了，只要你肚子里有了内容，形式能从你读过的书里自然生长出来。

李　浩：所以，说某某太懂得小说的技艺了，因此他的小说中规中矩写得平庸——我认为是对小说技艺的误解。真正的小说技艺一定和它的内容紧密相连，它部分地也反映作家的世界认知和哲学判断，因此能让人感觉技术好的小说一定是好小说，平庸的小说绝不会有高超技艺。再者，小说的“说出”从来都是第一要务，对人生的意义和价值从来是它要考虑的；而技艺，则是为了强化“说出”的陌生感，增强魅力值，使它的“说出”更有“身临其境”和“感同身受”的效果，更能让阅读者入心入脑，更能体味稀薄的文学性中蕴含的趣味、汁液和美妙……是故，小说的技艺有规律可循，但面对一个新的文本它一定是要“重新调整”的，绝不会一劳永逸、用一种有效方法解决所有问题。卡尔维诺写作《树上的男爵》和写作《寒冬夜行人》使用的不是一种技艺方式，为什么？因为内容不同，要求不同，技艺必须随之调整。

路　内：没错，短篇小说的布局范式（这里不谈“结构”这个词），中长篇小说的意义范式，都比较容易套用。所谓新动力在我看来，就是跳出布局和意义的格式，尽可能写前人没有触及的东西，也让文学批评变得困难一点。我们对小说这门技艺的理解是有偏差的。比如说，现在很多人读小说、评小说是参照一种简单的影评方法，而且还是大众文艺片。这些混淆和倒退是会影响小说作者的，不是跳出了小说范式，而是跳入了另一个规训模式中。也有可能两者本来就是一回事。

石一枫：反正我觉得作家不能光琢磨小说本身那点儿事，那样的话这行当也太没劲了。

傅小平：作家要多琢磨小说之外的事。杨庆祥前面说，要“革小说的命”。他以前也曾说过，小说要革命，在小说的行当里是革不了命的。作家们在写小说上要有所创新，有必要从小说里弹跳出去。我把他这句话大致理解为，小说要发展，需要向小说之外寻求新的动力和资源。但我有疑问，小说果真有里外之分吗？如果说有，小说里外之分也是变动不居，当前驱者的开拓与创新，成了后世沿袭的惯例，曾经的小说之外，也就成了小说之里。由此可见，向小说之外寻求是有很大难度的。

杨庆祥：我所谓的小说之外，是指我们要超越现有的文体的局限，先要“不那么小说”，才能“更小说”。这里有两个层面，一是作者的层面，作者不应该是一个手艺人，而是一个社会分析家；一是文体的层面，小说应该不拘泥于故事和情节。

王　尧：庆祥说的“小说之外”，我理解是从哲学、社会学、历史和美学以及种种“知识”中汲取，而不是从小说到小说，从这点上来说他是对的，而且属于真知；而“有文学之外吗？”的反问，我也极为赞同，因为文学是一个“综合体”，它一定是混杂的，有种种的知识和智慧的反映，同时又有自我的体验和个性的注入才能。

丛治辰：更关键的是，小说内外还必须圆融为一。难度当然是有的，但是如果没有难度，还有什么好玩的。

王　尧：我们说的内外，应该是文本的内外。如果我们把“外”也理解为外部世界的话，小说家首先要生活在别处，才能发现唯有小说发现的东西。我想，当我们将内外关联时，还意味着我们需要敞开自己，我强烈地感受到我们太故步自封了。我还要说到另外一个“外”，就是创作的思想文化资源问题。从小说到小说是不够的，我们需要浸润在更丰富的思想文化资源之中。

笛　安：现在青年作家阅读量，以及对欧美现当代文学史的熟悉程度肯定是超过以往的前辈的，但是，我觉得有个问题，有不少人编故事的能力是不过关的。语言风格这个没办法，但是编故事的能力完全可以训练——我当然不是说好小说等同于好故事，好的小说最精华的部分恰恰是叙事的方式而不是故事本身，但是，“故事”的技巧依然是重要的，你可以轻视它，你可以瞧不上这种技能，你在具体的写作里甚至可以不用，但是你最好不要“不会”。

王　尧：我们的作家在技艺上的能力普遍是弱的，这个弱，其实更多的出在思想能力和宏观建构上。局部的小情小调，有的作家会做得不错，但为文学技法提供新样貌，我们的作家尤其是青年作家做得远不够。

傅小平：这就回到前面的讨论上去了，向小说之外寻求资源，或许能为文学技法提供新样貌，但我有一个疑问：小说如果过度向外寻求，会不会让小说泛化，以致走向另一个极端，譬如认为小说只有写得不像小说，才成为真正的小说。好小说自然包含了更多更高的标准。昆德拉说，发现唯有小说发现的东西，乃是小说唯一的存在理由。

何　平：你说的“像”是需要无数次“复刻”才能让我们觉得“像”的。如果真的有所谓的创新，其实是一个寻找的过程。寻找的过程就是找到适合和匹配的，鲁迅的《呐喊》《彷徨》发明了那么多形式，有的就是“孤本”，有的可以“复刻”，而那种形式创新的复刻，首先得自己有信心，敢逞孤勇。再有，我们的刊物和批评家要成为自觉和有能力的发现者、庇护者和声援者。

傅小平：理想是丰满的，现实是骨感的。回到现实层面，刊物编辑也好，批评家也好，要做到这一点，其实有相当难度。

王　尧：任何一种“学科”都有它的科学和严谨的部分，有它的不可替代，有它的内在规约，我们的文学尝试一方面要不断地拓展新可能，一方面又要暗暗地遵守这一“学科”的内在规约，它们之间要么是平衡，要么是危险平衡，但平衡感必须在，并时时恪守。

李　唐：小说的魅力之一就是其包容性，小说发展到如今，没有谁可以定义“什么是小说”，即使是研究小说一辈子的学者。我认为这恰恰是小说不会衰亡的本质因素。当今确实有许多“不像小说的小说”，尤其在欧洲，可能更多一些。这可以被视为小说革命的一部分。反之，也有大量的写作者在继续传统的路子，两者并无孰高孰低之分，两者也都有拥趸与批评。只要写作者挖掘得足够深，感悟力足够强大，无论是写得传统还是所谓“四不像”，都为小说提供了更多的可能性。“无法定义”使小说生命力旺盛，而“定义”反而对于文学是种伤害。

小说的生命力创造了新的语言、情感、形式、内容
VS
小说是在一次又一次形式的革新中得到全新的定义

傅小平： 文学创新有时很可能意味着不成熟、不完善。杨庆祥就曾以郁达夫的小说《沉沦》为例表示，这篇小说在技术上可以说很粗糙，以如今的眼光看，诸如去妓院发泄前吃鸡子和牛乳补身体，跳海自尽前喊“祖国呀祖国！”之类的情节设计，在逻辑上都说不过去，但它脱离既定的小说框架，开风气之先，显示出特别的生命力。我的看法是，《沉沦》能有这样的生命力，同时也建立在郁达夫还写了其他更见艺术功力的作品的基础上。还有，郁达夫写《沉沦》的时期，中国小说还处于草创期，中国小说发展到现在应该说很成熟了，眼下作家要是写出类似《沉沦》这样“很粗糙”的小说又当如何？

王　尧： 其实粗糙也是一种艺术的质感。

颜　歌： 我觉得“很粗糙”就很好。“很粗糙”说明了一个问题：或者出于作者个人的原因，或者出于大时代背景的影响，小说的权力中心 / 经典是缺失或者开放的。这就又回到前面讨论的“小说革命是对小说权力中心的革命”。小说的创新归根结底还是需要权力中心 / 经典的开放和民主化，或者就是个体对权力中心 / 经典的以忽视为方法的反抗，所以就“很粗糙”——因为不符合，也不考虑经典 / 审美的规则。

杨庆祥： 小说可以粗糙也可以精致，但必须有一种不屈的生命力，而此生命力，在于创造了新的语言、情感、形式、内容。

罗伟章： 就像《沉沦》那样，先要知道痛，然后痛了就喊叫，或许真能创新一下。我们有太多被引导的情感，而不是自发产生的情感。被引导的情感是进入脑子，可以热烈甚至狂热，但不会痛，自发产生的情感进入心，会痛。痛就有自我和自我的觉醒，就有文学。我们对文学现状不满，其实很多时候不是没有创新引起的，而是背离了文学常识。有

回在北京，跟李陀先生谈，他几乎全盘否定了20世纪的文学，包括否定《百年孤独》，认为20世纪的文学彻底输给了19世纪。话虽可以商榷，但他对文学常识、文学使命的关切，是真诚可感的。

笛　安：这个问题应该请当下依然专注于“先锋文学”的作家们回答——当下依然执着于挑战小说的全新形式的作家们。虽然说形式的创新不能完全等同于创新，可在形式上做探索的同行是值得尊敬的。“形式”与“内容”之间的关系很复杂，往往是在一次又一次形式的革新中得到全新的定义的。

余泽民：《沉沦》的价值在于对传统的冒犯和突破，我们不能用现在的“新”去看当时的“新”，当时的“新”为后来的“新”提供了台阶，让你知道，什么样的冒犯是真正意义上的革命，如果你能为沉闷的小说界带来新意，“粗糙”又有何妨？让后人打磨好了。再说，任何文学阅读都是背景下的阅读，现在读《沉沦》我仍觉震撼，就像看百年前的无声电影。

罗伟章：真情实感这条古训，我们忘了，或者觉得过时，抛弃了。再进一步，我们还可以问，当写作都是从阅读中来，我们还有真情实感吗？而且，郁达夫的喊叫也不是只有他个人的意义，他从个体出发，呼唤祖国强大起来。我们不能说他遭受了日本妓女的白眼，从而呼唤祖国强大，就很可笑，很卑微。

傅小平：前面我也说到，郁达夫写《沉沦》的时期，中国小说写作还处于草创期。但如今小说不只数量爆炸，技艺烂熟，有关小说的理论和观念也呈现泛滥之势。在这样的背景下，小说写到何种意义上才能称之为创新？

王　尧：我在国外的一次讲座中，有个外国学生问我：这个人跳海之前为什么还要喊“祖国呀祖国！”。这就是不同的文化脉络产生的问题，外国学生不理解中国人的家国观念。但如果我们认为《沉沦》还有生命力，就不能简单地说它有逻辑问题。所以，我们先不要让《沉沦》处于一个悖论中，然后讨论什么是创新。

余泽民：小说的创新可以表现在许多方面，别人没写过的题材，别人没写过的人物，区别于他人的语言味道，从没读到过的情景刻画，就像电影《红高粱》，只靠“喝酒”“颠轿”“野合”那几场戏就足以写入影史。

李　浩：小说的创新首先是思考的新，包含着对人云亦云和流行思想的反问和警告，包含着对习焉不察的日常的警告，包含着对我这个阅读者自以为是的固执理念的反问与警告，它让我不得不思考……它需要在思想上有发现性，需要对被我们不理解的某类人的思想和行为建立理解。其次，是技艺的新，而这种技艺之新往往要随类赋形，每一篇有每一篇的新样貌，同时它也和我们的认知、见解和判断紧紧相连，如果有能力，最好是在作品中注入些“灾变”气息，让阅读者惊讶，在反复的品啜中又有惊艳和服气。技艺不佳一定连带着思考力的粗陋，优秀的、具有经典意义的小说一定是哪哪都合适、哪哪都恰到好处的。

丛治辰：我觉得，不该拿今天的小说成熟度和当年的小说成熟度相比，而是要拿今天小说中文体层面之外的部分和小说文体的部分相比。恰恰因为今天的小说已经非常成熟，因此小说文体层面之外的生命力要比郁达夫时代还要强劲得多才行。

李　唐：就我个人而言，我是不会考虑写作时是否“创新”的，因为这也不是自己说了算。人的性格千差万别，小说也是一样。我赞同文学创新可能是不成熟、不完善的，但它们有承前启后的意义。经常有这种例子：许多作家、导演热爱的文学和电影不一定是非常经典和成熟的，甚至是很小众的，但它们启发了后来的创作者。如果说一个人吃到第六个馒头才饱，我们不能说之前那五个就白吃了。

路　内：其实我更关心的是，谁来称其为创新，谁来认证其优劣。肯定不能作者自己吆喝。一个文学的认证体系或许是必要的，但体系也是由个体组成的，究竟你信任谁的判断，如果掩去作者和批评者的姓名，哪部作品哪个判断更具有说服力。我们也处在一个批评爆炸的年代。

何　平：对青年作家，不能只谈创新，保守或者守成有时候对他们可能更重要，哪有这么多新可以让你去创。文学的新是缓慢生长的。我觉得与其谈形式的创新，首先还是学习做一个青年。没有创造的新青年，哪来创造新文学？

评论界评判文学作品的审美体系是否太过僵化、陈旧
VS
对于小说创新的评判，不是拿着某件手艺活儿的把玩

傅小平：为了创造新文学，眼下多少有点创新焦虑。当下但凡有哪位青年写出创新迹象的作品，如若不是在识见上受限，绝大部分甫一出现，就得到读者珍视和评论界好评。这其中有很多作品，从艺术角度考察，还存在不少缺陷。我们有时就会看到这样奇怪的现象，有些作品评论界不遗余力推重，有广泛阅读经验的读者却对其有批评，或有一定保留。说来，创新更应该是作家的内在要求吧，评论界是否就因此要给予大力褒奖？

何　平：写作者写作不能把前提建立在获得褒奖和打赏上。文学最终是写作者的自我觉悟和自我教育。你看《巴黎评论》，那些大作家几乎都不在乎你批评家说了什么。写作者不要把批评家太当回事，当然首先批评家不要把自己太当回事，批评家不要好为人师。对文学的问题，批评家不一定比写作者懂得更多。

笛　安：是的，评论界能不能也顺便讨论一下自己评判文学作品时候的审美体系是否太过僵化、陈旧，以及在这样的一种审美体系之下，是不是真能有效地甄别出来有想法的新作者。既然我们要讨论小说创新的问题，那就顺便一起把评判体系也讨论了吧。至少讨论一下，相对于“新”来讲，什么东西算是“旧”的。

颜　歌：在英国文学界有两个很有意思的奖项，一个是奖给没有发表过的新人小说，另一个是奖给出版的长篇小说，分别叫作怀特评论短篇小说奖（The White Review Short Story Prize）和金匠奖（The Goldsmiths

Prize)，这两个奖都是特别用来奖励在小说领域对英语文学有创新的作品，在纯文学界也特别受到推崇。怀特评论奖选出了像克莱尔－路易丝·贝内特（Claire-Louise Bennett）这样对小说基本叙事法则不屑一顾的天马行空又生机勃勃的作家，金匠奖也每一年都选出一部颇让纯文学圈外的读者瞠目结舌的小说。我想，如果中国也有这样专门以奖励文学创新为目的的奖项，肯定会对文学和小说的创新有推动。

罗伟章：为创新而焦虑，我觉得没这个必要。由焦虑而来的所谓创新，本身就难言创新。这不止在文学领域。我去一个县城，见到处挂着横幅，都是一句话："把创新当成本能。"见到这句话，我就为那个县焦虑。在他们的理解中，创新意味着否定，否定前者，包括前贤，当这样的创新真的变成了本能，想想是多么可怕的社会景观。只有否定，完全否定，叫折腾，不叫创新。莫奈、雷诺阿们对拉斐尔、安格尔们否定，只表达印象，抛弃工笔刻画，但最终，莫奈们伟大，却也掩盖不了安格尔们的伟大。真正的创新不是否定，而是超越，我们怕死，就否定死亡，这显然是自讨没趣。但人类精神可以超越死亡，这才具有了价值，是对生命的创新性认知。创新也是另辟蹊径，各成山峰。正如竞争，最高明的竞争是离开竞争，你把自行车的轮胎、刹车都做得尽善尽美，但它还是家庭式交通工具，人家在自行车上装个菜篮子，就突破了交通工具的界限，进而变成共享单车，又突破了家庭使用的范畴，成为公共产品。这是竞争的最深内涵和最终目的。创新也一样。我是说，创新不是否定，是开拓，但不管你怎样开拓，自行车的根本，还是个交通工具。说到底，小说不怕有缺陷，怕没有光彩。有阅读经验的读者，很容易发现那一点光彩——那一点光彩也就是"新"了。

傅小平：以我的看法，为求得这点光彩，这点"新"，作家们即使在艺术上有所牺牲，也不必为完美和成熟拘囿。但评论界是否因为礼赞"新"，就特别包容缺陷呢？况且有时候，有些所谓创新是不是真的创新，也是需要加以辨析的。我这么说是因为，从客观上讲，以"新"之名降低对小说艺术的要求的情况是存在的。当"创新"成为压倒一切的诉求，作为一种带有革命性的策略，强调“新”就容忍作品某些方面的粗糙，或讳言作品的不足之处的情况，也是有的。所以，对“创新”应该持何种态度，也是一个值得讨论的问题。

丛治辰：批评界其实很讨厌成熟甚至完美，但同时也毫无亮点的小说。批评界也好，读者也好，渴望陌生化的东西，陌生之物难免有其缺陷。但是这里面当然存在一个基本的平衡：仅有“新”，“粗糙”得跌破了基本的艺术底线，当然也很难让人认同。

路　内：我就希望，对于创新的评判，不是拿着某件手艺活儿的把玩。把玩特别不好。那里面全是“术”，没有“道”。

杨庆祥：我欣赏一切的创新，这种创新本身就要求艺术层面的创造。这两者不可分割，所以不存在因为创新而降低小说艺术标准的问题。那些陈旧的艺术性其实在某种意义上已经不是艺术了。

李　浩：是这样，在艺术上有所牺牲的，往往在创新力上也是弱的——哈，我不是故意唱反调。这几年我因为教学专门地精读了一些经典小说，在拆解的过程中我发现它们的精微、用心和才华的丰盈真是让人叫绝，真的是增一分为过，减一分为损。你会发现即使在内容不变、故事结构不变的前提下，移动一两个词和句子，都会对整体的完美构成伤害——他们能做到的我们为什么就不能，我们是低等的吗？我们必须求其次吗？不，我愿意我们的作家有更多的精心创作，在思想上、见解上、言说方式和细节设计等方面都力求完美，成熟，有魅力。

傅小平：要做到这一点，需要不断尝试，但作家们为求创新，往往是急切的。

李　浩：福克纳说“文学就是一个不断试错的过程”——毫无疑问，这是天才的领悟，它是一个不断试错的过程，它需要耐心地搭建，精心地设计，在多放一点 A 和少放一点 A 之间仔细称量……我们至少，要在自己的最大限度上做到最好最完美，这是一个小目标，一个小前提。至于批评、评判则是另一回事儿，有时我们可能会以“矫枉过正”的方式强调普遍欠乏的那一点。在今天，我倒觉得是可以给创新更多的强化，至于要不要压倒一切……我个人略有保留。

石一枫：有时候，绷着块儿硬上的那种伪创新也挺耽误事儿的。而且对有些价值，比如新文学以来的批判精神和现实关切，不正需要继承吗?

李　浩：我极为看重小说的核心表达也就是智识的部分，所以我一贯地强调希望自己读到的和写下的都是“智慧之书”，然而我绝不认同为了想法而牺牲艺术性的这一看法，作家要对自己苛刻些，更苛刻些。做不到，只能是我们的才华、认知的受限，而不是耐心不够，精心不够。

王　尧：20世纪80年代曾经有批评家说，创新是一条狗，我们当然反对为新而新。我不能给出“小说革命”的完整定义，但我想创新肯定是其中的要义之一。这里的新至少包含了意义、故事、叙事方式、问题等要素。对创新的误解，是因为长期以来将“新”与“旧”对立。我不是在断裂而是在联系中谈“小说革命”的。简单说，当年的“寻根文学”其实是回溯到“旧”的，但它创新了回应西方现代性的方式，和“先锋小说”一样都是创新。

李　唐：确实，如何看待创新，归根到底还有个人趣味的因素。我个人就很喜欢有“缺陷”“不完善”，但极富个性的作品，甚至超过了文学经典。它们身上的不成熟，有时反而会深深地打动我，那也是它们真诚和与众不同的地方。可能我们太在乎什么是“好小说”了，总想用条条框框给它下定义，却忽略了文学的多样性。我觉得多样性才是文学最有趣味的地方，如果某一日文学都成了一个样，就算出现一百部《红楼梦》，一百个托尔斯泰，我也会对文学彻底失去兴趣。

重提“小说革命”本质上是对小说成规不满
VS
小说不能只从形式和语言上去“革命”

傅小平：20世纪初梁启超曾提出“小说界革命”。虽然这两种提法相似，但隔着一个多世纪的时光，具体的诉求恐怕是相去甚远了。应该说，梁启超更多强调小说的社会功用，这点如今我们都不怎么提了，而且部分被解构了。我们如今提“新小说革命”，显然更多是在小说创新意义上提的。如果说要重提“小说界革命”，则更多是关乎革新小说界对小说的理解。我只是大略这么一说，具体小说革命，要革的什么命，有待大家做出探讨。

丛治辰：我不大同意我们只是在小说本体论意义上定义“小说创新”。小说认知层面、教化层面、娱乐层面的创新，我们又何必拒绝呢？

杨庆祥：梁启超的“小说界革命”，表面看是强调小说的社会功能（甚至是宣传鼓动的功能），但是内在也是对陈旧的小说艺术不满。现在提“小说革命”，虽然时代不同，但是本质上有着共同的诉求，就是对既有的小说成规的不满，对文学“内循环”的不满，实际上也是要求小说能够重新与社会互动，当然，这种互动是在哪一个层面上，需要进行更深入的讨论。

余泽民：以我看，号召的革命，总是运动性的。我更期待有一两位作家写出钟声一样的作品，被后人定义为革命，而不是一代作家在创作之前就为自己定下“革命”的调子。西方作家也搞过先集体宣言、再进行文学实验的写作革命，结果怎样？只在文学史上留下小插曲。既然这个提法由50后提出，那我更希望掌握话语权的这一代能给年轻人以反叛的权利、机会和关注；而青年作家，要搞清写作的基本问题：你为什么要写？有什么可写？然后才是技巧问题，给你的写作穿文学衣裳，而不是急火火地推翻一切“干革命”，自己的定性远比外力重要。

何　平：对，与其谈论革命，不如大家形成批评和对话的文学风气。没有好风气，越革命的，越死得快。

罗伟章：小说如果缺失了心灵功能和社会功能，它就无法与别的艺术门类竞争，所谓“艺术之母”，也就自动消解。如果离开了心灵的、社会的、时代的等实质性内容，只从形式和语言上去革命，估计也就是刷刷油漆。小说史上所有形式和语言的革命，透视下去，其实都是观念的革命，是对世界和生命认识的革命。所以王尧老师说的，在我看来，与前辈说的是一个意思。

路　内：这问题只能是具体问题具体谈，就作品、作品脉络而言。由一种观念而引领的文学运动很难再有了。运营方式限制了表达，一旦超乎小说的表达方式，立刻就进入其他领域了，比如视频。载体革命的力度更大，更决绝。如果反过来，就小说审美而自发形成的革命，以此影响大众观念，目前来说是太难了。这种局面下，能存在下去就是进步。

石一枫：写小说的也就配革自己的命，跟自己的坏习惯做斗争呗。

笛　安：我自己肯定是不会用“革命”这个词的。但是我觉得呢，“革命”是自然而然地发生，从石破天惊的孤例开始，星星之火突然一下燎原——我是说，我们一群人坐在这儿讨论革命怎么还没发生——肯定不太现实。

李　唐：其实既然有“革命”的想法出现，其内容应该也自然呈现了。既然要“革命”，必然有“不满”，虽然每个人的“不满”都不一样。

李　浩：是这样，当小说只是小道儿，是消遣甚至多少有些欲望刺激的满足的时候，为它注入启蒙、治愚和救心的功用，当然是革命性的；而当文学变成意识形态附属、变成政治诉求的阐释工具的时候，文学便会再革一次命，强调它无用之用的艺术之美，强调它对人性纤微和幽暗的探知和体谅。我想我们现在提革命，大约是要做再次的改变，譬如强调它的思想前行和智慧承载，譬如再次强调它的艺术创新和冒险……我们的艺术冒险和冒犯实在是太少了，而油腻气日重。是故，王尧先生的提法我双手赞同。它不仅针对青年作家的写作，也针对我。一位敬重的批评家曾尖锐地指责我：你李浩以为自己是野兽，其实你早已经是家畜了。这句话挂在我书房里让我时时警醒，我也希望自己能恢复一些野性。

小说这种文体的“创新力”已经被耗尽

VS

如果没有对其他领域的革新，小说本身并不能完成革命

傅小平： 无论梁启超当年提“小说界革命”在现在看来是否已过时，他当年应该是感应到时代变革需求才有此倡议。当然具体到创作本身，所谓“革命”要复杂得多。真正意义上的创新，从来不只是形式上的创新，很可能关乎灵魂深处的“革命”，我们注意到文学的先驱者们，像卡夫卡、穆齐尔等很多作家，都承受着不被同时代多数人理解的孤独和痛苦。即便是像鲁迅这样在他生活的时代就广有影响，也并非真正被同时代人接受和理解。进而言之，我们现在觉得郁达夫让他笔下人物跳海自尽前喊“祖国呀祖国！”有些矫情，也或许是因为很难还原到当时背景去理解那时他承受家国情怀与个人哀痛不得已而发出的呼喊。

余泽民： 你为什么这样肯定郁达夫让他笔下人物跳海自尽前喊“祖国呀祖国！”就是矫情呢？我想，当年陈天华在东京大森海湾蹈海自尽时，我相信他会真这样喊的，即使没喊出声，会在心里这样喊。我读《沉沦》是在20世纪80年代，当时我还在北医读书，是理想主义年代的理想主义青年，阅读的时候很容易进入场景，真不记得自己感觉那个情节矫情。在莎士比亚舞台上，角色经常有大段大段、有违现代人表达习惯的大喊大叫，可你不会觉得矫情，能接受那种戏剧性，知道那喊叫是内心独白。罗密欧和朱丽叶，一会儿这个死了，一会儿那个活了，一会儿又死了，如果当代作家这么写，你肯定会被逗笑，但为什么在莎士比亚剧里你照样会被打动？因为我们读书不会脱离作品背景，我们知道作者生活的年代，是哪国人，写哪段历史的事。卡夫卡的《城堡》矫不矫情？K转来转去进不了城。但我们知道卡夫卡写的是寓言，就不觉得矫情，反而认为特深刻。

傅小平： 其实我和你表达的一个意思，就是我们得还原到当时背景

里去加以理解。我前面举例子也是因为，我觉得“小说革命”不应只是由外向内的召唤，更应该是作家们发自内心的呼喊。他们灵魂深处发生“革命”，促使他们对写作做出一些根本性的改变，如此才更有可能产生真正有生命力的创新之作。当然，这是在更高层面上讲创新。不妨由此说说对“小说革命”的预期吧。

李　浩：说得好。它是卓见。随着人类科学和思考的前行，小说这种文体一定也会有诸多变化，它所关注的方面，甚至都会随之调整——如果我们无法保证我们的“新”，我认为首先要做的是补课，是我们知识、智力和才情的匮乏，而真的不是这种文体的“创新力”已经被耗尽。所以要我说对“小说革命”的预期，我希望我们能恢复文学的常识，接连20世纪80年代的未竟之路，接连世界文学的认知成果，同时恢复活力、勇气和“弄潮儿”精神，它就会是下一个高峰，甚至是中国的“白银时代”。我甚至觉得，十年到二十年左右，它就可能会出现，只要给予阳光和雨露——种子是从来不缺乏的。

石一枫：我觉得文学首先还是有它的社会责任。和社会价值相比，行业内的技术高度有那么重要吗。从这个角度来说，我也觉得“文学的革命”不能代替“革命的文学”。对小说前景，我还挺乐观，干这行的人都不傻，还挺尽心的，这就是一切可能性的基础。

笛　安：我觉得小说的生命力应该来源于某种芜杂，某种各类植被共生的环境——尽管你自诩为“纯文学”创作者，但是不要瞧不起类型小说家，不要瞧不起影视编剧，不要瞧不起网文作者，不管你自己如何定义你的工作，其实你逃不出这个生态系统，不要总觉得壁垒坚不可摧，关心一下隔壁的人在干什么——因为很多时候，行业内部壁垒的打破往往就是“变革”的结局。

路　内：最可能的还是在地域、阶层这些因素上找到可供讲述的内容，内容影响话语、影响小说的构成。但这些因素的限定范围有多大，我讲不清。所谓限定范围，打个比方，是某个南方小镇的话语，还是整个南方的话语，还是华语文学的一个方面——这取决于作家的能力了。这肯定不是文学的最高层面，只能说是一个恰当的、可以预期的结果。某个天才可以达到的超限层面，我想象不出来，得靠他自己写。

何　平：把作家的交给作家，批评家的交给批评家，各人先扫门前雪，各司其职，明乎本分。

傅小平：你和杨庆祥一样，都主张不对作家做“引导”，不对作品做预判。

杨庆祥：我一直强调，“小说革命”必须放在一个综合性的语境中来进行讨论，如果没有对人性想象的革新，如果没有对社会经济关系的革新，如果没有对财产权、身份政治、技术垄断等问题的新的想象和思考，小说本身并不能完成革命。

颜　歌：乐观地说，宏大的事情总是始于幽微之处，因此或许此刻，有一场“革命”正在开始，而这种不可预测和充满挑战的感觉正是作为写作者最大的快乐。我三更半夜一个人坐在客厅里回答问题，就觉得自己似乎回到了二十岁出头一通宵不睡跟人聊小说的年代。此时此刻，我回想起七八年前，我很决绝地决定离开中国一段时间，就是因为害怕自己在熟悉的圈子里变得太安逸了，三十岁不到就成了舒服的中年人。从我个人来说，写作需要挫败感、边缘感和一种永恒无解的局外人的无措及尴尬——大概不入局，就有革命的希望。

李　唐：我对小说的预期还是多样性。我希望未来看到更加多样、包容的小说，现在还远远不够，写作者总会被很多东西束缚住，比如传统，比如是否成熟。我们应该扔掉这些想法，去写内心深处最触动自己的事物。

二

新世纪文学 20 年：观察与思考

- 2020 年 -

新世纪文学已走过20年。这20年间，文学从题材到风格，到与读者、市场的关系，到与技术、媒介的关系等等，都经历了深刻的变化。这些变化，远不是几个关键词就能概括，也远不是几个结论就能定义的。我作为文学中人，见证了这些变化，却不足以在整体的意义上去梳理和描绘这些变化。也因此，我试着从小说、类型文学、诗歌、戏剧创作、非虚构文学五个方面写下自己的观察与思考，只当是对正在进行中的新世纪文学做一些“明知不可为而为之”的探讨。

新世纪小说发展很快，但躲在各种新话语背后的习惯并没有随之更新
VS
“先锋”和“现实主义”有待发生更为深层的互动和融合

2020年初新冠肺炎疫情发生的时候，我还在想这一年的小说创作是不是会受到一些影响，表现也将不如往年？到年底回顾时却发现，今年其实还是出了不少有分量的小说，如莫言的《晚熟的人》、贾平凹的《暂坐》、王安忆的《一把刀，千个字》、刘心武的《邮轮碎片》、冯骥才的《艺术家们》、迟子建的《烟火漫卷》、严歌苓的《666号》等，虽然这些小说都不以疫情为主题或背景。

事实上，疫情期间，着实有一些读者质疑作家们为何不写写疫情主题的作品，也着实有一些作家为自己在重大事件面前缺席感到疑虑。但放眼中外文学史，我们就会知道，那些书写灾难的文学作品，无论是国外，如薄伽丘的《十日谈》、笛福的《瘟疫年纪事》、加缪的《鼠疫》、马

尔克斯的《霍乱时期的爱情》、萨拉马戈的《失明症漫记》等，还是国内如阿来的《云中记》、迟子建的《白雪乌鸦》、张翎的《余震》、毕淑敏的《花冠病毒》、徐小斌的《天鹅》等，无一例外是在灾难发生若干年以后写下的，更有甚者，作家本人都不曾亲历他们所写的灾难事件，或者他们笔下的灾难事件只是作为隐喻的存在，并不曾真实发生。虽然我们阅读这些作品，阅读其中描写的灾难场景，会有身临其境之感，也会觉得它们仿佛就发生在当下，发生在如我们正在经历的新冠肺炎疫情的时时刻刻，这看似有些不可思议，实则自然而然。因为以透视和洞察人性见长的文学书写有其特殊性。诚如作家东西所言："有人说，新闻结束的地方，文学才刚刚开始，所以在灾难面前，作家不会缺席。但作家对灾难的写作不应一哄而上，而是需要倾注思想和情感，也需要时间来沉淀。"进而言之，作家深入理解灾难，让素材发酵，并转换为相对成熟的艺术形式，他们穿透碎片化的各式经验，对整个灾难有整体性的感知与把握，都需要时间，甚至是漫长的时间来沉淀。

我并不是说在灾难发生时，作家们当即记录，反而显得可疑。以阿来写《云中记》为例，他为什么要等到汶川地震发生十年后才写这部小说，是因为他觉得当时没法写。虽然他觉得即时书写地震的文字也不是没有价值，他曾不吝支持和褒奖这些真正切实的作品，他也为一些地震题材的作品作过序，肯定它们的史料价值，但这与他心目中的小说艺术存在距离。"我要当时写，写出来最多不过是把新闻报道转化成小说的样子。我不是说不能这么写，但作为一个写小说的人，我本能地觉得，要这么写，对小说艺术本身，其实是没什么意思的。"

而我在这里谈疫情与写作，主要是想谈作家写作应该怎样反映现实，或者是怎样更好地反映现实的问题。应该说，进入21世纪以来，有相当数量的作家，包括那些表现出唯艺术倾向的先锋派作家，都如评论家郭宝亮在文章《浅论新世纪小说的几种发展路向》(《小说评论》2018年第6期)中所说开始自觉地面向现实。20世纪90年代以来那种狭隘的"过分向内转"的"私人化写作"逐渐式微，代之以正面敞开式的现实书写。也是在这个意义上，郭宝亮认为，90年代文学界渴盼的小说“向外转”真正地实现了。而且这次“向外转”，不是向内向外的简单的轮回，而是否定之否定的艺术辩证发展。以他的说法，21世纪以来很多小说不仅对现实生活中的各类问题发起正面强攻，而且在艺术上变得圆润成熟。

虽然如此，新世纪文学20年总体表现并不能让人满意。在2018年10月16日于上海师范大学举行的“与20世纪同行：现代文学与当代中国”学术研讨会上，评论家陈思和表示，“新世纪文学”虽有“新”的名头，却缺少“新”的代表作家，这在某种程度上是因为，进入21世纪以来，中国文学始终不曾出现新的范式、新的运动。在陈思和看来，20世纪中国文学一直是靠“运动”推进的，不管是文学运动还是政治运动，由这样超越当时很多人审美观念的运动创造出来的文学是崭新的。虽然新中国成立初期到“文革”前的17年文学时期，是以政治文学为导向的一个时期，大家对这个时期的文学评价不一，但可以确定的是，这一时期文学突然进入了新的时代，出现了一套新的话语，一批不同于老一辈作家巴金等的“新”作家出来了，这批作家未必比以前好，但他们引起了最大程度的关注。同样，20世纪八九十年代的先锋思潮也短时期出现一批“新”作家。

话说回来，以非常态的“运动”推进文学发展，未必就是理想状态。陈思和更期待中国能在平静的常态中，在慢慢积累中，出现大作家、大作品。早在2008年4月13日于上海作协举行的“新时期文学三十年”学术研讨会上，评论家郜元宝就曾以“整体未必破碎，个体未必发展”为主旨描述过新时期30年文学发展的概况。他说，很多年来，中国作家的“发展”或“进化”并非完全朝着真正丰富而独特的个性的方向发展。我们的作家在生活中越来越世故，越来越智慧，但很少转化为文学的世故和智慧。而我们的文学发展很快，但文学体制、思维方式，躲在各种新话语背后的习惯，仍然是旧的，不仅没破碎，还在迅速修复、凝固。显然，他主要是针对21世纪以来中国文学发展发此感慨的。而评论家王尧更是在《新“小说革命”的必要与可能》(《文学报》，2020年09月24日）一文中表示："在社会文化结构发生变化时，文学的内部运动总是文学发展的动力。如果这个事实能够成立，并且参照1985年前后'小说革命'的实践以及当时风生水起的思想文化景观，我不得不说出我的基本判断：相当长时间以来，小说创作在整体上处于停滞状态。"

也是基于诸如此类的判断，还有我个人这些年的阅读观感，我邀约王尧，以及贺绍俊、余泽民、罗伟章、何平、李浩、路内、石一枫、杨庆祥、笛安、丛治辰、颜歌、李唐等不同代际的作家、评论家共话"新'小说革命'"，围绕"如何改变21世纪以来小说在整体上停滞不前的状况""青年作家写作应当怎样与世界建立更为广泛、深刻的联系""当下渐显僵化、保守的小说批评又该做出哪些调整"等问题展开讨论。虽然在这场涉及多个面向的讨论中，大家各有各的判断，但基本上都认同当下小说如果要有大的发展，就得摆脱"内循环"，重新与广阔社会建立深层次互动，并在"怎么写"这个问题上做出新的探索。

于2020年9月12日在江苏南京举行的"第四届扬子江青年批评家论坛"，以"先锋之后的现实主义写作路径"为题展开讨论，在某种意义上对此做了回应。用评论家岳雯的话说，"先锋"与"现实主义"看上去是二元对立的关系，但它们又是融合的，是"你中有我，我中有你"的。作家李洱曾以陈忠实的写作为例提出，先锋小说激活了陈忠实的所有经验，没有先锋小说在前，哪有《白鹿原》在后？显而易见，如评论家方岩所说，在李洱看来，陈忠实正是通过大量借鉴潜意识、非理性、魔幻等现代主义手法，才深刻地展示出人性深处的东西，揭示了人性的悲剧、人生的苦难。"退而言之，我们不能否认，先锋小说背后的美学体系起到了普及文学常识的作用，从而影响了此后中国作家的文学创作。"

这种影响是如此深远，以至于如评论家王晴飞所说，现在的现实主义不可能再像先锋之前的现实主义那样写，现在的作家也不可能完全像以前那样去思考和表达。的确如此，如果在具体文学史事件的意义上讨论"先锋"和"现实主义"，诚如评论家丛治辰所言，某种意义上，先锋文学正是产生于对传统现实主义的不满，那时"写什么"的问题已经深深地束缚了文学创造力，于是才出现了“先锋文学”这样一个事件。“但‘先锋’和‘现实主义’这两个概念有一定的矛盾性，只有解放和激活它们，我们才能理解前者对后者的意义。”

丛治辰提及三个层次的概念解放。第一层解放接近于今天一般的理解，即“先锋”并非指那么具体的当代文学史事件，而是指该事件所造成的文学本体论意义上的技术更新；而现实主义也不再是严格意义上的、要求对历史与世界有总体性认识的现实主义，而将那些表现现实题材的作品都称为现实主义。“如果这样理解‘先锋’和‘现实主义’，那么它们之间已经产生了非常良好的互动。作家徐则臣说过类似的话：今天好的小说应该内在是先锋的，外在是现实主义的。我想这个表达基本可以说明先锋和现实主义的一个理想关系。”

倘是继续深入研究，丛治辰认为，似乎还可以对“先锋”的概念内涵进行第二层解放，即更深刻地认识先锋文学到底是什么；除了形式和技术层面的意义之外，先锋文学是否还为当代文学史提供了别的资源。在他看来，先锋派有其商业性或目的性，不少先锋作家在写先锋小说时，有着非常明确的“读者预期”“期刊预期”和“批评家预期”。“我们有时难免理想化地认为先锋文学代表着纯文学，代表着一种艺术本体论的态度。但把它放回到文学史现场就会发现，它并没有那么单纯。”也是在这一层面上，丛治辰提到先锋文学更深远的影响，或许是促成了一个共享着同样审美趣味的知识分子共同体的形成，而他们共享的审美趣味，至少在相当长的时期里成为一种宰制性的审美趣味。

由此，他认为我们或许可以脱开当代文学史的具体语境去认识“先锋”的意义。先锋是一种姿态，它本身就不应该是一种固定的样貌，它应该永远像是文学的先头部队一样走在前面。它的产生恰恰是因为现实发生了变化，恰恰是为了更好地表达现代经验中空前复杂的现实，这样的现实是传统现实主义难以处理的。“而今社会现实不断变化，文学也只有不断地更新自己才能先锋，也才能更好地回应现实。‘先锋’和‘现实主义’还将持续地互动下去。”

实际上，作家们只有在写作中，让“先锋”和“现实主义”深度互动和融合，才能对当今纷纭复杂的现实有深刻的书写。《钟山》杂志主编贾梦玮表示，文学不是对现实的镜子般的反映，优秀作家和作品总是试图创造另一个世界，使之成为现实的参照物，让阅读者得以透过作品反观现实和自身。而今天中国的现实是非常独特而多面的。“现实有时是作家的‘伴侣’和‘参照’，更多时候还可能是作家的‘对手’，因为作家对现实人生采取的是一种审视、反思的态度。”

确实如此，现实的巨变常常让作家们措手不及。以评论家刘大先的观察，眼下城市与乡村正发生着前所未见的巨变。“有些城市是类似城乡接合部式的存在，它不能被理解为乡村的升级版，也不能看作是城市的未成熟状态，它是一个独立的不断变化的状态。”与此相仿，在他看来，如今的乡村也早已不是敲打“城市文明病”的那根棍子，也不再代表着一种遥远的乡愁式的想象。“换言之，我们无法设想任何一种本质化的乡村或者城市，如果要寻找所谓当代中国故事，就必须从当下中国的真实出发——这种真实可能无比粗糙，但它充满着左奔右突的活力和各种各样的潜能。”也因此，在他看来，作家们与其泾渭分明地去刻意划分不同地域的经验，不如接受生活中的混沌、暧昧与不清晰。

与这般暧昧不清的现实相对应，如今很多作家写的小说面目也是暧昧不清的。这在某种程度上成了他们逃避写作难度的一个理由。评论家申霞艳表示，对于经历过先锋洗礼的作家来说，寻找某个句式和概念也许并不难，真正写出具有探索难度和丰富意蕴的作品却不容易。信息富集的时代一方面使得故事频频涌现，为作家提供了丰富的素材，一方面也对作家呈现现实的能力提出挑战。倘是作家处理现实的方式直接来自新闻，写小说降格为写故事，肯定不会令人满意。在这个意义上，申霞艳认为，今天的作家应该重新向路遥、向非虚构写作学习。为了在《平凡的世界》中写好省委书记，路遥曾拜托书记家的保姆带他偷偷观察书记家的角角落落。这种深入实地的处理方式，对今天的作家依然有借鉴意义。

有必要指出，在当下的语境里谈现实主义，就像申霞艳说的那样，主要还是提倡现实主义精神，提倡作家面对生活、面对社会现实，需要有一种谦卑诚实的态度，并不是说，当下作家唯有沿袭路遥式的，比较传统的现实主义写作路子才是正道。2015年，我曾邀约雷达、白烨、李建军、李云雷四位评论家探讨过“现实主义与当下中国”这一话题。作为路遥创作至为坚定的支持者的雷达也在答问中强调，我们万万不能从《平凡的世界》得出要独尊现实主义的结论。在他看来，现实主义不是以邻为壑的唯我独尊主义，也不是万物皆备的“好作品主义”。我们在肯定《平凡的世界》的同时，要看到还有许许多多并不是用传统的现实主义，而是用魔幻的、狂野的、心理的、变形的、浪漫的现实主义，或现实主义与现代主义，甚至后现代主义融合而成的好作品。

确实如此，正如评论家贺绍俊所说，现在的现实主义完全是一种开放型的现实主义，能够很自如地与现代主义的表现方式衔接到一起。现代主义不应该再把现实主义当成对立面来对抗了，那些先锋小说家也知道如何借用现实主义的长处和优势。现实主义文学更是以开放的姿态接受现代主义文学传统的影响和渗透。不少现实主义文学作品中，都加进了一些超现实或非现实的元素。在贺绍俊看来，无论是现实主义，还是现代主义，都是作家把自己观察到的生活以及自己在生活中获得的经验，重新组织成文学的世界，这个文学世界既与现实世界有关联，又不同于现实世界。现实主义是戴着理性的眼镜看世界，现代主义是戴着非理性的眼镜看世界。当作家有了两副眼镜后，就能看到世界更为复杂和微妙的层面。(《后现实主义语境下的坚守与突破》，见《文学报》，2019年10月31日)

从这个意义上说，新世纪文学20年表现不如预期，部分原因也在于“先锋”和“现实主义”融合不够，并且在“先锋”的形式探索和“现实主义”精神的开掘两方面都有回退。评论家颜炼军更是强调，先锋文学对语言本体的重视依然值得借鉴。作家面临的永恒难题正是先锋的要义，即通过改善语言和形式来呼应和锻造生活经验的“变”与“常”。“有效的写作始终是先锋的，不仅探索新经验带来的刺激，最后也归结为语言形式的变革与更新，由此形成经典文本。”

势头正猛的类型文学，面临缺少文学性的质疑，
也面临读者流失的挑战
VS
类型文学品质得以提升，有赖于通识教育推进，
并与传统文学“合流”

这里所谓的类型文学，主要指的网络文学和科幻文学，更是指网络小说和科幻小说，它们当然可以笼统地归在小说体裁里。之所以独立出来讲，是因为在我看来，它们有别于前面谈及的传统意义上或纯文学意义上的小说，还因为它们在21世纪以来的20年中有不可忽视的突出表现。

在“与20世纪同行：现代文学与当代中国”学术研讨会上，作家王安忆认为，文学的黄金时代已经结束，而小说发展是有周期的，它的周期走完了，要在别的地方重新开始。她说的“别的地方”指的是呈现出蓬勃生命力的影视、音乐、艺术等，当然也包括类型文学。“可能因为小说进入了学府，知识分子介入小说，使小说不那么好看了，好看的小说只有从类型文学中找。”

网络小说至少是属于好看的类型，要不我们没法解释它何以能吸引如此庞大的读者群，何况用评论家桫椤的话说，网络文学的读者，并非都是从传统文学中抢夺而来的，绝大部分都是从大众中吸引来的——这些读者在不读网络小说之前也并不一定有读文学期刊的习惯，是文学读者中的绝对增量。坦白说，我不算网络文学的忠实读者，也很少读，更准确地说是没怎么读过网络小说，我却是看过《琅琊榜》等几部由网络小说改编的电影、电视作品的。进入21世纪以来，根据网络小说改编产生较大影响的作品还有《步步惊心》《倾世皇妃》《甄嬛传》《庆余年》《三生三世十里桃花》《裸婚时代》《失恋33天》等。我想大概也有小部分人是看了热门影视剧后转而成为网络文学的读者的。不管怎样，数据是硬道理。2017年底的一项统计数据表明，国内网络文学市场规模129.2亿元、网络文学作者1400多万名、网络文学作品超1600万种、网络文学读者规模约4.06亿人。如果只是从规模和效应上看，网络文学已经代表了这个时代的主流文学样式。

时间倒退回21世纪初，大概很少有人能预料到网络文学会发展如此迅猛。早在2004年10月17日，那时我刚进报社实习，就在上海图书馆听网络文学最初的倡导者、作家陈村做过一场题为“所谓网络经典”的演讲。陈村断言，网络文学最好的时期已经过去，并由此惹来一场堪称激烈的争论。他感慨，网络写作日趋功利，相对于传统的写作运行模式，作为一种独立、自由的写作姿态开始走向衰微。网络文学的自由，它的随意，它的不功利，也已经被污染了，赤子之心消失得太快。他还表示，不能因此苛责网络写手，因为作品发表在网上没有稿费收入不说，引起关注也的确不容易。网络上还没有建立起一个很好的“制度”确保好的作品被发现并得到回报。

21世纪已经过去20年，现在回头看，陈村说得对，也不对。他眼中的网络文学——发表在网络上的纯文学，和现在大家言说中的充分市场化的网络文学几乎不是一回事，而网络文学失去赤子之心却是不争的事实，因为网络文学早已成了各方争夺的香饽饽。网络写手也不只是把到网下去出版传统的书籍作为夸耀的“执照”，而被改编成影视、游戏等获取更大的收益，才是他们最引以为豪的成就。有关资料显示，一些网络“大神”的年收入已达百万、千万。而网络文学引起主流文坛的关注，并意图纳入当代文学版图，更可以说是现实倒推的结果。很长时间里被认为是不登大雅之堂的网络小说，一小部分开始被传统文学期刊接纳。各大高校、作协机构也纷纷对网络文学敞开怀抱，继2013年末北京市作家协会成立网络文学创作委员会后，北京成立了网络文学大学；随后盛大文学和上海视觉艺术学院合作创办国内首个网络文学本科专业；2014年初，浙江省成立国内第一家省级网络作家协会，此后更是在全国多个省份开枝散叶。与此同时，网络文学与影视改编、文学批评等的关系，以及网络文学面临的机遇与挑战等话题，开始越来越多见诸报端。相关网络文学的研讨会也是层出不穷。

问题的另一面在于，网络文学之为文学作品的文学性一直饱受质疑。2014年6月，《文学报》举办过一个研讨会，主题是：网络文学是不是文学？照我看来，网络文学既然冠以“文学”之名，它当然是文学，而且网络文学也并非天外来物，它更多脱胎于中国文学传统里的通俗文学，但它确实不是约定俗成的、充满文学性的那种文学。既然是文学，无论是传统文学，还是网络文学，都面临一些相同的问题。比如为何写、怎样写的问题。又比如，如何贴近生活、贴近现实的问题。显而易见，网络文学里有一些极富想象力、突破了传统文学写作范式的好作品，但也有不少缺失文学性、内容雷同的快餐内容，“工业化”写作在快速透支网络文学作家的才智，并抑制了网络文学的创新和活力。同时，我们在担心传统文学读者大量流失的同时，也不能不注意到，随着手机，特别是4G时代的到来，网络文学也面临同样的问题。就像有评论质问的那样，网络文学因为满足了快餐式、猎奇性阅读而风靡一时，但如果手机下载一部电影只要几秒钟，那个时候，是否还有那么多网民、读者来读网络小说？

由此可见，势头正猛的网络文学不仅面对缺少文学性的质疑，也面对着读者流失的挑战。网络文学，尤其是网络小说要得到更好的发展，有必要与传统文学“合流”。所谓的“合流”，也不该只是体现为莫言于2013年10月30日正式出任中国首家网络文学大学名誉校长之类的新闻事件，而是如有评论说的，当网络文学真正成为“文学”的时候，读者关注的将不再是它发表的媒介和载体，而是文学本身。而两者“合流”是有基础的，文学史家范伯群曾说，中国现代文学应是“一体两翼”的状态，五四新文学与通俗文学，成为互相平衡的“展开的翅膀”。网络文学显然更多接续中国通俗文学传统，同时如评论家房伟所说吸收国外类型文学元素，并强化对中国古典传统与新文学传统的链接，也形成了对当下生活的想象力和知识能量的爆发，从而使其容量扩展惊人，时空视野阔大。与此同时在房伟看来，纯文学也应关注网络小说在新媒介语境下的变化。无论其书写形式，还是表现内容，网络文学的变化都对纯文学有借鉴意义。比如，网络文学的科幻题材对未来的科学想象能力；网络文学对中国说书人传统的发展，可用来反思纯文学“可读性问题”；网络文学丰富的类型模式，也可以提高小说“沟通性”等。（《我们向网络小说“借鉴”什么？》，中国作家网，2020年07月21日）

可以预期，网络文学以其海纳百川的气度，终将产生自己的经典文本。依我看，网络文学即使成了“真正的文学”，也最好葆有它的“网络性”，就像陈村在那次演讲中说的，网络文学显示出来的独立、民主、自由、开放的姿态，它蓬勃的朝气和活力，是其他任何东西无法替代的，它体现出的民间的创造力无可估量。陈村还说，网络文学里有很多有价值的东西，非常贴切地反映了我们时代的特征，这些很有价值的东西如不收集保存，最终是要消失的。他呼吁：图书馆、档案馆应为这些事物“立此存照”。但我更想说的是，我们更应该为这种“网络性”，或者说充满朝气和活力的民间性立此存照，从而激励文学的创造。

进入21世纪以来，在小说领域与网络小说一般受关注的，也就是科幻小说了。在这方面，我属于后知后觉者。我记得在2012年，也就是莫言获诺贝尔文学奖那年，我曾想过做一个话题，主题是“中国文学：为何缺了‘未来’这味药？”。我想表达的意思是，中国文学何以缺了“未来”这个维度？以我那时的观察，从中国主流文学，乃至通常意义上的严肃文学的层面上看，我们惯于书写的是历史和现实，我们的文学源流里，没有康帕内拉的《太阳城》，也没有赫胥黎的《美丽新世界》。在我们文学的描述里，对于未来多的是美好的愿景，就好比是等到2010年上海世博会举办，才有文学史家或历史研究者从浩渺的古籍里搜寻发现，早在100年前，晚清小说家陆士谔，在他创作的充满幻想的小说《新中国》里，就预言了这一盛会在整整一个世纪以后的华丽绽放。待到这时，我们才不禁感叹，陆士谔在彼时积贫积弱的中国居然就发出这般惊人的预见！依我看，这样的预见自然是有前瞻性的，但还是缺了人类的视野，缺了全景的观照。

一个不容忽视的事实是，我们缺少乌托邦文学，也缺少反乌托邦文学。而这两者在西方文学中可谓源远流长，尤其是反乌托邦小说自英国作家乔治·奥威尔的《1984》问世之后更是方兴未艾，乃至我们的邻国日本也受了熏染。比如，村上春树的《1Q84》就是受了《1984》的启发。在这部小说里，他以当年日本“赤军连”学生运动以及奥姆真理教等社会事件为故事主线，对邪教组织和恐怖主义做了深刻反思。更重要的是，透过《1Q84》，就像作家张大春说的，我们不但读到了村上春树重述的一段战后历史，更了解到他向来最关心的“另一个世界”的问题。相比而言，绝大多数中国作家，只关心“这一个世界”。当然，像村上春树一样向《1984》致敬的，还有阿尔及利亚法语作家布阿莱姆·桑萨尔，他在2015年出版了《2084》。就像该书中文译者、翻译家余中先指出的，各种各样的“反乌托邦”小说都是在未来世界中寻找思想的空间与虚构的可能。“毕竟人类发展的每个时代，可能都有恶魔存在，极权主义启迪了奥威尔的《1984》，而今天的人对宗教极端狂热、宗教蒙昧主义、恐怖主义的深深忧虑，则启迪了《2084》的诞生。”试想有谁愿意去到小说里写到的阿比斯坦国，在“彼佳眼”无处不在的监视下生活呢？无疑，这样的小说之所以受到欢迎，亦如余中先所言，与暴力恐怖、极端专政、宗教盲信、伪科学邪教给现代人带来的生存危机感有很深的关联。“读者对未来忧心忡忡，需要从这类文字中得到启迪，或某种洗礼，或某种升华。”但这样的启迪，在我们的原创作品中是少见的。

现在想来，我主要还是从传统文学或软科幻的角度观察科幻文学。但以科幻文学作家刘慈欣的说法，仿照纯文学对现实的描写来观察类型文学的话，会出现很大的偏差。在2013年6月2日于上海举行的题为“创作与评论如何良性互动”的作家、评论家对话交流会上，刘慈欣说了这番话。他感慨，类型文学虽然已超过半壁江山，但依然在文学评论体系的视野之外。对其评论规模太小，形不成体系，更谈不上指导。在刘慈欣看来，文学评论一直以来，在对文学的定义、文学的理念等方面，都有顽固的思维定式。“比如‘文学是人学’就成了文学的定律，但类型文学有其特殊性。纯文学里表现的那些人性的东西，在类型文学里往往作为一种工具，用来衬托侦探小说中的推理链，科幻小说里的科幻构思等。如果没发现这点，阅读也好，评论也好，就肯定是没击中它的核心。”

那时，刘慈欣已经因为出版《三体》等著作备受关注，用作家韩松在2019年4月20日于南京举行的“中国科幻小说出海反思与展望”论坛上的说法，自2006年，《三体》开始在《科幻世界》上连载，一个新的时代开始了。评论家严峰也认为，《三体》出版是中国科幻史上具有决定性的事件。此后，刘慈欣、郝景芳分别于2015年、2016年获“雨果奖”。在严峰看来，科幻文学由此向整个社会辐射泛化。等到《流浪地球》刷新票房纪录，用严峰的说法是，一部科幻片完成了一次大爆炸。这不只是文学事件，还成了社会事件、文化事件。不管怎样，中国科幻文学近些年收获了前所未有的热度和关注，并在全球产生影响。

但就像科幻文学作家飞氘说的那样，刘慈欣几乎是以一己之力把中国科幻提升到世界级高度，目前也只有他受到市场的高度关注，并登上作家富豪榜。在他看来，这与其说市场或者读者接受了科幻文学，不如说接受了刘慈欣式的科幻宏大叙事。而目前科幻写作者数量少，具有广泛共识的经典科幻作品稀缺，读者和市场对科幻文学接受度不高，依然是中国科幻文学面临的严峻现实。中国科幻文学面临的另一个重要缺失则是如评论家何平所说，从科幻文学理应具备的科学维度、幻想维度、文学维度这三个维度来衡量，现在很多科幻文学作品严格来讲是不及格的。“有些作品缺少当代的科学意识，能叫科幻文学吗？有些作品没有幻想性，能叫科幻文学吗？还有些作品文学不过关，能叫科幻文学吗？当然不能。”

以我有限的阅读，我赞同飞氘和何平的观察。在我看来，要解决这些难题，有赖于科幻文学与纯文学之间的交融。记得2004年，我曾在上海图书馆听王安忆和细胞生物学家裴钢共论“科学与文学之交融”。他们诸如“科学和文学两种截然不同的道路都指向个人精神追求的终极信仰和终极价值”“科学试图告诉人们世界是什么样的，文学总试图告诉人们世界应该是什么样”等观点，至今想来记忆犹新。近十年后，亦即2013年，莫言和物理学家杨振宁也在北京大学做了科学与文学的对话。两位不同领域的诺奖得主诸如“文学关注人，科学关注自然界，文学家关注人类情感，科学家关注物质原理”“科学里更多是去发现，而文学里更多是去发明，但两者都需要‘妙悟’和‘想象力’”“科学是猜想，而文学是幻想，很多的科学发现都是由一个猜想引起的，而文学创作则需要根据对客观事物的幻想”等观点，与王安忆和裴钢的某些看法可谓异曲同工。如此倒是印证了福楼拜“科学与艺术在山脚下分手，终将在山顶上重逢”的经典论述。

当然从目前看，这更可以说只是一种期待。我曾就这个问题请教过作家韩少功，他也期望打破专业界限，让更多有科学专业背景的人来参与文学，改变一下人文从业群体的成分结构。但眼下文理科界限分明，给两者的融汇带来了很大的难度。所谓“隔行如隔山”，人文从业者要在写作中融入科学元素非常不易，更不要说介入科学领域了。而科学从业者仅是多一些文、史、哲的素养，能背得下几首唐诗宋词，看过一堆美剧韩剧，就以为可以“人文”一把，那就太想当然了。基于此，他感慨眼下很多文科生太不关心和了解科技，很多理科生则太迷信科技，在价值观问题上脑补不足，严重缺弦，几乎是一头扎进数理逻辑的一神教。这样的两头夹击之下，各种盲区叠加，知识界的状况倒是让人担心。

要改变知识界这种让人担忧的状况，或许有赖于通识教育的推进。莫言和杨振宁在那场对话中还谈到了“爱迪生如何看待手机”的问题。杨振宁说：“我常常在想一个问题，假如今天把爱迪生突然请回来，让他在21世纪生活一个礼拜，什么东西是他最感到不可思议的?”莫言答曰：“手机。”杨振宁欣然回说：“对，我同意！随便一个人，拿出手机来就可以和美国的朋友通话，这比《封神榜》里最奇怪的事情还要奇怪！”这番谈话材料，被当作当年北京的高考作文题，也可算是通识教育的一个“佳话”。

创意写作在中国蓬勃发展，在某种意义上可看成是国内各大院校落实通识教育的体现。自2007年复旦大学“文学写作硕士”对外招生后，据不完全统计，自复旦大学于2009年获批成立国内第一个MFA后，同年上海大学成立国内第一家创意写作研究中心。随后短短五六年间，北京大学、中国人民大学、北京师范大学、南京大学等国内近百所高校均开设创意写作课程，并纷纷成立创意写作中心、创意工作坊、国际写作中心，开办本硕博等不同层次的学历及非学历教育，实行驻校作家制度，推出写作训练营和作家班。除高校外，社会上的创意写作培训机构如“疯狂写作”班、“创意作文”班等也可谓遍地开花。创意写作实践的持续深入，也让困扰人们已久的，诸如“写作可不可以教”“国内院校中文系能不能培养作家”“创意写作重在培养作家，还是培养文化创意产业人才”“这门舶来学科又该怎样更好地本土化”等问题，得以进一步阐明。

有理由相信，西方一些偏爱科学幻想的纯文学作家的创作，得益于他们在青少年时期接受通识教育，并且长期关注科学发展。2020年颇受关注的两部引进版长篇小说——《证言》和《我这样的机器》，都是讲与科学幻想有关的故事。加拿大作家阿特伍德写于1980年代的小说《使女的故事》，将背景设定在两百多年以后。小说让一位曾在基列国不幸沦为“使女”，并在后来侥幸逃出的女性，通过录在磁带里的声音，向读者讲述之前发生的故事，其间夹杂着大量主人公对20世纪80年代生活的回忆与反思。在续作《证言》里，阿特伍德呈现了一个发展变化后的世界。在《使女的故事》结局15年后，基列国的统治从内部显露出衰腐的迹象。在巨变将临的关键时刻，三位不同身份背景的女性的命运开始交错，进而引发了颠覆性的后果。用作家毛尖的话说，这部续作是为前作的读者量身定制的，每个读者都能通过这部续作找到读前作时留下的那些疑问的回答。“阿特伍德用一本书的结构来答疑，几乎是一种文本实验。”

英国作家麦克尤恩的《我这样的机器》也可以说是一部答疑之作或实验之作。其部分作品的中译者黄昱宁透露说，作为一个对科技有着强烈兴趣的文科生，麦克尤恩早在1980年代初就有了第一台个人电脑。而且他还曾经在演讲的时候讲到，他在21世纪初写《赎罪》时就设定里面有机器人。他没法把这样的设定进行下去，就把里面的人物和情节提炼出来，写成我们现在看到的《赎罪》。“直到18年后，他才终于写成了这部有关机器人的小说，可见这个问题在他脑子里萦绕了多久。”虽然人工智能到现在也还谈不上高度发达，在麦克尤恩设定的那个1982年平行宇宙中的伦敦，却不仅有我们很熟悉的过往，也有高度发达的人工智能。就像作家小白说的那样，把技术嵌套在过去的历史节点的设计，在科幻小说里并不罕见，如蒸汽朋克的小说，可以用技术决定论来结构故事。“但麦克尤恩做这样的设计，显然带有他对自己的反思，对人类社会的反思，他借助于一个机器人的故事来表达他对历史、伦理等方面的一些思考。”

2017年诺贝尔文学奖得主石黑一雄，也是一位对科幻题材有浓厚兴趣的作家。他出版于2004年的《别让我走》便是一部科幻题材的小说。时间倒退至1997年，“克隆羊”多利诞生的消息问世，轰动一时。大众感兴趣的不是“克隆羊”本身，而是以同一技术制造“克隆人”的可能。这是石黑一雄写作《别让我走》的灵感之源，也是小说中以此为背景探讨现代科学与人文精神互相纠缠的议题。他获奖后完成的第一部长篇新作《克拉拉和太阳》，也将于2021年由上海译文出版社引进出版。这部新作讲述一位具有出色观察能力的人工智能克拉拉在商店橱窗中时刻观察着人类行为，并期待寻找到适合自己的人类朋友，当那一天终于到来时，她却被告知不要完全相信人类的承诺。显而易见，小说讲述的故事虽然发生在另一个世界，却与此时此刻的现实紧密相关。

无论如何，人工智能发展确实已经牵动着此时此刻的现实。《文学报》曾于2019年8月29日推出专题讨论文章《AI与未来写作：决定写作命运的不是AI，而是写作自己》，众嘉宾认为，人工智能的发展已经让人类对自身的认知、对自身情感结构的把握，脱离了传统意义上的人类中心主义想象。这是对人类主体性问题的巨大挑战，它潜藏着巨大的不确定性。与此相仿，中国作家能否写出科学幻想与文学性并举的杰作，虽然蕴藏着不确定性，却是特别值得期待。

个人化写作以一种沉潜的气度回归写作本身 VS 除了个体经验，诗歌还需连通民族、历史、时代的经验

进入21世纪以来，没有一种体裁像诗歌那样，直接而猛烈地受到来自人工智能的巨大挑战。虽然最早在1962年，美国就有工程师研究出智能诗歌软件，这个软件写了很多诗歌，而且公开发表。在国内，日后成为知名企业家的梁建章也早在1984年就开发一个软件，可以默写唐诗三百首和千家新诗注。但直到写诗机器人“小冰”“小封”分别于2017年、2019年推出各自的诗集《当阳光失了玻璃窗》《万物都相爱》，国内诗人们才真正感受某种如临大敌般的惶惑和不安。此后，由北京大学王选计算机研究所研发的“小明”“小南”“小柯”，以及由清华大学研制的“薇薇”“九歌”等写作机器人，乃至“谷臻小简”这样的评诗机器人陆续登场。用诗歌评论家霍俊明的说法，它们正通过“结构”诗歌的方式在“解构”现实诗人的功能。由此看来，罗兰·巴特预言的“作者之死”似乎正在加速成为现实。

如果单看来自人工智能的挑战，我们会以为诗歌正处于生死存亡的时刻。实际的情况是，科技发展同时给诗歌带来了前所未有的机遇。如霍俊明所说，20年来，从最初的BBS论坛、电子诗刊、诗歌网站以及后来的博客、微博、微信、手机App以及各种短视频直播，我们已进入发达的强社交媒体时代的电子化诗歌阶段。……人与诗歌的交流呈现出区别于以往平面化文字传播的方式，而越来越突出了诗歌的即时性、图像化、视觉化和影音化特征。传播介质的改变和传播技术的迭代更新使诗歌的传播形式相应发生了变革，形成了“刊＋网＋微信公号＋诗人自媒体”的立体生态链。这使得诗歌传播更为自由和开放，同时也导致大量的垃

圾诗、伪诗和平庸诗歌的泛滥，以及整体诗歌生态的失衡。诗歌也具有了“泛化”“庸俗化”和“快感消费”的趋向。(《被仰望与被遗忘的——21世纪诗歌20年的备忘录或观察笔记》，中国作家网，2020年7月2日)

对于这种趋向，着实有一些诗人、诗歌评论家表示了担忧。早在2013年1月，诗人欧阳江河在和我交流时，就表示“我想要的诗歌，就是要从消费文化中跳出来”。他同时不无忧虑地批评当下诗歌都成了什么小玩意儿，写来写去都只有小情趣，只有眼前利益。“我们中国的诗歌写作是大国写作，它理当如此。它就该是俯视性的，有高度概括性的。”“如果我们时代里，最好的诗人都不去关心大国写作，那这样的诗歌就没有了。”(《欧阳江河：我的写作要表达反消费的美学诉求》，《文学报》，2013年1月31日)

从某种意义上说，欧阳江河的诗歌写作依然包含了某种先锋性的诉求。虽然如评论家张清华在《“新世纪诗歌二十年”的几个关键词》一文中所说，先锋写作基本上在世纪之交就已经终结了，时代的转换使其失去了存在的环境和条件，只是为了表明它形式上的依然存续，而衍变为极端写作。极端写作保持了对日常性的反对逻辑，但是它也无法规范自身，所以就表现为粗鄙化、“逆消费化”。“什么叫做逆消费化？就是看上去是反对消费的，但是实际上又构成或‘被构成’了消费。”张清华还表示，新世纪诗歌20年，经历了由时间逻辑到空间展开的过程。诗人们不再为简单的时间性的观念去写作，而是为了自己背后的这块古老而广袤的文化土壤，为这块精神的田园来写作。但诗人们的写作也出现了“碎片化、材料化或者未完成性”的问题。张清华这么说，并不是简单地去贬低诗人的创作，相反他认为，诗人和这个时代保持了文化意义上的同步。但他同时不无遗憾地表示，那种能够开创一种文明范式的“但丁式的诗人”，在我们这个时代里，似乎已经难以出现了。(《文学报》，2020年2月27日)

而考察新世纪诗歌20年究竟取得何种成就，主要就看是否出现了重量级的诗人，是否留下了经得起时间检验的经典文本。在2020年10月11

日于南京师范大学举行的第三届“扬子江诗会·大家讲坛”上，张清华现身说法道，前两年他曾编过一部中国新诗百年编年，按照诗歌发表年份编下来，编了十卷，大致是10年为一卷，他发现有些卷经典性比较高，有些卷的经典性就比较差。当编到20世纪90年代，他发现那时的诗歌给人目不暇接之感，觉得哪怕是删掉一首都可惜，所以这一卷也编得特别厚，但到21世纪以后，他就开始犹豫了，如果选那些粗糙的，出版社不会容忍，但选那种四平八稳，抒情性很强的，他又特别不甘心。在他看来，90年代留下来的经典文本是相对比较多的。而21世纪以来的诗歌虽然也有让人印象深刻的文本，但要说完成性高的，无可挑剔的文本则比较少。

这并不是说21世纪以来可供挑选的诗歌数量少。霍俊明援引相关数据表示，截至2019年12月23日，国内有1100多种新诗的内部刊物和交流资料，各类诗歌网站的注册会员突破1000万，日贴诗歌量超过6.5万首——一天的诗歌产量就超过了全唐诗。诗歌类微信公众号4562个，全国诗歌微信聊天群1万多个，诗歌类微信公众号的订阅用户已超过1000万，单微信平台每年推送的诗歌就超过了1亿首。而古体诗词的数字更是可观，其诗歌社团组织2000多个，有1000多种公开出版的杂志书，以及1000多种内部交流的古体诗词刊物，从事古体诗词写作的人数高达350万人，一年内发表的古体诗词超过7000万首。这样一个发展盛况本身，可谓是新世纪诗歌20年特别值得关注的现象。

当然，新世纪诗歌更是在形态上发生了很大的变化。这主要体现在2000年以前，中国诗歌写作在一定程度上依赖于流派、社团，或者说诗人们通过群体发声。21世纪以来，诗人们变成了单数的个体。他们的写作，就像评论家何平所说，越来越成为一种个人化写作或者说个体诗学。在这样一个背景下，诗人们该如何表达，更准确地说，诗人们在自由充分地表达个体和自我经验的同时，怎样连通民族、历史、时代的经验，成了值得关注和讨论的重要命题。

显而易见，这一命题的提出，源于与会诗评家都认识到，21世纪以来诗歌经典文本的缺失，与很多诗人都没能在两个经验之间搭起坚实的桥梁，或者是如何平所说，没能在这中间找到一个隐秘的通道有关。但个人化写作作为一种写作形态无疑是值得肯定的。在诗歌评论家罗振亚看来，个人化写作是对新诗，尤其是“17年”以后的写作和1980年代包括政治诗、文化诗、哲学诗在内的集合性写作反拨的结果。它是诗人从个体身份和立场出发，独立介入文化处境、处理时代生存生命问题的一种话语姿态和写作方式。“有别于主要依托流派、社团的写作，个人化写作超越了‘自我表现’。它以一种沉潜的气度，回归写作本身，从而将技艺作为评判诗歌水平高低的尺度和依据。个人化写作对思潮写作和运动写作历史的终结，也淡化了诗人们竞相为文学史写作的恶劣风气。同时，个人化写作奉行的那种极力推崇张扬的差异性原则，也为诗歌的进一步发展提供了新的‘可能性’，使21世纪以来的诗歌实现了诗的自由本质。”

也因此，新世纪诗坛如罗振亚所说，总体上看众语喧哗，人气兴旺，诗学风格、创作主体、生长媒体与地域色彩等纷呈的镜像聚合、异质同构、和平共处，形成了诗坛生态平衡的良好格局。“应该说，诗歌从流派写作、社团写作走向个人写作，本是回归原初的好事，但焦点主题和整体艺术趋向的瓦解丧失，差异性的极度高扬，也使诗坛在读者关注热情减退的无奈中，失去了轰动效应和集体兴奋，边缘化程度越来越深。”

与此相仿，在罗振亚看来，21世纪以来中国诗坛缺乏重量级诗人诗作，这种缺乏，也使得诗歌整体意义上的繁荣打了折扣。这在一定程度上与个人化写作带来的负面效应有关。“尤其是一些诗人将‘个人化写作’当成回避社会良心、人类理想的托词，自我情感经验无限度地膨胀漫游，即兴而私密，平面又少深度，有的甚至拒绝意义指涉和精神提升，剥离了和生活的关联，诗魂变轻。另外，把创作作为一种写作的诗歌，过度迷恋技艺打造的自由和快感，恣意于语言的消费狂欢，也发生过不少写作远远大于诗歌的本末倒置的‘悲剧’。”

由此引申开去，诗歌写作该怎样避免这种“悲剧”？霍俊明举例说，新晋诺贝尔文学奖得主路易丝·格丽克曾提醒美国评论家说，不要把诗歌读成个人的传记，诗歌和语言、经验、想象等之间有着复杂的关系，只有当个人的经验上升为美学经验的时候，诗歌才是成立的。“这些话对于个人化写作，应该说是一个重要的提醒。”而长诗写作体现诗人的综合能力，代表了诗人与诗学之间的一个终级挑战，也意味着对个人化写作的提升。以霍俊明的理解，中国汉语诗人在这方面焦虑尤甚。“我们所能想到的长诗的范本，基本上都是西方的长诗，中国当代诗人希望于此有所突破。21世纪以来，也确实出现了诗人扎堆写长诗的现象，但这里面有一部分是不成立的，可能只是拉长了篇幅，扩充了字数。但长诗的整体精神，包括诗歌的结构等，有的可能并不是那么完整。”

无论如何，如诗人吉狄马加所说，真正意义上的诗歌绝对都是个体写作。亦即，诗人的写作一定融入了个体的生命经验。但诗人还是要追求一种人类的普遍价值，也只有写出普遍性，才能找到更为广泛的共鸣。在吉狄马加看来，这对于当今诗歌写作有一种紧迫性。“我在成都的时候曾陪同一位美国很重要的诗人，他夫人问我：当代诗人和唐代诗人，谁更伟大？我说，唐代的诗人再伟大，也不可能写今天的文章。因为今天的问题，今天的经验，必须由今天的诗人来回答和书写。这也是当代诗人很重要的个体经验，他们必须见证这个时代。”

戏剧繁荣的背后，是原创力的极度匮乏
VS
戏剧创作正处于重新积蓄力量的时期

应该说，不同文学体裁都在以各自的方式见证这个时代，戏剧创作也不例外。以美国剧作家阿瑟·米勒的说法，戏剧不应该满足于见证时代，它更应该在社会改革中发挥有效作用。“伟大的戏剧都向人们提出重大问题，否则只不过是纯艺术技巧罢了。我不能想象值得我花费时间为之效力的戏剧不想改变世界，正如一个具有创造力的科学家不可能不想证实各项已知事物的正确性。”在2020年10月17日，亦即米勒105周年诞辰当

天，于上海朵云书院举行的米勒作品系列发布会上，与会嘉宾就不约而同谈到了米勒的戏剧社会效用论。

倘是以此对照，我们不得不承认，21世纪以来的戏剧创作很少有作品能符合这样的期许。当然，这并不说中国戏剧没有取得一定的成就。诚如剧作家罗怀臻所说，中国戏剧进入新世纪以后，至少在三个方面取得了进步。“一是作为中国戏剧主体的戏曲表演艺术正理性而自觉地向传统回归，二是话剧、歌剧、舞剧在国际舞台上更多主动参与积极展示，三是以新兴小剧场为代表的民间民营剧社回归戏剧本体的探索。”2017年的统计数据表明，戏剧演出也占据了整个舞台演出市场的40%。（《文汇报》，2018年1月9日）与此同时，以上海戏剧发展为例，上海如今致力打造“亚洲演艺之都”，与世界在话剧交流与合作方面也是越来越广泛而深入，一大批国外的优秀剧目集中到上海来演出，上海国际当代戏剧季、上海国际小剧场戏剧节、上海国际喜剧节等各类戏剧节纷纷设立和举行，而且上海国际艺术节每年也会上演一批国内外重要的话剧。此外，中外戏剧合作项目也越来越多。（《上海艺术评论》，2018年第五期）但隐藏在演出盛况背后的深层次问题，却在于精品的极度匮乏，一位叫作“生命的翅膀”的网友更是在博客中不客气地写道：“大多是泡沫，有些是垃圾，有些甚至是倒退。”

事实上，文艺评论家毛时安早在2012年就对中国戏剧存在的一些问题提出过尖锐的批评。他在当年3月3日于东方艺术中心演奏厅举办的题为“时代、艺术和我们”的演讲中，对戏剧的文化生态进行了剖析，提出当下戏剧创作上的“好看主义”的缺失。并尖锐地提出了当代本土戏剧除“难看”外的三大病症：缺血、缺钙、缺想象力。缺血让戏剧远离当代生活、语境和情感；缺钙导致戏剧丧失深度；缺想象力则使戏剧创作的戏剧性远远比不上生活中层出不穷的戏剧性。对于戏剧创作该怎样冲破这些困境，毛时安表示，首先，艺术家本身要有比较高的艺术和思想的修养；其次，我们这个社会和时代要给艺术以更宽容、宽松的创作氛围。同时，艺术家也要对社会负责。（《东方早报》，2012年3月4日）

从近些年戏剧发展看，这些缺失并没有得到弥补，或是有根本性的改观。相比之下，就话剧领域而言，如评论家杨扬在《小说与新世纪话剧改编》一文中所说，新世纪话剧创作比较突出的现象之一，是将小说改编成话剧。像王安忆的《长恨歌》，余华的《兄弟》《活着》，毕飞宇的《推拿》，金庸的《鹿鼎记》，张爱玲的《金锁记》，唐颖的《做头》等，都经由编导人员的努力成功地搬上了话剧舞台。以杨扬的观察，新世纪话剧改编的意识，较多地来自编导人员对演出市场的敏感和判断，他们大都喜欢跟进名家名作，而不是根据自己的艺术趣味来改编话剧。“这种改编的好处是趁着图书市场的人气旺盛，趁势而上，话剧不会有太大的市场风险。但问题是话剧改编老是沿袭这样的逻辑，话剧本身的力量与号召力何在？编剧的价值和意义又何在？”（《文学报》，2014年6月22日）

这就又回到了戏剧创作的老问题。有网友在知乎上提了个问题：21世纪以来，有多少戏剧剧本可以流传下去，成为后人铭记的经典？有网友回答说，这太难了，像《茶馆》那样的戏多久才能出一个啊。有网友非常肯定地说，这些年并没有出现足够剖析这个时代脉搏的好作品，现在所谓的优秀剧本在30年后就会被遗忘。这大概能从一个侧面说明眼下戏剧原创力不足，人才缺乏。这不免让人觉得沮丧，但放眼世界，进入新世纪以后，即使在美国，也未曾出现与尤金·奥尼尔、阿瑟·米勒与田纳西·威廉斯、爱德华·阿尔比等量级的戏剧家，也不曾出现让人印象深刻的戏剧作品，可见全世界戏剧创作都处于低谷期。而这样的时期往往是重新积蓄力量的时期，包括中国戏剧在内的世界戏剧或将在多年后迎来新生。

在不断开放的过程中，非虚构文学会不会把质的规定性也丧失了？

VS

非虚构文学将进一步与虚构融通，以更为综合的方式书写世界

尽管对中国读者来说，广义上的非虚构包含了报告文学、回忆录、日记、传记、历史记录等多种写作类别，非虚构写作从来都不是一个新鲜事物；尽管王晖、南平两位学者早在1986年就已尝试借用“非虚构文学”概念来涵盖报告文学、纪实小说、口述实录体等几种文体，但时间倒退回新世纪初，那时的人们恐怕不会想到，10年后国内文学界将掀起非虚构写作热潮。那时，人们谈到写生活现场和事物真相，还是会说这是报告文学的使命，虽然这个概念经历过20世纪上半叶的兴盛，到1990年代以后就很少被提及，以至于如作家梁鸿所说，她在写《中国在梁庄》系列文章时丝毫没有想过自己写的可能是报告文学。

以曾在2015年春节期间因《一个博士生的返乡笔记》一文引发热议的非虚构写作者王磊光的观察，报告文学习惯于用夸张笔墨来写崇高形象和宏大主题，它的兴盛源于它关注重大的时代事件、时代主题；它的衰落则是因为进入20世纪90年代，市场经济全面铺开，其存在的客观基础被极大削弱。在主观方面，报告文学承载着意识形态功能，主题先行，而且在市场经济大潮的冲击下，它最终滑向了媚俗和趋利，违背了“求真”的本质特性。而在2010年前后由《人民文学》杂志倡导起来的“非虚构”作品中，写作者主要是以个人化视角，用一种朴素、准确的笔墨来描写生活，它是有着特别内涵的“这一个”，其特征可概括为：作者作为参与者或旁观者的“在场性”；正在进行或者已经发生的“真实性”。（《非虚构：它拯救了多少现实感和真实性？》，见《文学报》，2019年4月25日）

这种对于现实感和真实性的拯救，使得非虚构文学能够迅速吸引大量读者，“非虚构热”应运而生，在媒体和资本的合力推动下，更多平民写作者加入非虚构写作阵营中。自2015年起，“腾讯谷雨”“网易人间”“正午故事”“地平线”“真实故事计划”“澎湃·镜相”“故事硬核”等非虚构写作平台纷纷成立，形成了规模可观的非虚构新媒体写作阵地。

与此同时，非虚构文学作为一种文类，也开始了大肆扩张的步伐。2020年10月17日，第四届上海南京双城文学工作坊于南京举行，主题为“中国‘非虚构’和‘非虚构’中国”。如评论家金理所说，非虚构不只是在文学领域，它还向其他人文社科领域开放。“我们读到的很多以前觉得应该是史学，新文化史、微观史方面的著作，现在都可以放到非虚构里面。”金理注意到，有些标志性的文学奖项也把历史学家的著作归在非虚构文学的名目下面，这也代表了文学界一种柔软的身段。“我们愿意把我们的视野打开，但是我也觉得我们的非虚构在不断地开放的过程当中，会不会把这个文类应该有的质的规定性也丧失了？”

这一质问从表面上看，是因为非虚构文学外延扩张，使其成了一个筐，什么都可以往里装。而从反面看，也因为非虚构文学借助各种手段，尤其是借助社会学、人类学方法反映现实，使其越加难以归类。梁鸿举例表示，美国社会学家马修·德斯蒙德写的《扫地出门》，可以说是一部非常优秀的非虚构作品，作者的观察水准，对历史资料的调取，还有深入生活的能力等方面，都足以让人敬佩到五体投地的地步。但它从根本上说还是一部社会学著作。“因为这部作品最后倾向于对社会现象做总结，或者归纳出一种规律，比如说存在哪些社会问题，我们应该从哪个地方着手解决这些问题，等等。这种社会学偏重的理性思维，我觉得非虚构文学应该具备，但非虚构文学文本，一定也去做这样的总结是不可取的。”在梁鸿看来，非虚构文学写作者可以学习社会学的这样一种理性和感性兼具的能力，但我们最终的任务不是总结和归纳，而是发散和深入。“我觉得文学的任务是书写能力情感的复杂度，包括社会的复杂度。但并不是要告诉你答案。也就是说，非虚构文学可能告诉你很多方向，或者说通过某些矛盾性来讲出我们的认识，谈人的本身，谈社会本身，但并不是要给出什么总结性的结论。”

不可否认的是，如作家袁凌所说，社会学介入已经是非虚构文学里一个很重要的现象，这是好事，但是好事过了头可能也有问题。在他看来，无论社会学，还是文学，都不是非虚构的主流。我们也不必夸大非虚构文学的作用，一个文学现象的非虚构，很可能只是承担一个过渡的使命，它有可能在将来会消失。“非虚构文学存在的意义，就在于它是对虚构的一种反拨。但无论虚构，还是非虚构文学，都需要对人有强烈的关注。非虚构文学写作者不是要通过写人去寻找社会意义，或者是寻找标本的意义，典型的意义和新闻的意义，这是社会学写作的任务，非虚构文学关注人有另外的使命，这种关注可能不是以明显的抒情方式表达出来的，但对人的命运，对人的存在，必须要有关注。”

袁凌的这一说法，也得到了《岂不怀归：三和青年调查》的作者之一——中国社会科学院社会发展战略研究所研究员田丰的呼应。田丰表示，在2018年一部纪录片让深圳的“三和青年”走进更多人的视野之前，他与学生林凯玄已“潜伏”三和，历时半年完成了一份20多万字的研究笔记，但直到2020年8月，这份非虚构文本才得以出版，因为他们在社会学调研上花了很多时间。“青年作家文珍的小说《寄居蟹》也讲述了‘三和大神’的故事，有人向我推荐，来这次工作坊之前，我也读了。我的第一个读后感是‘文学创作比社会学调查容易好多!’她写的这个故事，其实在我们的调查里出现了，但按照社会学的学术规范，它没能出现在最后的书写中，因为我们找不到足量的相同案例。社会学和文学最大的一点不同在于，文学可以聚焦个体人物的故事，但社会学必须关注群体的平均或整体状况，必须用足够多的样本进行论证。也因此，我们比作家花的调研时间更长，调研的面更宽，我们要找足够多的数据来支撑。一般一次社会学调查下来，最后能在论述中使用的资料往往不超过总量的30%。”

不过，田丰也发现，和文学相比，社会学写作者缺少了对人物情感的关注，社会学写作太强调“情感中立”。“因为情感的东西是非常复杂的，我们在写作的时候，通常要把他们剔除，但这也使得社会学变得缺乏人性。社会学写作如果也能把情感的因素，人性的因素放进去，或许会使得作品更加接地气，更能体现整个社会的变化。如果让我重写这本书，我或许会融入更多的情感。”

但具体到写作，非虚构文学恰恰是在如何看待容纳主观情感的真实、经过选择而呈现的真实等方面最具争议。何伟“中国三部曲”中文译者李雪顺一言以蔽之，很多争议都在于文学性与真实性的边界不清晰。他举例表示，美国非虚构作家约翰·麦克菲写过一本《写作这门手艺》，其中提到了芝加哥大学教授诺曼·麦克林恩于七十多岁时写就的自传性小说《大河恋》。“这部作品只有写到‘弟弟被杀’这个细节时，对事件发生的地点做了转移，虽然其中再现的杀害过程是真实的，麦克菲也因此认定《大河恋》还是一部虚构作品。”“麦克林恩本人也把这部作品归为小说。这个例子足以说明，在美国创作界，一部作品假如99.99%都是真实的，只有0.01%做了改变，它就不能被叫作非虚构。”

事实上，隐去真实姓名、地名等，在中国非虚构写作中并不鲜见，是否对某些场景做了改变，更是无从考究。由此，非虚构文学面临的最大问题在于如评论家信世杰在《非虚构与报告文学：互为毒药还是良药?》一文中所说的，谁来保证它的“真实性”？“非虚构文学写作、传播、阅读的前提是作者、平台、读者之间关于‘真实’的契约关系，这种契约关系一旦打破，非虚构文学自身的合法性便难以成立。”以信世杰的阅读经验，他常能感觉到发在非虚构平台上的许多作品都存在不同程度的失真状况，却很少有人去追究其真实与否，似乎作者所提供的“真实故事”足够奇观化，读者在阅读过程中获得猎奇体验，而平台从中收割了足够多的流量，就是一个皆大欢喜的结局。“但虚假、猎奇式的非虚构作品泛滥，将导致整个非虚构文学传播领域‘劣币驱除良币’，真正意义上的非虚构文学被冒名者从内部不断消解，最终走向消亡。”(《文学报》，2019年4月25日)

要真正改变这种状况，有赖于建立有关“真实”的核查机制。信世杰注意到，美国非虚构作家约翰·麦克菲曾撰文介绍《纽约客》杂志如何利用“庞大而运作得力的事实核查部门”来保证其所刊发非虚构作品的真实品质。与之类似的“事实核查员”角色在曾经的“ONE 实验室”团队和如今的“故事硬核”团队中被有效利用，但“事实核查员”不仅需要具备非常专业的技能，还需大量时间和精力的付出，这对非虚构创作团队或平台而言无疑是巨大的代价。尽管代价巨大，这种事实核查机制却是保证非虚构文学，尤其是非虚构新媒体写作、非虚构文学自身合法性的必要存在。“我们知道，‘咪蒙系’微信公众平台发布的号称非虚构作品的《一个出身寒门的状元之死》一文，曾遭到包括《人民日报》《中国之声》等主流媒体在内的全民声讨。这一事件虽然倒逼非虚构新媒体平台在作品真实度上自觉把关，但我们不能不注意到这篇文章被声讨，主要是因为它涉及价值观念的严重扭曲。因此指望非虚构新媒体平台自觉践行‘真实性’准则并不现实。”

当然考虑到自身信誉，那些已有盛名的，严肃的非虚构文学写作者，自然会严格践行“真实性”，基于物理或事实层面的真实，也就不是他们考虑的重点。梁鸿更在意的是如何发掘“内部”的真实。她认为，在非虚构文学里，真实不应仅仅是目光所及的存在，对表象内部纹理的发掘也是真实的一部分。2020年大部分时间，她都在写“梁庄十年”。这年年初，她回到梁庄，看到村庄的西头盖起了一栋时髦的四层洋房。她走进客厅，只见墙上挂了三张大照片，有主人曾奶奶的，还有主人爷爷、奶奶的，都穿着20世纪农村的衣服，照片下面则是墨绿色的沙发和北欧式桌椅。“那一刻，我被这种强烈的反差感震惊到了。我在想要不要采访主人，我毕竟对这个房子只有基本的了解，也只是从周围村民那里听到对此有一些谈论，但我没有采访，我发现我也基本上没有写到这个房屋主人的状态。后来我想，我缺的不是写这些局部，而是缺乏一种整体性的把握。我们看到的这所房子只是一个局部的、具象的存在，那是真实的一部分，这部分怎么镶嵌到村民的精神状态中，怎么镶嵌到村庄的历史与现实环境中，恰恰更需要文学的表达。”

这就是说，在确保不虚构或篡改的物理真实的基础上，非虚构文学写作还涉及怎么理解和呈现真实的问题。王磊光举例表示，犹如美国西部电影的纪实作品《大兴安岭杀人事件》，记录的是现实生活中真实发生的故事，但经过叙述者的巧妙剪辑和镜头式展示，一桩偶然发生的凶杀案，就与当地的环境、经济、历史之间，构成了一种勾连事件前后过程且跌宕起伏的因果关系。“理性推究起来，这种‘文化的’联系，就真的是必然的吗？答案是否定的。所以这篇文章虽然极受欢迎，但在东北读者群众中，却没有得到太多认同，甚至遭受责骂。”

某种意义上也因为此，梁鸿在《非虚构写作的人物与结构》一文中强调，“非虚构文学并不局限于物理真实本身，而是试图去呈现真实里面更细微的、更深远的东西，这是一个没有穷尽的空间。在真实的基础上，寻找一种叙事模式，并最终结构出关于事物本身的不同意义和空间。这是一件非常文学的工作，也是非虚构文学的核心。”在她看来，作为一个非虚构写作者，需要对事件小心翼翼、极尽可能地谦卑。“每一个事件都有模糊边缘，每一个事件都有说不出、道不明的混沌部分。作者的任务就是尽可能去挖掘这些部分，将他们呈现出来，而不是告诉大家唯一的答案。”由此，她推重所谓复调式书写，亦即作品中有多个声音，多种观点，它们之间是一种对话的、辩驳的，甚至相互消解的存在，最终，时代的或事件内部的复杂性被呈现出来。与此同时，在她看来，非虚构写作者必须承认个人是有偏见的。承认偏见，并不是说作者可以肆无忌惮地宣泄，而是只有在承认偏见之后，才能试图摆脱偏见。“作者一方面要摆脱偏见，一方面又要利用自己独特的观点、价值观，使事物本身具备多样的方向。”

而这样多少带有偏见的文学的表达，不排除甚至是需要作家情感的介入。袁凌直言，相比《出梁庄记》，他更喜欢《中国在梁庄》。“我觉得，梁鸿在《出梁庄记》里有意识地规避了情感表达，但情感的自在表达也是很珍贵的。我认为非虚构文学得坚持两个标准——不编造事实，不杜撰对话，但在保持这个基本真实的前提下，完全可以有情感，甚至可以有想象，只是你要说明哪部分是想象。”

由此可见，非虚构文学未必能完全排除想象，有时基于真实的想象，或虚构手法的运用，反而会为非虚构写作打开意想不到的空间。举例而言，由江苏作家徐风创作的《江南繁荒录》首先是一部非虚构文学作品，其次也是一部体现出跨文体特点的复合式作品。在2010年10月24日于南京举行的作品研讨会上，徐风坦言希望自己由这本书开始，进入一种“跨文体”写作。亦即，包括人物、地域、故事、场景在内的基本素材都是真的，但他在书写时会自觉地运用散文的笔致，而在描摹人物时会用上小说的白描和心理刻画，涉及场面宏大的叙事则适度虚构，甚至运用电影特写、书画留白、戏曲夸张的手法，但绝不杜撰或臆造。

与此相仿，也着实有一些作家，尤其是西方作家，在虚构作品中嵌入非虚构元素。作家鲁敏在《“虚构”与“非虚构”：你中有我，我中有你》一文中举例表示，英国作家朱利安·巴恩斯的小说代表作《福楼拜的鹦鹉》，几乎就是对福楼拜生平与作品的研究。他的其他作品如《亚瑟与乔治》等，也是把人物传记、宗教传说、史料钩沉、艺术批评、小说虚构等打通串联，形成难以简单定义的杂糅模式。英国老祖母级作家A.S.拜厄特也致力把非虚构材质使用得更加“混沌”。她获布克奖的小说代表作《占有》整体戏剧情节固属虚构，但对大学学术生产过程的再现与反讽，对维多利亚式诗歌以及缠绵情书以假乱真的创作，对古旧典籍史料仿真式的追索爬梳，却使得这部小说既像史实记录长卷，又像悬疑侦案类型，既严谨到有如学者笔记，又多情得堪比儿女初会，其真假莫辨、雌雄同体，发散出令人无法释卷的综合文学气质。(《文学报》，2019年6月27日)

如今更多转向非虚构写作，此前因为《外卖骑手，困在系统里》一文引起过热议的青年作家淡豹，也在那次“中国‘非虚构’和‘非虚构’中国”讨论会中表示，现在更在意自己的写作是否能把虚构与非虚构融会贯通。在读她的这篇非虚构文学作品之前，大部分读者可能认为骑手超速是为了好评、打赏和绩效，但文中有个有趣的细节：骑手超速时，在城市拥堵或逆行中会有一种顺畅感——在那一刻，他超越了红绿灯，超越了城市白领和上班族，掌握了关于城市的知识与空间，也掌握了自己的身体，成了城市地图中的“王者”。这与作家王安忆在小说《乡关处处》中描写的保姆骑电动车在上海街头超速时的自由感不谋而合。在淡豹看来，无论是哪一种写作，都不应瞎编乱造地去表现中国的现实，诚实地挖掘人物的生活细节与感受，才是最重要的。“尤其在面对底层、边缘群体时，写作者要打破过往的所有刻板印象，而非先入为主想着去拯救他们。”

从这个意义上，如何平所说，“非虚构”和“虚构”概念的学理辨析，或许不是最重要的。“我们更应该关注的是‘非虚构’的态度、精神和路径，究竟能不能进入中国的当下和中国的现场。或者说，被寄予厚望的‘非虚构’能不能凿穿文学和现实的秘道?”而以我的理解，无论非虚构，还是虚构，都主要是一种文学表现手法，是一种观察事物的立场或路径，其有效性和生命力取决于是否能回应今天的时代，是否能和当下建立真实、深刻的关联。回顾新世纪20年来路，我们发现任何单一的手法都不足以表现这个时代。这就意味着互动与融合将成为主流，我们的文学也将以更为综合、立体的方式来观察中国，理解世界。

三

创意写作：积聚力量，让写作者“破壳而出”，持续奔跑？

– 2019 年 –

关于颇受争议的创意写作，作家叶兆言在2019年11月23日复旦大学举行的以“我们在校园写作”为主题的复旦MFA成立10周年论坛上说的一番话，或许能破解其中迷惑。他说，如果今天学习创意写作的同学，将来能成为作家，成为大作家，很可能不是因为他们进了这个专业，学过创意写作，“石头永远孵不出小鸡，最后起决定作用的还是内因，还是你们内心深处的那份需要，那份对文学的热爱。如果你们能够成功，那只能说明创意写作课堂更容易让你们破壳变成小鸡，更有利于你们脱颖而出”。

叶兆言这番话也在某种程度上回应了长期以来关于“写作是否可教”以及“中文系能否培养作家”等问题的争议。说写作不能教、中文系不培养作家自有其道理。复旦大学刚设立MFA专业时，作为学科带头人的王安忆就曾坦言：“凡创造性的劳动似都依仗天意神功，不是事先规划设计能达到的。”但反过来说写作能教、中文系培养作家也非常正确，诚如王安忆在一篇“课程宣言”中提出，故事、情节和文字，这些在“人力可为的范围”。但能教、能培养的前提，还是在于被教、被培养的写作者有志于文学创作，而且于文学有自己的领悟和探索。

年轻人学习创意写作，无非是想利用这个机会，离文坛更近一些

VS

创意写作给有志于文学写作的莘莘学子提供了实现梦想的途径

或许是因为教授创意写作和做编辑工作有某些共通性，谈及创意写作，王安忆、金宇澄、叶兆言都不约而同谈到他们以前做编辑，或是和编辑沟通的经验。

王安忆坦言，他们这一代作家，都是在期刊编辑的指导下慢慢成长起来的。而她在复旦大学 MFA 课堂上和学生们互动的时候，用的方式很多也来自当年老编辑曾给予她的指导。“我们这一代作者在发表作品前，都经过编辑无数次的修改。编辑老师对于我们，就像今天老师和学生的关系，作者都要听编辑的意见。到现在，这个制度有点萎缩。”

而王安忆之所以多年来喜欢给学生上课，也因为教授创意写作，对她来讲特别像是讨论，同学们的问题会反过来促进她思考，甚至可以促进她的写作。“他们的问题会把我潜在的问题显学化，这对我来讲是很有益处的。写小说的人写一百年，写一辈子，可能遇到的还是写什么、怎么写这几个问题。好多人问我这么多年为什么还写作，你是不是很认真很刻苦。我说不是，我就是喜欢写作，因为写作还是在给我乐趣。”

曾担任复旦 MFA 首届校外兼职导师的金宇澄，觉得教授创意写作是一项费心费神的工作，需要他在整个过程中都大量参与。相比而言，编辑只是作品完成后才介入。“虽然编辑的工作就是对来稿发表个人意见，但我常常会站在作者的立场上想，我一个人的意见能够代表什么？我记得80年代的时候，当时的出版社，包括作家协会都有招待所，请外地来的作者住在里面修改稿子。他们一般就依据一两位编辑的意见去改稿。我有时会想，要是编辑的意见不对怎么办？我经常会有这种疑问。但如今的作者、读者视野应该是更丰富更开阔了，也有豆瓣等渠道能听到意见，像创意写作课程也能让我们发现在编辑岗位难以发现的作者。”

事实上，如今活跃在文坛上的作家，如叶兆言所说，无论是与会的王安忆、金宇澄、孙颙，包括他本人，还是刘恒、池莉、苏童、余华、毕飞宇等，在20世纪80年代都当过编辑。以叶兆言的理解，那时大家都要当编辑，很大一个原因是躲在编辑队伍里走进文坛相对方便。“今天学习创意写作的同学，很可能与我们当年一样，无非是想利用创意写作的机会，离文学近一些，走向文坛更方便一些。”

如此看来，对于有志于写作的年轻人，他们选择学习创意写作，也很可能只是一个权宜之计，这在如今值得鼓励，但倒退回十几年前，这确乎是一件奢侈的事情。评论家陈思和记得，当他作为77级学生进入复旦大学中文系，系主任朱东润在第一堂课上就说，中文系不培养作家，你们写作，你们自己业余去做，大学里没有培养你们做作家的义务。“听这番话，我们班同学都听傻了。朱东润后来还为此跑到学生宿舍，解释为什么大学不培养作家。我记得他说的最强理由是，作家是天才，不需要培养。你们在生活实践中可以学习、写作，成为作家。”

那时，陈思和不会想到多少年后，自己会和王安忆领风气之先，在国内大学建设文学写作的专业硕士点。这自然是受了国外大学开设创意写作专业课的影响。早在1897年，美国爱荷华大学就开设了这样的课程，至今全世界已有几百所大学设立创意写作项目，也确实培养出一批“科班出身”的作家，比如当今英国文坛颇具影响力的小说家伊恩·麦克尤恩，海外华人作家白先勇、严歌苓、哈金等。以陈思和的想法，既然国外能培养作家，那我们也能培养。

就这样，2007年，复旦“文学写作硕士”对外招生。王安忆、梁永安、王宏图、龚静、李祥年五位有创作背景的教师成为该硕士点的导师。“复旦培养作家”一时成为社会热点话题。但“文学写作硕士”运行两年，又出现了新问题：写作硕士从属科学硕士，不能超过复旦硕士招生量总限额；小说、散文、传记三个方向，每年能招的数量不过两三个；学生必须按照国家规定，写学术论文才能够毕业拿学位，文学作品不算数。复旦再次向国家学位办申请，设立文学写作方向的艺术硕士（MFA）。这在西方大学中较为普遍，但在中国，自2005年开始招生的MFA只针对音乐、戏剧、戏曲等八个专业领域，文学写作不在其中。2008年，复旦的申请未获通过。又过了一年，教育部扩大应用型研究生培养规模，国家学位办、教育部给复旦发了通行证，同意开办两年制“创意写作MFA”，挂在原有MFA的戏剧门类下。

以评论家王宏图的说法，这一开风气之先的创举，在一定程度上打破了高等院校文学类专业研究生局限于学术研究的格局，给有志于文学写作的莘莘学子提供了实现梦想的途径。

头戴光环，王安忆却能自我祛魅，这需要能力，更需要勇气
VS
创意写作专业想培养出超过王安忆的好作家，显然不太可能

十年过去了，在王安忆、陈思和、孙甘露、王宏图、严锋等教授和作家带领和支持下，复旦在创意写作的理论与建设、作家的养成与培育等方面积累了丰富的经验。从复旦 MFA 里，也走出了一批卓有成绩的青年作家。如今，相比“写作是否可教”以及“中文系能否培养作家”的追问，人们更想知道的是，在王安忆带领下，MFA 学些什么，又取得了哪些成果。

MFA 教师、青年作家陶磊说，MFA 学员有一门必修课——王安忆主讲的“小说写作实践”，这门课的任务是写一个虚构的故事。开课前的假期，王安忆会先指定一个地方，要求选课学生实地探访。这些地方大都很有来历：由厂房改造的“田子坊”、曾为“远东第一屠宰场”的 1933 老场坊、上海第十七棉纺织总厂改建的“上海国际时尚中心”、福州路旧书店、鲁迅纪念馆……她要求学生以当地为背景虚构一个故事：先写出开头，拿到课上讨论，回去修改和续写，下次课再讨论。如此周而复始，尽可能形成一个完整的故事。

在陶磊的叙述中，这样的讨论环节通常以王安忆的“质疑”开始：这个开头有没有继续“生长”的可能性？如果有，要怎样选择和利用这些可能？如果没有，可以增加哪些资源？而学生作业里每出现一个人物，王安忆都会巨细靡遗地询问细节：年龄、性别、长相、职业、婚姻、性格、成长环境……这样不断的质疑和逼问，直到把学员逼到写作原点。用王安忆的话说，这叫“无中生有”“无端生是非”，“像万花筒，略一转动，百花盛开；再一转动，千树万树；再再转动，繁花生锦，这就是我们要做的事情”。

以陶磊的切身体会，从十年来的实践看，小说写作课的效果是相当

理想的，这首先归功于王安忆非凡的讲授能力。“我在复旦的十几年里，听过不少国内外作家的演讲，没有谁能像王安忆那样，将围护在文学创作周围的神秘主义藩篱拔除得这样干净，把小说的‘物理规律’归纳得这样清晰。她常常把自己的写作比作‘笨拙的手艺活’。作为一个‘头戴光环’的作家，这种自我解剖式的祛魅，需要能力，更需要勇气。”

诚如其言，叶兆言当年听王安忆说要到复旦教书，就觉得非常不可思议。“我想她一定是觉得作家这个行当是可以教出来的，但按照我的想法，作家显然是教不出来的。我觉得王安忆是在做一件蠢事，她不仅想把自己的写作秘诀无私地奉献出来，还想搬起石头砸自己的脚，希望培养出能超过她的人。”叶兆言也坦言，希望大学创意写作专业能培养出超过王安忆的好作家，愿望是好的，但显然不太可能。“为了讨好从事创意写作教学的同志，还有各位学员，我可能会说青出于蓝，这样的可能性还是存在的。但我们都知道，不管王安忆多么善良，不管她的愿望多么良好，我还是不太相信有这样的好事。”

复旦创办 MFA，也未必期待这样的好事。但 MFA 能教给学员的某些经验，是可以预期的。20世纪80年代，王安忆在爱荷华大学参加国际写作计划时，就旁听过创意写作课程。“当时那个课程老师过于关注措辞、讲究行文。比如学生们拿自己的作业给老师看，老师就说你的文章里‘then’太多了，不干净，读起来还黏耳。我当时想他们怎么那么琐细，我们的作家关注的是生活和虚构的关系、叙事策略等，所以我不是很感兴趣，也没听多少课。”但后来她准备写作时，却忽然意识到自己一直在克服的问题，就是那位老师要求过的减掉行文中的介词。

另一方面，王安忆眼里可以教的文学中的技术部分，对学员会产生怎样的影响，也是可以预期的。在她看来，小说的虚构能力，包括语言等，是可以教的。“我至少可以让学生知道，什么是好的语言。我开写作实践课，就是想通过我的经验、我对写作的理解，让你们在实践和训练中，了解什么叫作虚构。”

王安忆也从哈金、严歌苓等作家身上感觉到，他们确实从写作课得到一种技巧，让创作得以持续。“国内作家都很有才情，可是缺少职业化的素质。他们很快把自己的生活经验消耗完了，一两篇作品很好，以后难以为继。但你看在美国写作班里待过的一些作家，他们的创作力非常旺盛。”换句话说，在她看来，创意写作课程对提高作家职业化素质、专业化水准，是能起到一些作用的。

创意写作应该培养懂得文学审美的作家、批评家和文学编辑
VS
如果都把创意写作专业目标定为培养文学人才，会让人失望

无论如何，自创意写作在国内各大院校落地生根后，它就给中国的文学现场带来了不小的震动。而要理解创意写作在中国十来年发展中产生的种种纷繁复杂的现象，我们就有必要返回到源头做一番梳理。2019年12月15日于江苏南京举行的“文学期刊融媒体发展与创意写作研讨会”上，与会嘉宾在剖析中国创意写作发展现状的同时，也在某种意义上做了这样的探讨。

追本溯源，“创意写作”一词最早由美国学者爱默生于1837年提出。创意写作的概念，则于20世纪80年代美国爱荷华大学的“国际写作计划”被阐明，并在世界范围内逐渐产生广泛影响。而无论是爱默生的本意，还是爱荷华大学最早开始设置相关学位，创意写作在美国的原始定义就如作家张生所说，是“文学性写作”，而非我们后来所理解的无所不包的，和文化产业相关的所谓“创意写作”。

日后创意写作在全球开枝散叶的过程却表明，即使在英语国家，创意写作所指为何也长期存在争论。评论家许道军表示，在英语国家，一直以来存在两种不同的观念。第一种观点则以马克·麦克格尔、艾伦·泰特等为代表，他们认为创意写作就是“文学写作”。作为一个学科，它主要培养文学作家。第二种观念以保罗·道森、简妮·瑟芭等学者为代表，他们认为，创意写作是一切“以创意为特点的写作类型”，创意写作主要

培养学生的“创造力”“积极性”“写作技巧”“自我探索”等创意与创造能力。

应该说，这两种观念以及相应实践在创意写作中国化的过程中都有体现。北京师范大学开设的“文学创作与批评”专业，主要目标是培养真正懂得创作规律以及文学审美的作家、批评家和文学编辑。相应地，老师们也把重点放在培育“完整的文学教养”上。评论家张莉表示，文学院为该专业的同学配备了两位硕士指导老师：一位作家导师，一位学术导师。而她对学生论文的要求，也是进入文学作品的叙事肌理，分析作品艺术架构上的得与失，以及思考：如果是你，你会怎样写？她甚至带领学生对文学经典进行拆解，把开头、结尾、遣词造句放到放大镜下审视，让学生看到前辈作家在何种意义上取得了非凡的成就。在她看来，这种完整的文学教养对今天中国文学事业的可持续发展非常重要。“至少我们要懂文学，不能被别人牵着走，不能某个作家很火我们就一起推他，这是对文学真正不负责任。”她认为，创意写作最终目的并不是培养流行文化制造者，而是要培养某种在未来引领我们文化不断往前走的在风口浪尖上的人。“从这个角度上讲，创意写作培养怎么写作固然重要，但培养什么样的人更重要。”

如张莉所说北师大的教学实践，显然更契合创意写作的原初意义，但放到大的中国文化背景下却未必可行。诚如评论家何平所说，创意写作在中国不可能都做成“爱荷华模式”。“基于专业设置、师资、生源、培养规格等方面考量，有的大学恐怕只能做成文化产业模式。而且要做成‘爱荷华模式’，哪怕只是满足对师资和课程的要求这一项，就不是每一所大学都能达成。”从这个角度，他认为，如果创意写作专业都把目标定为培养作家，那么很可能会让人失望，更何况传统专业也未必就培养不出作家。

正因为此，何平更赞成培养目标的多元化：“当下各类短视频平台、电商平台、动漫产业对文化创意人才的需求量很大，社会固然需要作家，也需要为产业提供文字创意的人才。”他同时对国内大学一哄而上设置创意写作专业泼冷水道，不只是创意写作，很多专业都经历了类似的从炙手可热到归于理性常态的过程。“学费是要交的，时间不会太长，一些大学办的创意写作专业迟早会被淘汰。”

但无可疑义的是，创意写作的兴起已经反过来深刻地影响和改变了文学教育、文学生产、文学传播以及相关的创意产业。严肃文学、戏剧台本、产品文案、新媒体文章、电竞小说……任何文化创意产业所涉及的文字生产，如今均被归入创意写作。在张生看来，创意写作体系还会改变中国作家传统的培养机制和发掘机制，也会进一步影响文学的生存状态。“我们以前培养作家的渠道主要是什么？一是个人自发的自我学习，二是个人通过作协系统的训练，从最初的文学讲习所到鲁迅文学院，还有各个地方的作协，都在培养作家方面起到了很大作用。而现在大学的MFA体系丰富了作家的培养机制和渠道。”

以张生的理解，大学的MFA体系和鲁院不同，鲁院是你先有了一定写作成就后才能被招进去，大学主要看的是你的文学梦想和热情，还有一定的文学专业的知识。如今大学的MFA在国内迅速扩展，要不了多少年，从大学的MFA体系培养出来的作家可能比作协培养出的作家要更多。”张生进一步认为，从更长远看，目前在国内MFA教学中普遍采用的来自美国的MFA课程训练模式也将深深影响国内MFA学生的创作特点，这些特点会进一步影响我们的文学审美观、价值观，使得中国文学整体呈现出新的变化，并产生一种新的小说美学原则。

相比而言，青年作家张怡微更关心的倒是眼下以95后、00后为主体的创意写作课学生，对创意写作教学本身带来了怎样的挑战。对于这批学生来说，“两微一抖”“泛二次元”等流行文化已经充斥于他们的生活日常。张怡微以今年复旦创意写作招新为例，一位同学被问及“喜欢看什么小说”时，直言喜欢读“电竞小说”；还有一位同学自己就是女团成员。“这位同学交上来的作品全都是以偶像视角讲述的故事。我学打游戏正是为了跟得上学生，不然我连电竞小说的情节设置都看不懂。”

事实上，诚如王宏图所言，现在不少学生并不缺乏新鲜的生活经验，但显然缺乏对世界的基本感受。“他们的表达，要么切近流行的意识形态，要么就偏向于某种情绪，但这些都是很表面化的。这个世界远比我们想象的丰富，一个真正有价值或者有洞察力的世界感受恰恰是暧昧的、不明确的。这些感受构成文学作品内在意义最重要的部分。”

也是在这一点上，近几年同时一直在做作文大赛评委的张莉，深感中国的文学教育出了很大的问题。有一次她听一个中学生谈文学阅读与写作的关系，在短短一段话中，女孩子引用了许多名人名言，古今中外、上下千年，但是全程听不到一句个人的切肤感受，也听不到一个作品细节对女孩产生的心灵振荡。“我想到，我们在大学里从事教学，最重要的还是培养学生深层次的文学教养和文学审美。许多学生在中学时代被应试教育困扰，忽视了自己的感受力和判断力。怎么让他们在大学重拾自己的思考与才华，是当下面对的特别大的文学教育困境。”

在张莉看来，各种文学形式都应获得关注与尊重，但如果学生在读书期间只沉迷于某类文学，就会有“文学素养不完备”的问题，我们不应该把写作者培养成追随大众流行趣味的服务生。“我并不是完全反对大众流行文学或流行文化，我们生活在这样一个氛围里。但我们应该让同学们知道，网络文学也好，类型文学也好，它们都是中国文学传统的旁逸斜出，作为文学中人，要知道中国文学传统的主干是什么。”

作为文学创作专业的老师，张莉也希望尽可能提醒同学，真正的艺术家从来不可能只是取悦他人，他首先得是一个独立思考者，他要清醒看到自己的写作之路在哪里，要往哪里走，要思考个人与时代的关系，个人写作与文学传统的关系。“他有必要认识到，每个写作者都是我们几千年来文学传统中的链条，是我们不断丰富汉语写作实践中的一个组成部分。”

创意写作会让人亲近文学、尝试创作，探索人生新的可能性
VS
创意写作未来值得期待，它将在文科领域找到最恰当的位置

毫无疑问，倘是创意写作能让学员接受更为丰富和完整的文学教育，退而言之，即使他们以后没有走上写作之路，也不能说对他们的人生就无所助益。诚如王安忆在2012年与英国东英吉利大学创意写作主任安德鲁·科恩教授会面时所说，学员毕业以后，依然从事写作当然值得欣慰，如果不再从事写作，他们在校园中度过的时光依然有价值，他们受到了良好的人文熏陶。

从复旦 MFA 毕业的王侃瑜的感言，也从一个侧面印证了王安忆的见解。她说，如果没有读这个专业的话，她可能永远都不会开始创作。但并不是读 MFA 的学员，将来一定会成为作家。"因为我们在 MFA 学到的并不是具体的写作技法，也不是市场的喜好或者文学界的资源获取方式，而是在老师的带领下亲近文学，阅读、感悟、尝试创作，探索人生的一种新的可能性。"

事实上，复旦 MFA 也充分考虑到了各种可能性。除了作家、编辑的教学模式，复旦 MFA 还重视跨学科艺术养成的培训。自2010年以来，创意写作专业先后邀请连环画泰斗贺友直、编舞家舒巧、上音音乐剧系主任金复载、书法家刘天炜、纪录片研究专家林旭东、滑稽表演艺术家王汝刚等"开课"。用张怡微的话说，尽管复旦大学创意写作专业课程的主体是小说、散文、诗歌，学生经由课程依然得到了其他艺术形式的创作可能。在她看来，作为一个舶来学科，创意写作在本土化过程中至少还有三个可能的方向。"一是散文创作。在创意写作中国化后的十多年间，各大高校开设了各式的品牌课程，却几乎没有作为明星课程的散文课。市面上铺天盖地的创意写作引进教材中，也没有一份新颖的当代散文教材。二是续衍与改编。明清小说中的续书可以看作中国'创意写作'的前

身。续书因其附属的性质，难免遭到狗尾续貂和‘蛇足’的批评。但续书作为中国文学史中支脉的学科可以和作为年轻学科的创意写作相结合，可以从创作的发生方法的研讨上取得新的突破。三是创意写作和戏剧的结合。复旦大学 MFA 挂设于‘戏剧’专业下，却没有常态的‘戏剧’课程，而学生对于戏剧的热情是很高的。戏剧的改编也有充分的资源，但还没有被运用。”

创意写作课程的日趋常态化，也预示着它终将如叶兆言所说，成为一门平常的、相对科学的学科。“不管我们是否相信，随着教育的普及，将来有不少作家，都会接受创意写作课程的培养，这是不可阻挡的趋势。所以，我们没有理由不看好创意写作的未来，但也不必盲目乐观。我乐于看到它能够和国际接轨，借助国外大学的成功经验，在文科领域，在中文系里找到自己最恰当的位置。”

四

科幻小说：
让中国故事成为世界性语言

- 2019年 -

从《三体》出版，到刘慈欣、郝景芳相继获得“雨果奖”，再到《流浪地球》刷新票房纪录，中国科幻收获了前所未有的热度和关注，并在全球产生影响。

正是在这一背景下，“中国科幻小说出海反思与展望”论坛，于2019年4月20日举行。国内七位科幻作家韩松、宝树、赵松、飞氘、糖匪、王侃瑜、陈楸帆，以及批评家严锋、何平汇聚江苏南京，以“是世界改变了我们，还是我们改变了世界”为题展开探讨，意在回顾中国科幻“出海”的历史，并对如火如荼发展中的科幻文学现状做一个客观的评估，以助于中国科幻文学有更为开阔的发展前景。

虽然热度并不代表质量，但可以利用这个热度
VS
对科幻产业整体创造上，我们还处于初级阶段

所谓中国科幻“出海”，显然是中国科幻文学输出海外的一个形象化说法。如韩松所说，当我们关注这个话题，同时不能不认识到，中国科幻文学本身就是一个舶来品，它怎样适应中国的土壤，生根发芽，然后结出硕果，非常值得研究。而中国科幻“出海”，实际上是中西方文明对话的产物。

韩松介绍说，中国科幻出海的先驱叫郑文光，今年是他90周年诞辰，他以《火星建设者》获得1957年莫斯科世界青年联欢会大奖。但中国科幻真正受关注是在改革开放以后，最开始包括叶永烈等几位作家受到追捧。从1997年开始，中国科幻小说的繁荣期到来了，其间产生了很多优秀的作品。2006年，刘慈欣最重要的作品《三体》开始在《科幻世界》上

连载，一个新的时代开始了。“这之后，一些中国科幻作家被邀请访问各国文学节，也陆续有作品被翻译到西方去。”

对于新世纪以来的中国科幻，严峰则把它分为三个时期。首先是“后《三体》时期”。在他看来，《三体》出版是中国科幻史上具有决定性的事件，让科幻爱好者士气大振。“‘后雨果奖时期’则让科幻文学向整个社会辐射泛化；‘后《流浪地球》时期’就是一个爆炸，不是文学事件，而是完全变成社会事件、文化事件，辐射的空间巨大，一部科幻片完成了一次大爆炸。”以严锋的观察，这样的热度是好事，但需要保持清醒。“虽然热度并不代表质量，但我们可以利用这个热度。可以蹭热度，但是不要被热度蹭，也不要被其裹挟，而是要追求自我上升。”

话虽如此，以科幻作者之外一个观察者的角度，何平分明感觉到，《流浪地球》“出海”之前，科幻文学作者还能够安静写作，但这之后大家都似乎安静不下来了。在他看来，科幻文学现在表现抢眼，也并不是说真就很好了。实际的情况是，从科幻文学理应具备的科学维度、幻想维度、文学维度这三个维度来衡量，现在很多科幻文学作品严格来讲是不及格的。“有些作品缺少当代的科学意识，能叫科幻文学吗？有些作品没有幻想性，能叫科幻文学吗？还有些作品文学不过关，能叫科幻文学吗？当然不能。现在科幻文学应该到‘清理门户’的时候了。”

诚如飞氘所说，刘慈欣虽然几乎“以一己之力把中国科幻提升到世界级高度”，但目前科幻写作者数量少，具有广泛共识的经典科幻作品稀缺，读者和市场对科幻文学接受度不高，依然是中国科幻文学面临的严峻现实。“目前只有刘慈欣受到市场的高度关注，并登上作家富豪榜。与其说市场或者读者接受了科幻文学，不如说接受了刘慈欣式的科幻宏大叙事。”

以飞氘的理解，中国科幻文学在理论建设方面，也有许多重要问题没有厘清。“譬如什么是‘中国科幻’？是由语言、国籍还是文化价值观来定义？《流浪地球》被认为体现了中国人的集体主义价值观，那是不是只有中国才有集体主义？这些和科幻文学相关的本体性理论问题亟须廓清。”陈楸帆也认为，对科幻产业整体思考包括创造上，我们还是处于初级阶段。“最关键的就是多样性的缺失。另外我们在题材的开阔，风格的探索以及对文学性的追求上，也存在很大的缺失。”

当然这也有历史原因。追溯中国科幻文学的发展历程，诚如美国卫斯理学院教授宋明炜所说，尽管科幻小说在晚清曾怒放一时，但它在20世纪的中国几乎为人们视而不见，之后仅在冷战时期的香港、七八十年代的台湾，以及改革开放早期的大陆，科幻小说才有过短暂的繁荣期。而中国科幻小说新浪潮开始吸引文学批评界的注意，是2010年后的事情。相比西方，尤其是美国在科幻文学上的深厚积淀，处于重新出发阶段的中国科幻文学发展可谓任重而道远。

中国科幻“出海”，
通过走向美国从而走向世界
VS
在迈向世界前，
我们要先清醒客观地审视自身

事实正是如此。如陈楸帆所说，中国科幻“出海”，无论是想在文学领域还是在科幻产业上有所作为，都必须接受美国市场和全球市场的考验。因为美国在现在及今后很长时间内依旧会是世界的中心。但在可见的时间内，中国科幻大量进入美国市场还比较困难。

而以陈楸帆的观察，中国科幻“出海”，其实是一个通过走向美国从而走向世界的过程，这个过程对国内科幻写作的状态，包括写作者的生态以及整个行业发展，都能形成一个观照，从而照亮中国科幻作者、从业者前进和改进的方向。“只有你在美国市场打开局面、获得认同，其他语种才会跟进，这是一个不争的事实。《三体》也是一样。通过海外市场的接触会带来很多可能性。我们看到在影视领域，美国市场可以规模化地制造影视IP，它是以全球电影市场作为庞大支撑，很多片子在美国本

土票房亏损，但因为有了庞大的全球市场才有底气、实力开发新的科幻故事和题材。如果我们想要在科幻的 IP 包括文化输出这条路上走得更远，必须借助海外市场，尤其是美国为首这种英文市场的强势的辐射力量。”

虽然中国科幻当下迎来了很好的发展契机，但在陈楸帆看来，中国科幻“出海”还有不少难题需要破解。陈楸帆有不少和国外出版商打交道的经验，美国一位负责引进他的作品的女编辑就曾问他：为什么会经常用“无知”“天真”“脆弱”来形容作品中的女主角？为什么女主角永远都在等待男主角的拯救？“虽然我写的是一个成长型的女主人公，而不是纽约上东区精英女白领这样的女性角色，但这也从一个侧面反映，科幻以‘人类命运共同体’为出发点，实际上也受到国别，还有意识形态的影响，在迈向世界前，我们要先清醒客观地审视自身。”

倘是换个角度，本土性也恰恰是中国科幻受到西方关注的一个重要原因。在韩松看来，科幻文学作为舶来品，在本土化过程中，打上了强烈的中国色彩和中国烙印，比如电影《流浪地球》所体现的集体主义、家庭观念等，让西方感到既震惊又陌生。“他们认为，要了解中国的未来，必须先了解中国的科幻。全球化发展到今天，人类越来越成为一个命运共同体。中国科幻探讨的议题，诸如机器与人类的博弈、环境生态危机、能源危机，太空探索等，同样也是全人类共同面临的重大议题，所以中国科幻迅速地成为世界性语言。有西方学者认为，解决了中国的问题就可以解决世界的问题。这都是中国科幻引起世界关注的原因。”

某种意义上也因为此，很多科幻小说作者认为自己作品“出海”的时机到了。他们就会像宝树说的那样有意无意揣摩外国读者，尤其是美国读者喜欢看什么。宝树提醒道，虽然中国科幻界有这么多作品发表，但读者基础相对还是比较薄弱的，作品“出海”也并非意味着成功。“我们得问问自己，到底为什么创作？是为到国外拿大奖，是为读者去写作，还是为实现我们自己的文学梦想？”在宝树看来，能否“出海”理当是水到渠成的事情，要以此目的写作，心态上就难免过于浮躁。“为了在国外获奖，迎合西方读者口味而塑造出来的‘中国性’，是我们真正想要描写的东西吗？更有甚者，有些作者自己出钱翻译自己的作品，回到国内吹嘘被翻译出海了，这对于尚且稚嫩的中国科幻来说是灾难性的。”

以此对照，刘慈欣的科幻创作有一定的启发性。以严锋的观察，贵为中国当下科幻文学界的标杆性人物，刘慈欣在任何时候都是悲观到非常真诚，低调得有些过度。“很多年前，我就跟他讲，你的作品是刘宇昆翻译的，你已经是一个国际作家了。他说，翻译过去也卖不掉，因为美国科幻文学的黄金时期已经过去了，现在都是大爷大妈年纪以上的人在读。实际上，他的作品在获雨果奖前就销量可观。然后在获奖前，他又说，虽然被提名，但肯定不能获奖，结果呢，他获奖了。”

刘慈欣获奖后，自然就有很多人想模仿他的路“出海”。但严锋认为，这样的模仿并非是成功之道，因为模仿是要具备一些条件的。“你能有刘慈欣那样的阅读量吗？他在娘子关发电厂闲得无聊，把历届雨果奖作品都看了，把从古到今国内外科幻小说都看了，他那个时候还一晚上看两部电影，你有这个时间吗？”实际的情况是，即使有刘慈欣这样的条件，也并非很多科幻小说作者都能有他那样的良好心态。因为严峰提醒道，科幻文学作者得走自己的路。

幽暗意识是当代中国科幻作家给出的重要礼物
VS
相比西方科幻发展，中国还有很大提升空间

实际上，小到某个科幻文学作者，大到中国科幻文学整体，都得找到属于自己的路。而从历史上看，中国科幻是经历过一些艰难曲折，才逐渐走上正轨的。

哈佛大学东亚系暨比较文学系教授、学者王德威曾在三年前由复旦大学中华文明国际研究中心主办的“科幻文学”主题工作坊上指出，晚清政局动荡时，各种小说同时兴起，并为“中国现代性何去何从”提供最发人深省的观察。“其中科幻小说独树一帜。但科幻小说却在五四传统中被

淹没了。当现实主义书写成为新文学的主流，科幻所孵化的各种空间想象基本存而不论。”

之后相当长时间里，人们在以五四为基准的文学书写范畴内特别强调感时忧国，特别强调文学反映、改造甚至创造人生。在王德威看来，这种忧患意识当然重要，而且是中国现当代文学非常重要的一种思维方式和写作态度。“但相对于忧患意识，幽暗意识可能是当代中国科幻作家给予我们的最好、最重要的礼物。”

何谓幽暗意识？在王德威看来，它不仅探测各种各样理想或理性疆界之外的、不可知或是不可测的层面，同时也探溯和想象人性最幽微曲折的面向。“在各种各样的国族论述之外，我们也应当想象那么庞大的宇宙和星空所绽现出来的种种不可思议的能量，和人类面对这样能量所做出的在人类文明上非常惊心动魄的抉择。这样的幽暗意识不再能被简单地归纳为五四之后的感时忧国，它引领我们到另外一个更广大的、更深不可测的领域中去。”他不由感慨，科幻小说作家触碰了人们在一般主流作品中不曾注意到的或不敢书写的话题。“这种自愿站在边缘、甘居异端的能量和想象力，我以为是让中国当代文学，甚至广义的政治历史的想象力得以前进、得以有更新创造力的一种契机。”

然而，在刘慈欣发表《三体》前，中国科幻小说虽不乏佳作，但仍局限在小众圈。刘慈欣曾感慨道：“我们可能是国内学历最高的写作群体，最活跃的十几个科幻作者里，三分之一具有博士学位。彼此间的共性多些，圈子比较封闭，和主流文学的交流很少。”而在相当长时间里，只有叶永烈的《小灵通漫游未来》，算得上能体现科幻文学在一定程度上的影响力。据相关资料显示，这本写于1961年，却得等到1978年才出版的科幻小说，销量达300万册。这一记录在30多年间也从未被打破。

进入新世纪之初，随着穿越、奇幻、玄幻等类型兴起，科幻也一度被挤到边缘。科幻小说也多半被归为科普读物，甚至归入儿童文学之列。如此看来，即便近几年中国科幻似乎一夜之间火了，但要说能产生《饥饿游戏》《冰与火之歌》这样的世界性经典，还为时尚早，而大众熟知的中国科幻小说也似乎只有《三体》。相比西方科幻文学几十年如火如荼的发展，中国科幻无疑还有很大的提升空间。

科幻是世界性的语言，表达对人类命运的忧思
VS
科幻文学或将部分肩负起文学反映现实的功能

如今，中国科幻可谓迎来了最好的机遇。诚如韩松所说，科幻是世界性的语言，表达对人类命运的忧思。“现在全球都在讨论‘灰天鹅’、‘黑犀牛’、能源生态危机、宇宙的归宿……科幻就是通过逼真的想象创建了一个蠢萌的‘异托邦’，帮助这个时代的绝望者，在现实中找到了一个避难的空间。这有助于中国科幻迅速成为世界性语言。”而科幻在中国之所以能够形成一种热浪，在韩松看来，是基于科幻作为一种时代的文学，关注焦点放在未来而不是过去，更关注人类整体而不是个人，同时提供新的故事来影响大家看问题的思维角度。当然，中国科幻在提供新的讲故事的方式上依然是有所欠缺的。以此看，谈论中国科幻出海话题，也包含了对中国科幻文学作者讲好中国故事的期待。

当然讲好中国故事，并不意味着科幻作者就要被中国身份所禁锢。糖匪在国外发表过8篇小说，她说，里面没有一篇是迎合外国人去写的，但她也不强调中国身份。“如果是以中国身份，你始终跟外国科幻有一种攀比关系。毕竟，科幻在中国是舶来品，在相当长的时间里面，中国科幻是一个追随者，有浓重的模仿印记。但现在很多年轻作者，他们不仅从科幻作品中汲取养分，他们的阅读经历和文学修养，使得他们有可能告诉世界：科幻是什么。这是我希望达到的境界。”

身兼科幻作家和科幻行业从业者的王侃瑜表达了同样的期望。她目前就职的“微像文化”，是一家致力科幻版权和文化推广的故事运营商，他们和美国科幻杂志 *Clarkesworld* 合作推出“中国科幻翻译专栏”，每个月会刊登一篇中国中短篇的科幻小说，至今已经有40多篇。她希望有朝

一日，所有国家所有语种的科幻能够被一视同仁地对待，而不是过多地去关注它来自哪里。

但不为中国身份禁锢，并非指的中国科幻作者的写作回避中国的现实。事实上，就像严锋说的，当下中国科幻文学发展正面临着两个较为有利的条件。《纽约客》在评价刘慈欣的科幻小说时，曾经批评美国科幻太局部，关心的都是美国文化，这和美国社会门罗主义的兴起有一定联系。中国目前提出“构建人类命运共同体”的命题，就站在了一个道义、情怀和眼界的制高点，“当中国现实主义文学无法承担这样的重任时，只有中国科幻文学挺身而出”。另外一个有利条件，涉及文学自身的转向。文学自诞生起就有反映现实的镜像功能，但随着媒介的发展，我们正处于泛文学、泛写作的时代，文学反映现实的功能正在被慢慢淡化，科幻文学作为另一种维度的文学，或许能在未来部分肩负起文学反映现实的功能。

以此看，中国科幻文学的未来很可期待，但其面对的挑战显而易见。且不说科幻作为一项产业，在中国还很不成熟。单以科幻写作为例，如第一代科幻文学作家刘兴诗所说，中国不少科幻创作无论在观念，还是在实践上都存在薄弱之处。在他看来，科幻不只是未来式，也可以是过去式、现在式。因为科幻小说是浪漫文学的一个分支，同时也是反映现实的一种形式，所以科幻小说不能脱离现实。“有些作家写完幻想作品后让我挑错，之前我读到一篇叫《雪山墓地》的小说，其中有段描写说某个地方有乌黑色花岗岩，我说你错了，花岗岩不会有乌黑色，正常是肉红色，要么你写玄武岩，可是当地没有。”刘兴诗以自己熟悉的地质考古为例，强调科幻写作要符合历史实际，并得出结论：“即便是写的历史科幻，它的主题是幻想，但细节必须真实，幻想是虚，但细节真实，才能吸引人。”

对照当下社会现实，从科幻文学应该写什么的角度看，经过30多年高速发展，中国从物质到精神都发生了翻天覆地的变化，变化之大甚至出乎科幻作家的意料。身为记者、见识过很多中国大事件的韩松多年前不由慨叹道，中国的现实太过复杂，让科幻作家都难以把握。“现实太科幻了，我们怎么写得过它?”

科幻文学承载着人们对“新神话”的希望和渴望
VS
通过各方面合力，中国科幻有望持续良性发展

大而言之，近些年科幻文学发展迅猛，固然是众多科幻作家以及科幻文学爱好者共同发力的结果，同时如严峰在2019年12月28日重庆举行的“科幻·历史·未来——首届钓鱼城科幻高峰论坛”上所说，更是由科幻文学之外，诸如社会、历史、文化、政策、时代等力量一起推动的结果。也在这个意义上，严峰说，多年来一直处于低谷的科幻文学可谓赶上了一个非常好的时代。

这一利好消息，不仅体现在国产科幻小说、科幻电影等日益受到关注，也体现在国内众多高校、作协陆续成立科幻研究机构。据评论家吴岩观察，在一年时间里，先是南方科技大学成立科学人类想象力研究中心，中国科普作家协会和北京市海淀区联合成立科幻研究中心，再是四川大学成立中国科幻研究院，并且和《科幻世界》杂志联合成立国内第一家相关学术刊物《中国科幻评论》，与此同时，中国科普研究所也即将成立自己的科幻研究中心。“不仅如此，相比去年456亿的产值，如果加上电子游戏这一项，科幻产业在未来几年将有更大的贡献值。”

吴岩举南方科技大学推进科幻文学发展的事例分析道，从历史上看，中国科幻事业要发展，至少得具备三个因素：一是政府要支持，如果政府不支持，中国科幻马上会出现悬崖式跌落；二是知识精英要支持，当知识精英反复在其领域呼吁科幻非常重要，带给人非常正面的影响的时候，它就会有大的发展；三是普通读者对科幻读物感兴趣。“看过去一百多年时间，很少有三个因素全都支持的时候，应该说现在这个三者兼备的时机非常难得。今后五至十年，如果不把科幻文学发展这个事做好，

我们就有可能失去很多年的发展机遇。”

话虽如此，在严峰看来，支撑科幻文学发展的最大动力，更可以说是当下科学、技术的突飞猛进。严峰表示，人类对神话的渴望是永恒的。我们现在就进入了一个可以称之为“新神话”的时代。也就是说，过去由宗教、迷信、幻觉等提供的“旧神话”，以及某种信仰被解构了，但科学技术正在填补其留下的空缺。“这个神话跟以往最大的差别在于，旧神话是乌托邦，是人类的一种想象、幻想，甚至是一种迷信，但现在这个新神话则是建立在理性基础之上。体现在文化艺术上，科幻文学就承载着人们的这样一种希望、渴望。”

正因为此，以严峰的理解，科幻的意义超越科幻本身，刘慈欣写作成功的背后就折射出我们对新神话的呼唤，由此我们更需要思考，对神话的需求能否持久支持科幻文学的发展。以严峰的观察，从目前看，科幻文学的创作，特别是质量，还没有跟上我们对神话的需求，也没有满足时代的要求。“从市场角度来讲，现在对科幻文学需求旺盛，有句话说，风口来了，连猪都能飞上天。我不是说科幻是猪，而是说科幻热源于很多外力，但它本身的产能还远远不足。”

这并不是说科幻本身是被炮制出来的神话，终究不能持久。相反，在严峰看来，中国科幻有着巨大的发展潜能。他认为，无论神话，还是科学，都有着内在矛盾，这让创作有丰富的发挥空间。“我们读《三体》会发现，人类走入宇宙深处后，并没有得到拯救，甚至是看到一些更残酷的真相。从 AI 问题上，我们也能看到科学的双面性，它既是我们仰望的对象，也是我们必须警惕的对象。”严峰表示，这样一个张力矛盾不是科幻创作的障碍，倒是可以成为促使我们在科幻创作中进行双向思考的力量。“神话同样如此，我们既要仰望它，又要警惕它。这一切的前提是，我们需要了解它。而科幻作家也理当有更深远的神话意识。如果他们要写好神话，就要重视神话的原型结构，神话的创作规律等等。事实上，古今中外的科幻文学里，依然有很多原型性的东西是可以研究，可以传承的。”

实际的情况是，如吴岩所说，我们很可能对科幻文学本身还缺乏基本的了解，虽然中国科幻文学已经历经一百多年的发展，但如今中国还没有一个完好的理论能对“什么是中国科幻”这个问题做出回答。“在2019年中国科幻大会上，《流浪地球》制片人讲，电影在美国上映后，有位美国导演当时就说，这还不是科幻。我的理解是，这不是美国人眼里的科幻，美国科幻是从美国土壤里发展起来的一种文学类型，它有自己的特色，有自己想要表达的东西。”在吴岩看来，中国科幻还没有发展出这样一个类型，或者说还没有相应的理论建构。“在今后五至十年，我们需要一种理论构建来回应，日新月异的科技时代应该产生什么样的科幻文学。我们应当融汇我们自己的文化传统，对当下时代有一个中国式的表达。”

以吴岩的观察，中国科幻还需要解决一些综合性问题。首先，科幻产业转型的驱动力显然不够。“目前，科幻文学创作虽然有所增加，但在整个文艺领域占比还非常小。以图书销售为例，也只有刘慈欣的书卖得好，但刘慈欣热不代表科幻群体热。刘慈欣自己也讲，他的成功并没有拉动整个产业发展。”其次，在吴岩看来，业态不丰富、教育研究投入不足、缺少历史传承等，也在制约科幻文学、科幻产业的发展。“事实上，无论是科幻电影，还是一些艺术展上的科幻板块，包括话剧等形式，都有很大的发展空间。而从总体上看，目前我们还缺乏培养孩子阅读科幻作品的热情，因为与高考成绩无关，家长和老师一般也不鼓励学生从小读科幻作品。那么，我们如果要大力发展科幻教育，就得考虑让科幻作品进入中小学教育课程。即便如此，科幻教育也还只是处于起步阶段。再次，中国科幻实际上有自己相对独立的发展脉络，如果能对此加以梳理，最终让科幻成为我们民族文化的一部分，无疑将对我们当下科幻文学阅读和写作起到重要的作用。”

无论如何，就像吴岩期待的那样，中国科幻如果能抓住当前这一前所未有的良好机遇，或将彻底改变其在起伏的波浪里一会儿高一会儿低的非正常状态。“通过创作，通过理论研究，通过整个产业转型，中国科幻有望能进入顺利平稳发展的常态，而不再出现因时局变化而断崖式衰落的状况。这样，我们在将来的某一天，或许能聚在一起追忆中国科幻‘似水的未来’。”

五

我们的文学，依然和乡村
有着深不可测的本源的联系

– 2019 年 –

2019年4月8日，首届吕梁文学季在北京举行新闻发布会。会上，作家余华调侃本届文学季总监——从小长在城市、以城市书写见长的诗人欧阳江河道：“你的写作也是从乡村出发的。”5月12日，在于晋西吕梁山西麓、黄河之滨的碛口古镇举行的题为“当代诗歌中的乡村镜像”的学术对话中，欧阳江河回味了余华这句话，“我当时想，我这个人什么都写，就是没有写乡村。但余华这么说，非常有意思。他说，只要不是通过麦克风传递的文学都是从乡村出发的”。

余华这番调侃之语，某种意义上也道出了李敬泽、格非、阿来、西川、叶兆言、苏童、于坚、韩东、张锐锋、何葳等嘉宾，不管他们的写作是否从乡村出发，却都能聚在一起畅谈“从乡村出发的写作”的缘由所在。

实际上，就像欧阳江河所说，哪怕现在已经从农耕时代推进到了当代，从乡村走向了城市，走向了世界，我们的写作，依然和乡村有着深不可测的、本源的、心灵的和隐喻上的联系。这个联系，不仅和往事、怀旧、乡愁有关，也为写作的当代性、日常性提供了一份现场的、活生生的见证。“乡村关乎文学，关乎人心，关乎我们的栖居和处所。不管我们走到哪里，不管写作变成什么样子，写作深处被照耀过、疼痛过、感恩过的那个乡村，也依然是我们出发的地方。”

千百年来中国人的生活都附着在乡村这个载体上，
那城市靠什么来立足？
VS
让古老的乡村因此焕发年轻的跃动，
恐怕需要眼光和范式的根本性调整

话虽如此，我们依然要直面乡村文明将被城市文明取代的严峻现实。作家格非以《乡村的消失意味着什么》为题发表演讲，也并非指的乡村已经消失了，毕竟在中国还有那么多的乡村存在，世界各地也有很多欠发达的地区的乡村还在，他说乡村消失，显而易见是提醒我们中国悠久的乡村文明正在快速走向消失。

格非的这一观感，建立在中西方城市化进程对比的坐标上。中国从开始城市化，到今天大规模城市化，这整个过程只用了几十年。但从世界范围来讲，乡村文明被城市文明取代，延续了四五百年，甚至是五六百年。“应该说，这是一个非常漫长的过程。为什么会这样呢？大家知道，在西方有一个非常著名的说法，叫‘上帝创造了乡村，人创造了城市’。因为从有人类社会开始，乡村就出现了。乡村这个文明形态，是慢慢发展起来的，在某种意义上就像西方人说的是上帝恩赐的。城市则不同，它完全是人在某种文化引导下创造出来的一个新东西。”

的确如此，史学界一般认为英国、德国、法国、荷兰等西方国家城市化的过程，开始于14世纪末、15世纪初兴起的圈地运动。在格非的描述中，那时由于羊毛的出口，毛纺织业的发展，也由于工业革命，城市人口急剧增加，对粮食和肉类的需求在短时间内激增，英国乡间很多地主就开始把土地从佃农手里收回来，然后转租给贵族和资产阶级，从中获取更大的利润。一直到18世纪，英国政府直接介入这个运动，就相当于把这一运动给合法化了。而正是通过圈地运动，乡村被逐渐纳入资本主义的文化秩序中，乡村文明由此发生了巨大变化。

但很长时间里，诚如格非所说，因为大量的农产品得由乡村来供给，所以城市发展依然离不开乡村。但进入19世纪后，由于远洋贸易，英国从世界各地，尤其是海外殖民地，获得的巨大收益足以支撑其现代城市的发展，以至于城市可以不依赖于乡村而自行发展。也因此到19世纪中期，英国城市人口第一次超过了乡村人口。差不多在同一时期，世界范围内开始了城市文明取代乡村文明的标志性的过程，而这一过程中，城乡对立的问题随之凸显了出来。“以作家而论，除惠特曼等对城市表示礼赞外，爱默生、托马斯·哈代、穆齐尔等都不约而同把城市描写成一个怪物，认为现代化大城市在人类社会出现是一个巨大的阴谋。英国乃至欧美知识界，包括像恩格斯这样的人物，都对城市进行了毫不留情的批判。”

也因此，西方知识界并非我们很多人以为的那样，对城市化进程采取了欢迎和接受的态度。实际上的情况就像格非说的那样，这个过程中，一直伴随着一拨一拨对城市文化的批判、怀疑、反省和抵抗。“我认为，对城市无论持厌恶还是赞美的态度并不重要，重要的是在城市文明取代乡村文明的漫长过程中，有着两种不同的视野。一种是向前看的视野，我们通过展望城市生活来展望未来。一种是往回看的视野，我们通过回望乡村去了解我们的过往，由此产生对城市文明既抗拒又迎合的矛盾思想，为文学、艺术、哲学等发生巨大变革提供了内在的动力，并催生了现代思想和现代话语的产生，也推动了社会政治、文化巨大的变革。”

而在中国，真正意义上的城市化进程，应该说是从改革开放开始的。以格非的观察，虽然20世纪二三十年代像上海这般西方意义上的现代城市的出现，刺激了以鲁迅为代表的中国人开始去寻找乡村，并发起了乡土文学运动，但那个时代城市与乡村之间的区别与对立并不明显。“为什么会这样呢？要回答这个问题，我们有必要思考一下，在中国五千年文明史上，中国人难道就没有发展出自己的城市观念吗？实际的情况是，从宋代开始，中国的城市一直在不断强化，人口在慢慢聚集，尤其到了明清两代，人口爆炸式增长，城市人口也开始增长。但这个过程是缓慢的，渐进的。那时的人们到城市去，无非是打官司、做贸易，或是到城里去读书、做官。而且，古代城市化是严格按照乡村的模式来推进的，城市的价值系统也是按照乡村的模型建立起来的，这样即便在城市里，乡村的伦理也要高于城市的伦理。所以，很多人当了官，甚至当了宰相，退休后还是要回到乡村里去。那么，我们就可以看出，城市和乡村在古代是自由交通的。中国古代既没有乡土文学，也没有城市文学，就因为乡村和城市是互相包含的，彼此交通的。”

事实上，中国城市与乡村的这样一种连通，使得中国不管怎样变化，都像格非说的，到目前为止本质上还是乡村社会。“我在清华大学给学生上课，经常问大家一个问题，为什么鲁迅这样的人在城市里生活的时间要远远超过家乡绍兴，他所有的小说却都是写乡村？这样的问题同样还可以问莫言，他在城市里面生活的时间也要比乡村长得多，他也几乎没写过城市小说，到去年为止他写的很多中长篇小说还是在写乡村。其中一个很重要的原因，恐怕就在于中国社会基本的伦理价值，依然强烈地维系在几千年乡村文明的基础之上。”

然而这三十多年来，情况正在发生着某些变化。如果说格非那一代人最了解的还是乡村社会，城市对他们来说是神秘的他者，今天中国大部分的年轻人最了解的则是城市。“今天城市经验已经变成我们经验的主体，乡村反过来变得陌生，甚至需要我们去寻找，需要通过旅游去发现了。这个过程，实际上导致了非常多的问题，这些问题我们当然可以从社会学、经济学等各个角度去解释。但对于我这样一个写作的人，非要去描述这个问题的话，我愿意把它称为一种失重感。在我成长的年代，你不可能随意处置你的生命，因为你背后有一个群体支撑，每个人的生存分量都是非常重的，但今天社会出现了原子化的个人，我们的存在变得非常轻，今天的文学也变得非常轻。如今年轻人的写作，不再像马烽先生的作品那样，会自觉承担一个民族、一个社会的使命。他们的写作变得缺乏根基。”

由此，格非邀约我们思考，乡村文明的消失，对我们每个人到底意味着什么？“中国的伦理价值只有一个载体就是乡村，千百年来中国人的生活都附着在乡村这个载体之上。那城市靠什么东西来立足？在城市里生活的每一个人，又该怎么来建立我们自身的价值系统？这是我们需要认真对待的非常重要的问题。”

这个问题显然不是能简单解决的。批评家李敬泽表示，两三亿农业人口正在和将要转化为城市人口，这是人类历史上规模空前的巨大的社会变革，它推动和裹挟着极为复杂极为独特的人类经验，在这个过程中，一个观察者站到一个简单的立场上去是容易的，但也是无效的。发一点浪漫主义幽情，下一些简单的道德或审美判断，何其容易又何其轻浮。“以我看，吕梁山下的这片土地，是中国与西方、传统与现代汇聚的微缩模型，为这个模型安上一颗小小的中国之心，让古老的乡村因此焕发年轻的跃动，恐怕需要眼光和范式的根本性调整。”

即便是一个浅层次上的，作为城市的他者存在的乡村，

我们都不能让它消失

VS

乡村看似离我们渐行渐远，我们却不可能去摆脱它，

甚至我们仍然是农业人

正因为认识到乡村之于中国的特殊重要性，我们强调乡村不仅需要活着，还得设法让它焕发活力。如格非这般“乡村的消失意味着什么”的忧虑和关切，也并非危言耸听，而是一种必要的警醒。

实际上，不仅是中国知识界，还有国际友人，像于2018年8月去世的全球化问题专家、埃及思想家萨米尔·阿明就在遗言中建议中国人一定不能放弃两样东西。欧阳江河援引他的话说，他建议中国第一不能放弃钞票的印制主权，第二不能让乡村消失，不管中国变得多么富有、强大，都不能够让乡村消失。以欧阳江河的理解，这是因为乡村不仅涉及政治问题、历史问题、文化问题，它还涉及中国这样一个大国存在的根本。“所以，即便是一个浅层次上的、旅游意义上的作为城市的他者存在的乡

村，都不能让它消失，因为乡村是我们文化的起源，跟我们的记忆息息相关，也可以说直接是我们生命的一部分。”

这正是李敬泽想要表达的一种理解。在他看来，中国作为一个有着五千年农耕文明的国家，我们的文化、我们的文学，无不深刻地打上了农耕文明和乡村经验的烙印。“在这个意义上说，我们几乎所有的中国人，我们的文化背景、文化记忆很大程度上都是乡村的，都有一个乡村的底子在那里。所以不管我们有没有乡村的经验，不管我们是否在乡村里过过日子，乡村、乡土某种程度上说都伴随着我们，是我们精神的一部分。所以，因为我的经历，我老家是山西芮城，但我生在天津，长在保定、石家庄，十六岁到了北京，可以说是一个没有故乡的人，或者说是一个没有明确的地域认同的人。但我觉得我也可以来谈谈乡村，因为对我来说，乡村同样是我在心理上的一个出发之地。”

也是在同样的意义上，诗人韩东认为，乡村不是一个要追回来的东西，不是一个要缅怀的东西，也不是一个我们理想中的精神家园之类的东西，它就是现实，既是我们看到的现实，也可能是我们心灵或灵魂深处的某种现实。“我这么说是有依据的，农业的发展少说已经持续了一万年，而我们津津乐道的工业革命，从18世纪中叶算起，距今也只有250年。两相对比，我们就应该明白，长达一万年的时间，可以对我们的基因，对我们的灵魂打上怎样深刻的烙印。我们现在怎样讨论城市化进程带来的巨变都没问题，但要知道我们内心深处的一些东西，并没有变得那么快。我们依然是很古老的人类，不过在面对一个时代的加速度。所以，乡村、农业看似离我们渐行渐远，它们对于人的塑造，我们却不可能去摆脱它，甚至我们仍然是农业人，这就是我们所处时代的现实。”

倘是从历史角度看，如诗人于坚所说，古典中国里的乡村，更是“道法自然”“天人合一”“温故知新”等世界观的载体。“中国历史上的诗人，无论李白、杜甫，还是陶渊明、苏东坡，没有一个不是乡村诗人。这并不是说他们住在某个村子里写诗，而是他们都秉持那样一种与现代主义相悖的世界观。这种世界观虽然一度被遮蔽，甚至被遗忘，但依然在我们当今中国人身上发挥着重要的影响。我们看五一长假，有很多中国人离开他们现代化的家，离开电梯，离开摩天大楼，离开高速公路，到穷乡僻壤去放松自己，去吃原生态的东西，这种运动在全世界是不可思议的，仅仅发生在中国。为什么会这样？当我们中国人，觉得自己的心灵要得到休息的时候，就会往乡村走。所以，乡村是中国知识分子和普通人灵魂的归宿。所谓归宿，即回应了生命之道是什么，我为什么要活着等根本命题。"

这就能理解，何以电影导演贾樟柯会打这样一个比喻：假如十四亿中国人都在赶路的话，每个人其实都拎着一个行李，这个行李都是从乡村带来的，因为乡村就是一个可以携带的概念。"在'乡村'这个概念里，有你的生活方法，有你的伦理，也有你的浸入到骨血里面的文化记忆。"

而即便是回到人类生存的基本面，就像作家张锐峰说的，乡村实际上比城市呈现出更大的丰富性与复杂性。"乡村是一个巨大的信息体，它本身就埋藏着全部历史文化的信息，为什么这么说呢？因为从历史上看，在乡村里生活，我们是被选择的，我们生在这个村庄里，就必须在这个村庄里成长，就必须跟与自己有着不同性格特点，不同精神气质的人生活在一起。自人类聚集以来，通过不断试错、磨合，才在乡村里形成这样一种人与人相互依存的关系，使得不同的人成为真正的命运共同体。而在城市里，人群看似多元，却因为巨大的流动性，人们往往只选择跟自己趣味相投的人在一起，并且也难以有深度的交流，我们的体验因此变得单一。从这个角度看，在所有的生活形态里，乡村应该说是最好的。"

由此看，在中国的语境里，乡村的重要性是怎么强调都不为过的，国家近些年也正在落实乡村振兴的计划。电影导演贾樟柯此次在山西贾家庄发起创立吕梁文学季就是一个很好的尝试。在为期八天的时间里，吕梁文学季围绕特定主题，举办包括大家演讲、学术对话、莫言研讨会、校园日、写作工作坊、朗读会、电影放映会及开幕式、荣誉典礼、艺术展览、图书市集等在内的三十五场文化艺术活动。在贾樟柯看来，只有增加乡村的文化吸引力，才能够重新吸引人们回到乡村。"我长期生活在北京，也长期回到山西，有这样两地生活的经验后，就看出一个落差，像北京那样千万级人口的城市，文化资源非常集中。电影放映会、读书会、演讲什么的，可能每天赶场都赶不过来。但在中小城市，尤其是乡村，这些都是稀缺资源。”让贾樟柯感到担忧的是，很多人可能因此会逐渐形成一种偏见，认为中小城市居民，还有生活在乡村里的年轻人不需要，或者不欢迎、不接受这些东西，这样就逐渐形成了一种恶性循环。“但这并不是事实，我就了解到不仅是我自己，我身边的很多同学，其实成长过程中都有很强烈的阅读和讲述的欲望。”

如此，对照当下乡村凋敝的现实，贾樟柯认为，有必要加强城市与乡村文化上的双向流动。“所谓双向流动，就是说乡村不单单只是作为怀旧的存在，或作为被美化的田园存在，而首先作为一种现实存在。这个现实就是，怎样让人们在当下依然能够注意乡村，并让双脚再踏足乡村。这里面，我就觉得我们要想办法增强乡村的文化吸引力。要增强吸引力，就得首先让乡村接触到新的资源，然后由新的资源带来新的观念。我觉得，文学季的一个重要作用，就在于让中小城市或乡村里的人，可以在自己生活的地方接受外来的讯息或新观念的冲击。我觉得这是一个场景，它应该有一种示范效应，能发生在中国的任何一个地方。”

然而即使这一场景能起到示范效应，也将经历一个漫长的过程。贾樟柯承认，在初期阶段，乡村建设主要还得靠情怀，因为还看不到太好的、良性的商业模式。“对于乡村建设来说，必然面临资金的瓶颈。要有了资金，也可能还欠缺专业性与独立性，去影响它，引导它，让它发挥建设性的作用。不管怎么说，乡村建设都需要一个开始。好在现有经济模式，为我们更多参与乡村建设提供了可能。比如说，我一个朋友专门做乡村厕所，我知道也有人在做文化的项目。在计划经济时代，这些你都是参与不了的，因为这些都被认为是政府应该做的事情。”

无论如何，本届文学季从实践上看，应该说部分实现了贾樟柯的愿望。但这样一种尝试是否可持续依然有待观察，它成功的经验也未必可以复制。因为中国当下的乡村问题，远不是单单增加文化吸引力就可以解决的。以作家阿来的观察，今天乡村最大的问题是失去了教育功能，过去耕读传家的传统没有了，而且也不可能重现了。“中国古代乡村存在一个士绅阶层，所谓绅，我们看字面就应该知道，古人穿上长衣服后，还要束一根带子，也就是说要衣冠整齐，引申义该是指的在道德和教育上对自己有要求的地主。士，我们知道指的知识分子。但与今天不同的是，古代的士都是在乡村接受很好的教育。那么，随着绅这个阶层消失以后，士也必然从乡村里消失了，乡村的教育功能也就失去了。”

以阿来的观察，士这个阶层已不可能在乡村再现，但绅这个阶层却有可能重现。因为有一些精英，他们见过世面，懂得市场，掌握技术后重返乡村。他们在城市里接受了全面、系统、专业，尤其是多学科的教育后，回到农村，就有可能把绅留存下来。因为中国人的乡土观念本身，就对这部分回乡精英构成了道德约束。他们中一些人可以在外面做有违道德的事，在外面挣的钱也不一定非常干净、合法，但回到本乡本土之后，他们受到约束会展现出另外一个形象。“但从目前看，乡村建设还缺少内生动力。即便是政府让老百姓动起来，老百姓也不知道为什么要动。动不起来这个情况，也不是今天才发生的。从这个角度，改变中国的乡村，就必须重新进行生产方式的组织。这做起来并不是那么简单。”

实际上，乡村建设，亦如中央美术学院教授、建筑师何崴所言，不仅包含了建筑，还包含了教育、健康、精神等很多层面。而中国乡村面临最严峻的问题是，原来城乡之间的循环被剪断了，人们出了乡就没办法，或者不愿意回乡了。“所以，我一直认为中国乡村的问题，不是一个简单的空间问题，而是空间、时间、文化、产业等因素搅和在一起，一起发生关系并相互作用的极为复杂的问题。”

这个问题的复杂性，从苏州周庄的发展中也可见一斑。作家叶兆言在他题为“废墟上的怀旧”的演讲中，就谈到了一个悖论性的命题。在他看来，周庄之所以发展成功，一个很重要的原因，在于它当时的落后。“为什么这么说呢？因为周庄在苏州一个边缘的地方，在整个苏州地区是发展最落后的，因为落后就没有来得及拆。所以，在80年代之前，周庄没来得及在第一轮大的改造中得到所谓的发展。但周庄也因此得到了非常好的发展机遇，因为它离上海近，也因为它保留了原生态，还因为被发现后，配备了一个非常好的团队，并且有非常好的规划。”

照这样看，废墟，或者说修旧如旧的废墟，的确是适合怀旧的。叶兆言举例表示，1949年以后，随着城市发展加快，南京很多城墙被拆得非常厉害。但到了七八十年代，南京市政府又做出了一个规定，要把城墙重新修起来，连起来，能让人作为文化旅游，在上面开电动车转一圈。“我记得当时南京政府让我去提建议，我就非常反对这个观点。我在会上说，你们这样修城墙对南京古城墙的破坏，远远超过不修城墙。我为何这么说？因为很多历史是不可以改变的，城墙已经被挖掉了，马路已经修好了，这个本身就是一段历史，而且是一段非常重要的历史，我就建议说，挖断的城墙那儿应该用铁栏杆围起来，让它保持一个破败的状态，把它作为可以参观的遗址，让人一看就明白历史怎么回事，但建议没被采纳。”

不过在废墟上怀旧，看起来更适合在城里进行，却未必适合在乡村推行。以作家苏童的理解，古代的游子要想有所成就必须离开故乡，但他们大多梦想有朝一日衣锦还乡。在今天，虽然大家都在迁徙，却很少有人愿意再回到乡村了。“我总觉得现在，‘乡愁’这个词已变得越来越轻，越来越虚弱。很多人谈论乡愁，不是在谈论生活，是在谈论书本，在谈论诗歌。很多在外面生活、打拼的人，心里头其实已经没有一块闲适的地方可以搁得下乡愁。所以，今天的故乡或乡村，基本上不是用来回归的。我们很多朋友会相互开玩笑说，你多长时间回一次老家？大家说是年年回呀，但是在什么时候回呢？清明节的时候。很多城里的人回乡村是为了清明扫墓。这是一个事实，也就是说，很多人是在用祭奠的方式维系和故乡的一点点血肉联系。所以，乡村让我们感觉美好的同时，也会给我们带来伤痛。就像鲁迅先生，他对待自己的故乡，也是在抒情中叹息，在赞美中批判。”

换个角度看，城市化进程固然加速了乡村的边缘化，是不是同时又如诗人西川所说，凸显出了“乡村”这个概念？在西川看来，今天非常旅游化的乡村，它不是被本地人需要的，而是被城里人需要，因为本地人对于风景看惯了，不会有那么深的感觉。对于外来人来讲，当他作为旅游者来到乡村，他就会在内心里获得一种安慰。“所以这个时候，又出现一个很有趣的文化问题。现在一些乡村，在某种意义上成了旅游化的结果，它背后实际上暗含了一个他者，亦即城市。没有当下城市生活、现代生活的对照，乡村生活就不会被凸显出来。要这么看，我觉得，我们应该有更立体的视角来观察乡村，观察我们当下的生活。”

眼下我们关注乡村、农民，
其实也是在关注具有普遍性和国际性的问题
VS
乡村文明我们当然要关注，
但同时也要正视城市文明带来的问题和挑战

如其所言，对当下正在推进中的乡村建设，我们有必要加以立体的观照。就像阿来说的那样，在旧的东西失去生机的同时，总会同时有一些新的东西在复苏。“在乡村产业的废墟、人文的废墟上，一定有新的元素在萌芽、在成长。”

而我们看不见，很多时候只是因为我们视而不见罢了。阿来举例说，像思想家梁漱溟先生在他的年代就关注到了乡村的问题，他想办法用行动来加以改变，以前的儒家很多都是像他这样知行合一的。但当下很多知识人、文化人却只是偶尔说一说乡愁，即便有大量笔墨在书写乡村，却对乡村中最基本的一些问题视而不见。“这不只是我们接受了多少教育的问题，而是关乎胸怀和眼界的问题。”

事实也是如此。以常理看，城市是建筑师发挥才能的最理想的地方。但在何崴看来，到了当代，很可能乡村才是能够让建筑师回归建筑本源的一个唯一的地方。“总的说来，我们的城市已经非常西化了，受制于很多现实条件，城市的建筑都是千城一面，而乡村还处于一种相对本真的状态，它的土地所有权、使用权、建造权甚至设计权还是合一的，这就让建筑师有很大的发挥空间。当然，我不认为我们有必要千篇一律去恢复古建，或者单只是把乡村变得漂亮，我们实际上还可以想一些办法维护乡村的这种本真状态。我们接受的过于西方化的教育，事实上是有问题的。其实，回到乡村去，从乡土中挖掘已有的很多智慧，恰恰会给我们很多灵感和启发。与此同时，当代建筑从结构主义和解构主义等文学流派中吸取了很多营养。而在中国古代乡村，文人和建筑师本就是合而为一的。”

在这一点上，文学和建筑不无相通之处。苏童举例说，“山药蛋派”代表作家赵树理，在他还是文学青年的时候，写的作品是非常现代派的，经历时代的巨变后，他完全推翻了青年时代的写作方法，非常自觉地把根扎在一方土地上，从语言，从对话开始，一点点模拟最常态的生活方式写作。他的这种写作方法，也成了一个风气，影响了很多人，形成了一个流派，与他相仿的还有以孙犁为代表的“荷花淀派”。“应该说，这是从乡村出发的写作，他们所有的叙事系统，从语言开始，都是用泥土，而不是用别的东西营造的。今天，其实还是有很多人在继承着这样的衣钵，但他们是比较寂寞的，因为市场的原因，还有读者阅读口味的原因，要是继续这样写，势必要忍受一些孤独和寂寞。所以他们的衣钵，依然有人在继承，只不过我们不要再奢望它能够产生当年那样的影响了。”

但在阿来看来，从乡村出发的写作，实际上在国外也有不少可借鉴的资源，只是我们当下很少关注罢了。“我们现在读外国文学，通常关注那些在技术上、观念上有创新的作家作品。但要我看，那些有现实主义情怀，观察现实更深入，也更敏锐反映时代的作家，我们也应该关注。譬如同样是得了诺贝尔文学奖的美国作家，我们通常只谈论海明威、福克纳，却很少听人斯坦贝克。斯坦贝克在二战时做过战地记者，写过很多欧洲战场的战地通讯。我们知道，美国在二战爆发以前，经历过一个经济大萧条的时期，那时股市崩盘，产业不好，尤其是美国中西部农业发展遭遇了很大的困难，那些过去还没有积累足够资本的农户和农场主面临非常严重的挑战，斯坦贝克回到美国后，就看到了这样的状况。他把自己的观察和经验，融入《愤怒的葡萄》这部伟大的小说里。所以，在美国这样的所谓工业国家里，既有很厉害的爵士乐作家，也有写农业写得很好的作家。”

由此看，中国作为后发展国家的很多经验，实际上都被其他国家的作家，以不同的方式书写过。阿来举例表示，英国作家托马斯·哈代被我们当成是一个古典作家，但实际上他在《德伯家的苔丝》等作品中写到的一些现象，可以说是在当下中国乡村发生的现实。“显然，这些作家的写作探索，都为我们积累了很丰富的经验。即便同样是后发展国家的作家，像墨西哥胡安·鲁尔福的《佩德罗·巴拉莫》等作品，也给我们提供了很多启发。但我们有那么多人书写乡村，却并不关心这些经验。所以，我们眼下关注乡村、关注农民，应该意识到，我们面对的不是单独一个村庄的问题，而是具有普遍性和国际性的问题。”

当然就我们这个时代的写作而言，无论是对于外国文学经典，还是对于本国历史悠久的文学传统，模仿和借鉴是一方面，怎样找到自己的语言是更为重要的另一方面。西川表示，现在依然有很多人在仿效李白杜甫写诗，但他们功力再深厚，也写不出李杜诗歌的感觉。“对古人来讲，他们写那样的诗很自然，他们的写作和他们整个的生活方式是契合的。他们经常写怀古的诗，也和他们所处的农业社会大有关系。作为文人，同时又是官员，他们会经历宦海沉浮，有时会被流放，有的还会经历国破家亡，他们有感情要抒发。但现代有人以古体诗词形式怀古，基本上也就在旅游景点发点感慨，他没有家国之思，也就写不出那种感觉。”

这也正是西川关切的问题。在他看来，和中国现代化同步的新诗创作，必然呼唤一种能与时代同步的新的语言。这就能理解，当一个国家从古典社会走向现代社会，首先就要进行一场语言革命。“这并不是说我们要和古典中国发生断裂，但要是我们这个社会绝大多数人理解的诗意，还是过去那些风花雪月的语汇，就是一个很大的问题。因为我们生活在今天，我们得把文化往前推动，而不能光说老祖宗厉害。同样的道理，乡村文明我们当然要关注，但眼下城市化率已经达到56%、57%的样子，我们就不能不正视城市文明带来的问题和挑战。要是我们无视或拒绝它，我们只能成为落后于时代的人。因此除了面对，我们别无选择。”

六

网络文学：带来的不是危机，而是契机

- 2018 年 -

在2018年7月于上海社会科学院举行的“网络文学发展国际学术研讨会”上，评论家严锋一言以蔽之，中国网络文学其实非常传统，它并没有充分利用电子媒体的特性。对网络文学多少有了解的人乍一听，都会言之凿凿反驳道，中国网络文学正是借助于电子媒体，并得益于此，才有如今这一片欣欣向荣的繁盛面貌，以至一向对此敬而远之的各大学院研究人员，都纷纷转向研究了起来。以韩国西江大学中国文化系教授李旭渊的判断，不久的将来，网络小说将成为主流，而严肃文学将成为非主流。如此，诚如上海大学文学院教授曾军感叹：作为文学研究人员，如果再不关心网络文学，很有可能饭碗都要没了。

这还没完，严锋援引美国网络文学的例子说，美国的网络文学从一开始就具有先锋文学的特点，就更让我们迷惑不解了。在我们印象中，网络文学属于通俗文学一路，和先锋文学是八竿子打不着的两个事物，它们怎么扯得上关系？但我们这么论定，只是因为我们把目光聚焦于本国或是东亚。倘是把网络文学放在全世界范围里加以打量，就像严锋说的，我们会发现，每个国家的网络文学都有着很不相同的面貌。“美国提倡电子文学，亦即充分利用电子媒体特点的文学。而像巴西、阿根廷等拉美国家的网络文学，则非常注重多媒体的实践。”

从另一方面看，如果说是否有相对完善的评价体系，或像上海市作协副主席孙甘露说的“比较成熟的判断架构”，是衡量一种文学类型是否主流的重要标准，那么中国网络文学显然还不具备这样的条件。事实上，在当下文学批评界唱主流的学院派文艺批评，如杭州师范大学人文学院教授单小曦所说，已不能充分阐释以网络文学为主的新媒介文艺现象的现实。蓬勃发展的网络文学与批评之间的这种不对称，也对批评本身带来了某种焦虑。无论如何，就像浙江省网络作家协会常务副主席、评论家夏烈说的那样，网络文学给予我们跳出文学史固有观念审视文学的一种可能，它带来的不是危机，而是契机。

欧美网络文学更多体现出先锋性和精英性
VS
中国乃至东亚网络文学趋向通俗化和大众化

就美国而言，其网络文学之所以体现出先锋性和精英性的特点，很大程度上是因为如严锋所说，它实践后现代主义的文学理念，也因此，它不仅是先锋的，而且是非常小众化的。严峰介绍说，美国网络文学实际上延续了交互小说的概念。而交互小说在美国有悠久的传统，到20世纪80年代，就很成熟了，到了90年代，产生了很多经典之作。也是在这个时候，一些交互小说逐渐往网络上转。如此总算是为福柯等人曾经梦想的后现代写作，找到了一个完美的载体，就是电子写作，一种所谓超文本、超媒体的写作。“相比而言，我们只是把一些作品放到网络上，或在网络上写，由于各种各样的原因，易于被受众接受和广为传播罢了。”

以严锋的观察，要对比美国和东亚网络文学的差异，会有一些很有意思的发现。而从这两年的实践看，美国网络文学也手机化了，却没有发展出手机小说。严峰说，比较早的时候，交互小说在FLASH或CDROM这样的电子媒体上发布。如今美国则发展出了一种推特小说，还有推特诗歌。“而且推特诗歌的发展是人工智能化的，它跟AI结合起来。有一个叫‘世界上最长的诗歌’的推特。这个诗歌是用AI采集推特上最新的推文，然后把推文根据韵脚，根据算法‘算’出来。”

显而易见，对照美国网络文学，中国乃至东亚的网络文学体现出了通俗化和大众化的特点。这也不难理解，正如李旭渊所说，东亚的网络文学在小说的意义和功能以及传播方式等方面，都近似于西方现代小说进入之前，也就是所谓“新小说”创作之前韩中传统小说的叙事方式。“网络小说也像电视连续剧一样，一集一集地展开剧情，它需要一定的一贯性，但也必须在每一章里具有起、承、转、结的故事结构。换言之，它需要像章回体小说一样的结构。并且为了吸引读者继续阅读，每章结束时，都需要能诱发读者的好奇心才行。”

当然严格说来，中国乃至东亚的网络文学，依然有别于传统章回体小说。这种区别主要是不同的传播方式造成的。以李旭渊的理解，如果说在传统社会，韩中小说都是以作家和读者之间“说话—听话”为前提被生产出来的话，现代小说则是以作家和读者之间“写作—阅读”的关系下被生产然后传播的。“网络小说也在某种程度上维持着这种关系。但更重要的是，网络小说的传播空间不再是书或者印刷品，而是智能手机，因此向读者传达信息的媒介产生了变化。”

正因为接续了传统文脉，相比“全盘西化”的新文学，网络文学的发展更像是代表了一种向传统回归的趋势。李旭渊表示，宋代话本是随着宋代剧场文化兴起而发展起来的，现代小说是随着杂志、报纸、近代印刷术的发达而发展起来的。“以上中国文学史的经验告诉我们，在评价网络小说的时候，应更多地遵从唯物主义观点。因为历史发展是不可逆转的，网络小说的盛行是不可阻挡的潮流。”

不过，换在百年以前，新文学的精英们也会预言，新文学是不可阻挡的潮流。只是事与愿违，诚如评论家夏烈所说，中国老百姓喜闻乐见的价值观，并不因为全盘西化的改革方案就彻底解决了。“哪怕精英们提倡的文学观有一定的渗透力，但要用一百年时间来改变上千年的沉淀，可想而知有很大的困难。所以，老百姓按照自己的口味，自己的偏好，走到今天网络文学繁荣兴旺的‘趋势’上去了。”

实际上，中国网络文学往远了说接通传统文脉，往近里看，则是像夏烈说的，比纯文学、严肃文学更没有包袱地接上了新媒介转型和文化资本融合的浪潮。也因此，网络文学就变成了一种既旧又新，且在文化上带有混生特点的状态，其中既有儒释道的东西，中华传统诗词的东西，中国人的价值观和传奇性的东西等，又有二次元、ACG 的元素，很多科幻的元素等。“这就使我们很难清晰判断网络文学是新文学还是旧文学。”

我们可以做出清晰判断的是，放眼东亚，不同国家的网络文学，虽然都借助网络，却呈现出了不同的发展面貌。李旭渊表示，韩国网络小说相比中国起步要晚一些，但近三年以来发展得非常快。“以前在韩国把这类小说叫因特网小说，三年前开始叫成网络小说，web 小说。因特网小说主要在互联网上发表，web 小说则是以手机来创作，在手机上阅读。36亿的网络小说点击量当中，用手机来阅读点击的占到30%，这也说明web 小说就是手机小说。这就能看出，在韩国，网络小说其实就是比较短的时间内可以阅读的单元性的文学题材。”

以李旭渊的观察，到目前为止，在韩国，网络小说的市场规模达到3129亿韩币，而严肃文学的销量大概是3000亿韩币，最有人气的严肃作品也只能卖到110万韩币。以严肃文学的规模来比较的话，网络小说的规模非常大。网络小说在建立三年期间，每个月最少点击一次的读者就达到500万之多。“这对韩国文学意味着什么？严肃文学越来越下降了，网络小说发展却很快。这让许多搞严肃文学的人，还有严肃文学作家心里不舒服，但我觉得我们应该站在历史的角度来看网络小说发展利弊，而这样的换位思考是非常需要的。”

相比而言，手机小说一直是日本网络文学的主体。山东大学文学传播学院讲师刘小源介绍说，这与日本手机网络的发展是息息相关的。日本为了对抗美国因特网的技术，决定把网络技术的重心放在手机网络的研发上，以软银为代表的一系列的通信运营商就研发了当时世界上最先进的手机网络运营系统，并在2001年前后，建造了世界上首个使用手机3G 无线网络的网络国家，2002到2003年又创设了包括手机阅读在内的一系列日本标准的手机移动网络服务业务，而且还创造了包月流量服务制度。“在日本可以说，手机才是年轻人上网的主流选择，而直到2009年日本电脑宽带使用率才勉强达到大约60% 的家庭覆盖率。”

相应地，日本网络文学也经历了有别于中国和韩国网络文学的发展形态。在刘小源的描述中，从1993年到2000年间，日本网络文学主要是以纯文学性质发布在网络上，也有一些跟网络活动有关的小说创作。差不多从2003年开始到2009年，手机小说开始异军突起。“因为手机需要适应以手机上网为主的年轻人的阅读习惯，也就形成了一些非常新颖的阅读和创作的特点。比如，因为是在手机上写的，语言就非常简短，断句分行也非常频繁，会有非常多的表情符号，以及特殊符号穿杂其间。”手机小说在2006年到2007年间达到了高峰期。刘小源援引出版科学研究所的统计数据，以销量计，2006年日本文学前十名里有四部是手机小说，2007年增加到五部，而且大量的手机小说被出版成书。不少成功的作品被改编成了漫画、动画、影视剧、游戏、舞台剧、广播剧等各种形式发行。

但随着各大出版社竞相开始进入这一领域，日本手机小说的市场迅速饱和，到2008年日本连锁书店公布的数据，全国前100名小说里面没有一本是手机小说。2009年的时候，本来知名的手机小说网站也运营不下去了，纷纷转行转型开发一些时尚、旅游、美食、占卦等非文学的板块。退出热潮之后，手机小说主题也发生了变化，开始转向轻松的甜蜜的恋情。“总体而言，手机小说在思想内容上，以描写高中阶段少男少女的一些情感为主，也涉及不良少年、校园暴力、自杀、虐恋等一系列元素，比较缺乏文学性和思想深度，只是以青少年女性群体为主的一种青春文学的题材。”

此后，在2002年前后就已经出现的web轻小说，到了2008年左右便慢慢替代日本的手机小说，从而把日本网络文学推进到了轻小说时代。在刘小源看来，不同于写实类小说，轻小说建构于漫画、动画和游戏世界观上，是诸如玄幻、奇幻、科幻，再加上日本的像勇者斗恶龙的游戏等幻想性题材的衍生，这也使得这类小说衍生出了穿越、转生、超能力等各种元素，其中最多的就是穿越和转世。由于此类小说建构在游戏的世界观上，像升级、装备、属性、职业等，都是按照游戏的逻辑来进行，而不是按照现实生活的逻辑来发展。同时，轻小说的写作以轻松娱乐为主要目的，主要呈现为漫画式的语言风格和图文结合的叙事方式。所以其中没有任何高深的描写，主要语汇都用于角色介绍，每个句子对应一个场景，读起来有一种电影分镜的快感，使得阅读者非常容易接受。简言之，轻小说的阅读方式就是读图时代、二次元文化在小说领域的直接产物。

有必要补充的是，轻小说的出版形成了一套比较成熟的业界体制。刘小源说，要出版这样的作品，首先得向出版社投稿，获某个新人奖项，再由出版社约稿，在完成全部书稿的内容之后才能获得出版机会。这样层层筛选，使得小说品质能够得到保证。“到了2005年以后，越来越多的web小说网站出现了。像‘成为小说家吧’，可以免费投稿，并且可以免费阅读。截至2018年6月20日，这个网站共出了小说629342部，可以说是日本最大的投稿小说网站。类似以出版社背景为主的轻小说连载网站纷纷成立，也就取代了原有的手机小说网站。”

虽然如此，在刘小源看来，日本轻小说里有很多作品被改编成动漫游戏、影视剧，取得了巨大的成功，但总体发展前景并不乐观。轻小说以出版成文库为目标，必须按照纸媒文库版出版的要求来创作。而且日本的小说网站是完全免费的，如果作者想要获得写作的利益，就必须要获得出版的机会。“另外，尽管日本的二次元产业链非常成熟，对于日本网络文学发展来说却是一把双刃剑。日本文学网站没有中国网络文学这样的收费制度，也就成了动漫、游戏、影视剧改编的附庸，它没有合理的盈利体制，无法脱离纸媒存在，所以发展空间是严重受限的。”

网络小说走出去得益于其融汇很多西方元素
VS
网络文学应该真正体现中国风格和中国价值

相比韩国、日本，中国网络文学的发展前景无疑更为开阔。足以佐证这一开阔前景的是，网络文学在过去二十年间的迅猛发展。据2017年底的一项统计数据表明，国内网络文学市场规模129.2亿元、网络文学作者1400万名、网络文学作品超1600万种、网络文学读者规模破4.06亿人。如果只是从规模和效应上看，的确如夏烈所说，网络文学已经代表了这个时代的主流文学样式。

更让人感到欣喜的是，网络文学正加快走出去的步伐。自2014年以来，以 Wuxia World、Gravity Tales 为代表的翻译网站引爆了中国网络小说在英语世界的阅读热潮。据2017年一项统计数据表明，这些网站的月活跃读者数已在400万左右，日来访量在40万左右。这些读者来自全球100多个国家，其中北美读者占总数的1/3以上。而在东南亚地区，中国网络小说更是早就成为深具影响力的外来流行文化，不但重要的网络文学大都已被翻译，每年新翻译的也在百部以上。

借着这股东风，无论中国官方还是民间，都在努力开启网络文学对外输出的新模式。2016年底，起点中文网与 Wuxia World 达成合作，签署了十年翻译和电子出版合作协议，初步达成20部作品的合作。2017年5月，起点中文网的海外版上线，并正式宣布与知名中国网络文学英文翻译网站 Gravity Tales 达成合作，双方协力推动中国海外传播正版化、精品化。这项合作还促使一批海外网络文学作者加入网络文学创作的队伍中。进入2018年，阅文集团也启动了网络文学 IP 全生态输出计划，实现海外原创作品的全 IP 打造。据该集团发布的《网络文学海外传播（2017—2018）研究报告》显示，网络文学文化出海模式从过去的以出版授权为主，升级为以线上互动阅读为核心，集版权授权、开放平台等举措于一体。截至2018年9月，该集团共计以7个语种向海外授出300余部作品。尤其是其旗下起点国际已上线200余部翻译作品，近9万章，覆盖东方幻想、言情等13个热门品类。而在2019年3月举行的伦敦国际书展上，该集团展出了多部作品，既包括《天道图书馆》等出自中国作家之手的高人气网络文学作品的英文译作，也有 *Reborn：Evolving From Nothing* 这样海外网络文学作家的人气新作。这些作品引得各国读者齐聚阅文展台。该集团的网络文学“出海”步伐可谓已从早先出版授权为主的模式，进入以线上互动阅读为核心，集合版权授权、开放平台等功能的网络文学“出海”3.0时代。

中国网络文学凭什么在国外受到欢迎？鲁迅文学院研究员王祥举例表示，他曾经很卖力地向好几家海外出版社推荐《白鹿原》，可无论怎么营销，对方就是不买。“他们觉得自己国家的读者接受这部小说太困难了，这有历史、社会的困难，也有作品阅读带来的困难。”而他们接受网络小说不存在这方面的问题，“西方读者读中国的网络小说，就像看托尔金的小说《魔戒》《霍比特人》，接受起来很少有障碍，即使是青少年也能一看就懂故事讲的是什么。”

事实上，即便是与当今网络文学受欢迎程度可以一比的金庸和古龙的武侠小说，在西方也受到冷落。Wuxia World 翻译网站创立者任我行表示，这是因为它们过于“中国化”，而网络小说很多本就来自西方文化。“比如《魔兽世界》游戏里魔法力、魔法师等网络小说的概念，很多本就是来自西方文化的。无非是他们吸收了一些西方的奇幻和魔幻概念，用道教、佛教等中国文化重新包装了一下，这就让西方读者很容易产生共鸣，觉得这东西不陌生，甚至很熟悉。”

网络文学研究者吉云飞的一项研究，也印证了任我行的这番话。吉云飞的研究表明，中国网络文学发展不只是受益于华语文学内部力量，也受到美国和日本游戏、动漫以及奇幻文学辐射与刺激。而中国网络文学之所以能在国外受宠，在于其和全球青少年推崇的文艺作品具有天然的相通性，更与动漫、电影、游戏互通。“在美国有两类人最早阅读网络小说，一类是中国文化和武侠小说爱好者，一类是日本轻小说爱好者。中国网络小说很快就将这两类读者‘收编’。而对于海外读者而言，中国网络文学首先不是中国的文学，而是属于‘网络人’的文学。正是‘网络性’让其跨越了国界和文化的阻隔，拥有了走向世界的力量。”

而外国读者愿意跨越文字和文化的障碍，自发翻译、追读中国的网络小说，并且迅速膨胀成为一项生意，说明中国网络小说不仅对中国读者来说好看，对他们同样如此。长期致力中国网络文学研究的“北京大学网络文学研究论坛”主持人邵燕君认为，这表明对外国读者来说，这些网络小说比亚马逊上卖的拥有一两百年传统的欧美畅销书更“带感”，比伴随日本动漫文化传播已经在西方先落脚了一二十年的日本轻小说更“带劲”。“古老的‘类型性’与新鲜的‘网络性’相结合，使网络文学具有了可与动漫、游戏相匹敌的又不可替代的‘爽’。”

当然，从大的文化背景上看，中国网络文学得以“弯道超车”，在邵燕君看来主要有以下原因：新中国成立以来特殊的文化出版体制，使得类型小说生产机制在纸质时代没有建立起来，没能培养起一支创作力旺盛的类型小说作家队伍，没有培育起一个庞大的读者群，更没有形成充分细分、精准定位的市场渠道。这种巨大的阅读需求和创作潜力，都伴随网络革命的到来而爆发了。相反，欧美就是因为在印刷文明时代畅销书机制太发达、太成熟，其强大的惯性一直到今天仍然能运转，而其生产机制却难免陈旧了，这才给了中国网络文学“逆袭”的机会。还有网络文学中的“中国性”元素，也让外国读者觉得“新鲜”。“但在‘地球村’时代，只有‘越是网络的’，有可能‘越是世界的’。中国网络小说，通过‘网络性’展现出其必然会带出来的‘中国性’，它就成了‘越是世界的’。”

以此看，中国网络文学就像任我行说的，正在成为第一波真正开始走出去的大众文化。任我行质疑道，从《诗经》到老庄等古典文学，到鲁迅等的现代文学，再到莫言、刘慈欣等的当代文学，中国文学对外输出一直都有，但是又有多少国外大众和学生读者去读呢？即便在华人圈中影响也有限。也是在这个意义上，任我行认为，或许我们总想把“博大精深”的中国文化输出海外是不对的。“美国文化走出去是靠好莱坞这种大众文化，先从通俗的东西入手，培养起大众的兴趣，‘博大精深’的文化自然也会慢慢渗透。”

进一步的问题在于，我们有没有可能借中国网络文学走出去的契机，把它打造成可与美国好莱坞、日本动漫、韩国电视剧并驾齐驱的代表国家软实力的世界流行文艺？以国家新闻出版广电总局数字出版司网络出版监管处副处长程晓龙的观察，从目前看，中国网络文学虽然在北美等地区“走俏”，但尚处于“初试啼声”阶段。“另外，当前我国网络文学走出去，从题材上看，多以玄幻、仙侠及历史虚构小说为主。与种类丰富、类型繁杂的国内网络小说相比，走出去的仍是很小的类型；从地域上看，走出去仍以东南亚地区为主，在欧美读者中较受瞩目的 Wuxia World 目前也只有30多部译介作品，与国内每年创作百万部新小说的规模而言，走出去的仍是很小的部分。网络文学走出去仍有很大的空间。”

与此同时，目前被主流文学界重点关注的20家网络文学网站，也如北京外国语大学教授何明星指出的，没有一家是专业文学出版与传播机构，更是基本没有进入国家主流的海外书展、影展系统之内。吉云飞进一步表示，中国网络文学“走出去”，目前最迫切需要解决的是版权问题和类型平衡问题。版权问题直接关系到中国网络小说翻译后进一步的网络阅读、实体出版和影视改编。类型平衡问题则关乎中国网络小说“走出去”后能否真正体现中国风格和中国价值。“因为‘中国性’越多，翻译难度和阅读门槛就越高。目前翻译到国外的中国网络小说主要是最为通俗化的作品。因此，要实现中国文化和中国价值的真正‘走出去’，有赖于助力更多兼具‘网络性’和‘中国性’的作品走出去。”

以质量论，网络文学离成为主流还有相当的距离
VS
网络文学假以时日会产生由俗而雅的经典作品

在网络文学的一片叫好声中，我们不能不看到，要从另外一些指标，譬如以质量论，网络文学离成为主流还有相当的距离。浙江文艺出版社常务副社长曹元勇表示，网络文学界鱼龙混杂，即使是评价较好的作品也存在庞杂无实、凌空蹈虚等问题。也有观察者表示，网络文学不乏一些恶俗、低俗、庸俗的内容，不免落入“拳头加枕头”的窠臼，拜金主义和享乐主义价值观盛行。如此，就像上海网络作家协会会长血红认为的那样，虽然网络文学以巨大的作家量、书写量“取胜”，但要出现精品或是经典还有很长的路要走。

网络文学质量的失控，在一定程度上源于其创作和发表的整个流程都缺失编辑环节。业内普遍用“自编自导自演，自拉自弹自唱”这句话，

来形容网络文学这样一种自由且野蛮生长的状态。据有关数据显示，仅阅文集团旗下平台就有400万作者，其中以80后、90后为主，作者社会身份繁杂、水平参差不齐。而网络文学内容质量的高低，基本上是由作者主导的。与一般传统文学不同，其间很少有策划、编辑、校对、编审的再加工和层层把关。

而随着大量资本涌入，网络文学变得过度商业化。这种商业驱动也使得网络文学屡屡出现各种负面问题。有业内人士表示，以网络小说为例，为迎合读者口味，圈到更多粉丝，出笼的作品多集中于武侠、魔幻、古代言情，题材单一且跟风仿效厉害，真正反映现实社会生活的极少。而且众所周知，大多数文学网站与作者签有协议，对作品的上传字数、更新频次等都有严格规定，致使作者每天只能闭门造车，为码字而绞尽脑汁，没能像传统作家那般深入生活，体验生活。

既缺失编辑把控，又唯经济效益至上，加之其他的一些原因使得网络文学作品质量难以得到保证。曹元勇表示，从图书出版的业态看，数字化出版虽然一时还难以取代纸质出版，但至少已形成与纸质图书出版共存的局面。但网络文学还达不到数字化出版的规范要求。“网络文学下一步是不是非要变成纸质图书倒不重要，重要的是要不要经过严格训练的图书编辑对作品进行一番编辑和加工。网络文学有必要向现在数字出版的标准靠拢。”

作家小白也表示，虽然看好网络文学，但他对资本驱动下的类型化或模块化的网络文学却心存怀疑，因为这种阅读方式是催眠式的，使人上瘾，几乎类似机器人写作。“应该说，网络文学的前景非常美好，因为它有交互性和社区性，但前提是每一个终端都应当对上传的文字负责。”

关键的问题在于，怎样建立起这样一种负责机制。夏烈认为，网络文学需要在整个产业链上引入专业人才，需要有自己的文学评论家，需要有既懂得经营又懂得文学的网络经纪人，还需要有对影视和其他文化产品具有判断力的内容策划公司。而对于提高网络文学质量而言，首要的是有作家经纪人，只有这样作家们才能安心创作。血红表示，作为一名网络作家，本职工作还是写文字。这个产业不是一个人能包揽一切，而是需要分工和各司其职，推动整个产业的成熟发展。

而以评论家李林荣的观察，我们不必对网络文学发展中存在的问题过于担忧。“据有关统计，戏曲、话本、笔记等通俗文艺在宋元时期‘诗’‘文’占主流地位的整个文学市场的比例，就相当于网络文学在当下文学市场上所占的比例。这些通俗文艺在起初也一定存在这样那样的问题，如今也有些成了经典。我们可以期待，网络文学创作与中国传统文学的悠久传统结合起来，一定会产生像《儒林外史》这样由俗而雅的经典作品。”

事实上，从小说发展的历程来看，小说在西方刚刚开始出现的时候，也面临着格调不高的批评。在《小说的兴起》一书中，美国评论家伊恩·瓦特指出，小说在18世纪被认为是一种降低格调的写作方式，书商取代了过去庇护作家的贵族，古典的文学标准摇摇欲坠。今天因《鲁滨孙漂流记》等小说被视为经典作家的笛福，当年和网络文学作家的做法相似，为了经济利益将小说写得冗长累赘。当时的编辑很不满笛福的做法，而且抱怨笛福没有完整的作品。

这也意味着，网络文学即使没有肩负“传之后世”的使命，但为了获得更强大的生命力，也有让自己的作品流传更为久远的需要。重温小说发展的历程，随着个人主义在西方现代世界的确立，小说逐渐取代史诗与戏剧，成为最重要的文学形式，笛福也成为享誉世界的大作家。与之相仿，作为一种应运而生的文学现象，网络文学可以预见有一个更好的未来。但正如青年评论家黄平所言，小说乃至通俗小说固然有经典化的范例，但更多的是被历史湮灭的寂然无声。“决定文学之为文学的‘文学性’，既是历史的产物，又不完全是历史性的，衡量文学作品的思想、语言、结构等要素是普适性的标准，不会因面对网络文学而降低。网络文学作家要获得好的评价，首先要将作品写好，这是最朴素的道理。”

但怎样将作品写好，恰是很多网络文学作者要面对的问题。诚如网络文学研究专家欧阳友权所言，从文学大势上看，网络文学已经走过数量扩张期，步入质量提升期。相应地，读者对网络文学精品化、经典化的诉求也随之增强。但实际的情况是，很多网络文学作者缺乏文学写作基本的知识储备和技巧训练。借助高校资源平台，提升网络文学品质，显然是一条可行的路径。

正是在这样的背景下，中国高校首个网络作家培养计划出炉。2018年底，华东师范大学中国创意写作研究院正式启动“分众”中国未来网络文学家项目，并于近期发布网络文学新人大赛公告。通过大赛选拔的网络文学新人将于今年9月到该校报到，免费展开为期三年的专业培养，其中一年驻校培养，两年校外跟踪培养。

据了解，凡是在网络文学平台，包括自媒体平台连续更文三个月以上的40岁以下新人作家就可参赛。大赛将每年从中评选出10至20名作者，作为“未来网络文学家”后备人才，以华东师范大学中国创意写作研究院、华东师范大学中文系创意写作硕士学位点为平台，量身定做打造个性化培养方案。除网络文学网站上的作品，该项赛事还将自媒体写作纳入评选范围。

在中国作协副主席、书记处书记李敬泽看来，成立中国创意写作研究院，发起中国未来网络文学家项目，充分展现出华东师范大学对新时代文化发展变化的敏锐把握和深刻洞察，认识到大学既要培养创造性的文学人才，也要培养创意性的文化产业人才，在创作实践中更好地发挥人文精神的引领作用。

与此同时，面对推陈出新的网络文艺环境，以及层出不穷的网络文艺作品，建立有效良性的网络文艺批评环境显得尤为重要。就目前而言，无论是中国、韩国，还是日本，相关批评与研究与其说聚焦于其文学性，倒不如说把它作为一个文化产业加以整体的打量。大体而言，网络文学之所以蓬勃发展，一个很重要的原因在于如李旭渊所说，适应了现在阅读小说的模式。“有一个调查数据显示，读者读一章网络小说的时间大概是十分钟，这样他们只要在上班路上，或休闲时间，乃至是在洗手间的时间读读就可以了。也因为此，网络小说必须在十分钟之内抓住读者的眼球。”显见地，网络文学着重讲故事，而非讲究文学性。其快速消费的特性，也很难说会对文学本身起到怎样的推动作用。

问题在于，网络文学文学性普遍不高，是否意味着相关文学研究和批评将其拒之门外？事实上，诚如上海社会科学院文学研究所所长、研究员荣跃明所说，新媒介的介入，使得网站上对网络文学作品的评价都用技术环节替代了，这本身就对传统文学创作、批评、传播、阅读等环节进行了解构。而当今网络文学的高度繁荣，也挤压了传统文学批评的空间。“传统文学批评主要在纸媒上进行，网络文学的受众乃至评价都在网络上进行，这就是说，传统文学批评被边缘化了。所以，以学术生存计，文学批评也需要沉下心来面对网络文学作品。”

事实上，仅只是凭文学批评，难以对网络文学有总体的研究。以夏烈的观察，从中国网络文学二十余年的发展来讲，受众、产业和资本、国家政策，还有文学知识分子这四种基本力量，都对网络文学产生了或多或少的影响。“这四种力量入场有先后，力量有不均衡。在不同时间段，合力矩阵是不一样的，但它们互相牵制，现在又有一定的合谋。如果要做中国网络文学发展史，有必要从这四种力量入手。这样的发展史既是国际的，也是国内的；既是当下的，也是二次元的。”

而这样的研究，势必要求相应的学术资源跟进。夏烈表示，目前在中国做网络文学研究的学者，主要来自两个专业方向，一个是文艺学，一个是现当代文学。相比而言，文艺学的学者要开放一些，因为他们可以把西方文艺理论的资源，包括粉丝理论，运用到网络文学研究中去。对于西方理论的学习，也使得他们对于网络文化的语境不那么反感和不理解。虽然文艺学学科内部也有阻力，但有一批学者早就转型做文创产业，甚至都有十年以上的文化产业研究经验了。但在现当代文学学科内部，相关学者们秉承的精英启蒙主义的思路，使得他们面对网络文学措手不及。但需要正视的是，即使没有网络文学的出现，这种思路也已经受到全球化和大众文化的冲击。“大概也只有范伯群等极少部分文学史家，主张中国文学有两翼，一翼是严肃文学，一翼是通俗文学。相应地，文学史书写也得各占一半的篇幅，而不是只给通俗文学留出概述性的一章讲述。可以想见，以后怎样讲述、评价网络文学，都将直接挑战文学史的书写权利的问题。”

不管怎样，网络文学带来的影响是方方面面的。与动漫、影视的关联就不用说了，以曾军的观察，网络文学也在一定程度上改变了文学翻译的面貌。一方面，网络文学翻译类似于时下盗版的电影字幕组，是一个集体翻译的过程。另一方面，在网络文学翻译中，人工智能翻译将成为一个主导性的现象。“我们一直都在讲文学是一项创造性的劳动，是独立创作的产物。但从网络文学翻译的角度看，它已经被集体化了，甚至于非人化了，这使得我们更难判断网络文学的审美价值。”

但评论网络文学依然是有方法可循的，只是像青年学者李雪莉指出的那样，眼下相关评论话语和评论方式居多已不符合网络文艺的实际情形，导致种种评论和研究沦为学术圈的自说自话，既没有对创作者产生较大的影响，也无法引导读者。以李雪莉的理解，20世纪中叶之前出现的四大批评形态，“模仿说”“表现说”“客观说”“实用说”实际上都忽略了网络媒介的作用，开展网络文艺的具体批评实践需要以网络为媒介场，综合考虑各种要素进行合作开放的联合批评。从批评的主体角度来看，读者、学者、作者以及编者需要联合起来打破印刷时代以个体为单位的封闭模式，共同建立一个开放、互相交流与合作的新型批评环境。

李雪莉进一步认为，网络文艺具有新媒介特征、高度互动互渗的亚文化群落，只有更充分地基于文化人类学和文化社会学的视野和方法，如将文本内容、文本实践的形态，与田野调查、访谈的方法相结合，才能更有效地介入网络文艺的真实情况。“四类主体批评中，读者、作者和编者都是常年与网络作品打交道的批评者，只有传统的专家学者远离网络文艺作品，所以他们更要身体力行地去接触网络文艺，这样才能更好地进行合作式批评。”

从某种意义上说，在网络上引起较大反响的《凡人凡语精选书评专辑》具有某种示范性。该专辑是对网络畅销小说《凡人修仙传》的评论合集，它由该小说庞大的粉丝群体自发搜集、筛选、编辑成书，涉及了文学各方面的要素：故事情节、事件设定、人物设定、作者评论、文本评论以及对小说类型开创性的定位等。与传统文学评论集不同的是，该专辑所有的收集、整理、分类、检查、补充、审定、上传等工作，都由粉丝们配合完成。历时3个多月后，粉丝们完成所有的编辑工作，将之上传至互联网，实现批评的全民共享和平等互动。

在青年学者谷硕看来，这种由传统个体的精神生产到网络粉丝话语狂欢的转化过程，不仅打破了专业批评家作为自律性主体的身份，同时也解构了他们长期以来所建构的权威性。在互联网构建的赛博空间中，传统媒介环境中以个体为本位的主体形式被打破了，广大网民又实现了重新部落化。“这也从另一个角度提示我们，要建立‘爽文学’的批评标准。对很多网民来说，网络文学的核心不在于超功利的审美体验，而在于阅读的‘快感’。可以说，快感美学是网络文学的主要艺术基调，建立‘爽文学’的批评标准是符合网络文学自身的审美层次的。”

换一个角度看，快感美学如青年学者黎杨全所说，或许只是网络文学的表层，其深层则折射了网络社会的“虚拟体验”。“跟传统媒介相比，网络媒介的特殊性就在于它是一种‘可生存’的媒介，可以生活在网上，即所谓‘第二人生’。这种可生存性，一方面给写手带来了‘网络存在无意识’，即虚拟体验；另一方面，也会让读者自觉不自觉地从作品中感受并认同这种虚拟体验。”也因此，黎杨全认为，网络文学必然不是单一的、纯粹的，而是复杂的、多维的。相应地，批评范式也应从“栅栏式批评”走向“征候式批评”，以推动网络文学研究走向深入。

欧阳友权则更倾向于把网络文学评论分为两个层级，即资格性评价和选择性评价。前者是入门评价、大众评价、文化评价，后者则是艺术审美评价、人文价值评价和精品力作评价。在他看来，层级性评价的涵盖力与包容性切合网络文学实际，同时也有利于消除传统对网络文学的误读和偏见。“面对网络文学，批评家应该有兼容、宽容、包容的评价立场，正确站位，选点发力，如此才有可能缩小创作与评论的落差，让理论批评的歌喉发出足以穿透网络与现实的激越清音。”

七

在我们的时代里，
如何写出史诗性作品？

– 2017 年 –

主持人： 傅小平

对话者： 于　坚　哈　金　吴　亮　郜元宝　苏　炜　夏　商　何　平　徐则臣　李　浩　余泽民　丛治辰

背　景

当谈论史诗时，我们该谈些什么？这样的追问，更像是在自问：在这个时代里，还有没有可能再现一种已然消逝的文学景观？正如巴赫金所说，史诗作为一种有着稳定不变的框架、具有极少可塑性的体裁，已经是过去式。但他同时还说，史诗留下的程序作为一种现实的历史力量，仍然在文学中发挥着重要的作用。

如此，我们有必要问问：史诗如何穿越历史直抵当下，发挥它“重要的作用”？这种古典的文体，有没有可能在新的时代条件下推陈出新？借用来自西方的这一概念，又是否可能注入中国文化传统的因子，从而为当代文学提供新的资源？史诗与主旋律、主流，乃至宏大叙事之间有怎样的关联？史诗式的英雄形象是否已经被庸常的俗世取消？史诗的“重”又是否必然为时代的“轻”解构？

我们更有必要问问：在我们这个寻求文化复兴并追逐着“中国梦”，同时又体现出快节奏、碎片化、欲望化特点的复杂多变而充满歧义的时代里，重提“史诗”有何必要？又该如何写出史诗性作品？

“地气”“血气”与“浩然正气”，是“史诗性”不可或缺的基本元素 VS 史诗性作品既要具有“史性”，也要具备“诗性”，两种特质缺一不可

傅小平：在我们这个时代里谈史诗，首先需要言明，我们并不只是在体裁的层面上来谈。事实上，史诗在眼下更像是一个带有修饰性的形容词，而不是确定性的名词。我们评价一部有着宏大精神体量的作品，也一般不直接说是史诗，而是称之为具有史诗性或史诗品格的作品。

苏　炜：确实需要首先分清史诗与史诗性是两个不同的概念，这是体裁、文体、样式与题材、文风、文势的区别。体裁类的史诗，指的就是“荷马史诗”一类的西方经典史诗样式。史诗性，则是精神、价值层面的评估。何谓史诗性？当然也可以是一千个人会有一千个不同的哈姆雷特。但用当今通用流行的语言，我以为这样几个基本元素，是文学的史诗性不可或缺的，即“地气”“血气”与“浩然正气”。用三个人体器官比喻：“地气”，是作家与文学的“脚跟”，即触及时代、历史和社会的大问题、真问题，表现能够触动读者灵魂的关涉广大民众的重情感、深情感；“血气”，则是作家及其文学作品的“腰杆”和“脊梁”，直面人生、社会的血性担当和傲世风骨；“浩然正气”，则是作家与文学的“胸怀”与“胸襟”了。

傅小平：很有启发性的见解。我想追问的是，“正气”为何还要“浩然”？

苏　炜：“浩然正气”，自然是孟子所言的“塞于天地之间”的“至大至刚之气”，一种可以激浊扬清、高朗旷达、温暖人心，同时承前启后的“正大刚直的精神”。其最确切的含义，或可用北宋儒学家张载的名言“为天地立心，为生民立命，为往圣继绝学，为万世开太平”作注。这或许就是我对文学及其史诗性的基本定义取向吧。

李　浩：是的，史诗性比史诗可能更符合这个时代，巴赫金的说法我极为认可。在哪个时代，作品的史诗性都是必要的，否则文学的价值就会被大大减弱。之前我可能也倾向于“文学的无用之用”，现在，有两年多的时间了吧，我觉得我的认知有了变化：文学之用其实比我们所意想的要大得多，它只是非功利性显现而已。布鲁姆曾谈到莎士比亚，“倘若真正地理解了，它是能够治愈每个社会所固有的一些暴力”。剧作家尤金·奥尼尔说过一句很有意味的话，“不和上帝发生关系的戏剧是无趣的戏剧”。和上帝发生关系，从某种意义上来讲就是史诗性诉求。它当然是重要标准。我们时下的写作，“室内剧”的确有些过多。

余泽民：对，我们的史诗应是史诗性作品，具体地讲，既要具有“史性”，也要具备“诗性”，这两种特质缺一不可。进一步说，“史性”不等于历史小说，“诗性”也不等于诗歌，因此我们所谈的“史诗”既不是史，也不是诗，而是一种新文体。

面对有史诗品格的作品，却要避谈“史诗”，
那“史诗”的确是个死了的东西
VS
史诗意味着处理语言这种材料所呈现出来的诗性的重量、
深度、密度、厚度

傅小平：该怎么理解“新文体”？是不是说这种通常看来已经没什么可塑性的文体，完全可以在文学的发展中，在不同的时代条件下推陈出新，获得新的生命？

徐则臣：我们经常会把很多活着的东西给说死了，比如史诗。包括巴赫金。我一直对史诗这个概念心存疑虑，为什么这个文学中的概念之一，就不能随着文学本身的发展而发展？小说、故事这些概念随着时代和文学的发展，一直在不断拓宽自己的疆域，由此，史诗是否也可以不那么故步自封？或者说，在今天，史诗是否可以介入与这个时代相契合

的品质和要素？假如面对一部有着史诗品格的作品，我们必须避开史诗，玩一个修辞的花招，名之史诗性，那史诗的确是个死了的东西。

傅小平：要让史诗活下去，或许只有一种途径：不把它限定在历史的疆域里，而是使之与当代对话，从而不断赋予新的理解。

于　坚：史诗意味着处理语言这种材料所呈现出来的诗性的重量、深度、密度、厚度。史诗不是新闻、事件，而是布罗代尔所谓的长时段。新闻是当下，事件是时代，史诗则与时间对话，史诗处理的时间既植根在时间中，也要被时间接纳。史诗仿佛是时间的作品，作者只是某种代笔。在史诗中，作者必须“吾丧我”，这是一种齐物式的写作。

何　平：我没有仔细研究过文学史或者文学理论所指认的史诗究竟包括哪些指标，我想象中的史诗，其体量应该是一种“宏大精神”，然后在这一指标下会把某些文本归于史诗的名下。换句话说，文学史上确实有一种文学，它的精神气象，它的结构秩序，包括作家的写作抱负等，都具有一种史诗性。

夏　商：多数情况，作家在写一部作品的时候，并不知道是不是在写史诗，读者在读一部作品的时候，往往也不知道是不是在读史诗。史诗基本是诠释者所赋予的一个概念，被套上史诗或史诗性外壳的作品，似乎是载入所谓文学史的第一道门禁。

史诗是时代的文学“重器”，
它的意义具有象征性，且会溢出文学自身
VS
重提史诗，还在于是否需要重新检视我们的
文学观念，重新丰富文学的规范

傅小平：的确，是否堪为史诗的论证，更应该是文学史家要做的事。但在我看来，一部作品是否有史诗性或是否有史诗品格，普通读者也能隐约触摸到。不管怎样，当我们说一部作品是史诗或史诗性作品，差不

多是我们所能给予它的最高评价。而是否具有史诗性，某种意义上也是我们衡量作品伟大与否的重要标准。照这么看，在我们时代里，重提史诗有何必要？

哈　金：我们常用分量来衡量某些作品。可以说分量越大，作品就越重要，伟大的作品不可能是分量轻的。从这个意义上说，史诗还是应该常提的。

苏　炜：在当今时世，或文学现状的当下，我认为重提文学的史诗性话题是有必要的。这个史诗话题，让我想到将近十年以前，由哈金提出的“伟大的中国小说”论题，曾引发了一场持续多时的讨论，我当时也是这场讨论的参与者之一。哈金的这个议题，来源于美国作家 J.W.de Forest 的关于“伟大的美国小说”的定义：“一个描述美国生活的长篇小说，它的描绘如此之广阔、真实，并富有同情心，使得每一个有感情、有文化的美国人都不得不承认它似乎再现了自己所知道的某些东西。”

傅小平：那我倒要问问，“史诗性”与“伟大的中国小说”之间，有什么内在的关联？是否只是因为都合乎“伟大”的标准？

苏　炜：两个命题有联系，又有区别。显而易见，缺乏史诗性、史诗感的小说，也有可能是伟大的。比如契诃夫和鲁迅的许多独立短篇，都未必具有史诗性格局，却依然不失其伟大。当然，契诃夫和鲁迅的小说总量构成的文学景观，则还是具有“史诗性”的。

余泽民：小说伟大与否要看形式内容，说是“重提”史诗，实际是“新提”，姑且称之为“新史诗”。我并不想说绕口令，还是举两个最好的例证——艾斯特哈兹·彼得的《和谐的天国》和纳道什·彼得的《平行故事》，都是匈牙利作家的作品，都是“新史诗”的代表作。前者是“家族史诗”，后者是“身体史诗”；前者上下七个世纪，后者纵横八十年（八十年，听起来似乎不是很长，还不足一个世纪，但对个体来讲已足够漫长，超过了现代人的平均寿命）；前者700多页，后者1500多页；每部书里提到的人名都数以百计，两位作者都多次获得诺贝尔文学奖提名。区别在于，艾斯特哈兹来过中国，纳道什还没有；艾斯特哈兹相对年轻，去年已被胰腺癌夺去生命，纳道什相对年长，正在写自己的回忆录。只需谈谈他俩，就能说明“重提”或“新提”史诗的必要性。

徐则臣：在这个时代重提史诗，我想其最大的必要性就是督促我们重新考虑史诗，我们要的是一个死的概念，还是一个可以在今天继续活下去的文体。

傅小平：要我看，自有史诗以来，所有的时代里都有必要谈谈史诗，因为每个时代都呼唤伟大的作品。所以，谈论史诗写作或史诗性写作，本就是谈论文学的基本命题。但说到“我们的时代”还是有它的特殊性。

何　平：的确如此。史诗或者史诗性往往被用来谈论文学和所处时代的关系。那我们时代确实是需要重提史诗的，这应该与是否畅销、是否拥有最广大的读者，甚至是否达到某一局部的文学成就有着完全不同的文学标准。打一个不恰当的比方，史诗是一个时代的文学“重器”，它的意义具有象征性，且会溢出文学自身。不是每一个作家都适合，都会写出史诗，因此如果我们时代为每个作家都设定一个“史诗”的标尺，其实是会伤害到文学的多样性，但一个时代需要也必须遴选可数的史诗。对于作家个体而言，量力而行吧。

丛治辰：“我们的时代”是个复杂的概念，可以从不同层面理解。在文学的层面，从20世纪八九十年代以来，似乎越来越不倾向于总体性的宏大叙述，解构崇高，深入日常，不避琐碎，似乎才是趋势。因此到了“我们的时代”，关于史诗，才有了某种矛盾和尴尬：一方面被解构掉的要重新建立并不容易；另一方面，是否具有史诗性，的确是我们衡量作品伟大与否的重要标准。这种矛盾和尴尬可能源自不同时代不同文化心理的遗存在今天交叠共生，也可能来自不同社会群体对于文学的不同诉求。因此重提史诗的必要性还不仅在于史诗或史诗性本身，还在于我们是否需要重新检视我们的文学观念，重新丰富文学的规范，重新划定文学的边界，重新组织文学和其他事物的关系。

于　坚：这个时代只是在新闻、事件的层面上理解史诗，自我表演令写作普遍轻如鸿毛。作者们热衷的是语词空间游戏，“轻”成为写作主流。时间朝向未来而回避过去，修辞空转，究其根源，乃是恐惧所致，作者们害怕。他们对抗恐惧的方式是避讳，史诗不会带来现报，史诗深刻地植根在时间中。修辞立其诚，诚就是信史式的写作。司马迁说，不虚美，不隐恶。司马迁的写作付出了史诗性的代价，他是一位圣徒。过去就是未来，史诗是经验性的写作。史诗是与时间对话。

傅小平：问题是很多作家拒绝与时间对话，他们主张活在当下，躺在当代的浮面上写作。照这样理解，他们同时也拒绝了史诗性写作。

于　坚：20世纪重创累累的历史，为汉语提供了大理石般的黑暗材料。我想，那些黑暗中的读者，他们读卡夫卡无法发笑。卡夫卡是沉重的，工业革命导致的异化是一种沉重的压抑。20世纪初，当未来主义在法兰克福、苏黎世或者彼得堡高歌猛进，卡夫卡先知似的预言了未来的虚妄。他幽默地处理压抑、沉重。卡夫卡从来不逗人发笑，他不是小丑。但最近几十年，伟大的写作已经成为后现代作者们的一个笑话。

郜元宝：文学界许多提法，当时或许都有一些道理，因为都是为了应对一些具体的文学问题而提出来的，但事后仔细想来，又总感觉似是而非。“不再是史诗的时代”“不必再追求史诗性作品”，这种说法就曾经流行一时，至今也还很有市场。“史诗性作品”甚至成了一个讽刺性说法。

其实在20世纪50年代，无论革命历史题材，还是反映当下社会建设的作品，都曾经以史诗或史诗性为最高追求。新时期以后的许多作家也并没有马上放弃这个追求，茅盾文学奖最初几届的获奖作品显然都是按照史诗性作品的标准评选出来的。

80年代末以后，随着文学去政治化、去意识形态化越来越自觉，那种全景式反映一个大的社会运动和历史时段，而且人物众多、气势宏伟、篇幅巨大的作品越来越少了。与此同时，类似将中短篇拉长截取一个横断面，甚至历史瞬间，加以精密刻画的小长篇，开始大行其道，甚至成了长篇小说创作的一个不成文规矩，不仅作家，读者和图书市场也越来越认同这个规矩，而一旦这个规矩深入人心，再将长篇写成《创业史》《古船》或《平凡的世界》《白鹿原》那样，似乎就相当过时了。

史诗意味着一种真理性的诚实立场。
“不虚美，不隐恶”，是修辞活动的根本
VS
眼下重提史诗，是历史的补课，
也是对当下中国文学困境的一种合理反拨

傅小平： 不能不承认，史诗性写作曾过度意识形态化。但去意识形态化并不意味着要去史诗化。要当真如此，可说是对史诗性写作的最大误解了。

郜元宝： 排除了“史诗性作品”的诱惑，长篇小说创作似乎获得了一种前所未有的解放和自由，作家们不再需要像柳青、路遥、陈忠实那样将一生所有倾注于一部作品（很可能是未完成或无法完成的鸿篇巨制），而完全可以用长篇的形式自由地去捕捉某个容量适中的题材，两三年甚至一两年就能拿出一部小长篇。

“小长篇当家”的局面持续了二十多年，渐渐地大家也开始不满起来。许多小长篇名不副实，就是中短篇拉长而已，不仅水分大，而且往往形式与内容极不相称。比如有的作家敢于用十几万字的篇幅，来完成一部据说是反映“文革”的长篇。结果怎样？很可能连“文革”的边都没摸到。但与此同时，日新月异令人目不暇接的社会变化所产生的思想感情的碰撞，无时不在召唤文学更大的气度和容量。有些习惯于写小长篇的作家，因为固执地认为史诗性作品已经过时，而小长篇又不足以把握当下社会的变幻莫测，就性急地宣布文学本来就赶不上社会变迁，而甘心继续用小长篇去捕捉剧变社会的某一角落，因此始终不脱其小家子气。或者试图在小长篇有限的内部空间探索一些新的更加复杂的写法，想以此弥合内容和形式之间日益加大的距离，但这些新的更加复杂的写法仅仅是形式上的花样，玩来玩去玩不出什么具体内涵。

傅小平： 问题在于很多作家玩的只是形式上的花样，无关作品内涵，也无关精神生活。

于　坚：卡夫卡处理的就是精神生活的史诗。米兰·昆德拉说："人类一思考，上帝就发笑。"他指的人类不在我们这里。"不虚美，不隐恶"，这不仅仅是处理史料的原则，也是修辞活动的根本，史诗意味着一种真理性的诚实立场。

吴　亮：史的本质是真实，没有真实，何有史诗？

傅小平：这就是问题的关键所在。作为必要的前提，力求诚实，直面真实，对于史诗性写作而言，已然是一个很大的考验。

于　坚：对史诗的回避，源于这个时代作家们精神气质的羸弱，他们没有勇气也缺乏智慧去处理汉语沉重的那一面。调侃解构已经成为普遍，每一台手机都在调侃。而规避历史最终取消的是私人生活的深邃和独立。

普鲁斯特、乔伊斯都是史诗作者，普鲁斯特的巨著从一间睡觉的房间开始。不要以为史诗是什么空洞的大东西，宏大叙事是野心的宏大，而不是沉思的高瞻远瞩、幽密深邃。

傅小平：很长时间里，史诗确是与宏大叙事画上等号了。史诗不可避免是重的，但它未必是宏大叙事的重要、重大。但史诗却因其重被轻写作解构了。时代的重与写作的轻，是一种不能不直面的不对称性。

郜元宝：不客气地说，"小长篇当家"的局面早已经维持不下去了，而过去被轻易宣判死刑的史诗性作品，并没有真正大量涌现到物极必反的地步。当我们在80年代末告别史诗性作品时，一些真正有实力有雄心的作家的史诗性创作才刚起步，或者刚刚趋向成熟，这时候急切地告别史诗而拥抱小长篇，至少对于像路遥那样的作家是很不公平的。

在这个背景下重提史诗（当然只是比喻意义上的史诗性作品，而非古希腊的一种体裁样式），不仅是历史的补课，即继续走完中国文学半途而废的一个艰难的旅程，也是对当下中国文学困境的一种合理反拨。

小时代不是问题，能否写出史诗性作品
依赖于作家对世界的认知和艺术才能
VS
视界和见识的约制，使得作家身处大时代大历史
而只能在表述上“小打小闹”

傅小平：应该说，当下很多有抱负的作家，都梦想写出史诗性的作品，但碰到的最大难题是该怎么面对时代的挑战。流行的见解认为，我们这个时代是快节奏、碎片式、欲望化的小时代。这样的命名当然是可以讨论、质疑的，也可见出我们的时代有不容忽视的“小”与“轻”的一面，这与史诗性写作看似有冲突的。

吴　亮：要我看，根本不存在小时代，只有“小眼看时代”！

丛治辰：我承认今天是快节奏、碎片式和欲望化的，但是我不认为这注定就是个小时代。我对某些对时代的概括总是不太信任：对于缺乏概括能力和哲学天分的个体而言，有哪个时代不是碎片化的吗？我总是觉得，即便那些我们今天回望的时候感到气势磅礴的所谓史诗时代，在生活于其中的个人看来，也是琐碎的、平庸的、碎片化的。或许只是在今天这样的传媒时代，个人的这种焦虑更容易表达，更容易被听到罢了。

李　浩：我不把快节奏、碎片式、欲望化看作是问题所在，能否写出史诗性的伟大作品完全依赖于作家自身，依赖于他对世界的认知和艺术才能。经历过二战的德国人很多，但只有君特·格拉斯写出了《铁皮鼓》《狗年月》;《静静的顿河》似乎在俄罗斯也只有一部；还有谁写下了第二部《午夜的孩子》？……我在意个人，在意个人才能。快节奏，谁让有独立思考的作家跟这个快节奏的？欲望化，谁让有独立思考的作家跟这个欲望化的？没有。碎片化是个问题，但我相信有独立思考和非凡才能的作家会解决这个问题，甚至创造性地“利用”它，成为新艺术的陌生成分。归咎于他者多少是作家们的无能，作为作家，我无法用这种方式使自己“逃脱”，获得心安。写不出大作品是我的才能问题，它让我一直羞愧。

于　坚：问题在于，对20世纪假大空式的伪史诗的厌恶，为新派作者们提供了一种理直气壮的后现代立场。轻、小、非历史、非英雄成为新派写作的流行趋势。

徐则臣：小时代是否可能有史诗？如果可能，会是什么样子？比如，美国作家乔纳森·弗兰岑，在我看来，他的《自由》就是小时代的日常生活中的史诗。

郜元宝：文学当然要应对当下社会生活的变化，否则就谈不上起码的时代感、当代性和现实性。无法想象有生命力的文学对当下社会现实可以采取鸵鸟政策。问题是文学不一定非要用“顺应”的方式去回应现实变化。比如据说现实欲望化了，我就只写欲望，甚至轰的一声，大家都来写欲望。比如据说现代社会生活节奏加快了，我就写快节奏的小说，甚至大家都写得飞快，没有一个慢得下来。比如据说现代社会都碎片化了，我就只写碎片化的小时代，并且敢于嘲笑任何新的建构整体观的努力。比如据说现代社会前所未有地荒诞，我就不管自身条件如何，拼命地只写荒诞。如果文学只是这样地关注和应对当下社会，那么就永远只能采取这种简单“顺应”的方式，被当下社会的某种虚浮的潮流牵着鼻子走。万一现代社会并不像有些人所说的那么欲望化、碎片化、快节奏，那么小时代呢？你不就整个误入歧途了吗？再说即便那些预言家们说的是事实，文学也不一定非要无条件地“顺应”这个事实。比如，我也可以用非欲望化、非碎片化、慢节奏和大时代的想象来回应、记录、抗争、包容现实的欲望化、碎片化、快节奏。这种并非完全“顺应”式的回应方式，在19世纪经典现实主义史诗性作品中不是早就大量存在了吗？

何　平：这里面的问题是，存不存在假想的、一成不变的史诗。比如年轻作家黎幺的长篇小说《〈山魈考〉残篇》，现在只在《花城》第二期发表了部分章节，写一个假想民族的湮没。这部小说和时代之间的对应关系，或者说互文关系，是寓言性的，而不是传统现实主义把握现实的方式，但我觉得这部小说是一部具有史诗意义的小说。我们不能把史诗局限地理解成“写实”，也不能以为史诗就是风俗史意义上的百科全书。文学意义上的史诗不是简单地为某个时代“存史”。

傅小平：很重要的提醒。虽然史诗或史诗性写作，会不可避免地反映历史，但和历史本身是截然不同的两回事。要是一回事，直接写历史得了，有什么必要用小说或诗歌的形式来写？史诗也无须担负为某个时代“存史”的责任。我甚至想，史诗性写作之所以与意识形态有过多的纠缠，会不会是时代赋予了作家记录的使命，或作家甘愿为时代驱使，为时代代言？因为这看来是一个崇高的使命。不管怎样，有必要强调“让史诗的归史诗，让历史的归历史”。

何　平：因此，按照我的理解，卡夫卡的小说是史诗性质的。另外，即使不从一部作品精神体量上考虑，如果我们时代是“快节奏、碎片式、欲望化的小时代”这个论点成立，那么我们时代的史诗是不是也可以蜕变成“小史诗”？至于主流和非主流，我觉得写作在这个时代越来越成为个人的事情。我们不能因为大量存在的职业作家或者专业作家就以为这是当下文学唯一的写作方式。

苏　炜：小时代的说法，自是借用郭敬明那几部由当红小说改编的当红电影的题目。他用快节奏、碎片式、欲望化定义了小时代；可谁能否认，过去的百年以降，中国其实始终处在大激变、大悲喜、大转型的大时代？改革开放三四十年间的社会激变不必说，一枝一叶、寸金尺土的巨变就在我们眼前发生；整个20世纪与跨世纪蕴含着大时代的无数大史诗、大故事。视界和见识等的约制，使得作家身处大时代大历史而只能在文字表述上“小打小闹”。

对“大”的不敏不察让我们处于一个稳妥、
安全的范围之内，但本质也是自欺
VS
史诗不是道德说教，而是对存在的肯定，
它比唯美的纯诗更意识到这一使命

傅小平：要说作家们笔下的这个时代，给人感觉是小时代，很有可能在于他们只是在或只能在文字表述上“小打小闹”，而有意无意规避了对大时代的关注和书写。实际上，要跳开小情小调放大眼界看，我们确是置身于寻求文化复兴并追逐着“中国梦”，理应有史诗性作品出现的大时代。让我印象特别深的是，铁凝主席谈到德国作家马丁·瓦尔泽访问中国时说的话。瓦尔泽说，当今中国社会的巨变，每一点进步都牵涉了许多人的命运变化，这对一名作家是非常宝贵的矿藏。

苏　炜：我因为在耶鲁开设“中国当代小说选读”的课程，曾在几年前的某个暑假泡在大学阅览室里，想从众多近期中国文学杂志里找出描述当下中国生活的优秀篇什来，供课堂教学使用。我的阅读感受是，同一个题材——或农村或城市，或打工妹或白领男，读一篇小说就几乎等于读了十篇百篇小说——农民工、留守儿童、暴发户、办公室私情、酒吧歌手、毒品、聚赌……写来写去都是面貌相似、声口相似，甚至人物关系相似、故事结构相似的东西！这些年我参加过一两个国内文学奖的评审，读过相当数量的当代“严肃作品”，在评审会上大家一交流阅读感受，都笑了：入选的作品写自杀、发疯的，竟占了相当高的比例！好几位职业编辑说，日日时时都在看自杀、读发疯，几乎觉得是文学在自杀、自己也要发疯！在这样一种书写氛围和文学情状中，小鼻子小眼的碎片化写作，小时代的唇膏眼影、娇喘嗲吟，怎么能够不成当下文学的常态呢？！

李　浩：毫无疑问，中国现在正处于一个大时代。世界近年来也正处于一个大时代。任何大时代里都有小时代和小境遇，对“大”的不敏不察在让我们处于一个稳妥、安全的范围之内，但本质也是自欺。有人说作家应当是人类的神经末梢，应最先感知冷暖，如果匮乏这样的感知系统……

丛治辰：所以，问题在于我们是否有能力处理这个时代。这个时代是巨浪涌动的大时代，这个时代的作家其实应该大有可为。但每一个时代都有狭窄的写作，每一个时代也都有广阔的写作，这跟时代未必有关，跟写作者的精神强度和处理能力可能更有关系。

于　坚：史诗处理的是语言的时间性，而不是所谓的大时代。史诗不是意识形态。像《左传》《史记》这样的伟大史诗，都可以发现充斥漫漶着诗意的细节，语言在时间和空间中像织布梭子一样天马行空，但天马行空不是空马，史诗呈现的是一种精神密度，史诗虚构出无的力量。

苏珊·桑塔格说：“卡夫卡唤起的是怜悯和恐惧，乔伊斯唤起的是钦佩，普鲁斯特和安德烈·纪德唤起的是敬意，但除了加缪以外，我想不起还有其他现代作家能唤起爱。”她说的就是史诗的精神气质。哈罗德·布鲁姆在《史诗》一书中，论及的作者包括荷马、维吉尔、惠特曼、艾略特、但丁、弥尔顿、威廉·华兹华斯、列夫·托尔斯泰、马塞尔·普鲁斯特、詹姆斯·乔伊斯等，还有日本的紫式部。在谈到紫式部时，布鲁姆说：“我以为紫式部的天才便是落在这里，落在这个矛盾修辞——‘渴望光华’。一种渴望，一种永远不得满足的向往，一种永远不得平息的欲念。阅读紫式部之后，你对于爱慕或一见钟情，就会有不同以往的感受。”是的，伟大的史诗只是对一个词的再命名，孔子曰：“必也正名乎。”这个词暗示着一种已经嵌入时间的精神气质，比如托尔斯泰命名的“复活”。

余泽民：假如真有谁把写史诗性作品视为自己的抱负，那么在我听来，与其说是抱负，更像是野心。假如真有谁说“时代呼吁史诗性的作品诞生”，我会充满理解地会心一笑，感觉十分励志，即便这励志与文学的关系并不大。我个人认为，我们对史诗概念的理解有一个潜意识的误区，习惯把“史诗”约等于“伟大”，或许来自荷马时代的说法。其实，荷马时代之所以被称为荷马时代，只是因为被荷马史诗所记述，荷马史诗固然是伟大的作品，但荷马时代就伟大吗？并不然，荷马时代始于多利亚人南下，大约在公元前12世纪，他们从希腊半岛北部的伊庇鲁斯南下入侵狄萨利亚和彼阿提亚，之后扫荡伯罗奔尼撒半岛，不仅结束了迈锡尼、太林斯等国家，烧宫殿，砸陵墓，城市变成废墟，而且彻底灭绝了迈锡尼文明，连阿卡亚人的线形文字和记忆都一起被消灭了。跟迈锡尼文明时代相比，荷马时代虽在社会经济方面有所进步，但在社会制度方面确有倒退的情况。人们习惯称荷马时代为“英雄时代”，想来源于荷马史诗中的打打杀杀，源于帕特洛克罗斯的战死和阿喀琉斯的复仇。换个角度讲，英雄辈出的时代肯定是乱世，英雄们的气节伟大，也不能说乱世伟大。所以，我很赞同大时代的客观说法，大时代为史诗性作品提供了大素材。

傅小平：提供了什么样的大素材？

于　坚：《尤利西斯》的开头是这样写的：“体态丰满而有风度的勃克·穆利根从楼梯口出现。他手里托着一钵肥皂沫，上面交叉放了一面镜子和一把剃胡刀。他没系腰带，淡黄色浴衣被习习晨风吹得稍微向后蓬着。他把那只钵高高举起……”乔伊斯是一位史诗作者，他开篇写的即是史诗的隐喻，史诗是身体性的，隐喻和转喻同时在场，史诗的身体是精神细胞的尖锐或者结实的密集。人们通常以为史诗只意味着荷马、莎士比亚或者托尔斯泰。他们是伟大的古典史诗的作者，但现代史诗出现在另一些方面，现代史诗同样不是事件、新闻的猎奇，它在处理材料时的那种庄重和细密，与古典史诗绝无二致，想想卡夫卡那些篇幅不长的小说，其精神容量、在场感，完全不亚于古典史诗。《在流放地》像《战争与和平》一样，有一种语词的挥霍所产生的窒息感。

傅小平：你说的窒息感，让我有些震惊。一般说来古典史诗给人开阔感，何以现代史诗给人窒息感？会不会是自20世纪以来，世界变化对个体的影响更为隐蔽？好比是把探针潜入深海，我们才能感觉到时代的精神脉动。就中国当下而言，相比新中国成立前后、改革开放前后时代的影响，于个人而言，不再是那么轰轰烈烈，倒是更为私人性、个体化了。我总感觉，当下文学在主流与非主流之间存在一种很大的张力。该怎么看待这种看似悖谬的现象?

于　坚：史诗在我们时代有点声名狼藉，主流文化一向将史诗规定为宏大叙事，非历史的激情在20世纪成为写作的磅礴冲动，而那些伟大的写作表面看起来是非历史的，暗流下面无不潜藏着史诗的庄严。史诗并非道德说教，而是对存在的肯定，“不虚美，不隐恶”，美与恶都构成存在的质地，史诗比唯美的纯诗更清醒地意识到这种立场。自从海子以来，“虚美”已经成为当代诗的一个趋势。史诗令读者尊重，因为那种重量是一种大地般的可以庇护的重量。

苏　炜：呼吁史诗性的文学，前提是作家的写作要有直面历史的勇气，应该说即便是在有所设限的某些题材和现实语境中，一个视界宽阔、特立独行、文字表述富有穿透力和虚拟力的作家，还是能有所作为的。比如莫言、刘震云、阎连科诸位，他们的众多作品——从《酒国》《丰乳肥臀》到《蛙》，从《故乡天下黄花》到《温故一九四二》，从《受活》到《四书》等，在写作视界和文字表述上，都是富有突破性，同时也是开阔了文学题材的视界的。至于它们是否属于史诗性的写作及作品，就见仁见智，留待历史的评估了。

哈　金：伟大的作品并不都是直接反映时代的，比如《变形记》《尤利西斯》《洛丽塔》之类的作品跟时代并没有直接关系，几乎是刻意跟历史保持距离的。马尔克斯的作品，内容很少涉及他所处的时代。当然，如果我们谈现实主义（我个人也是现实主义者），我们通常要从历史出发，但我们都想超越历史，只能通过历史来超越历史。有文学意义的作品关键是要在文学的星系中找到参照，而不是在历史的泥潭中打转，更不能为历史服务。文学必须把历史踩在脚下。

傅小平：这个说法，挺有意思。该怎么理解“踩”这个字?是不是可以换个比较中性的说法，比如“驾驭”?理想的写作，当然不该把历史顶在头上，那会被历史淹没的，应该消化历史或内化历史。不管怎样，从历史出发，超越历史，才可能真正对历史有相对客观的理解。

夏　商：假使要写出具有史诗风貌的作品，我觉得首先要有客观中立的史观。

丛治辰：我有点没弄明白啥是主流，啥是非主流。精英的或者说专业性的群体是主流吗？还是庞大的消费群体是主流？悖谬性或许正在于这种指认的暧昧。

徐则臣：文学从来都会在主流和非主流之间裂开一道缝，缝大缝小而已。这种貌似悖谬的现象，可能是因为我们没能找到个体与宏大的背景之间有效连接的通道。我们要么是以大写大、以大写空，要么是以小写小、以小写无，因为种种原因，关键的以小写大的本领还不到位。

余泽民：主流和非主流，并非事关文学质量。主流文学自然会有大作，但也会有大批短命之作；反之，非主流文学也能留下传世鸿著。说《红楼梦》是部史诗性作品，估计现在没有人反对，但它是作为非主流文学诞生的。看似悖谬的现象，其实合情合理，因为主流与非主流的划分并非基于文学本身。现代人判断不清的事，还是留给后人吧，有了时空的距离，自然一目了然。

史诗得有相应的体积，但这个体积
绝非材料式的集合，而是精神诗意的集合
VS
史诗性作品的长短取决于内容需要，
审美光芒、认知力量、智慧才是重要标准

傅小平：刚也谈到，作为对早些年提倡史诗性写作的反拨，当下作家乐于写小长篇。而从当下读者阅读的角度看，如果不算可以浏览式快速阅读的网络长篇，他们也相对倾向于十万字左右的篇幅。但不能不注意到，史诗性作品通常有超出一般作品的容量，天然地包含了某种厚重感和庄重感，也因此有比较大的篇幅。

何　平： 我觉得篇幅不能成为是否具备史诗性的指标。韩少功的《马桥词典》、王安忆的《长恨歌》、阿来的《尘埃落定》，从篇幅上看，就够不上“巨大”，但不妨碍它们是“史诗”。

李　浩： 史诗性未必是较大的篇幅，似乎有人说沈从文的《丈夫》也属于史诗性的，虽然我个人对此有所保留。但这一说法的存在，我觉得也是一种提示：何谓史诗？它最核心的价值和意义是什么？肯定不是长度，至少不只是。我把卡达莱的《耻辱龛》也看作是具有史诗性的作品，它只有13万字；我把卡尔维诺的《树上的男爵》也看作是史诗性的作品，尽管它也就10余万字。史诗性小说的长与短完全取决于它的内容需要，“关于想象性文学的伟大这一问题，我只认可三大标准：审美光芒、认知力量、智慧”，哈罗德·布鲁姆在他《史诗·前言》中的这段话，我觉得也可算作对史诗性的另类定义，是史诗性的核心价值所在。

郜元宝： 不必非要跟具体的字数、篇幅干上，这很容易落入怪圈，或者拿出一个仿佛万全的说话搪塞了事。字数篇幅只是一个外在形式，关键还是要看它的密度、难度。光有密度、难度还不够，还要在一定的密度和难度之上追求一种飞动之势，令读者感到他一旦克服了你的难度，适应了你的密度，就能体会到不虚此行、渐入佳境的阅读的满足和喜悦，感到不仅小说的整体气势撼人，而且每个细部都气势不凡，蕴含丰富，而细部与细部之间的转换勾连更具有庞大建筑乃至建筑群落之间那种天衣无缝的内在结构。这样的长篇当然不是一朝一夕可以竣工的，也不是庸劣之手可以贸然去触摸的。在这意义上，莫言所谓“长篇小说的尊严”应该不是一个夸张矫情的说法。伟大的长篇需要足以与之相称的才力和气势。如果真的对伟大长篇有足够的重视，谁还会率尔操觚？又怎么可能一年写出那么多长篇？

苏　炜： 关键还是作家观照、把握世界的视界的高度和宽广度。记得前些年文学理论界“后现代热”时，曾经引进过好几个类似“第三世界的文学都是民族寓言”（詹明信语）、“个人叙事”与“宏大叙事”、“私领域”与“公共空间”等概念。为着“与国际接轨”（这是那些年的一个“时代关键词”，其实是中国作家群体某种隐晦的“诺贝尔文学奖情结”在作祟），作家们一度纷纷设法逃避这个“民族寓言”的陈套，而把“个人叙事”与“宏大叙事”对立起来，于是文坛上以“个人叙事”为时尚，而对“宏大叙事”避之唯恐不及，各种“隐私书写”“小女人文体”“下半身写作”，以至“我是流氓我怕谁”，便一时间大行其道，各种琐屑化、感官化、粗鄙化的文字景观充塞文坛、网络，越来越猥亵化、低俗粗鄙化（这是淫亵语大量进入文字书写的“语境”），文学书写自然就缺乏格局、风骨与气象，很难关注和谈论什么“文学的史诗性”话题了。

傅小平：这种非此即彼的思路不可取。比如，说到篇幅长短，本该由表达内容而定。受潮流的裹挟，一味地长或是一味地短，都偏离了写作的本意。

苏　炜：今天回头看去，这些“后学”概念的分野是大有斟酌余地的。比方，“个人叙事”与“宏大叙事”可以截然两分吗？“个人叙事”能否寓“宏大叙事”于其中？或者，缺乏“宏大叙事”视界的“个人叙事”，其文学、文化价值何在？今天看来，《红楼梦》的史诗性（至少是家族的史诗）是无可置疑的。可细细分析，《红楼梦》可是以家长里短的“个人叙事”，写出诗情、哲理、格局和气象的“宏大叙事”和“民族寓言”啊！近些年文化学术界人士喜欢谈论台大教授齐邦媛的个人回忆录《巨流河》——这个书题好像颇有“史诗性”，却是作者东北故乡的一条真实的河流名称——但《巨流河》显然是彻头彻尾的“个人叙事”。当我们为其中蓝衣少女与“飞行哥哥”的初恋故事动容垂泪时，谁又能否认，它是在时代尺度以及叙述情感的总量上，同时兼备了“宏大叙事”的质地，才使其“史诗性”油然而生呢！西方现代文学史上有一个更典型的例子——普鲁斯特的《追忆似水流年》，可真是一个以精细入微的意识流式的个人叙事，写出史诗感、史诗性的人生之流的宏大叙事的典范！

于　坚：史诗就是密集的细节。但这种细节不是就事论事的事实陈列，而暗藏着作者在语词历史中与时间的对话。如果某一部分语言是你回避害怕的，或者你以为空洞无聊的，功利性地为故事情节而臧否，这不是史诗。传奇貌似史诗，传奇其实基于一种自我表现的功利性。

史诗倒未必就是要处理所谓的现实，对于史诗来说，时间就是现实，重要的是如何呈现时间的细节。

史诗的容量是一种精神容量，它当然有相应的体积。但是这个体积绝非材料式的集合，而是精神诗意的体积。史诗不仅仅是空间性的，它根本上是时间性的，它处理的是语言的经验。比如乔伊斯式的英语与莎士比亚式的英语之间的对话，普鲁斯特式的法语与巴尔扎克式的法语之间的对话，阿赫玛托娃式的俄语与普希金式的俄语之间的对话，伟大的史诗具有文明级的张力。

李　浩：我想仅就中华民族时下写作而言，诸多作家尝试写下史诗性的伟大作品，这种努力是一种普遍性，我愿意肯定作家们的努力，至于达到与否则是另一回事；我也觉得我们的作家也许已经写下了具有史诗性的作品，只是我们对它们的认知不够。就我有限的阅读，我觉得像阿来的《尘埃落定》、莫言的《生死疲劳》、宁肯的《天·藏》……他们的这些作品就具备史诗品格。余华的《第七天》其实也是朝向，它的开头完全是史诗性的，是伟大作品才具有的。史诗，或者说史诗性，在我看来它的标准不是以时间、空间的跨度来衡量，不是以历史的准确或涉及人物的多寡来衡量，不是以小说的长度来衡量，审美光芒、认知力量、智慧才是更需要的标准，成为人类共享的精神财富才是更需要的标准。

夏　商：在我看来，史诗性是一种内质，外部的篇幅只是表象，当然庞大的体量确实会让读者产生敬畏感，那种巨砖般的大部头在外貌上确实更接近史诗，更多的页码可以载入更多细节，使文本密织、繁复、精细，前提是作者确实具备这种能力。

小长篇是“擦边球”，百分之九十九属于中篇，在密度上达不到大长篇的水准
VS
好的作品长也有人读，短作品写得糟糕照样没人理。重点不在长短，而在优劣

傅小平：倒是想起莫言的一篇文章：《捍卫长篇小说的尊严》。在文章里，莫言说：“长度、密度和难度，是长篇小说的标志，也是这伟大文体的尊严”“没有二十万字以上的篇幅，长篇小说就缺少应有的威严”，能读出一种孤注一掷的悲壮感。当然，他的话也是有争议的。我们在篇幅问题上也达成了一个共识，小说长短当由内容和精神特质而定。但所谓长袖善舞，大体来说我还是觉得，大篇幅的长篇小说会包含更多内容，更能抵达一种史诗感。

余泽民：对于莫言的话，我非常赞成。长篇是一种文学体裁，有自己的特质，就像划分哺乳类动物，“长”就等于“通过乳腺哺乳育后”，“篇”就等于“动物”，至于食肉、食草是亚纲的事情。小长篇是“擦边球”，在我看来，百分之九十九属于中篇，当然，假如有某篇作品在语言的密度上能够远超通常所说的长篇，打一个比方，能够达到约翰·班维尔的水准，是完全可以划为长篇的。只是这类作品凤毛麟角，尤其是为了献媚于读者耐心的所谓小长篇，肯定达不到这样的水准。

于　坚：我们时代那些严肃作家理解的史诗不过是传奇。莫言就是一位传奇作家。

哈　金：说实话，莫言可能不会还这样说吧。马悦然先生说过莫言获诺奖主要是因为他的短篇小说。长度跟分量完全是两个概念，伟大的作品不都是鸿篇巨制。谁能说《变形记》不是里程碑式的作品？西方读者和评论家读当下的中国长篇小说常用一个字来形容——baggy，可以译成“喧胖”。伟大的作品具有强大的引力，这不是由长度来决定的。作家的

工作是把作品写到恰到好处，长了就是冗赘，短了就是匮缺。

傅小平：对，要写就得写到恰到好处，减一分则短，增一分则长。不过眼下注水的小长篇泛滥，写实打实的长卷作品倒显得难能可贵了。庆幸的是，我们一直有如乔纳森·弗兰岑一般的"海獭式"作家在写大篇幅的作品。比如，张炜的《你在高原》、孙皓晖的《大秦帝国》，乃至黄永玉的《无愁河的浪荡汉子》。

丛治辰：史诗性在我看来主要关乎一部作品的精神品质，而不是篇幅长短。思想混乱，情节滥俗，细节芜杂，写再长也没意义，也算不上史诗性呀。

何　平：像孙皓晖的《大秦帝国》，黄永玉的《无愁河的浪荡汉子》，虽然都堪称篇幅上的鸿篇巨制，但我不认为它们有史诗性，至多是"佯史诗"的长小说。

傅小平：说到底，史诗写作与篇幅长短没有直接联系，那与阅读受众的联系呢？如果以古典史诗的标准，史诗是长的，而且往往影响甚广，甚至是口口相传的。试想，要是一部小说写得很长，却只在极少数读者中产生不大的影响，很难说契合古典史诗的精神。毕竟，史诗之所以为史诗，一定程度上也因为它在读者中产生了广泛而深远的影响，且在某种意义上成了人类共享的精神财富。

李　浩：对这个判断，我有所保留。因为在一个称为"快节奏、碎片式、欲望化的小时代"，在一个普遍不读书的时代，任何作品包括全世界最伟大的作品怕也难以在我们的读者中产生广泛而深远的影响，这不是史诗的或伟大作品的悲哀，而是我们民族的悲哀，人类的悲哀。能否成为人类共享的精神财富才是标准，虽然它一时未必显现出来。

徐则臣：理论上说，史诗的确应该在艺术和接受两方面实现共赢。但之所以是在理论上说，是因为现实常常不讲道理，起码从短期来看，史诗的艺术和接受未必成正比。在信息高度发达、残酷覆盖以及各种非文学因素介入的时代，我们应该做好一部分好作品名与实不对称的心理准备，就像我们早已经习惯了一部分烂作品名不副实的现状一样。我不太清楚写出优秀的大砖头的配方，但有一条是必须的：修辞立其诚。写自己想写的，写自己能写的，写自己能写好的；当然，对极少数的大作家，还应该加上一句：在艺术的意义上，写自己应该写的。他们有义务担负起开拓文学疆域的重任。

余泽民：有多少读者会耐心读？曲高和寡，这是真理。《百年孤独》畅销，那是应当作为流行学研究的个案，书卖得多并不等于“和众”，我敢保证，购书者十有八九不会把《百年孤独》从头看到尾，而是像买了一个小摆件似的把它摆在架子上，书仍然“和寡”。因此，读者多少，这不应该是写书人应该考虑的问题，至少不是首要问题。作家是要考虑读者，但“考虑”不等于“就和”，特别是长篇小说作家，应该有数学家、物理学家那样的心态去写书，所写的书本身是目的，读者多少是老天爷的事。万一能像爱因斯坦、陈景润、杨振宁那样因名声走红，那是命好。我作为文学翻译者，也是这种心态，只翻译我认为好的书，明知道我翻译的书费力不好卖，我以此为荣。假若没有我这样的译者，《和谐的天国》《平行故事》和《撒旦探戈》这类作品是肯定与中国读者无缘的。

丛治辰：这个问题似乎潜在包含一个判断，即写得很长就不容易在更多数的读者中产生较大影响。但这个判断是成问题的。好的作品再长也有人读，短的作品写得糟糕照样没人理。重点不在于长短，在于优劣。

傅小平：感觉这个事关篇幅的问题又绕回来了。不妨换个问法，在当下，该怎么写好大篇幅的长篇作品？

余泽民：依我看，就三个字，用心写。这三个字也只是一个基本条件，大多数作家即使用心写也写不出好作品，还需要作者有自由意志、独到眼光、知识积淀、定性和天赋。

李　浩：我觉得，我们首先要认识已完成的大篇幅的长篇作品的好，在反复的比较、研究、解析中得到，它们的这些好是怎样的，如何达到的，然后再用它来察看时下的写作。我觉得它没有标准答案，也不应有标准答案。它更依赖作家的个人才能。

丛治辰：这不是我有资格回答的问题，多少前辈大师写了多少伟大著作也没把这事说清楚。不过如果这事真那么容易说清楚，小说这门艺术也就不值得咱们这么讨论了。

我们现在的长篇小说许多只是“故事会”，
不是文体意义上的“长篇小说”
VS
许多作品读着冗长气闷，是因为充斥了太多
作者企图蒙混过关的可疑的段落

傅小平：说到这里，我们也说明白一个事了。以为史诗性作品就得往长里写，其实是个伪命题。但伪命题我们也要谈，因为眼下小长篇泛滥，作家出于迎合时代的需要，出于对个人能力的不自信等原因，不约而同把小说往短里写，这不是把伪命题也“逼”成真问题了嘛。说到底，写小长篇并不是问题，问题只在于写的是什么样的小长篇，而有能力的作家确实能把小长篇写成史诗性作品的。

余泽民：呵呵，你还挺明白，没把我们领到悬崖下。长江长，长城长，绦虫也长，我记得很清楚，我在北医上寄生虫课，看见标本瓶里盘踞的绦虫能有20多米长！乖乖，寄居在你的肠子里！那种震惊不亚于第一次看到长城。所以说，长跟长是不同的。衡量史诗性作品的两大标准，还是“史性”和“诗性”，前者指内容，后者指文字，两者加在一起，成为一种体裁。书店里，写历史的书多得能够码垛，写天子的，写太后的，写清宫的，写大唐的，但它们既不是史书，也不是史诗，只是虚构的历史故事。

苏　炜：我以为，艺术的这种体量感，首先是内在的，也就是精神性、价值性的。有一个具体的真切体验：我们今天想象中的商周青铜器，都有一种沉重、巨大的体量感（当然也跟“毛公鼎”一类大器留下的印象有关）。每次走进博物馆，我都会为眼前见到的实体的（而不是图像的）商周青铜器大多是小小的块头感到吃惊——这些鬲、鼎、斛、觞、编钟

等，块头原来这么小！可是对每一个独件仔细端详，你又会为它们在精美雕镂的古拙造型与铜锈绿斑之间所溢出的“大”(大器、大气、大格局、大历史感)所震慑。小小的一方青铜，每每仿若一座青山！——那就是一种内在体量的精神性和价值性的大！

郜元宝：有些作品篇幅不长，却仍然有鸿篇巨制的感觉，也是经常会遇到的。我最近又读了托尔斯泰死后发表的《哈吉穆拉特》。有人说这是一个大中篇，那可能是与《战争与和平》相比吧。如果与我们这里盛产的小长篇相比，那它实在是一部标准的长篇了！托尔斯泰晚年对这部作品精雕细琢，不仅因为顾虑其中一些涉及沙皇、俄罗斯车臣前线部队和民族政策这些敏感问题，客观上不容易发表，更因为他本人要精益求精，力图在有限篇幅内完成对围绕在传奇人物哈吉穆拉特周围的形形色色人物的精确描写，在《战争与和平》《安娜·卡列尼娜》乃至《复活》之外，贡献出一个新的长篇小说模式。

哈　金：这就是我说的内在引力，作品能在文学景地上沉稳地占据自己的位置，跟那些经典作品同样熠熠生辉，并经得起时间的侵蚀。

何　平：当下长篇小说难度普遍降低。应该意识到，长篇小说不是“长”的小说。长篇小说对一个作家把握世界的创造力、想象力以及结构能力是有要求的。我们现在的长篇小说许多至多是“故事会”，不是文体意义上的“长篇小说”。

夏　商：小篇幅当然也可以具有史诗品质，海明威的《老人与海》和福克纳的《熊》尺寸都不大，史铁生的《命若琴弦》和尤瑟纳尔的《画家王福历险记》是非常短的短篇，但我都读出了史诗感，无外乎这些作品具备高度寓言性，有哲学特质，又具有高超的结构能力。

郜元宝：有看头的文字，你不嫌它长。没看头的文字，哪怕一两页，你都觉得无法忍受。我们许多作家不知怎么搞的，往往好几页甚至十几页的叙述描写议论之类都不知所云，拖拖沓沓，你读的时候不断会问，这段毫无起色的文字何时才结束啊？难道作家自己在写这段文字时没有不好的感觉吗？他为什么不舍得删除，硬要保留在前前后后或许还真写得不错的文字中间滥竽充数呢？许多作品之所以让人感到冗长气闷，不值得读下去，就是因为中间充斥了极有可能连作者自己也没有把握而只是怀着侥幸心理企图蒙混过关的可疑的段落。

史诗并非量的堆积，是一种精神气质。
《圣经》虚构历史的语气就是神的语感
VS
史诗的写作应当是具有精神冒险性的，
它不止于重复习见，它要求“不顺从”

傅小平：具体到写作，情况可能会复杂一些。有时作家觉得自己相当有把握的地方，写出来未必那么好。反而是不怎么有把握的，倒是在不经意间写出彩了。我自己在读一些作品的过程中，经常会碰到这样的情况，有些闲笔要删了，对小说整体乃至细部都没什么影响，但要当真删了，你会觉得缺了点什么味道。这该是所谓闲笔不闲吧。这么说，有没有把握的事，还是有赖于作家写作的分寸感，而这种分寸感的炼成，是需要经过漫长的写作训练的。不过，作家不该有侥幸心理，不管有没有把握，他都得服膺一个“诚”字，他得信自己就得这么写。

于　坚：司马迁命名的是“信”。

傅小平：这个“信”很重要，所谓信言不美，写作要有了“信”做依托，空洞无味的段落，浮华藻饰的文字，就没了存身之地。不过当真做到很难。

于　坚：史诗并非一个材料性的量的堆积，那太容易了。《史记》并不在于量，随便抽出一段，都是伟大的史诗。荷马也是，我们说到荷马史诗的时候，不必把全诗都背诵一遍。念两句就够，这是一种精神气质、语气。就像《圣经》，它虚构历史的语气完全是神的语感。

傅小平：可见古典史诗强大的说服力。其实，我们或多或少都谈到了史诗何以为史诗，与篇幅无关，关乎的是精神内质。但是否这就能说明一切了？还是举阿尔巴尼亚作家伊斯梅尔·卡达莱的例子吧。读他的短长篇《亡军的将领》《错宴》《梦幻宫殿》等，还有读他的中篇《长城》，读完后都会给我留下鸿篇巨制的印象。是不是他的小说有很大的概括力，有很深的穿透性，有很强的寓言色彩？说实在，我并没想清楚这个问题。只是觉得他这般精粹的写作是一个范例，可以用来反观我们的长篇写作是不是出了什么问题。

李　浩：你谈到了卡达莱，于我心有戚戚焉。是的，阅读卡达莱，我与你的感受相同，我也希望自己能从他那里得到一些，并且多得。所以鸿篇巨制不完全依赖小说的长度。布鲁姆的史诗标准中还有一条，就是英雄品格，这一点我有保留，但同样有暗暗的认同。“和上帝发生关系”应看作英雄品格之一，而小说的写作、诗歌的写作应当是具有精神冒险性的，它需要对“未有”进行补充，它不止于重复习见，反而要对习见提出警告。这种英雄品格还包括，无论读者的接受度如何，无论它有无鲜花、掌声和利益，只要我认定它是正确的、我想要的，那我就义无反顾。写作要求“不顺从”。即使在一个时代，你的影响卓著。我固执地这样认为。

余泽民：是不是史诗性作品，有自己的杠杠。卡达莱的例子正中我意，在当代作品里，为什么有许多中东欧作家的作品具有这种概括力、穿透力和寓言色彩？这与中东欧人经历的沉重历史息息相关。他们刚刚经历了“大时代”，准确地讲，“大的灾难时代”，一个历史阶段接近结束，始终还在痉挛期，疼感尚存，创痕还新，文学刀下得自然也稳准狠。至于寓言色彩，我想更准确地说是“隐喻性”，这是冷战遗产或后遗症，马洛伊当时就提出“隐喻文学”的概念。凯尔泰斯在70年代末的日记里写过一句“写作的罪恶感”，从另一个侧面解释了这个问题。

徐则臣：好小说各有各的好。有些以思想见长，深刻、复杂、果决、强悍，比如卡达莱的这几部，写长了你反倒会不适应，思想的压强可能反倒小了。有些小说以浩瀚、丰富、驳杂立身，比如《追忆似水年华》。这就像八大山人之于《清明上河图》。当然，如果二者得兼、骨肉匀停，那就更美妙了。但没准鱼和熊掌得兼者，恰恰又成了被诟病的对象，谁让你弄得雍容饱满、无懈可击的？所以，判断一部作品，尽量在它特有的系统和序列里比较，骡子按骡子牙口来，马照马的标准看。

苏　炜：概括力、穿透力与寓言色彩，确实可以营造宏大的体量感的。坦白说来，恕我孤陋寡闻，卡达莱的作品，我都没读过；但我相信今天环顾全球的文苑文坛，以小、少的文字体量写出既精美又宏大的史诗性格局的作品的好作家，一定大有人在。但即便以我们大家都熟悉的鲁迅短篇来反顾我们今天自身的小说创作——这是我在给耶鲁学生讲鲁迅小说时每每生发的感触——我以为，鲁迅的短篇是至今仍无以超越的。说起来，鲁迅作为一个时代的文学高峰（甚至“最高峰”，虽然我不喜欢用“最”这个字眼），他的小说创作（或叙事文学）实绩只有薄薄的两三本集子《呐喊》《彷徨》《故事新编》，或者还可加上《朝花夕拾》，对比今天的专业作家们动辄千万言的“全集”或“选集”，那是多么少、多么小的体量啊！可是，詹明信的“第三世界文学都是民族寓言”一说，首先举出的就是鲁迅的例子。鲁迅的小说既担得起“民族寓言”的重负，自然也当得起“史诗性”的光环！尽管是短而少的体量——狂人、孔乙己、闰土、祥林嫂、“豆腐西施”、阿 Q、涓生……鲁迅几乎每一下笔，就立起一个有血有肉、可触可感的经典人物——那种一点即中的穿透人物的功力，今天仍让人仰之若高山，怎么可以跟当下那些洋洋数十万言数百万言而很难在读者脑海留痕的“无人物、无细节、无故事”的“三无”作品可比！又比方，今天中国当代小说写作常常被外界诟病的“视角越界犯规”问题。

傅小平：“视角越界犯规”该怎么理解？

苏　炜：第一人称的主观视角常常越界，写成了第三人称的全知视角——许多甚至得茅奖、鲁奖的名篇都未能免俗，让我的主攻汉英文学翻译的学生频频摇头。

傅小平：我觉得越界本身不是问题。比较典型的例子，《包法利夫人》开头是第一人称叙事，但后来不知怎么就变成第三人称了。不确定是福楼拜有意如此，还是不经意就这么写了。总的说来，这个视角转换得非常巧妙，不留痕迹。

苏　炜：很多作家把这种不着痕迹的视角转换技巧视为畏途，其实，鲁迅早在《孔乙己》《阿Q正传》时代就完满解决了！《孔乙己》的“我”的孩子视角与《阿Q正传》的主、客观视角的自然互换，就是经得起我们今天一再地细读精读的；说明百年来的中国小说创作至今仍有很多沟坎没有越过，因而也是值得我们加以痛切地反思自省的。

诗性当然是史诗的一个重要支点，
但更重要的是“格”，是高度、宽度和厚度
VS
生活、学问和艺术没有足够的积累，
当然传达不出史诗有责任传达的“呼吸”

傅小平：对于史诗性作品，我们都会有个大致的判断，比如说，这样的作品会有很长的时间跨度，会写到重大的历史事件。要以此观之，这样的作品其实不少。这些作品中，有的也有着很高的艺术水准，不可谓不优秀，但你读了并没有史诗的感觉。那问题出在哪里？或许是这些作品里缺了史诗理当包含的诗性，还有它要求达到的完成度和高度。

余泽民：为什么你读了没有史诗感？其中重要的一个原因或许在于，缺少诗性。诗性，不是通常理解的诗意，是对文字、问题新的锻造，能够达到这个层面的作家极少。艾斯特哈兹为了写七个世纪里的艾斯特哈兹们，创了一个编句式文体，文学实验是从薄薄的小书《一个女人》开始的。《和谐的天堂》被称作“伟大的父子书”，不过，书中的“我的父亲”并不只是指作者的父亲，包括了七个世纪里这个大贵族家族中所有的男性，艾斯特哈兹在这部家族小说里记述了数以百计的“大个体”，但在历史的长河中也不过是些泡沫。纳道什为了写八十年里欧洲人在黑暗中的挣扎，打开并走进了一座身体的殿堂，而且走到了深处。《平行故事》塑造的是近百个脆弱的“小个体”，所有人都扭曲、孤独、绝望，不知来处，更不知去向，纳道什以一具具遭受历史碾压的身体做窗口，让人透过肉身的耻辱记忆来辨识历史的黑暗。我负责任地说，以上这两部作品是两种史诗、两种宏大、两种史性与诗性，堪为“新史诗”的典范。

李　浩：如果有长的时间跨度，有很高的艺术水准，还写到了重大历史事件……那它应具备成为史诗的可能。如果没有那种史诗感，那就是它的思想力不够，缺乏更具超越感和统摄力的东西。我们的作家、批评家学习能力弱，进取心其实更弱，这当然妨碍了大格局。不过，我觉得如果一件文学作品有很高的艺术水准，那它的思想的格应当是不会不够的，艺术性是与思考力紧紧相连的，你读读拉什迪、君特·格拉斯、卡尔维诺小说中的细节设置和丰富的言外之意，这种带有寓言性、似乎可有多重理解的言外之意几乎密布于小说的每个句子里……仅仅写下漂亮的句子，把生活“画得很像”，不算艺术水准高。

于　坚：史诗是由密集的卑微细节组成的，它并非空洞的概念写作。就绘画来说，比如黄宾虹或者弗洛伊德，他们创造的都是笔触的细节史诗，弗洛伊德创造了身体肉感的史诗，而黄宾虹走得更远，创造的是笔墨、痕迹的史诗，更超越的形而上，很像塞尚。

史诗不是历史，而是经验，对时间的记忆性命名。比如我的长诗《0档案》并没有提及历史事件，只是私人生命琐碎细节的清单，我戏仿了那个时代的某种口气，重组它的语词商标。

夏　商：我最近刚读了写老民国私娼的《亭子间嫂嫂》，那种泥沙俱下、万物如刍狗的世相何尝不是另一种史诗。

哈　金：文学有自己的规律和法度，常常并不直接跟当下相关，我们根本看不清《红楼梦》和《西游记》写作时年代的模样，表现时代不是它们的意旨。《战争与和平》写的是托尔斯泰祖父那一代人的事，却也写出了俄罗斯的强悍和壮阔。我想关键是作者本身，人和人不一样，写出来的东西就不一样。里尔克有句名言：“你必须改变自己的生活。”

傅小平：让我感到困惑的是，史诗与民族、与时代之间是一种什么样的关系。你提到《战争与和平》，我还想到米切尔的《飘》，写的都不是作家生活的那个时代。这是很自然的，尤其是历史题材的写作，一般都会隔开一两代甚至更长时间，只有保持这个距离，才会对过往有遥远而清晰的呈现。而且按照"一切历史都是当代史"的说法，作家即使在他们的历史写作中也一定融合了他那个时代的气质。我倒是想起铁凝提过的一个说法。她说，要让我们的文学传达出一个民族最有活力的呼吸，表现出一个时代最为本质的情绪。感觉这个要求里，似乎包含了实质性的东西，就是你写得再宏大，都不能缺了呼吸和情绪，直白地说，就是不能缺了一口气。如果这么说成立，那这口气里到底得包含什么样的内容？

徐则臣：对一部史诗意义上的作品，我们的阅读期待里肯定包含了诸多指标，都在那口气里。呼吸和情绪必须有，要能写出一个民族和时代最本质的情感与经验，你得让读者觉得故事和细节靠谱，是咱们的事儿。还有高度，你得让读者看到，你对一个浩大的时代和这个民族的一些重要问题做出了有效的回应并有所洞见。你得力求全方位地让读者信服。

傅小平：信服，还得是全方位的信服，确是一个很高的要求。

李　浩：铁凝的这句话，可以看作是对史诗性的一个"隐喻"的要求，我觉得自己似乎不能比她说得更好。

我学过美术，当时，用美术标准来说，我们反复会强调一件作品的"格"够不够。诗性，当然是史诗的一个重要支点，但更重要的我认为是"格"，是高度、宽度和厚度，是思想力和审美的才能。也许，这口气应当从这个方向上去理解。

余泽民：这口气我认为，就是个体在大时代里的悲剧性命运。因此，光有时间维度上的长并不够，还要有思想维度上的深。

于　坚：每个时代都有它自己独有的口气，语感这种东西恰恰来自它的身体，最终弥漫着一种精神气质。如果我们静心谛听，20世纪60年代的时代语感与90年代的语感是多么不同，而与古典中国的语感又是多么不同。这些之间已经具有巨大的空间张力。

丛治辰：关于呼吸和情绪，我想到略萨谈福克纳的《我弥留之际》时说的一段话，他说这部小说对本德伦家族埋葬老母的远行的叙述，“具有《圣经》和史诗般的特征，因为老人的遗体在南方炎炎烈日照射下正在腐烂，可是全家毫无畏惧地继续前进，因为福克纳笔下的人物经常闪烁的狂热信念一直在鼓舞着他们”。我们谈到史诗性的时候，总会提起总体性、宏大叙述、时间跨度、民族国家等，但是略萨提供了一个情绪的维度，这种情绪甚至未必是正面的、昂扬的，但必须是狂热的，是富有激情的。哪怕是沉郁的、悲怆的激情——一种因为被锁闭而格外震撼人心的激情——都绝不同于无力感。

傅小平：又启发的一个角度。让我想到，都是音乐，歌剧作品与流行歌曲就是极为不同的。歌剧即使表达一种负面的情绪，也不会是流行歌曲那般绵软无力。

丛治辰：我想所谓史诗品质内确实应该包含着这样感性的情绪因素。一部阴郁颓废的作品，很难让人产生史诗感。当然这样的作品也有它们的价值，但是和史诗没什么关系。

苏　炜：铁凝讲的这个“一个民族”的“活力”与“呼吸”很有意思，但也有点语焉不详——也就是你说的，“那一口气”究竟是什么？怎样才能把这个文学的史诗性、史诗感的实质，在今天的语境中说清楚？这里我不妨谈一点自己在耶鲁讲授“中国当代小说选读”和“中国现代文学选读”这两门课时的一点领悟。西方文学一贯把“爱与死是文学的永恒主题”，当作一个常识性的定义。我们可以用这个西方的常识性定义，简单套在中国文学上吗？粗略看来，似乎是可以的。但细细斟酌，问题就很大了。比如“爱”这个字眼，好像是人类共有的、自生理性需要转换出来的动物共有情感。今天一般人讲“爱”，喜欢用《诗经》里那句“爱而不见，搔首踟蹰”来做“爱”的最早源头，其实那是大大的误解。古代的训诂学家和今天的专业论者早就指出：《诗经》里这个“爱”，是“暧”的原始字，即“有阻隔”“不明晰”之意。至少在孔子年代，不讲“爱”而讲“仁”，而“仁爱”则是指“人伦之爱”，“仁”与西方的与个人化和生理欲望情感有关的“爱”意，是大异其趣的。包括孔子的“不知生，焉知死”“不语怪力乱神”——传统儒家的重世俗、现世的“实践理性”（李泽厚语），也是与古代西方的“天堂—地狱之思”——重视死亡的“终极关怀”可谓南辕北辙的。如此一来，用“爱与死是文学的永恒主题”来套中国文学，特别是向西方学生讲授中国文学，就大有问题了。

傅小平：既然如此，在你看来，什么是中国文学的“永恒主题”？

苏　炜：我认为，“沧桑感”“命运感”和“兴亡感”此“三感”，则可以被视为区别于西方文学的、千古中国文学的“母题”——即“永恒主题”。中国传统儒家哲学重视世俗、重视现世人伦关系的“实践理性”特质，使得古来中国文学（无论韵文诗歌，还是叙事文学）都特别重视现实和现世的“改变”。而聚焦于这种从“沧桑之变”到“命运之变”再到“兴亡之变”，则是中国文学千古不易的核心主题；爱与死，聚与散，治与乱，仁爱与人伦等，都是蕴含在这样的“文学母题”之下的“儿女成群”。从《诗经》的四言诗到汉乐府《古诗十九首》的五言诗，再到唐诗、宋词、元曲、明清小说，都无一不具备古人论《古诗十九首》时说的“感于哀乐，缘事而发”的特质。这个“感”和“发”之所“缘”，就是“改变”。“生年不满百，常怀千岁忧。昼短苦夜长，何不秉烛游?”“去者日以疏，生者日已亲。出郭门直视，但见丘与坟。古墓犁为田，松柏摧为薪。白杨多悲风，萧萧愁杀人。思还故里闾，欲归道无因。”古人的“常怀千岁忧”，就是对“古墓犁为田，松柏摧为薪”的“改变”之忧，体现到文学表述里，也就是“沧桑感”“命运感”与“兴亡感”不同层次的文学呈现。

傅小平：是不是说，写出这“三感”，就写出了你理解的史诗性?

苏　炜：对，在我看来，我们追索的文学的史诗性或史诗性文学，或者如铁凝所说的“呼吸”和“情绪”，首先就需要写出这“三感”——我称之为中国文学千古母题的“沧桑感”“命运感”和“兴亡感”！中国文学大厦那些最伟大的构件——从《红楼梦》到鲁迅小说，都是最能体现这“三感”的。可不可以说，你在本文一再期盼的史诗性作品，首先必须要具备“沧桑感”“命运感”与“兴亡感”呢？当然这“三感”其实是可以分出不同的由浅入深、由低至高的表现层次的。这或许正是文学的史诗性——表现我们民族和时代的“活力”“呼吸”和“情绪”，所必不可少的吧？

郜元宝：我认为，这口气来自艺术本身，更来自生活和历史的深处。柳青说，一个作家在写出一部作品之前，先要把自己造就成一个作家。他说的是创作之前的准备，是作家的素养。我们许多作家生活、学问和艺术都还没有足够的积累，就来写长篇，当然传达不出史诗性作品有责任传达的历史深处的呼吸。据说托尔斯泰写《哈吉穆拉特》时消化了满屋子的历史资料，我们有不少作家，个人经历既狭隘，后天学问积累又有限，猛提一口气，就宣布要来写这个那个了，实际上他连这个那个的基本常识都非常缺乏，甚至赶不上一个普通读者。在这种情况下，你怎么能期望他写出关于这个那个的史诗性作品？写一个问题必须是这个问题的专家。做学问如此，写长篇又何尝不是如此？

傅小平：说到常识，对于写作很重要。这还关乎写作态度，如果自觉缺少基本常识，就得多下点功夫给自己充充电。还有更重要的是，要对写作有敬畏之心。

何　平：几年前我在鲁迅文学院的一次座谈上就提出过，我们的作家是不是都适合，都能够写作长篇小说。在长篇小说写作问题上，现在普遍存在两个问题：一个是明明没有长篇小说的写作能力，硬写。因为我们的文学评价标准有一种幻觉式的“长篇小说控”，认为一个作家文学成就需要靠长篇小说来论定。这导致了大量只适合写作中短篇小说的作家，一窝蜂地去写长篇小说。另一个是可以写好长篇小说的作家，往往各方面准备不足，仓促上阵，于是就有很多半生半熟、“烂尾”的长篇小说生产出来。现在是长篇小说的产量越来越高，好长篇小说越来越少。还有一个值得注意的问题是，我们的长篇小说观可能有些落后和僵化，也是在那次座谈会上，我们举苏童、金宇澄、艾伟、范小青等例子说，是不是存在另外一种非巨大型的南方式的长篇小说？不只是地域差异的影响，在这个问题上，我们的文学批评和文学理论跟进不够，对当代中国长篇小说类型研究不充分。

很多史诗性作品都不是悲剧性的，也不是喜剧性的，

它们是庸常生命的史诗

VS

史诗性作品只能是悲剧，因为人类历史的总基调是悲的。

好的悲剧把人唤醒

傅小平：我们知道，史诗性作品通常是悲剧，也或许是正剧，而一般不会是轻喜剧。用鲁迅先生的说法，悲剧就是把有价值的东西毁灭给人看。而读者在看的过程中，强烈地感受到那种震撼人心的力量，从而获得灵魂的净化与升华。

哈　金：我不完全同意。很多伟大的作品也是喜剧的，如《堂吉诃德》和《死魂灵》。我们知道后者对鲁迅的影响是巨大的。有一些喜剧小说是一个语种或一个文化的基石，比如《巨人传》和《好兵帅克》。喜剧更难把握，更难写。既要让人读起来津津有味，又要让人从中获得教益，这是最难做的，是文学成就的另一种高峰。

于　坚：像《尤利西斯》《追忆逝水年华》都不是悲剧性的，也不是喜剧性的，它们都是庸常生命的史诗，时间和经验的史诗。也许19世纪的人们更被事件，比如革命、战争裹挟。但是在福利社会里，史诗潜藏在日常生活郁郁寡欢的深处。

在我看来，《红楼梦》被说成悲剧是受西方理论的影响，它就是19世纪中国某种日常生活的史诗。贾宝玉与林黛玉的爱情与其说是什么不该发生的悲剧，还不如说那就是人生。而史诗的魅力还在于，它当然也是一种伟大的知识，《红楼梦》的细节在今天越来越具有真理性的魅力，它其实一直在教导读者怎样生活。它创造了一种值得的生活世界。

史诗并不肯定或否定，这样就是这样。荷马史诗就是这样。那种精

神气质或者悲喜剧是世界的材料，而不是是非。史诗作者只是处理了这种材料而且尽可能地如其所是。

何　平：其实，不是悲剧和喜剧的问题。这些年，我们长篇小说能立得住的人物就很少，而且这些长篇小说也不是以“寓言性”见长的，按理写出来的人物应该立得住的。

余泽民：在我看来，史诗性作品只能是悲剧，因为人类历史的总基调就是悲的。当然，在好的文学作品里，也存在喜剧，但喜剧与悲剧的力量是悬殊的。好的喜剧能让人会心，而好的悲剧把人唤醒。

英雄面目的丧失，可能问题出在
和生活的过度和解，对世俗理念的过分认同
VS
写出英雄形象与时代息息相关的复杂性，
能管窥时代的疑难、病灶与可能性

傅小平：某种意义上也因为此，史诗性作品里的人物，即使不算是英雄，也多半有某些英雄的品格。

余泽民：我认为传统的史诗的确是这样，但史诗性作品未必非要如此，取决于作者想从哪个视角表现历史。另外，英雄的定义是什么？吉尔伽美什战胜怪兽是英雄，阿喀琉斯为好友复仇也是英雄，在《平行故事》里，并没有一个传统意义上的英雄或多少有些英雄品格的人，没有英雄的引导，我们照样在历史里走得很深。

夏　商：不是高大上的才叫史诗，不是政治正确的才叫史诗，有“野心”的作家如果放下身段，低进尘埃，更容易搭到史诗的脉搏。

于　坚：史诗确实有一种英雄气质，布鲁姆也说到这一点，但是在我看来，史诗的英雄主义只在“不虚美，不隐恶”。20世纪的伟大史诗是由那些小人物式的英雄完成的，比如躺在病床上的普鲁斯特，都柏林的小市民乔伊斯或者在父亲面前唯唯诺诺的卡夫卡，包括巴黎的波德莱尔，

他的城市史诗完成于那些忧郁的、污水横流的街道上。

苏　炜：确实，当今时世，英雄主义、理想主义的文学话题似乎暌违久远了。自然，我们好几代人，曾经过度沉迷于各种真实或虚幻的英雄主义、理想主义氛围，个体生命因之被浴火造就或恣意扭曲。所以今天彪炳小时代的文学，可以把名车名牌、“高富帅”、“傻白甜”、“小确幸”、“小鲜肉”等当作炫耀物件，早就视各种英雄主义、理想主义的言说与书写为冬烘陈套，弃之若敝屣了。当然，在今天的时代——互联网、微信、电玩、自媒体与“三体”、“神幻”和“穿越”的时代，更赋予了英雄与英雄主义以全新的特质。但是，万变不离其宗。黄仲则有诗云：“寸心常不移，可以照颜色。”文学永远是人学。这个“宗”，我不妨把它称之为“人性的共振”，也就是作为文学作品，其精神、价值的最高质地，必须是能够触动、拨动人类灵魂心智的那根弦——良知之弦与大爱之弦的。这就是英雄主义和理想主义在今天的文学书写里依然存在、必须坚守的意义。不能想象，如果没有那种见义勇为的担当、超越功利的奉献、舍生取义的牺牲、忍辱负重的坚持、含辛茹苦的付出等震颤心魂、温暖人心的力量，何来史诗性的文学与文学的史诗性？

李　浩：哈罗德·布鲁姆说过类似的话，“在我看来，史诗——无论古老或现代的史诗——所具备的定义性特征是英雄精神，这股精神凌越反讽”。想一想，我个人认定的史诗性，多少也在此“限定”之内，虽然我偶尔会更为强调反讽。

英雄形象，这个词在我们的描述中可能过于固定了，有时我觉得那些承受着“侮辱和损害”的小人物身上也有英雄性，当然我们对英雄形象的“取消”在80年代或是有益的，它是对“高大全”式的一种反拨，但时下，我们也许需要积蓄塑造的力量，哪怕他是平民性的，像《铁皮鼓》里的奥斯卡、《午夜之子》里的“我”、莫言《生死疲劳》里的蓝脸儿。我承认，这个问题如果两年前提给我，我可能会是另外的回答。

傅小平：我来做点补充吧。所谓英雄也未必得是一身正气的大人物，它可以是肖洛霍夫《静静的顿河》里的格里高利，可以是罗曼·罗兰《约翰·克利斯朵夫》里的约翰·克利斯朵夫，也可以是厄普代克《兔子四部曲》里的“兔子”哈利。实际的情况是，我们都知道，英雄形象在中国作家的笔下已经失落很久了，而书写英雄人物的焦虑也同样持续了很久。如何破这个局，也由此成了生活在我们这个重在解构的时代里的作家们要切实面对的问题和难题。

李　浩：英雄面目的丧失，可能问题出在我们和生活的过度和解，我们对世俗理念的过分认同。有次谈历史的真伪，朋友黄德海说过一句颇让我震撼的话，他说古人写史，有时写的是他的理想状态，是他希望坚守的、成为的那个样子。那小说不更应当是吗？

郜元宝：如果是以塑造人物为主的长篇小说，它的成败当然取决于人物塑造是否成功。有的现代长篇小说不一定非要像传统现实主义那样生动饱满地塑造人物，比如卡夫卡《城堡》，人物都成了寓言式存在；比如马尔克斯《霍乱时期的爱情》，虽然浓墨重彩写了许多人物，但这些人物都包裹在狂欢化的叙述洪流中，而叙述洪流也就是生活洪流、记忆洪流，在洪流中浮沉的人物不可能要求他们像在托尔斯泰或福楼拜笔下那样纤毫毕露。但不管怎样，人物身上必须承载一定时代和文化的信息与重量，必须是一定的存在感受独特的感性显现。就像那个神秘人物K承载了卡夫卡对现代人存在的荒诞体验一样。这些人物当然并不一定是当代语境固化了的供大家追慕的“英雄”，但他们必须传达出一种大家所熟悉而又苦于说不出来的时代情绪和感受。你跟在这个人物后面稍微走两步，就会感受到一个时代的风气、情绪、意志、记忆等扑面而来。他们就像一道闸门，一旦打开，你就跟着走进了一个时代。这是任何成功的小说都追求的理想，不独史诗性作品如此。

徐则臣：英雄未必都得是“高大全”，格里高利、约翰·克利斯朵夫、哈利不是，《当代英雄》里的“英雄”毕巧林更不是。他们出现不是为了摆拍他们所置身的时代的各种美德，而是通过他们的生活、性格和内心与时代息息相关的复杂性，知微见著，显示出彼时代的疑难、病灶与可能性。这样的“史诗范儿”的英雄，皆大欢喜的作品里可能产生不了。破这个局是有点麻烦。

丛治辰：我倒是觉得，这个难题恰恰也是契机。写出一个战场上以血肉之躯与有形敌人相搏斗的英雄是容易的，而写出一个平庸琐碎生活里以内在激情与无物之阵相抗争的英雄才是艰难而宝贵的。恰恰在一个解构的时代里，英雄可以有更加令人叹服的品质，当一切坚固的东西都烟消云散的时候，依然坚固的品格才格外醒目。傅雷在为《贝多芬传》作序的时候说："唯有真实的苦难，才能驱除罗曼底克的幻想的苦难。"在今天的时代，真实的苦难已不同于以往，而是无用的欲望、平庸的精神与琐碎的生活。

借鉴西方的史诗性作品固然重要，
但更重要的，还是彰显自身的文学原创力
VS
没有西方意义的史诗，但我们同样有史诗性，
有狂热的激情，有坚实的悲怆

傅小平：说实在的，对中国作家而言，写史诗性作品的难度是显而易见的。以我有限的了解，史诗主要是西方文学的产物。从汉语文学的源流上看，我们没有史诗。正因为没有史诗，一些学者试图从传统的叙事诗或说诗史里寻找可以作为替代的资源。另外，我国一些少数民族，比如藏族，有《格萨尔王》这样的史诗，但严格说来不曾融入中国文学的主流，也与西方文学意义上的史诗有区别。所以迄今为止，我们基本上是以西方文学为摹本来写我们的史诗性作品，在这样的学习里，虽然可能会有很好的吸收和借鉴，却很难说会有什么超越。

余泽民：近几年我去了几趟大凉山，对彝族人的文化产生了兴趣，彝族就是一个拥有史诗的民族，能与《格萨尔王》媲美的史诗就有好几部。《勒俄特依》对宇宙和人类起源的宏大叙事令人观止，如同西方的先知写《创世记》。抛开史诗，只说史诗性作品，在我们的传统文学里除了

《红楼梦》，还有《三国演义》，但在现当代的作品里，这类文学变得稀少，姚雪垠写《李自成》算是一次尝试，遗憾的是太大程度地带着意识形态的烙印。当然，借鉴西方的史诗性作品固然重要，但更重要的，还是自身的文学原创力。

李　浩：我是一个奉行“拿来主义”的人，在我的视野里没有对地域性的过分强调，除非我希望依借这种地域性让我的小说呈现“陌生感”和“异质”。我接受的是把人类当作整体、“全世界无产者联合起来”的教育，它深入骨髓。如果完成自己的史诗性作品，对缺乏史诗传统的中国作家来说，的确有更大的考验，不过，现代诗歌、现代小说也都是以西方的文学和文学理论为基础的，不也写出了我们的伟大作品？

苏　炜：我并不认为，哪怕在西方，今天还会有荷马史诗或《格萨尔王》这种类型的史诗作品出现的可能性。如果说没有史诗的传统，就给今天创造史诗性的作品带来了困难，这反而把我们讨论的史诗性话题狭窄化、表面化，也皮毛化了。

于　坚：史诗这个概念来自西方，但未尝不可在汉语中解读。而在20世纪以来的写作中，我看到，史诗在西方也有了另外的写法。将卡夫卡视为史诗作者，也许有点不可思议，但他正是20世纪的史诗作者，异化这种陌生的经验不是在20世纪越来越强大吗？不再是狄更斯式的光明与黑暗的事件在主宰着生活，而是无数的荒谬、悖论在腐蚀着生活，而荒谬、悖论是很少呈现为事件的，它通过庸常乏味的细节腐蚀着黑暗深处的心灵生活。如果古典史诗更像是波澜壮阔的河流，那么现代史诗则是一些冒着泡的阴郁沼泽，这正是文明导致的张力。

何　平：从五四开始的中国现代文学，本就是向西方学习的，我们现在很难辨识中国现当代文学资源是本土的还是域外的。我们不能一方面谈论西方文学对中国现代文学的影响和建构，另一方面当作家不能写出我们想象的西方史诗性作品的时候，又说因为我们没有史诗传统。如果中国作家确实对西方史诗性有不适应，或者选择性地略过西方史诗，这个问题倒值得仔细研究。在今天一个文学资源完全开放的时代，简单地谈我们的文学传统和他们的文学传统其实意义不大。作家所接受的文学影响是综合的和浑然的，除非他们只是为模仿而写作。

丛治辰：我们的传统里或许没有西方意义的史诗，但是我们同样有史诗性，有狂热的激情，有坚实的悲怆，有克服各个时代不同形态的苦难的不懈努力，以及对这些努力的思考与记录。

现代史诗或是本雅明式的，
用引文写书在中国古典文学里普遍存在，且有现代感
VS
学习传统也是第二位的，
第一位是作家直接的生活体验和同时代文学潮流

傅小平：虽然如此，写好史诗性作品，还得找到我们文学的根，而能不能找到根，关键还在于怎样激活我们的文学传统。

苏　炜：我很喜欢你提到的“激活”二字。你看看，我们悠久丰腴的文学传统和历史文化里，还有多少“华彩乐段”以丰富及蕴藉的宝藏，可以“激活”我们今天关于文学创造和文学史诗性的思考呀！但是，寻根——从我们自身的文学和传统的根基出发，去寻找或创造文学史诗性新的资源和发展路向，则是一个值得深思和开拓的大话题。这让我想起最近由于央视的“诗词大会”大热造成的中国古典诗词复兴（其实“背诵热”并不是一种真实的复兴，而离开创作实绩，任何类型的文学复兴都是缺乏根基的）。前几年我自己在学诗习诗过程中遇到了一件真实的事：一位词人朋友（他的小令词牌写得非常出色）说，他至今不敢涉足“七律”这一种形式。我问，为什么？他说，你不觉得吗？七律的结构是一种史诗结构呀！我闻言大惊。他说，你看，七律只是八行、五十六字，可首联起兴，颔联、颈联两副对仗，尾联的或高起或低回的收合，一句一个换景移情，那就是一部史诗的容量啊！现在看来，此君此语，好像是专为我们今天这个文学的史诗性话题而生的，但在当时，就曾予我以醍醐灌

顶之慨。传统诗体的形式本身，其内里乾坤蕴含的容量，令我第一次为之定神凝思。——可不是吗？“无边落木萧萧下，不尽长江滚滚来。”（杜甫《登高》）“尔曹身与名俱灭，不废江河万古流。”（杜甫《戏为六绝句·其二》）——这样的七言律句，其体现的，可不就是最现成的史诗性和史诗感？谁说中国文学没有史诗传统？一首苏东坡的《赤壁怀古》由景入史，以景托情，磅礴飞扬又低回内敛，这不是意象宏大的史诗是什么！这也就是我们前面提到的——以很小的篇幅呈现的很大的体量啊！

李　浩：说写本民族的史诗，我倒想到一个人的实践，鲁迅的《故事新编》。在我看来他的这部分写作就是试图“激活”中国旧有的传说、故事，让它生出更多的新意来，就像古希腊、罗马的神话会在后代的大作家那里反复书写、反复注入一样。然而不得不承认，中国的故事、传说，也是非史诗性的，它多是短篇，没有宏大架构，对它的填充实在有些力不从心。而《封神榜》，多少故事其实都可看作是“一个故事”，能够在其中求新求变的机会不多。当然，能不能完成民族史诗并为它注入“活的呼吸”，依赖于作家的智识和个人才能，我承认自己一直试图寻找路径，但我也的确不知道确切的，甚至是必然可行的答案。就是知道，我也不说，也得我先写出了史诗再说。

于　坚：在我看来，现代史诗恐怕是某种本雅明式的，据说他要用引文写一部书。而这种史诗的写法在中国古典中是普遍的，我最近一直在看《左传》，这种中国史诗真是有强烈的现代感。

哈　金：其实，构想一部伟大的作品并不难。在我教授小说写作的生涯中，时常见到学生中有伟大辉煌的构思，有的如果写出来肯定是经典。但想是一回事，做是另一回事。很少有人具有能把伟大作品做出来的才华、精力、资源、社会和文化的条件，也没有那种勇气和运气。有些伟大的作品往往要求作者整个生命的投入，而成功的概率微乎其微。一个民族在一代人中有几个具备这种才华的人就很幸运了，但天才只是造就伟大作品的一小部分因素，天才很容易就夭折，往往最终没有意义。

郜元宝：这里说的是长篇小说形式的传统借鉴问题。五四以来中国长篇小说主要借鉴西方和俄罗斯以及苏联，比如茅盾《子夜》对辛克莱的借鉴，李劼人《死水微澜》对他自己研究和翻译的《包法利夫人》的借鉴，老舍许多长篇对萨克雷和狄更斯的借鉴，钱锺书《围城》对英国流浪汉体小说的借鉴，柳青《创业史》、周立波《山乡巨变》对《静静的顿河》和《被开垦的处女地》的借鉴。这些作家或者都有一定的外语功底（茅盾、老舍、柳青），或者可以说正是他所借鉴的外国小说模式的专家学者（李劼人、钱锺书、周立波），所以他们的借鉴往往有较高的成功系数。另外许多作家的情况就复杂了，外语本来就不过关，或者根本不会外语，只能通过译本进行间接地揣摩学习，这样终究隔了一层。新时期以来绝大多数中青年作家都属于这种情况。即使上述外语条件较好和很好的作家，借鉴他们熟悉的外国作家作品时也有巨大的文化历史和社会现实的鸿沟需要跨越，也不能说就能够尽得其真传了。总之，在吸收借鉴外国长篇小说经验的道路上，当代中国作家比50年代以前的作家面临的困难还要巨大，甚至几乎没有超过他们的希望。

傅小平： 由你的“隔了一层”，不禁想到顾彬的“中国作家不懂外语”论。实事求是地讲，他的批评有一定的道理。不过对于现在的一些年轻作家，尤其是80后、90后作家来说，外语恐怕不是大问题。而其中又有部分从小有留学经历的作家，他们对国内国外的文化都多少有切身的了解。现在最大的问题，或许是全球化信息共享带来的写作日趋同质化的挑战。在这样的情况下，越是往本民族文化的深处探寻，越可能找到独特的、不可被复制的部分。也因此，无论哪个国家的作家，都更有必要在学习借鉴的同时，寻找本民族文化的根。

郜元宝： 学习西方文化不通，就必然会想到转过身来“向传统致敬”乃至于“复兴伟大传统”。但我们对自己的小说传统，认真说起来也并不一定比外国小说传统更加了解，更有把握加以借鉴。比如张爱玲在40年代末就刻意向明清两代世情小说学习，她的短篇小说本来就专写世情——乱世儿女的漂浮感情，所以有一定的基础。饶是如此，张爱玲一旦转入这个学习过程，她过去短篇小说中的密度和精致度就丢失了许多，而世情小说的松散粗糙似乎又难以拒绝。尽管有不少学者对她后期的小说多有褒词，但她的文学史成就始终锁定在早期短篇小说，也是不争的事实。张爱玲况且如此，如今号称要返回传统而对传统又了解不深的当代中国作家，应该更要慎之又慎吧？

傅小平：这样作家们岂不是陷入了“两不靠”的尴尬境地？

郜元宝：学章回小说，学说书艺术，学笔记体，学辞典体，学《红楼梦》《金瓶梅》《儒林外史》，都可以，但这种学习应该是第二位的，第一位的还是作家自己的直接生活体验和同样直接的同时代文学潮流。比如，拿莫言早期学习拉美魔幻现实主义而大胆创作的那些短篇小说与他后来号称学习民间文学和传统文学的长篇相比，我始终认为还是前期的模仿学习更加虎虎有生气。不管学习外国小说，还是学习本国传统，前提都是要有切实的了解。相比起来，五四树立的“别求新声于异邦”的传统可能更重要。我们面临两个传统都要借鉴的更加复杂也更加艰巨的任务，而我们的能力，比起五四和现代作家，似乎又并没有多少优势。

神话不足以构成重塑史诗的材料。
重要的是流淌在人类骨血中的史诗精神
VS
重述神话没能把作家引上写史诗的道路，
这些重述只是给旧酒装了个新瓶

傅小平：就史诗性作品的呈现而言，感觉20世纪似乎是一个分界点。此前，像雨果、托尔斯泰、陀思妥耶夫斯基、巴尔扎克等大作家，似乎很自然就能在他们的时代里写出史诗性作品。而20世纪以后，被冠以史诗之名的作品，多半都从希腊、罗马时期的神话里借鉴资源，借以建立深度模式。比如，小说领域有乔伊斯的《尤利西斯》、福克纳的《押沙龙，押沙龙！》等，诗歌领域有庞德的《诗章》、艾略特的《荒原》等。当然也有例外，比如在奇幻文学领域，无论是托尔金的《魔戒》，还是乔治·R.

R. 马丁的《冰与火之歌》，都借助于重构一个过往的世界展开宏大叙事，但中国缺少类似可以与当代构成有效对话的神话资源。

李　浩：我觉得你的思考是有益的，起码于我有益。是的，20世纪是一个分界点，尤其是一战二战对全世界的普遍影响。这个伟大而残酷的世纪给人类带来的实在是多。可能有理解上的不同，我大约会把卡夫卡的《城堡》、马尔克斯的《百年孤独》、索尔仁尼琴的《癌症楼》也列入史诗之内，即使卡夫卡写下的似乎只是“一个人的境遇”。

在你的阐述之外，我还想说，现代史诗可以产生于“现代”，它不会只取自历史资源，当然延续性是需要的。日常也可以建构成史诗，只要你具备非凡才能，具有在一个微点上得见大观、见世界的能力。

苏　炜：既然已经分清体裁的“史诗”与文学的“史诗性”两种概念，进入21世纪的今天，追求文学的史诗性，就决不需要仅仅是再去捡拾“希腊、罗马时期的神话”的余沫了。即便巴尔扎克、雨果，他们的史诗性的长篇系列——从“人间喜剧”到《九三年》《悲惨世界》，完全直面巴黎当下的社会现实和时代沧桑，其史诗性就不是在借助“希腊、罗马时期的神话”资源呀！

夏　商：很多西方小说，离开希腊神话谱系的知识储备，离开基督教背景可能就理解不了，中国小说缺乏神性启。

傅小平：的确如此。说来包括中国文学在内的世界文学一直重视发掘神话资源，前些年有几位中国作家参与的“重述神话”系列就产生过一定的影响，但这样的重述，现在看来还是局限于古代神话的再发现，并不曾融入现代小说，尤其是史诗性作品的创作中。

丛治辰：如果我的记忆没出错的话，“重述神话”恰恰是解构神话吧？至少我读到的几部都是这样的思路。神话这种文体是不可复制的，在某种意义上它已经超出了今天“文学”这一学科能够讨论的范畴。当我们不是像古人那样，在特定的庄重场合，在特定的庄重时刻，由部落里的长老庄重地讲述神话，并且坚信这就是创世的和民族起源的历史本身，而是轻松地坐在书桌前，摊开一本印刷机生产的图书，当作愚昧的古老幻想一样阅读那些故事，神话就已经死掉了。这样死掉的东西，当然不足以构成今天重塑史诗的材料。重要的不是具体的文体和来源，而是从那时候起一直流淌在人类文明骨血当中的史诗精神。

余泽民：“重述神话”并没能把我们的作家引上写史诗性作品的道路，因为这些重述还只限于重述，只是给旧酒装了个新瓶，有的装得还很勉强。

徐则臣：“重述神话”都是各说各的，基本上是就事论事，难以唤起一个共同的精神和文化结构。

写史诗性作品，首先应是直面历史，

再是打造语言，打破老一套的陈旧叙事

VS

没有唯一的可以指出的道路，只取决

于作家们在“修辞立其诚”上能走多远

傅小平：那么，对有志于写出史诗性作品的中国作家来说，该怎样找到合适的路径去创立西方式的深度模式？

徐则臣：我们当下认识范畴中的史诗，以希腊神话和《圣经》故事为原型的，比如那些西方文学，是其中的类型之一。还有一种，是针对一个大时代、众多大问题的宏大叙事。在《圣经》的传统里，你的故事、情感和思想总能在人所共知的源头里一步到位地接上头，你的深度模式很容易通过这种对应迅速建立起来。我们没有。那么，对有志于此类书写尝试的中国作家，也许第二种更切实，你要对历史和现实的确有过硬的疑难和洞见，有靠得住的把握和结构历史与现实的能力。

苏　炜：我以为，一个有眼光、有胸襟、有腰杆的作家，一部篇幅宏大、寄意高远的文学作品，只要始终接续、守持文学与生命的“地气”“血气”及“浩然正气”，在文学表述中写出深刻动人的“沧桑感”“命运感”和“兴亡感”，把弘扬拷问灵魂、温暖人心的英雄主义和理想主义融于笔下，再随时随处从我们丰厚的传统文化资源里汲取无尽的养分……这就一定能写出属于今天这个时代的史诗性的文学作品，或者说，创造当下文学的史诗性路径，就自在其中了。

余泽民：话说回来，以什么方式写史诗性作品？对于有志于此的本土作家，首先还是要读透历史，尊重历史，不仅尊重史实，还要尊重个体，还原个体的面孔，磨炼思考的胆量与锐度，并从当代中东欧文学中汲养，了解艾斯特哈兹、纳道什他们如何处理历史的记忆，如何创新文体，运用诗意。至少在20世纪里，我们的历史与他们的历史有过平行和同步。我很赞同有评论者在评我的《纸鱼缸》时写到的一句话："在我们不忍直视自己的历史之际，他人的历史犹如一面镜子，照出了我们的来路。"你说的深度模式，我认为首先应是直面历史，再是打造语言，打破"从前有座山，山里有座庙"的陈旧叙事。

郜元宝：这个听起来很美妙，做起来就难了。许多学者都注意到，鲁迅一生都在探索长篇小说的新形式，晚年跟冯雪峰说他自信已经找到了，正想付诸实践，却不料遽然离世。

当然也不能非要等到万事俱备之后才开始自己的创作。实际上每个作家都只能根据自己的条件，借鉴或者外国或者传统的手法，再结合当下的生活体验和当下吸收的文化营养去摸索适合自己的写作模式。这听起来有点就地取材、因陋就简的意思，但事实恐怕正是这样，也只好这样。

各走各的路，各显神通，中国当代文学的丰富性和多层次性才能呈现出来。大家挤在一条道上，而别人的道路并不一定适合自己，那就大可不必。仅仅就这一点来说，当代中国长篇小说作者还是令人尊敬的，他们大多数都并不满足已有的成就，总想有所探索，有所突破，因此不断有新作问世，不断有新的小说模式创制出来，尽管未必成功，但这种不服输的冲动还是十分可贵的。中国文学的希望也就在此。

傅小平：的确如此。我想这种冲动，更可以说是不被自己打败的冲动。毕竟，在文学的竞技场上虽有高下之判，却无输赢之别。海明威就曾想象自己站在拳击台上与前辈作家较量。他说，巴尔扎克、屠格涅夫根本不是他的对手，一拳就可以把他们打蒙了。雨果、陀思妥耶夫斯基他得认真对付，得打上好多个回合才能拿下来。但是托尔斯泰太厉害了，他根本不是他的对手。我想，他意图较量的也当是高下，而不是输赢。其实，写作说到底是跟自己较劲，跟同时代作家较劲，或是像海明威打比方的那样，跟自己敬佩的经典作家较劲，而这个较劲就是在写作中不断遭受挫败，屡败屡战，却坚信自己最终不会被打败的过程。

李　浩：威廉·福克纳曾说过，文学本质上是一个不断试错的过程。所以“合适的路径”需要作家们去试去探，而且这个试探中他会遭遇不少的错误，他也必须自我纠正，我觉得我们可能无法为未完成的伟大提供怎样的路径，我们能做的，是对已有的完成进行有效梳理，指认他们的优和长，同时说出我们的更高期许。

说实话，我愿意在批评家对作品的梳理和言说中寻找启示，但他们提供的路径，我从不信任，也无法信任。

何　平：这个问题不能靠批评家来想当然，要靠作家自己去摸索。

傅小平：恐怕在这个问题上，作家和批评家各有各的思路。实际上，能否写出史诗性作品，归根结底在于写作者能否把自己的创造力，推到史诗需要企及的那种高度和深广度。这看来不会有现成的捷径可走，只能靠写作者自己去摸索。

于　坚：没有唯一的可以指出的道路。这取决于作家们在“修辞立其诚”上可以持续多久，走多远。

哈　金：每一个世纪都有自己的荣耀，文学上也是如此。记得有一位青年作家告诉美国著名小说家沃尔克·珀西，说如果自己有无限的才能来写作，比起写出《白鲸》来他更渴望能写出契诃夫的《山谷》。珀西听之不以为然，但晚上回家读了《山谷》后，第二天对那位青年说自己明白了他为什么选择《山谷》这样一个中篇作为自己梦想的最高文学成就。我要说，伟大和史诗性这些说法往往是作家自己心里的事情，得失自己应该知道。契诃夫的几篇三五页的小说，比如《万卡》和《悲哀》，足以让全世界的短篇小说家生畏，怎样努力都难以写出与其比肩的短篇。对长篇小说来说，同样的逻辑。你希望比世界上最伟大的作家写得更好，不是要走捷径，而是跟他们在同一个场地相会，以他们的作品为参照，但最终比他们做得更辉煌，得到他们的赏识。你看这样想一点都不难，难的是能一笔一笔写下去，写出来。写伟大的小说是一种独舞：你可能不太费力就设计出伟大的舞蹈，但你必须自己亲自来跳，来表演，这实在太难了。

八

《红楼梦》：神话叙事和文学传统

- 2017年 -

主持人：傅小平

对话者：白先勇　邓晓芒　于　坚　郜元宝　梁　鸿
骆以军　郑铁生　宋广波　袁　凌　郭玉洁

背　景

说不尽的《红楼梦》，也是说不清的《红楼梦》。它是很多红学家及红书爱好者心目中的"文学《圣经》"，也是不少年轻人眼里"死活读不下去的名著"。但无论臧否，首先都要阅读《红楼梦》。借白先勇先生一句名言："年轻人不读《红楼梦》怎么了得？《牡丹亭》和《红楼梦》，是复兴传统文化的两个标杆。当我们的文化不完全时，我们的灵魂会一直流浪。"

如果说阅读《红楼梦》为你打开了一扇窗，那么从这扇窗里看进去，你将看到一个何其辽阔的世界。仅是《红楼梦》的百年传播史，就串联起近现代许多重要文化事件：五四与白话文运动、胡适开启的新红学风潮……

今年是程乙本《红楼梦》诞生225周年，亚东标点本问世90周年，也是1987年版《红楼梦》公映30周年。理想国推出绝版多年的以程乙本为底本的台湾桂冠版《红楼梦》，以此邀约我们思考：为什么说程乙本《红楼梦》是最适合普通群众阅读的普及本？《红楼梦》的神话叙事与文学传统对我们当下有何启示？今天的年轻人为何要读，又当如何阅读《红楼梦》？

程乙本从编辑、从校注等角度看都比较完整。重印这个本子，是一件大事 VS 《红楼梦》各个版本并无太大的优劣之别，只是他们承担的使命不一样

傅小平：作为一部家喻户晓的文学经典，《红楼梦》对国人来说实在太过“熟悉”，熟悉到即便没读过原著，我们也会觉得自己了然于心。从这个意义上讲，暌违多年的程乙本，从台湾“回流”，倒是起了一种陌生化的效果，想让人一探究竟：一向被胡适推重，且认为是“最适合大众阅读的普及本”的程乙本，相比《红楼梦》其他版本有什么特别之处，又为何说它“最适合大众阅读”？

白先勇：胡适说程乙本“最适合大众阅读”，我想是因为从编辑、从校注等角度看，程乙本都比较完整。1927年，上海亚东图书公司出版的程乙本，就是用的胡适收藏的本子，这个本子实际上是亚东1921年出的程甲本的修正本。胡适不仅亲自标点，还为它写了序。这个本子风行了几十年，台湾一直都用这个本子。1957年，人民文学出版社还出版了以程乙本为底本的启功注释本，这个本子曾为《红楼梦》通行本，影响极大。后来，也就是1983年，桂冠图书公司又重印了《红楼梦》，加了启功和唐敏的注，用白话文翻译了，并且用七个本子重新校注，把校对的校记放到每一回的后面，此次广西师范大学出版社重印的是这个本子。这是《红楼梦》出版史上的一件大事。

宋广波：我补充说下程乙本的由来。1791年（乾隆辛亥）深冬，《红楼梦》第一个刻本程甲本问世，结束了《石头记》以抄本形式流传的时代。但这个排印本一问世，整理者程伟元、高鹗就发现它因“不及细校”留有大量“纰缪”，最明显的是前后矛盾，如关于元春、宝玉的年纪。基于此，程、高二人立即对初排本详加校阅，改订错讹，于程甲本问世后七十多天又推出它的校订本，这个校订本即今日之程乙本。而程、高之

所以加以修订，主要是从读者的角度考虑，不想给读者留下太多的“前言不对后语”之处。胡适先生说程乙本是“最适合大众阅读的普及本”，也主要是从这个角度说的。不过，遗憾的是，程甲本一问世，就成了翻印的底本（即今日所谓“盗版”），程乙本反而不被重视了。

傅小平：那就有意思了。想来盗版不是近来的事情，是有出版以来就有了。这种现象也说明传播有自己的规律，普通读者更在意流传的便捷和阅读的快感，未必那么在意“前言不对后语”之处。即使是如今的信息时代，如果在源头上出了纰漏，图书也好，资讯也好，恐怕很长时间里都会“以谬传谬”，要澄清反倒难了。这样看来，大众欣赏与小众学术之间存在一种不对等性。

郑铁生：就《红楼梦》而言，我觉得应该遵循的原则就是“小众学术，大众欣赏”。以我看，评价任何一部作品，都应遵循这个原则。否则，各讲各的理，公说公有理，婆说婆有理，就很难有什么共识了。

我说的“小众学术”，是指研究红学的学者、专家，他们从文本到版本，从作者到家世，上穷典籍，下考文物，举凡涉及曹雪芹及其家世的一纸一石、《红楼梦》版本的几张残页都孜孜以求。当然，更多的还是阐释《红楼梦》文本的艺术成就。一言以概之，学术也。“小众学术”为红学研究奠定了基石，并从不同的层面、不同的角度开掘了红学研究的领域。

所谓“大众欣赏”，简单地说，欣赏是解读的过程，《红楼梦》在未被读者解读之前，是一种雪藏状态的审美现实，是潜在的艺术世界，是开放的心灵家园。只有通过读者的欣赏，《红楼梦》才能成为有生命的审美现实；《红楼梦》文本的审美意义，才能进入读者理解的意象结构之中。而解读的深浅粗细，往往取决于读者自身所具有的感悟、情感和体验。“凡操千曲而后晓声，观千剑而后识器。”

傅小平：在你看来，这二者之间是一种什么样的关系？

郑铁生：是一个互动的过程，只有“大众欣赏”得到普及，对理性的需求提高，才会对“小众学术”有激励和推动；相反，越是把理论研究贴向大众，为提升大众的理解力和欣赏水平铺桥架路，“小众学术”才越有生命力。只有“小众学术”深入地为红学的研究开拓和奠基，才能不断地为“大众欣赏”铺设普及的台阶。欣赏也是不断提升的过程，“大众欣赏”与“小众学术”的两极差越小，“大众欣赏”的整体水平就越高，从某种意义上讲，“小众学术”达到的极致就是雅俗共赏。

傅小平：从这个角度看，更为完善的程乙本没有及时得到重视，也能从一个侧面说明，当时“大众欣赏”与“小众学术”之间有较大的两极差。我们知道，《红楼梦》还有很多版本。作为普通读者，有必要在其版本问题上较劲吗？

郑铁生：《红楼梦》脂本也好，程本也好，凡版本问题都是“小众学术”的范畴，比如说庚辰本与己卯本的关系，甲戌本与作者，后四十回人物的命运和结局等，都是专家的研究范畴，没有必要推向大众。

对于读者欣赏《红楼梦》，不妨选择语言相对通俗明快、结构完整、人物鲜明生动的版本推向大众。“大众欣赏”不是考证《红楼梦》，而是通过阅读理解《红楼梦》美的世界以及人生意蕴，学习、掌握历史文化。

有必要强调的是，胡适一生研究《红楼梦》也是采取的这种态度。他认为程乙本最适合大众阅读，为程乙本在中国的广泛发行感到自豪、欣慰，正是出自对“大众欣赏”的重视、推介、支持，但并不因此排斥其他版本。实际上，他把程甲本、程乙本、甲戌本、庚辰本、戚序本等，都看作是《红楼梦》版本的不同形态。他在写于1961年5月18日的《跋〈乾隆甲戌脂砚斋重评石头记〉影印本》中说，这是《红楼梦》小说从十六回的甲戌（1754年）本变到一百二十回的辛亥（1791年）本和壬子（1792年）本的版本简史。这就说明他对《红楼梦》各个版本都认同。在我看来，《红楼梦》各个版本并无太大的优劣之别，只是它们承担的使命不一样。正是在这个意义上，我们说庚辰本和程乙本无所谓孰优孰劣。它们都在《红楼梦》版本史上占据一定的位置。

红学最大的冤假错案就是阉割后四十回，连俞平伯晚年也感叹“佛头着粪”VS理当吸收《红楼梦》版本研究的各种成果，以整理出最符合曹雪芹原书的本子

傅小平：虽这么说，还是想知道：庚辰本和程乙本这两个版本究竟有什么不同?

郑铁生：1982年人民文学出版社推出以庚辰本为底本的《红楼梦》，结束了自1954年以来长达28年的以程乙本为底本的《红楼梦》的普及本历史。但庚辰本有先天的不足，它的后四十回是用程高本补上的。因此一百二十回不是一个体系，这是其一。其二，公开地宣称后四十回的作者是无名氏。

傅小平：为什么说是无名氏?

郑铁生：我同台湾红学会会长朱嘉雯专门谈过这个问题，她告诉我，在20世纪80年代改革开放之前，台湾出版的《红楼梦》著作，署名都是曹雪芹。只有同时期大陆出版的红楼梦研究所校对的《红楼梦》第一版，才出现曹雪芹、高鹗并列的现象。

此次，白先勇先生出版《白先勇细说红楼梦》，就直接挑战了以庚辰本为底本的《红楼梦》，他从结构、人物、语言多方面考察，认为《红楼梦》后四十回就是曹雪芹不可分割的组成部分，程乙本是《红楼梦》版本中最好的版本。

傅小平：作为红学家，你对此持什么观点?

郑铁生：这是一个复杂而严肃的问题，不是一两篇文字能够说清楚的，但我个人早就发表文章认为，20世纪红学最大的冤假错案就是阉割《红楼梦》后四十回，这既是一个学术上大是大非的问题，又是一个长期被雾霾笼罩的非学术问题。连红学家俞平伯晚年也感叹：“腰斩红楼”“佛头着粪”。

胡文彬先生在2011年出版的《历史的光影：程伟元与〈红楼梦〉》里就讲到，新红学考证派不论是开山泰斗还是集大成者，在《红楼梦》后四十回的评价上和所谓程伟元“书商”说的论断，却是无法让人苟同和称善的。

傅小平：我也疑惑既然程伟元和高鹗都参与整理，为何庚辰本只把高鹗与曹雪芹并列？而且在很多版本里，都很少提程伟元的名字。

郑铁生：我们不能让历史的尘垢继续蒙难在红学史上第一人程伟元的头上，要为其正名。当然为程伟元正名，难度是极其大的，唯其难，我们才愈加努力，在拨乱中硬往前走。

梁　鸿：我对版本学本身没有研究，所以对程乙本和庚辰本哪一个更适合普及性阅读不能贸然作答，但是，我觉得，不管是哪一个版本，今天都成为《红楼梦》的一部分，都可称之为原著。换句话说，它们都随着读者对《红楼梦》的阅读而进入读者的思维空间之中。也许，对于普通读者而言，读原著本身很重要，至于哪一个版本的原著，是次要的事情，因为两个版本对《红楼梦》最精髓的部分并没有大的改动。当然，对于专业读者来说，那是必须要考察的一件事情。

傅小平：有关《红楼梦》版本，都可以作为一门学问来研究了。

宋广波：胡适开创的“新红学”，将版本作为两大内容之一。程甲本、程乙本这些称谓，均为胡适命名。1927年，胡适发现了甲戌本，自此开创了搜求《石头记》抄本的新时代，此后几十年发现了庚辰本、己卯本等十几种古抄本。在这种背景下，研探曹雪芹原稿的真面目，几乎成了研究者的共识，对古抄本的研究成果也层出不穷。因为古本多了，学者们有条件集本校勘，目的是整理出一部更接近曹雪芹原稿的新本子。1982年问世的人民文学版《红楼梦》就是在这种背景下产生的，该本也成了华语世界最流行的本子。“人文版”《红楼梦》前八十回以庚辰本为底本，其后四十回当然要以程本为底本。不过，不少研究者认为，庚辰本并非最好的脂本，个人的意见：集本校勘时，不必以某一个脂本做底本，而应充分比勘、对照各种脂本，甚至程本，并充分吸收《红楼梦》版本研究的各种成果，以整理出最符合曹雪芹原书的本子。

不妨碍从“纯文学”的角度评价《红楼梦》
VS
大众阅读遮蔽了《红楼梦》

傅小平：就我有限的了解，即使在世界范围内，也很少有一部文学经典像《红楼梦》那样有如此之多的版本。版本众多，我想是《红楼梦》原稿在抄写流传过程中经历了一些整理修改。想必程乙本也是，但它是不是最接近原稿的版本就不得而知了。

宋广波：曹雪芹的《石头记》是未完稿，未定稿，不同稿本之间有太多的歧异。整理红书，当然应该充分研探作者之原意，析理出最符合、最接近曹雪芹本意的文本。

郭玉洁：《红楼梦》的版本之争，我没有资格加入讨论。只是作为一个深心热爱的读者，并不认同“最符合曹雪芹原书”的说法，谁能证之出于曹雪芹？不过也是每人心中有一个自己的曹雪芹罢了。至于那些或粗俗或干净的细节，各有阐述，但不那么紧要。有没有那些脏话，《红楼梦》都是妙绝——后四十回除外。

宋广波：的确，在世界文学范畴里，几乎没有一本名著像《红楼梦》那样版本复杂：既有脂本，又有程本；而且程本和脂本就有很大不同。主要不同在于：脂本是有“脂砚斋”等人批语的；脂本至多有八十回，不是全本；程本的读者量远远多于脂本的读者量等。而在脂本、程本系统内，不同子本亦歧异极大。

傅小平：这样的歧异，是不是跟《红楼梦》曾经历抄本流传阶段有很大关系？

宋广波：程甲本、程乙本问世后不久，世人就几乎不知道《红楼梦》曾有抄本流传这么一段历史了，更没有人有意识地访求《石头记》的古抄本了。这种情况一直延续了120年，到1911年才有脂本系统的戚蓼生序本《石头记》问世。因此，在这120多年里，人们接触的《红楼梦》，评点、鉴赏的《红楼梦》，都是120回的程本，不是不足80回的脂本。这从一个侧面也反映了出版在文化传播中发挥的作用。新文学运动兴起后，该运动的领袖胡适力倡将中国古典名著重新分段、标点，大量刊印，目的在推广白话文学。他所以推崇程乙本，就因为程乙本修订了程甲本的纰缪，更便于阅读。程乙本在1927年后广为流传，一直到1982年人民文学版《红楼梦》问世为止。

郭玉洁：印刷不行的年代，朝廷确定经典的权威版本，刻在石上，供士人抄写。抄写总有讹误，石头也会风化，新的竹简又会出土。典籍的字里行间，都在辨析版本。这在古代，是一门大学问。印刷术普及，印书人手握一把钥匙，凭个人爱憎增删，也是有的事。

所以版本不一，并不是特别的事。文字作品随着时间流逝而变形、消逝，如沧海桑田。后世看来不可思议，其实有具体的人事可循。较近的著名例子，是卡佛的小说。由编辑阔斧砍过，确立了简洁到做作的个人风格。前几年卡佛原稿出版，人们才恍然知道，卡佛原本的写作并非如此。以此看，之所以版本不一，是因为文学作品最终是众人参与的结果。

傅小平：你说的“众人参与”，该怎么理解？

郭玉洁：纵然创作时的心理活动出于一人（事实上很多作品也是集体创作而成），但谁来编辑？谁来评价？谁来流传？谁能言之凿凿，说这是唯一正确、最好的版本？文学史上这类公案也太多。作品被孤立看待，作者的意义被绝对化，因此才有对版本的过分惊讶。有意义的问题在这些争论之后——人们的审美观、文学判断，甚至政治判断。

邓晓芒：我举个例子。最近，武汉作家郑梧桐的《红楼梦密码》由长江文艺出版社出版，提了些惊世骇俗的观点。据她考证，曹雪芹很可能不是一个人，而是一个地下团队，《红楼梦》中的人物个个都有影射，暗指明清交迭之际的一些政治人物，如王熙凤暗指吴三桂等等。前不久，周岭（1987年版《红楼梦》编剧）来函，对这些说法不屑一顾，认为荒唐。

我倒觉得不妨聊备一说，利用小说指涉现实是中国文学的传统，从《离骚》就开始了，《红楼梦》也许做得更隐晦一些。这其实并不妨碍从纯文学的角度来评价《红楼梦》，反而更能突显中国文学的多面性特色。

于　坚：在我看来，无论何种版本，都无损《红楼梦》。

如果《红楼梦》真的是经典，那么它显然不适合大众阅读，大众阅读其实遮蔽了《红楼梦》。大众以为它只是一部才子佳人的通俗小说。五四那些大师看问题总是有工具主义的倾向。

我以为今天阅读《红楼梦》应该有一种批判的态度，那是我们失去的一个故乡天堂、黄金时代，而不是什么没落家族。在20世纪初，知识分子认识不到这一点，但今天如果还认识不到这一点就很可悲。曹雪芹记录了何谓“诗意地栖居”。就世界历史的进程来说，道法自然的中国文明创造的“诗意地栖居”，是再认识的时候了。

程、高对语言的“净化”，实在是吃力不讨好，损伤了《红楼梦》的文学性
VS
程乙本的“净化”，使得《红楼梦》里的对话，更合乎情理，更符合人物身份

傅小平：我们刚说到，程乙本曾是民国年间的阅读记忆，得到王国维、林语堂、钱锺书的推重，更因为胡适的研究推广成为百年间流行时间最长、读者面最广的普及本。1982年，红学界选用庚辰本做底本，重新整理新校注本，此后就一枝独秀了。为何会出现这样的情况？这其中隐含了什么样的历史信息？

白先勇：程乙本风行了很长时间，一直到后来胡适受到批判，他的《红楼梦》也受到了批判，程乙本就此打入冷宫，被别的版本所取代。

郑铁生：据我所知，庚辰本替代程乙本后，就成了《红楼梦》读本中的主流品牌，占据市场，累计发行700多万册。就庚辰本替代程乙本的

过程，2011年9月21日，我采访冯其庸先生的时候，曾当面向他请教和问询过。1974年，冯其庸抽调到文化部《红楼梦》校订组。当时，以什么版本作为《红楼梦》校订本的底本，在校订组里就有不同的意见。但冯其庸是牵头人，并且有着强烈的主观意向，他凭借自己对庚辰本的研究成果，说服了其他人员，采用庚辰本为底本。1979年以文化部《红楼梦》校订组为主体筹建了中国艺术研究院红楼梦研究所，继续这项工作。

所以说，以庚辰本为底本校订《红楼梦》，是一个集体成果。从开始设想到1982年人民文学出版社推出这个本子，历时二十年，修订三次。冯其庸说，这个本子出来以后，李一氓特地写了一篇评论文章，认为这个本子可以作为定本。到了2008年，校订组修改以后，大家心里更觉得痛快。吕启祥，包括出了大力的胡文彬，都很高兴。

傅小平：痛快也好，高兴也好，一定有他们的理由。尤其是对于冯其庸先生来说，多年辛苦不寻常。这个本子毕竟融入了他大量的学术研究成果。

郑铁生：庚辰本有自己的特征。曹雪芹卒于乾隆二十七年壬午除夕，庚辰是乾隆二十五年，也就是说，这时离曹雪芹去世只有两年。到现在为止，我们还没有发现比这更为晚近的曹雪芹生前的改定本，可以说是最接近作者亲笔手稿的完整的本子。另一个是它有七十八回，甲戌本是十六回，己卯本是四十一回又两个半回，所以它也是最完整的一个本子。

傅小平：要这么说，问到有没有最接近作者手稿的本子，似乎已经有答案了。这个论断从理论上自然是成立的。通常来说，越是早的手抄本，越接近手稿。流传日久，会有更多的“整理”。但毕竟谁也没见过手稿，没有这样的例证，我们恐怕还是没法得出庚辰本最接近手稿的确定结论。

白先勇：是这样，到现在为止，我们都没看到过曹雪芹的原版，没法知道哪个版本最接近原稿。所以，我们没必要拘泥于哪个版本。哪个版本都有好的地方，也有不尽合理的地方。对照不同版本整理出相对完善的版本，是可以的。但没有一个版本，能完全取代另一个版本。我们不妨判断一下，哪个版本对小说艺术发展最好，就采用哪个版本。

于　坚：这不重要，重要的是《红楼梦》没有失传。多种版本的存在其实在将《红楼梦》神话化，文明需要这种神话，我看到人们讨论《红楼梦》就像讨论《圣经》一样。这是现代文明的贡献。

傅小平：从文学角度看呢？我们知道，程乙本力避文言字眼，都用白话、俗语，用北京话，删去了许多粗话、脏话，更文雅，于读者有益，顺畅通俗。如王熙凤骂小道士，程乙本为“小野杂种”，脂评庚辰本为“野牛肏的”。程乙本对语言的“净化”，固然有利于阅读普及，但会否有损文学性？

宋广波：程乙本对语言的“净化”工作，大大损伤了《红楼梦》的文学性。什么样的人说什么样的话，是由他的身份、地位、文化层次等诸多因素决定的，曹雪芹能让不同身份的人说不同身份的话，这是其大成功之一。程、高之“净化”工作，实在是吃力不讨好。

白先勇：提出这个命题，很好。要说体现文学性，在《红楼梦》里，对话是最要紧的。每个人物说的话，都符合他的身份。就你举的例子，王熙凤贵为荣国府的少奶奶，行事泼辣，没那么文雅，换在平时或许会那样说话，但那时候他们是去做法事，贾母带着大大小小都去了，在那样的场合，王熙凤是不可能那样说的。所以，相比脂评庚辰本，程乙本里的“小野杂种”才是合乎情理的。

梁　鸿：如果从最适合大众阅读和普及层面来看，也许，程乙本确实更适合些，仅从一些细节看，它并没有伤害其本质的文学性，但有可能减损了其中更多的意味。

后四十回绝非曹雪芹所写，但未必是由高鹗所补，目前还没确证真正的作者 VS 《红楼梦》有多少续作，但就觉得程伟元、高鹗整理得好。这难道没有缘故吗？

傅小平：这次广西师范大学出版社推出的程乙本有争议，且最具挑战性的或许是作者署名，全本由“曹雪芹著，程伟元、高鹗整理”。大陆占主流的观点认为，后四十回为高鹗的续作。我想在没有确凿证据发现之前，这个话题还可以无尽地争论下去。但有一点是确定无疑的，《红楼梦》以完整面貌面世后，估计就很少有读者接受只有前八十回的版本了。

宋广波：广西师范大学出版社此次重新推出程乙本，我最赏识的是对其署名的处理。1921年，胡适考证《红楼梦》，最先提出“后四十回是高鹗补的”。这实际是提出了《红楼梦》的著作权问题。《红楼梦》这样一部千古绝唱式作品，绝不可能合作而成，没有曹雪芹那样的心胸、器识、才具、经历，绝不会写出的。《红楼梦》里的每个字都是经典，都有深沉的意蕴，而后四十回与曹雪芹的创作远远不在一个水平线上。所以，我坚信，后四十回的作者绝非曹雪芹，但是不是就如胡适所说是由高鹗所补呢？也未必是。这八十多年间，围绕“续”“补”也不知道花费了红学家们多少笔墨，但有一点可以断定：高鹗未必就是后四十回的创作者。有的流传极广的本子，在著作权上说“曹雪芹、高鹗著”，完全承袭了胡适的观点。在目今我们没有确证找出后四十回的作者的前提下，说此书是“曹雪芹著，程伟元、高鹗整理”，显然更严谨。

傅小平：归总到一点，你的看法是后四十回不可能是曹雪芹写的，但高鹗未必是续作者。我好奇的是，为什么在胡适之前没有人提出后四十回的问题？按理，越是早先的读者，越能感受到其中的微妙之处。毕竟他们生活在离曹雪芹更近的年代里，保留了那个年代的风俗习惯，也更能感受到小说里那种情绪和氛围。如果不是同一个作者写的，他们应该能感受到。

白先勇：有关《红楼梦》后四十回的情况，程高本讲得很清楚，是他们从一个藏书家那里，找到了遗失的后四十回，再经补充整理而成。但胡适不信，从他开始，就一直有人质疑，认为后四十回是续作。但胡适他们怀疑归怀疑，也没有铁证。再说，像林语堂和钱锺书他们，就持同我一样的看法，即这是同一个作者。

傅小平：我手头有一本2005年长江文艺出版社出版的百家汇评本《红楼梦》，也是以程乙本为底本。作者署名是“曹雪芹著”。我提到这个版本，一是，想到庚辰本在大陆流传开后，程乙本在小众范围内其实还有传播；二是，在这个本子的前言里，编者陈文新提出了跟你相近的看法。他认为胡适等学者误读了“补”字，“补”的意思并不是“续”，而应理解为“补缀”。程甲本卷首程伟元《红楼梦序》里面有明确的“截长补短”一说，所谓“截长补短”即补缀。他还说，1959年，《乾隆抄本百廿回红楼梦稿》被发现，表明在程伟元、高鹗排印本之前，确已有了完整的一百二十回本。程乙本《红楼梦》卷首也有程、高合写的引言。其中写道：“书中后四十回，系就历年所得，集腋成裘，更无他本可考。惟按其先后关照者，略为修辑，使其有应接而无矛盾。至其原文，未敢臆改。”陈文新认为，很多证据都表明：后四十回是程、高在多种残本基础上修订而成的。

白先勇：我愿意相信后四十回也是曹雪芹写的。我有几个观点，第一，世界上放眼看去，无论东方，还是西方，还没有一本经典的小说，是两个或两个以上作者合作的，如果是合作，不会是像《红楼梦》这种情况，而是会出现合作者之间你也不会让我，我也不会让你的局面。所以，前八十回与后四十回只能是一个作者。

傅小平：我刚说到的百家汇评本里，陈文新也认为，从创作的普遍现象看，续书比另起炉灶更难。有许多续书如《西游补》《后水浒传》等，实际上只从原著借来一点因由说事而已，像《红楼梦》这样原著与续书之间内在联系如此密切的情况极为少见。他还提了一个反证。一般说来，认为后四十回是续作，一个重要证据是与前八十回多有不吻合之处。他的看法是，正因为多有不吻合之处才更能证明是同一作者。如果后四十回是续书，续书者会力求所续的情节与原著的伏笔相吻合，如不能吻合，则改削原著的伏笔，使之与所续的情节吻合，但补缀修订者“至其原文，未敢臆改”，倒是让全本《红楼梦》留下了一些漏洞。

白先勇：是这样。有人就说了，同一个贾母，在前八十回里和后四十回里，给人感觉有些不同。这两部分在个别情节上也有矛盾。这个也很好解释，因为《红楼梦》有很多版本，你也不知道究竟哪个版本是曹雪芹的定稿。我在很多场合都说过，我自己也写小说，我认为最难的是写好人物对白的口语语气，我们看前八十回和后四十回，里面的人物讲话都是相似的，绝对是一个人的语气。还有，我们也知道，高鹗的身份和曹雪芹的身份差得很远，《红楼梦》是带有自传性的，体现了曹雪芹对他过去的家世和人物的感情。高鹗是不可能有这样的感情的，后四十回作者对家世没落、对黛玉之死充满了悲悯和哀悼之情，这是高鹗写不出来的，由他来写宝玉出家，也很难达到那个境界。我在一些演讲中，也谈到过台湾有个很有名的红学家高阳，他清史研究得很透，他有一个理论我觉得挺可信的。他认为后四十回没有流传，是因为曹家是被抄家的。后四十回写的就是贾府被抄家，在那个文字狱盛行的年代，你写皇帝抄你的家还了得？那是要被杀头的！所以高阳认为曹雪芹写完了后四十回，他不敢拿出来。

傅小平：结合当时的时代背景，高阳这一说法看似有很高的可信度。要他这么说，我们得庆幸曹雪芹收起来，要不恐怕就没机会把后四十回流传下来了。

白先勇：想想看，这一百多年来，有多少人给《红楼梦》写过续作，但看来看去，还是觉得程伟元、高鹗整理的后四十回好。这难道没有缘故吗？我看张爱玲说一读到后四十回就天昏地暗，我的感觉和她不一样，我觉得读到后四十回就大放光明了。

白先勇先生实践了胡适提出的“内证”的视角，力证后四十回是曹雪芹原著
VS
对《红楼梦》版本的底线判断是，前八十回和后四十回不可能是同一个作者

傅小平：我倒是想到王蒙先生的一个观点。他认为，虎头蛇尾是万事万物的规律，《红楼梦》这样一部包罗万象，像生活本身一样无始无终、无涯无际的长篇小说，结束它是太困难了。曹雪芹写不完，他到了八十回已经铺开。即使如此，高鹗续书也是个奇迹，而且只有中国文学史上出现了这样的奇迹。

郑铁生：实际上，胡适关于该怎么评价《红楼梦》后四十回有两个原则：一是“外证”，另一是“内证”，而且强调“内证”比“外证”更重要。目前，学术界关于后四十回不是曹雪芹原著的说法，大都是从“外证”的视角得出的结论，遗憾的是很少学者从“内证”视角研究问题。

难能可贵的是，白先勇先生就实践了胡适提出的“内证”的方法。他在解读《红楼梦》全书的过程中，把程乙本和庚辰本做了比较。比对并不少见，但从全书的解读过程全面铺开进行比对，这在大陆学者中比较少见，也是我们今天要提倡的。以我的理解，所谓“内证”，就如他在《白先勇细说红楼梦》里所讲，“把这部文学经典完全当作小说来导读，侧重解析《红楼梦》的小说艺术：神话架构、人物塑造、文字风格、叙事方法、观点运用、对话技巧、象征隐喻、平行对比、千里伏脉，检视《红楼梦》的作者曹雪芹如何将各种构成小说的元素发挥到极致”。他把《红楼梦》作为一个生命整体来看待。

与此同时，他比对着眼最多的“内证”之处是人物和词语。比如比较了两个版本中对秦钟、尤三姐、晴雯、袭人、芳官、司琪等描写的差异，从叙事肌理、人物性格和情节因素等方面说明程乙本为佳。另外是词语

的运用，比如贾母打趣凤姐，程乙本说她“泼辣货”优于庚辰本的“泼皮破落户”，庚辰本“芳气笼人是酒香”不如程乙本“芳气袭人是酒香”，《红楼梦曲》中庚辰本“怀金悼玉”不如程乙本“悲金悼玉”等，其分析大都很有道理。虽然我不完全认同他的某些观点，或者说其论证的不确之处，但他的观点大多是令人信服的。在比对两个版本后，白先勇先生说，“庚辰本”在人物塑造方面的诸多矛盾，恐怕是抄书者做了不少手脚的结果；而“程乙本”后四十回在文字丰采、艺术价值上面并没有明显逊色于前八十回，甚至出现了不少有过之而无不及的亮点。对于这个见地，我在去年出版的《曹雪芹与〈红楼梦〉》一书后记里，就表示了同感。

傅小平：为何有这样的同感？你是被白先勇先生的见地说服了吗？

郑铁生：我有同样的认知是因为之前曾涉猎过这方面的探讨，2009年，我在《红楼梦学刊》发表《从〈红楼梦〉文本叙事反观程本与脂本回目的异同》。我考察了诸脂本与程甲、程乙本回目的异同，发现程乙本的回目是《红楼梦》所有版本中最精准的。要知道，回目不是某个词语的个别现象，它是章回艺术构思的聚焦点，是章回叙事的眼目，还是《红楼梦》整体艺术构思的浓缩，所以程乙本显现的优势属于宏观的范畴。我们不能不加以重视。

此外，2015年我校订《曹雪芹与〈红楼梦〉》清样的时候，出现一个问题，过去引证《红楼梦》原著时，使用的是红研所校订的《红楼梦》，当时手头没有红研所的《红楼梦》，恰好张俊先生送我一套他的新作《新批校注红楼梦》(商务印书馆2013年)，于是我顺手就用这个本子校对。没想到程乙本与庚辰本差别不小，几乎每段文字都有异同，但每每程乙本胜出一等，更精炼，更通俗，更明快。这件事给我的印象很深，程乙本的文字的确超出其他版本。

于　坚：原作沉默着，我相信原作，居敬。《论语·为政》里说：“临之以庄，则敬。”《吕氏春秋》里说：“居处不庄，非孝也。”我以为“不庄”，是我们时代的黑暗之源。这个时代怀疑主义盛行，怀疑主义彰显的是自我。你怀疑，因此你存在。你信，你就不存在。这种争论游戏就像一场聪明比赛，对经典玩世不恭，中国文化的另一面，在这种文化里面任何神圣都可以“彼可取而代也”。陈寅恪所谓“三千年未有之浩劫”的因就在这里。

骆以军：我年轻时受张爱玲《红楼梦魇》影响，始终没耐烦看后四十回，这样仍保持在凸碧堂、凹晶馆，黛玉和史湘云斗诗“寒塘渡鹤影”“冷月葬花魂”，然后被妙玉出来打断，那时荣国府败象已现，女孩们未来的不幸命运将至未至的夜暗芙蕖，那样一个悬在极美之境的状态。

郭玉洁：我对《红楼梦》版本的底线判断是，前八十回和后四十回不可能是同一个作者，除非这个作者写到第八十一回时中了风，丧失了大部分语言能力。情节失去铺排，线索混乱，人物仓皇失措，急着直奔结尾。前后对比，更觉得前八十回的作者神仙一样，精心安排，又了无痕迹。

傅小平：刚从网上一则资料了解到，20世纪80年代《红楼梦》研究者曾运用计算机技术中的模式识别法和统计学家使用的探索性数据分析法，对《红楼梦》前八十回和后四十回进行统计分析，得出的结果是，前后用词风格基本一致。但人工统计用词频率却倾向于认为，前后两部分不是同一个作者所写。

于　坚：何必执着于此。作者身份本是曹雪芹的匠心独运之处，开头就说“作者自云”，这个作者显然不是我，而是“它”。而这个“它”的作品又来自一块石头。石头上的文字又不是曹雪芹写下的，而是他“披阅”“增删”的，他是谁？敢删改女娲之石上的文字？苏轼说：“智者创物，能者述焉，非一人而成也。”《红楼梦》要呈现的不是自我，而是“吾丧我”，是齐物，是师法造化，创造一个自在的语言世界。《红楼梦》这种写作观在西方到了罗兰·巴特们那里才有理论觉悟。

《红楼梦》的美，它的博大精深，
需要每一个读者自己去独立地品味、发掘
VS
电影电视也好，《百家讲坛》也好，
都适合作为导读，死活都得读《红楼梦》原著

傅小平：事实上，很多名著都有人写了续作，但不能不承认，很少有续作能像《红楼梦》后四十回那样深入人心。我想除了一般续作在质量上难以比肩原著，恐怕还有一个原因，我们熟悉的一些外国文学名著，它本身就是完整的，无非有一个开放式的结尾，使得小说有再展开的空间。《红楼梦》如果单有前八十回，就像一个圆还没有画圆画全，从文化心理上讲，也让读者难以接受。从这个角度，我想知道，把《红楼梦》原著及续作作为一个整体看有何重要性？

郭玉洁：我倒是觉得《红楼梦》这样的文本断崖，也是一件神奇的事情。它留给大家一个谜，一个开放的结尾，让大家填充、猜测。作者躲在前八十回里笑而不语，这挺符合我心目中的曹雪芹形象。

郑铁生：我的一个观点是，要推介、弘大、研究百二十回本《红楼梦》。

宋广波：不管《红楼梦》的后四十回多么令我们不满意，但为了该书的完整性，更是基于二百余年流传的这么一个历史事实，我们还是应该将一百二十回这样一种完整形态呈现给读者的。假如因为我们不满意后四十回的思想性、艺术性，认为它与前八十回不能比肩就割掉后四十回，那算什么呢？估计读者也不会答应的。

傅小平：对。就《红楼梦》阅读和接受而言，鲁迅已经说得很透彻了。他说，读《红楼梦》，“单是命意，就因读者的眼光而有种种：经学家看见《易》，道学家看见淫，才子看见缠绵，革命家看见排满，流言家看见宫闱秘事”。

宋广波：鲁迅先生的这段话，足显《红楼梦》的包孕之丰，内涵之富。也就是说，人人心中有自己理解的《红楼梦》。《红楼梦》的美，《红楼梦》的博大精深，需要每一个读者去独立地品味、发掘，每个人读红的新见解，都是对红学的贡献。红学，最忌讳迷信权威；读红，最需要的是独立思考，而不是被别人牵着鼻子走，更不是以别人的观点为观点，以别人的心得为心得。

袁　凌：我读《红楼梦》是在中学，处于青春期，而且是在初中饱读了琼瑶言情小说之后，后果正如鲁迅所说，在其中只见缠绵，虽然并非才子。

鲁迅的话只对了一半。这种缠绵，体现在林黛玉身上，是一种摆脱肉身羁绊的男女情感，痴迷到一定程度，我对正在萌醒的欲望感到烦恼，竟然想到过出家，似乎非如此不足以配爱黛玉。这确实也是宝玉的烦恼，他的肉身之爱可以施之于袭人，规之于宝钗，在黛玉这里却是要忽略的，两人之间不论是“情不情”或是“情情”，说到底是一个“情”字，忽略日常欲望并非因为排斥后者，只是因为“情”是本体。

“情”是《红楼梦》世界观构建的本体之一，今人李泽厚提倡的中国文化“情本体”，实际在警幻仙子的太虚幻境中，已经明明地标在那里，青埂峰和十二钗判词都是标识。

我在高中读《红楼梦》时，完全没有“情本体”层面的理解，却也不妨深深沉溺其中，一个黛玉，即可满足对于纯情的万般幻想而有余，由此可见《红楼梦》的堂奥之深。

傅小平：不管怎么说，你有如此感慨，是因为你在不同年龄段，读了好几遍原著。实际上，鲁迅这么说也有个前提，就是读者读了原著后，基于各自的用意，会各有各的看法。但如今很多读者不读原著，他们更多通过电影电视，各种类型的改编，还有类似《百家讲坛》这样的宣传途径了解《红楼梦》。而种种方式固然会激发小部分读者读原著，但也可能滋长了很多读者不读原著的惰性。有些读者不都把《红楼梦》归入“死活都读不下去”的名著之列了嘛。要这么看，在选什么样的版本读之前，倒是有必要问问，为何提倡读者死活都得读读原著？

宋广波：“死活都得读读原著”，这话说得实在太好了。了解《红楼梦》，就是读《红楼梦》，而不是通过《红楼梦》的影视作品，更不是通过有关《红楼梦》的电视讲座，甚至不是通过专家的研究论著。专家的研究论著，只能是我们了解原书的参考材料。在这一百多年的《红楼梦》研究历史上，既有王国维、胡适这样的一流学者，也有因研红而成为一流学者的，如俞平伯、周汝昌。但不管哪类一流学者，又有谁敢说自己读透了《红楼梦》？所以，任何专家的结论，我们只能看作参考的材料，我们要做的，还是认真研读原著。

白先勇：当然要看原著。《红楼梦》最美的，就是它的文字，里面还有很多的诗词歌赋。《红楼梦》很复杂，里面的人物复杂，文化背景也很复杂。电影电视也好，《百家讲坛》也好，都适合作为导读，帮助启发读者的兴趣。但要因此就觉得自己了解了，不需要读原著了，就不对了。以宝黛钗的感情线索来说，《红楼梦》也不光讲18世纪中国青少年谈恋爱，在这后面，还有很深沉的思索，有很深的中国人的人生观、价值观在里面。《红楼梦》是一部百科全书。

《红楼梦》强大的生命，它不必担心读者，
它在招魂读者，它是一座大教堂
VS
《红楼梦》呈现的意义是多元、复杂的，
不是每个文学文本都拥有这样的能量

傅小平：不过，当下读者最敬而远之的，或许就是“百科全书”。他们宁可去查网络百科。

于　坚：这是一个便宜的时代。

《红楼梦》如此强大的生命，它不会担心读者，它在招魂读者，它是一座大教堂。

梁　鸿：每一本经典的文学作品，必然是因为其中流动着不同于经验世界和其他文学作品的独特气息——是由作者关于世界的整体感受、性格情感、人物关系、地理世界所塑造出来的，这一独特气息只有通过原著才能感受到。脱离了原著，则容易被简单化或被符号化。

傅小平：怎么说？

梁　鸿：譬如林黛玉、薛宝钗。有许多民间说法，如“黛玉小性”“娶妻当娶薛宝钗”，这种说法把《红楼梦》中这两个主要人物的性格和所呈现的意义都简单化和世俗化了。如果你读了原著，就会明白，林黛玉不只是伤风悲秋，也不只是因为嫉妒宝玉爱和其他姑娘玩耍而闹小别扭，在她的性格里，有非常强烈的命运之感，有“宁为玉碎，不为瓦全”的纯真，有人类文明所最向往的慈悲，她身上所产生的美感是人类所能达到的最纯粹的美感，你会被她的悲剧人生所震慑，而不是简单的同情和感叹。与此同时，宝钗则是另一面的存在，她通晓世俗存在的艰难，她妥协宽容，不是因为她要获得世俗功名，而是她理解人类生活内部的相互牵制，那是另一种疼痛。

袁　凌：《红楼梦》始于情，但当然不止于言情，它深入人心的秘密，实际是触及了传统中国人在个体情感与社会角色两个维度的心理同构，这就是钗黛并峙和贾宝玉在中举之后的出家。人人需要一个林黛玉，满足灵魂深处全然投入、不计后果的情感和精神需求；但也同样需要宝钗、袭人这样的对象，构成日常生活的根基，安放身心的需求。从对社会、家族的责任伦理来说，中国人始终面临在家国天下使命与个体自由之间的张力与困惑，孔与庄、仕与隐，贾宝玉在看破红尘之后仍然应举，在中举之后决然出家，是这种张力恰如其分的释放，似乎也是唯一妥帖的安排。

傅小平：很有启发的读法。从《红楼梦》里能读出什么，看似跟版本没什么关系。但换个角度看，读什么样版本的《红楼梦》，又似乎是重要的。单从改编看，依据什么样的版本，就会有什么样的改编。试想1987年版电视剧《红楼梦》，如果参照程乙本，对尤二姐、尤三姐的形象塑造，就也可能不同于我们看到的这个面貌。我感到困惑的是，为何不同版本的《红楼梦》在一些故事细节上都会有不同，难道是《红楼梦》原稿就有歧异吗？如果不尊重原稿，抄写者按自己的意图改编，是让人多少难以接受的。以此看，得怎么看待程伟元和高鹗们的整理？

于　坚：不敬的结果。

梁　鸿：是的，这又是不可避免的事情。有什么样的版本就有什么样的改编，反过来，有什么样的改编就会产生什么样的理解。所以，任何一个整理者（当代作家也许没这个问题，只涉及改编者）都还要基本遵循原著，但是，每个人对原著的理解程度又都不一样，所以，自然会产生不同的版本。从另外意义上看，也许是因为原著中所呈现出的意义是多元的复杂的，它可以让你朝着很多方向理解和阐释。并不是每个文学文本都拥有这样的能量。

宋广波：程伟元、高鹗的整理，其所据之底本，究竟是曹雪芹什么时候的本子，我们不得而知。现在有确证的，是他们在整理过程中，将曹雪芹的不少精彩文字篡改成了劣笔。但我们不能以此彻底否定程、高。因为第一，《红楼梦》版本歧异的特殊性；第二，程、高之错，基于其识力、学识，而并非他们刻意谬改。更重要的，因为程、高的工作，使他们见到的稿本（虽经他们一些臆改）得以保存、流传，倘若没有这么一个排印的过程，或许那些抄本早就湮没失传了。所以，对程、高，要客观，要公正。

曹雪芹时代，文学未曾发生五四这样的巨变，
神话是基本材料之一，信手拈来
VS
中国的创世神话，不只是神话，
同时也是政治伦理道德，是历史，也是文学

傅小平：说《红楼梦》伟大是无可异议的了，说到怎么伟大，却可

以有很多的角度。其中一个很重要的衡量标准，认为它是“天书”与“人书”的完美融合。遗憾的是，后世凸显的是《红楼梦》作为无与伦比的“人书”的一面。作为“天书”的一面何以被相对忽略呢？曹雪芹对女娲补天等神话，可以说做了前所未有的堪为完美的再造。自《红楼梦》以后，神话叙事似乎从小说中撤离了。

邓晓芒：中国文化的“天人合一”传统几千年来没有变化，到《红楼梦》可以说达到极致。但我并不觉得它的“天书”的一面被忽略了，近代以来人们对它的“人书”的一面强调得有些过分，这与西方文学观念强势进入中国文学有关。从纯文学的角度看，这种强调是应该的，人们不再把各种不同的角度混在一起来一唱三叹，而是开始有了文学理论。但是从中国文学本身的特点来说，这又是不完全合乎实际的，中国从来都是“文史哲不分家”，甚至与神话也不分家，直到20世纪90年代，也还是魔幻现实主义最合中国人的口味。

傅小平：很有启发性的角度。需要做点辨析的是，魔幻现实主义不只是合乎中国人的口味，也合乎外国人的口味。有意思的是，马尔克斯曾说，他写的那些人和事，在别的地方看起来魔幻，在他所处的日常生活世界里就是现实。所以他一再申明，自己的写作才是真正的现实主义。与魔幻的拉美不同，同时期的中国已然很现实了，所以马尔克斯式的魔幻，才会让中国作家感到如此惊艳。他们试图找回失落的魔幻，纷纷到那些神话还没遁迹的原始部落或边缘地带去寻根了。

于　坚：作为文学，新文学对传统的感受发生了巨变，崇拜的是科学、未来，神话像祸水一样避之唯恐不及。而在曹雪芹时代，文学从来没有发生过五四这样的巨变，神话从未过去，过去从未过去，神话对他所处时代的写作来说，是写作的基本材料之一，信手拈来，完全没有心理障碍，理所当然。他写女娲的口气就像一个老太太在讲她家旁边寺庙里的观音娘娘。这世上怎么会没有女娲呢？她不知道没有女娲的世界是什么世界。而五四以后，一个作家要写女娲，他先得问女娲是谁，意味着什么。汉语词典分为两部分，一部分是落后的，没落的；一部分是时髦的，进步的。即便是鲁迅这种容量巨大的作家，在处理神话时也暗藏着调侃式的批判、怀疑、否定，他是漫画般地处理神话。而曹雪芹不同，神话是一种存在，他很严肃，神话意味着一种偶像式的超越性在场，在曹雪芹之前的中国文学中，诸神从未缺席，从未被怀疑过。

邓晓芒：但你要从中国神话中寻找纯粹的神话或“天书”，恐怕也会白费力气。中国的创世神话、造人神话等，历来都不只是神话，同时也是政治伦理道德，是历史，当然也是文学（“人书”）。像希腊神话和日本神话中那种乱伦、弑父和不雅的情节，在中国神话中是大大地弱化、净化和做了伦理化处理的。可以设想，中国神话很早就被大一统的政治权力利用来作为伦理教化的工具了。中国历史也是如此，所谓“孔子作《春秋》，乱臣贼子惧”的“春秋笔法”是后来历代史家所坚持的“史德”。

傅小平：照这么看，那中国文学呢？

邓晓芒：中国文学更是“文以载道”，“盖文章经国之大业，不朽之盛事”（曹丕），后面都要归结到政治伦理意图，这就是“天道”。所以《红楼梦》出来以后，冒出了那么多的“索隐派”，并不是从纯文学来读它，其中有的是政治索隐。所以我们今天把中国精神文化划分为文学、历史、政治伦理、哲学（性理道气之论）和神话等各个不同的领域或“科目”，其实是受了西方学术和“科学”的影响。当然，如果不受这种影响，中国文化永远分不了“科”，无法开展真正的学术研究。把西方实证科学精神带入《红楼梦》研究，才有可能建立一门“红学”。但我们要有文化上的自觉，真正的中国文化精神就像七宝楼台，拆开不成片段。

中国传统小说是世俗智慧和宗教生活的杂糅体，四大名著都是两重叙述结构 VS 《红楼梦》的两个世界是象征，曹雪芹写大观园，写的是每个人身处的大千世界

傅小平： 我还是感到困惑，既然中国神话是“天书”的同时也是“人书”，论理更方便作为小说或其他体裁的资料，实际情况并不是这样，为何？

郜元宝： 交错呈现“天书”和“人书”两条线索、两个世界，这在中国小说史上比较普遍。从汉代留存的古小说开始，直至明清演义小说和世情小说，无不在描写世俗生活的同时涉及大量宗教神学内容。中国传统小说始终就是世俗智慧和宗教生活的杂糅体。《三国演义》《水浒传》《西游记》《红楼梦》都是这样的两重叙述结构。

到了明清两代，世俗智慧和近代理性精神日渐发达，小说的宗教神学部分逐渐从原有混合体中分离出去，成为与世俗生活相对的另一个大幅度收缩的神秘世界。虽然收缩，但仍然顽强存在着。彻底写实的《金瓶梅》甚至抛弃了这种两重叙述结构，但其他许多小说仍保留着世俗生活与宗教神学杂糅的特点，作者固然专心写实，然而一旦碰到难以解决的历史、人生、社会的重大问题，还是喜欢“引经据典”，将现实世界的起源、演变、收场统统归结为某个超验世界之神秘预设与幕后控制。

傅小平： 你的意思是说，作家有一些没法解决的困惑，就诉诸超验的世界？

郜元宝： 余英时说《红楼梦》有两个世界，一是大观园、荣宁二府的现实世界，一是青埂峰、无稽岩、女娲补天余下一块顽石、绛珠仙子和神瑛侍者的木石前盟、太虚幻境与金陵十二钗的判词共同组成的超验世界。鲁迅说曹雪芹把中国小说先前所有写法都打破了。

宋广波： 鲁迅先生说，“自有《红楼梦》出来以后，传统的思想和写法都打破了”。用句时髦的话，可以这样说:《红楼梦》开创了小说创作的新范式。之后成功的小说创作，都或多或少受《红楼梦》的影响。茅盾先生是能倒背《红楼梦》的。张恨水小说里的不少用语都是来自《红楼梦》，如《金粉世家》的大少奶奶说“我们家里出去的丫头，比人家的小姐还要好些呢”，这话和凤姐所说“便是我们的丫头，比人家的小姐还强呢”，简直同出一口。琼瑶的小说亦如是，秦汉主演的琼瑶剧有“我们一起化烟化灰”这样的台词，也出自《红楼梦》:“我只愿这会子立刻我死了，把心迸出来让你们瞧见了，然后连皮带骨一概都化成一股灰——灰还有形迹，不如再化一股烟——烟还可凝聚，人还看见，须得一阵大乱风吹得四面八方都登时散了，这才好！”张爱玲说：“我唯一的资格，是读了几十遍《红楼梦》。”而张氏作品深受红书之影响，早已成定论。我不是说这些作家模仿、抄袭《红楼梦》，而是说《红楼梦》对他们产生了潜移默化的影响，他们会自觉不自觉地按照《红楼梦》的路数来创作，甚至《红楼梦》的语言也被自然而然地拿来用在自己的作品里。

郜元宝： 是这么个道理。我在想，像曹雪芹那样打破小说所有写法的天才，为何也要采取两个世界的套路?

傅小平： 怎么理解套路? 我的感觉是，古今中外很多经典名著都有两个世界，简言之是形而下的世界与形而上的世界。《红楼梦》也写了两个世界，它遵循了这个套路，却用了别开生面的讲法，所以才会对约定俗成的神话有如此创新。

白先勇：《红楼梦》是一部象征主义小说，它的两个世界，其实都是曹雪芹的象征，他写大观园，就是写的每个人身处的大千世界。我们生下来后，就是到这样一个大观园走一趟，要用佛家的看法，就是历劫。

傅小平： 你说的是大观园外面的那个世界?

白先勇： 就是说的大观园。大观园是一个理想世界，那里女孩子含苞初放，而且是百花齐放，但也是一个红尘滚滚的地方，那里也时时经受来自外面世界的污染，用佛家的说法，大观园是曹雪芹心目中一个镜花水月的幻影。所以，曹雪芹写大观园，都是写的他的心相。他写《红楼梦》，实际上写的是他的“红楼遗梦”。

“东方神秘主义”并不神秘
VS
传统小说的双重叙述结构需要神话想象激活

傅小平：所谓镜花水月的幻影，倒让我想到《红楼梦》的两个世界，似乎也存在一种形与影的关联。如果说“形”的世界能看得见摸得着，“影”的世界却常常是说不清楚的。

郜元宝：因为曹雪芹对人的世界说不清楚，他觉得有必要在现实世界之上或背后另造一个神秘世界，将现实世界的内容放进去，这样才能求得一个较为权威和合理的解释。

傅小平：但在这一点上，东西方文学其实有共通之处。比如古希腊悲剧《俄狄浦斯王》，实际上只是表达了一个主题：命运的不可违抗。雨果的《巴黎圣母院》，有一个特别重要的序言，写到作者在参观巴黎圣母院的时候，在其中一座钟楼的某个阴暗的角落里发现手刻的“命运”一词，而这本书正是为了叙说这个词而写作的。当然，真要做比较，就这个话题可以做一篇大文章。我的感觉，在面对超验世界时，中国文学显得玄虚而混沌，西方文学则更显神秘和不可捉摸。

邓晓芒：所谓“东方神秘主义”其实并没有西方人所以为的那么“神秘”，而是完全日常的“实用理性”。你看《红楼梦》中随时拿神话传说说事，信手拈来，并无半点神圣感，甚至还有点调侃意味，“满纸荒唐言”都是为了表达作者自己心中的那“一把辛酸泪”。

傅小平：那倒也是。我读《红楼梦》读到某些地方，感觉癞和尚和跛道士要出现了，果然就出现了。这方面倒没有太打破我的阅读期待。所以，感觉曹雪芹是在用神话做某种解释和警示，倒不是像西方作家借神话发出对命运的“天问”。

郜元宝：鲁迅创作《呐喊》时也曾有意采取神话、传说做材料，第一篇《不周山》发表时还颇得“创造社”首席批评家成仿吾的激赏。但鲁迅早就发现，中国上古神话保存极不完善，采取神话写小说一开始就困难重重。十三年之后他终于完成了八篇以神话、传说和历史故事为题材的《故事新编》，但真正算得上神话、传说的只有《不周山》(后改名《补天》)、《奔月》和《铸剑》，其他五篇都是对真实的历史故事和历史人物的“铺排”。《故事新编》为中国现代小说史贡献了一本前无古人后无来者的超奇之作，至今还以其丰茂的神秘性吸引着中外学者，但鲁迅同时也告诉我们，极不完全的中国上古神话传说不足以借来解释当下现实，即使你有“天马行空似的大精神”，也无济于事。

傅小平：但鲁迅作《故事新编》，算得上神话传说的那三篇，实际上也是现在我们所说的重述神话。中国文学自近代以降，神话就很少像《红楼梦》，还有之前的古典小说那样，被用来作为一种结构小说的更为有效的资源，这是为何？

郭玉洁：也许与神话叙事无关，在中国更应该称作神鬼叙事，佛道系统里的变换、神通，促成了小说的想象力飞扬。这一点我认为比隐喻更可贵，毕竟隐喻讲得太多，已然明喻了。仔细想想，你如何相信一个人含玉而生？你如何相信一个人在梦中梦到了所有女孩的命运？似真似幻，令人恍惚，令人愿意停留在这神奇的幻境。这些想象，又是基于真实感极强的日常描述（另一层文字制造的幻觉），真正如梦，美而无用。后四十回则不同，闹鬼、灵异成了叙事的关键因素，这就如村野里的鬼故事无异了——比如刘姥姥跟宝玉瞎编的雪中抽柴。现代小说以来，离神鬼渐远，离科学更近，想象力也许都在科幻小说里，也许。这其实乃是人之为人的终极关怀。我们是中国人，当然也会有一些我们自己最熟悉的表述。

宋广波：神话在中国传统文学里，是一个非常奇妙的东西。女娲补天在《红楼梦》里的再造，具有独特的意蕴，是为体现曹雪芹的创作主旨安排的，而且安排得天衣无缝，恰到好处。近百年来，神话在小说里被渐渐撤离，我以为主要有两个原因，一是五四新文化运动后，科学被广泛介绍进来，并在中国生根、发展，科学思想日益成为中国思想的主流之一。科学讲实证，体现在文学创作上，就是重写实，神话与写实主义显然有诸多格格不入之处。再一个原因，就是最近的这半个多世纪，在特殊的时代背景下，如果某一部小说里出现了神话，估计会被贴上“封建迷信”的标签不得问世吧？

郜元宝： 实际上，五四直至“文革”，科学主义和唯物史观君临天下，传统小说的两重叙述结构有所抑制。一旦文学中科学主义和唯物史观不再唯我独尊，小说的两重叙述结构又很自然地恢复了。比如，我们在《古船》中就碰到类似两个世界重叠的写法，一是洼狸镇最近几十年有案可查的历史与有目共睹的现实，一是洼狸镇邈远难寻的远古宗教、神话、传说、历史以及钻井队带来的有关洼狸镇未来的忧患共同组成的超验世界的幻影。《白鹿原》受《古船》影响，也有一个神秘的“白鹿”传说挥之不去。新时期之后，类似的写法当然不限于张炜和陈忠实。

傅小平：《白鹿原》受《古船》影响，那《古船》受了什么影响？不过从这几部当代小说里，可以看到神话传说并没有在小说里消逝，而且能为受了科学熏陶的读者接受和理解。因为它合乎一个事实，我们生活里永远会有不可解的事物。

白先勇：《红楼梦》的神话架构非常重要，它有非常高的哲学思想和象征意义，我刚也说到，《红楼梦》很写实，但它其实是一部象征主义小说，它里面的差不多每一个人名都有象征意义，你只有深度阅读，才会了解它的复杂性。《红楼梦》之后，《镜花缘》也是神话架构。但到了20世纪30年代以后，小说变得越来越写实了，写实性被过分强调后，很多作家写的小说都近乎新闻报道了，那不是真正的小说。小说就是要虚构，那是它很重要的一个功能。小说写的是经过作家世界观、人生观、哲学观过滤后折射出来的东西。

梁　鸿： 可能也不能这么简单判断。我想，小说是一个最为开放的文本，它的容纳性很宽很广。现代小说在20世纪才成为中国文学的重要组成部分，因为政治因素和现实制约，20世纪小说叙事更倾向于现实题材，但并不意味着神话就不能够重新成为有效的资源。我认为，它一定会是有效的资源，只是需要作家去琢磨，需要新的契机。

中国文学历来不缺少神话色彩，
但只是一种“色彩”而已，它为别的东西服务
VS
中国神话是在世神话，不超越于现实之上，
并非要在具象中抽象出某种模式

傅小平：我总感觉，神话叙事的遁形未必只是受了科学的影响，或是中国小说有什么缺失，或许也因为中国神话本身缺少阐释的空间。中国神话，尤其是创世神话，更近乎一种精神、理念的象征，不像西方神话，尤其是希腊神话那么有人性的色彩。

邓晓芒：中国文学历来都不缺少神话色彩，只不过这种神话色彩只是一种“色彩”而已，它是为别的东西服务的。例如孔子从来都不指责神话是什么“迷信”，而是要么“不谈”（子不语怪力乱神），要谈，就把它扭向其他方面。他解释“黄帝四面”（黄帝有四张脸）的神话，说那只是指黄帝面向四方施行统治；又解释“夔一足”（夔只有一条腿）说，“夔”这样的怪物，一个就已经“足矣”。

历代传奇、志怪、小说，直到《三国》《水浒》《西游》《封神》，神话和魔幻长盛不衰。明清公案和武侠（包公案、施公案、彭公案、狄公案、三侠五义等）将魔幻进一步市民化，现代则有金庸、古龙、梁羽生等人的武侠小说（号称“成人的童话”），都是带有魔幻的。陈忠实、莫言、贾平凹的魔幻看似受到了外来的影响，其实从创作到读者的接受都是植根于传统文化心理之中的。但这种魔幻不可能转变为宗教或信仰，而总是政治化和实用化的，要么是某种道德警示，要么成为一种“奇技淫巧”，归入儒家固化了的政治人伦和道家神秘化了的自然秘籍，恰好不是作为精

神和理念的代表，而只是底下的工具而已。

骆以军：中国的神祇可能未必如希腊神话那样，西方其实是很长的基督教统治。譬如在台湾的寺庙，可能前殿供奉保生大帝（一个宋朝的神医），但后殿主祀是神农大帝，旁边是文昌帝君、妈祖、水仙尊王，还有关公，这是把远古神话、星宿崇拜、演义人物和功能神祇混在一起祭拜了。

于　坚：中国神话并不超越于现实之上，它并非要在具象中抽象出某种模式、概念。中国神话是在世的神话。女娲至今依然被雕刻在幸存下来的四合院的格子门上。我在云南通海看到一道格子门，上面有女娲、西王母、李白、八仙……这是这家人每天开门闭门都要看见的。神话更像是一些被一代代人添油加醋的传说，“身怀绝技”的某某，这些传说中的神一直在场，从未离开，它们仿佛只是一些在世的隐身的监督者，随时会显身回来，提醒“仁者，人也”。

傅小平：“仁者，人也”，怎么理解？

于　坚：“仁者，人也”，仁是人的实现，出场。持存仁，使人不再重新坠入物的黑暗，人生如戏、人生如梦就是意识到这种超越性，对这种超越性的持存。超越性的在场，就是对人生如梦的清醒。戏就是文明，就是修辞，修辞立其诚，充实之谓美。既要在场，又要超越。以文照亮生命。否则人很容易物化，不仁，中国文明是将超越性持存在当下，万事万物的细节中，而不是一捆交给上帝。天人合一也是超越性要时时刻刻实现在当下的意义。

傅小平：超越是对当下的超越，中国文明又要在当下实现这种超越？这看起来有些歧义，但对文学来说，却是很有意义的。比如，陶渊明的《桃花源记》，那个靠打鱼为生的武陵人，从一座山的小洞口走进去，就到了一个世外桃源。但出来后再去找那个洞口却再也找不到了。我觉得这可以看作对现世超越的一种诠释。中国古代文学作品里，还经常出现人鬼不分、人神不分的情况，像《聊斋志异》里不少故事，等回头去看，才恍然大悟原来那个神秘女郎是狐狸精啊。所以，后来读到胡安·鲁尔福的《佩德罗·巴拉莫》，也没觉得那么稀奇。不过，那都是近代以前的事了，我怀疑现在有作家像蒲松龄这么写，读者还会不会买账？

于　坚： 在颜真卿的《麻姑仙坛记》里面，麻姑五百年后回来："来时不先闻人马声，既至，从官当半于方平也。麻姑至，蔡经亦举家见之。是好女子，年十八九许，顶中作髻，余发垂之至要，其衣有文章而非锦绮，光彩耀目，不可名字，皆世所无有也。"这种语气，仿佛是刘姥姥进大观园。颜真卿没有特别强调。而刘姥姥其实经曹雪芹塑造，也是一个仙人。

西方神话多是对现实的模仿。
它的超越性只在于神话中暗示的形而上理念
VS
《红楼梦》中的神话没有对人伦道德做出新的突破，
只是指明了绝望的处境

傅小平： 很有意思的一个角度。刘姥姥也是仙人的话，最后，王熙凤把自己的命，还有巧姐儿，交给刘姥姥就很可理解了。再说，中国文化里，似乎有那么一种认知，即最卑贱的，也往往是最高贵的。我不确定这是不是跟宗教有关，反正照这么看，曹雪芹赋予刘姥姥这样一种拯救的力量，倒是顺理成章的。刚说到中国神话是在世的神话，那西方神话，是不是可以说是超越性的神话？

于　坚： 西方神话多是对现实的模仿。它的超越性，只在于这些神话中暗示的形而上理念、普遍模型，比如崇高、悲剧等。这些模式一再出现在各时代的文学中，例如尤利西斯模式、安泰模式、纳喀索斯模式、俄狄浦斯模式、卡夫卡的甲壳虫模式等等。

邓晓芒： 荷马史诗和希腊悲剧中的神话，是政治伦理的塑造者甚至超越者，神话使得政治伦理相对化了，具有了可塑性，从而为人的理性思考留下了空间，但本身却正好不受现实政治伦理的拘束，从而有可能

提升到彼岸的宗教信仰。西方文艺复兴以来的近代文学中的神话因素正是起了这种作用，即将传统伦理道德更新为以人为中心的人道主义（如《神曲》《失乐园》《哈姆雷特》《麦克白》《暴风雨》《浮士德》等），这种人道主义甚至有逆袭神话本身的倾向（如《堂吉诃德》），但终归为宗教信仰保留了一个极大的空间，也为新神话的复兴提供了丰厚的土壤。

傅小平：也因为此，我更关心的是，放在中西方神话对比这样一个框架里，《红楼梦》对中国神话的书写，是否在文化哲学的层面有新的突破？

邓晓芒：《红楼梦》中的神话没有对传统的人伦道德做出新的突破，它以“补天”意象切入儒家仕途经济的主题，又以绛珠仙草偿还神瑛侍者的情债来象征儒道均认同的人间赤子之心或如水柔情，最后又以回归无情之玉（顽石）来了断情缘，走上精神自杀的“逃禅”之路。这些神话不能说没有人性色彩，而是集中凝练地表达了一种自相矛盾和自我消解的中国人性（国民性）色彩，这种人性的成熟就代表着它的衰亡，本身是没有前途也缺乏历史动力的。所以《红楼梦》的神话只是为中国人性指明了一种绝望的处境，既不能改变既成伦理秩序，也不能上升到彼岸信仰。

于　坚：实际上，中国文明与萨满、祭祀一直有着隐秘的联系，孔子说的“兴观群怨，迩远，多识”就是祭祀之场导致的功能，戏意味着不可知力量通过祭祀（文身、面具、文字、艺术）等转移到人的生命中，使人获得一种在场的当下的超越性。杜尚在20世纪提出的“生活就是艺术”，中国文化一直如此，诗、艺术不是修辞技术，而是世俗的在场宗教。《红楼梦》看上去就像是一场似梦非梦的语言祭祀，满纸荒唐言，充满着亲切、自然的神性、教诲、启示。它无法对位西方理论上的现实主义或者超现实主义，它都是，都不是。

骆以军：说来《红楼梦》的神话设计，并不是太突出，太虚幻境、警幻仙子、补天遗石、绛珠仙草，以今天看，都有点少女漫画的味。其实到我这年纪看《红楼梦》，就是一个“命运交织的大观园”，所谓神话的传统，可能是一牌阵般的指涉系统，形成搓洗。但可怕的就是那牌阵搓洗、排列组合的“命运交织”。金陵十二钗的诗谶，预示各女孩的气质脾性，以及日后的命运。这又会持续不断出现在他们抽签玩耍时做的诗句里。它是一个对命运预言的庞大展开，最后又逃不过那诗谶寥寥几句的命运之指，读者会被作者那无比巨大的“惘惘的威胁”给吞进去，那么繁华，那么美得极致，个人主义追求自由的极致，关系的搭建的极致，感官的极致，情爱被文明高度地变形、变态，而能长出那么幽微幻美的形态……而这一切最后都要消失灭绝的，没有比这个还恐怖的慢速悲剧了吧。

中国叙事文学有很高的山峰，把这个
传统延续下来，中国文学面貌会不一样
VS
中国神话由于缺乏理性而导致不成体系，
因而也上升不到真正的宗教信仰

傅小平： 以我的印象，神话叙事在中国经历了一个减熵的过程。就拿四大名著来说，《三国演义》《水浒传》，里面的人物都是半人半英雄的，带有神话色彩；《西游记》把神话叙事推向巅峰；《红楼梦》我们刚也说了，它是一种更高意义上的融合。但此后神话叙事就像是遁形了。这在一定程度上是可以理解的，毕竟整个中国文学的语境发生了很大的变化，但在同时期西方文学中，神话传统依然充满活力，很多西方文学经典正是借助神话建立起深度模式。何以如此？

白先勇：《红楼梦》对神话的运用非常好，女娲补天炼成三万六千五百零一块石头，没用上的那块灵石，是用来干什么的？它是下凡补情天来了。这样的构思就是非凡的，不是天才的作家，是万难想到的。

袁　凌： 从社会责任的冲突性心理结构出发，衍生出《红楼梦》在“情本体”之外的另一世界观，即由跛道人首唱甄士隐敷衍的一番世事无常之论，又附着在假语村言、时空模糊、大荒、无稽的概念整合的上古

神话结构上，造成了宇宙无穷、时空循环、个体在宇宙之中渺然无依的无常之感，和“情本体”似乎相互否定，实际却是无从分解的镜像两面，构成了《红楼梦》的世界观两极。

骆以军： 小时候读《封神演义》，金光灿灿，神佛漫天，这些神人已侵入意识深处，现在重读，其实就像《火影忍者》那样的神明出处之抢眼球。在我少年时，《西游记》在我意识中形成了一个必然存在的天庭，如来佛、太上老君、观音、二郎神等，天兵天将围剿花果山时，整个像诺曼底登陆战。或说起《水浒传》开头洪太尉揭石板放出天罡地煞星，那漫天流星雨的场景；或像薛丁山拔弓射箭射死了他父亲薛仁贵的本命白虎。这些故事对还没有被计算机或好莱坞电影特效那般全面攻占眼球的少年，本就是鸿蒙无名，那么奇幻，无垠，充满超出人类境地之外的恐怖、哀愁。《西游记》里这些神佛与魔在半天上方对打的场景特别灿烂，或也是后来中国有能力制作大型电影时，可以拿来变奏，而不会让人厌烦。

宋广波： 神话在未来的中国文学创作里，或许能复活。有这样几个理由：一是将来会产生新时代的曹雪芹，能把神话像《红楼梦》那样在其文学创作中转化成叙述的资源。第二，科学虽是近代文化之主流，但科学不是万能的。第三，经过一百多年的艰辛、曲折，我们的国家更加开放，假如某位作家将神话引入创作，特别是能做到“天书”与“人书”的完美融合，或许不会被封杀。但究竟如何，要看以后的创作实践了。

傅小平： 话说回来，要没有曹雪芹这般的天纵之才，很难把上古神话转化成有效的小说叙述的资源。

白先勇： 曹雪芹真是一个不世出的天才。像他这样的天才，也只能出现在乾隆盛世，因为到那个时候，中国文化已经相当成熟了，熟到烂熟的那种熟，所以《红楼梦》的出现有其必然性，它只可能出现在乾隆年间，而不可能出现在道光年间。在曹雪芹的年代，我们的文化、文明，正处于由盛转衰的阶段，《红楼梦》不光是在哀悼贾家的兴衰，曹雪芹非常敏感地预见到，整个民族的文明都在衰落，所以他唱出了中国文化的

“天鹅之歌”。

傅小平：我在想，要没有曹雪芹的《红楼梦》，我们的文学史会是怎样一种写法。因为《红楼梦》好像突然之间把中国文学推到了一个很高的高度。要放远了看，文学史更像是少数几个天才的合传，而不是那么多作家“排排坐，分果果”。对比高度浓缩的古代文学史，再看当代文学史庞大的构架，不免感觉有点恍然。

白先勇：一部文学史，更可以说是文学天才的合传。在曹雪芹之前，有李白、杜甫，他们让中国文学突然往前迈了一大步。虽然说曹雪芹也继承了《金瓶梅》《水浒传》等，但他推陈出新，有自己新的看法。所以，我们要看到，中国的叙事文学有很高的山峰。要能把这个传统延续下来，中国文学面貌会不太一样。但五四以后，我们走了另一条路，与《红楼梦》的传统越来越远。不过现在看看，中国文学好像觉醒了，他们越来越发现传统里边有那么宝贵的东西。

傅小平：是这样，但就拿中国神话来说，不能不注意到的一个现象是，它缺乏体系性。

邓晓芒：缺乏体系性的根源是缺乏理性。古希腊人很早就有种理性的冲动，要将一切杂乱无章的东西做一番系统的清理，所以唯有他们才能建构出像欧几里得几何学这样的纯理论体系。中国神话则由于缺乏理性而导致不成体系，因而也上升不到真正的宗教信仰，只能是碎片化地为其他目的服务。

傅小平：因为这样，当我们回想中国神话，会感觉它们更像是四处散落的珍珠，难以形成一幅完整的图景。不仅如此，在这些神话与神话之间，也似乎难以找到内在的联系。像女娲补天、大禹治水、后羿射日、精卫填海，我想大概能提炼出一种类似锲而不舍的精神，但我怀疑它们之间能联成一个前后接续的叙事吗?

郜元宝：前面也说到中国作家习惯用一种跳跃式结构，本来聚精会神描写现实世界的“人道”，一旦遭遇理性不能解释的“天道”问题，就不得不跃升至超验空间，允许作者和书中人物在那里展开“天问”式思考。这个传统贯穿周秦至晚近中国数千年各体文学，小说表现得更充分，直至当代《古船》《白鹿原》，依然绵绵不绝，由此形成中国文学（尤其是小说）富于想象的神奇瑰丽的特点。

但恰恰这个传统又暴露了中国文学致命的短板：中国文学赖以为根基的中国文化之“天道”话语不成体系，严重残缺，虽然不断修补，仍难以完备。我们的作家希望从远古神话传说寻找经典援助，却往往苦于找不到与现实世界配合无间的一整套有效的“天道”世界话语，共同撑起一个能够自圆其说的阐释空间。

傅小平：有一个自圆其说的阐释空间，恰恰是西方神话故事的特点，就不说《圣经》故事吧，《伊利亚特》《奥德赛》经过荷马的整理，不也成了叙事诗？

邓晓芒：在神话方面，最给人以启示的倒不是荷马，而是赫西俄德，他构造了一部《神谱》，将当时流行于希腊和周边地区原本的，甚至也许毫无关联的诸神，安排进了一个按照血缘关系井然有序的体系之中。之所以如此，是因为希腊人真的把神话“当真”了，他们把神话传说当成一种知识，不仅是神的知识，而且是自然和社会的知识以及人性的知识。所以荷马史诗在当时被看作一部无所不包的“百科全书”，是每个有教养的青年都必须背诵的。而当他们把这些知识加以穷尽追溯、企图归结为一时，他们就到达了理性思维的边界，这也就是真正的宗教信仰的起点。

骆以军：卡尔维诺的《命运交织的城堡》，那二十二张大阿尔卡那牌和五十六张小阿尔卡那牌的随机组合，任意铺开。牌形呈平行或垂直时，他用中世纪的小说语言编故事，内容多挪借《俄狄浦斯王》《李尔王》《哈姆雷特》。当牌形以较复杂的几何线条来回重叠——譬如星形、六边形、七边形、颠倒并置的双矩形，这本书的书名变成《命运交织的酒馆》。卡尔维诺有意识地以文艺复兴后欧洲各种新出现的市民职业，造成了那时期小说话语的更多维之关系发生。

郜元宝：中国的情况是反着来的，不仅远古神话传说，就是秦汉以前的“群经”也破碎不全。梁启超《要籍解题及其读法》认为，由于秦始皇焚书坑儒，除了凭吟诵而记忆不误的《诗经》可谓“精金美玉，字字可信”，其他古书皆有可疑之处，都是汉以后“博士”访求、补缀、伪造而成。这个文化补天的工程至今还在继续。张爱玲《中国的日夜》有句名言，“我们中国本来是补丁的国家，连天都是女娲补过的”。诚哉斯言。

想要为中国神话建立一种叙事的黏度，基本上已不可能，或者说为时已晚
VS
中国神话对人生的暗示多元、开放，而不像西方神话有一种形而上的封闭性

傅小平：照这么看，在中国小说里融合神话叙事，是有先天的难度的。虽然如此，我想我们有没有可能给中国神话增强叙事的黏度？或者说，虽然中国神话有断片化的特点，但其实我们是可以扬长避短，找到自己独特的叙述路径的？

邓晓芒：我觉得，在今天，想要为中国神话建立一种叙事的黏度，基本上已不可能，或者说为时已晚，这等于说，要想让中国人运用自己本来就极孱弱的理性思维和逻辑思维（至少不要自相矛盾）去做一件自己本来就不相信的事情。谁要想这样做，连他自己都会觉得是“玩物丧志”，他那点理性主要是用来坚定自己既定的“志”而防止异端邪说的侵入的（如孟子所做过的，但他为此辩解道：“岂好辩哉？予不得已也。”）。在当代文学中，我们中国作家的独特的神话叙事路径就只能是这样了，即打破任何神圣的界限，对古今中外的神话传说素材实用主义地拿来，用得着就用，能够歪曲就大胆歪曲，需要误读就毫无顾忌地误读，根本不考虑神话叙事的黏度，就像张远山在《通天塔》中所做的。

宋广波：我认为是有可能的。

于　坚：中国神话每个都是一个起源，它从来没有被整合成一个起

源，而是一个碎片就是一个起源。神话对人生的暗示是多元的、开放的，而不像西方神话那样有一种形而上的封闭性。女娲补天，可以解释为不自量力、锲而不舍、无用之功等，而曹雪芹看到的是空，他也许在暗示人生在世就是一种补天，每个人都是女娲。

郜元宝：我刚读了赵本夫的《天漏邑》，不妨借来说明一点问题。虽然它也部分借用了女娲补天之说，还煞有其事引用了唐人孔颖达对《周易·无妄》的注疏，但并非完全照搬，而是截断众流，干脆说他要讲述的这个地方本来就是一个"天漏"之国，所有的也只是一种"天漏"文化。文化、记忆、制度如此，群体和个人的身、心、灵亦复如此。巨大的"漏"字覆压全篇，成为"文眼"。赵本夫也没有援用某个现成的神话传说为其小说的现实世界构造一个具有强大阐释功能的超验框架，而是暗示其笔下"人道"世界和"天道"世界都是残破有"漏"的。如果说他有足以阐释现实世界的超验世界，那也就是这个关于"天漏"的半神话半传说的奇特寓言。不同于"寻根文学"时期，中国作家普遍相信我们一定还有遗失待访的神秘而完善的祖宗文化之"根"，《天漏邑》一上来就承认我们的文化本身就是一个巨大的"漏"字，犹如无法逃避的原罪。每个人都是天漏村居民，都是天漏文化的组成部分，都带着与生俱来的"漏"来到人间，经历一世。

傅小平：这就有意思了。贾宝玉是灵石下凡，所以他出生时嘴里衔了一块玉。赵本夫这部《天漏邑》里的居民，则如原罪一般，带着与生俱来的"漏"。

郜元宝：犹如《红楼梦》一系列超验传说也并不见于任何典籍，而是曹雪芹对女娲补天神话的大胆改写，更多内容则完全出于虚构。鲁迅《补天》也并非对女娲补天传说的简单扩充，而是大幅度改造，添加了许多读者根本意想不到的内容。"天漏"的说法并非现成神话传说，乃是赵本夫苦心孤诣的创造。

傅小平：耐人寻味。中国古代小说融合神话，都是对神话原典做了再造，基本没什么例外。对照西方小说，无论像乔伊斯的《尤利西斯》，还是福克纳的《押沙龙，押沙龙！》，也是借用古希腊罗马神话，却不曾对原典做什么改动。

郜元宝：基督教世界的作家按理无须引经据典，他们的经典日常在流通、运用着，读者和作者都很熟悉。尽管如此，托尔斯泰的《复活》还是引了《圣经》的话。五四以后，“作诗不用典”已成为白话诗人奉行的基本原则，但白话小说和白话文仍然无法告别经典。鲁迅在《彷徨》前面引了屈原《离骚》两段话，《坟》的后记还认认真真引了陆机《吊魏武帝文》结束全篇。尽管如此，鲁迅引用屈原和陆机，毕竟不同于托尔斯泰的《复活》引用《圣经》，鲁迅不再将所引用的古代作家片言只语视为真理，而仅仅借来寄托感慨，正如小说《补天》并非简单援引女娲神话，而是有大胆的改写和许多添加内容。“经典”的意义发生了根本变化。至于赵本夫的臆造经典更偏离了传统的“引经据典”，与其说他仍然在依靠经典说话，毋宁说他仅仅利用人们相信经典的心理惯性，将自己的创造伪装成经典，抬进那个虚位以待的制度性经典神龛。

傅小平：这或许反映了中国作家的困境。他们想借用中国神话，但发现没有现成的可用，只能加以再造。但这样的再造本身，也意味着一种风险。融合得好，像《红楼梦》这样，那自然是好。要融合得不好，反而凸显小说的“漏”了。

郜元宝：赵本夫硬造出“天漏”的假设，说明在他看来，中国并无现成的神话经典可供援引，好作为解释“人道”世界的最终依据。他在这种寻找中遇到巨大的空虚，无以名之，姑且称之为“天漏”，这和曹雪芹、鲁迅大胆改写女娲补天神话，一脉相承。为何时至今日，中国作家仍然需要援引某种现成或臆造的神话传说来解释现实世界？这当然还是经典的力量在起作用。人的思考有限，他必须借助经典，哪怕这种借助是对经典的怀疑、挑战和彻底改写，经典的到场也依然必不可少。但引用什么经典，如何引用，则要看作家所处文化传统的状态以及他对不管什么状态的文化传统的认识。

傅小平：不能不说，当代作家能像赵本夫这般在这方面做一些尝试，本身就是难能可贵的。在你看来，这样的尝试成功吗？对同时代作家写作有什么启发？

郜元宝：为了使“天漏”说法有根有据，赵本夫让柳先生、祢五常师徒在九龙山的岩洞里围着一大堆竹简，前仆后继，锐意穷搜，而且似乎也不断有所发现，但实际上，所有这一切也只不过为了营造一个象征而已。这样就发生了一个问题：变相援引或彻底改写所造成的新神话传说究竟具有怎样的规模才比较合宜？要我看，作为象征和暗示，寥寥数笔足矣。即使要追问“天道”，也必须落实为“人道”，正如春秋时代郑国的王孙子产所谓“天道远，人道迩”。《天漏邑》围绕柳先生和祢五常委实写了太多，却并没有给“天漏”这个说法再增添多少新鲜内容，倒是另外衍生出柳先生与国民政府、祢五常师徒与当代社会的一系列悲喜生死的故事。但这些故事和“天漏邑”并无必然联系，完全可以独立成书。像目前这样勉强将二者拼合，很难成为有机整体。《红楼梦》寥寥数笔布置一个影影绰绰的超验世界较为合宜。倘若曹雪芹对太虚幻境大肆进行正面描写，一定会堕入魔道。比较起来，《天漏邑》对“天道”神秘的关注或许有点“过”了。

《红楼梦》第一次把中国文学冲突聚焦点，
提升到“心灵和心灵的冲突”之上
VS
和普鲁斯特一样，曹雪芹相当前卫。
他更接近这个本源：人类为什么需要文学

傅小平：事实上，我们说《红楼梦》伟大，还在于它同时也是中国文学、中国文化的集大成之作。《红楼梦》对《金瓶梅》的借鉴与扬弃就不消说了，它还融合了更大的包括儒释道等中国思想在内的大传统。曹雪芹对传统文化的消化吸收，对如今我们继承包括《红楼梦》在内的文化传统，有什么启示？

邓晓芒： 如果说《红楼梦》仅仅是继承融合了中国传统儒释道的思想文化传统，那它的“伟大”是要打折扣的，其实它不光是中国文化和中国文学的集大成之作，而且还应该看到它也是突破性的尝试之作。对此我在拙文《文学冲突的四大主题》里做了这样的定位：《红楼梦》是中国文学中第一次把文学冲突的聚焦点不是放在“现实与现实的冲突”和“现实与心灵的冲突”上，而是提升到了“心灵和心灵的冲突”之上（但还没有达到“心灵的自我冲突”这一主题）。这种心灵和心灵的冲突在儒道禅之间辗转往复，将中国人性的深层次悖论赤裸裸地展现出来，并点出了这种人性最终的归属——即人性的隳沉和泯灭。数千年中国文化的秘密全在这里了，这就是《红楼梦》的真正伟大之处！

袁　凌： 传统文学里不乏“好了歌”，亦颇有唐传奇、《西厢记》之类的情感描摹与规训，但世事无常与情感痛切如此难解难分，甚至有意不求超脱，不事解决，则超越了传统，到达了类似存在主义的人性和思维深度。这也是《红楼梦》远胜“三言二拍”与《金瓶梅》之类言情或世相小说的原因，它有一种无所不在的现代感。

傅小平： 要从《红楼梦》里读出这种现代感，恐怕也有赖于对中国传统文化的深刻理解。

宋广波：《红楼梦》是中华文化的结晶，是中华文化的集大成者。不懂中国文化，就读不懂《红楼梦》；若想了解中国文化，阅读和研究《红楼梦》是一条捷径。周汝昌先生说，《红楼梦》是中华民族一部绝无仅有的“文化小说”，离开了中华文化史这盏巨灯的照明，是看不清的。我对此极为认同。中华文化传统，在这一百年间可谓命运多舛，有矫枉过正（新文化运动时反思传统文化的不足，出现废汉字之类的过激观点），有外敌的破坏（最烈者是日寇侵华），更有自我糟蹋。当今，国家重视传统文化，一方面是建设新文化的必然需求，同时也是反思历史的必然结果。在这种大背景下，充分吸纳中国传统文化精髓，而自身也成了中国文化精髓，且又足以代表中国传统文化的《红楼梦》，必然会重放异彩，必然会对我们消化、吸收传统文化提供诸多启示。

傅小平：说得没错，吸纳中国传统文化精髓，自身才有可能成为精髓。

宋广波：我还想说，在重视传统的大潮里，对《红楼梦》的研究，也必然会迎来一个大飞跃、大突破的新阶段。这二十多年来，《红楼梦》研究实在太沉寂了，该起一个“反动”了。

傅小平：怎么说沉寂？据有关统计，在高校系统里，每年都出产不少评论《红楼梦》的论文。但要问相关《红楼梦》研究是否有突破与创新，近些年是有些沉寂了。比如，《红楼梦》体现出不只是超越当时，且至今看来依然前卫的现代感，或许就是一个有待深入研究的话题。

于　坚：曹雪芹不仅仅是传统，也是当下。就像中国山水画在一幅中有多个起源一样。《红楼梦》有无数起源，你可以从任何一页开始看，而不是像《基督山伯爵》或者《安娜·卡列尼娜》那样必须从头看到尾。普鲁斯特、乔伊斯都比较接近曹雪芹。而这种写作的现代性一直被20世纪的理论遮蔽着，其实曹雪芹是相当前卫的作家，如果在世界文学中横向比较的话。这基于世界历史的趋势，在单向度的只是从过去向未来的无休无止的线性发展趋势统治下，蓦然回首，中国文明天然的、道法自然式的存在主义、现象学、自由精神、非本质主义会越来越显得前卫。如果认真阅读20世纪以降西方作者的作品，无论是杜尚、塞尚、安迪·沃霍尔、基弗，还是普鲁斯特、乔伊斯、罗兰·巴特、本雅明……都呈现出一种非线性的、散点式片段的趋向，他们不再走巴尔扎克、托尔斯泰那条道路，倒仿佛是曹雪芹在前面等着他们。

傅小平：这一说法，使我想起博尔赫斯说过的一句话。他说，不是传统创造了我们，而是我们创造了先辈和传统。我们的创造性解读，让曹雪芹变得前卫，走在了托尔斯泰、巴尔扎克的前面，当然也很可能走在了当代前卫作家的前面。

于　坚：我最近重读《左传》，感觉那种写法真是前卫得很。如果不是这百年来西方文化的进入，我无法获得这种看《左传》的视角。但是现在，可以将苏州的网师园与蓬皮杜比较，里面都是现成品，大地的新产品和工业文明的现成品。杜尚的小便池只是观念，他玩了个移位。网师园对太湖石的移位却是生生之谓易，大块假我以文章，文明。止于至善，有益生命的在场。将曹雪芹和普鲁斯特比较看，你会感觉到普鲁斯特的局限，还嫌做作。曹雪芹非常通透，就写作最本源的意义来说，曹雪芹更接近这个本源：人类为什么需要文学。曹雪芹和普鲁斯特、乔伊斯都是那种存在式的写作，他们不是处理一个主题，而是创造一个语言世界。他们是那种师法造化的创世者。

傅小平：听你这么说，《红楼梦》给人横空出世的感觉。

于　坚：《易经》就是非线性的，是片段的组合。《红楼梦》有一种《易经》式的结构。无数细节、片段、不断重临的起点造成了这部伟大小说迷宫般的氛围。

骆以军：从《红楼梦》里倒是能看到中国文人的高洁追求，或如张岱的《陶庵梦忆》，那明亮烟花的闪瞬昔时，或如晚明公安三袁，那“落花积地寸余，游人少，翻以为快。忽骑者白纨而过，光晃衣，鲜丽倍常。诸友白其内者皆去表。少倦，卧地上饮，以面受花，多者浮，少者歌，以为乐。偶艇子出花间，呼之，乃寺僧载茶来者。各啜一杯，荡舟浩歌而还”的画面美不可言。还有汤显祖。但《红楼梦》开章即嘲笑所谓“才子佳人书”，他或从《金瓶梅》借来那种层层权力关系的交换，西门庆交代下来打点馈赠往来的那些绫罗绸缎，高雅吃食，主子和仆佣不同层次的嘴脸、势利。

傅小平：如果是一味的高洁，就没有《红楼梦》丰富且极具层次感的真实了。

骆以军：《红楼梦》一众女子无一不美，看似漫漶，美不可言的不同女子的品鉴，但其实暗藏各种心机的角力。这部分影响了张爱玲，使得张爱玲笔下女子，没有不神经质，不作的。还可以说说的是，我们也知道张爱玲在美国特爱看那些通俗的美国电视剧。高阳写慈禧的葬礼，那个场面不可思议，但似乎是受到《红楼梦》写秦可卿出殡场面的影响。说来惭愧，我是前两三年才读通《儒林外史》，觉得好看到不可思议，那个悬丝傀儡的灵活控绳。《红楼梦》这部分暗藏遮隐在那耽美的少女群的背景。台北有一家小瓷器店，那老板是美术史研究所毕业的，他的硕士论文是《红楼梦里的汝瓷》。我想不要急躁，时间到了，某个人某个生命时刻翻开《红楼梦》，那么繁花般的古代，就会向他全景绽放。也许将来的人拍《红楼梦》，不会像之前的大型电视剧那么呆板、道具假人感。也许可以像 Netflix 拍伊丽莎白女王宫闱剧《王冠》那么简洁有力，充满文明的性感与美。

郭玉洁：《红楼梦》和佛道的关系，应该有很多人在研究。我所注意到的是“无常”作为整部小说的哲学底色。人生没有不散的筵席，纵使最繁华的时候，也明了这一切终将逝去。这点虚无，是中国人骨子里的东西。

现代作家如果没读过《红楼梦》，
或读不出它的好来，注定不会有大的成就
VS
《红楼梦》已成为原典，即使你不再去读它，
它依然在，并会影响作家的创作

傅小平：当真说来，从显在的层面上看，《红楼梦》作为世情小说的一面，实际上是一直为后世传承，并发扬光大的。清代就不用说了，民国时期不也盛行深受《红楼梦》影响的鸳鸯蝴蝶派？只是新文化运动以后，这样的世情小说被遮蔽了。但这一源流实际上一直没有断过，这可以从如今一些网络小说里看出来，如《甄嬛传》等，对《红楼梦》的模仿是显而易见的。而且，也是在网络小说里，更多保留了中国神话的元素。当然这种模仿更多只是停留在形似的层面。

邓晓芒：《红楼梦》对后世的影响，不能单从那些模仿者的成就来看，今天如果有人写一篇模仿《红楼梦》风格或题材的小说，注定不会有什么震撼力，因为时代精神早已经变了。但现代作家如果连《红楼梦》都

没有读过，或者虽然读过却看不出它的好来，那种作家也是注定不会有什么大的成就的。这就是《红楼梦》的价值和影响之所在。这正如现代艺术家都要去巴黎卢浮宫观摩历代艺术经典作品，但如果他自己的作品被人看出不过是某某前辈艺术家风格的“发扬光大”，那差不多就证明了他作为艺术家的失败一样。现代艺术家真正有本事，就必须自己创作出自己独特的“高不可及的范本”。这种范本和前代艺术家的范本不具有可比性，这是我们评价顶尖级艺术品的一条原则。具体的技法风格当然可以比较，但就作品本身总体上看，只要它表达了人性中某一方面的极致，那在等级上都是不可比的。这里面的道理，就像任何两个人的人格是平等的一样。

傅小平：是这样。但我们同时不无遗憾地看到，相比而言，作为雅俗共赏的《红楼梦》，对眼下纯文学领域的影响要弱得多。怎么看这种影响的不平衡？

白先勇：鸳鸯蝴蝶派等俗文学受了《红楼梦》的影响。它们只是模仿的形式，比如写女性恋爱故事，写她们之间钩心斗角的一面，写琐碎的日常生活的方面，写不到比较高的一层，这样的写作把《红楼梦》通俗化了。所谓“内行人看门道，外行人看热闹”吧。

傅小平：我想追问一下，《红楼梦》对你的写作有怎样的影响？

白先勇：我想我的血液里有曹雪芹的文学基因，我从《红楼梦》那里受到蛮多教训。看《红楼梦》时，我会从作家角度看这句话怎么说，这个地方怎么写，具体到这个字为什么这么用。尤其是《红楼梦》不像西方小说重大段的描写，它以对话取胜，里面每个人说话都符合各自的身份，都说得刚刚好，这太难做到了。

宋广波：白先勇先生创作的《游园惊梦》，有评论就认为，完全是《红楼梦》的结构。

傅小平：或许评论指的是，《游园惊梦》中“以戏点题”的手法、结构，与《红楼梦》第二十三回“黛玉听曲”异曲同工，这一点很容易看出来。

宋广波：目下纯文学领域让人感觉《红楼梦》的影响弱得多，正是今日文学不发达的重要原因之一。我们这个时代，太呼唤反映我们这个时代的好作品了，也太呼唤创作这种作品的好作家出现了。我想，小说创作家们，还是和我们普通读者一样，多从《红楼梦》里找些灵感吧。当然，《红楼梦》绝对不可以复制，就像李杜的诗、苏轼的词、关汉卿的元曲不能复制一样，我们只能从《红楼梦》里找寻灵感，用我们这个时代的语言，创作出反映这个时代思想、感情的作品。

梁　鸿：我倒不觉得在纯文学领域，《红楼梦》的影响很弱。《红楼梦》已经成为原典，它的结构、人物，它的世界观和独特的美学，深深浸透在中国人和中国作家的心灵深处，即使你不再去读它，它依然在，并且肯定会在最隐秘的地方影响作家的创作。它就像一个元谱系，作家一定会在这个谱系的边缘寻找资源并开发新的谱系。相比较而言，网络文学是一种直接借鉴，更容易让别人看到它的资源和形态。

《红楼梦》不可能被超越，
主要在于对一个古老民族的精神有如此深刻的呈现
VS
曹雪芹是故乡作家，他的写作信任、感恩，
他从来没有否定过自己的生活世界

傅小平：说的也是。具体到某一个作家接受怎样的文学影响，细究起来有一定的复杂性。举张爱玲的例子，白先勇先生说，她的文学风格似乎直接脱胎于《红楼梦》《金瓶梅》《海上花列传》等中国传统的白话小说；她不像同时代大多数作家那样，或多或少受了五四新文化运动影响，反倒是喜欢张恨水那样的鸳鸯蝴蝶派小说。所以，张爱玲绕过了五四新文化那一段，她的文字直接承接旧小说的叙述传统，读来感到极为正统。

骆以军：后来我们才知道，张爱玲在美国特爱看那些通俗的美国电视剧。

傅小平：会不会因为在美国，她一度得靠写剧本维持基本的生活？不过，在西洋文学方面，虽然张爱玲说过受海明威等人影响，她还翻译过《老人与海》，但据白先勇先生说，实际上，她迷醉的只是一些通俗英文小说。有意思的是，她的写作自始至终都没有沾染通俗小说的习气。

骆以军：但我反而感到所谓网络小说的《红楼梦》影响，某种恶品味，像脸孔都没长全的婴尸。可能新文化运动及其后的走向，还是充满一种“家变”的，对老祖宗那套繁文缛节、阳奉阴违的堂屋的荫翳的憎恶吧。其实譬如说我觉得周星驰的《大话西游》就是很棒的《西游记》再创造；刘慈欣《三体》将《三国》的谋略伪诈变成对付三体文明侵略的秘密武器，这都很让人叹服。我想还没出现某个天才改写《红楼梦》吧，将来一定会有的。

邓晓芒：我们今天达到了《红楼梦》同样等级的纯文学作品并不是没有，例如我以为，史铁生的《务虚笔记》就具有这样的水平，只是缺少像“红学家”这样一大批解释者和阐发者，将里面的好处尽可能地挖掘出来而已。但我们仍然不能说，它“超过了”《红楼梦》，或者它“不如”《红楼梦》。《红楼梦》没有被超越，也不可能被超越，正如马克思评价希腊艺术一样，它至今仍然是一种“高不可及的范本”。这主要不在于这部作品在技术上（结构、语言、形象描绘等）的登峰造极，而在于它的艺术精神对一个古老民族精神的如此深刻的呈现，这种呈现只有在这个民族的精神已经达到过熟但又还没有完全崩溃腐烂的节点上，才有可能。

于　坚：问题在于，像都柏林的乔伊斯、巴黎的普鲁斯特、布拉格的卡夫卡一样，曹雪芹是故乡作家，他的写作信任、感恩而不是批判、抽离。我这样生活过，他说的是这个。他从来没有否定过自己的生活世界，整个《红楼梦》就是一个巨大的美好的存在，进入其中，我们感受到的是如何生活，如何做人。《红楼梦》之纯在于它是一种古老的世界观，对这种世界观的信任，他不是批判者。乔伊斯、普鲁斯特都不是批判者。但新文化运动盛行的是本质主义的、观念化的写作，写作有一种“拯救”“改造”的工具性。在20世纪的写作中，故乡批判，“生活在别处”“比你较为神圣”居高临下的启蒙式写作、怀疑主义盛行。而卡夫卡是批判者，这导致他的作品有点干涩。但是他天才的叙述将批判变成了一种存在式的。《在流放地》，如果你进入，那是一个荒诞的存在，一个卡夫卡王国。但是从外面看，他是一种对现代性的批判、反讽。

傅小平：由卡夫卡想到鲁迅。或许是因为精神气质有颇多相近之处，很多人会把卡夫卡比之于鲁迅，我记得以前读过刘小枫写的《拯救与逍遥》，其中一个章节《希望中的绝望与绝望中的希望》就对两位作家做了比较研究。作为新文化运动干将，鲁迅“听将令”，自认为做的是“遵命文学”。与卡夫卡一样，鲁迅也是一位批判型作家，不是你说的那种故乡作家，鲁迅对故乡有批判、抽离。

于　坚：鲁迅是强大的批判者，但是鲁迅不仅仅是一个主题作家，鲁迅的语言世界也是一个非线性的王国，他创造了一种怀疑气氛，这种气氛在中国过去的写作中前所未有，他也是一个伟大的创世者。他的全部作品组成了一个金字塔，金字塔是碎片垒成的巨大氛围。他在一个更广阔的疆域继承了曹雪芹式的碎片化写作。

傅小平：曹雪芹与鲁迅之间存在怎样一种继承的关系，倒是一个可以深入讨论的话题。他们身上都有与我们这个轻时代不相匹配的重。我关心的是，很多读者会否像疏远鲁迅作品一样疏远《红楼梦》，虽然是出于不同理由的疏远。

于　坚：这个时代疏远《红楼梦》，我认为是文化、世界观出了大问题。曹雪芹不提供功利主义，他不是救世主，像卡夫卡、乔伊斯、普鲁斯特一样，他们都是消极的作家，他们仅仅是我这样存在过，这样在世。

中国现代小说是从《红楼梦》开始的，有必要给曹雪芹一个适当的中心地位
VS
文学史要发展的话，恐怕很难把一部作品或一个人的作品确立为经典的中心

傅小平：显然，我们借程乙本“回流”这个契机来谈《红楼梦》，不是要把它作为历史上的一个文学标本来谈，而是希望能通过谈论来增进我们的阅读和研究，让它成为常读常新的源头活水。但《红楼梦》确乎被塑造成某种放到神龛里的、难以企及的文学标本。我想，这会不会跟正统意义上的文学史的构建有关。我们的文学史机械地把文学分为古代、近代、现当代，《红楼梦》属于中国古代文学的范畴，是作为“遥远的星辰”存在，对于今天不少读者，尤其是年轻读者来说，或许还不如国外的作品来得更有亲近感。

邓晓芒：我觉得，对于“正统”文学史，除了那些受到非文学因素干扰的地方应当视为败笔，不应对作者的文学品位过于指责，因为在这方面，并没有一种可以称作“正统”的标准，只要没有让那些艺术上不够格的作品也误入了文学史，谁偏爱哪部作品或哪一类作品都应属于正常范围。当然，既然是文学史，还是要对你为什么偏爱这些作品讲出道理来，例如我偏爱《红楼梦》，是因为我认为它代表文学主题上的一次历史性突破（所谓“心灵和心灵的冲突”），但这种道理不是排他的、绝对的，有人就偏喜欢那种更加古朴的、含蓄的作品，这取决于各人的情感倾向和欣赏品位。

于　坚：文学史如果只是从预设的本质主义的立场出发，我以为就永远看不懂《红楼梦》，将《红楼梦》读成阶级斗争，是一种拆迁式的阅读，先预设一个立场（图纸），然后用它去削足适履地套在作品身上。《红楼梦》是气象万千的，我相信其中也有所谓的阶级斗争，那只是这棵巨

树上的一个枝节。

宋广波：《红楼梦》本来就是常读常新的。同一个人，会因年龄、阅历、知识加增等原因对《红楼梦》有新理解、新看法。不同时代，对红书的解读也会大有不同。这体现的正是红书的独特魅力。读《红楼梦》，重在读原典，文学史对《红楼梦》的定位，也是研究的一种，我们只可参考而已，不必太看重。

傅小平：我想，如果能打破时代阻隔来写文学史，会怎样？比如布鲁姆在《西方正典》里，把整个西方文学划分为贵族时代、平民时代、混乱时代，同时把莎士比亚作为经典的中心。如果以地位和影响力而论，曹雪芹和他的《红楼梦》，即使不说作为东方文学经典的中心，作为中国文学经典的中心该是恰当的吧。这样一种由中心向边缘的辐射力，该是能增强《红楼梦》的向心力的。照这么看，以《红楼梦》作为观照，我们的文学史书写，是否有值得反思的地方？

白先勇：中国现代小说不是从鲁迅，而是从《红楼梦》开始的。但《红楼梦》被看成章回体小说，是旧小说、古典小说，其实它非常现代。我们看，《堂吉诃德》被称为西方文学史上第一部现代小说，被放在很重要的一个中心位置。还有《包法利夫人》。所以，文学史有必要给予曹雪芹一个适当的中心地位。我们的文学史看法太僵化了，不敢突破，只是把《红楼梦》看作古代章回体小说。

宋广波：把《红楼梦》作为中国文学经典的中心，甚至是东方文学经典的中心，一点都不过分。

骆以军：乐见如此。但我的文学教养和想象力还无法做这样的推理。当今的中国人要面对不同阶段的崩解，战乱、离散、贫穷，或是自我意识的不断涂描。我曾和朋友聊天说，19世纪、20世纪西方的长篇小说也好，《红楼梦》也好，其实是帝国的产物，那时的长篇小说，就像现在无所不包的网络。我们习惯说新文学运动其实是西方帝国对其他文明的摧毁，我们读马尔克斯，读奈保尔，读鲁迅、张爱玲，都在读这样的像原子弹爆炸纪念馆那样的摧毁过程。20世纪的创作者像从豆荚迸出的豆粒，他没有之前制御千百年读书人的那个画框保护了。几乎很难有一个纯净的、没有血肉插满玻璃碴子的古典心灵场域。

傅小平： 画框保护的说法很有意味，让我不禁想到一个经典作家的中心地位，其实也是需要保护和捍卫的，因为文学标准的混乱，也因为我们习见的以各种名义对经典的解构与摧毁，而最好的维护就是深入而广泛的阅读和研究。

邓晓芒： 文学史如果还要发展的话，我想恐怕很难把一部作品或一个人的作品确立为所谓经典的中心。我还是那句话，文学作品在顶尖级别上不管立足于哪个时代、哪个民族文化的土壤，都是平等的，都是一些不可企及的范本。布鲁姆当然可以独尊莎士比亚，但也要允许别人崇拜荷马、但丁或歌德，如果只凭地位和影响力来做标准，未免有点势利眼。中国文学史中，除《红楼梦》外，推崇《诗经》、《离骚》、李杜和《金瓶梅》的也大有人在，鲁迅甚至把《史记》称作"史家之绝唱，无韵之《离骚》"。

于　坚： 我认为我们时代的文学史不理解《红楼梦》的真正价值。在我看来，《红楼梦》是《圣经》那样的作品。

傅小平： 怎么理解？是不是说《红楼梦》和《圣经》一样，具有丰富的原型内容？

于　坚：《红楼梦》和《圣经》一样指引人生，指引人如何生活、做人。它通过细节而不是教条。《红楼梦》就像一种中国庙会。它已经超越了一般意义上的中国小说，《水浒传》《金瓶梅》都还有传奇性，《红楼梦》没有这种传奇性，它是一种关于日常生活的经典，就像《诗经》、马丁·路德翻译的《圣经》那种级别的作品。它像小说那样吸引人，但它不是一般意义上的小说。它教你做人，教你如何止于至善。这个与乔伊斯、普鲁斯特、卡夫卡、加缪还不同，他们的作品会导向对生命的反思。而曹雪芹暗示的是空。曹雪芹写的是"如何"，而不是"什么"。卡夫卡、乔伊斯、纳博科夫们都渴望这样写，但是西方文明起源性地追问"什么"的惯性，制约了他们的写作。曹雪芹的写作还不仅仅是主题、细节的"如何"，也是语言的“如何”，他创造了一部曹雪芹词典，语言就是存在。

读《红楼梦》必须有清史的学术背景，
把它放在这个年代里，方能获得真知
VS
《红楼梦》以及一切文学作品的当代性，
都只能是人性的当下性

傅小平：以“一切历史都是当代史”论，我们读《红楼梦》，赋予的也只能是当代性的理解，即使红学界探逸派非要复原《红楼梦》人物情节与曹雪芹生活时代的关系，他们的理解也脱不开当下的坐标。我们也知道，《红楼梦》没有写到具体时代，但它似乎又很难超越那个封建时代，因为要不是还原到那个年代，不要说西方读者，就是当下中国读者，也很难理解《红楼梦》里的情感和思维模式。从这样一个角度看，我们该怎样理解《红楼梦》的当代性?

宋广波：《西游记》《三国演义》《水浒传》，甚至《儒林外史》，都有明确的时代。《红楼梦》则不然，它开宗明义即宣示：“无朝代年纪可考”。但一个时代有一个时代的文学，《红楼梦》属于它创作的时代——清代乾隆壬午（或癸未）的前十多年。这个年代，是根据考索曹雪芹的生平年代厘定出来的。在过去的一百年里，无论是胡适开创的“新红学”，还是批判“新红学”的马克思主义红学，都主张研究《红楼梦》要与研究它的时代结合起来。它的时代就是清代乾隆癸未前的这一百多年的历史。读《红楼梦》、研究《红楼梦》必须有清史的学术背景，必须把《红楼梦》放在这个年代里，方能获得真知。需要强调的是，《红楼梦》的思想、感情虽属于曹雪芹所处的时代，但因为作者追问的是人生的大哲学，而这种追问又以整个中国文化为背景，故早已超越了时空，具有极强的当代意义。

邓晓芒：《红楼梦》的当代性，以及一切文学作品的当代性，只能是

人性的当下性。文学是人学，或者用我的话来说，文学艺术是在一个人性异化的社会中促进人性同化的媒介。由这一最高抽象的本质规定来看，一切文学艺术的阶级性、民族性、地域性、历史性或时代性都只是相对的，全体人类的共同性和相通性才是绝对的。好的文学作品一定是可翻译的，但也一定是个别性的，符合“越是个人的就越是世界的”这一原理。时代的变迁的确使得不同时代的人们之间感到陌生，但通过读那个时代的作品，我们才理解和体会到当时人们的内心世界和外在生活，这是每一个人都可能经历的。我们不可能再生活在古代，但通过读古代的诗歌和文学，我们可以触发思古之幽情，和古人相通。当然也不可能与古人完全一样，我们有当代人的视野，我们只是与古人进行“视野融合”（伽达默尔）；但也绝不是不可沟通，而是把古人的人性提升到普遍人性的大背景下来理解，因此我们可以比古人更好地理解古人（这里的“古人”也可以置换成“异国人”“异族人”，等等）。这些道理现代解释学、美学谈得很多、很透。

傅小平：我对现代解释学不甚了了。只是大约知道，伽达默尔等思想家打破了“解释即还原”的禁令，还有像哈罗德·布鲁姆认为“任何阅读都是误读”。我印象中，安伯托·艾柯写过一本薄薄的书，书名就叫《误读》，如此等等，实际上都肯定了误读的正当性。但以我看，他们理解和支持的误读，恐怕是那种创造性的、有助于打开读者想象力的误读，而不是那种无所顾忌、任意妄为的、庸俗化的误读。要那样只会使读者远离经典，我们读《红楼梦》亦当如此，要是把里面宝黛钗的感情，误读成现代意义上的所谓“三角恋”，会不会有些离谱了？

白先勇：对《红楼梦》，我们有太多的误读、浅层次的阅读。宝黛钗写的不过是表哥表妹恋爱啊，诸如此类很表面的东西。曹雪芹写他们，重点也不在于写封建时代的感情压抑，它的立意比这个要高出好几层。曹雪芹把“情”作为一种本体，作为整个宇宙的动力。在“情”里面，他融入了儒释道三家哲学思想。换言之，他用最生动的故事，最鲜活的人物，最有意味的对话，把这些哲学思想文学化、小说化、戏剧化了。再则，曹雪芹写父子之情写得多好，贾政、贾宝玉父子是相生相克的，一个信奉的是经世致用的儒家哲学，着眼的是仕途经济；一个契合的是镜花水月的佛家思想，看去都是浮世若梦。曹雪芹把这些哲学思想，通过两个人物具体地表现了出来。实际上，由这种父子冲突延伸出来的父权的象征性，到今天还是我们文化里非常重要的一环。中国的文化里，既有儒家的进取，也有佛道的隐退，进可取，退可守，三种思想相互调节，以至我们的民族从没崩溃掉。

傅小平： 仅从这一点上看，《红楼梦》也是挺当代的。四大名著里《西游记》《三国演义》《水浒传》在深层哲学思想的战线上各有偏重，但《红楼梦》演绎的是思想的总体，更具概括性、现实感和穿透力。

骆以军： 我并不觉得《红楼梦》不当代，我们读普鲁斯特的《追忆似水年华》，也从不觉得那些画面里的人物光影过时。《红楼梦》是一个不断打开的，一幅画透视又是一幅画，这样的感受长廊。或者是，我们愿意花极长的时间，去看美剧《纸牌屋》里的上层权力游戏，以及那核心圈所有相关者层次纵深的语言交涉，回头看《红楼梦》，它几乎是像琥珀的千万倍，像是骤然冰河冻结住，三百年前中国上层贵族家眷的栩栩如生，细节似乎可以用鼠标按暂停，不断放大，包括当时房间的屏风家具、字画、瓷器、茶器、衣装、饮食、首饰……那是一个上千人的工作团队无法复现的布景。那里头的女孩，一个林黛玉，一个薛宝钗，一个凤姐，一个秦可卿，一个史湘云，一个妙玉，一个袭人，一个尤二姐，一个尤三姐……天啊，这些人物群的曲拗、缠绵，真是纳博科夫、川端康成相比都拙稚了。他要写的那个“情天欲海”，以当代小说家的爆发能量，你真的很难想象曹雪芹的脑额，有一个投影灯，将这一切投影成我们所看到的这部小说。

郭玉洁： 伊莎贝尔·于佩尔演的电影《她》，原本是一个出版社编辑，转型创办游戏公司。这是一个惊心动魄的设定，原先的文学判断，用来设计游戏了。这说不上好或不好，新的形式出现了。也许《红楼梦》会转化为游戏。

梁　鸿：任何经典都具有当代性。《红楼梦》的结构（章回体）可以再使用，它对汉语言出神入化般的使用，既典雅又通俗，既诗性又粗粝，它对人生总体精神的认知和对儒释道在中国文明中的渗透都有很深的理解，这些在今天也仍然有很大启发意义。难道这不是它的当代性吗？像欧洲文学史上的荷马史诗、《巨人传》、《堂吉诃德》等，早已超越时空成为欧洲精神和文学电影艺术的发源地，取之不尽。我想，《红楼梦》等四大名著，包括四书五经，它们也早已成为原典，这一点毋庸置疑。更重要的是，我们该如何，在什么样的立场、什么样的语言、什么样的结构中使用这些原典。

不像《西游记》，《红楼梦》的国外影响，
更需要有一个慢慢扩散的过程
VS
《红楼梦》不必在乎西方读者。
"回到中国，守护汉语"才是中文写作的大道

傅小平：说到点子上了。相比《红楼梦》，《西游记》作为原典更容易被使用，被打开。这就可以理解，何以现今《西游记》会在西方读者中有更大的影响，因为它的整个表意系统，在任何时代、任何国度里都是比较容易理解的。同时，诸如《三国演义》里的权谋，《水浒传》里的忠义，无论东西方读者，读来都不会有太大的隔膜。但理解《红楼梦》会难一些，它对读者提出了更高的要求。

白先勇：《红楼梦》在国外影响还不大，也不太容易为国外读者接受和理解，当然有哲学、文化上的隔阂的原因。但我们也要知道，西方一直到20世纪70年代才有了英语的全译本。算来到现在也不过几十年的问题。再说，虽然这本已经译得很好，但《红楼梦》语言那么丰富复杂，实在是太难译了。所以，《红楼梦》的国外影响，不像《西游记》，它更需要有一个慢慢扩散的过程。

骆以军：《红楼梦》确实是和《西游记》《水浒传》《三国演义》不一样的次元物，如张爱玲说，清代后来的愤世小说，大致是《儒林外史》一路的。《红楼梦》真的是个孤例，奇幻的天才。如果我们的文学史能朝《红楼梦》调一个时钟刻度，爬捋到底这之间的断裂，很可能就是章太炎、梁启超，挤满了这些人的逃亡驿路吧。这样的还原自然是要加大一个时间连续体的想象。

傅小平： 朝《红楼梦》调一个时钟刻度，真是奇思妙想。要调了，会怎样？

骆以军： 我是在一个对西方、现代充满欣羡的年代长大的，想想我们抬头看着巨大的荧光屏上好莱坞男女明星谈恋爱，拔枪射杀敌方牛仔，乃至于星际间的战争。但这两年我特迷在 YouTube 看大陆的鉴宝节目，《华山论鉴》啦，《寻宝》啦，宋代不同窑口的青瓷、白瓷，明代不同皇帝时不同讲究的青花，更别讲清三代的官窑，珐琅彩、粉彩，乃至晚清至民国粉彩，帝制崩解以至景德镇出现珠山八友这样的艺师。那样的漫长时间长成的美感、哀感、迂回隐秘的叹息，它很怪，反而在大数据的信息海洋里，经得起现在这种数亿万的神经触须的点燃与耗尽。

傅小平： 我们这一代或几代人都深受西方文学影响。不过这其中的大多数，无论年轻时怎样迷恋外国文学，到了“四十不惑”的年纪，又开始对中国传统文化感兴趣了。这像是一种回归，无论你走了多远，你生长在这个文化环境里，最后还是会回到自己文化的根上来。

骆以军： 譬如张爱玲，譬如顾城。不只他们的作品，且还延续他们选择的生命方式，其实都是某种对于他们时代的对抗和逃脱，最后的场面或空了，或恐怖。这种“不可能见容于此在的这个世界”的对抗性，不是卡夫卡这样的作者给予我们的现代意识吗？如此，我感觉晚近一些大成本制作的好莱坞（或中国）电影、电玩，反而退化了，将人类心灵的可能想象简单化了。像《红楼梦》那种发着光、无限晶莹剔透的、有性灵与才华的生活方式，多么难，多么奢侈，要怎样套脱铸模一个天才的生命史，才能吹玻璃管那样吹出一个繁簇世界。

傅小平：没错。《红楼梦》写的就是繁簇世界。读完《红楼梦》再一回想，它的确给人一种花团锦簇的感觉，每一朵花都是一个世界，花与花的层层叠加，又融汇出一个更大的世界。

于　坚：《西游记》有一条线，虽然这种线随意性很大，它不像托尔斯泰在写《战争与和平》时，要画一张精确的人物性格、故事线索图，就像施工图那样。但是《西游记》吻合了西方读者对线的要求。《红楼梦》没有线，它写的是一个“在场”。西方也没有多少读者喜欢读乔伊斯、普鲁斯特。那个场很难进入，它要求通灵的、纯粹的读者。《红楼梦》有章回，但其实他已经暗中突破了，读者找不到线，所以真正喜欢《红楼梦》的读者并不多。它是语言的细节，如何说的细节，而不是线的细节。

傅小平：相比而言，西方世界更偏于线性思维，比较讲秩序，还有逻辑的步步推进。要这么说，让西方读者接受《红楼梦》岂不是更难？

于　坚：我以为中国文学不必在乎西方读者，应该在乎的仅仅是汉语。如果西方读者无法接受《红楼梦》，就像中国读者很少有人能够进入《尤利西斯》《追忆似水年华》，东西方在最黑暗处存在着无法逾越的语言之墙，这正是文明的伟大魅力。

傅小平：但是不“走向世界”，或许就打不破东西方文化的隔膜和迷障。

于　坚：隔膜是必要的。诗可群，曹雪芹作为伟大的作者，他要“群”的是那些汉语读者，而不是世界读者。乔伊斯为英语写作，普鲁斯特为法语写作，卡夫卡为德语写作，而保罗·策兰在对德语的仇恨中用德语写作，不是吗？

傅小平：但我们还是引进了乔伊斯、普鲁斯特、卡夫卡，还有保罗·策兰。很多读者对这些作家、诗人投注的热情，恐怕不亚于曹雪芹和《红楼梦》。

于　坚：其实如果要向世界告知的话，只要让世界读者感觉到中国有《圣经》《尤利西斯》《伊利亚特》《追忆逝水年华》之类级别的东西就可以了，倒未必像基督教那样去普及。这是一个方法，值得研究。日本人在这方面做得比较好，他们只是将他们那些经典作为一个背景，比如小川绅介，他的电影只是在暗示他后面有一个更悠久黑暗的传统。而我们时代的写作之轻浮、浅薄、不庄，正在于作家普遍地要从零开始。鲁迅之所以不同凡响，就在于他的语言暗示了汉语这个传统的新的可能性，而他呈现的背景也越发深不可测。鲁迅表面有点“后现代”，其实骨子里是“居敬”的。他最接近卡夫卡，但是比卡夫卡感性。卡夫卡感性太弱，他要反抗理性的桎梏，但是已经没理性异化得像是没有身体的人的作品，这是冷冰冰工业文明的后果。如果你读了《红楼梦》再去看《在流放地》，后者就像一篇论文。

傅小平：怎么理解？

于　坚：曹雪芹不可进入，鲁迅不可进入，他们就像原始部落的图腾一样，你要进入，你就要跪下来服。远远地感觉到那边有金字塔就行了，进入其实是很虚妄的。经济、商业、科学、技术都可以跟着世界潮流去标准化、量化，文学却是要保守。我对文学要“走向世界”的口号不以为然。“回到中国，守护汉语”才是这个时代写作的大道。

傅小平：说的也是。至少在“走向世界”时，得不忘“守护汉语”。

郭玉洁：现代性常常也是迷思。如果现代生活有如此大的断裂，那么古代的典籍纷纷失效了。纵使今天，人们没有复杂的家庭生活吗？没有一位宠溺的老太太吗？没有青春的情爱吗？管理一个单位的人，想必也能叹服王熙凤的总理之才。除了经验，总还有文字之美。《红楼梦》自在那里，不需要屈就年轻人。出了问题的，是我们的当代文化。不阅读、不思考，也很少人潜心创作。一个平庸的年代。

中国文学在天然石头上寄托魂魄灵性，西方文学把石头当作人的操控对象
VS
曹雪芹的石头就是世界本身，它就是如此，如此而已，只能在这块石头中超越

傅小平：说到这里，想起作家迟子建在南京一个讲坛上谈到的三块“石头”，她谈到《红楼梦》里的石头，泰戈尔《饥饿的石头》里的石头，加缪《西西弗神话》里的石头，当然还有《聊斋志异》里的石头，其他各式传说中的石头。虽然她说这些“石头”，是想说明文学该如何借助想象的翅膀，却给了我一种豁然开朗的感觉，因为通过“石头”这个意象，可以把中西方文化贯通起来。极而言之，通过这样一种比较，或许也可以为不同渊源的文学找到一种共通的文化原型。

邓晓芒：迟子建的演讲我没听过，估计她讲的《聊斋志异》中的石头是指《石清虚》中的那块人人都想夺取的异石，爱石如命的邢云飞其实已和石头合为一体，死后都要共葬一处。这构想与《红楼梦》中的“通灵宝玉”类似，都将石头设想为有灵性之物，甚至是人的命运之符，这显然与中国文化中天人合一的基本模式相合。而在西方文学艺术中，不论是大卫战胜歌利亚的投石器，还是西西弗推滚石上山，都只是把石头当作人的操控对象，似乎没有在天然石头上寄托魂魄灵性这一说，除非经过人工雕刻成了男女神像。但我们设想史前人类时期人和石头的关系，恐怕这两种情况都有，在原始人墓葬中曾发现有石器陪葬，也说明石头既是人的工具，也是人不可分割的一部分，是人寄托情感和爱恋的对象。

于　坚：所谓共通的层面，只有对意义的勉强解释，《红楼梦》当然有意义，老庄、释氏、对儒家的调侃。但是这些不是像《战争与和平》那样直接的说教，而是盐巴。文学本是为仙人造像之事。诗成泣鬼神是中国文学的一个伟大传统。曹雪芹写那块石头也是一样的，这块了不得

的石头，来自大荒山，是三万六千五百零一块中的最后一块，相当了得。但是可大可小，居然是“扇坠一般，甚属可爱……托于掌上”。而西西弗那块石头：“他每天要把一块沉重的大石头推到非常陡的山上，然后朝边上迈一步出去，再眼看着这个大石头滚到山脚下面。西西弗要永远地，并且没有任何希望地重复着这个毫无意义的动作。”后者立即引向一种沉思，为什么？

傅小平：这正是我要问的，为什么？

于　坚：曹雪芹的石头，不是西西弗一个人的石头。而在曹雪芹的石头里面，读者琢磨不透，我们都知道那不是一块石头，那只是一个象征对应物。西方因神话而发明出原型理论，因为西方神话过于超越，很容易概念化、抽象化。中国神话就像汉字一样，怎么讲都可以，这种神话是开放式的、在世的。比如曹雪芹的女娲，他讲的不是补天，而是补天的石头是什么石头，这个石头既有重量的存在，也会变化，曹雪芹一开始就说这块石头高十二丈，见方二十四丈，是存在于空间中的一个体积，但是通灵后，可大可小，可以把玩于股掌之间，这是一种平淡无奇的神话，在曹雪芹的叙述中，读者不会大惊小怪，就像是一个老古玩店的老板在侃石头。一块石头将过去、当下、未来，万古无限连接起来，有无相生，恍兮惚兮，其中有象，热闹中有一种虚无感，这不是观念观照的结果，而是语词这种材料被敞开之后生出的场所滋生的一种氛围，也可以说“气也”。

傅小平：如果要把这三块石头一起比较的话呢？

白先勇：不大好比。在我们中国，石头有佛道方面的象征意义，所以我们经常讲归真返璞，这个璞就是一块璞玉，一块石头。《红楼梦》里灵石下凡，很重要的使命，是到世上来补这个情天的。在西方世界里，石头是个对象物，西西弗推石上山的那块石头也是，所以在他们那里不会有《红楼梦》这样奇妙的构思。

于　坚：一定要比较的话，那么这是一种世界观的比较。西西弗的石头暗示着一种观念，无奈、无可救药的现世。在现世这块石头永远无法抵达彼岸，只有抛弃它，超越这石头。曹雪芹的石头就是世界本身，它就是如此，如此而已，超越不可能在别的石头上超越，只能在这块石头上超越。《红楼梦》写的不是单一的超越，而是每时每刻的细节中的超越，与加缪的单一的线性的超越不同。

邓晓芒：沟通中西文化的当然不只是石头，这只是一种象征。人类最早就是从石器时代走过来的，当人赤裸裸地站在大自然面前时，他就折腾那些石头，最终将它变成了自己的一部分（“延长的手”），从此变得无所不能。所以石头在人眼中具有终极的魔力，而在文学家笔下，当然就成了人类文化最贴近的象征，因而成了沟通中西文化时最让人心领神会的意象。我历来认可人类文化同源论，但我特别感兴趣的是，不同文化模式是如何从同一个源头中分化出来，继而朝不同的方向分道扬镳的。这对于我们返回到源头来理解对方有重要的意义。

西方读者进入《红楼梦》几无可能，因为不在场，

感受不到细节、氛围、场

VS

深刻认识《红楼梦》，还要引进不同民族的思想、理论，

参考比较、交融互释

傅小平：深以为然。我好奇的是，从同一源头里分化出哪些模式？我想，应该不止东西方两种文化模式。不过可以想见，相比东西方文化交流，同在东方文化范畴里，彼此之间更能相互理解一些，东西方文化差异可就大异其趣了。

于　坚：所以说，西方读者要进入《红楼梦》几无可能，除非他们都懂汉语，《红楼梦》一旦翻译成拼音语言，那些美妙的汉字就消失了，语感也消失了，只剩下意思。而《红楼梦》要写的恰恰不是意思，而是细节、氛围、场。你不在场你无法进入《红楼梦》。《追忆逝水年华》也一样，翻译成汉语相当沉闷，它有扣人心弦的故事，无边无际的细节，美

妙的在幽暗沼泽上咕噜冒着水泡的法语，许多法国读者一再赞美《追忆逝水年华》美妙的音乐感，在汉语里完全听不到了。发音不同。《追忆逝水年华》靠听的，《红楼梦》要听也要看。

傅小平：还真是，如果诉诸听觉，我们对一些作品会有很不一样的感受。我想所谓“读”书，该是至少包含了默读和朗读两层意思，只是到了后来，朗读这一层意思淡化了。实际上，相比默读，我们听不同语言的作品，很可能会更有共鸣，我记得略萨访华时，听他朗读，虽然听不懂具体的意思，却能听出某种意味来。扯远了，我们举石头的例子想说明，引入一种比较文学的视野，会否增进读者对《红楼梦》的理解，同时让世界范围内的读者，得以从一些共通的层面，来理解像《红楼梦》这样特别中国或《追忆逝水年华》那样特别法国的文学？

宋广波：真正深刻理解、认识中国传统文化，认识《红楼梦》不是只在中国传统里绕圈圈就可以的，还要大量引进不同民族的思想、理论、方法，参考比较、交融互释才可以。1919年3月2日，也就是胡适那篇振聋发聩的《红楼梦考证》（初稿）写成前两年，吴宓在哈佛大学中国学生会做了一个以《红楼梦新谈》为题的演说。《红楼梦新谈》是中国比较文学的开山之作，在中国比较文学史上和现代学术史上有着突出重要的地位。在《红楼梦》研究史上，则开辟了红学研究的新视角，打开了新眼界。吴宓指出：“盖文章美术之优劣短长，本只一理，中西无异。”吴宓以西方杰出小说的标准衡量《红楼梦》，逐一分析了《红楼梦》的六大特点：宗旨正大、范围宽广、结构谨严、事实繁多、情景逼真、人物生动。吴氏之结论是，西方小说鲜有与其相匹者。也就是说，一百年前，先哲已从比较文学的角度，给《红楼梦》在世界文学范围内以应有的崇高地位。今日需要我们做的，是在前贤的基础上，将其细腻化、深刻化。

白先勇：夏志清先生就曾拿贾宝玉和陀思妥耶夫斯基《白痴》里的梅诗金公爵做过一个比较，他说到两人极为相似，他们都身处一个堕落的世界，承受着难以忍受的痛苦，梅诗金公爵最终成了一个“白痴”，而贾宝玉抛弃了这个世界。梅诗金公爵以耶稣为原型。贾宝玉的经历更像是写的佛祖前传，贾宝玉跟佛祖一样历经荣华富贵，都看破了生老病死。如果说佛教担负了人类罪恶，贾宝玉则担负了所有的情伤。所以《红楼梦》也叫《情僧录》。有人就说了，和尚不能有情，有情不能成僧，这个就得另说了，对贾宝玉来说，情是他的宗教信仰。

《红楼梦》不缺乏好故事的维度。
但这是基础，是前提。它还“多”了些什么
VS
现代青年读西方小说及“翻译体”小说，
大都失去了对汉语本身的诗性感觉

傅小平：要是以现代的眼光看，《红楼梦》更像一部非典型小说。我这么说是因为，我们习见的典型的小说，越来越成为一种单纯的叙述体。但《红楼梦》不只是叙述，它综合了多种文体，尤其是诗词。

袁　凌：在这方面，《红楼梦》时常使我想到《卡拉马佐夫兄弟》《巴黎圣母院》这样的小说。叫它们“小说”其实并不合适，不同于那些以讲好故事为唯一要务的现代小说，它们是哲学、神学、艺术、故事的综合体。《红楼梦》也不同于艺文志分类的“小说”和现代语境中的“小说”，尤其不同于当今强调“讲一个好故事”的“小说”，它是诗性、哲学、世相故事、神话以至百科知识的总体，比西方的同类作品更为广泛。

傅小平：你提到的这三部小说，不以讲故事为唯一要务，但都讲了一个好故事。可见故事在小说里虽然不是必要，却是非常重要的。今天也有作家在小说里做“综合”的尝试，但他们讲不好故事，就很难说是成功的。

袁　凌：自然，《红楼梦》并不缺乏好故事的维度。红学中的草蛇灰线、织锦穿针，都是对这方面的描述，一章“刘姥姥进大观园”，就引来数百年津津乐道。没有宝黛情感故事的曲折细致，也不会让一个中学生沉溺其中。但这是基础，是前提，却不是全部。仅仅在故事层面去比较

《红楼梦》和《金瓶梅》，很容易得出后者更为地道，描摹世相更为曲尽无遗，在小说技法上更成熟之类的观念，而《红楼梦》却显得不太像小说，似乎“多”了些什么。但这只是狭隘的小说观，是以非常局部的一个层面来看待《红楼梦》整体的价值。

傅小平：或许是“多”的那一点什么，才使得一千个读者有一千个“红楼梦”。

袁　凌：因此才有鲁迅所说，对《红楼梦》，“经学家看见《易》，道学家看见淫，才子看见缠绵，革命家看见排满，流言家看见宫闱秘事”这样的效果。其实至少还可以加上两条：过来人看见世相、文学青年看见诗。无以名之，强名为“总体小说”，但仍然跟当下一些人传播的“总体小说”概念不同，区别在于像《2066》这样的小说，终究只是小说，并无类似《红楼梦》中情感的本体。何况，《红楼梦》除了像小说，还像诗。

傅小平：我听过一种说法，判定后四十回是不是续作，一个比较简单的标准，就是诗词少了，而且诗词水平远不如前八十回。这样的判断有没有道理另说，很多读者也未必介意，他们可能会跳过诗词不读，部分原因正在于，我们已经离开那个语境，并且习惯读纯叙述的小说了。

白先勇：后四十回诗词歌赋写得很好啊。第八十七回林黛玉“感秋深抚琴悲往事”，写得就像《楚辞》。曹雪芹把诗词歌赋写得那么好，那么浑然一体，一方面是学问，一方面是天才。在《红楼梦》里面，它们不是装饰性的，每一句诗，每一首歌都是背后有含义的，都符合作诗人的个性。曹雪芹还很懂得吸取，他在不同语境里，用古诗词来点题，写到曹操的《短歌行》，突然一阵悲凉。所以，曹雪芹是集大成的一个人，把那么多文体合在一起。当然，现在要这么做也不是不可能，我们会说流行歌曲也可以用啊，但要用得好是个很大的挑战。我们只能说，白话文走到现在，也还没提升到《红楼梦》的地步。

邓晓芒：中国文学的正宗是诗，小说是明清以来才蔚为大观，但仍然被视为政治伦理和历史的“通俗教科书”（袁行霈），如《三国演义》原名为《三国志通俗演义》，是不登大雅之堂的市井读物。这种情况直到

《红楼梦》才发生改变，这部小说成了上流社会贵族子弟们的宠爱，争相传阅。但中国小说仍然要借助于诗词来提高自己的档次，这不单是《红楼梦》如此，其他小说无不如此，动不动就是“诗曰”“有诗为证”(《红楼梦》中这种抬头语倒是少见了)。

傅小平：倒是一个提醒。要不明白个中道理，很多读者会以为，中国古典小说就是走的这个套路，实际上是跟小说在当时的边缘地位有关的。

袁　凌：《红楼梦》除了整篇的文字之美，独立成篇的诗词亦略无间隙地嵌入故事情节之中，成为整体诗性的一部分。从“情本体”引申的诗性，诗缘情的传统纽带，使得这一引申自然天成，没有“情本体”的深层前提和提供的动力，这些诗词以及《红楼梦》的语言，都会在某种层次上失去审美魅力。

邓晓芒：现代青年读多了西方小说，以及五四以来模仿西方小说而创作出来的大量中国现代小说，大都已经失去了对文学的诗性感觉，特别是对汉语本身的诗性感觉(如音韵格律等)，这对于汉语文学的创作和欣赏来说是特别可惜的一件事。好在还有《红楼梦》在，可以作为现代青年学习几千年积淀下来的汉语诗化功能的最佳教科书。我建议，年轻人如果要读《红楼梦》，就要有目的地先做一点准备，即复习一下中国传统诗词格律的一般规范，感受一下汉语字词的抑扬顿挫和语感，而不要一味地只关注情节和人物命运。否则的话，不如直接去看《红楼梦》的电视连续剧(1987年版的)。所以，忽视《红楼梦》中的诗词，甚至跳过去不读是不对的，这种图轻松的心态只配看电视剧。

于　坚：将《红楼梦》作为一种中国式的《圣经》，居敬地读，而不是读小说。《红楼梦》就像路德将《圣经》翻译成德语。语言就是存在，《红楼梦》说的是存在，如何存在。最起码，读这本书，你会知道何谓生活，要怎样生活，怎样才是美的、超越性的生活。

曹雪芹不是批判，他是存在主义的，
我们今天是在废墟上读《红楼梦》
VS
小说含义被限定得越来越小，
使文学在社会、精神、审美上的价值萎缩

傅小平：谈美，谈超越性，于现代人来说，恐怕很是隔膜了。现代人是不怎么讲超越的，讲的要么是此处的、俗世的生活，要么就是“生活在别处”的生活。

于　坚：20世纪是一个反生活、“生活在别处”这种思潮盛行的世纪。故乡批判盛行，鲁迅的主题也是故乡批判，但是他的语言巩固了汉语故乡，这是鲁迅的悖论。鲁迅是批判的，也是自由主义的。曹雪芹不是批判，他是存在主义的，也是古典自由主义的作家。他不批判，他只是在说，此在，如此。鲁迅问“为何”。曹雪芹只是写“如何”，我这样生活过。我的世界，我在世。

傅小平：我在想，是什么导致了故乡批判？是社会进步论使然？由此，凡是陈旧的、乡村的就是落伍的、要批判的，是要我们促其进步或旧貌换新颜的？

于　坚：20世纪的故乡批判导致拆迁的合法性，曾经鳞次栉比的四合院、园林几乎无影无踪了，这是一个多么严重的局面。屈原曾经忧愤不已的“去终古之所居”“离忧”“乡愁”重现，我们就像楚国的难民。中国生活，就是《红楼梦》里面的那种生活世界声名狼藉，最后被顺理成章地拆迁了。画栋雕梁一根都不见了，我们今天是在废墟上读《红楼梦》，这是一种悲剧性的阅读。当你在一个没有邻里关系的西方式小区的钢铁防盗门后面，孤零零地读《红楼梦》的时候，难道不感觉到那是一个黄金时代？一个梦？

傅小平：这个“梦”，不同于《红楼梦》里的“梦”。

于　坚：在《红楼梦》里，“梦”并非超越现实的不存在的虚拟，在中国世界观中，人生如戏，人生如梦，这部戏不是贬义的，不是戏弄人生。所以，我们时代最深刻的悲剧就是我们失去了“红楼梦”。人们曾经那样生活。我们难道不应该这样读《红楼梦》吗？海德格尔为什么那样推崇荷尔德林的“诗意地栖居”？因为西方也失去了它的“红楼梦”。

骆以军：20世纪我们的新文化运动，一百年来就是学习西方现代小说的观测法、运动感，我想对我这代的现代文学的学习者来说，启蒙时期约在20世纪90年代初，那时没有铺天盖地的网络，一走进书店翻开的书是福克纳、马尔克斯、芥川龙之介、卡尔维诺，那时你不会有一种意识：“我们的《红楼梦》”。就像如果那时你是新电影的年轻导演，你有话想对这世界说，你想都不会想到去拍一个《红楼梦》里那画卷般的女孩吧？这里有一个真实的文化上的断裂，当时置身其中的我不可能发现。我父亲是大学中文教授，家里窄挤的过道书柜里全是我至今仍没去读的四书五经。当时在台北，我们这些小青年，读尼采、福柯、克洛德·列维-斯特劳斯，也许和后来的孩子们追韩风或好莱坞变形金刚，最初意欲或差不多，你想象朝一个更高明的文明游过去，你奋力踢腿划水，就是想去吸一口“现代”的空气。《红楼梦》如果在那时，没有碰到个高人老师指点你，你在那个年纪没有当一件像拆解一复杂电路盘正襟危坐去读它，可能我父亲那辈人十四五岁当青春小说读的《红楼梦》，在我这辈二十多岁时的悟性，是不可能全景展开这书的神妙、无限、巨量的世情体会的。真的，也许是现代小学、中学这些规训、人际重划，让我这辈人二十多岁时，真的缺乏进入《红楼梦》的教养。通常是三十岁出头再读，三十七八岁再读，四十多岁再读，近五十岁再读，啊，那一切那么清晰地出现。是不是走了一趟沙俄、19世纪法国、20世纪现代主义、拉美小说、印度小说，走了一大趟，才像做掐丝珐琅，细丝缠绕，细细填彩，慢慢描图一个色授魂与的世界，那个世界收容了我们这些在20世纪初开始即分崩离析的碎片、游魂。譬如现在读《金瓶梅》会叹服他的耐烦，读《儒林外史》会感激他做出这样一个个心灵小宇宙的连续运转，但

《红楼梦》真像是第一个有博物馆胸襟，同时加挂动物园、天文馆的创造格局。

傅小平：“创造格局”这四个字说得太好了，这正是我们现在小说创作所极为欠缺的。从某种意义上说，小说之可贵就可贵在它的包罗万象，中国古代作家就善于把主流的经史子集也好，诗词歌赋也好，还有不入流的各式边角料，都转化成小说的素材。从这个角度看，我们今天该怎样来读，来学习《红楼梦》？

骆以军：“我们”是谁？20世纪30年代在上海读张爱玲的“我们”，和70年代在台北、香港读张爱玲的“我们”，和新世纪我在北京、上海遇见的张迷，未必是同一组人。即使是单一的个人，不同时期阅读《红楼梦》所召唤、调度的感性资源也大不相同。我二十多岁初读《红楼梦》，可能是混在川端康成的《千纸鹤》《雪国》《睡美人》之中阅读，那种像把雪景炼成冰针插进一个美少女头颅里的光学观测；可能还同时从杜拉斯，甚至陀思妥耶夫斯基笔下，学习那些“疯掉的女人”的形貌；从米兰·昆德拉笔下学习“淫荡的女人”；也许是文明作为长时间官宦世家中的“美”，那么繁复必须以梭子纺织般的多维展开，才得以观测到某个女子在封闭世界中的性情与命运。黄仁宇所说的“经济关系”“男女关系”“士绅关系”，在那近乎长镜头的——小津或侯孝贤展示的观看，才得以被看见其藏于日常生活中，对话的机锋、生死赌注、压抑的性欲或纯粹只是春药般的对权力的行使。

宋广波：《红楼梦》是文化小说，《红楼梦》里不仅有大量诗词歌赋，还有中国的儒道释，中国的经史子集。如何把中国文化经典出神入化地写进小说，为我所用，这除了曹雪芹，别的作家中很难有如曹雪芹那样成功者。从这个角度，说它是“一部非典型小说”，是可以成立的。《红楼梦》里的每一句诗词，每一副对联，都有作者的深意。比如元春在省亲时点的四部戏，根据批书人批语，可知它暗含贾府盛极而衰的大势。也就是说，我们读《红楼梦》，不仅要看字面的意思，还要看作者安排这些戏目的深层命意，当然有个前提，就是知道并深刻理解这些戏目。

从这个角度，我们必须充分理解我们的传统文化，才能更深刻认识《红楼梦》。

傅小平：反过来说，通过《红楼梦》，我们可以更好地理解中国传统文化。要从渊源上讲，我想中国古代小说未必那么纯粹的，它有可能是从经史子集，还有其他各种文体中剥离、转化出来的。既然这样，它自然而然包容了其他文体或是其中的一些因子。所以，中国古典小说有总体性特征，是再自然不过的事。相比而言，现在小说的写法，多是直接从西方学来的，看着太“干净”了。

袁　凌：对于我们今天的小说，《红楼梦》的“总体”“本体”特征包含诸多启发。我在写作和发表小说的过程中，经常遇到“这不像小说”的问题，小说的含义似乎被限定得越来越小，只是讲故事。这样固然有某种便利和精确，却也使小说的概念日益失效，也使文学在社会、精神、审美上的价值日渐萎缩。我们还敢不敢像《红楼梦》那样跳出好故事的藩篱和文体的定义去写小说，或者直接说是文本？是维护中规中矩的小说文体重要，还是富含多种维度和价值、能够揭示人群心理同构的《红楼梦》这样的文本重要？《红楼梦》的长盛不衰和生生不息，以及《卡拉马佐夫兄弟》在世界文学中的地位，似乎已经提供了答案。

旧的人格模式会限制作家们的眼界
VS
怀疑主义最终令作家们失去了确立世界观的能力

傅小平：同样，《红楼梦》有着怎样复杂的意蕴，是自不待言了。不过我们现在很多写作恰恰走在相反的方向上，形式是复杂的，意蕴是简单的。简言之，小说复杂性的精神，确乎是被大大弱化了。扩而言之，像小说这样的复杂性是不宜低估的，它不只适用于写作、阅读，它也会拓展我们看待事物的视界。这么说要成立，该如何看待《红楼梦》留给我们的丰富的精神遗产？

邓晓芒： 小说的复杂意蕴主要和时代精神的思想丰富性有关，值此中西文化深度碰撞之际，中国当代文学有极其复杂而丰厚的文学土壤，理应产生出足以成为世界文学经典的大量作品来。但现实的情况却不尽如人意，尤其在作品的复杂意蕴方面，很少有能够和陀思妥耶夫斯基的《卡拉马佐夫兄弟》那样的巨著相媲美的作品。《红楼梦》的文学土壤得益于中国传统文化几千年的积淀，以及最后一个大一统王朝由盛转衰的历史契机，曹雪芹把握了这个时代的精神脉络，对其中所蕴含的思想营养做了几乎是一网打尽的吸收，才成就了这样一部旷世名作。而当代中国作家在时代转折的这个重要的历史关头，却缺乏一副吸收丰厚思想营养的肠胃。

傅小平： 应该说当下能为作家提供的思想营养是前所未有的丰富，他们却不能很好地吸收，是出于什么原因呢？

邓晓芒： 原因何在？我认为，主要是在于当代中国作家普遍都怀有传统文人的士大夫情结，由于他们所受到的教育和自身学养，预先形成了“穷则独善其身，达则兼济天下”（儒道互补）的人格模式，严重阻碍了他们用自己艺术的眼光去挖掘现实生活中新冒出来的美的元素。这种模式在曹雪芹的时代是适合于创作的，因为他面对的正是一个将传统中国人性的内在结构都暴露无遗的时代，这种人格模式给他凭借自己的体验和感悟深入到中国人性的灵魂深处提供了极大的便利。当代作家则面对着一个崭新的时代，这是一个古老文明在新的基础上重新起步的时代，重要的不是我们以前曾经是什么，而是我们将要成为什么。这时，旧的人格模式就会限制作家们的眼界，妨碍他们以新的眼光对新的现实生活做出新的思考和新的评价。所以我们看到很多作家，在面对社会发言的时候暴露出思维模式的陈旧，有的甚至比普通百姓还不如。如果这些都是他们的真心话，我们就不必指望他们能够创作出有什么思想含量的作品来，尽管在形式上可以搞得花里胡哨，内容上却是可以一眼看穿的老套。所以我常说，他们辜负了自己的时代。

于　坚： 这个时代太便宜了。《红楼梦》保守着一种古老的世界观，天人合一，道法自然，师法造化。而今天是个怀疑主义盛行的时代，怀疑主义最终令作者们失去了确立世界观的能力。他们只是些轻浮的机会主义者，怎么都行，写作被视为一种谋生工具。《红楼梦》是一个伟大的精神贵族的傲慢作品。

郜元宝：我觉得，我们的作家对自己所属文化要有符合实际的宏观研究与基本判断，要在这个前提下有所创造而非简单接受或盲目拒绝。其次，我们的作家对笔下人物要抱有符合正常人情物理的体贴与同情，而不是对他们进行简单的理性裁决或粗暴的情感道德审判就万事大吉。能否做到这两点，是中国文学能否在大关节上有所突破的关键。

白先勇：学《红楼梦》当然不能是原样照搬，那就是学得再好也只是 Copy，跟曹雪芹那个时代相比，我们现在家庭制度很不一样了。但我们这个时代国人的人际关系还是很复杂的。《红楼梦》的主题其实就是人文，曹雪芹以他的方式把它表现了出来。但人文在不同的时代，当有不同的表现。所以，我们不能小看了《红楼梦》在这方面留给我们的启发和教训，在这一点上，跟西方经典作家作品对现在英美文学等世界文学的启发是一样的。

九

当下写作何以缺失了历史感？

– 2016 年 –

主持人： 傅小平

对话者： 哈　金　陈　冲　郜元宝　徐则臣
鲁　敏　赵柏田　刘大先

背　景

回荡在近年文坛的一个关键词，即为历史感。历史感缺失，已然成了我们时代写作的重要表征之一。前不久，张悦然长篇小说《茧》甫一发表，就被看成是80后作家首次正面表达“文革”的转型之作，它同时也被评价为一种变形的青春写作。由此种分歧引申开去的问题是：这般有历史感的写作，会不会是作家对于主流趣味的迎合？我们时代的写作何以缺失了历史感，作家又该怎样在写作中体现历史感？缺乏历史感的文学史构架，会否影响了当代作家的写作？历史与历史感之间又构成怎样一种关系？

一切都必须从你的时代开始，
只有通过你的时代才能超越你的时代
VS
历史感缺失和现实关怀的匮乏，
已然成为我们时代文学的两大征候

傅小平： 活跃在当下中国文坛的年轻作家，他们的写作被普遍认为是缺乏历史感的写作。实际上，缺乏历史感，也是我们时代写作的重要表征之一。当我们试图说出这样的看法时，却首先要面对一个疑惑：生活在有着悠久的历史，且文明不曾中断的国度里的作家，我们的写作怎么会缺失了历史感？这个困惑本身，其实也隐含了一个事实：历史感并不是历史先天赋予你的，而是需要后天习得，还有通过体验得到的。不妨结合这个问题，谈谈对历史及历史感的理解。

哈　金：首先，这个问题跟写作的目的有关。每个人的写作是个人行为，文学写作的终极目的是超越历史。历史的本质是时间，更具体地说是时代。我们每个人都生活在时间里，都有一个从生到死的过程，在写作的过程中我们都努力寻找或创造对自己生命有意义的故事和事件，希望自己的作品能比自己生存得更长久。但我们的读者不只是眼下的读者，读者也包括过去和将来的读者。这样，我们就不得不面对一个问题：究竟哪些事情才对现在、过去和将来的读者都具有意义。显然有意义的故事不可能跟作家本人的历史存在分离开，即使你写一个两千年前或一千年后的故事，你所关心的细节、角度、看法等都将由你身在的时代所左右。而且过去和将来的读者通常只关心你所在的时代的特色。一切都必须从你的时代开始，只有通过你的时代才能超越你的时代。

赵柏田：我们的小说家在现实面前的失语，已经饱受评论家和读者的诟病。时代日新月异，现实暗影重重，小说家稍一不慎，就会滑入人云亦云，所谓的现实关怀，不过是新闻剪贴加精神自慰。小说一直想与现实媾和，关于历史感的缺失，的确一向少有人给予重视。也的确，生活在一个数千年文明从未中断的国家里的作家，什么都可以缺，怎么会缺历史感呢。政治和历史，从来都是各种酒局饭局的谈资，中国人缺啥也不会缺历史呀。近十年的出版界，历史类读物在坊间大行其道，给人的感觉，作家和读者都是特别重视历史的。但一个人在谈论历史，一个作家在写作历史，他就有了历史感了吗？

历史感是什么？它是作品中可以让人看得见过去，也能看得清现在和将来的东西，它来自知识和观念，又带着个体生命的认知。由是观之，历史感的缺失和现实关怀的匮乏，已然成为我们时代文学的两大征候。

刘大先：历史是过去发生的事实，但我们所能了解的只是关于这个过去的记载，也就是历史书写，打了引号的“历史”。这个“历史”从来都不是由发生过的真实事件所构成，因为不同叙述者都有着符合其利益关切的选择、删减、增补和凸显，因果勾连的历史是在这种情境下被叙述出来的。文学表述的历史，其实是在一定的历史观影响下，对于打了引号的“历史”的表述，是一种柏拉图意义上的“影子的影子”。所以，我们谈论这个话题时，必须首先从语义分析入手，搞清楚自己谈的是什么。

目前写作中存在的缺乏历史感的问题，我觉得知识积累的不足倒在其次，最主要的是大历史观的孱弱，缺乏时空纵横的整体性关怀，从而造成一种自由任性的个人主义历史认知盛行，体现在写作中就是想象力的贫困造成的理念化先行，用零星的片段结缀简化了历史，而迷失在过于芜杂的事实材料当中。许多人讨论历史往往陷入一种“真实性”的迷思之中，认为只要细节真实就是真实，这恰恰是一种历史虚无主义，把历史简化成了断烂朝报和杂事秘辛，变成了一种庸俗的窥淫癖。因为过于执着于细节真实，是不可能理解历史真实的，这就是亚里士多德所说“诗比历史更真实”的意义所在，它一定是超越了细节真实的层面，达到一种普遍真实。

郜元宝：我长期以来也有类似的困惑。但这需要具体分析。我觉得首先不妨讨论几个相关概念，即历史意识、历史题材、历史感。

当一个作家不满足于平面和孤立地描写当下生活，而想在表现他所熟悉的那部分当下生活时，努力写出某种历史的纵深感，告诉读者他笔下的人和事现在如何，过去曾经如何，将来又会如何，这时候他就具备了初步的历史意识，他的创作也就有可能获得厚重的历史感。

所谓历史感，简单地说就是一部作品因为描写某个时代的生活达到一定的真实性程度，以至于让读者从这个被描写的时代出发，可以感受到更遥远的过去和未来与这个被描写的时代的内在联系，触摸到更真实而深长的历史的呼吸。有巨大历史感的作品不一定非要千篇一律从过去写到现在再写到未来，因为它必须首先让读者深入了解正面描写的那个时代，但与此同时，它又必须能够让读者出乎其外，看到不完全局限于这个时代的更长时段的历史风景。

历史意识表明作家主观上
希望对当下的表现有某种历史纵深
VS
有历史意识的作家，
多少总会放宽历史视野，触及一点历史

傅小平：说到“更长时段的历史风景”，很多人会自然而然联想到体量庞大的长河小说或史诗小说。是不是说这样的写作最能体现历史感？

郜元宝：有历史感的成功之作具体写作方式是千变万化的。可以时空跳跃，大开大阖，如王蒙试图涵盖“故国八千里，风云三十年”的一些意识流小说；也可以专注一点，像《红楼梦》集中描写大观园内外世道人心，写深写透了，自然收到静水流深的效果。吞吐万象的长篇有长篇所特有的历史感，抓住某个历史关节点加以精彩描绘的短篇，如鲁迅《风波》，或者准确地喊出时代最强音的哪怕一首小诗，如艾青《我爱这土地》《手推车》、穆旦《冬》，也都各有各的历史感。

傅小平：我注意到你举的几个作家都经历过跌宕起伏的时代变迁，他们的命运遭际也可谓曲折，这是为当下很多年轻作家所不及的。两相对照，是不是隐含了这样一个事实：历史感并不是历史先天赋予你的，而是需要后天习得，还有通过体验得到的。

郜元宝：历史意识和历史感部分地来自先天禀赋。庾信《哀江南赋序》说，“潘岳之文采，始述家风；陆机之辞赋，先陈世德”，是讲潘岳和陆机通过他们的文学创作成功地追溯了祖先遗烈，好比《离骚》的开头，差不多就是一份堂皇的家谱。陶渊明撰述过追念外祖父孟嘉的名文《晋故征西大将军长史孟府君传》，杜甫更自豪地宣称“诗是吾家事”。至

于“五千年来古国古”的集体的辉煌更不用说了。这样的历史感是中国作家得天独厚、先天具有的。但历史意识和历史感更多来自后天习得。屈原、潘岳、陆机、陶渊明、杜甫能“始述家风”“先陈世德”，但他们家族中的别人就很少有这等风雅之事，这还是因为他们毕竟是伟大的文学家。今天的文学家即使不是屈原、潘岳、陆机、陶潜、杜甫的后人，至少也和他们一起分享着“五千年来古国古”的传统，但为何不能像他们那样显示出厚重的历史感呢？原因很简单：后天习得不及这些先贤。

傅小平：这会不会和中国文学传统的断层或割裂有关？如果能接续悠远的传统，而不是更多对西方文学的横向移植，我们的写作或许会多一些厚重感。但我们在很大程度上，把古代文学当作一种专门的知识和学问束之高阁，这就难以养成当代作家沉着而庄重的写作态度。事实上，要眼界过于聚焦当代，作家的写作是很容易走向轻飘的。从这个角度，不妨看看当代文学在这方面有怎样的表现。

郜元宝：今年是柳青一百周年诞辰，就以柳青为例吧。评论家们过去都推崇《创业史》有历史意识，因为柳青写每个人物，无论主要还是次要，都会在适当时机追溯他们的过去。他采用的是司马迁“纪传体”笔法，人物不仅有“现在”，也有“过去”，以及可能有的“将来”。但柳青写人物的过去、现在和将来，始终围绕人物性格、心理和情感展开，不是简单地给人物的生活经历记一份流水账。人物活生生的情感命运照亮了他们的过去、现在和将来，众多这样的人物又共同照亮了一个村庄甚至一个地区的过去、现在与将来。这就是《创业史》的历史意识。

当然你可以说，柳青的历史意识有问题，他追溯人物的过去，展望人物的将来，都无条件地遵循当时流行的阶级分析方法和社会发展理论。但你只能说他的历史意识有问题，不能说他没有历史意识。任何人的历史意识都有问题，也就是通常所谓“历史局限”。难道有毫无历史局限的作家吗？一个人的历史意识总会受到他所处时代的局限，问题是同样受时代局限，有些作家还是想清醒地关注历史进程，因而具备了初步的历史意识，有些作家则随波逐流，不太关心历史的进程。这也是事实。我们可以先讨论有没有历史意识，然后才能进一步讨论某种历史意识具有怎样的历史局限性。

傅小平：在你看来，历史意识和历史感、历史题材，这三者构成怎样一种关系？

郜元宝：可以把历史感和历史题材放在一起谈。有历史意识的作家不会仅仅盯着瞬间即逝的当下，他多少总会放宽历史视野，触及一点历史。比如他所处理的题材总要汇入某一历史进程，总会涉及某个重要历史事件，总会写到一个时代和其他时代在历史深处的关联，甚至干脆就进行历史题材的创作。但写到历史，只能说明他有历史意识，并不保证他的作品必然能够获得马克思所说“巨大的历史感”。

傅小平：是否可以这样说：历史意识只是作家主观上希望把握历史，希望对当下的表现具有某种历史纵深，至于有没有历史感，则取决于作家的具体描写是否达到某个高度，给读者实实在在地展示出他的深刻的历史体验和历史认识？

郜元宝：我想是这样。但一个不注重研究历史，或者严重缺乏历史知识的作家，不可能真正理解当下社会，也很难通过片面地描写当下社会而获得历史感。反之一个历史知识相当丰富的作家，如果不能将其历史知识转化为对于当下人生的活的理解，也很难写出有历史感的作品。

许多作家都曾经正面描写过辛亥革命，甚至从头到尾都写辛亥，可就是不能给读者带来有关辛亥革命深切而独特的体认。《阿 Q 正传》从一个农村游民充满滑稽感的人生悲剧这一小小侧面着笔，却成为迄今为止公认的触及辛亥革命最深刻的作品。这是因为鲁迅对辛亥革命确实有深刻的体验和观察，即使不正面描写，也能获得巨大的历史感，而那些正面描写辛亥革命的作家本身对辛亥革命并无深切体认，写得再多也是白费力气。

只有在受过良好的历史教育的基础上，才可能得到更好的历史感 VS 历史感这个话题有点预设，会搞得好多写作者有历史感强迫症

傅小平： 的确，在当下有必要重提大历史观。诸如黄仁宇《万历十五年》《中国大历史》《放宽历史的视界》这般体现大历史观的著作，或许改变了我们面对历史的观察视角与写作方式，却很难说在何种意义上真正打开了我们看待世界与历史的眼界。实际上，即使是对于历史写作者来说，宏观、整体地把握历史，都是一个很大的挑战，而文学写作者确实太容易迷失在历史的局部里了。当然，在当下，我觉得还是有必要强调历史细节的极端重要性。因为有时候一两个关键性的历史细节，都有可能颠覆整体的建构。毫无疑问，这会对写作产生直接或间接的影响。

陈　冲： 历史感是受教育的结果。一个人受的是什么样的历史教育，就会有什么样的历史感，直到几乎没有乃至完全没有历史感。只有在受过良好的历史教育的基础上，才可能通过个人的进一步的领悟，得到更好的历史感。如果这个基础不好，单靠“通过体验”，是“体验”不出历史感来的。受教育可以有多种途径，不过在当下，除了个别的特例，大多数家庭教育都是从属于学校教育的，而学校教育与社会教育又几乎是完全重合的，所以70后这一代人整体上缺少历史感。我们的学校里为什么要设置历史课？是为了让学生们知道并记住在什么时间、什么地方发生过什么大事。历史课讲授的确实都是一些历史事件，但讲授的目的，不是为了让学生们死记硬背与这些事件有关的年月日和人名地名，除了极少数将来仍以历史为业的，绝大多数人都会很快把这些忘掉。历史教育的目的，是为了通过对这些历史事件的正确、可靠的了解，建立起正

确、可靠的历史感，而这种历史感，将成为一个人终生的知识结构中的一个重要组成部分，成为这个人的思维方式中的重要支撑点。

傅小平：赞同。这里有两个问题：一是历史感的有无，是否全然是受教育的结果，还是同时有其他因素的影响；二是为何你独独强调70后这一代人缺少历史感？是不是在你看来，历史教育存在的问题，在这一代人身上集中体现了出来？

陈　冲：三十年前反思“文革”的时候，有过一种说法，说“文革”对中国文化所造成的伤害，要在两三代人之后才会逐渐显现出来，现在那个时候到来了。“文革”中有一个非常流行的说法，叫“把被颠倒的历史重新颠倒过来”。“历史服从路线斗争的需要”。在这种情况下，那些正在中学里学习的年轻人，怎么可能对各种重大历史事件有正确、可靠的了解？怎么可能建立起正确、可靠的历史感？然后，这些年轻人长大了，做了父母，其中的一部分成了中学教师，而70后这个人群，正是这些教师教出来的。有次我给我们省文学院的签约作家讲课，当中提了一个问题。这些签约作家的主体就是70后这一代人。我说我相信大家都很爱国。爱国的内容之一是爱我们的国旗。大家都知道我们的国旗是五星红旗。那么，这面红旗上的五颗星分别代表什么？知道的请举手。结果举手的只有大约四分之一。

傅小平：感觉问题又绕回去了。毕竟“红旗上的五颗星”分别代表什么，还是属于历史认知和记忆的范畴。记住这样常识性的知识当然重要，但如果只是习得诸如此类的历史知识，未必就是习得了历史感，甚至也不构成习得历史感的前提条件。

徐则臣：我想，是不是非得涉及历史才会有历史感？如果是，是不是涉及历史就有了历史感？写当下是否可以写出历史感？把这些问题弄清楚了，再谈文学中的历史和历史感可能会更方便。最近经常看到对年轻作家的批评，其中一条就是缺乏历史感，是因为他们历史写得少吗？好像不是，写过去的事的人很多，网络文学中的穿越、架空，各种传奇，一竿子就插到了几百年前，你能说他们没写到历史？但你又敢说他们有多少历史感？可见，历史感跟历史好像也没有什么如影随形的必然关系。那么写当下呢？我觉得未必不会有。历史感的获得，在我看来，首先建立在作家的当代感和现实感上，你对你所生活的现实和现场都无感，我不相信对历史能有什么别致的想法——所有历史都是当代史，这说法是有效的。写当下能写出历史感，可能要取决于你的情感、经验和认识的深度。所有的情感、经验和认识都是当下的，也可能都是历史的，只有当它们厚重、沉淀、深入到一定的程度，你的情感、经验和认识就会与此前的诸多情感、经验和认识相遇，自然地拉出一个纵深，进入到某些人类千百年来可以达成共识的序列，历史感呼之欲出。

鲁　敏：说到历史感的缺失，“普遍认为缺乏……”已经相当婉转了，其实有更失望更痛心的评价。也有批评家试图为青年一代写作者找点台阶下，关注日常、城郊化写作、意识形态淡化啦，等等，确实也挺不好辩护的。

不过老实讲，老实暴露我的想法，讲错了也认：我不是很认同历史感这个话题，有点预设。这种预设也是久远了，搞得好多写作者都有了历史感强迫症（跟先锋强迫症、底层强迫症、城市文学强迫症等，或也类似）。头上不戴一顶帽子，好像就不大好出门了。

历史与历史感并非此在的，而是一种学术回望，是批评家与史家之眼光。无赖一点讲，大家都生活在当下，当下的文本是否成为“史”之一页，也不是现在说了算。把历史事件当作个粗钉子，敲敲打打挂上一嘟噜包袱故事，未必这就成其为历史感；轻飘飘就写了小城里一对失败的同性恋，不过是些你依我依，百年之后，没准倒能留下一笔。

“重历史”当然是必要和重要的，但只重历史，就反文学，亦反历史了 VS 不敢与大师们相会，我们就设计出自己的小天地，好显出自己的高大

傅小平：说实在，是否缺失了历史感，是很难求证的一个命题。相对可以确定的是，我们的历史意识出了问题。翻开我们的历史教科书，或是文学史著作，但凡写到当代，会不时读到“空前绝后”“前所未有”“横空出世”等字眼，这般很难经得起推敲和考证的表述，都强调了我们这个时代的重要性和特殊性。当然了，这个时代的确特殊，就像我们经常说的，中国用三十多年的时间，走完了西方发达国家几百年走过的历程。我不确定这能说明什么，大致能想到的是，这样的表述与历史感无关，倒是凸显了与历史的割裂，以及与西方的共在。换言之，我们是重历史的，但对历史采取的是实用主义的态度，很多时候把它当成背景来凸显当代感。

鲁　敏：无知者无畏，我又要唱反调了。我觉得不是历史意识出了问题，是文学意识出了问题，文学被各种隐性的参数和中心论所绑架了。说到底，大家怕被说成小，怕被无视，怕被忽略。因此，想着法子要高大威猛，什么为大呢？历史！大历史！大历史观！

文学是极其丰美、数不尽层次的。风云契阔，巨轮碾压，是其一。餐食菜谱，蜉蝣之叹，亦是其一。“时代的书记官”云云，亦是其中之一。重历史当然是必要和重要的，但只重历史，唯历史重，我觉得这就反文学，亦反历史了。文学的根本，从来不是历史。读《史记》，其摇动人的文学气韵，往往在闲笔，某位的食量，某位的暴脾气。《追忆似水年华》是什么历史感？《树上的男爵》《失明症漫记》又是什么历史感？《红楼梦》呢？他们在动笔之初，就有了野心勃勃的历史感策划书？实则不过

是苦闷人的游戏罢了。然后的然后，他苦闷地挂了，他同时代的写作者也挂了，叫好的、不屑的读者也通通挂了，只有时间淹浸而来了，几代后人的视线，曲折蜿蜒投射而来，史家、批评家、普通读者，从那些并未湮没的文字里，看到了阶层之流变、暗黑之起源，或也看到些风俗史、地理史、道德史等等。人们遂抚而慨叹：学着点啊，咳咳，多了不起的历史感哪。

哈　金：以我看，这个问题涉及我们写作的态度。我们往往不敢与大师们在他们的天地里相会，所以我们就设计出自己的小天地，好在其中显出自己的高大。现在我们常听说海子是伟大的诗人，但如果把他挪到李白、杜甫身旁，他连他们的一根手指的分量也没有。认真严肃的作家必须诚实地面对自己心爱的大师，哪怕在他们面前我们是侏儒。

傅小平：必要的提醒。当一个严肃认真的作家，把自己置身于古今中外经典文学的大坐标里，即便是自信满满如海明威，都对托尔斯泰这样的大作家敬畏有加。而对于多数写作者来说，文学传统的庇护实在是太强大了，他们会本能地选择回避。要是往深层挖掘，他们回避的不只是文学的传统，还有文学所承载的悠远的历史传统。

赵柏田：历史感的缺失，实是由来已久。以历史图解政策，从历史中寻找权谋和成功学，对历史的功利态度，最终必然走向历史的虚无主义。历史虚无了，人的情感和价值自然也就虚无了。无根的文学才会想着要去“寻根”。

历史感的确立，来自常识。我们讲常识，就要有对历史的实证态度。没有经过实证的断语都是耍流氓。大词满天飞，恰恰证明了内心的虚弱。要建立起正确的历史观，须从恢复历史真相开始，须从体察历史深处的世道人心开始，要对历史抱有理解之同情。文学应该参与到这个祛魅、打鬼中去，就像一百年前鲁迅在《狂人日记》中做的那样。

傅小平：问题在于什么是历史真相。在有些虚无主义者看来，或许就没什么历史真相。打个比方，即使在各自的时间段里，我们看到的是一些真相，但要放在整体上打量却未必是真相。更何况，出于需要所做的利益权衡，会对我们怎样看历史带来很大的影响。很多时候，对历史真相的探求，或许就让位于现实利益的考虑了。

刘大先：这根植于人类的自恋本性和各种现实利益的权衡，每个时代都会认为自己是重要的。我曾经在一篇文章中谈过“现实感即历史感”的话题，历史总是在后来者的回溯中的后见之明，历史之中的人对于他所身处的历史进程往往是“不识庐山真面目”。但是他的历史感会自然而然地显现在他对于现实的感受、感悟和洞察之中，这难免会出现那种“实用主义”的态度。

陈　冲：在一个历史感缺失的市场上，最容易兜售的就是对历史的予取予舍。其实我们的老祖宗对这一点早有清楚的认识和精准的描述：只提过五关斩六将，死活不提走麦城。确实，我们在很多方面，都做到了“用三十多年时间，走完了西方发达国家几百年走过的历程”，一点都没吹牛，但是别忘了，在另外一些方面，我们的情况正好相反，一些欠发达国家十几年、二三十年就迈过去了的坎儿，我们一百年都迈不过去。

郜元宝：长期以来，我们的“当代意识”确实和必要的甚至起码的“历史意识”尖锐对立着。当代文学固然首先要注重“当代意识”，总不能把“当代文学”写成“古代文学”吧？但是否一强调“当代意识”，就必须回避历史呢？60年代初有“大写十三年”和“十三年要写，一百零八年也要写”的争论，结果前者胜出，后者被戴上“帝王将相，才子佳人”甚至“利用小说反党”的帽子而彻底污名化。所谓“大写十三年”（1949—1962），实际上是张扬一种被抽空历史延续性的空洞孤立的“当代意识”，这样的“当代意识”与起码的“历史意识”必然构成你死我活的尖锐对立。按这样的“当代意识”写“当代”，只能写出粉饰太平、歌功颂德的虚假之作，不可能有什么历史感。当然这些虚假之作也还是有史料价值的，后人以此为研究对象，至少可以看到那个时代的文学是怎么一回事。

厚今薄古使得“当代意识”和“历史意识”之间存在矛盾
VS
当代文学注重“当代意识”，是否因此就必须回避历史呢？

傅小平：要说有史料价值在于后人通过研究，将会看到今人怎样将“当代”塑造成前无古人、后无来者的伟大崇高的历史时期。这样的厚今薄古，使得“当代意识”和正确的“历史意识”之间存在不可调和的矛盾。而这种矛盾，不只是作家个人的选择使然，在很大程度上，也是环境影响，还有政治和政策的导向使然。

郜元宝：是的，因为作家不可能活在真空中，他们的历史意识或许比普通大众高明一些，但作家毕竟从大众中走出来，成为作家之后，仍然继续生活于普通大众的汪洋大海，普通大众的历史教育和历史见识肯定会影响作家，甚至左右作家的思想。如果作家缺乏反省精神，不敢与流俗的历史见识构成张力关系，那他所传达的历史意识往往还是被动反刍性的，从外界学到什么，再用文学的包装反刍给外界。

傅小平：问题是作家成名后大多中产阶级化了，在生活上与大众拉开了距离，但在思想意识上却未必有多少提升，所以会出现你说到的这种现象。

郜元宝：经常看到这个现象，尤其90年代“新历史主义小说”兴盛之后，一些成名的作家写近现代历史题材小说时，立志要写出新意，结果往往出现两种情况：一是历史内容完全被掏空，老套的历史知识固然抹得干干净净，但也没有别的历史图景取而代之。在一种只破不立的所谓后现代的狂欢化、游戏化叙述中，历史只剩下一些先锋作家的任意想象和虚构，一些自我迷恋的童年记忆，一些完全与大历史脱钩的碎片化的家族记忆和地方志书写。另一种情况是作家们固然对近现代史采取正面强攻的态度，但仅仅满足于做“翻案文章”，即仅仅把过去的老套倒过来重说一遍，从中你看不到真正属于他个人对历史的独特发现。过去是“暗无天日的旧社会”，好，现在给你反过来，拼命追求“民国范儿”。这一类美其名曰“怀旧”的作品现在好像不大看到了，可见读者还是有选择自由的。简单的“翻案文章”无法满足他们探究历史真相的兴趣。

傅小平： 相比而言，年轻一辈的作家在体现历史意识上会有怎样的不同？

郜元宝： 更年轻一代的作家之所以缺乏历史意识，说到底还是从高中到大学的历史教育所结的苦果，这使他们不熟悉别人乃至民族群体的过去。久而久之，这种不熟悉还会发酵为一种对历史的傲慢，即根本不愿意通过后天补课，努力去了解那些被遮蔽的历史，甚至意识不到他们的这种历史意识（姑且也算是一种历史意识吧）恰恰是某种历史进程塑造的结果，因此他们没有力量跳出这种历史架构。在这一点上，青年作家与他们的前辈并无本质的区别，只是具体表现出来有所不同而已。

傅小平： 你说“塑造”是不是指的作家的历史意识很大程度上，就像你前面说的那样，是被环境塑造的结果？

郜元宝： 是这个意思。比如，五四以来“青年（少年）本位主义”，以及后来“初升的八九点钟的太阳”的庄重许诺，令好几代年轻人自以为重任在肩，舍我其谁，朝气蓬勃，好胳膊好腿，尽可以充分占有“现在”，对“现在”最有发言权。放眼周围的未成年人和中老年，要么是小屁孩，要么早已“出局”，都没有资格进入“现在”的核心，而“现在”的核心也就是历史的巅峰。“现在”似乎总是年轻人的专利品。这样一来，年轻作家笔下的“现在”就很容易扁平化，似乎包罗万象，无奇不有，其实仅仅是螺蛳壳里做道场，经不起一点点来自历史的审问。

傅小平： 我想问的是，“青年本位主义”的长期影响，会否在一定程度上催生了当下如火如荼的“青春写作”？让人多少有些困惑的是，因了市场的驱使，有的作家即使是过了青春期，却依然在孜孜不倦炮制“青春文学”。

郜元宝： 我们文坛多少的能量耗费在这种“青春写作”的培育、宣传和衍生产品的制造上啊。许多高中生、大学生，宁愿放弃学习，也要挤进这个行列，而我们的“文化产业”又喜欢瞄准这一群写作者，跟他们一起吃青春饭，或者说吃他们的青春饭。13亿人口大国竟然把希望寄托在言情、玄怪、盗墓、穿越（还有这“囧”那“囧”）的“青春写作”，戏剧、电影、电视又以此为基础进行再度创造，此外就是各种“神剧”。怎么可以啊！难怪偶尔来那么一股“韩流”，就被冲得稀里哗啦。

傅小平：赞同你的关切。不过话说回来，既然一切都由市场说了算，而不管是作家也好，还是公众也好，都对文学不抱什么高要求，那又有什么不可以呢？

郜元宝：在我看来，许多“青春写作”，不管市场和有关部门如何炒作，如何力推，可能会有一时“辉煌”，还可以开公司，雇写手，呼风唤雨，撒豆成兵。现在书店、地铁，各种媒体的新闻广告，甚至电影电视的改编，都是这一类写作。但可以预言在不久的将来，转眼皆成云烟。

中国在百多年时间里，
不同代际间很容易产生思想的裂痕
VS
被各种“青春写作”主导，
是无法获得历史感的根本原因

傅小平：刚说到某种“当代意识”限制了“历史意识”，现在看来，限制“历史意识”的除此之外，还有与之相联的“青春写作”的某种套路。但在我们的感觉里，“青春写作”是近几年才出现的概念。

郜元宝：当然不是最近才冒出来的“新概念”，稍微往前推一推，你就会发现，现在所谓严肃文学第一线作家，大多数都曾经是具有“红卫兵情结”的“知青作家”，他们和80后、90后的“青春写作”表面上不可同日而语，但就其对历史的青春的傲慢来说，又不无相通之处。新时期以来，我们的文坛就是被各种“青春写作”主导着，这是“历史意识”缺

乏、无法获得“巨大的历史感”的根本原因。

傅小平：要这么说，所谓的“青春写作”，不只是新时期以后才产生，其实可以追溯到五四，那个时候的年轻人都不敢落后，争做新青年。还可以追溯到梁启超的《少年中国说》，文中“少年强则国强”的思维可谓影响深远。

郜元宝：回顾五四和现代文学，郭沫若、郁达夫、冰心、徐志摩等人的青春写作曾经“倾倒一世”。五四以后，救亡图存的全民动员首先就针对血气方刚的青年，所以《新青年》能登高一呼而应者云集。你看那时候各个领域的活跃分子无不以青年为主。那真是一个热情洋溢的“青春中国”！五四时期，自以为已人到中年的鲁迅竭力鼓吹“幼者本位”，主张年老的应该让位，替年轻的做牺牲，甚至一听到别人讲历史如何，就诅咒那是“现在的屠杀者”。

傅小平：鲁迅与青年之间的关系着实耐人寻味。

郜元宝：事实上，“青春写作”终究难以为继，敌不过当时一位青年批评家张定璜所说的鲁迅那种中年人的深沉的叹息。“青春写作”有“青春写作”的长处，但不能不看到它的短处，那就是缺乏历史意识。

周作人曾抱怨中国没有老年人看的书，也缺乏稳重的中年人看的书，满眼都是“青年啊青年”那类东西。这话乍一听老气横秋，似乎专门跟青年人过不去，其实是有感而发，具有一定的针对性。

傅小平：说来这是一个老问题了。无论是从历史上看，还是具体到一个家庭，不同代际之间，常常是互不买账。这关乎话语权的争夺，在一定程度上也是因为中国在这一百多年的时间里发生了太大的变化，不同代际之间很容易产生思想的裂痕，而为了维护一代人的话语权，有时就会出现相互打压的现象。

郜元宝：这个问题说来非常复杂，一言难尽！打压年轻人，我们比较熟悉，几千年都是这样子，现在也还是这样子。但基本可以肯定，一个处处打击中年和老年，单单力推青年的社会，与一个处处打压青年，单单维护中老年的社会，都是畸形变态的。理想的状态应该还是“长幼有序”，该怎么样就怎么样。

傅小平：赞同。但总体看来，往往是青年人占了上风。也不尽然，在近代以前，中国更可以说是老年人的中国，到了近代，尤其是五四以后，可谓物极必反，青年甚至被神化了，似乎青年就代表了希望和未来。

郜元宝：我想说的是，五四以后的一段时期，出现了一种新现象，就是力推年轻人。这里分两种情况：一种是鲁迅，真诚地“俯首甘为孺子牛”，甚至像鲁迅的同学钱玄同那样主张人过四十就该自杀，腾出地方让年轻人闹腾去；另一种力推则别有用心，即故意神化青年，把青年打扮成天兵天将，其实是让被神化的青年们兴高采烈地当炮灰，沦为政治理念的工具。一旦目的达到，或失控搞砸，需要替罪羊，就翻脸不认人，管你青年不青年，统统一边凉快去。许多青年不明就里，跟着起哄，唯我独尊，视一切中老年为反动，为渣男渣女，结果自己很快成了真的渣男渣女。现在单推“青春写作”，还是老谱翻新，就是利用一部分被神化的青年去压抑被污名化的中老年，同时更加残酷地压抑和哄骗处于神话光环之外的广大青年草根群，而广大青年情愿当草根，也不容别人戳穿据说是他们的青春偶像。殊不知这些偶像恰恰是专门打造出来欺骗广大青年草根的，而幕后推手往往又并非青年们自己。

傅小平：这真是一个怪圈。要打破青春神话，走近了细加观察，很多问题都不是想象的那么简单。

郜元宝：还有一种情况令人丧气，就是一部分乱中取胜握有话语权的青春偶像，以及与他们遥相呼应、惯以青年为号召的意见领袖，其实深知现代中国青春文化的奥秘，但秘而不宣，将计就计，自觉利用这种文化的魅惑力为自己争取更多脑残粉，以此经营脑残经济和脑残政治。他们实在比一手打造“青春文化”的幕后中老年推手还要可怕。

草根之群围着少数青春偶像跳舞，这样的“青春文化”会有怎样的“历史意识”和“历史感”，就可想而知了。

文学有鲜明的代际特征吗？
有生命力的文学会抹去过重的时代印痕
VS
我不认为在一定范围内
强调代际等更短的时间概念就必然有问题

傅小平：对照当代文学史，给人感觉不说一百年，三十年就已经太长，因为三十年，放在历史长河里只是短短的一瞬，但就这一瞬里也不知变换了多少文学思潮。而这三十年，我们还可以分出若干个“断裂”的五年、十年，作为一种话语权的争夺，一代又一代的作家，也确乎需要以这样的方式，来宣告这五年、十年又是怎样的“空前绝后”，更不要说我们如何强调代际的分野了。

赵柏田：60后作家，70后作家，80后作家，这样的代际划分是否出于自我认知的需要，是集体发声的一个策略？文学真的有那么鲜明的代际特征吗？有生命力的文学，恰恰会抹去过重的时代印痕，抹去这些代际特征，只留下对存在的勘探，对人与时代关系的审视。文学史写作重思潮、重流派，轻作家、轻文本，不只是历史感的缺失，更是自甘工具化之一证，套用历史学家黄仁宇的说法，文学史写作，也要“放宽历史的视界”。

徐则臣：我不认为在一定范围内强调代际等更短的时间概念就必然有问题。如果说我们真的丧失了必要的历史感，肯定不是因为我们不能“观古今于须臾，抚四海于一瞬”，而是因为我们太善于干这种事了，喜欢动辄以一个宏观文学史的凛然姿态去谈论文学。很多事情的确是要放远了看，才能获得整体性，但整体性经常成了我们忽略脚底下一步一步扎实行走的借口。宏观文学史是由一个个微观文学史组成的，这一个个小的文学时段我们都不能深入地看进去、看清楚、弄明白，大的文学史何来？我经常想，抽象地大而化之也许更容易，我们当然知道什么是好的文学，几个关键词就可以概括，但这顶什么用？大的关键词能抽象出来是建立在众多差异性的基础上的，而文学最重要的价值之一，恰恰是能够相互区别出你我的独特的差异性。这个差异性不仅包括作家本身的差异性，必然还包括作家所处历史、阶段的差异性。

傅小平：或许有人会问，没有宏观文学史的框架，又怎么看出这种差异性，或说是对不同时段的差异性有一个比较客观的认识？

徐则臣：面对历史而言，时间上的差异性是不均衡的，可能两百年一夜无话，也可能某一年、某一个月、某一天就严重改变了人类的历史进程，相对于历史长河，这一天的确是沧海一粟，但你能把这样的一天“大而化之”了？所以，问题不在于我们是否把宏观文学史不断微观化，而在于我们微观化的理由在文学上是否充分。我相信，合理的微观化只会增强我们的历史感，而非相反，因为这种微观化恰恰是立足于对宏观文学史的清醒的认知上的。

刘大先：断裂和代际云云往往是一种话语上的权宜之计，凸显了作家们的“影响的焦虑”，唯其如此倒恰恰显示出了他们无法摆脱历史的阴影。文学史构架主要是传达一种意识形态笼罩下的知识，这跟作家个体的创作联系应该没有那么紧密，主要是批评家和文学史家在强调这类话语。但一旦这种话语形成，并且在媒体上得到广泛传播之后，反过来也会影响到一些主体性孱弱的写作者。

在英美文学中，有雄心的诗人都要在
经典诗歌中找到自己的先驱
VS
当代文学史是一个没有历史感的命题，
中国的传统是隔代修史

傅小平：如此看来，能否放宽“历史的视界”，还考验写作者的良知和勇气。实际上，要把时间放长了看，再过一百年、两百年，回头看这

一时代的文学，或许并没有我们强调的那么不同，在整个中国文学史上，也未必能占据多么重要的位置。要这么看，当代文学史，就算不去质疑其是不是在实质上接续了传统，它至少是缺乏历史感的。这样一种缺乏历史感的文学史构架，会否影响了缺失了历史感的写作？

陈　冲：要我看，当代文学史本身就是一个没有历史感的命题。中国的传统是隔代修史，本朝只有提供实录的资格。必须隔代修史的原因仍然存在，所以这个原则也依旧有效。据说现在很多大学里都在修当代文学史，一些最多读过三五百本文学作品的教授们，都在很认真地思考，谁可以入史，谁不够入史，谁可以设专章，谁只能列专节。区区不才，一旁傻看，端的是憨态可掬。实际上，我们能不能给后代的修史者提供比较靠谱的实录，我都不是很乐观。

傅小平：反讽的是，急于给当代修史，从面上理解，不正说明当代人很有历史感？不过，这般费思量修的这个那个史是不是靠谱，还是得留给后人评判。说说看，何以不乐观？

陈　冲：斗胆举个有可能引发众怒的例子吧。孙犁有个短篇小说叫《荷花淀》，长期以来备受赞誉，河北文学馆在展出中是这样评价它的："《荷花淀》是孙犁的代表作，其题材的新颖、语言的新鲜活泼、表现手法的独特……标志着孙犁的小说创作进入了炉火纯青的艺术境界。"应该说这要算是一种相当权威的评价了，至少我自己一直以来就是这样认为的。前不久，因为写作的需要，我把这个小说读了一遍，不瞒您说，相当吃惊。作为批评家，要讲小说的优点，当然也可以讲出几条，但作为一个读者，我想有两点是无法回避的，即这个小说的叙事相当粗疏，小说的表达也未能尽脱矫情之嫌。孙犁确实是一位优秀作家，但《荷花淀》绝非上乘之作。也不必修实录，就是写一部专业上靠谱的《孙犁评传》，即便只和作家本人的《铁木前传》相比，我也宁愿把《荷花淀》视为孙犁的少作、习作。那么，我们对《荷花淀》的评价为什么会如此"高开高走"呢？我想可能的原因只有一个，就是为了增加"解放区小说"的权重。这样看来，既然《元史》是明人修的，《明史》是清人修的，而《清史》到现在还没有修成，只是据说已在修撰之中，那么我们现在这个时候的史，即所谓的当代文学史，还是留给后人去忙活吧。

傅小平： 有颠覆性的、令人耳目一新的见解。放远了看，不只是某个作家在文学史序列中的定位会有变动，对其特定作品的评价也会有变动和调整。当世看重的作品，未必是后世认为特别重要的作品。大体来看，隔开时间越长，越能对作品高下优劣给出一个更为公正的评价。

鲁　敏： 我的观念还是一路走偏的。作家提笔之时，能算计到文学史自然是有本事，但最好是最大限度地抛掉文学史。文学是真心之漫溢、是不吐会死之块垒啊，不是去抢位置占山头，就算当时当地抢到了，一时风头无双，但这风头可能也就三十年。比如茅奖、鲁奖，包括诺奖、布克奖，相当多的篇目已有半死或消失之征。

哈　金： 以我看，文学没有新旧，只有好坏。我们的文学观确实是短视的，最多只看到上一两代人，大多时候要迎合眼下的要求。我们的古人根本不是这样看文学的。比如，陈子昂虽然身在初唐，却要回溯四百多年前的建安时代的诗风，李白要走得更远，要追溯《诗经》的风气。他们的成就跟他们宏阔的眼界分不开，就是说古人看文学看的是千古事，在悠远的历史中寻找自己可能存在的空间。而我们丢掉了他们看问题的方法和眼界，变得近视。这种现象是中国独有的。在英美文学中，任何有雄心的诗人都要在经典诗歌中找到自己的师傅，也有个别人在汉诗中找到先驱。

有首创性的作品必是根植于传统的，
不对传统呼应的创新不过是花样
VS
不能因为历史与传统的重要，
忽略当代对一个作家形塑的重要性

傅小平： 这让我想到，特立独行如卡夫卡，博尔赫斯都在不同国家、

不同时代的文学作品中辨认出他的声音，并且由此断言，每一位作家创造了他自己的先驱者。而我们的作家，更多是迫不及待去“创造”后来者，以此来确证自己作为先驱者的地位。从这个角度看，我们是颇有些轻慢传统的。殊不知，如艾略特所强调的那样，传统是具有广泛得多的意义的东西，它不是继承得到的，它含有历史的意识。正是这个意识，使一个作家最敏锐地意识到自己在时间中的地位，自己和当代的关系。但我们一味强调当代，是很难认识到这个关系的。

哈　金：艾略特说的是怎样才能成为真正的首创。一部有首创性的作品一旦出现，就对整个文学传统多少有所改变，就是说它的意义和前提是根植于传统中的。不对传统呼应的创新不过是花样。

刘大先：历史确实永远都是一种“回眸叙事”，强大的作家创造自己的历史，“传统”总是那种从尼采到伽达默尔都强调的“效果历史”，也就是说历史一定是通过当代人的发明和实践鲜活地在当下产生影响。那种总是怀想着“创造”自己的后来者的人其实是自我作古，并没有真正理解对于不可控的未来而言，他只不过是一个妄自尊大的过客。

赵柏田：写作者知道自己处在时间的哪个点上，置身于什么样的时代，处于文学史的哪一个环节上，才能更准确地认清与现实的关系。历史面向现实，一个优秀作家身上，历史感和现实关怀从来都是不可分割的。

徐则臣：在我看来，一个伟大的作家是双重的产物：如艾略特在《传统与个人才能》中所说，是在与过去的经典和大师的对话中产生；同时，他还要在他与当代的关系中产生。必须承认，绝大多数作家的确缺少与过去的经典和大师对话的意识，也缺少对话的能力，这是作家们需要恶补的一块。但也不能因为历史与传统的重要，而忽略了当代对一个作家的产生和形塑的重要性。没有当代就没有卡夫卡和博尔赫斯，他们只有在他们的那个当代才能产生。如果作家们真要一味当代，那跟当代已经没什么关系了。

傅小平：所以，我们强调文学史的写作，强调作家与历史和传统的对话关系，不仅是因为严肃的写作，首先是一种面向人类历史和文学史的写作，还因为这种有着很强割裂感的，更多把古代文学当作一种专门的知识和学问束之高阁的当代文学史的写作，或许很难养成当代作家沉着而庄重的写作态度，要眼界过于聚焦当代，作家的写作是很容易走向轻飘的。

陈　冲：面向文学史的写作，肯定不是严肃的文学写作。

傅小平：怎么讲？我的理解是，就像前面哈金先生所说，文学写作的终极目的是超越历史。抽象意义上的文学史在我看来，不过是作家对不死的渴望的一种体现，所谓向死而生。而面向文学史的写作，不是脑子里装着某一部具体文学史的写作，更可以说是面向永恒的写作，是奔向自由王国的写作，是希望写下无愧于前辈作家的传世文章，即使在身后依然会被阅读和追忆的写作。

陈　冲：我说的是一篇小说要刚写到第二个自然段，作家就开始预测这篇小说会在当代文学史上占据一个什么位置，肯定不是什么好事。好的小说当然要有好的历史感，但作家的历史感好不好，是该作家知识结构和思维方式的一部分，到了写小说的时候才想到怎样往小说里添加一点历史感，肯定是来不及了。传统也一样。汤吉夫说，传统是不言而喻的。我认为他已经把这个问题说到头了。什么叫“不言而喻”？就是说它已经成为人们不必经过权衡就可以做出选择的价值取向。所以，那些被“倡导”要加以“继承”“发扬”“光大”的，都不是传统，最多只是从传统上裁下来的边角料。

赵柏田：博尔赫斯对文学前驱的发现、艾略特对传统与个人性的阐释，都是在说，文学不只是从现实中生长的，更是从文学传统中生长出来的。文学史应该让我们看到时代如何影响文学，更要让我们看到文学如何从一代代的文本中生长。文学史不应该仅仅是知识，它是人类情感成长的历史，是活着的方法论。

写个人经验没什么不好，关键是能不能把它升华成时代的、历史的经验 VS 尊重形式，尊重内在的逻辑，是写作的伦理，任何时候都不能牺牲掉

傅小平：让人欣慰的是，越来越多年轻作家认识到了这个问题。比较典型的例子，是前不久张悦然推出的长篇小说《茧》。作为一个被打上个人化写作标签的作家，张悦然以自己特有的方式来切入她不曾经历的“文革”，不能不说体现了一种历史的责任感，但她的叙事又很难让人满意，一些专家和读者认为，她所做的只是一种变形的“青春写作”。那问题在哪儿呢？或许在于这样的写作缺失了逻辑精神，因为小说形式和内容之间，不构成一种“非如此不可”的关系。说来说去，还是涉及该怎样在写作中体现历史感的问题，事实上，这也是很多作家写作时面对的难题。

哈　金：刚刚见到张悦然，她和中国人民大学的创意写作班一起来波士顿访问，不过她的《茧》还没看过。其实，写个人没有什么不好，关键是能不能把个人的经验升华成时代的、历史的经验。艾略特评价叶芝时说：伟大的诗人在写自己的时候也书写了他的时代。我想小说家也一样。

刘大先：《茧》我没有读过，不好置喙。我想说的是写作如果要体现历史感，仅靠想象甚至细密的考证是不够的，它必须有着真切的现实关怀和生命体察，有着明确的历史观念和价值诉求——无论这种历史观念和价值诉求是正能量还是反动的，是激进的还是保守的，否则不过是让各种流行的他者话语在写作者头脑中跑马圈地而已。

陈　冲：我没有读过《茧》，但张悦然是一位我比较看好的作家，因为在70后、80后这个群体里，她是一位有家教的作家。我还有一种看法：

文学是有边界的写作。要求张悦然在长篇小说里写出“文革”的历史真实，是不合理的。理论上说，历史真实是比历史感更高阶位的要求。如果小说只是以“文革”为背景，实质上是一种变形的“青春写作”，那么我觉得如果这种变形恰好能与“文革”的变态相呼应，就不失为一次有历史感的写作。当然，没读过作品，虚着说说，说错了，就权当是误射了一枚响尾蛇吧。

鲁　敏：我跟张悦然也在微信里聊过她这部新作，祝贺她走出了这么富有挑战的一大步。她非常勤奋，此前做了大量的功课，有多次的自我推翻与重建。她的这部小说，我认为在结构上的探索是被忽略的，作为同行，非常能够体味到，这种对话模式，在具体实践中是高难度的。大多数的批评，集中在“文革”伤害作为人物核心背景的突破上。可能也因为长期的对70后、80后的“历史感”失望，这次终于找到了好靶子。这些反馈，说明张悦然在80后中率先突破得到了正向认同，但另一方面，我觉得这又有点像一个“我晓得你要在哪里找什么、你也晓得我在哪里藏了什么”的游戏。我也经常这样，身边一大批同行都这样。写作者、读者、出版社、批评家，包括评奖标准，都在玩这个游戏。我们在技术、经验与理性中，不自觉地自我训练着这种捉迷藏游戏。我也很迷惑，我不断地想摆脱。有时又觉得，这大概也是写作者所固有的胎记。

郜元宝：确实有不少青年作家意识到历史感缺乏的问题，于是在写作中努力加以克服。你说的张悦然这部新作我还来不及拜读，仅以我读过的鲁敏《六人晚餐》(最近拍了电影)和路内《慈悲》而言，都有明确的历史指向。他们所指向的历史和张悦然新作所关心的“文革”，都是当代中国历史中至关重要的环节，即90年代上半期许多国营大厂“关停并转”，给千万工人阶级家庭生活带来重大影响，而且直接牵出诸多难题。从90年代上半期开始至今，这个问题总是被当代主流文学小心翼翼回避着，或者只是影影绰绰闪现于某些作家笔下，比如苏童《城北地带》就是写鲁敏《六人晚餐》中南京市北部正被“改造”的旧工业厂区和家属区，但苏童的时代背景主要是70年代，而鲁敏一下子把时间拨到90年代。《六人晚餐》最后用一把大火将一片广大的废旧厂区化为灰烬。《慈悲》中最终都要中毒身亡的“苯酚厂”工人，从过去千方百计争取拿一点工资之外的补助，到90年代目睹工厂在“股份制”改革过程中被权贵资本联手瓜分，原来的“主人翁”只能争取不下岗，或下岗之后争取到尽量多一点的再就业机会……

傅小平：就这几部小说力图表现的题材而言，的确比较能写出历史感。以你的阅读和研究，实际表现怎样？

郜元宝：读到这里，我恍然觉得这是接续了五六十年代“重大题材”和“介入生活”的传统，历史在直面现实的当下叙事中呈现了它的庞大身躯。其实上海作家李肇正，程小莹，管新生、管燕草父女都有不少作品涉及这一重大历史阶段。但正如人们不太满意张悦然对“文革”的隔代讲述，我看鲁敏、路内通过童年记忆和父辈经历的视角回顾90年代初厂区生活，也有诸多的不满足，总觉得历史还不止这些。但说句公平的话，责任不能完全推给作家。材料缺乏等客观因素不得不考虑到。

总之，历史意识淡漠，历史感薄弱，不仅是个别作家主观能力或文学观念的问题，也是中国当代文学一种整体性困境，需要文学界、学术界乃至整个读者社会一起来面对。

有的人没多少生活，但对世界和事物有独特的感知，

这就是洞见的基础

VS

关键得有文学性的创造。非要追求历史感，

首先得取决于文学感的成立

傅小平：我关心的另一个问题是，文学界对历史感的迫切呼唤，会不会对作家写作造成一种“影响的焦虑”？为摆脱这种焦虑，获得更广泛的认同，会让他们自觉不自觉地偏离自己擅长的写作路径，作为一种策略性的考虑，以功利的、投机的态度去面对历史，从而使这样看起来有

历史感的写作，变成对于主流趣味的迎合？

赵柏田：不能说一个作家写了某个敏感历史阶段，他就有了对历史的担当。担当这个词太大了，不如说勇气更恰当些。当然，仅仅有勇气是不够的。历史感弥散在字里行间，它来自认知，仅有认知还不够，还必得有自我生命的体认。这个体认尤其重要。西蒙娜·薇依说，有些题材，四十岁之前不要轻易去碰。我明白她的意思，体认是跟年龄有关的，经验不到，怎么急也没用，轻易碰有些题材就很容易写砸。尊重形式，尊重内在的逻辑，这都是写作的伦理，任何时候都不可以牺牲掉。在一个完全陌生的题材里如何体现历史感，要之还是一个想象力的问题。

徐则臣：我们是不是有点着急了？不写历史，说作家没什么深远的担当；写了，即便差强人意，我们也怒其不争。文学真不是有了某种先进的意识就能一下子解决问题的，活儿得一点一点干，在写作中体现历史感不是一咬牙一跺脚就可以完美地实现的。要给作家时间，一个不满意写两个，两个不满意写第三个，“非如此不可”也得摸着石头才能蹚过这个河。

傅小平：说到这里，我们大致明白了历史感不是什么，它不是刻意表现出来的，而是自然而然从你的生命体验里流淌出来的。它与题材没有绝对的关系，不是说写历史就必然有了历史感，写当下就一定缺失了历史感。

陈　冲：从写作的角度讲，恐怕应该是正相反，写历史题材，不可缺少的是现实的观照，写现实题材，则不能没有历史感。所谓总体性、整体感的缺失，正是缺少历史感的必然结果。“碎片化”本身不是问题。从特定意义上讲，现实生活的原初状态，本来就是碎片式的。问题在于，“碎片化”作为一种小说修辞的表现方式，应该是对已经经过理解的现实所做的一种变形处理。这样一来，它自然也要受到类似于绘画变形所受的那种检验，即这种变形，究竟是因为画家对现实本质有了深刻理解之后所进行的夸张与强调，还是因为画家的素描能力不过关，画不像，才画成了这种样子。对于一个经过碎片化处理的小说文本，这种检验的标准，就是看它所提供的这些碎片，能或不能在阅读的审美过程中，最终拼接出一个具有总体性和整体感的小说世界。如果弄到最后仍然只是一堆碎片，那么充其量也就是一只万花筒。虽然对着阳光一照五彩缤纷，转动一下琳琅满目，说到底终是一个玩具罢了。

哈　金：这个问题涉及作家的眼界问题。写作技巧可以教，但眼界没法教，这除了跟个人的经历和学识有关，更主要在于作家心灵的敏感程度。我们常说要体验生活，其实，对心灵不敏感的人来说，许多有意义的事情在他们身边只会一掠而过。而有的人没有多少生活，但他们能对世界和事物有独特的感知，这就是灵感，是洞见的基础。当然还要有勇气。实际上，在特有的时代环境中写作本身就是重要的历史感，如果你诚实，写出的文学作品不可能不带有时代的气息。

傅小平：对。很多写作上的问题，归根结底是作家的能力、见识、眼界和才华的问题，要是综合能力没有达到，即使他有再多的历史知识，恐怕都带不出那种历史感。这就好比写细节，要是缺了能力，真的也会给写得像假的。当然具体到写作，还是会复杂一些。我想到伊斯梅尔·卡达莱的《亡军的将领》，小说写到一位意大利将军，在战后回到阿尔巴尼亚，收集当年战死在此地的部下遗骨的故事。重要的是，他写了一个充满历史感的故事，就像有评论说的，卡达莱作为没有经历过战争的作家，他为认识战争带来了新的角度和新的经验。要以此对照，写出历史感，同时也考验你写作的角度，而这角度的选择，考验你对历史和现实有没有新的发现。

徐则臣：没错，情感的深度到了，认识的深度到了，经验的广度和深度到了，对历史和现实的反思角度别致、效果有了，历史感也就来了。

鲁　敏：嗯，同意。关键得有文学性的创造。如果非要追求历史感，首先得取决于文学感的成立。我十分喜爱且读过好多遍的《五号屠场》也是这样。冯内古特对这段亲身经历是无论如何也要写出来的，这种强有力、几乎令他不能入眠的表达欲，肯定是大于所谓的写出历史感的野心。他推翻了许多角度，最终才找到现在这个带点科幻的、神经质的入口。

赵柏田：历史想象力，正是历史感的呈现之一，它可以帮助我们回到历史现场，体察人物情感和心理，循着历史的草蛇灰线，去发现历史隐秘的结构，去重新组织历史。卡达莱的《亡军的将领》借由将军寻找战死士兵的故事，呈现了他在这方面的功力。他在《破碎的四月》《谁带回了杜伦迪娜》里也做得很好。对于一个有着强烈历史感的作家，他会特别注意视角的运用。他就像尤瑟纳尔说的，会调整好手中望远镜的准确焦距，以便把远处的东西拉到面前观察。以新视角去写战争的，我还可以推荐 E.L. 多克托罗的《大进军》，在这个关于美国南北战争的故事里，他赋予了历史小说以现代的形式。

刘大先：正如老话说"日光之下，并无新事"，但是"无新事"并不意味着不能有写作上的新经验和新表述，同样的原型母题能够生发出无数枝繁叶茂、赓续不绝的作品，正是因为后来的作品都找到了自己的角度，如果没有独特的角度，那种写作基本上是无效的。

我们与世界互为镜像，以内在去观照无穷的外在，
才会有"我的文学"
VS
以强大的内心作为支架"生活在真实中"，
写下的才不会是虚伪的文学

傅小平：很高兴我们大致有了一个共识：历史感的缺失，事实上，还源于我们看不到真正的现实。即使我们看到了局部的、碎片化的现实，却看不到总体的、有着整体感的现实。而缺乏总体性和整体感的现实，只会是浮面的现实，而不是有历史感的现实。

鲁　敏：局部、碎片化没有错。哪个有半空筋斗的全知全能之眼？一条呼兰河是碎片，一面古赤壁也是碎片，偏就是要在这样的局限性里架上机位、自我构图、放大光圈，寻找焦点与虚点。我老爱打"取景器"的比方，说的约莫就是这个意思。我认为，局限性是一种美。

傅小平：当然，纵使天才，也未必有什么全知全能之眼。所以整体感的获得，一定不是说希求作家有上帝一样的视界，要他在尘世之外俯瞰芸芸众生。而是他有过人的洞察力和穿透力，即使道路在雾中，也能感知和触摸到那种“大象无形”的总体性和整体感。

哈　金：这也许是一个永恒的话题，因为不可能每个时代都有许多作家能够宏观地把握时代，甚至有些优秀的文学作品都具有或然性和运气的因素。所以，我们不该说大家应该怎样做，只能说我们在等待天才。真正的天才的出现一定会带来不同却又真确的眼光，一定能把零乱的现实穿透理清。卡夫卡的格里高尔一夜之间变成了虫子是对现代生存异化性的最精辟的归纳。

赵柏田：小说家一边以细节建构故事的大厦，一边又像个无所不能的上帝，掌控着故事场域里的一切。他看到的现实，必须是一个整体的现实，而不是碎片化的。

傅小平：我们为碎片化的现实生活吸引，困惑于抓不到眼前的现实，但我们或许更缺的是“向内”的视角，我们很少能往自我的深层掘进。实际上，人作为过去、现实与未来之流里的中介物，只要足够敏感，每一个神经末梢都能感知到历史的心跳。也唯有“向内”，我们才能确知历史是不是真正融入了我们的生命。因此，所谓的历史感，更可以说是一种自我的内在修养或生命体验，我们的写作有没有历史感，也只是取决于我们有没有这个“内在”。而只有有历史感的人，才有可能穿透现实的迷雾看到真实。我们真正缺的是，或许是如哈维尔说的“生活在真实中”。

赵柏田：过去和现实，在时间的两个端点上，诚然，两端都迷雾重重，以强大的内心作为支架，他才能“生活在真实中”，他写下的，才不会是虚伪的文学。正是在这个意义上我们说，写作是心灵的艺术。

刘大先：我理解你所说的“向内”和“内在”其实就是找到自己的主体，而不被外界各种话语所牵绊。当然，每个个体都是生活在特定时空之中，会有各种来自出身、教育、社会、意识形态等方面的影响，但文学的意义正在于它也是一种历史实践，它的意义就在于要超越这个庸常的所在，生产出具有启示性的作品，以加入当代历史的进程之中。

鲁　敏：特别同意这个说法：向内。我们与世界是互为镜像的，以内在去观照无穷的外在，唯有向内之眼，才有人的文学、我的文学。换句话说，世界之大，历史之大，是够不到的，是不成立之对象。你就该仅取一瓢，饮此一瓢，发出独有的咕噜咕噜声，才是恰当的、甘美的。

作家所能做的就是不断写下去，
坚信能在自己久远的传统中找到回声
VS
本雅明的光晕或灵韵更是一颗明亮的星，
指引着我们走出心智的谬误

傅小平：悖谬的是，说来说去，我们恐怕也没法给历史感下一个准确的定义。我倒是更愿意借用本雅明说的光晕或灵韵的概念。历史感的弥漫和浸染，会让我们的写作多一些纵深之感、润泽之气，就像透过摇曳的烛光，我们能看到风的气息和光的晕染，即使烛光熄灭了，还能感受到那种像是从遥远的时空里传来的经久不散的氛围。这也是机械复制时代写作比较能体现原创性的部分。问题只在于，我们怎样用文学的招魂术，把它从历史与现实的泥沼里召唤出来？

陈　冲：有逻辑地讲，历史感是一个概念，只要是概念，就应该有定义。如果说因为条件尚不成熟，我们不必急于给它下定义，那么我至少想再次强调一下开头那句话：历史感是受教育的结果。我这样讲是有针对性的。恰恰是因为历史原因而未能受到足够好的教育的那一代人，偏偏无视受教育程度的重要性。我们常可看到一些很有才华也很有抱负的作家，不惮于进行各种各样的尝试，却不能保持创作水平的基本稳定。为什么？用批评家王力平的话来说，就是他们的知识结构不足以支撑他们的文学追求。我一直看不明白一个怪现象，为什么恰恰是受教育程度先天不足的一代人，偏偏特别想学受过良好教育、极具贵族气质、精通

多国语言、真正有过“读万卷书、行万里路”经历的博尔赫斯？老博是一位与我们差距太大的作家呀！现实改变不了历史，但是可以弥补。来一次对正确、可靠的历史的自我补课就是了。中国作家的智商并不差，完全可以“自学成才”嘛！

哈　金：纵观文学史，最终只有个人的才华决定一切，当然这是指有成就的才华。没有成就的才华毫无意义，可以说不是才华。作家所能做的就是不断写下去，坚信只要能在自己久远的传统中找到回声，就有超越历史的可能。还是自己继续做梦，继续努力吧。

傅小平：有成就的才华，很有启发性的提法。不过“有成就”的限定，也会给人以庸俗化的理解，比如被公众认可，进入当代文学史，等等。我想不是这样，这个限定应该关乎真正的文学所具有的那种穿越时空的品质。不管怎样，如果“才华”不是成为“有成就的才华”，就不会生成历史的效应，所谓历史感又从何谈起。

鲁　敏：我已经快被历史感给绕晕了……如果我真能修得招魂术，我不打算召唤历史，更打算召唤沉沦的人性。这是我的理想。

赵柏田：历史感不是什么鬼，它就是让我们可以看得见过去、现在和将来的那种东西。是一种穿过迷雾的目光，一种发现被遮蔽的真相的能力。本雅明对历史感的这一比拟，光晕或灵韵，所说正是历史的动人之处。当然，它不仅仅是光晕或灵韵，它更应该是一颗明亮的星，指引着我们走出心智的谬误。

刘大先：这个问题是没有答案的，一旦某人信誓旦旦地命名了历史感，实际上已经将它的生机窒息了，并且带有权力压抑的危险气息。我想，每个人都在寻找自己的路，大家还都在路上。

十

三十年，
有多少“先锋”可以再来

- 2015 年 -

主持人： 傅小平

对话者： 张清华　孙甘露　张　闳　洪治纲
李　浩　杨庆祥　张　莉

背　景

2015年，中国先锋文学诞生三十周年。自20世纪80年代中期开始，以刘索拉、徐星、残雪、马原、余华、苏童、格非、洪峰、孙甘露等为代表的一批年轻作家，披坚执锐，在中国文坛掀起了一股先锋文学的浪潮。回首先锋文学三十年，当然不是要回到三十年前，而是邀约我们思考：三十年前，先锋文学如何发生？它只是文学内部的激荡，还是呼应了当时社会大环境，且带来了思想的革新？这三十年间，先锋文学经历了怎样经典化的过程？又该如何客观评估其实绩与影响？而在文学创新遭受质疑的当下，是否还遗留了先锋力量的不灭风景，又有多少以“创新”为核心动力的先锋可以再来？

先锋文学源于启蒙主义写作，
不止1985年和1987年两个波次的浪潮
VS
要是与西方现代文学传统相比较，
中国先锋文学就不具备先锋性

傅小平： 回望先锋文学三十年，首先可以探讨的是，先锋文学作为

一个世界性的文学潮流，当它被用来指陈中国当代文学的时候，是不是有必要加上“中国”的前缀和限定，这同时关系到一个更具现实针对性的问题：先锋文学在多大程度上，只是国外文学形式探索的横向移植，又在何种程度上渗入了中国独有的创造？先锋文学文本意义上的形式探索，与其内在的精神探索之间构成怎样的一种关系？不妨由此引申开去简要谈谈中国先锋文学的这三十年。

张清华：“中国当代先锋文学”，这是个独有或者专有的词语，虽然它是西方现代派文学、意识流、六七十年代而下的魔幻现实主义、法国新小说等对当代中国的影响的产物，但我又不认同它只是西方文学渗入的产物。对此我已经在将近二十年前写过一本《中国当代先锋文学思潮论》来探讨它的起源，认为是源于“文革”时期地下状态的启蒙主义写作。“先锋文学在当代中国首先是启蒙主义思想运动的产物”，在早期它的核心是人道主义，在20世纪80年代中期以后则逐步置换为存在主义——“存在主义是一种人道主义”，这是萨特的说法。我的意思是，先锋文学不止局限于1985年和1987年两个波次的小说新浪潮，它是源自60年代、断续隐现于70年代、终于在80年代全面浮出地表的一场波澜壮阔的思想启蒙与文学变革，是与五四新文学遥相呼应的、部分重合的一场文学运动。关于这一点，我希望能够成为知识界和批评界的共识，否则就不会有一个历史的和客观的看法。在近三十年中，这场运动逐渐沉落，但其精神与艺术的元素已经渗透到现今的文学之中，遁形于无迹，却又成为文学的骨血。

张　闳：作为一种世界性文化思潮的先锋文学含义模糊，时间、范围，乃至其特质，均难以界定，而中国的先锋文学则特指发生在20世纪80年代中期至90年代初期的一种文学潮流，而且往往以先锋小说为代表，其规模和代表性作家的构成，均有明确所指。甚至文学研究界习惯性地以“1985年”为时间标识。之所以这样做，乃是因为在当时就有所谓“85新潮”这样一个称谓。事实上，“85新潮”所指的并非仅仅是文学，而是发生在1985年前后整体性的文化艺术新潮流，包括文学、美术、音乐、电影、建筑，以及学术文化。许多先锋文学的代表性作家作品的发表，实际上晚于1985年，如余华、格非，主要作品多在1986年之后发表，但倘若没有“85新潮”对文学观念的影响和冲击，他们的作品很难被发表。而一些早于1985年就已经写成的先锋作品，如马原、残雪等人的早期作品，大多写于80年代初期，但也要等到“85新潮”阶段才发表出来。

先锋小说在那几年集中出现，并且大多在几份观念前卫的杂志——如《收获》《上海文学》《北京文学》《花城》《钟山》等——上发表，呈现出一种“井喷”现象。而根据当时主流文学发展的逻辑是无法推导出这种现象的。先锋文学的出现，是主流文学逻辑链条松弛和断裂的结果。从表达方式上看，它是一种全新的文学，几乎可以说是直接连接到20世纪世界现代主义文学的母体上的胎儿。这一点，跟当时风行一时的反思文学、知青文学、寻根文学，乃至王蒙式的所谓“现代派”文学等，有着根本性的不同。当然，它显然又是“中国式”的。以其所表达的荒诞经验为例，他们所写的是中国历史、中国现实，但这种历史和现实本身就有极大的荒诞性，甚至都不需要刻意加以荒诞化。此前的中国作家就做不到这一点。

先锋文学的重大意义在于，自从它出现之后，现代汉语文学的发展路径从此改观。之后的写作，无论属不属于先锋派，都无法避开先锋文学的经验。且不说新一代的作家，即便先锋作家的前辈，知青一代的作家（如王安忆、张炜等），乃至更老一些的（如陈忠实等）都很难完全忽略这种经验，他们再也不可能完全像从前那样去写作了。它开始了一种“新文学”。

洪治纲：先锋文学这个概念成立的一个基本前提就是地域性，因此加上“中国”更科学一些。这是因为，文学是一种语言的艺术，具有母语文化的承传性，或者说具有某种空间上的区域性。任何一种先锋文学的出现，都是针对该民族或该区域的文学传统而言的，都是一种母语文化中自我更新式的裂变。中国20世纪80年代中期所涌现出来的先锋文学思潮，就是针对中国文学自身的传统而言，如果将之与欧美等西方现代文学传统相比较，无疑不具备先锋性。先锋文学的地域性，旨在强调一切具有开创性或实验性的文学创作，只要是与其自身的文学传统构成了反叛倾向，那么，它就属于该民族或该区域的先锋文学。事实上，从历史的角度看，先锋派在欧美文艺界差不多活动了近一个世纪，其间除了不断地涌现出各种新思潮新实验，同样存在着空间上的不停变换，直至覆盖到整个西方国家的文化领域，与文化的现代性构成一种紧密的呼应。

李　浩：传统是流变不居的，先锋在我看来也是流变不居的，三十年的先锋实践很大程度上是先锋精神的延承，它改变了中国文学的已有质地。同样在我看来，先锋文学从一开始就在试图“中国化”，譬如北岛的《回答》，譬如马原的《虚构》，譬如余华的《十八岁出门远行》……他们在试图写下“中国故事”，试图在阐释“我和我们的面对”，试图把西方的文学经验加注于中国的故事书写中。很大程度上，他们在努力改造，尽管部分的改造带有夹生感，移植成分大于改造的成分。但无“先锋”们的努力，今日的文学也是不可想象的。作为写作者，我从他们最初的“中国化”中获得的滋养远比我想象的要多。现实主义小说也是移植来的，在此之前中国没有主义，只有话本小说。它移植于苏联，部分来自欧洲，它们同样经历着“中国化”的改造过程。但在我们的批评者眼里，先锋文学是移植来的，有水土不服，而现实主义作品则似乎是土长的，没有改造过程。你觉得，这是不是一种选择性盲目？

任何一种技艺的更新，都伴随有思维样式的改变，或者说，首先是思维样式的更变，然后才是技术更变。形式的探索和精神探索之间有着密切的内存关联，我同样不认为谁能掌握将二者截然分开的解剖学。先锋文学的形式探索至少部分改变了我们的文学旧观念，让我们更尊重个人和个人选择，让我们部分地放弃了线性的完整性诉求，放弃了让文学承担和“政治表达同构”的诉求。它，让我们的视野更加阔大，不困囿于一隅和一见……这些，研究者说得会更好。

张　莉：今天我们讨论“先锋文学三十年”的时候，是有个隐在的前缀和限定，即中国先锋文学。如何定义中国先锋文学，这当然与西方先锋派写作有直接关系，但与“85新潮”有更为直接的关系。“85新潮”中，催生了一大批先锋作家，马原、余华、苏童、格非等等，他们的作品中，既有国外文学形式的横向移植，但也具有了先锋派作品与中国现实结合的可能。先锋文学对中国80年代以后的写作产生了深远影响。

杨庆祥：根据卡林内斯库《现代性的五副面孔》中的观点，先锋性不过是现代性的一种，它最初起源于现代艺术，然后扩散为一种泛化的文化现象。就中国而言，谈先锋文学，不仅应该加上“中国”这个限定词，而且更应该加上“80年代”这个时间限定。它不仅仅是一种形式的简单移植，更是中国经验的历史性表达，它的形式和内容是互为一体的。

能在文学史上留下的作品，都是先锋性的，
它们拓展了新的可能
VS
如果说先锋精神的核心是“创新”，
那么现在的文学创新性很小

傅小平：我们纪念先锋文学三十年，事实上已经表明，先锋文学自发端迄今，并没有如不少批评文章一锤定音的那样“已经终结”，而要说先锋文学没有终结，多半指的是，先锋的文学精神没有终结。实际上，20世纪八九十年代先锋文学的热潮过后，先锋精神、先锋写作依然是有抱负和雄心的作家时常挂在嘴边的字眼。大多作家认为，先锋的精神就是自由的精神、怀疑的精神，而先锋的写作无非就是颠覆性的写作，有难度的写作。至于这些理解，是否只是有名无实的说辞，还是真正触及某种实质，这就得回到吴亮多年前提出的问题，先锋的艺术只能由先锋的哲学精神来识破和鉴别，这种鉴别工作成了当代真正拥有睿智目光和洞察力的先锋理性批评面临的最大难题。问题是该怎么来识破和鉴别？

李　浩：宣称什么什么终结都是轻易的，即使它表面上终结，部分的、内质的东西也会延伸下去，成为另外一种可能的滋养。唐诗之后宋词，诗和诗意并没有终结；明清时期小说有了发育，诗和词也都还在，即使在明清的小说中，某些源于唐诗的成分还是获得了保留。艺术的形式会是多变的，随着时代它可能有更新或骤变，这没有什么问题，但内在的某些东西会成为一直延续的潜流。

吴亮说得好，我认可。不过，识破和鉴别工作也没有那么难，也似乎不需要专业的鉴别师来完成。“先锋的精神就是自由的精神、怀疑的精神，而先锋的写作无非就是颠覆性的写作，有难度的写作。”有它，基本就够了。所谓先锋，在我看来最重要的是“做出自己的独特发现”，是对“未有的补充”——它既关乎技艺也关乎思考。先锋即冒险，它要的是探索的、前行的姿态。有人说所谓文学史本质上是“文学的可能史”——从这个意义上讲，文学史上能留下的，都是先锋性的。因为它们拓展了新可能。

张　闳：“终结论”自90年代初以来，一直就有。就文学潮流层面而言，它确实终结了，甚至早就终结了。大约在世纪末前后，很少有人还像当初的先锋作家那样地写作，即便有，也属于作家个人的选择，而不再是一种文学潮流。就文学精神层面而言，即便没有终结，但也在衰退。如果说先锋精神的核心是“创新”，那么，现在的文学创新性很小。原因很复杂，至少文学创新的动力在消失。其他文化类型，可能更具创新性。自由的精神和怀疑的精神，很可能在其他更广泛意义上的写作中，更能得到充分发挥。至于吴亮所说的哲学精神，当然有可能为先锋写作提供某种启示，问题在于，当下的哲学自身也面临困境。面对当今世界复杂而又快速变幻的局面，哲学也显得力不从心。

张清华：先锋当然是一种精神，本质上是自由的精神，这个没有错。但这是一种本质化的理解，而非历史的理解。作为一种历史现象，作为一个文学运动，它不可能永远存在。历史上所有的文学运动都是存在于一定的时间和历史环境之中。如今这样一个环境已经全然不再，要求先锋文学运动依然如故是不可能的。这正如文艺复兴的精神，人文主义的精神是永恒的，但文艺复兴却是指五百年前发生的一场思想文化与文学艺术的运动，你不能说文艺复兴运动还没有结束。当然，先锋文学作为运动结束了，并不意味着已经全然没有先锋艺术，或许它还是有的，但在精神上可能已经有变化——蜕变为了一种德里达所说的“产生于文学的危机经验中的‘文学行动’”，一种比较极端化的行为化的东西，各种极端的观念和行为艺术式的作品仍然会零星出现，但这也不能表明作为历史的先锋文学仍然以现在时存续着。这个问题并不难理解。

杨庆祥：每一代写作其实都是一种潜在的语境。80年代先锋文学的潜在语境就是十七年文学和“文革”文学形成的社会主义现实主义的写作成规，对这些成规的反抗和颠覆，是80年代先锋文学写作的内驱力。因此，鉴别先锋的办法，没有什么高深的哲学或者玄学，其标准就在于是否对一个时代既有的写作成规构成了挑战，是否形成了一种新的美学。

张　莉：与现实的对抗、紧张关系与疏离感是先锋文本的重要特征，在我看来，如何理解虚构与真实 / 现实的关系是先锋文学遗留下来的至为宝贵的文学财富，也是一代作家在形式探索外壳之下所做出的最核心的文学贡献。从这个角度上讲，先锋文学从未过时，也不应该过时。

洪治纲：人们在讨论先锋文学时，常常纠缠于先锋与传统的界限究竟在哪里，他们希望有一个清晰的边界，可以让绝大多数人都能明确地鉴别哪些文学创作是先锋的，哪些是属于传统的。应该说，这是很难的，也未必有意义。事实上，在人文领域，很多概念之间都没有明确的界限，它并不像自然科学那样拥有清晰的量化指标。这也是人文科学的魅力之所在。譬如，什么是小说？非虚构是小说的特质吗？如果是这样，那么如何理解非虚构小说、新新闻小说？先锋文学之所以被确立为一种文学范式，主要在于它的反叛性、原创性、异质性，它颠覆了我们既有的审美经验和艺术观念，体现了创作主体强烈的探索意愿和超前意识。但它毕竟是从传统文学中诞生出来的，多少承袭了传统文学表述的某些元素，包括语言和修辞。所以，一定要确立一种明确的、人人可以操作的鉴别先锋文学的标准，是比较困难的，也是没有意义的。

现在谈先锋文学的经典化，还是《平凡的世界》的经典化都为时尚早 VS 不读先锋文学，除了表明对“有难度文本”的畏惧，还能说明什么呢？

傅小平：我们强调“识破和鉴别”先锋的艺术，就暗含了对经典的反动，暗含了改变既有文学秩序的意图。近些年，呼吁当代文学经典化的呼声不断，但先锋文学其实早被经典化了，一个典型的体现就是：被写入了各大当代文学史，并在一定程度上成了不可复制的神话。或可质疑的是，先锋文学是不是被过早地经典化了？先锋文学的被经典化，会不会把尚未经受时间考验的伪先锋一起连带着经典化，同时也对像路遥《平凡的世界》这样看似不先锋的创作带来了遮蔽？

杨庆祥：谈经典化是一个很危险的话题，对当代文学来说尤其如此。经典意味着要经历严格的时间筛选和不同世代读者的阅读检验。这一时间过程非常漫长，王晓明曾经说过一句话，他说再过一百年两百年，可能现代文学史就只剩下鲁迅值得讲一讲了。所以现在无论是谈先锋文学的经典化还是路遥《平凡的世界》的经典化都为时尚早。

张清华：先锋文学的经典化是一个自然的进程，不存在“过早”的问题，任何经典都是相对的，相比于托尔斯泰和鲁迅，可能马尔克斯与福克纳都经典化得“太早了”，这种说法看似有道理，但其实站不住脚。因为与莎士比亚和曹雪芹比，可能托尔斯泰和鲁迅也有点早了。这种比较是没意思的。你当然也可以“颠覆”——某种意义上经典就是供后人阅读、批评和颠覆的，但颠覆可能会反过来更加强和加速其经典化。我之所以看重先锋文学，一方面是因为它代表了我们时代文学的精神难度、思想高度，也代表了在艺术探险上曾经达到远足之地——如果认真细读过，并且真正读懂了先锋文学，便一定不会对其有过于轻薄之论，因为它们中的那些代表性的作品大都是经得起细读的。路遥当然也很好，但不能说路遥有很多读者，就说先锋文学没人看。如果真的没人读，那倒不是先锋文学的悲剧，而是我们时代和文明的读者的悲剧了。因为一个不崇尚难度和思想性与精神性的时代，与这个时代读者的精神矮化之间，必定是互为因果的。

单纯从“难度系数”上也说不过去，很简单，一个体操运动员一生所做过的最难的动作，便是他所达到的专业高度的标志；先锋文学在最低限度上说，也称得上是我们中国当代文学所达到的最高难度系数的标记，从这个意义上，它是无可回避、不可绕过的。你不读，除了表明你对“有难度文本”的畏惧，还能说明什么呢？

张　闳：文学经典化问题，有时是一个文学制度的问题。在大陆学院文学学科中，中国现当代文学专业恐怕是人文学科中最庞大的一种，也是学科属性最不明朗的一种。学院文学建制就是要将研究对象固定化、知识化和经典化，这不仅发生在先锋文学那里。1949年以来的当代文学其实也是这样，一些作品甫一出笼，就迅速被经典化，有大量的研究文章，并迅速进入文学史，如当时《红旗谱》《青春之歌》《创业史》等等。这是一个中国特色的问题。我曾跟学生说，如果写学术论文（而不是评论），最好活着的人不要写。但没有用。当代文学研究如果不让写活着的人，让他们写什么呢？！况且，年轻学生总是热衷于新鲜事物。所以，先锋文学迅速经典化，也是没有办法的事。客观上需要。时间不是问题，需要才是问题。至于时间考验经典，这不是我们同时代人所需要考虑和能够考虑的事。一些作品被遮蔽，也是难以避免的。我们都不是先知，并不知道现在哪些是不应该被遮蔽的。像《平凡的世界》这样的作品被遮蔽，更属必然，因为它既不先锋，也不够经典。因为各种外在因素而短暂地回光返照一下，这不能说明什么。

洪治纲：严格地说，经典化与先锋文学没有什么关系。先锋文学在很多时候都是一种实验、探索或反抗，是一种孤独的、在路上的创作，前无古人，后面也未必有来者。但是，当某种先锋文学确实打开了新的审美表达空间，展示了文学发展的新动力，并成为人们争相袭仿的对象，甚至成为一种文学思潮，那么，它就有可能成为文学史意义上的经典。

但是，我个人认为，经典不是轻松确定的，它是由历史“层累而成”的。所谓经典，就是不同时代的人出于不同的理由不断地自觉阅读的作品，我们现在认为的一些经典，一百年后还有没有人读？还能不能在文学史上占有一席之地？这些都很难说。以能否进入文学史来界定经典，可能不太科学。陶渊明的诗歌，一直到六百多年后，才被苏东坡大力赞赏而慢慢成为经典的。

李　浩：经典化，在很大程度上是“承认存在的价值性”，我不太认为对先锋文学的经典化就会造成对其他创作的遮蔽，如果那些不先锋的创作真的具有非凡的文学品质。先锋文学的被经典化，会不会把尚未经受时间考验的伪先锋一起连带着经典化？这种现象肯定存在，但没关系，时间会不断地证明或证伪——当然，这里面似乎包含着对时间的新迷信，其实经典在它诞生之初就具有了经典的气质，时间只会冲刷掉蒙在其上的灰尘。

对于所谓经典，我部分地认可卡尔维诺的标准：“一部经典作品是一本每次重读都像初读那样带来发现的书”“一部经典是一本即使我们初读也好像是在重温的书”“一部经典作品是一本永不会耗尽它要向读者说的一切东西的书”“经典作品是这样一些书，我们越是道听途说，以为我们懂了，当我们实际读它们，我们就越是觉得它们独特、意想不到和新颖”——我更看中文学的内存品质，我更看中它永远不被穷尽的丰富和复杂。对于所有被经典化的作品，我都会以这样的标准重新衡量。

经典化，我认为必须首先从文学质地和问题的重要性上来衡量，有时得抵抗其他因素的介入。之所以我们不得不将证明或者证伪的权力交给时间其理由之一恰是如此。我也愿意横向：将一百年的作品，放在“世界文学”的大盘里比较和衡量。在这时，你的突出才具备所谓的经典性。原谅我标准的苛刻。

张　莉：作为中国当代文学史的讲授者，我要坦率指出先锋文学阅读史上一个令人不快的事实。当我在课堂上不遗余力地讲述先锋文学时发现，“90后”一代虽然愿意了解这一文学事件，但在阅读当年的先锋文本时表现出极大的不情愿。这表明先锋文本与当下学子之间存在着很深的隔膜。相对而言，他们更乐意去阅读《平凡的世界》，因为那里的生活和情感更容易让人产生亲近与认同。这是先锋文学在文学阅读史上遇到的尴尬。

我们当然不能一厢情愿地把这一困窘全部推到年轻人阅读趣味的保守，先锋作品在更年轻一代读者那里被冷落的事实显然也说明：先锋派作品并不完美，这些作品走出文学史课本很有可能经不起时间的检验。所以，今天的我们看到，先锋文学只是作为一种潮流一种观念被认识，我们只能对作家们如数家珍。

我认为提先锋文学是经典为时过早，但是呢，即使《平凡的世界》拥有了大量读者，说它是经典也为时尚早。因为所谓经典，实在有待更长的时间去检验和认识。另外，我并不认为先锋文学对《平凡的世界》形成了遮蔽，先锋文学和《平凡的世界》的受众是非常不同的。

先锋作家的转向，并不是向现实妥协，
而是作家对现实有了新的理解
VS
部分先锋文学的转向是媚俗，
可能是他们的内驱力不够，被早早耗尽了

傅小平：近年来，与先锋文学这一概念一道被热烈讨论的，就是先锋作家的转向。我不确定这一转向是否已经完成，还是至今依然在进行中。而这转向背后隐含的其实是写作要面对的根本问题，亦即怎样处理文学与现实的关系问题，用余华的话来说，就是怎样处理文学现实的问题。依你的观察，曾经的先锋作家的转向是否很好地解决了这个问题？而他们的转向，或多或少对年轻一代作家的写作产生了影响，这在他们的写作中又有着怎样的体现？如果说年轻一代写作者，也体现出不同于

前辈作家的先锋性，就像有人把韩寒、郭敬明等的写作，也称之为先锋写作，那他们的先锋性又体现在什么地方？

孙甘露：先锋作家写作转向，指向中国作家在写作时是更多继承传统文化遗产，还是更多接受外来文化影响的选择问题。试图接续中国文类传统的现当代作家如沈从文、孙犁、汪曾祺、林斤澜、阿城、何立伟等，文气思想，谋篇布局，遣词造句，融当下生活于传统意蕴之中，令文章立于笔下艰难生活之上，令读者更怀念他们的辞章之美。而那些深受外来文化影响的现当代作家，态度、立场、观念，着力于文本和现实的差异和歧见，以及拼音文字构词法的挪用，伴随着套用的外来语法，令词义和表达在唤起陌生化经验的同时也像是句法和词义的错置，他们本着对现实对应物的深入质疑，仿佛是一种语言的逃逸。

张　莉：首先谈先锋作家的转向。三十年后回过头看，在先锋文学正盛的三四年间，先锋文学提供的是一种文学观和写作观，而可能并未产生经典代表作。恐怕那批先锋作家都已意识到这一点，因而，如何使先锋的形式不流于“空转”，如何将一种先锋的形式与所表现的现实生活进行完美结合是困扰先锋作家至今的写作难题。“首先出现的是叙述语言，然后引出思维方式。”余华在《虚伪的作品》中引用过李陀的话。这段话我一直印象深刻。我认为，如果没有先锋文学的极端的形式探索和语言实验，就没有先锋一代作家的成长。

第二个问题，先锋文学对青年读者的文学趣味的影响是巨大的。我没有看到过先锋文学对韩寒、郭敬明的写作产生直接影响的学术论文，我的直觉是，将韩寒和郭敬明作品附为先锋写作的提法没有说服力。

但是，先锋文学建构了80年代以来成长起来的青年读者的文学趣味，尤其是70后一代作家的文学趣味甚至语感，这是一个事实。我认为先锋文学对70后作家构成了一个重要的文学传统。先锋文学三十年，正是70后一代作家从孩童成长为中年，由文学少年成长为新一代作家的三十年。如果有兴趣去读70后一代作家的读书随笔和小说讲稿会发现，他们阅读和喜爱的作家作品百分之八十与先锋作家们喜欢的作家作品相同或相近，而另百分之二十，则非常有可能是当年那代先锋作家。一个作家的少年期和青年期的文学趣味如何建立？无外乎是阅读和模仿。一方面喜欢他们所喜欢的，一方面渴望写出他们那样的作品，——先锋文学对70后一代作家的影响是渗透式的，年轻一代的成长得益于对文学偶像的学习。正是在这样的学习过程中，一代作家的文学趣味逐渐形成。

大约2010年前后，又一批新的70后作家出现，比如阿乙和曹寇。在现实面前，这两位作家与以往70后作家的不同在于，他们的作品表现出强烈的不认同、不屈服、不妥协。在他们的笔下，现实与文本呈现了某种奇特的关系——文本为现实提供了某种镜像，它是现实的一种反映，但这种反映并不是直接的。当然，让人想到“先锋”二字的也不仅仅是以上两位，在弋舟、廖一梅、李浩等人的作品里，也能感受到他们与80年代及先锋文学之间的亲缘关系。也许年轻一代作家并非人人都愿意承认自己受益于先锋文学，但是，读者却往往从他们的文本中感受到先锋派在某一瞬间的复活。

洪治纲：一个作家很难一辈子都站在先锋的位置上。在特定的年龄阶段，在特定的历史语境中，一些作家因为个人的哲学思考、审美理想不同于既定的文学表达，从而进行一些反叛性和开拓性的写作，是可能的，也是正常的。但你无法保证他一辈子都站在人类文学的前沿地带。因此，所谓先锋作家的转向，并不是向现实妥协，而是作家对现实的内涵有了新的理解。像余华的早期创作，从来就认同现实，认为现实是一种虚弱不堪的东西，所以，他总是面对“天空”来书写内心的想法。但是，后来，他逐渐认为现实中同样隐藏着巨大的生命真谛，从《活着》开始，他便主动介入历史和现实。而近些年，他觉得现实是无法对抗的，他又动用一种解构性的策略，在黑色幽默式的语境中，强攻现实。从“面对天空”到“介入历史和现实”，再到“解构历史和现实”，可以看出一个作家对人类生存及其困境的思考与变化。它与作家的思想积淀、艺术探索和生存经历密切相关。

至于青年作家是否应该从余华这一代人的创作转型中汲取某些经验，

我以为大可不必。文学创作没有什么弯路或捷径，别人的创作历程对后来者没有多少引鉴的价值。一切都源于后来者自己对人类生活及其可能性状态的思考，源于自己对某些审美理想的确认和捍卫。

李　浩：以我个人固执的偏见，我认为，部分先锋作家的转向是种媚俗，他们被“强大”说服了，当然也可能是，他们的内趋力不够，被早早耗尽了。如果我不惮多出些恶意，他们之中，是否有些人，本质上就是追求光环，希望自己适度保持于风口浪尖，随着波峰之高低而做出的个人调整？当先锋写作潮流暗合改革开放的政治导向时他们一起涌向，而经历时间之变，他们又一次一起涌向……昆德拉指出：“反正，他们总是保持着老样子：总是站在对的一边，总是想着——在他们的圈子里——应该想的；他们改变不是为了靠向他们自我的某种本质，而是为了和他人混成一团；变化使他们始终保持着不变。”“他们是按照看不见的，自身也在不断地改变着的想法的法庭在改变自己的是否，他们的改变只不过是一个赌注，押在明天将自喻为真理的法庭上。”

当然，转向的某些合理性我也认可，譬如他们尝试变化，尝试对现实的切肤发言……在经历最初的草创期之后进行调整修正是我认可的，也是必须的，这是先锋性、创造性的内在诉求，必须要有不断的变化，任何因循、复制都是要警惕的，但这个调整，是艺术的要求，是冒险的要求……

文学和现实的关系，先锋作家们以他们的方式先后做出了不同的回答，部分地带有草创性，但也包含着诸多可以继续的可能。我们需要珍视其中的可能，并延续它。谈及影响，作家马笑泉有一个漂亮的比喻，他把先锋作家比作长兄，而古典的、国外的经典则是“父亲”，他说，我们这一代写作者，先学习的是长兄，毕竟他们更近；随后，我们又以极短的时间和“父亲”发生了关系，更多地从他们那里直接获得……事实也是如此。再说一下中国批评家们的谬误：他们把文学的发展总看作是线性的，总觉得什么什么是你“不能绕开”的——对于作家们来说，可能不是。他们也更善于过河拆桥。

请原谅，我对韩寒、郭敬明们阅读甚少，尽管我对他们的写作也抱有敬意。我愿意在经历时间之后再去读，尽可能避开种种的附加。所以后面这个问题我无法回答。

张清华： 关于先锋写作的转向问题，已讨论了十几年。一方面这个是客观现象，另一方面又接近于一个伪问题——有谁的写作是始终不变的呢？同时又有哪一个作家会变成另外一个作家呢？任何写作者都在变与不变之中，不可能不变，也不可能变成另外一个。余华写出了最为繁难的作品之后，又写出了最为简约和看起来“容易”的作品，他完成了自己的自我证明，即“我”是那个写出了《世事如烟》和《现实一种》的人，但“我”又写出了《活着》和《许三观卖血记》，这才有意义。如果没有早期的“极难”来证明，后面的“容易”就显得可疑和缺少意义，反之亦然。但余华一贯的尖锐地书写现实、历史和人性，却是没有变的。格非写出了非常晦涩的《敌人》，又写出了十分具有中国神韵和传统格调的《江南三部曲》，也是一种对证和自我确认。他回归中国古典美学传统的写法，并未妨碍他对中国近现代历史的尖锐思考，而是相得益彰。先锋试验之后文学终于结出了正果。这要联系起来，历史地看，才会有正确的看法。

处理现实有无数种方法，既可以非常形而上，也可以非常形而下，就看你处理得好不好，没有哪一种方法是包打天下的。先锋作家在处理现实的方式上确实有很大变化，这种变化有的是成功的，有的不那么成功，也很正常，有谁是永远成功的呢？有人不断地指责作家们在处理现实时的“无力”或“失真”，多数是属于站着说话不腰疼的。

还有一点，先锋文学是在20世纪80年代异常紧张和危险的处境之中诞生的，充满了探险和真正的自由精神。有人喜欢将80年代理想化，认为那是一个如何如何好的“黄金时期”，可是现在的人们早已忘记了那时环境的低下和危险，认为历史为他们提供了最好的机遇，这种看法只是看到了一面，而没有设想他们所承受的巨大压力。事实上，没有真正的艺术勇气和斗争精神，不可能写出《一九八六年》和《往事与刑罚》那样的作品。这样的写作与后来80后的“青春写作”“撒娇写作”是无法同日而语的。所以，永远不要拿韩寒和郭敬明们与先锋文学相比，他们之间没有可比性。

杨庆祥：这个问题看起来很绕。我的回答如下：第一，先锋作家的转向是现实语境改变的自然结果，不要说先锋作家，中国绝大部分作家都没有处理好文学与现实之间的关系；第二，韩寒和郭敬明根本就不能算先锋写作，他们是这个时代最媚俗的写作之一，恰好是先锋文学需要反对的。

张　闳：先锋文学是一个概念，先锋作家则是另一个概念。转向了，那就不是先锋作家了。当然，对于一个好的作家来说，是不是先锋作家，并不要紧。如果他很在意这个头衔，那就说明他的写作并未超过一个阶段的文学潮流的团体平均水平。一个作家写作的转向与否，那是他个人的事情。说到写作与现实之间的关系问题，这是任何一个作家都需要面对和处理的问题，并非哪一类作家所特有的。认为先锋文学无须处理这种问题，需要转向另一种写作才可以处理，这种说法很荒谬。至于韩寒、郭敬明等人写作的先锋性何在，我不知道。我要说的先锋写作，是有特定所指的。没有对概念的边际界定，这个概念就没有意义。

先锋文学跟80年代中期思想解放、
文化开放的大环境是相呼应的
VS
先锋文学实际上只是小圈子文学，
呈现出“作家”大于“作品”的情况

傅小平：以当代文学史的描述看，中国先锋文学可以称之为中国的“文学爆炸”。但与拉美“文学爆炸”牵动整个拉美大的社会背景不同，中国先锋文学更像是文学内部的激荡，或说是一些作家文学观与写作观的一次激烈变动，它也不曾如20世纪初的五四新文学或法国大革命时期

的启蒙文学那样带来思想的革新。普通的观点认为，是作家创作、评论家的评论，还有杂志的推动，共同促成了先锋文学的热潮，在对先锋文学的研究中，当时的政治、经济、思想等社会大环境是付之阙如的，而先锋文学的影响，或许也在一定意义上导致更具现实感的"介入"文学的衰落。我不确定这是先锋文学的缺失，还是我们的认识局限所致。

张　闳：80年代中期的先锋运动也是一种"新文化运动"，尽管它有很多的缺陷。说"是作家创作、评论家的评论，还有杂志的推动，共同促成了先锋文学的热潮"，这有什么不对吗？文学运动不就是这样兴起的吗？难道说还需要某个领袖或权力机构发布一道号召令吗？文学运动首先就应该是文学自身的运动。况且，也根本就不是什么"当时的政治、经济、思想等社会大环境是付之阙如"。先锋文学运动跟80年代中期的思想解放、文化开放的大环境是相呼应的。不仅是文学上有这种变革，其他方面，如"新潮美术""实验戏剧""新潮电影""前卫音乐""现代派建筑"，乃至萌芽状态的大众流行文化和相对发育迟缓一些的政治学、经济学、心理学、哲学、美学等新的学术思潮，都呈现出全新的景象。这是一场全方位的"新文化运动"，这场运动对1989年之后的中国社会和思想文化，产生了深远的影响。

杨庆祥：先锋文学实际上只是一个圈子文学。今天除了专业读者或者大学中文系的学生，很少有人去读马原的《虚构》、余华的《现实一种》等作品。莫言因为诺奖的原因，读者可能稍微多一些。在某种意义上，先锋文学呈现出"作家"大于"作品"的情况，也就是普通读者可能知道这个作家，但不一定读过其作品，更谈不上喜欢读之类的。这各种原因，或许就是因为其作品与普通人的现实感受相去甚远。但这并不是先锋文学的缺失，因为先锋的含义本来就意味着远离大众。在这个意义上，我倒是觉得先锋作家后来一窝蜂"转向"，表明了他们美学上的不彻底性。

张清华：把先锋文学狭义化，当然会得出这样的结论。在我看来，假如整体地理解先锋文学运动——将之看成是从20世纪60年代的黑夜中孕育，隐现于70年代，并且在80年代最终显形的一场思想文化运动的话，那么意义就不容小视。当然，这场运动可能是一场夭折的，或先天即发育不良的运动，但这没办法，历史只赋予了它这么多。不过我仍然觉得，我们今天的文学所享有的一切，还是在很大程度上得益于它的馈赠。艺术上的品质，思想上的丰富程度，都与“文革”和所谓“新时期”之初不可同日而语。我还是那句话——只有先锋写作才使中国文学获得了与世界文学对话的资质、资格与可能，才使中国文学获得了真正现代性变革的起点。说先锋文学“影响了对现实的介入”，这纯粹是胡说八道，根本没有读过，或者从来没有读懂的人才会这样说，在当代文学的历史上，还没有哪一种文学对于历史的反思和对于现实的批判深度，能够超过先锋文学。

先锋诗歌与先锋艺术是更为复杂的问题，我只能说，在诗歌领域中，先锋精神要早得多，早上十几年和二十年。1971年，插队白洋淀的19岁的根子（岳重）就写下了《三月与末日》，我认为那可以称得上是“20世纪70年代中国的《荒原》”，其水准和难度，不啻飞来之物，简直不可思议。先锋艺术的步伐似乎也略早于先锋小说。我的看法是，先锋诗歌在精神和艺术上引领了整个当代文学与艺术变革的进程。

张　莉：我觉得中国先锋文学并不只是文学内部的激荡，文学形式和文学语言的反抗，其实也内在有着对社会现实的一种抵抗。先锋文学的影响力是深远的，主要是在对中国文学语言的革新方面。新一代作家，尤其是70后一代作家对纯文学这一概念的认领，我认为与先锋文学的传统有很大关系。纯文学与先锋派紧密相关，它看重语言、叙述方式，讲究语法和句法，致力语言的探索，致力摆脱政治话语而回到文学本身。70后作家对纯文学是全盘接受并深入内心。这是硬币光泽的一面，而另一面的反映则是年轻作家不自觉地滑走，他们笔下的历史背景逐渐模糊，他们沉迷日常生活，看重个人生活和个人成长而不愿去触及社会题材。换言之，先锋文学之后，有关宏大的、社会的、政治的思考成为新一代作家所刻意躲避的。

如果说纯文学观念是先锋文学在70后作家那里的重要回响，那么另一个回响则是关于“写什么”和“怎么写”的认识。新一代作家通常在访问中会刻意强调他们看重“怎么写”。尽管在写作手法上也未见有何重大突破，但这一认识却深植于心。这是具有重要意义的认识。当然，“写什么”在他们那里则变得没那么重要。与此同时，他们中很少有人认为作家是知识分子，更很少有作家认为文学写作也是一种社会行为。

孙甘露：当代写作者面临多方面的传统资源和历史压力；悠久的汉语文学传统，诗词歌赋、小说笔记，每一样都或隐或显伴随着世代更替，对应着波澜起伏的社会变迁，并标示着文学自身历史的递进和转折。

李　浩：以我的理解，片面和偏谬的理解，中国先锋文学的爆炸感也是极为强烈的，至少对我和我的许多同龄人，是。那时，文学大抵是中国人生活的重要组成，是现在所不可想象的，我以为它的冲击力不像我们现在以为的那么小。它当然具有流行的传染性，使太多并不先锋的人也唯先锋是举，等风潮之后他们马上又变成先锋的鄙视者、反对者。他们的变化应是惊人的——不，挣扎没有在他们身上出现过，这种随波顺时在他们那里显现出的是一种“非个性本质”。

但更具现实感地“介入”文学的衰落却是真正的缺失，它应当获得我们的重新审视，这一点，是我和我们的先锋写作必须要直面的。意识到“介入”的重要，意识到我们的文学在基本技艺更变之中还有精神的、现实的追问，以及认知功能，应是先锋文学作家们普遍意识到的，它当然会引发新一波的更变。譬如余华在《第七天》里，格非在《江南三部曲》里，譬如在徐则臣、弋舟、东君、田耳、王十月那里。譬如在雷平阳、郑小琼那里。完成度是另一回事，起码他们在朝向这样的方向努力。

我还想说的是，先锋文学，尤其是小说，它本身就是一门综合性的艺术，它需要不断地滋养自己，喂大自己，它需要不断地拿来。所以，它和同时兴起的先锋艺术、先锋电影等之间一直互通有无，它们之间是相互激发、相互借鉴又相互拒斥的——你在经受启发的同时，一定要做出不同，要做出其他艺术门类不能替代的部分。

先锋文学的出现是五四新文化运动的接续，并做了与时俱进的调整 VS 很难从先锋作家的作品里读出思想性的东西，也就难说什么激进保守

傅小平：巧合的是，刚刚过去的一年，是《新青年》创刊一百周年。先锋文学与由《新青年》发端的五四新文化运动可堪比拟的是，同样是师法外国，同样是颠覆传统，但从实际创作看，鲁迅等五四一代作家，虽然主张少读、不读中国书，他们的创作形式，尤其是语言，处处透着传统，而深层的思想却是现代的；相比而言，先锋文学在形式上是激进的，思想却可能是保守的？这样的对比指向一个问题，写作应该怎样面向自己的传统？在这方面，先锋文学给我们留下了什么经验教训？

李 浩：这个提法是新颖的，我之前没有认真想过。很大程度上，我觉得先锋文学的出现更多是五四新文化运动的接续，并做了与时俱进的调整。怎样评定这个保守性？先锋文学，很大程度上也是师法外国的，它在精神趋向上也是师法外国的，尤其是哲学思维上，否则，刘小枫的《诗化哲学》也就不会成为当时写作者人手一册的必备书了。不过，重新认识中国和中国文化，寻找其潜在的合理性也确是从那里开始的。

面对自己的或者是他者的传统，我们都应取精华去糟粕，这点儿我愿意一视同仁。任何一种传统，任何传统中的因子，如果无法为我所用，如果它固化或者僵化到脱离实际不再能注入新质，于我和我们都可能是要抛弃的，我们更愿意在好和更好之间选择，而不是非得在保守和激进之间。

我愿意在鲁迅、余华、北岛、王小波那里获得经验和可能。至于教训……作为写作者，我很少顾及别人的教训，我只想获得经验让它补益自己，所以教训都是自己的，都来自自己的不能够——文学是一个不断试错的过程，错了，下次就知道改了，至少这样的错误不再重新犯。

张　莉：先锋文学在观念上是激进的，只是说，它的激进程度并不如五四新文化运动。写作如何面对自己的传统方面，我觉得这一代先锋作家都开始有了共识。我认为，三十年来，余华、苏童、格非一直都在努力在先锋与传统之间找到某个平衡点。我想，正是他们持续不断地自我探索和自我完善，才有了《活着》《许三观卖血记》《河岸》《黄雀记》《江南三部曲》。他们的作品里，你开始看到中国文学传统的气质和文脉，那分明是在有意地学习和借鉴。这种探索最终使他们在80年代以后以更为完善的作品与更广大的读者产生了共鸣，这些作品不需要依赖历史语境、不需教科书的解读便可独立存在。正是这些优秀作品的出现使今天的我们和未来的文学史需要不断地回想先锋文学之于当代中国文学的意义，使今天和未来的读者不能忘记和忽略这三位优秀作家“其来有自”。

张清华：先锋文学在艺术的难度与复杂性上，早就“超过”了五四文学。但是历史本身是不能代替和超越的，所以我们又不能说先锋文学是“高于”五四文学的。同时反过来，也不能因为鲁迅和许多五四作家是学富五车的，他们的作品就一定是“五粮液”；当代作家没有多少文化，甚至有的还没有上过大学，其作品就一定是“二锅头”。“诗有别才，非关理也”，有学问的人比比皆是，不一定都能成为好的诗人。明清之际大儒多如牛毛，但文学成就却远不及盛唐。这是两个问题。尺有所短，寸有所长，鲁迅是伟大的，但莫言也写出了《丰乳肥臀》这样的伟大作品，用了一个世纪的时间、一个家族的覆亡故事，写出了中国近代以来的历史——民间社会被侵犯和被毁灭的历史。况且莫言也是一直认真读书、阅读量很大的作家。

我反对动辄把当代作家与现代作家对立起来加以观察的看法，恰恰相反，他们是一个整体和一个谱系。在我看来，中国当代最好的作家正是鲁迅传统的真正继承者。在莫言、余华笔下，鲁迅的“吃人”主题，围观与嗜血的主题，国民劣根性的主题，都得到了有过之而无不及的展开描写。类似《酒国》《檀香刑》《许三观卖血记》《兄弟》这样的作品，只要认真读一读，就会领悟他们对于鲁迅的苦心传承与创造性的发挥，为什么不能将他们联系起来看呢？怎么能说他们是“保守”的呢？

洪治纲：80年代中期的先锋文学和五四时期的《新青年》在反叛性上看似有些类似，尤其是其中所承载的启蒙意识、变革意愿都大同小异，但是，它们所反叛的目标、反叛的方式以及建构性的理念都不一样。《新青年》的反叛，就是要为中国文学建立新的传统，以更好地面向大众（即平民的文学），事实上它也做到了。而80年代中期的先锋，更多的是强调解构，解构一元化的僵化文学格局，寻找中国文学与世界文学的同步性，它并没有面对大众的核心理念。

张　闳：从长远的历史时段看，80年代的“新文化运动”跟五四新文化运动属于同一个历史时期同一场文化运动的两个阶段。或许可以表述为一场古老中国的社会思想文化的现代性转型运动，这场运动延续了近百年，至今依然在进行当中，有许多部分尚未完成。这两个阶段之间有许多的相似性，也有许多不同，那是肯定的。这种不同恐怕并不只在于文化素养和文化态度上，也很难说哪个保守哪个激进。跟传统之间的割裂或连接，那是两个时代的人的历史际遇所造成的。80年代的人经过了“文革”巨大的文化断裂，要他们与古典传统之间有着五四一代人那样的亲和性，那是不切实际的。这两代人之间的经验，无法完全类比。要修复这个巨大的文化断裂带，恐怕还需要漫长的时间。

杨庆祥：激进与保守没有这么明确的二元对立、泾渭分明。鲁迅也不是全部激进，他是有很悲观保守的一面的。至于先锋文学，我觉得作品本身的思想含量就不高，很难从他们的作品里面读出来什么思想性的东西。所以也难说什么激进保守。

孙甘露：五四新文化运动前后，伴随着中国融入世界，建立现代文明国家的现实诉求，外来的影响逐渐显现，由此引起的思想震荡和繁复的社会样貌，在新的经验和新的表达的呼应下，白话文运动开始了漫长而艰难的探索；新中国建立以后，苏俄文学的广泛译介，更是融入一代人的精神生活之中；及至新时期文学，汉语写作者遭遇了前所未有的复杂处境和外部文学经验的影响，由此，面对世界——域外世界的理解和现实审美经验的认同——潜在的中国经验和中国表达逐渐迫切起来。

八九十年代先锋文学没挤压俗文学，而今俗文学不给先锋文学留空间 VS 九十年代以后的俗文学，在一定程度上，受到先锋文学的影响

傅小平： 我想到近些年围绕现当代文学孰高孰低的争论，要从今年这样一个时间节点上看，这近乎是围绕现代文学三十年与先锋文学三十年，这两个三十年成就高下的争论。而这样的争论，其实是两个时间段里纯文学创作成就高下的争论，并没有给俗文学留下空间。我们知道现代文学里，除鲁迅等纯文学创作外，还有鸳鸯蝴蝶派等俗文学。而到了当下，形形色色的俗文学更是声势浩大。然而当我们回首八九十年代的文学，给人感觉是，除了先锋文学就没有文学。如果是这样，该怎么解释90年代以后的俗文学，尤其是网络文学的兴盛？这是不是说，先锋文学对年轻一代作家，尤其是对那些偏离纯文学创作的作家的影响，并没有想象中的那么大，他们很轻易地就绕过先锋文学，直接从中外通俗文学传统里吸取资源。从这个角度看，我们该怎样客观评估先锋文学的实绩与影响？

张　莉： 除了先锋文学就没有文学的看法，只是一个假象。回顾八九十年代的文学，还有女性文学、写实主义以及通俗文学的热潮。先锋文学对年轻一代写作者的影响，比我们想象的要大得多。2000年左右，在兴起的文学BBS时代，网络文学作者都有着对先锋文学的阅读经验以及尊敬。至于是否要从通俗文学传统里吸取资源，我觉得是个人的选择。我有一个固执的看法，文学的发展固然是要满园春色。但是，说到底，一个国家和民族的文学，需要更多有先锋精神的作家，也需要更多的受过先锋文学影响的读者，那才是一个民族文学生生不息的文脉。作为先

锋文学的受益者，我高度评价先锋文学的影响，我对那一代作家所做出的贡献深表敬意。

张清华：先锋文学三十年是指一个“纪念”的意思，并非说先锋文学本身持续了三十年，虽然这些作家还健在，但不能说先锋文学存续了三十年。在我看来，截至20世纪90年代中期的人文精神讨论，先锋文学作为“运动”即告终结了。之后的创作更多地成为个人性的现象。你这个思维还是对立的，好像先锋文学的又一个“罪状”是没有给俗文学留下空间。请注意，八九十年代没有给俗文学留下空间的不是先锋文学，先锋文学也是用自己的全部力量冲开了一角；而今，则差不多是俗文学不给先锋文学留空间了。

我并非鄙薄俗文学、网络文学，我只是担忧，尼尔·波兹曼早就说过，有两种东西能够使文化枯萎：一是专制集权，一是娱乐至死。至少从文化结构、文学结构上，先锋文学所代表的是精英和核心的部分，如今这个核心正在萎缩和消失，你不担忧，反而指摘，我无法苟同。至于年轻一代的写作，他们想成器，自然有前途，如果他们只喜欢娱乐至死，只着眼于俗文学和现实利益，那么文学的衰落就是必然的。这诚如《红楼梦》中所讲的，忽喇喇似大厦倾，昏惨惨似灯将尽。文化的衰败当然有至为复杂的因由，但青年一代的不作为是一个关键因素。先锋文学诞生于一群青年人的手上，他们至少无愧于自己的时代和使命，如今另一群年轻人想怎么做，也是他们自己的选择。

张　闳：现代文学——无论是中国还是外国——的确立，一个最重要的标志，就是将文学从通俗的消遣式的阅读中分离出来，使文学的表达成为一种有观念的、有技法的和有特殊美学效果的语言作品。通俗文学就是在使这种所谓纯文学的经验转化为易消化的和可被消费的东西。鸳鸯蝴蝶派的俗文学尽管以市民消遣式的阅读为目标，但大多还保留了基本的文学品质，而且有传统的轨迹可寻。纯的新文学也在一定程度上向这种俗文学渗透，如现代的价值观、伦理观，以及一些讲故事的方法等。假以时日，它也成为一种传统。90年代以后的俗文学究竟在多大程度上受到先锋文学的影响，这是一个问题。仅就我有限的了解而言，影响肯定是有的，比如，对历史故事的戏仿式的改写、对时间结构的颠覆性的安排，这些都是先锋小说的基本技法，在王小波、苏童、北村等人的小说中经常出现。至于网络文学作家的这种写作模式究竟是从先锋作家那里来的，还是从日本及港台的通俗文艺中来的，我尚不清楚。这个需要专门的研究。

杨庆祥：我在前面已经说过，80年代的先锋文学只是一个很小的圈子文学。大部分的读者，读的还是一些更通俗的期刊和更通俗的作品。1985年与先锋文学同时发生的，还有一个通俗文学热。至于我们感觉80年代“只有先锋文学”，那不过是在圈子里待久了，被一套想象建构出来的感觉。

所以不需要夸大先锋文学的成绩和影响，即使在80年代，它也只是众多文学写作和美学风格中的一种（路遥在今天依然被大量阅读最能说明这个问题）。它的影响，可能也是局限在很小的范围和很短的时段内。

李　浩：中国文学文化或者行业的兴与否，大约都与两股影响巨大的力量有关系：一是上层的、政治的，其倡导的影响力是巨大的，诸多思潮的兴衰也都能找到某种对应性；二是来自民间的、世俗化力量，它在80年代始获得了更多的彰显。有时两股力量是相合的，有时两股力量貌似相异其实又有着同构关系。我想从这点上大致可解释先锋文学的起与伏、俗文学的兴与起。在回答这些问题的时候突然想到，我们的话题更多是围绕影响和影响力展开的，是吧？在先锋文学勃兴之时，期刊中多是先锋，这并不意味民间的、俗向的文学没有得到发展，恰是在那个时候，个人的世俗权利、个人的世俗趣味得到了承认和尊重。90年代俗文学的兴在80年代已经埋下了因子，或者更早以前。我甚至想，无论中外，俗文学俗文化历来都是勃兴的，除非是以某种手段强行制止，否则它还会一直勃兴下去，毕竟，大多数人类对文学文化的要求是偏俗的。

如果从内部看，先锋文学的实绩在那里，它们解决了什么解放了什么，拓展了什么丰富了什么，这点批评家们的总结更有力些。如果从影响的角度，它当然首先是影响了一批60后、70后写作者的阅读和审美趣味；同时，它们也以某种方式渗入和影响了部分的通俗文学、科幻文学或者电视电影。没有一个写作者，还会以先锋文学出现之前的固有方式写作，这点我们也应理解、重视。

至于现当代文学的比较……我们各自挑出篇目各自阐释优长自然就会明晰些的，笼统地说“现代作品好”“当代作品好”只会助长情绪化并无益于辨析，反而使真问题被忽略。但，当代文学没有出一个鲁迅，也是悲哀的。这个巨人永远不能被漠视。

由先锋文学所开始的文化的现代性变革，
现在还处于未完成状态
VS
先锋文学的遗产之一，
是告诉我们中国文学依靠什么，如何走向了世界

傅小平：三十年间，不管是我们所处的时代，还是我们的文学环境都发生了很大的变化。但八九十年代先锋文学创作要处理的世界视野与中国经验的问题，依然是我们当下要面对的，你觉得在这方面，先锋文学给了我们什么样的启示？

洪治纲：80年代中期的先锋文学，在“怎么写”和“写什么”这两个方面，都为中国当代文学的发展提供了诸多宝贵经验。从诗歌、戏剧和小说中，我们可以看到，由先锋作家探求出来的各种表现手法和艺术形式，如今已成为常规性的东西；同样，对历史、现实和人性的各种深度探索，也都为后来的作家打开了很多宝贵的空间。但是，对于“世界视野与中国经验”这类问题，其实不仅仅是文学艺术，而是整个人文科学领域，都需要长期探索的问题。这是一个永远的矛盾体，有积极作用，也有消极影响，而且在理论上也难以厘清。譬如，如今很多中外学者都在探讨全球化与民族性的问题，有人说全球化是民族文化的灾难，有人

说是福星，也有人辩证地论而述之，很难形成某种共识性观念。

张 闳：历史和现实的经验，需要通过一种全新的、创造性的，有时是颠覆性的言说。唯有这种激进的先锋言说，方可以打破文化的历史硬茧，刷新每一个个体的生命经验，并使历史的经验得以充分的表达。被充分表达过的经验，才可以真正进入到文化当中，成为文化生生不息的养分和动力。先锋文学是一次重要的表达尝试。而其所开始的文化的现代性变革，尚处于未完成状态。事实上，每一个时代都需要这样的创新精神。当一个时代的文化归于沉寂和软弱无力的时候，这种创新和变革的冲动，就会被激发出来。或者说，有生命的文化总是处于这样一种未完成状态中。

张清华：前面已经讲了太多，先锋文学的遗产之一，是告诉我们中国文学依靠什么、如何走向了世界。如今他们已经走向了世界——莫言已经获得了诺贝尔文学奖。最根本的，我以为就是，他们用了世界性的、人文主义的眼光，来讲述属于中国人的故事，对中国的历史和现实进行了反思，当然是在鲁迅式反思的基础上，更为多向和芜杂了，这也是无可避免的，当代中国的社会构造与文化情境比之五四时期要复杂得多，所以作家的思考也更为五花八门。但这都不要紧，要紧的是中国作家确实获得了一种现代性的能力，即借助复杂的文学手段，坚持了对历史、现实的秉笔直书，或者变形记式的旁敲侧击，坚持了对于人性黑暗与光明的共同探究，甚至也抵达了对于人类共同的各种忧患的书写，对于与生存与存在的哲学追问……所有这些，如今看似即在左右，但没有当初先锋文学运动筚路蓝缕地开拓前行，是无法想象的。所以，当所有写作者和读者享有这一切的时候，不要忘了那些当初的开拓者，他们不是来自天国的光明中，而是来自冷战和“文革”的历史黑夜之中。

孙甘露：和世界对话的强烈愿望内在于对中国现实的清晰而独特的呈现，也内在于现代汉语的成长和审美范式的确立，汉语写作者遭遇了由古而今全新的历史机遇和书写困境。一方面，古代汉语优美的典范性的辞章昭示着历史性的高度，对成长中的白话文写作形成规制和约束；

另一方面，大量译介的东西方经典不仅在观念、观察上，同时在叙述、文体、修辞等各个方面对汉语写作形成挑战和渗透；最终，当代写作者置身其中而又试图超越其上的现实处境，以其前所未有的复杂、暧昧和多义汇聚于变化中的现实生活和成长中的白话文文学。

李　浩：即使是父亲，我们的 DNA 都是他给的，我们也不会穿他的鞋走他的路。这是显见的常识。变化的不只是文学环境，还有更多，包括人们的审美和思潮，包括我们对世界和自我的认知。在某种意义上，与时俱进真的是个好词儿，我和我们的写作也必须要适度调整，以使自己保持住某种前瞻力——不，不是影响力。

但八九十年代先锋文学创作要处理的世界视野与中国经验的问题，依然是我们当下要面对的——你说得没错，这个是骨性的、根性的，不能丢，反而应继续探寻，用我们个人的方式。如果将此也一并丢掉，很可能，我们是在发明之后再发明一遍，它的有效性也就大打折扣。给了我们什么样的启示？一、许多问题，核心的、更深入的问题，是人类共有的共通的，上升到哲思层面，社会学思考层面，它们有很强的一致性；二、我们局部的差异性的保有在文学的求新求异方面是值得珍视的，它可以变得陌生，甚至对欧洲的文化提供新参照，提供新思维；三、认识我们自己和我们的国民性，是文学尤其是先锋文学需要继续的“事业”，我们还远未完成。

张　莉：讨论先锋文学给我们的启示，不如具体到某一位作家的写作更恰切。——格非的写作为何拥有如此多的读者和赞誉，是因为他将一种现代意识、先锋精神与中国经验进行了很好的处理，尤其是在《春尽江南》和《望春风》中，他都进行了有探索意义的工作。这是值得学习和思考的。

杨庆祥：先锋文学给我们的启示就是文学可以以不同的路径来处理中国经验问题，先锋文学是一种路径，现实主义文学、通俗文学都是一种可能的路径，只要这一路径不是简化而是拓展了我们的经验和想象。

十一

奥斯维辛之后，写诗如何不是野蛮的？

– 2015 年 –

主持人：傅小平

对话者：宁 肯 陈联营 陈 伟 袁劲梅 梁 鸿 余泽民

背 景

作为极具原创力的政治思想家，汉娜·阿伦特在奥斯维辛集中营解放21年后，曾写下一篇题为《审判奥斯维辛》的文章。她“迟到”的审判，或是因为如匈牙利作家凯尔泰斯·伊姆莱日后所说，自奥斯维辛之后，没有发生任何可能铲除或抨击奥斯维辛的事件。这在某种意义上是因为审判从来不是简单的行动，人类只有具有“思考的能力”“扩展的心灵”以及“共同体意识”等，才能做出彻底的审判，由此走向真正的和解与宽恕，并去爱这个世界。

今年是中国人民抗日战争暨世界反法西斯战争胜利70周年，也是奥斯维辛集中营解放70周年。我们的耳畔依然会回响起法兰克福学派代表人物之一、德国哲学家西奥多·阿多诺的告诫：奥斯维辛之后，写诗是野蛮的。但在庸俗化写作如此泛滥的今天，我们又何曾理解了这一告诫？在穷其一生凭着绝大的勇气与一流的心智为奥斯维辛殚精竭虑的阿伦特逝世40周年之际，我们有必要循着她的思想踪迹去思考：奥斯维辛之后，写诗如何不是野蛮的？

只有反复咀嚼生命经验并被写出的诗，才能在奥斯维辛后重新赢得些许人性 VS 如果文化没能制约奥斯维辛，那么从另一个角度看，文化是否也参与了罪恶？

傅小平：谈到纪念二战胜利，谈到奥斯维辛，我们会很自然想到西奥多·阿多诺的告诫：奥斯维辛之后，写诗是野蛮的。但我们引用时，却很少去注意它的上下文语境。实际上阿多诺还说："在奥斯维辛集中营之后，任何漂亮的空话甚至神学的空话都失去了权利，除非它经历一场变化。"阿多诺要特别提示人们的是，奥斯维辛之后，写诗如何不是野蛮的？写诗要经历怎样的变化？要放到中国的语境里，我们可以质问的是，二战以后，写诗乃至写作是否经历了根本性的变化？而这变与不变，又给了我们怎样的忧思与启示？

陈联营：面对奥斯维辛，人们一开始总是要陷入彻底的绝望和极端的恐惧，随之而来的是压抑人的沉默。任何对胜利的赞颂，对失败者的诅咒，或者关于受难者详尽的记录，无论辞藻多么富丽堂皇、激情澎湃，或者至真至诚，都无法消除那种绝望和恐惧。归属于上述范围内的诗歌，就因其良知的泯灭而将自身的野蛮扩散，最终只不过是延续并强化那种随波逐流的状态。奥斯维辛所制造的巨大的记忆空洞正催促当代世界马不停蹄地朝未来奔跑。我们并不否认人类为将这些浩劫留在记忆中而做出的努力，但机械记忆在此方面最终只是造成生命的麻木，关键在于生命记忆。如何让它们进入我们的生命中，沉淀下去，生根发芽呢？我们只能说，只有那些将这些记忆印刻在其生命中并化为其基本经验的诗人，只有那些反复咀嚼这种生命经验并将其呕心沥血般写出的诗歌，才在奥斯维辛之后重新赢得些许人性。

在当今大多数中国人的心目中，战后德国是反省自身罪责的典范。但只要我们了解战后德国文化界和学术界的一般状况，就知道这种反省是经历了怎样的艰难曲折并遭遇多大的抵抗后才展开的。而即便是在少数愿意反省的人那里，也未必能让真相如实展开。就以阿多诺本人为例，当法兰克福的一份报纸在战后揭露他曾经赞颂一些献给希特勒的诗集中的歌曲时，他也只是表示“遗憾”，并且转换话题声称他的“不可能再写诗”的说法是针对海德格尔对诗歌的辩护的。战后大多数德国人选择“遗忘过去”，沉溺在经济繁荣的虚幻中，极少数试图揭示真相的努力曾遭到激烈的反对。

因此，浩劫之后，写作或写诗的根本改变是异常艰难的。相对于生活在大众的流行意见和普遍情绪中，孤独地反思过去而又秉持对未来的真诚希望，需要对传统的深入把握，需要洞察人性的智慧，更需要直面人类实际存在状况的勇气。

宁　肯：阿多诺这句名言，某种意义上一直是让人费解的，因为它有着非常复杂的语境。就在前几天，我与翻译家余泽民、诗人王家新，在一次活动中，还讨论了这个问题，起因是余泽民带来了他翻译的凯尔泰斯的两本书，一本是《船夫日记》，一本是《另一个人》。凯尔泰斯是一个执着反思奥斯维辛的人，也是一个反思最彻底的作家。在中国的语境下，我们也围绕凯尔泰斯的作品探讨了为什么会发生奥斯维辛，阿多诺为什么说那句话，如何理解，不弄清这些问题就很难谈到改变。一个显而易见的问题，纳粹或奥斯维辛为什么会发生在德国？要知道德国是近代欧洲文明的重心，出了康德、黑格尔、海德格尔、歌德、贝多芬这样的哲学家、诗人、音乐家，有着最发达的文化，是西方文明的代表，却发生了人类历史上最残酷的大屠杀。如果文化没能制约这种大屠杀，那么，从另一个角度看，文化是否参与了大屠杀？整个欧洲文化或文明某种意义上是否同谋？二战后西方对自己的文明有种幻灭感与此有关，而在阿多诺看来，这些问题是肯定的，这让阿多诺非常痛苦，说出了那样的话。

余泽民：其实，阿多诺所说的“写诗”只是一个比喻，狭义指小桥流水的无痛抒情，广义则指文学创作。他要敲打的远不仅是诗人，而是所有的写作者，所有的“文化人”。我们中国人对奥斯维辛谈论得不多，总觉得那是欧洲人的事，许多中国游客到了克拉科夫，也想不起来去那里沉重一下，觉得那些堆成山的头发、假牙、假肢、牙刷和皮箱只是欧洲史的一部分，只是纳粹德国应赎的罪行。在微信和微博上联络我的人不少，而且都是文化人，但是每当我看到有人晒他们在克拉科夫、慕尼黑或萨尔茨堡的旅游照而对奥斯维辛、达豪、毛特豪森集中营只字未提，这种时候我都会暗自叹息。有的年轻人去巴黎的拉雪兹神父公墓找到了吉姆·莫里森、肖邦和邓肯的墓，但对王尔德墓隔壁不止一座的纳粹大屠杀死难者墓碑视而不见。今年，让我略觉欣慰的是，纪念二战胜利70周年给了我们一个用中文谈论奥斯维辛的契机，要知道，奥斯维辛不仅仅是奥斯维辛，它也是个比喻，代表的是人类的大屠杀文化。把大屠杀归结为文化的不是我，是凯尔泰斯，这位奥斯维辛的幸存者和“灵魂代言人”。他甚至认为，奥斯维辛是继耶稣受难后人类遭受的最大重创，它不是凭空发生，而是有着宗教、历史和文化的根基，从人类社会出现，大屠杀作为一种文化就始终与人类共生，奥斯维辛则把这种文化推到极致，作为一件大屠杀的艺术品摆在我们面前，如果我们没有看到或视而不见，是一种堕落，阿多诺只不过是用了另一个词——野蛮，它们表达的是同一个意思。因此，在发生了奥斯维辛这场大灾难后，文学必须发生改变，诗人、作家和文化人必须换一种写法，从反思大屠杀文化的土壤入手重新审视我们的文化或文明，我们已经当过了它的帮凶，以后怎么办？我们的诗人、作家的创作该发生如何的改变？是否真的发生了这种改变？至少，我们是否思考了这种改变的必要和可能性？如果我们的诗人、作家和文化人能够想到这些问题，势必他们笔下的文字会发生改变。那么，奥斯维辛之类的发生就有其意义：死者也就没有白死，幸存者真的幸存了下来。不久前在理想国书屋，我和王家新、宁肯二兄就凯尔泰斯的《船夫日记》和《另一个人》做过一次谈话，谈的就是这个问题。上帝创造了人类，人类创造了奥斯维辛。总之，奥斯维辛不仅是欧洲的灾难，也是世界的，它不仅是欧洲人沉重的历史遗产，更是人类的，如果我们不接受它的启示，继续没有忧思地粉饰太平，那就是堕落和野蛮，因为我们视自己的血不见，揣自己的罪而不醒。

梁　鸿： 我觉得应该会有变化。生活在中国语境的知识分子，不管是作家还是学者，不管写作内容是否涉及这方面，都一定构成潜在的大背景，它们一定影响作者的思维形成和写作基调。当然，各自的方向是不一样的。可能更激愤，也可能更犬儒，可能完全回避，也可能直面。这些选择会影响作家作品的风格和思想。

袁劲梅： 我想我还是得先回到阿多诺说“奥斯维辛之后，写诗是野蛮的”时的上下文语境里来谈谈我的理解。这句话出自阿多诺1949年写的论文《文化批判主义和社会》。阿多诺是法兰克福学派第一代思想家，德国人，艺术家，亲身经历了20世纪欧洲社会的变化、动荡；见证了纳粹德国制造的灾难。他以“西方马克思主义”名义对马克思主义进行了第一次批判。我对法兰克福学派没有深入的研究，我就说说我自己的想法，并尽量和我理解的阿多诺想说的原意分开。为讲清楚阿多诺的原意，我得介绍一下一些相关事件和概念。

傅小平： 愿闻其详。事实上，语言与语境的分离是普遍的现象。这种分离，会自然不自然地导致某些误读。相信很多读者都听说过阿多诺的这句名言，很多喜爱诗歌的读者更是奉为圭臬。虽说如此，对其中包含的深意，以及为何阿多诺会得出这般看来有些极端的结论，大多数读者未必有深入的了解。

袁劲梅： 确实如此。便于展开起见，我先谈也许已是众所周知的奥斯维辛集中营。我想提一本相册——“奥斯维辛集中营相册”。这是一本由当时奥斯维辛的一个德国军官拍摄并收藏的相册。很多照片拍的是当时集中营里德国军官和他们的女朋友们的日常生活。他们在集中营里吃饭，聊天，嬉笑，拉手风琴，开晚会。他们脸上的笑容没什么狰狞刽子手的标志。这些人一天工作七小时，一周工作七天，他们的工作叫“杀人”。其中有一张，纳粹军官们在给他们的一群女友分蓝莓。大家都在笑，第五个女孩子没有分到蓝莓，夸张地做出一副哭脸。而就在他们身后，那两个奥斯维辛的大烟囱，正以惊人的速度吞噬着他们的同类——人。137 702个犹太人被送进集中营，每天有8000人被送进奥斯维辛集中营，他们中间的80%被一种大型的机器集体杀害。在许多犹太人的生命中，奥斯维辛只占几小时。来了就死。

能为分不到蓝莓做出哭脸的女孩子，怎么不为这样的屠杀哭呢？在这种坟墓一般的地方任职的德国军官们，怎么还能过着他们平常的日子？二战之后，这个同类杀同类的问题让思想家不得不拷问：文化、国家机构、极权和人性。拷问这些问题，不是为了再去杀敌复仇。（杀敌复仇不必思考，发一把枪就行了。）思考，是为了搞清人到底在哪里出了毛病，或者人创造的社会机器是不是出了毛病。

对文明的理解很容易为进化论裹挟，

认为社会向前迈进，文明也必然随之进步了

VS

每个阶段的文化和每个民族的文化，

都是在文明和野蛮的争执中发展的

傅小平：很费思量的问题。应该说，欧美知识分子在这个问题上的思考是广泛而深入的，这种思考的触角，也延伸到了文化娱乐领域。我在看《辛德勒的名单》时，就特别注意到斯皮尔伯格注重刻画纳粹的日常生活，与此同时，他们可以非常自如地做出屠杀犹太人的行为。两相对比，加之电影看似不带感情色彩的叙述，让人看来震惊。当然我不确定，斯皮尔伯格，还有电影原著作者澳大利亚作家托马斯·基尼利，是不是也受了阿多诺等思想家的影响。

袁劲梅：阿多诺是思考这些问题的哲学家之一。他在《文化批判主义和社会》一文中拷问：是不是以新意识形态面貌出现的"文化批判主义"本身就有毛病？是不是文化工业形成的极权结构导致"人文明"的消失？

在介绍阿多诺的论证之前，有必要再简单讨论一下文明和野蛮这两个概念。文明和野蛮的区分不是历史时间决定的。人不可以宣称：从原始荒蛮进化到西装革履就等于从野蛮进化到文明。人类历史上每一阶段的文化和每一个民族的文化都是在文明和野蛮的争执中发展的。以中国历史为例：春秋算是上古，物质生活简陋，可《诗经》里说："窈窕淑女，君子好逑""求之不得，寤寐思服"。这个君子就做得挺文明。他在床上辗转苦思，没跑到野地里把人家民女给绑架了，更没以利相胁把姑娘变成性奴。这就叫文明。到宋朝，比春秋富裕多了，却作兴把所有女人的脚给折断，裹了。家家都这样做。这叫野蛮。同是在盛唐，"谁言寸草心，报得三春晖"叫文明，"君不见，青海头，古来白骨无人收"叫野蛮。世界上其他国家也是这样。美国印第安人猎野牛为生，茹毛饮血，这叫野蛮。但是，每次他们狩猎之前，要派药师（神人之间的联系人）去请问野牛可不可以让人杀它。这又叫文明。

原来，文明是对人性中那些和盲目的动物性不同的东西的尊重。

傅小平：事实上，我们对文明的理解，很容易为进化论裹挟，认为社会向前迈进，文明也必然进步了。这样简单化的想法，会让我们忽略社会发展中会遭遇的很多问题，就人文领域来说，则会不经意就抹杀了极其重要的反思的维度。

袁劲梅：确实如此。欧洲19—20世纪工业化，很多人以为物质发达了，文化就走向文明，却没想到当文化成了"文化工业"，成千上万的自由劳动力系在一个巨大的社会机器上，做着一份工，拿着一份钱，是这个机器上的一个齿轮的一个齿，是盲目的与机器无关的工具。"人"消失在这样的工业流程中。阿多诺认为，这样的文化工业是纳粹国家机器能运转的原因。奥斯维辛的德国军官们和他们的女朋友们在一个组织高效、技术精良的流程中做着人类有史以来最残酷的事。他们只是一个大纳粹国家机器上的一个齿轮的一个齿，不是独立的"人"。他们盲目到只知道这个"齿"得忠实转动，对机器干下的罪恶不是无动于衷就是无能为力。

傅小平：我想深究的是，盲目的忠实与自觉的忠诚之间有何界限？

要知道，个人在面对强大到无可置疑的机制时，是有可能混淆两者而不自知的。这是另一个比较复杂的问题。

袁劲梅：阿多诺对此做过自己的思考，他提出的问题是：对机制忠诚还是对真理忠诚？忠诚是一种德行，就像勇敢、冷静等德行一样。这些德行都是与人的社会角色相关的，是人们所处的社会意识分配到角色上的任务。用汉娜·阿伦特的话讲：像社会角色的“面具”。但面具之下还应有一个活生生的、有自我意识的人。对角色的忠诚和对独立自我意识的忠诚，是会冲突的。这么认识，就能懂为什么德行可以分裂，有两面性。

譬如说：当主子的可以有当主子的德行，当奴才的也可以有当奴才的德行。忠诚的德行，奥斯维辛里关着的囚徒可以有，杀害他们的德国军官也可以有。焦大在战乱中找到一碗水，给老主子喝，自己喝马尿，这是忠诚。纳粹宣传部部长戈培尔带领全家自杀（包括五个孩子）是要忠于他的国家社会主义，这也是忠诚。焦大的忠诚成就了一个好奴才，戈倍尔的忠诚成就了一个杀人犯。德性，是分配给角色的任务。一个忠诚、勇敢、冷静的纳粹军官，比一个不忠诚、不勇敢、不冷静的纳粹军官对人类的危害更大。

傅小平：确是如此。之所以出现这样悖谬的现象，得归结于人性的弱点，还是文化的缺陷？

袁劲梅：对这样的社会文化，社会精英、政治家、思想家并不是没有进行批判。欧洲有很多文化批评家以不同方式尖锐批评工业文化黑暗。马克思主义者就说，哲学家不但要认识世界，还要改造世界。希特勒的国家社会主义就说，要把垃圾从这个世界上扫光，要当新人。可是，事与愿违，希特勒纳粹这种最坏的意识形态建立了极权。为什么纳粹能成势？这是阿多诺要讲清楚的问题。

傅小平：具体展开说说？

袁劲梅：这里不妨引用阿多诺在那篇文章里写的论述概要。他说，文化批判主义含有一种不道德的自相矛盾。文化批判家说起话来总是表现出他的理论和旧文化不相容，或高于历史阶段。但他却不可避免是那个文化的产物。尽管文化批判主义有不同的派别，在文化内批判文化，是断不了和这文化的干系的。在那种文化工业化的时代，批判家是把人民当作市场上的顾客来推销他的意识形态的。当所有人都在为非人化的机器服务时，批判家也不过是商品标志。当批判家的后院——艺术也降格成一种为宣传或报禁服务的东西，就算艺术家似乎在客观地表达自己的观点，其实不过是在为统治者服务。文化工业的网络越精细，留给个人自我意识的空间就越来越小。自称完满的文化之所以野蛮，在于它剥夺了他人的思考。

以宣传的方式说话，骗人就成了批判家的领域。宣传者以领袖的面貌出现，而“自主”却是连他自己也没有的东西。法西斯以文化批评家出现时，好像他们是社会的外科医生。他们通过机构化了的文化工业，用商业言语宣传他们的意识形态，靠歪曲真实来控制他人的思维。这时，文化就转成了这类批判家手里的商品。

当社会出了问题，历史逼迫社会变革时，人有三种选择：一、纳粹统治；二、在无处不在的腐败中整出一点纯洁来；三、退出如讨好顾客那样地为统治者效劳的模式，重建对“人”的信念。对传统意识形态的批判，是历史的要求，但只能由并没有完全被传统吞没的独立的人来批判。新极权批判老极权，并不是批判，是用同类修补同类。把某一种“意识形态”说成是“人人必需”的宣传，是控制而非批判。在用集体吞噬个人的社会里，生命不过是遮挡死亡的面具。

如果某新主义指望用一块抹布擦掉所有的不干净，其结果就是走向野蛮。人的希望不在于找到一个超级的和谐，把一切冲突都解决了，而在于有一种否定性的理想：包容不同思想的冲突。思维只能是进行式。批判家也要被批判。没有个人思考的地方，不过是一个没有围墙的监狱。

阿多诺最后得出结论说：“社会越整体化，思维就越僵化，就越努力想逃脱它自己被僵化的悖论。在那里，就连最极端的毁灭意识都能退化成懒散的闲聊。文化批判主义发现它面对着文化和野蛮辩证逻辑的最后阶段。奥斯维辛之后，写诗是野蛮的。”

傅小平：经你转述，阿多诺为何有此一说，就比较清楚了。

袁劲梅：所以说，当极权以各种方式把个人吞噬着，在这个工业化的机器上，人们盲目地为一种“正确”意识形态尽职，直到这个机器在奥斯维辛集中营以最野蛮的方式吞噬同类，还能依然麻木。毁灭同类的紧张意识都能退化成闲聊时，“尊重人”的文明在奥斯维辛登峰造极的野蛮中毁灭。在此之后，如果还能面对一个无“人”的社会而无动于衷，写诗这种最不能抽象的文明作业成为不可能。若写，不是表现野蛮，就是野蛮的组成。

关于社会应该如何变化，阿多诺认为，思想不用担负改造世界的重任，只反映世界就好。他提出了一种“负辩证逻辑否定的辩证法（Negative Dialectics）”：文化批判只能是进行式，因为批评家受现存文化条件制约。任何意识形态都不是唯一的，而必须是开放式，并随时接受他人批判。重建尊重人的价值观，是文明社会需要经历的变化。

无“个性”即“无思”，但那些看上去很
有个性的作品，它们真的有个性吗？
VS
思想固然重要，若无良知、常识和共通感的引导，
也无法抵御恶的发生和扩散

傅小平：以我的理解，阿多诺给写作标出了一个深刻的历史反思的维度。他的告诫或许可以理解为奥斯维辛之后，未经反思的写作是野蛮的。这让我联想到阿伦特强调的“思考的能力”。就写作而言，我们通常凸显的是，表达的能力、想象的能力、讲故事的能力等，却很少强调“思考的能力”。我们即便是有所思考，也往往是急于表达一种见解，而不是如阿伦特那样把思考当成一个没有止境的过程，专注于不断的深思与诘问。以此对照，我们会发现当下多数写作是“无思”的写作，这样的写作

只是跟着感觉走，跟着市场走。

宁　肯：“无思”的写作或许就是未来灾难的同谋。我们大多数作品的确就像阿伦特说的，流于故事、感觉，缺少深刻的反思，这使我想起凯尔泰斯在《船夫日记》中说的一句话：要相信，那些仅根据“可以公布的东西”所创作的作品是一种剔除个性的写作，而一个被剔除掉个性的故事却如同具有个性一般地展开……凯尔泰斯的“个性”这里可以翻译为“反思”，也可以说“无思”即无“个性”，无“个性”即“无思”。凯尔泰斯给我们最深刻的启示是，即使我们那些看上去很有个性的作品，它们真的有个性吗？

陈联营：什么是真正的思考呢？我们不必把思考看得那么高深莫测。在阿伦特看来，思考是人人具备的心灵能力，它永不止息地追问那些已发生或遭遇的事件的意义。意义是人的根本需要，无意义的生活比死亡还令人恐惧。因此，我们不能认为流行文学或大众文化就是无思的，任何这类创造性的工作都必定多多少少经历过思想的加工，在追名逐利背后也隐藏着对某种意义的执着。另一方面，阿伦特也常说，任何深邃的思想，一旦它进入公共领域，也就成为众多意见中的一种意见，并不具有特殊优越的地位。

艾希曼之所以被阿伦特称为“平庸的作恶者”，最根本的原因是他将自己归属于历史潮流的强烈愿望，他是一个失去了自我也失去了世界的孤独者。同时，还存在着像海德格尔这样伟大的思想者，却同样由于失去了同世界的根本联系而陷入思想的迷误之中。因此，思想固然重要，但若没有良知、常识和共通感的引导，它也无法抵御恶行的发生和扩散。

梁　鸿：我倒没有那么悲观。严肃的写作，都是经过反思的。只不过，反思的结果和表达的方式不一样。一个真正的作家或学者，应该既独立于市场，也独立于民意，不惮于触怒任何人，这样才能够有真正的思考。阿伦特当年关于艾希曼“平庸的恶”的思考正是基于此。她所面对的阻力不是来自外部，而恰恰来自民族内部。所以她才说，我首先是人类的一分子，其次才是犹太人。

袁劲梅：阿伦特强调“思考的能力”，是强调别当“角色面具”当到忘记了当那个最核心的“人”。她作为一个尖锐的思想家，是提醒人们一个康德式的命题：德行本身不是真理，无善良意志做实质的德行，还不能称作“道德行为”。换句话说：德行之上有真理。当人们实习着社会要求的同时，不能忘记“谁也不能判他自己的案”。再聪明的人也不能夺走别人的思考权力或命令他人停止思考。奥斯维辛的悲剧不仅在于无数犹太人肉体上被一个杀人机器杀死，而且在于在没有底线的野蛮中，“人性”在不会思考的群体中泯灭。阿伦特把思考当成一个没有止境、没有禁区的过程，专注于不断地深思与诘问，在她是追问真理。对于一个有独立人格的思想家来讲，“忠心是真理的罪人”。

文学家有社会角色，但这个角色下还要有一个内在的“人”，才能有文学。文学家的德性要求来自社会，也要来自他内心的善良意志。他们的作品有两种功能，一种是娱乐；一种是寻找“真理”。先谈第一种：如果社会需要娱乐，人们会写阿多诺反对的“文化工业”中的那种商品文学。如果有顾客，好卖钱。在一个商品社会，这样的作品是免不了的，且可以走红、赢钱。娱乐大众无可厚非。但如果社会只要生产商品，无更深追求，作家跟着社会角色走，让写“无思”作品，成了一种社会现象，我认为，这不光是作家的责任，也是消费者的责任。有人吸大麻，有人种大麻。都是人，都有人欲。

但是，若人人种大麻，不肯种别的，商人可以不负责任，农民可以不负责任，作家就危险了。文学寻求真理的功能死了，损失最大的首先是作家自己。文学自古就是寻找真理的一种方式，“吾将上下而求索”是文学的生命，是文学家身上那个最核心的自我不可抗拒地要实行的德性。作家放弃上下求索，最有活力的“文学自我”不做事了，人道之心也麻木了，那么，这个文学家角色面具下的核心——“独立自我”就死了。没有这个独立的自我，作家就死了。不寻找人生的真谛，不寻找人性的本质，文学和玩杂要、打麻将也没多少区别。

如果作家不愿追求真理，那就全是作家自己的责任了。

陈　伟：我认为，阿伦特强调“思考的能力”，包含着对某种怀疑主义的提倡。文学作品的写作和阿伦特所说的“思考的能力”，还不是一回事。

我还想补充说明的是，最好不要把阿伦特和阿多诺相提并论。事实上，阿伦特十分厌恶阿多诺这个人，无论是在学术上还是在私人生活中，阿多诺都是个缺乏诚信、人品极差的人，他的学术缺乏足够的严肃性。阿伦特则完全不同。

余泽民：无论是阿多诺，还是阿伦特，他们强调的都是“思考的能力”。提到思考，我不仅建议大家读凯尔泰斯的日记、佩索阿的日记，还要读马洛伊的日记，他们的日记告诉我们，思考不仅是一种态度，还可以是一种实实在在的生活方式。

傅小平：耐人寻味的一个说法。怎么理解？

余泽民：好的诗人、作家都是思考后写作，这本来不该成为文学圈的话题，从陀思妥耶夫斯基、卡夫卡、茨威格到但丁、歌德和阿多尼斯，他们都是思想家，不仅有写作的技巧和激情，更有写作的思想。思想，不仅指看到了问题，更指对问题背后人类文化的反思。“思考的能力”成为一个问题值得被强调，是因为我们生活在当代，今天人们定义诗人、作家的这个“好”字发生了异化。“好”不仅仅是有“思考的能力”，更是有赚钱的能力、炒作的能力、苟活的能力和投机的能力，这么说一点都不耸人听闻。当出版社只出有市场的书，当读者只读流行的书，当媒体为作家列“富豪排行榜”，“思考的能力”已经被边缘化，才出现了惜惜相怜的“小众”概念。

我们要不要反省一下，什么时候“思考的能力”被文学大众摒弃了呢？“人类一思考，上帝就发笑”，我很反感许多人动不动就引用昆德拉的那句话为自己的“不思考”恬不知耻地提供支持。人类之所以从动物进化为人类，恰恰由于“思考的能力”。如果连诗人、作家、文化人都摒弃了“思考的能力”而打造文学，生产作品，消费文化，这不是堕落和野蛮又是什么？凯尔泰斯在《船夫日记》里说：“奥斯维辛之所以对艺术造成了巨大的危害，是因为艺术家们变得更加谨慎小心，他们就像残疾者一样，一只手扶着墙，另一只手拄着拐杖一瘸一拐地蹒跚前进，目光盯在路面上，其唯一的目的只是为了避免走弯路。他们丧失掉所有的勇气，整个一生都在深思熟虑地、唯唯诺诺地，或者说闭着眼睛进行屠杀。”

傅小平：昆德拉的“不思考”或许另有深意。凯尔泰斯的反思无疑值得珍视。

余泽民：所以，我不看好所有被号召出来的作品，为赶纪念日进行的写作，那些都是为了政治消费和市场消费量身定做的产品，属于消费品，不是文学作品。思想绝对不是赶集，必须是一个长期、孤独、内省，不以市场和金钱作为标杆的生存过程。当然，强调“思考的能力”不仅针对诗人和作家，还针对出版商和读者，他们也都该算文化人，摒弃“思考的能力”就是退化，是由人变猿，是在战争的废墟上建设和平的废墟。

遏制奥斯维辛，只能诉诸人们在公共领域的行动。
如此才能使人性重新显现
VS
重视历史就是重视记忆，因为太重视了，
所以会选择性地撒谎、粉饰、做假

傅小平：以此对照，匈牙利作家凯尔泰斯·伊姆莱在他的诺贝尔文学奖获奖演说中自问：对于文学，我能做什么？我以为是发人深省的。他还反思道，自奥斯维辛之后，没有发生任何可能铲除或抨击奥斯维辛的事件。而在他的作品中，“大屠杀从来无法用过去时态表现”。但对于我们多数的写作者而言，都只是用“过去时态表现”，都只是以后来人或旁观者的视角写的“我爷爷”“我奶奶”的故事，更有可能的是，这个“过去时态”，所印证的也只是一种选择性记忆，或选择性失忆的“过去时态”。我想这样的写作，恐怕无法让自己作为“见证者”，去引领人们认识到“人类的基本状况”。

袁劲梅：这个问题其实回到了阿多诺说的文化批判必须接受批判，以及阿伦特的开放性追求。文学，是现代工业社会条件下，所剩不多的几个还能“独立工作”的手工作坊。如果用文学反映生活，泯灭“个人思考”的社会，就是伊姆莱作品“大屠杀从来无法用过去时态”的原因。文学，面对一个越来越机械化、商业代的社会，它除了以最个人的方法寻找真理，做不了什么。别人听不听它发现的生命真谛，它都管不了。如果作家不拿文学当商业做，他就应该准备好孤孤单单地做自己的事，随别人去说吧。

但是，文学也不必失望，只要人类还在生活，总有相通的人性在人们之间流动。比如写到抗战，能写“我爷爷”“我奶奶”的故事是好的。只是不要觉得“我爷爷”“我奶奶”与“我”无关，把他们的故事价值写得只能卖钱是对不起他们。

阿伦特讨论过：恩承了祖宗的好处，也得担负起祖宗的罪责。和爷爷奶奶一样，我们也生活在历史中，我们和他们没有多少区别。奥斯维辛集中营那个为没分到蓝莓而做出哭脸的女孩子，说不定也会抱着玩具兔子睡。这是我们要反思的深刻之处。

人，并不像人自称的或在亲友面前表现出来的那么善良。如果把“我爷爷”“我奶奶”经历的故事当娱乐或宣传来写，这种没有反思的作品，就是落入了前面所说“不是表现野蛮，就是野蛮的组成”的陷阱。应了阿多诺说的“奥斯维辛之后，写诗是野蛮的”。

陈联营：套用克罗齐的话来说，“一切历史都是当代史”，因此，即便是从后来人的角度写“我爷爷”“我奶奶”的故事，也总是蕴含着当代意蕴。况且，在中国文化的语境中，“我”和“我爷爷”“我奶奶”更具有血浓于水的同情感受，因此，我们不能否认上述写作对“人类基本状况”的揭示。上述问题的关键在于自奥斯维辛之后，没有发生任何可能铲除或抨击奥斯维辛的事件，阿伦特在《极权主义的起源》中也表达了这一忧虑。现代社会那种根除人性的势头并未因纳粹的屠杀这一事件而得到遏制，反而潜隐下来，有随时爆发的危险。文学界对现代人的冷漠麻木、机械化和无世界性的状况已有相当丰富的描述，但是，对于要铲除奥斯维辛重现的可能性来说，文学或诗歌是无力的，而且，对于阿伦特来说，那也根本不是它的责任。

阿伦特相信，遏制奥斯维辛的力量只能来自人们在公共领域的行动，只有人们公开地诉诸行动，才能使人性重新显现。就此而言，我们也不能对未来持悲观主义的态度，因为行动的可能性甚至在最黑暗的时代也存在着。况且，在政治生活中并不存在一劳永逸的解决方案。

余泽民：奥斯维辛之后，作家该怎么写作？为什么写作，为谁而写？对于文学，我能做什么？凯尔泰斯从一开始写作就扪心自问，那时他刚刚三十出头，从那之后他抱着这串问题写了半个世纪，写到获得诺奖及之后，始终在思考的进行时。他说他每构思一部作品，每写一行字，都会想到奥斯维辛。奥斯维辛成了他思考的出发点，尽管在他获得诺奖之前，他的近十部书在自己国家里的平均销量还不足千册。仅凭诺奖能看到这样孤独的作品和思想者，这个奖就是值得称道的，尽管也有看走眼的时候，但至少他们致力发掘，而非锦上添花。“大屠杀从来无法用过去时态表现”，准确地讲，这句话的意思不是说讲述大屠杀的故事不能用过去时，而是思考它，不能用过去时，要用现代时，甚至未来时。比方说，我们在写抗战等题材时，可以把主人公叫作“我爷爷”“我奶奶”，但写作的时候要记住，自己也是爷爷和奶奶，我们无疑也在文化上继承了我们爷爷奶奶的遗产，光辉也好，沉重也罢，并要把他们传给我们的子孙，我们子孙的子孙的。大屠杀文化是人类生存的一个基本状况，人类并不会因为一场灾难过去而不会迎来下一场。就在我们纪念二战胜利70周年时，这个世界和平吗？战争还在进行，屠杀还在继续，此起彼伏，一场接一场。大家都看电视了吧，布达佩斯东火车站一下子成了新闻焦点，潮水一样的叙利亚难民把整个欧洲搞乱了，布达佩斯到维也纳、维也纳到慕尼黑的火车一度中断，申根国之间也恢复了海关。所以说，叙利亚问题不仅是叙利亚的，也是欧洲的问题，继续扩展，可以成为世界问题。凯尔泰斯在二十年前就提醒我们：“我们不要忘记，奥斯维辛根本不是由于奥斯维辛的过去而被废除的，而是因为军事格局的转变；奥斯维辛之后，什么都没有发生，我们并未因谴责了奥斯维辛而得以生存。”奥威尔的《1984》、道洛什的《1985》，他们干脆用未来时，结果预言后来都得到了证实。他们的预言不是通过女巫的水晶球看到的，而是通过思想，他们看透了人身上存在的某种堕落和野蛮倾向，从而见证了未来。

梁　鸿：“我爷爷”“我奶奶”的时态是过去的，但只要表达的精神是现在的，这一时态并不形成阻碍。真正的阻碍在于，一个写作者把自己择出了历史之外，只是在讲他人的故事，而没有把自己也放置于历史洪流之中。我觉得，对于中国当代文学，不应该一概而论，还是应该对文本进行细读，这样才能够对作家的努力，其所面对的问题，有真正的洞察。

宁　肯：某种意义上说，我们不是在记忆文化，而是在遗忘文化，你所说的选择性记忆，是一种更深的遗忘文化。重视历史就是重视记忆，因为太重视了所以要撒谎、粉饰、作假，或者你所说的选择。即使在纯文学领域，我们看起来有些反思的文学，也同样反思得不够，不彻底，不执着，我们曾有过巴金的执着，却没沿着巴金的路走下去。这里当然不仅是作家的问题，但终归是作家本人的问题，作家个性的问题，作家选择性记忆的问题。

面对可能导致恶行扩散的狂热，
应当鼓起勇气暴露它自以为庄重的滑稽面目
VS
人有逃避责任的冲动。没有思想能力的普通人，
间接地造成了大的政治灾难

傅小平：当阿伦特反思纳粹战犯艾希曼的罪行，并得出“平庸之恶”的判断时，她或许没有想到，这会成为她最有代表性的思想发现之一。她的“反抗‘平庸之恶’”看似寻常，细想却颇不寻常。事实上，就大多

数普通公众乃至思想精英而言，面对大事件时，比较多的是发现“正义战胜邪恶”的善的崇高性，却很少去反思“邪恶何以滋生”的恶的平庸性，即使是有反思，我们也会对善恶做夸张的、戏剧性的表达，如此反而遮蔽了真正值得思考的深层问题。

梁　鸿：并不都如此。我觉得，当代作家并不缺乏对善恶的日常的混沌的思考，可能真正缺乏的是对复杂历史的更深判断。这需要我们不断进入历史的深处，去寻找被遮蔽的更深远也更广阔的空间。现在的作家不缺判断，恰恰是判断太多了。我以为当前作家或学者所应该做的是“去蔽”，这样才有可能如阿伦特一样，对大时代中个人的本质做出自己的判断。

陈联营：将善恶绝对地对立起来，这属于西方形而上学传统的重要成就。阿伦特的政治思考自觉地抵制这一传统。她曾在致友人的信中谈道：“恶绝不是‘极端的’东西，只是一种单纯的东西，并不具有恶魔那种很深的维度，这就是我真正的观点。‘恶’正犹如覆盖在毒菇表面的霉菌那样繁衍，常会使世界毁灭……‘恶是不曾被思考过的东西’。为什么这么说？思考要达到一定的深度，逼近其根源。何况，接触恶的瞬间，因为那里什么也没有，带来思考的挫折，这就是‘恶的平庸’。只有善才有深度，才是本质的。”因此，我们面对那些可能导致恶行扩散的意识形态狂热时，应当鼓起勇气去嘲笑它，这就足以暴露它自以为庄重的滑稽面目。

当一开始听闻一件残忍的暴行时，我们往往会将作恶者想象成一个毫无人性的暴徒，因为我们无法理解一个正常的人如何能做出那样残忍的事情。及至我们了解到他曾经陷入的长期屈辱和绝望时，我们才能理解他的所作所为。我们宽恕他的人格而非其罪行：他犯下了罪行，但他不是一个坏人。我们也由此知道保持人性而不陷入罪恶是多么困难。我们不应对为恶者做戏剧性、夸张化的表达，是因为随着加诸为恶者的扭曲变形被消除，我们才能看清真正的人性，而它也存在于我们自己身上。自古以来，将敌人恶魔化的倾向一直在人类的历史中上演。当发生政治对立的时候，敌人注定要被恶魔化。但是，任何一个人都应认识到自己内心也存在着邪恶，因为人类并不是完美的。

宁　肯：关于“平庸的恶”，我觉得还是美国波士顿犹太人屠杀纪念碑上德国神父马丁留下的那段发人深省的铭文说得最好，这里我愿再重复一遍：“起初，他们追杀共产主义者，我不说话，因为我不是共产主义者。接着，他们追杀犹太人，我不说话，因为我不是犹太人。此后，他们追杀工会成员，我不说话，因为我不是工会成员。后来，他们追杀天主教教徒，我不说话，因为我是新教徒。最后，他们奔我而来，再也没有人站出来为我说话了。”我觉得没有比用这段话解释“平庸的恶”更准确的了，尽管它流传非常广，但我还是希望人们一遍遍重复它，每次重复我都能感到自己心中的那份“平庸的恶”。

陈　伟：阿伦特要每个人都学会思考，学会承担责任，承担反抗独裁统治的责任。然而，人有逃避责任的冲动。有些事情后果极其严重，以至于超出了个人所能承担的范围。没有思想能力的普通人，间接地造成了大的政治灾难，这在历史上已经发生了。这里面有“搭便车”的问题。政治之恶具有外部性，个人会发现他的反抗无济于事，却要付出极大的代价乃至丧生。这其中，官僚制是一个重要的因素，纳粹屠杀机器，由官僚制的各个部门、环节组成，每个人都是在遵从指令，而不必反思他做的事情的对错。

我还想说的是，《反抗“平庸之恶”》的书名并不恰当，阿伦特原著直译是“责任与判断”，出版社做这样一个改动，并不是对阿伦特这一思想发现的致敬，而更多是出于提高关注度与增加图书销量的考虑。“平庸之恶”如何反抗？我不知道。阿伦特也没有说。

余泽民：关于“平庸之恶”，古斯塔夫·勒庞在《乌合之众》里已经分析、论述得非常透彻了，只是他没有使用这个概念。卡内蒂的三部曲更是现身说法，1927年7月15日他目睹发生在维也纳的火烧司法大厦事件，从而改变了他的一生，毕生都致力对人群、对人性中哪怕最细小的野蛮的冷静观察，这些细小的野蛮，其实就是阿伦特总结出的“平庸之恶”。这种“平庸之恶”广泛存在于大众之中——不思考，不思考人，不思考社会。我们每个人都可能成为恶人。回顾人类史上所有的大屠杀——无论战争、虐政，还是暴乱、运动——都滋生于“平庸之恶”的土壤，独裁者和革命者只是应运而生。我们都说希特勒是狂人，但很少说德国人渴望狂人横空出世的那种疯狂。像托马斯·曼那样能在1930年就直言纳粹主义是“群众性痉挛，流氓叫嚣，哈利路亚，德维斯僧侣式的反复颂念单一口号，直到口边带沫”的德国人毕竟是极少数，他最后用流亡抵制了“平庸之恶”。“Heil Hitler！”意思就是“希特勒万岁！”当德国民众呼喊时，不也都出于真情？“纳粹礼”意为“德意志及其人民和利益高于一切”，当德国民众敬礼的时候，不也全都激情澎湃？当希特勒以闪电战征服欧洲，挥师六百万人进攻苏联时，德国军人不也前赴后继？德国民众不也等待捷报？所以，没有德国人的“平庸之罪”，就没有纳粹的一呼万应；没有欧洲人的“平庸之恶”，对犹太人的大屠杀也不会那样“登峰造极”。

袁劲梅：让我绕开去多说几句阿道夫·艾希曼，这个纳粹德国的高官，是在犹太人大屠杀中执行“最终方案”的主要负责者，被称为“死刑执行者”。二战后，他逃到奥地利，后又化名逃往阿根廷，1960年被以色列特工抓获，1961年在耶路撒冷对他举行了刑事审判。阿伦特作为《纽约客》的特派记者前往报道审判过程。她发现“杀人犯”并不长着凶险残忍的魔鬼脸。被告席上的艾希曼只是一个勤奋而平庸的官僚。出身破落的中产阶级，理想不过是个人升级，从此光耀门庭。这“勤奋”也是一种德行，没什么错呀。他说来说去，只说自己是执行命令。既没有读过希特勒的《我的奋斗》，也没有读过《纳粹党章》。作为军官，艾希曼并没有直接亲手去杀犹太人，据他自己说还追求过亲属中的犹太籍姑娘。以色列的精神医生对艾希曼的精神鉴定是：“比我鉴定完了他之后还正常。”

遗憾的是，这个正常而勤奋的男人却无独立思维能力。判了绞刑后，艾希曼愿意当极权制度的替罪羊，要求在公众场合执行，好洗清他的罪（被拒）。阿伦特惊讶地记录下：在行刑前，艾希曼用纳粹的举止致了辞，强调他是盖世太保，词语是宣传口号式，诸如“德国万岁，阿根廷万岁，奥地利万岁，他们永远活在我心中”。阿伦特说：“当面对死亡，他还去寻找葬礼致辞中用的陈词滥调。站在绞刑架下，他的记忆力最后一次耍弄他，让他处在兴奋之中，然而他忘了，这是他自己的葬礼。人们还以为，在这最后的几分钟里，他会去总结他长长的罪恶事业告诉我们的教训——怯懦。有思想的文字抗拒臣服平庸之恶。”

阿伦特写了报道之后，又在她的《艾希曼在耶路撒冷：一份关于平庸的恶的报告》一书中诘问平庸的道德责任。如何在正义法庭上判决在任何法典中都不存在的“平庸之罪”？

傅小平：要我说，这几乎是一次不可能的判决。就像你说的，我们没法在任何法典里找到依据。你很难说，不思考也是一种犯罪吧。

袁劲梅：对没有思考能力的人判罪，如同对工具判罪。艾希曼的律师说：对艾希曼定罪，就如同把一个国家机器犯的罪定个人头上去了。那么，如何判才能对他绳之正义？如果罪行是纳粹杀人机器犯下的，机器上的齿轮、螺丝钉该当何罪？

虽然对艾希曼是骗子还是平庸官僚，阿伦特对犹太长老会的批评等，有争议，但阿伦特对人性的重大发现，却令世人深思：艾希曼内心如此空洞，道德认知贫乏，判断能力缺失，他盲目为纳粹机器尽职尽守，成为这个机器上的一个好齿轮。

对“平庸之罪”的诘问导致新问题：纳粹杀人机器由“平庸之恶”滋养，“平庸之恶”在于丧失了思考能力，那么丧失思考能力是道德责任还是刑事责任？法庭判决艾希曼所犯的“平庸之恶”之罪行不是对犹太人犯罪，而是对人类犯罪。阿伦特说：“这罪恶从不思考产生。”

傅小平：需要再做追问的是，这种不思考的犯罪是弥散性的。就像前面举的事例，对屠杀犹太人负有罪责的艾希曼，还追求过犹太籍姑娘。而从被害者的角度看，出卖犹太人的，也有可能是犹太人本身。这是否也是不思考之罪呢？

余泽民：大家都知道《安妮日记》吧，出卖安妮一家的不是德国人，是他们身边的同胞，凯尔泰斯14岁那年也是被匈牙利宪兵抓捕，然后送到奥斯维辛的。都说德国人对二战罪恶反思得彻底，实际上他们也经历了半个世纪的内心挣扎，但是德国民族终于做到了彻底的反思，包括对纳粹政治和“平庸之恶”的反思，他们得以怀着对历史的愧疚和对未来的警惕在欧洲大陆上昂起头做人。这种反省精神是值得世界上许多民族学习的。你说得很对，我们的文学习惯把善恶脸谱化，善人不能有瑕疵，坏人不能有亮点，民众永远是无辜的，这种文学不可能有阿伦特式的深刻反思。

傅小平：鉴于人性秉有的复杂，文学该有的丰富，不能不说，文学是脸谱化的敌人。进一步讲，脸谱化也是知识分子或作家不思考或简化思考致使的，或许并非出自内心真实的表现。

袁劲梅：说到现代中国也有大多数普通公众乃至思想精英不思考，对人性的追问只到孙悟空一棍棒打死白骨精为止。好人打死坏人，正义就胜利了。不追究“邪恶何以滋生”的恶的平庸性。

阿伦特对制造艾希曼这个罪犯的极权政府做反思时，评论纳粹极权的主要新口号是：“为了日耳曼民族!”这个口号的实质是只要以民族为口号行事，就可以不用讨论是否正义，一往直前问心无愧地去消灭另一拨人（或不同种族，或不同阶级）就没有道德负担。没有能力感觉道德负担的人，叫“艾希曼”。

傅小平：对，打引号的艾希曼，就是一类人的代称，是一种需要直面的文化现象。

袁劲梅：“艾希曼”不是一个人，他是任何极权都会喜欢的一类人。他没有能力认识到把人分成种类，消灭其中一类，只是为了让野蛮合法化。不对野蛮本身诘问和思考就盲目跟着走，结果成了那种有组织的，公开的，凭借现代技术手段和流程的灭绝性屠杀机器上的零件——只当“螺丝钉”的危险。真正值得思考的深层问题是“艾希曼”的“平庸之恶”，会发生在每一个正常人身上。对人类行为和文明根基的重新反思，让我们时刻都得警惕着“反人类罪”。

傅小平：阿伦特说过一句话，她说，她这一生中从来没有爱过任何一个民族、任何一个集体，她所知道、所信仰的唯一一种爱，就是爱人，爱具体的人。我会由此联想到我们的抗战文学、抗战研究，因为在战争背景下，相比于国家、民族的宏大叙事，个体会泯灭甚至消失了独立存在的价值。然而经典的战争作品，却往往是在战争背景下写个体的精神困境，写在国家、民族与个体的激烈碰撞中，我们怎样去爱具体的人。我想这是因为战争的背景，把个体的处境推向了极致，才有了这些作品极致的表达。这也是我们的抗战作品始终没能与世界对话，在我们的文学史上也不曾产生过伟大的战争作品的一个重要原因吧。

陈联营：就对20世纪各种意识形态的批判来说，阿伦特的这一思想彰显的是面对意识形态狂热所坚持的清醒状态，它当然很重要。但我们不能将其绝对化，如果我们只爱具体的某个人，那么政治共同体的根基何在？对政治共同体的传统、习俗、主权及象征它的徽章、旗帜等的炽烈情感是否真的只是幻念？实际上，阿伦特还强调一种忠诚，特别是对自身的忠诚和对母语的忠诚，对自身的忠诚意味着欣然接受自然赐予自己的存在属性，包括性别、外貌、种族和地域。对母语的忠诚意味着积极地深入到某种文化传统之中。

任何战争题材的作品都必定要从个体存在处境的角度来展开。但战争之为战争，就是要逼迫人们超越庸常生活。至于说牺牲者所珍视的究竟是爱情、友情或亲情，还是对国族之爱，我觉得似不应有高下之分。中西方在战争文学方面不能对话，我觉得关键原因在于对个体的理解有根本的差异，西方文明中个体可以在与上帝的直接关系中独立自在，而中华文明向来将个体定位于家国之中。思想层面的中西沟通尚需时日，文学层面的理解恐怕也不会轻易达到。

余泽民：阿伦特这句话说得很真很深很痛快，你对我们战争作品的病根也诊得很准确。我还是用凯尔泰斯做例子谈这个话题吧，因为我对他最熟悉。他一生都在反思自己的身份，比方说，他出生于不信犹太教、不说希伯来语的犹太家庭，二战中由于犹太血统而被关进奥斯维辛，他不认为自己是传统意义上的犹太人，但他获奖之后，许多匈牙利人说他是“犹太作家”，不是“匈牙利作家”，就因为他一直在反思匈牙利在二战中的罪，而匈牙利人更愿意集体失忆。对世界而言，他是匈牙利人，但他在日记里说“用自己的母语去理解凶手”。后来他去了以色列，慢慢了解了这个犹太国家，他感觉自己并不属于那个地方，因为他对犹太人命运和大屠杀的反思，跟其他犹太人不一样。有一次在法国遇到左翼游行，他和一位德国朋友坐在一辆德国车牌的轿车里忍受示威者的凿玻璃和咒骂，体会到德国人因历史所遭受的泛滥的仇恨。有一次他看到手拎棒球棍的光头党穿过地下通道，感受到新纳粹的威胁。冷战时期出国，在海关遭受怀疑和歧视。获得诺奖后他去斯德哥尔摩领奖，在海关被要求检查行李，他随身带的药盒掉到了地上，药片撒了一地，他格外屈辱地弯下腰捡起……他的写作，就是一次次否定自己的身份，将自己作为一个个体的人放在历史里审视，审视他的屈辱。作为一个个体的人思考，奥斯维辛之后，大屠杀文化还会继续，我们怎么办？因此他能塑造出《命运无常》里的小克维什，透过这个孩子说战争与屠杀。凯尔泰斯写的书用不着跟世界接轨，因为他本身就是世界公民，不属于任何一个民族或集体。我们缺少这样的作家和这样的文学，我们的历史小说或战争小说都是英雄主义的，英雄们因高大上而不成为个体，群众由于没有面孔更无所谓个体，根本原因在于写作者就缺少个体思考，写作时扛了重重身份，变相地集体创作。

梁　鸿：对于真正的写作者而言，这已经成为基本的常识，是写作的前提条件。

袁劲梅：民族、集体、祖国，这些都是大词。艾希曼临死前还慷慨地喊“德国万岁”。他很爱民族、集体和祖国。可他执行杀犹太人的时候，怎么那么麻木呢？他为自己辩护说：他对部下说过多次“减少不必要的残酷”。可他对执行集体屠杀却无动于衷，那只是他在执行命令和忠于职守。产生出这样的人，是极权制度最可怕的地方。可惜到他死的时候，第三帝国毫发无损一样待在历史里，也不分担他的责任。看着它机器里又一个勤奋忠诚的齿轮为它鼓动起来的意识形态死去。

傅小平：需要追究的是，大词何以有这么大的蛊惑力，让人甘心为其效命？

袁劲梅：依我看，人们愿意把自己从属于比自己更大的东西，是由人的生命存在条件决定的。人的生命和力量是有限的，可人又想让它们变成无限，便找一个群体作为自己的靠山。在心理上，这是一种寻找安全感的需要；在宗法上，这也是最自然、最容易的社会组织形式。中国几千年的农耕社会中，这种“集体存在我才能存在”的心理甚至有宗教意义。一个村落就是一个王国。你得先爱你的宗族，后爱你自己，传宗接代是你的使命。祖宗崇拜是中国传统文化之根基。一族人一个村落，农民种田，生于斯，长于斯，死于斯，他们被束缚在土地上，一村人从生到死都在一起，互相成为生活的部分，常分不出你我。民族、集体、祖国在农耕社会的意义比在工业社会重要得多。一族人、一村人、一国人是长江黄河。个人是落在江边河边的沙。这粒沙和那粒沙都长得差不多，集体组织有分配财富的功能，也有组织生产的功能。说“为集体”，就是说“为了我家这房五个兄弟”；说“为民族”，就是说“为了我这山寨不被那个山寨攻陷”；说“为祖国”，就是说“抗匈奴抵鞑虏”。所以民族、集体、祖国这样的名词，在农耕时代，是中国人感到亲切和来劲的概念。但是到了近现代，操作这些大词时，我们要当心，不要用它们来毁灭个人、反对人性。

傅小平：怎么理解？

袁劲梅：因为在阿伦特的时代，欧洲工业化已经完成。农民成了自由劳动力，不再束缚在土地上了。工人从天涯海角来到一个大工厂，因为生产物件而来到一起，他们组织成工会，却没有宗法血缘关系。人们因为不同的产品或意识形态而结成团体。个人消失在生产线上，异化成机器的一部分。民族、集体甚至祖国这样的概念里没了从前生活在土地上时农民那种内在血肉相连的关系，只与权力制度相关，还不如一个一个具体的个人有意义。当旧的道德崩塌，人们凭意识形态结成新集体，阿伦特看到了新危险：个人被绑架了。她对纳粹德国时人们集体失声的讨论，深入到对在极权制下个人的责任和集体犯罪后的责任的讨论。即当极权国家机器犯罪时，如何评判齿轮螺钉的责任。

傅小平：实际上，涉及的还是在集体性的事件中个人承担何种责任的问题，也是众多有识之士都在倾心思考的问题。如果阿伦特停留于此，或许就不会触及"平庸的恶"这个更深层次的命题了。

袁劲梅：对，阿伦特的讨论不停止在个人责任问题上，而是追问极权下个人判断能力问题。所谓"人类"，所谓"人文"，离开了个人判断，将缺乏意义。她想搞清楚在人异化成工具后，人的判断能力到底出了什么问题。当一种新的意识形态席卷而来，道德世界随之倒塌时，个人的判断能力到底发生了什么变化，人格分裂是怎么发生的。

在她经历的纳粹极权下，民族、集体、祖国还有人类都是纳粹宣传家煽动民众情绪的词。她在《责任与判断》中区分了专权与极权，讨论了极权的特点。她认为，专权是特殊时期军管或政府强制性守法。个人会因反抗政府获政治罪，但政府并不管到与政治无关的私人爱好和私人生活。但极权甚之。极权是一部大机器，机器里的一切都为这个制度工作，一切都处在和极权相配合的关系中。极权下的社会生活，没有私人生活和空间，公务、福利、教育、宣传，甚至体育、娱乐都得是为这个极权制度服务的。这个极权制度犯罪就像黑帮。它掌握所有生死大权。任何公共活动都是从恶。要讲个人能做的，最好也就是"在还魔鬼债的时候，别把灵魂卖了"。个人的道德判断是：在两个恶之中选个小恶来做。要不然人就别出门。

全体个人为极权服务，当它的齿轮。当集体组成的机器运转后，齿轮是不能变更机器制动程序的；而当机器犯罪后（集体犯罪），这些罪责却得由一个一个齿轮受过。那集体有什么可爱的？它不过是一个没有脸面的操纵者，且不负集体责任，到死的时候，还得是机器里的个人自己面对。而齿轮担当的罪责，却推不回到集体头上去。

傅小平：这就是说，在事关承担责任问题上，集体和个人之间常常是不对等的。也因为此，如何认清并且厘清其中的界限，就成了一个重要命题。

袁劲梅： 其实，集体、民族和祖国在纳粹文化里，不过是操纵宣传人的兴奋词。阿伦特看到一个事实，到第三帝国后期，很多人思想上已经不想与这个极权制度合作了，可行动上依然合作（齿轮无选择）。阿伦特看出：能思考才是唯一一点希望。“思考不可能受恶指导，因为恶只毁坏反对作恶者的思想生存条件。”但是，当纳粹极权下，人们全体不能思考了，她认识到若没有战争消灭了纳粹，这样的极权只能等待从其内部变化，不可能用革命来解决极权问题。

和任何一个经历过极权统治的人一样，阿伦特对打着集体的旗号来对付个人非常敏感。她的结论是：“别说什么为了人类，就说是否能当个人。”

若个人泯灭在集体中，一个个染上“公家脸”，人就没法叫人爱了。能被爱的，只是一个一个具体的人。

阿伦特引用 W.H. 奥登的诗：

> 私人脸在公家脸地盘上
> 比公家脸在私人的地盘上
> 更聪明，更可爱。

傅小平： 话虽如此，即使明白这个道理，当真践行起来却不容易。而言行的分裂，在知识分子群体中，是一个比较普遍的现象。因此特别想了解，阿伦特在生活中是怎么不让自己染上“公家脸”的？

袁劲梅： 举个例子。当阿伦特在美国大学教书的时候，有一次学生们反对越战示威抗议，把教室都占了。教授们不能上课了。他们聚在一起讨论怎么办。阿伦特一直一言不发，直到她的一个从小就熟悉的好朋友（也经历过纳粹），谨慎小心地说：“这样不行呀，我们是不是要报告当局，叫警察来？”阿伦特突然转向他，直言道：“看在上帝的分上，他们是学生，不是犯罪分子！”所有的教授都安静了。再开始讨论时，没人再提叫警察的话题。这是私人脸在公家脸地盘上更聪明、更可爱的例子。

独立人格一定要有东西保护。阿伦特要人们问自己：“我是谁，凭什么由我判决？”这就是她为什么说她这一生中从来没有爱过任何一个民族、任何一个集体，她所知道、所信仰的唯一一种爱，就是爱人，爱具体的人。

傅小平：具体到中国，情况可能要复杂些。所谓保护独立人格，在一定程度上是由近代西方文化的对照，而成为一再被谈论的话题的。

袁劲梅：再回头谈中国的事。在这三十年里，中国快速从农耕社会向工业社会转变，文学若反映这个时代，并被这个时期的人喜爱，应该可以百花齐放。若在一些战争作品中只写民族宏大，叛徒可耻，英雄为集体死，为民族大义杀人，却不够关怀具体个人的内心挣扎和战争悲剧，也没什么关系，只要允许作品多样，允许人们自己判断，你不写，让别人写，好作品会出来的。农民社会出来的人，很喜欢看这种吻合祖传价值观的故事。只是，当有作家写了具体而复杂的人性，却没写民族英雄时，大家别开口就骂人家不爱国就行。后一种作品出现不过是反映中国发展到工业化后，从关怀血缘到关怀人性的转变。

我刚写完的长篇小说《疯狂的榛子》，写了二战，并试图写出真实的人性。写得好不好，读者说了算。写之前，我也没读过阿多诺和阿伦特。写完之后，读到他们的文章，感觉走到这一步，也并不是谁的能耐相似的问题，轮到我们面对了。再过若干年，我们也会理解德国人怎么能从一个冷血的历史中走来，转变到热情地伸开臂膀接纳大批的叙利亚难民。

傅小平：这种艰难的转变里，有太多值得让人深思的内容。我想，阿多诺、阿伦特等对具体的人的“重新发现”，也在某种意义上推动了这种转变。

袁劲梅：事实上，在看过人的泯灭之后，真正还有希望的就是具体的人。历史再悠久的民族，再强大的组织，也没有他们可爱。人性之光不在词语里，在人身上。最后，我想说，中国也有很好看的战争小说，如《三国演义》《水浒传》，虽说是传统价值观，好看的地方都是讲具体的人的地方。

寄希望于作家能忠诚于自身经验，
直面经验本身，自觉抵制流行见解的影响
VS
小说不是对新闻的图解，小说自成世界，
唯一相联系的是新闻对作家的触发

傅小平：注重对人们生活中新现象的辨析，探究新现象真正的本质，是阿伦特让我们尤为珍视的品质。假如她活到今天，她会怎么看待我们置身其中的网络社会？在我们的时代里，新现象每天都在发生，新词汇每天都在出现。而一些所谓的“新话”，或许会如乔治•奥威尔所批判的那样，让人沉浸在迷醉状态中，远离了现实。因为这些东西看似新的，却未必带来了新的价值，指不定居斯塔夫•福楼拜活过来，会以此再编一部《庸见词典》。但眼下作家、学者习惯做的事，是乐此不疲地追赶新潮。他们希望把当下发生的新闻融入自己的写作当中，从写作说到底是对当下的表达来看也无可厚非，但他们之所以被批评，被质疑，缺的或许正是阿伦特所珍视的对新现象的辨析，对其真正的本质的探讨。

陈联营：作家、学者对新现象的追逐实际上源于人们把握其处身其中的世界的强烈需要，这当然不应受到无端指责。作家之伟大者，如奥古斯丁、卢梭、克尔恺郭尔，恰能从自身所经历之事件中凝练出具有永恒意义的问题和思想，如奥古斯丁在《忏悔录》中对时间问题的思考，卢梭在《漫步遐想录》中对思想者生活方式的描摹，克尔恺郭尔对信仰者在伦理上的悖谬处境的刻画，都深深地打动了后人的心灵。我们所能希望于作家们的，只是那种忠诚于自身经验的态度，它意味着自觉抵制各种流行见解对自己的影响，直面经验本身。对现象学以及对阿伦特来说，现象即本质，任何超越现象之外对本质的探寻都只能造成幻象。

而普鲁斯特和卡夫卡之所以受到阿伦特的推崇，就是因为他们将自身经验毫无偏见地刻画了出来。作家在此方面的努力应该得到尊重，因为这是我们时代保留对过去的生命记忆的根本方式。

梁　鸿：“新话”确实是一个时代中最让人着迷，但同时又最具有某种意识形态性的东西，它能塑造出一种氛围和精神形态，并成为时代的精神状态。大众通常会被这一精神状态所吸引。但是，一个真正的作家或学者会非常谨慎地使用这些词语，或者会对这些词语有本能的厌恶和反思。

余泽民：伟大的作品曾存在于文化鼎盛的时代，花哨的作品出现于文化毁灭之后。伟大的作品是作品本身，花哨的作品才追求形式上的花样翻新。“新话”也一样，要么为了掩盖某种本质，要么为了掩盖空洞无物。服务于内容的新才是新。网络语言频频制造新词，这些词像流行歌，流行得快，被遗忘得也快。凡是价值在于流行的新，都很快会旧；价值在于内容的新，还会再新。至于新闻融入写作，我的看法是这样的，如果为了追市场、抢流行而这么做，作品自然很快就成废纸，但如果经过新闻借助于“思考的能力”融入写作，那是可取的。由于距离近，辨析难度会很大，这种作品一旦能够存留下去，那么十有八九是好作品。我再提一下马洛伊，我刚翻译了他的《烛烬》和《一个市民的自白》，他经常在作品里融入当下的新闻，但不是简单记述，而是探究本质，字里行间都是思考，现在我们读起来也会为之一震。他十几卷的日记既是时代记录，也是思想录，他在1972年写过一句话：“谎言，还从来未能像它在最近三十年里这样地成为创造历史的力量。”1983年，凯尔泰斯写下一句：“迄今为止，在这个地方谎言一直是真理；然而今天，就连谎言也不再真实了。”他们都是在铁幕下说铁幕，说得一针见血。总之新闻融入作品的价值有无，在于写作者有没有阿伦特说的那种“思考的能力”。

袁劲梅：好的东西不以新与旧化分。极权社会里热衷于不断制造“新话”，是个明显的独裁术：纳粹政府把集体屠杀换成新话“最后解决”，把侵略他国换成新话“建立永久世界和平”，把训练党卫军换成新话“造就新人”。“新话”一说，让人远离残酷的现实，沉浸在迷醉状态中，以为自己的价值可以在第三帝国的新事业中实现。这种现象让战后的思想家们警惕。

但是我不太清楚您说的当代中国作家在网络社会追求制造“新话”的目的是什么。我想大概不会是为了控制别人的思想吧？如阿伦特所问：“我是谁，凭什么由我判决？”我不敢判断别人，只要别人不被禁言，也能让我说话就行了。同时，若作家、学者也能问自己这个问题，我不担心网络文学。所有的“新话”，只要不是用来控制人的，我想阿伦特会说：那不就是一些“新话”吗？

创造出“新话”，有没有道德和法律责任？有。这就回到了“平庸之恶”的话题。你自己不是独裁者，可你在一个网络上发出高声，却没有思考，结果你也可能成了恶上的一个齿轮。但是，只要作家、学者敢说敢当，别把网络变成匿名大字报栏，别恶意伤人，别故意用新话冲淡思想的分量，并知承担道德和法律后果，创造新话就算是一些作家的探路尝试吧。不成功的作家和不成功的科学家一样，多的是。走不通，他自己会回来的。

宁　肯：把当下的新闻融入写作中并非不可以，中外文学史上不乏先例，许多作家谈到某部作品的创作起因都提到最初看到的一则新闻。问题不在这里，在于有没有这个能力。你说的思辨力或思考力是一种能力，但这仍是一种表面的能力，因为仅仅有思考还不能解决问题，这里有一个根本的方法问题，即文学是干什么的，新闻是干什么的，新闻震撼我们的真的是文学要表现的吗？问题非常复杂，稍不留神就会落入新闻的陷阱，某种意义上也是现实的陷阱。有一句话可以解决部分问题，新闻结束的地方是小说开始的地方。这话说得很漂亮，也很警醒，但仔细想，新闻怎么就算结束？小说又如何开始？小说一定要等新闻结束才开始？没结束能不能开始？是不是更好的开始？小说与新闻有本质的区别，昆德拉说，小说只表现小说才能表现的，小说不是对新闻的图解或思辨，小说自成世界，唯一与新闻联系的是新闻对作家的启发，然后生成一种甚至与新闻全然无关的东西，唯此才是小说处理的新闻途径。

陈　伟：对新现象的辨析，与对“新话”的批判，是两个不相干的问题。阿伦特认为，人们应重视人类做出新开端、发起新事的能力，学者应学会辨析新现象。人的这种能力，给世界既带来希望，也带来威胁。制造“新话”是极权政体的特征之一。“新话”旨在塑造虚幻的氛围，让人对现实失去切实的感知，它掩盖了恐怖、压抑、残酷的现实，塑造出的舆论氛围，让人失去了现实感。制造“新话”是极权政体的统治技术。网络“新词”与奥威尔说的“新话”，不是一回事。前者没有政治意涵，是社会语言发展中的自然现象，后者是推行对人的全面控制的政治工具。网络社会也分自由的网络社会与不自由的网络社会，两者不可同日而语。

要保持自我独立，就要对商业至上的
潮流和消费主义的生活方式进行抵制
VS
问题不在于失去自我，而是失去“世界”，
缺乏人与人坦诚交流的公共空间

傅小平：阿伦特在她的时代里，赞美公共领域，强调积极生活。但在我们的时代里，公共领域借着网络的名义，过度地侵入了个人空间，以致独立的生命个体无所遁形。而我们在博客、微博、微信等自媒体上，发表、交流对公共事务的多样性的看法，个人却未必因此更加积极生活，更有思考的能力，相反却可能更趋于自我封闭。如此看来，我们面对的问题是，该怎样在个人空间和公共领域之间找到平衡，不至于因逃避失去了对世界的关注，也不至于因过于敞开而失去了自我。在这一点上，阿伦特是否留下了可以为当下借鉴的思考？对于知识分子而言，又该如何在个人空间与公共领域之间保持平衡？

陈联营：我们的时代本就是私人领域和公共领域严重失衡的时代。我要强调的是，阿伦特对公共领域的理解是很严格的，它指的是相互能直接感知到的人们进行公开的言谈行动的场所。因此，互联网的虚拟空间肯定并非阿伦特意义上的公共空间。而且，虚拟空间中讨论的琐碎、任性和漫无边际根本不可能产生任何政治意义，它和虚拟空间得以被创造出来的那种动机一样，都具有幻想的性质。

事实上，造成私人领域和公共领域之间关系失衡的根本原因是社会领域在当代的急速扩张，它既侵入了私人领域（例如当今各种商业活动对私人生活的渗透），也腐蚀公共领域（例如人们在公共讨论中自觉的站队态度）。因此，要同时保持对世界的爱和自我的独立，就要对今天商业至上的潮流和消费主义的生活方式进行公开抵制，实际地扩大私人领域和公共领域的地盘，比如在我们的城市中，尽量限制商业活动的时空范围。就此而言，知识分子并无任何特殊之处，他最应该做的就是像一个公民那样参与到实际的行动中。

宁　肯：自闭与迷失，是信息爆炸社会自然普遍而又极端的两个选项，特别是后者更是很多人的命运。没有强大的主体很难逃脱这两种命运，找到平衡的人我相信是极少数，甚至只有少数天才能游刃自如，情况还算好的人是在两者之间摆动，时而自闭，时而迷失，摆动过程中自我与个性也时隐时现。总的来说，我认为一个信息爆炸的社会强于一个信息控制闭塞的社会。反过来说信息社会，公共空间让我们受益匪浅，付出一个或一时的个性代价我认为是值得的。

陈　伟：首先要理解阿伦特所说的公共领域是什么意思。“积极生活”的概念在这里用错了，它对应阿伦特原文里的“Vita Activa”一词，应翻译为“实践生活”，它包括劳动、制作和行动，与人对生活的积极、消极态度无关。所谓公共领域侵入个人空间，是什么意思？问题不是公共领域侵入个人空间，而是有没有阿伦特意义上的公共领域。你讲的是社会舆论，而且是权力主导下的社会舆论。所以，问题不是失去自我，而是失去世界，缺乏人与人坦诚自由交流的公共领域。

袁劲梅：阿伦特讨论古希腊生活时，将古希腊生活划分为两个部分：公共领域和私人领域。前者是政治活动和发放民意的区域，人们通过有力的词句言辞和事迹荣誉给世界留下印迹，从而影响世界。这是人们生活中的可能性。但是私人领域与之相比，则是生活的必需，是必然性。它是人的自我、家庭、财产、妻儿、老小。没有私人领域的安全感，公共领域的生活不是不可能，就是骗局。暴力，就是把人们生活的必需条件拿走毁掉。

阿伦特的独立思考，让她一定得追究纳粹极权产生的原因。她的研究发现，纳粹极权的产生不可能是欧洲文明的逻辑结果。在纳粹极权下，人们把自己的邻居假设成敌人。即便是犹太长老会的人，在"反抗比不反抗损失更大"的认识下，也顺从地给纳粹极权报告名单，组织遣送。人变得那么听话，集体被杀，也没有反抗。难道连求生本能似乎都忘了？

阿伦特思考后的认识是，纳粹极权的产生，是新组织机构产生的新种类的罪恶。这种新恶产生于人的生命存在条件的变化。当纳粹极权把私人领域的必要条件给破坏了，逼迫普通人，甚至家人之间互相为敌，这就把人与人之间的安全空间给彻底摧毁了。这是一种新组织形式下的新暴力。

阿伦特在她的《共和的危机》一书中说，列宁预言的资本发展将导致暴力革命时代并没有出现，却出现了一个新的、谁也没料到的东西：科技革命。科技这种新游戏带来的是：没有一种战争有可能与之相比的结果。"若问如何从疯狂的位置上找到自由，没有答案。"没有答案，就有可能是好坏参半。网络是科技发展带来的新东西。它会把人们带到哪里去，还是未知。会不会产生新种类的恶，再把人们必需的私人领域破坏掉？人们要警惕的。换一句话说，就算网络是非人化的虚拟空间，为了防止新恶从新事物中产生，这个空间也得把人与人之间的安全空间给留足了。任何形式的控制和过度地侵入个人空间，都是暴力破坏人的必需存在条件，不是人们想要的，也是危险的。

控制和过度地侵入可能是强迫的，也可能是自愿的。但是，不管是强迫还是自愿，都不能成为有思考能力的人不捍卫个人空间的理由。阿伦特对自己说："如果我们人能摧毁世界，这也意味着上帝一定会把我们创造成世界的卫士。我们是真理的卫士。”她要人们拒绝让任何人代表你。对于知识分子而言，这可以说是一种如何在个人空间与公共领域之间保持平衡的建议。

余泽民：自我这个词很关键。首先要澄清什么是自我。但凡写作的人都习惯标榜自我，但在我们的社会里，真正有自我的人并不多。当下文化的语境里，“大时代”和“小时代”都理直气壮地并存，追逐“大时代”的人很少有自我，多是服从集体中的一员，追逐“小时代”的人也很少有自我，多是把自私当成自我。这两类人的自我在我看来都无所谓保持，甚至不值得保持，值得保持的自我应是凯尔泰斯、马洛伊、阿伦特和阿多诺这样有独立思考能力者的自我。而对这类人来说，无论把他们放到哪个时代都不会丧失自我的，那么所谓的自闭与迷失对他们来说不会成为问题。他们可以孤独地生活，但开放地思考，也可以置身于公共社会而不迷失。一个独立的、有思考能力和定性的自我，是不怕公共空间侵扰的，事实上也侵扰不了他们，他们也不会逃避公共空间，他们会坦率地发表看法。看一看凯尔泰斯的作品，好几本都是演讲集或文集，他孤独地思考，但勤奋地发声，哪怕他的声音难以传远，遭到消音或误解，他一直没有喑哑。你问如何在个人空间和公共领域之间保持平衡，以能够保持自我为原则。生活在信息时代，顽固拒绝信息工具的公共信息对个人生活的渗透是不明智的，知识分子也不能与社会生活脱节。卡夫卡对社会感到陌生和恐惧，也是因为他了解自己生存的社会，他的孤独不是真空的，他不是狼孩。至于在公共媒体上发表看法，关键在于你发表的看法是什么看法，是否经过自己的思考。如果是，那就会是积极的。当然，要注意不浪费时间，不对牛弹琴，不做“表态控”。

梁　鸿：是的，在这样一个全媒时代，这确实是一个根本性的问题。而且很多时候，因为媒体的活跃和碎片化，即使是一些公共领域的基本话题，也迅速被娱乐化和遗忘，生活看似是立体的、多棱镜的，但恰恰又如泡沫一般漂浮，很难达到一种深度。这正是一个知识分子需要抵抗的东西，需要自我克制和努力。

阿伦特的教诲是，爱这个世界，
要有走向公共世界的勇气，要敢于承当责任
VS
和解与宽恕当然重要，前提是真诚地反省和道歉，
并且总是清醒地提防恶行

傅小平：无论阿多诺的反思，还是阿伦特的思考，都是出于对这个世界的爱。阿伦特有一本著作《人的境况》，她最初把书名取为《爱这个世界》，而她在《黑暗时代的人们》里，也表示她对这个世界并不绝望，因为她在书里提到的这些人物，经由他们的生命和作品所散发出来的，这种“不确定的、闪烁而又经常很微弱的光亮”，在几乎所有情况下都点燃着，“并把光散射到他们在尘世所拥有的生命所及的全部范围”。而阿伦特能捕捉到这种光亮，也是因为她拥有一颗“扩展的心灵”，她能凭借自己卓越的想象力，真切领会到他人的感受与观点，我想如果由阿伦特来回答梁漱溟试图解答的“这个世界会好吗？”的提问，她或许会回答这个世界会好的，经由和解与宽恕，我们会走向这个好的世界。这对于知识分子的写作，大而言之对于普通公众的生活有何启示？

宁　肯：任何时候谈希望，谈美好，谈光亮，谈扩展的心灵，都是不会错的，甚至于在奥斯维辛谈也不会错。这是基于人类还要存在下去，光明不仅是必需的，对未来的憧憬遐想不仅是必需的，也是自在的、自然的，任何苦难中都会有最细微的哪怕是瞬间的温暖，一个同情的眼神，一个短暂的援手，都会鼓励人性中美好的部分。

陈　伟：阿伦特的教诲是，要有走向公共世界的勇气，要敢于承担责任，敢于与极权主义进行斗争。

陈联营：有必要指出，阿伦特所说的“世界”有着特殊的意义，它指的是我们生活于其中的、具体的事物，例如广场、公园、街道和建筑，也包括在这些事物中留存的某种历史传统和风俗文化。因此，它不能等

同于自然科学意义上的地球或宇宙。对于这个世界的爱，源于它所包含的意义对我们生命的滋养。然而，现代以来人类遭遇的一个重大危机就是世界的丧失，由于分工和职业竞争导致的经常迁徙，由于城市化导致的居住环境的急速变迁和历史遗迹的消失或在博物馆中的收藏，也由于生活方式的转变导致的风俗凋零，都蚕食着维系人的现实存在的世界本身。现代人的生存是一种主观化的生存，对于他们来说内心中某种情感或某个真理，要比现实中某栋建筑，更具客观意义。

阿伦特对未来的希望基于她对人在行动、思考和判断方面的自发性和自主性的信念。然而，我们时代的基本状况却是，人不行动而只关心其生物生命的舒适，人不思考而只关心真理，人不判断而人云亦云。就此而言，政治上的危机时刻存在，对未来的乐观既无理据，也无意义。

对于纳粹大屠杀、日本入侵东南亚、南京大屠杀、民国时代的国内战争等这些仍萦绕在相关民众心头的事件，和解与宽恕当然非常重要，但前提是真诚地反省和道歉。对于普通民众而言，重要的是不要在生活中种植仇恨，总是清醒地提防恶行，而对于已经发生的恶行，首要的是对其进行公正审判，并严肃地划定责任。

袁劲梅：阿伦特的《人的境况》，讨论的就是上面说到的人的生存条件。她所想保护的具体人、私人领域、独立思考能力，都是人性所驻之处。人道主义理解的“爱人”只能落实在这些地方。

对于知识分子的写作而言，阿伦特的这句话可能是一个启示：“勇气，我们现在感到这是一种必不可少的英雄品质；事实上，它的内涵就表现在人们愿意行动，愿意发言，愿意将自己投入到世界上去，并开始一个自己的故事。”

阿多诺说：“没有爱是没有回音的。”

梁　鸿：如果没有对这样的人类微光的一点妄想，我想，知识分子是很难坚持自己的学术生活和如苦行僧一样的写作的。正是对人类世界保持着一点点信心，正是对人类之间的表达和沟通保持一点信心，我们才坐在书桌前，写下一行字，并期待着有那么一个潜在的读者，心领神会地阅读这行字。

“这个世界会好吗？”我不知道，我没有那么乐观，但是我所知道的是，人类有一个最根本的渴望，就是希望获得爱，希望获得温暖和关注，仅这一点，就可以和人类身上的另一面——自私、贪婪、虚妄——进行博弈。

余泽民：有人问过凯尔泰斯：“你为了什么生存？”凯尔泰斯回答：“为了爱。”凯尔泰斯作为奥斯维辛的一个幸存者，奥斯维辛的代言人，他都为了爱活着，我们有什么理由绝望呢？有人认为凯尔泰斯是悲观主义者，因为他总是忘不了奥斯维辛，其实不然，他比我们想象的乐观得多，他之所以让我们直面大屠杀文化，直面和平的废墟，直面人类的堕落，是为了让我们清楚自己生存的环境，然后思考：我们为什么活着？为谁活着？怎么活着？意大利导演罗伯托·贝尼尼拍过一部《美丽人生》，讲述了一位父亲如何哄骗儿子，让孩子把集中营当作一场游戏最终得以幸存的故事。要知道，凯尔泰斯《命运无常》中的少年克维什无须被亲人蒙骗，自己就在集中营里“游戏人生”，为了多领一份米汤，他隐瞒睡在自己身边的狱友死亡的真相；他津津有味地观察蛆虫如何在他身上溃烂的伤口里你争我抢。《命运无常》结尾的那段话给我震动很大，当克维什从集中营回到家乡，从地狱回到人间，他站在布达佩斯街头的废墟之间心里这样想：“为了能够活下去，我可以接受所有的道理，这就是我所付出的代价。的确，当我环顾这个亲切的、沐浴在黄昏之中的广场时，当我环顾这条虽被暴风雨冲刷但仍溢满了万千承诺的街巷，我顿时感到一股生命的力量在我的体内积聚，我将继续自己根本无法继续的生活……假如下次再有谁问我的话，我要跟他聊聊集中营里的幸福。”这是一种什么样的生活勇气啊！这是经历了大灾难后人对生活和世界的爱！这种爱不是泛爱主义，不是被人打了这一半脸后再把另一半伸过去的那种，爱得有恨，有记忆，有愤怒，有疼痛。世界即使不会更好，但我们应该活得更好。

十二

作家写史与现实观照

- 2015年 -

主持人： 傅小平

对话者： 李洁非　谢有顺　夏坚勇　赵柏田　张宏杰

背　景

最近，作家夏坚勇推出被认为是文字版“清明上河图”的长篇历史散文《绍兴十二年》，有评论直言，要比在20世纪80年代即已对中国史学界和知识界产生重要影响的《万历十五年》写得好。此言一出，引来各方争论。

两部看似相近、实则判然有别的著作孰高孰低，自然有待时间检验。可以探讨的是，相比史学家写史，作家写史提供了怎样的新质？它究竟属于历史写作，还是文学写作？我们该怎样评估近十来年作家写史热的得失？近年作家写史何以于明史最为热衷？作家写史又该如何在史实与史识之间求得平衡？

知识分子姿态的历史写作兴起的原因，

其实并不复杂，就是受现实激发

VS

抒情腔和粗疏的史学功底，

注定“文化大散文”已是过去时的僵化文体

傅小平： 最初的想法是谈谈历史写作，当我对此有了更多了解后，发现这实在是不易谈清楚的大问题，与此同时却注意到另一个有意思的现象，就是作家写史。当然，作家在写作中引用史实，或从历史中取材，是文学写作的题中应有之意，而秉持正史写作风度，力图对历史做出自己的阐释和理解，却可以说是近十来年才兴起的。我想这在很大程度上，是不是受了新历史主义思潮的影响？或是受了“文化大散文”写作的激发而成长发展，终成一股热潮？

李洁非：我们文化中有深厚的历史情怀，单讲文学的历史题材创作，其实是一大传统，旧小说这种题材可占七成以上，如《水浒传》《三国演义》《说唐全传》《说岳全传》《东周列国志》等。“死后是非谁管得，满村听说蔡中郎”，妇孺村老都喜闻乐见，一直都热，包括现在流行的历史穿越、历史戏说，说新鲜并不新鲜，也源远流长。《三国演义》相当程度上就是戏说，里面很多情节史上本无，是添油加醋杜撰的。总之，以历史为题材的文学创作现象，在中国长盛不衰，没有冷过。但你上面所讲，我想是指另一种历史写作，亦即知识分子姿态的历史写作，它与演义性质的创作不同，近年才兴起，但也不止十来年了。这种写作兴起的原因，我觉得很直接，就是受现实激发。过去我们的历史写作，问题很多，集中在两个方面，一是史料方面，一是理论观点方面。史料上，有的被遮蔽，有的被隐讳，还有大量不实的；理论观点上，将历史认识和探讨限制在某个框架下，视野特别窄，很多事实和问题都得不到落实和研究。这种情况主要集中在近现代以来中国历史的区间，而当代史更突出，当然古代史受到的影响也不小。改革开放后，历史叙述、历史研究的空间逐步打开，新史料迭现，或者对既存史料的查用限制减少，理论观点的束缚放松，历史探究的余地变大，而人们长期受禁抑的对历史真相的渴求便释放出来。以我从事的当代文学史研究为例，90年代以来，这方面新出现的史料，回忆录、日记、书信、口述史、领导人文集等各种形式，爆炸式增长，取之不尽，提供了大量新的历史信息，很自然地刺激着你去研究。

谢有顺：中国文化以经、史、子、集四部相传，其实各部均通于史，即便先秦诸子之学，也都源自史学。史有正史与野史之分，正史多为史官所为，一代一代下来，记录完整；野史则流传于乡野传说之中，后来也散见于《左传》等著作。后世所说的小说家言，虽多依凭野史，但也并不是全然没有价值。文学也是一家之言，此一家之言，其实是一人之心迹，也是一人之史，自有其特殊的意义。像《离骚》《出师表》《桃花源记》这样的文学作品，照史家之见，既通于子也通于史；这种一人之史、一人之精神自传，照样可纳入一个民族、一个国家的文化道统之中，甚至文学所昭示的，比一些机械的历史记载更有见地。

从哲学意义上说，虚构的真实有时比现实的真实还更可靠。那些现实中的材料、物证，都是速朽的，经由虚构所达到的心理、精神的真实，却可以一直持续地产生影响。曹雪芹生活的痕迹早已经不在了，他的尸骨也都灰飞烟灭了，但他所创造的人物，以及这些人物所经历的幸福和痛苦，今日读起来还如在眼前，这就是文学的力量。因此，在史学家写就的历史以外，还要有小说家所书写的历史——小说家笔下的真实，可以为历史补上许多细节和肌理。如果没有这些血肉，所谓的历史可能就只剩下干巴巴的结论，只剩下时间、地点、事件，以及那些没有内心生活的人物。历史是人事，小说却是人生；只有人事没有人生的历史，就太单调了。历史关乎世运的兴衰，而小说呢，写得更多的是小民的生活史——这种生活，还多是俗世的生活。俗世生活是世界的肉身状态，它保存世界的气息，记录它变化、生长的模样。所以，以生活为旨归的小说，是对枯燥历史的有效补充。事实上，那些好的历史著作，也多采用文学的手法来增添历史叙事的魅力。包括《史记》，里面也有很多是文学笔法，有一些明显就是小说叙事了。比如《史记·项羽本纪》里写到“霸王别姬”时项羽唱歌的情形，“歌数阕，美人和之。项王泣数行下，左右皆泣，莫能仰视”，这是《项羽本纪》里很著名的一段。项王哭了，怎么个哭法？眼泪是“数行下”，不是一行，是好几行往下流。旁边的将士也跟着哭，哭到什么程度呢？连脸都仰不起了。画面感多强啊，但这不是历史，而是文学，是写作者对当时情景的合理想象。

有论者说，小说比历史更可靠，至少马克思就说，他从巴尔扎克的小说中所了解的法国比历史学家笔下所描述的要丰富得多。莫洛亚在分析托尔斯泰的《战争与和平》时也说，没有任何历史文献会像托尔斯泰那样去描写一个皇帝，皇帝的手又小又胖，像“又小又胖”这样的词，在历史文献里是肯定不会出现的，但它会出现在小说里面。小说就这样把历史著作所匮乏的肌理和脉络给补上了，从而有效地保存了历史的肉身部分。就此而言，历史叙事和小说叙事之间，有很多共同的地方；历史的真实有时需要借助文学的真实来强化。

夏坚勇： 首先说明，“写作”这个词一般认为属于同义组合，其实“写”和“作”的含义并不完全相同，至少我今天姑且做这样的定义：“写”是描摹、写真，依样画葫芦；“作”是创造、阐释，即孔子所说的“述而不作”的“作”。在历史写作中，“写”与“作”既体现为不同的阶段，又呈现出不同的境界。

中国历来有文史不分家的传统，文人的历史写作亦司空见惯。司马迁既是史学家，又是文学家，而且都是第一流的，这大概没有异议。杜牧的《阿房宫赋》、贾谊的《过秦论》、苏洵的《六国论》算不算文化散文？以现在的观点，也应该不用怀疑。科举考试中的策论，考的是阐释经典的能力，所运用的材料却大多是历史上的兴亡得失，也可以算得上是历史散文。这些年文坛上的历史写作，既可以视为对传统的重新捡拾，又有着特定的时代印记。无论文学还是史学，其走向深入，走向大众，都是具有生命力的标志。而文学和史学之间的边缘地带——文化散文或历史散文的兴起，即是这两门学科互相渗透、作家和史家在寻求突破中不断探索的结果。在这种写作中，作者的身份标记——作家或历史学家——并不重要，重要的是他们是否具有一个写作者的禀赋。如果我们把这种禀赋形象地概括为一个正置着的三角形，那么两个底角分别是历史素养和文学才华，顶角是生命意蕴，把这三个角连在一起的线段则是当代意识。离开了时代性，离开了现实生活的提示和激活，这些角只能成为孤立的、没有任何意义的存在。也就是说，只要具备了这些条件，任何人都可以成为历史写作的一员。比之于纯粹的史学著作，这种历史写作更加注重对人生的体悟，更加注重形象化的表达，也更加强调自己情绪的投入。事实上，这类历史写作的“始作俑者”，有些原先就是历史学者，例如黄仁宇和他的《万历十五年》；有些则来自作家队伍，例如余秋雨和他的《文化苦旅》。至于我本人，起初不过是像顽童出于好奇偶尔进入了一座园子，但玩着玩着就不想出来了。之所以不想出来，现在想想，大致有两方面的原因，一是审美方面的，由于自己从小的阅读偏重于历史，在知识储备、艺术趣味和情感方式等方面受到的熏陶较多，对那种古典的质朴和华丽，以及融个人的命运感与历史纵阔于一体的悲壮惆怅，心向往之。因此，在操练这类文体时有一种前所未有的谙熟和投入，也在自己有限的才情以及知识、文笔和历史解读等要素间找到了较好的平衡。至于另一方面的原因，如果仍旧用顽童进园子打比方的话，那就是在里面比在外面自由，可以喧哗，也可以私语。我曾经说过，谋生、虚荣、表达的自由，是我选择文学的全部理由，但在不同的年龄段，此三者之间的份额是不同的。到了我从事历史散文写作的时候，我已进入中年，谋生和虚荣已不再重要，表达的自由理所当然地成为最有意义的追求。

赵柏田：比之作家写史，的确历史写作的含义更广。它包括专业的历史研究、大众史学著述，还包括以历史为写作题材的虚构与非虚构写作。所谓作家写史，即以历史为写作题材的虚构与非虚构写作。

现实和历史，都是构建文学世界的基石。且中国的现实，往往与历史有千丝万缕的联系，把眼光投向历史深处，还是有着一份现实的关怀。这几年我把文学重点移到历史写作，主要关注知识分子和现代化转型，所涉范围有明清江南文化、现代知识分子和近代口岸城市研究。我写了十多本书，几百万字，有长篇小说、短篇小说，也有非虚构的作品，成了一个事实上的历史写作的参与者。

以历史写作为职志，首先是出于对固有的文学格局的不满足感。单一的文学品种，狭窄的文学趣味，写诗的不知叙事为何，写小说的没有诗学素养，这都不是好现象，文学应该有更大的包容性和丰富性，去承载我们对生活、对这个世界的表达。我希望历史写作可以承载我在这方面的一些想法，并希望借此构建起自己的文学 / 历史叙事空间。

中国作家一直有着浓重的历史情结。鲁迅的《故事新编》就是优秀的历史写作文本，沈从文1949年进故宫后写下的谈论器物、服饰的文字，也非小说家兼学者不能为。他们代表了历史写作的两个方向，虚构与非虚构。历史写作只是在近十年成为一个出版现象。

作为一个历史写作者，我当然要涉略兰克以来的西方现代史学理论，包括彼得·伯克等新文化史大家的理论和作品，但我最向往的还是回到司马迁《史记》的源头上去。20世纪90年代的文化荒芜期，出现了所谓“文化大散文”的写作潮流，这些作品对国人的文化启蒙起到了一些作用。但“文化大散文”已经是过去时态的僵化文体，它空泛的抒情腔和粗疏的史学功底一直以来广受诟病。我的历史写作实际上是从文学内部激发出来的，与它完全是两个方向，在对历史的态度上，在美学趣味上，我的写作实际上是对它们的一个反动。

历史走向文学，文学也在走向历史，

历史与文学之间其实有广阔的交集

VS

作家缺乏训练和积累，其文学化的虚衍表达，

不足以弥补史学上的欠缺

傅小平：谈到作家写史，自然会引发的疑问是，这究竟是属于历史写作，还是文学写作？或许两者之间并没有什么清晰的界限，就像《史记》被称为“史家之绝唱，无韵之《离骚》”，便是说其无论在历史性还是文学性上，都达到了相当的高度。当然作家们写的历史题材，眼下对其命名，着实是多种多样的。相近的说法就是“历史文化散文”“历史散文”“文化大散文”等，而且“作家写史”，与通俗化的历史写作，也常被混为一谈。应该说，作家写史各有各的侧重，有一点却是共同的，似乎都脱不开深层的文化诉求。这是不是可以理解为他们写历史说到底是在

写文化？在历史写作中，历史与文化之间构成了怎样一种关系？

赵柏田：西方有一种现代史学理论，史学以叙事为正宗。叙事，也是文学的指归。历史走向文学，文学也在走向历史，历史与文学之间有广阔的交集，这个中间地带就是“历史写作”腾挪的空间。你说这到底是历史还是文学，都是，都沾边。就我而言，我是把它放进我的文学坐标里去的。

批评界对这一写作现象命名的粗疏，实际上还是没有跳出固有的体制化的文学秩序。我还是倾向于西方的文体界定，虚构和非虚构，指向明确，包容性大，内涵也深。

任何写作都有文化的诉求。对我而言，历史写作更是情感的诉求，诗学的诉求，对世界认知的诉求。

夏坚勇：十几年前，我在写《大运河传》的时候，曾为该书立下了一个标杆：通过一条河的历史，写出一个民族的文化性格和心灵史。至于书成以后有没有达标，我不敢说，但至少我是这样要求自己的。从某种程度上说，大运河就是我们这个民族的化身，我之所以敢碰这个题材，是因为我是在古运河边长大的，有运河沿线的生活情调打底子。既然一个欧洲人——埃米尔·路德维希——通过几次考察就写出了《尼罗河传》，一个从小在古运河边长大的中国作家为什么不能写大运河呢？我要检阅一下自己对乡土的爱情以及在一个伟大生命面前的力量感和创造力。这中间很重要的一点是：我的文化解读和表达能力。历史写作是一种陈述，不仅陈述过程，陈述事件，更在陈述自己。作者一方面向人们陈述别人的（已经离我们而去的）生活，另一方面又间接地却又是坚定不移地向人们陈述自己。或者也可以换一个说法，陈述的过程就是作者个人的心灵对历史和文化的观照与辐射的过程。作为历史陈述者，每个人都有自己所立足和生存的土地，他与历史的沟通，首先来自和家园的沟通；他对人生的认识，首先来自与自己同在的生活群体的发问；他对人的种种发现，首先来自对自己周围环境的发现；他对人的终极关怀，首先来自身边具体事情的刺激。你一旦降生在一种文化传统中，传统便如影随形，你无法从本质上摆脱它的制约和束缚，同时也会享受它所赐予的创造力量，这就是《大运河传》与《尼罗河传》的不同——不仅在于两条河的不同，更在于书写者文化背景的不同。

这中间有一个问题，既然文化无所不在，挥之不去，那么任何陈述都可以说是一种文化陈述，所谓“文化散文”的说法就值得商榷了。你把一类散文冠之以“文化”，岂不是说其他散文就没有文化了？显然不可以这样说。即使有些作品涉及历史上的文人行状或文化艺术方面的话题，也不能简单地用“文化散文”作为标签，就正如不能把《红楼梦》简单地定义为爱情小说或政治小说一样。文化是一张天罗地网，任何作者既无法逃遁，也无权独享。之所以使用“文化散文”的说法，我想，或许是为了标新立异，从这些年蔚为壮观、五光十色的散文大潮中突围而出吧。

谢有顺：小说（文学）和历史，是两个世界，但有时小说也起着历史教化的作用。尤其在民间，很多人是把小说当作历史来读的，甚至认定小说所写，就是一种可以信任的真实。所以，连孙悟空、西门庆这些小说人物的故乡，前段时间也有不少地方政府想“认领”了，这当然有地方政府在旅游宣传上的苦心，只是细究起来，似乎也和中国人对小说的态度不无关系。鲁迅先生就曾说，“我们国民的学问，大多数却实在靠着小说，甚至于还靠着从小说编出来的戏文”。这是对中国社会的一种深切观察。小说和戏文写的历史，当然不可靠，但它却为很多民众所认同。玄奘在历史上是如何一个人，民众是不关心的，他们多半都照着《西游记》写的来认识这个人；诸葛亮的实际情形如何，民众也无心考证，他们相信《三国演义》里所写的就是历史真实；包括《鹿鼎记》里的韦小宝，他的历史知识也全部来自说书和戏曲，他的英雄情怀、江湖义气，也都是从说书人那里听来的。《鹿鼎记》第二回里有这样一个情节，韦小宝帮茅十八脱险之后，茅十八从怀中摸出一只十两重的元宝，交给韦小宝，说道：“小朋友，我走了，这只元宝给你。”金庸的描写很生动，说此时的韦小宝“见到这只大元宝，不禁咕嘟一声，吞了口馋涎”——可见他并不是不爱钱，但韦小宝听过不少侠义故事，知道英雄好汉只交朋友，不爱金钱，今日好容易有机会做上英雄好汉，说什么也要做到底，可不能脓包贪钱，于是就大声道："咱们只讲义气，不讲钱财。你送元宝给我，便是瞧我不起。你身上有伤，我送你一程。"这两人就这样结交上了，他们的人生也由此纠结在了一起。很显然，"只讲义气，不讲钱财"这种思想，是韦小宝听戏听来的，戏曲里的人生，早已影响了他的人生——对于韦小宝来说，小说、戏曲所写的就是历史。

当然，以历史小说论，它首先是小说，但它也对话历史、旁证历史，因此，历史小说作家，若无卓越的史识、温润的史心，必定也写不出好的历史小说。这些年来，做历史小说者众多，但多限于传奇、演义一类，或是对史实并不高明的改写，真正有创新、有洞见的历史小说，并不多见。他们多看见人物、时事那客观、物质的一面，而少有关注到中国历史中文化精神的演变；概言之，历史中既有物质生命，也有文化生命，而后者才是重点。如果把中华民族看作是一个大生命，每一个个体都是寄存其中的小生命，那所谓的生命之学，就是关于民族的兴衰和精神的熔铸。在当代中国，有此志向的历史小说，据我阅读所及，唯有二月河的帝王系列、唐浩明的晚清三部曲以及孙皓晖的《大秦帝国》。

李洁非：两者之间有清晰的界限。在西方，历史属于科学范畴，属于社会科学。中国似乎有点模糊，不排斥文学性，认为"文史不分家"，文以助史，"言之无文，行而不远"，必要而又较好的文学性，有利于历史接受。司马迁就是一个垂范，他一生除了《史记》少有其他著作留世，但仅凭此作便同时在史学、文学两界居经典位置。刘知幾为他心目中的理想史家开具三个条件：史才、史学、史识。史才主要指文采。尽管如此，中国史学仍与文学界限分明，过去历来认为，史学人才远比文学人才难得，一流文学家绝不可能自然成为一流史学家，原因就在"文"之于"史"居于末节，是锦上添花之事，而非根基。史学根基仍然在于它是学术，要有基本功，要有系统训练，要有长久、刻苦、全面的积累，像司马迁、《文献通考》作者马端临等，都出身史学世家，自幼浸淫，耳濡目染，都是积数十年之功才修炼成大史学家。我们对"史家之绝唱，无韵之《离骚》”之类说法，不能将其浪漫化，而忽视了中国对于史学作为学术原有的严苛要求，记得有书辨史家高下，专门讲到“志”(《史记》称“书”）的撰写最考验功夫，这一部分内容是一代或历代典章制度的综述，没有十分博洽的积累断不能写，《史记》《汉书》的功力，集中体现在其“书”“志”部分，像范晔写《后汉书》，一方面是他寿不善终，一方面与功力不逮也有关，“志”就竟然没有写成。所以，如果因为中国有“文史不分家”这句话，就把文学、史学混为一谈，是极其片面的。现在确有一些作家，既没有多少规范的训练，也缺乏对某段相关历史的专门、系统、充足的积累，而主要以“文学”身份，染指历史叙事，写出“历史散文”“文化大散文”。这类作品我读得不多，有限阅读给我的印象是，其史学上的欠缺往往通过文学化的虚衍表达，比如哲理思辨、怀古抒情之类，加以搪塞，所以容易令人有“到底是写历史，还是写文化”的困惑。不过，这种写作也有它的存在空间，毕竟有大量读者的接受能力，不太适合阅读“干货”太多的史撰，从这种略嫌浮夸的读物入手了解历史，也不失为暂时之选。

中国的小说传统脱不了历史传统
VS
作家应该储备更多历史专业性知识

傅小平：作家写史也从一个侧面反映出，多少年前还在呼吁的“作家学者化”或“学者作家化”已经成了潮流。眼下不少进行历史写作的作家或学者，都称得上是学者化的作家，或作家化的学者。而作家写史与史学家写作有着怎样的区别，自然可以做进一步的探讨。我特别感兴趣的是，作家写史会更多关注到古代乃至1949年之前的文人士大夫，这或许是因为中国历史上大体奉行的文官制度，为官与为文本就是一体，也或许是因为著者作为文化人，自然会更多写到文化人，并着力挖掘历史人物的人文内涵。那这样一种人文考察，对当下饱受诟病的知识分子文化生态有何借鉴意义？

李洁非：“作家学者化”提法，我不太理解。以当前现实论，职业为“学者”的人似乎都难称学者化，又何况作家。学者化的刻度，起码做到陈寅恪讲的“独立之精神，自由之思想”，心无旁骛地沉浸在学业中，以治学为不替的目的，那样才算纯粹的学者或达到学者化状态；多读几本书、写一点似乎与学问沾边儿的文字，大概不能叫学者化。对作家写史，我个人不太从学者化角度去考虑，更在意的是“去作家化”问题。这两者还是有区别的，至少学者化标准太高、不易达到，“去作家化”则每个人但凡稍稍留意有心，即可有所改益。比如想象和虚构的问题。自从小说时代以来，很多作家眼里，文学性就等于虚构性，或者说，不让他任情虚构想象，他就不知如何写人状物、让作品富于感染力。这可能是当代作家的通病。有一套大型人物传记丛书，作者多系当红作家，我有缘翻阅过其中几种，叙述居然细到“雨，细密如散丝，落在他的头顶，滴落到额头，顺着眉毛分流到两颊”的地步，宛如作者亲见，这种一望而知的虚构想象笔触，与其说替作品增色，不如说为之减分，不是取信于人，而是取不信于人。我们对历史的还原，大前提是不能逾于“已知”，超过这个分寸，主观上以为“回到现场”，在读者看来反而变成捏构。归根结底，小说时代以来作家过分依赖虚构想象，对别的“文章之道”疏于研求，实际上在虚构之前中国古代有很多美文方法，文学性（或可读性）绝不等于虚构性，如何禁绝虚构想象而达成作品的生动形象，我把它看作立判作家写史高下的关键。

谢有顺：中国的史学，强调要有治史的心情和抱负，甚至一度把史学称为是圣人之学，不仅在于史学重要，更在于像《西周书》《春秋》这些最早的史书，都出自周公、孔子这些圣人之手。它们不仅记录史事，更寄托史家之精神、史家之生命观——个人的小生命，寄托在历史的大生命之中，每一个人都生在历史中，也死在历史中，所谓的人生不朽，其实就是你的人生与历史联系在了一起。中国人的历史，记人重于记事，原因也在于此。

诚然小说写的是一种特殊的历史。但凡写史，自古以来无非是记言、记事、记人这几种。《春秋》是记事，《左传》则记事也记言，司马迁的《史记》最为大家所熟知，因为它的主体是记人。有人，才有事；有人，才有言；故历史是以人为中心的。只是，如果光读史书，了解的多是人事，或者多是客观现象，比如官阶、经济、人口、地方发展、文化状况等，这些你都可以通过史书来了解。可是，那一时代的人是怎么生活的，尤其是生活中那些细枝末节，那些生机勃勃的日常图景，正统的史书上是不太会写的，比如那个时代的人吃什么、穿什么，婚礼如何操办，葬礼怎样举行，唱什么戏，吃什么点心，穿什么衣服，衣服的褶皱有几道，上面又分别饰着什么图样的花纹等，这些特殊的生活细节，你唯有在小说中才能读到。小说所保存的那个时代的肉身状态，可以为我们还原出一种日常生活；有了小说，粗疏的历史记述就有了许多有质感、有温度的细节。

历史如果少了细节，就会显得枯燥、空洞，而文学如果缺了历史的支撑，也会显得浅薄。你看当代小说，很多都是写个人的那点情事，出自一种私人想象，但这些情事背后，没有个体如何在历史中艰难跋涉的痕迹，没有时代感，就显得千人一面。中国的小说传统，终归脱不了历史这一大传统，小说不和历史发生对话，它就很难获得持久的影响力。很多小说，当时影响大，过后就烟消云散了，因为时代一变，写作的语境一变，那些故事、情事就显得不合时宜了，读之也乏味了。小说是在写一种活着的历史，这意味着它必须理解现实、对话社会、洞察人情。它要对时代有一种概括能力。鲁迅的小说何以有那么大的影响力，最重要的就在于对时代的概括力。鲁迅写的是当下的事情，是此时、此地发生的故事，从时间上说，它和作者靠得很近，这本来是最难写好的，但鲁迅为虚构的人物找寻了一个真实的历史背景——辛亥革命前后。底层民众和小知识分子的困苦、麻木与挣扎，一旦放在这个背景里，虚构就获得了一个真实的时代语境，小说也就成了历史讲述中的一部分，真实和虚构的界限弥合了，小说也因为有了历史的旁证，而变得更具力量。

夏坚勇：文人风骨是一个古已有之的话题。中国的文人士大夫崇尚气节，其最高标准即孟子所说的“富贵不能淫，贫贱不能移，威武不能屈”。这几条也成为历代知识分子津津乐道的话题，似乎那时候的文人士大夫一个个都高蹈放达、义无反顾。其实不是。正因为风骨和气节在任何一个时代都是稀缺资源，人们才会高山仰止。知识分子屈从于权势，迷茫于仕途，沉浮于金钱，牵情于世俗，流连于名声，从来就不是什么新鲜事。这中间，杀伤力最大的是专制政治对文人风骨的浸淫，因此才有“直如弦，死道边；曲如钩，反封侯”的说法。那些“死道边”的，我想不光是因为贫困，也因为政治上的不合作，或者因为政治上的不合作而形成的贫困。历史活动是人的活动，而人毕竟不能脱离其所生存的环境，在政治高压和利禄引诱下，大多数人只能随波逐流，卖身投靠，义无反顾的烈士总是凤毛麟角。南宋绍兴年间相权专政，文网高悬，文人士大夫的风骨土崩瓦解，出现了一股以颂圣诗文争相献媚的热潮。我在《绍兴十二年》中对此进行了深入的剖析，对那个文风败坏、价值崩溃的时代进行了尖锐的抨击，同时也对文人群体的处境和选择表示了深切的理解和忧愤。我把文人士大夫的各种失节行状归纳为几种类型，一种是攀比性堕落，一种是适应性变异，一种是策略性妥协。这样的评判对于当下这个浮躁的时代和浮躁的文坛，应该具有一定的警策意义。

赵柏田：作家凭着天分、才气写作，也可以非常绚烂。但才气式的写作走不远，更多是流星式的一掠而过。学养是一个人的内在，它是知识的累积，更是一种涵养。作家尤其是历史写作者，在历史专业性知识上应该有更大的储备，这是基础性的。如果离开了这些基础性的东西，空泛地议论、抒情，这种文艺腔是很要不得的。就会滑到以前的“文化大散文”的旧路上去。事实上，我的一些小说家朋友都有或精深或广博的知识储备，我的一个诗人朋友，专门研究魏晋以来江南墓砖，他在这方面的搜罗之勤、见解之深，已堪与学院中人一搏。

我倾向于从更广义的角度来看待“历史”。一只鸟在天空飞过，它飞过的痕迹就是这只鸟的历史。我更愿意从更广大的意义上来考察我们国家或者个体的历史。把目光投向哪个时代，哪个人群，这首先得有一种感觉层面的东西，有一种经验性的触动。历史作家也是有局限性的，他不是想写什么就能写什么，尤瑟纳尔可以写古罗马帝国，写中世纪，但不一定能写好二战。至于我个人写知识分子，考察他们在晚明、清末、民国的种种情状，梳理这一社会精英人群的传统，写出他们的坚守和悲哀，是想更清楚地看清知识分子在当下的境况，在认识上形成一个对位，这样的写作不只是回望，更是面向当下和未来的。

明史是古代史中的当代史，
关乎中国历史及精神资源的认定问题
VS
明代的史料挖掘得比较充分了，
应该说不会有太多惊人的史料出现

傅小平：就作家写史而言，相对其他朝代，明朝是最被关注的。我记得黄仁宇在《万历十五年》里写道，明朝的特征在于“依靠意识形态作为统治手段；意识形态充斥了帝国的各个方面，无论从强度还是从广度来说，都是空前未有”。在翻阅这些明史著作时，真是挺感慨的，感慨这些作品居多深具历史洞见的同时，也感慨历史难有正解，也难有共识。当然看多了这些著作，也会感到遗憾，它们所用史料相同或相近，是因为对明史很少有新的史料发现吗？要以“论从史出”的角度看，这可能会让著者所写止于同一史料的不同阐释，很难做到真正的去蔽。那该怎样在史料与识见，或是在所谓的史实与史识之间求得一个平衡？如果说历史是贯通的，而非割裂的，那么以明史热为例，又该怎样在写明史的同时，对中国历史做整体的观照？

李洁非：朝代史中明史格外热，写者多、读者也多，为什么？我觉得背后是中国近代史再认识问题。世界历史分期习惯取三段论：上古、中古、近古，中国对应于“近古”的近代史，起点以往被定为1840年鸦片战争。这个定点，强调外侵、帝国主义的作用，显然潜含一个逻辑，亦即认为中国近代史的开启，是由外而内的，是被动的。这多大程度上符合中国历史的事实和趋势，恐怕有疑问。欧洲中古、近古的交接点，大致在12世纪左右，刚好是中国宋代，如果拿当时的欧洲与宋代作对比，从文明成就看，中国毫不逊于欧洲，甚至更发达更先进。两个达到相同高度的文明，一个开始脱“古”入“现”，一个却被裁定老朽没落，有多少道理？这关系到回答一个问题：中国文明有没有自我进步能力？如果不是外力干预，它能不能自我更生？把近代史起点置于1840年，等于为历史是靠外力强迫而发生改变。这可能跟我们坚持近代史“半封建半殖民地”的定性有关，但它会遮蔽中国内部的历史线索。随着思路的打开，人们发现虽然历史危机是在鸦片战争后激化和爆发，但这种历史矛盾本身，绝不是洋人来了以后才有的，而早就存在于中国历史内部，并且早就在社会经济、文化、思想、政治中表现出来。读明代故事，往往不觉很遥远，仿佛就与我们处在同一个时空。这就让人想到，也许近代史的起点要比1840年早，也许前提至明代可以让人对中国历史从中古到近古的转化看得更清。问题牵涉好多方面，包括如果中国历史具有自发从中古向近古进化的潜质，它为何未如欧洲那样走成这条道路？一定要甩开各种框框，实事求是考察。比如“草原帝国”（取其广义）对中华文明的影响，就是很大很重要但一直未做深细研究的方面，宋明两朝，都毁于这股力量，欧洲也受过它的影响，六世纪中叶罗马帝国为之洗劫，13世纪又有相仿的冲击（蒙古军队），但都不属于颠覆性重创，宋明则不同，彻底为其所亡，这种貌似“偶然”的因素在历史进程中扮演的角色，究竟如何评估？这些都还处在探究之中。我比较倾向于认为中国中古与近古之间的分野与欧洲相仿，在12世纪前后，就是宋代时期。当然，要把这个节点搞清楚，有待大量新视野下的历史解读（最近读柳立言先生一文，讲唐宋变革，颇受启发），这里姑置不论，但我想着重指出的是，这关系到中国历史及精神资源的审视认定，意义重大。

谢有顺：中国历史的主体精神就在于人，也重在写人，所谓“人事之外，别无义理”(章学诚《浙东学术篇》)。明史，既明天人之际，也知古今之变。宋代写史最多，明代略少，清代多考证历史，唯有章学诚写的一部《文史通义》，但传承的仍是经世明道的史学精神。只是章学诚有感于《文史通义》偏于理论，“空言不及征诸实事”，后又撰《和州志隅》二十篇。他在《志隅自序》中说：“郑樵有史识而未有史学；曾巩具史学而不具史法；刘知幾得史法而不得史意，此予《文史通义》所为作也。”章学诚之“史意”，也可理解为通常所说的“史识”，实为一种精神，一种见地，近世的史学大家钱穆则用“史心”一词名之，似乎更为准确。“培养史心，来求取史识，这一种学问，乃谓之史学。”(《史学导言》)有了这一种研究历史的心情，才会真正关注国家、民族、个人的当下处境，才会在记录历史的公正中，贯注一种历史精神。而诠释历史精神最好的方式，仍然是以人写事。虽然中国的历史也写自然风俗、制度礼仪，但终归是以人为中心，强调是人在做事，事无论大小，都在于人为。“不论一切事，先论一个心。”这是钱穆的话。他之所以反对笼统地说中国的历史都是帝王之家谱，就在于他能因人见事，以心论史。事实上，《二十五史》写的人物千千万，简单地称之为帝王家谱，确实是偏见。每一段历史，除了讲帝王，也讲群臣，讲各类贤达，甚至也讲小人物。写忠臣，也写奸臣，写圣人事迹，也记草民之乐，并不全然是政治或宫廷之事。《史记》分十二本纪、十表、八书、三十世家、七十列传，既编年纪事，也为历史群像作传，有褒有贬，据义直书，后人也不能轻易推翻前人，这种史识、史心，并不是一味地逢迎或谄媚，而是有自己的坚持和标准。按照《左传》的写法，孔子的篇幅也不比别人更多，而写宋史不避写文天祥，写明史不避写史可法，这些例证也足以说出中国历史的写法，在知人论世上，已形成自己秉直、公正的传统。

张宏杰：明代在中国历史上的重要性，在于它上承元代，下启清代。具体地说，元代统治中的许多落后因素，被它继承下来。元代统治者马上治国，武勇有余，文采不足。蒙古人奴视汉人，统治手段粗暴野蛮，在中国政治技术史上形成一个大的倒退。而朱元璋承大元之余绪，把元代统治者的野蛮强横推向了一个新的高度。大明王朝继承了元代严格的职业世袭制，把全国人口分为农民、军人、工匠三大类，在三大类中再分若干小类，比如工匠之中，还分为厨子、裁缝、船夫等；军户之中，还细分为力士、弓兵、铺兵等；民户之中，除普通农民外，还有沿海晒盐的灶户，为军队养马的马户，给皇帝家看坟的陵户，管园的园户，种茶的茶户，也有米户、囤户、菜户、渔户、窑户、酒户、蛋户、站户、坛户、女户、丐户等，计80种以上（栾成显《赋役黄册与明代等级身份》）。“籍不准乱，役皆永充”，也就是说，职业先天决定，代代世袭，任何人没有选择的自由。比如，如果你是军人，那么你的子孙后代都将是军人，除非做官做到兵部尚书一职，不许脱离军籍。同理，如果你爸爸是裁缝，那么你和你的后代永远都得以裁缝为生，不管你是六指还是残疾。这个制度，朱元璋很喜欢。再比如廷杖制度，把大臣按在朝廷上打板子。这些比较野蛮落后的做法，因为有利于专制统治，被明朝继承下来了。

但是，元朝统治也有其好的一面，比如元代统治者心性朴拙，心胸比较宽阔。而且元代对地位最下的南人，实际上统治是非常宽松的，甚至一定程度上可以称是自治。所以江南地区在元代经济发展得还比较好。《草木子》中说：“元朝自世祖混一之后，天下治平者六七十年，轻刑薄赋，兵革罕用，生者有养，死者有葬，行旅万里，宿泊如家，诚所谓盛矣。”

所以在被侵略、被征服的汉地，很多人对蒙古人的性格抱有好感。长春真人丘处机出居庸关，在大雪山见到了成吉思汗。这次长途旅游，使他对蒙古人的性格留下很深的印象。虽然他此行面对的是多次屠城、杀人不眨眼的侵略者，但是他说蒙古人“俗无文籍，或约之以言，或刻木为契，遇食同享，难则争赴，有命则不辞，有言则不易，有上古之遗风焉”（据《王国维遗书》之《长春真人西游记校注》）。元季名儒许有壬也赞叹蒙古人的古朴，说“我朝肇造，浑厚真淳之气，粹然古初”。元末明初的江南士人叶子奇在《草木子》中更是说元朝“起自漠北，风俗浑厚质朴”，说鞑靼“其性至实，无一毫之伪，而上天以宇宙畀之，而不畀之他部族。其故何哉，岂不以其极诚而无妄也”，相反，叶子奇字里行间，对朱元璋的明朝统治很不满。因为明朝建立之后，江南很多地方赋税陡然加重。比如苏松地区，明中叶时叶盛在其《水东日记》卷四说“苏在元粮三十六万，张氏百万，今二百七十余万矣”。

这是为什么呢?

因为明太祖朱元璋的性格是阴狠偏狭，精明、残暴又自私。他建立王朝，同样是为了自己家族的利益，但是他的掠夺比元朝更有心机。他大搞特务统治，杀人如麻，所以明代的统治比起元代来是升级版。文盲农民出身，让朱元璋的许多政策甚至比元朝还落后。本来在宋代中国就实行了税收全面货币化，而朱元璋却使税收制度退化到实物制阶段。“衙门内的传令、狱丁，都由各乡村轮派，即使文具纸张，甚至桌椅板凳公廨之修理也是同样零星杂碎地向村民征取。”黄仁宇说，朱元璋的设计“等于向中外宣布：中国为世界上最大的农村集团，它大可以不需要商业而得意称心”。

明太祖制定的一套短视、自私、保守的统治政策，又被清代继承下来。顺治帝亲政后，时往内院与大学士等议论文史。一次，他问范文程等：“自汉高以下，明代以前，何帝为优?”范文程等回答说：“汉高、文帝、光武、唐太宗、宋太祖、明洪武，俱属贤君。”顺治帝说：“朕以为历代贤君莫如洪武。何也? 数君德政有善者，有未尽善者，至洪武所定条例章程、规划周详，朕所以谓历代之君不及洪武也。”(《清世祖实录》卷七十一)

明孝陵今存一碑，为康熙手书“治隆唐宋”四个大字，意思是夸明太祖治国好过了唐宋。

正因为此，清朝基本上把朱的政治制度原封不动地继承下来，并通过设军机处等小调整，使这个制度更加完备。朱元璋不止开创了三百年大明基业，连大清王朝也基本上是他政治思维的产物。

明代的史料今天挖掘得比较充分了，应该说不会有太多惊人的史料出现。但是就现有史料如何解读，不同的人结论是完全不同的。在过去的中国人看来，朱元璋是雄才大略的伟人。明代及清初的历史学家则这样称颂朱：“祸本乱阶，防维略尽。至于著律令，定典礼，置百官，立宗庙，设军卫，建学校，无不损益质文，斟酌美备。”“观其官制、典礼、律令、宝训、女诫、卧碑、木铎、《祖训》，大言炎炎，至文郁郁，义监二代，法备三千，共贯同条，金声玉振”。（谷应泰《明史纪事本末》）那么今天的许多历史学家，也仅仅因为朱元璋建立了汉人王朝，结束了异族统治，实现了大一统，保持了政治稳定，就认为他是推动历史进步的伟人。

同样的史料，得出完全相反的结论，这在中国历史学界是非常正常的现象。因为我们虽然前一只脚踏进了现代，甚至脚趾尖到了后现代，但是后一只脚却陷在前现代当中拔不动。所以历史写作，说到底，你用清朝人的价值观写出来的东西，和用现代人的价值观写出来的东西，是不一样的。

赵柏田：无论是作家、学者还是读者，关注的肯定不只是明朝，晚清史和民国史领域都有非常优秀的作家和学者涉足。马勇对晚清史的研究，茅海建对鸦片战争和百日维新的研究，都是兼具学人与作家之长，在读者中也非常有号召力。反倒是明史题材，除了脍炙人口的《万历十五年》和孟森、吴晗的一些著述，很少看到今天的作家和学者有大的建树，大多是不堪卒读的无厘头式戏说，是在消费历史。有明一代276年，作为中央集权统治是非常成功的，它建立了当时世界上最为完备的文官制度，它又是对知识分子钳制最严酷的年头，是非常值得有人好好去梳理的。

史学界曾经有一种说法，历史学即史料学，离开了史料就不能再说话。这种观点的代表是傅斯年。历史写作倚重史料这当然没得话说，但如果机械地来看待史料，这就有可能滑入僵化思维。历史写作不是对史料的机械阐释。现代史学越来越重视从叙事学的角度看待历史，有时候“怎么说”比“说什么”更为重要。历史写作要发现遮蔽的真相，要“去蔽”，更要“去魅”。“去蔽”靠历史学家发现新史料纠伪；“去魅”，祛除意识形态、一元论之魅，是所有历史写作者的职责。

至于说到整体的观照，黄仁宇以1587年一年都可以透视出整个明朝历史，乃至传统中国道德代替法治的大病，你如果写一个更长的时段，没有大视野怎么行？我认为，历史写作除了整个中国史的背景，还要有一个现代性的背景，这样才会把整个东西方都纳入你的视野。

国人多把史家笔墨看得无比神圣，
但对历史的真实缺乏基本的怀疑精神
VS
史书肯定有造假，是需要学者辨正的地方，
但不是否定历史真实的借口

傅小平：一般而言，历史常被写成观念史，但我想历史不该只是观念史，或者说即使是观念史，也该是从生活史里生发而来的观念史。作家写史往往于生活史有自己的兴趣，这也是有别于史学家写史的地方，而作家写史也会较多关注到野史的记载。当然正史也好，野史也好，当著者引用史料的时候，都会碰到一个辨别真假的问题。我听到过一个说法，“历史除了人名是真的，别的都是假的；小说除了人名是假的，别的都是真的”，极言正史记载的不靠谱，当然野史记载毕竟更多是传闻，也未必就那么靠谱。在事关史料辨别的问题上，该有怎样的考虑？

谢有顺：中国人重史，其实也就是重人世。很多人迷信历史，把史家的笔墨看得无比神圣，但对历史的真实却缺乏基本的怀疑精神，所以就有了正史与野史、正说与戏说的争议。直到现在，很多人看电影、电视剧，还为哪些是正史、哪些是戏说争论不休。可是，真的存在一个可靠的正史吗？假若《戏说乾隆》是野史，那《雍正王朝》就一定是正史吗？电视剧里写的那些人和事，他们的对话、斗争、谋略，难道不也是作家想象的产物？一个历史人物想什么、说什么，当时有谁在场？又有谁做了记录？没有。由于中国人对文字过于迷信，对圣人、史家过于盲从，

许多时候把虚构也看作是信史，所以才有那么多人把《三国演义》《水浒传》都当作是历史书来读。甚至中国文人评价一部文学作品好不好，用的表述也是“春秋笔法”“史记传统”之类的话——《春秋》《史记》都是历史著作，这表明，在中国文人眼中，把文学写成了历史，才算是达到了文学的最高境界。

李洁非：那种说法，只好给它扣一个“历史虚无主义”的帽子了。这是历史哲学家干的事情，真正对历史做实证研究的人，不会发出这样轻率的声音。举个例子，北朝《魏书·乌洛侯传》记述鲜卑起源，提到在今天东北一带有个鲜卑石室，具体描述了其大小，南北90步，东西40步，高70尺，并曾“刊祝文于室之壁”。这笔记载存世1400年，谁也不能判其真假。1979年至1980年，考古学家米文平四探呼伦贝尔大兴安岭嘎仙洞，真的找到了鲜卑石室，与《魏书》描述相符，石刻祝文赫然在壁！这是一个再直接不过的例证，证明中国史书记载很严谨，真实可靠。什么“除了人名是真的，别的都是假的”，那是“历史愤青”之语，当不得真。当然史书肯定也有造假，多出于政治原因，例如朱棣重修《明太祖实录》、清朝修《明史》，但这属于需要学者辨正的地方，不是彻底否定历史真实的借口。至于野史，一般指官史以外的私撰，里面有泥沙俱下的情形，但绝不意味着野史不足以征信，我可以说，官史或正史修撰也大量采信野史，例如清修《明史》的明季部分，以我有限的阅读，都能时常具体指出哪件事哪个记载出自明末清初哪位野史作者笔下。史料辨伪，没有捷径，只有靠多读，读得越全，越能知真伪。

夏坚勇：史料是前人对历史活动的记述，毋庸置疑，任何记述都印记着记述者斟酌、判断和选择的过程，其结果是记述过程中的斟酌、判断和选择，在相当大的程度上与“事实原貌”之轴发生偏离。而后人读史只限于文本，他们与史料的记述者之间并不存在直接对话的语言理解环境，因而对记述者的意图总是在不断进行揣测和询问，所谓百代是非、千秋功过，只能任后者评说，后人的揣测和询问也实际上是在自问自答。真正的善于读史者，是在读史时贯之以时间的感受，动之以真挚和理解的情怀，透注着自己的生活历练。这中间，想象和虚构是一个绕不开的话题，按理说，历史不容虚构，但在历史写作中，虚构与真实既是对立的，也是相互渗透的。人总是用理解和想象使对象完形化。真实走向想象，想象也走向真实，这二者决定着在怎样的范围内再现历史。史料与历史的原貌之间不可避免地存在着距离，正因为这种距离，才为文学想象提供了空间。历史学与历史题材的文学，虽然面对的都是历史，但立足点是不同的。历史学追求的是“发生了什么”，而文学则是“应该发生什么”，在这个“应该”中，是对历史情境的揆情度理。《绍兴十二年》中有一个情节，宋高宗为了接待赴京觐见的蜀帅吴璘，特地要求有关部门上一道水煮牛肉，而且一定要用川盐调味。这样的情节当然是虚构的，但放到历史中去考察，有两点是真实的：一、水煮牛肉在宋代已成为川菜中的代表性菜肴，从民间到官府都很风靡，而且从烹饪而言，用不用川盐对于水煮牛肉至关重要；二、宋高宗这个人心计极为细密，特别善于琢磨人，这样处理符合他处事为人的个性特征。因此，水煮牛肉及川盐的情节既体现了历史情境下人物行为的内在可能性，又写出了当时宫廷和民间的生活情调。我在写作中选择题材时，常常更青睐一些史料相对残缺的事件，因为残缺能引起更多的寻味，也为文学想象提供了更大的空间。当然，文学如何渗入史学，史学又如何容纳和拒绝文学，一定要把握好度，这个“度”就在于，既是那个时代“应该”发生的，又符合人物的行为逻辑和心理逻辑。

赵柏田：我曾经把今天的历史写作者比喻成一群打鱼人。打鱼有多种打法，低成本的捕鱼方法是近海作业，弄只小舢板，或者滩涂上的泥马船，专打小鱼小虾，泥螺牡蛎，再不济种点海带紫菜，也能糊口。近海水域污染得厉害，舍得投入的就置办一艘柴油机渔船，跑到稍远的海上拖网作业，打着的鱼就要大得多，铜盆鱼梭子蟹都有。渔业资源有限，老在一个地方捕捞，鱼就要打光，有的人就把船开到日本、韩国附近去捕捞。有大财力置办大渔船的，就跑到南太平洋、大西洋去打鱼了。也有人把鱼苗放下去，在网箱里圈着养，养大了再捕上来。这大渔船就是方法论。老是在一个地方捕鱼的，是一群地区主义者。他们视野有限，重复捕捞，生产方法也是简单的一元论，如果不置办新渔具，只有改行做别的。有能力驾驶方法论这艘大渔船的，才能跑得远，打着大鱼。

我这里提到了方法论。方法论就是你打鱼的渔具。具体到历史写作这一行，传统史家称史才、史识、史情，就是撷取史料的能力、发现被遮蔽的真相的能力，还有重要的一点就是叙事能力。

所以要写观念史，实在是有着极为宏大视野的通才，才可以做到。能够写一本观念史的书，辨别概念，厘清思路，那是一件多么有挑战性的事。我的《明朝四季》写文官集团与皇权的博弈，是着眼于政治史的架构；《岩中花树》以思想史为背景；《历史碎影》的副标题是“日常视野中的现代知识分子”；刚刚出版的《南华录》副标题是“晚明南方士人生活史”，实际上是基于生活史与艺术史的双重考虑，来写晚明风雅。这些都可能在为我写作观念史做准备。

史料之真伪，写作者应该有种直觉，除非你写非虚构，我不赞成把野史作为立论的基础。要坚持读原典，除非不得已，不要引用二手资料。

历史写作既要面对历史事实与行为，
更要探究行为人的心理和情感逻辑
VS
离开心理学，历史学是不完整的。
很多历史动因，须从心理学角度切入解答

傅小平： 在我的印象中，国内很多历史写作会灌输给你所谓历史事实，却很少与你探讨历史行动。从这个意义上讲，读美国批评家埃德蒙·威尔逊的《到芬兰车站》有启发，这本书的副标题就是“历史写作及行动研究”，威尔逊在探讨历史人物时，探讨了他们何以有这样的行动，为何行动就这样发生了。这自然涉及对历史人物行为逻辑与心理逻辑的探究，我想这恰恰是作家写史所擅长的，又是最受争议的地方，因为这

样的探讨容易走向过度阐释。

李洁非：其实这涉及东西方史学长短问题。西方重理性、重自我，其历史写作突出“论”的色彩，喜欢给你一种理论、一种观念或一种概括；中国历史写作重事实、重叙述，讲求史书如镜、供人自鉴，一般回避过分直接、主观的议论，纵有褒贬，也最好通过文字处理隐寄其中，这是从孔子作《春秋》开始的态度。应该说各有所长，各有所短，无论写史、读史，各人依所好去选择就是，没有高下深浅之分。我倒是发现一个有趣现象，就是人年轻时，容易欣赏西式治史，到了一定年龄，转过头来觉得还是喜欢中国式史学，因为它不把一种界说强加给我，而我自觉思想识见足够成熟，可以面对史实自行判断。确实，人积累相当阅历之后，面对问题，多半只恨事实太少、思想太多——事实或材料本身，是第一位的。

谢有顺：文学把一种历史的真实放大或再造了，即便世人知道这是文学叙事，也还是愿意把它当作信史来看。而更多的文学人物，历史上查无此人，完全出自作者的虚构，可由于他们活在文学作品里，在很多人的观念中，也就成了历史人物了。比如鲁迅笔下的祥林嫂，完全是虚拟人物，但读完《祝福》，你会觉得她比鲁迅的夫人朱安还真实。朱安是历史中实有其人的，但对多数读者而言，虚构的祥林嫂比朱安更真实。祥林嫂的悲哀和麻木，被鲁迅写得入木三分，之后我们只要在生活中遇见类似的人，自然就会想起祥林嫂，甚至会直接形容一个人“像祥林嫂似的”——此刻，祥林嫂已不再是文学人物，她也成历史人物了，她仿佛真实存在过，而且就像是我们周围所熟知的某一个人。看《红楼梦》就更是如此了，像贾宝玉、林黛玉这样的人物，谁还会觉得他们是虚构的、不存在的人？一旦理解了他们的人生之后，你就会觉得他们在那个时代，是真实地爱过、恨过、活过和死过的人。由此可见，文学所创造的真实，已经成了我们生活中的一部分，甚至也成了我们精神中的一部分。这就是文学历史化的过程，文学不仅成了历史，而且还是活着的历史。这样，文学所创造的精神真实，也就成了历史真实的一部分。

赵柏田：历史写作既要面对历史事实与行为本身，更要探究行为人的心理和情感逻辑。我曾以八万字内心独白的方式去写王阳明的一生，让他在今天开口说话，这本叫《让良知自由》的小书，赞誉者有之，不喜者有之。这本书区别于同类题材作品的地方在于它有着强大的情感力量，以意识的流动构建起一个人的一生。我的方法，一是要对你笔下的人物抱有陈寅恪所说的"理解之同情"，二是你要陪着你的主人公们，重返历史现场。

你说的《到芬兰车站》，听起来是试图在历史行为与历史写作之间建立起某种联系，我很感兴趣，会找来读。

张宏杰：历史学是多维度的，有政治、经济、社会等多个角度的读法和写法。在我自己看来，离开了心理学，历史学是不完整的。很多历史动因，我们必须从心理学的角度切入才能得到合理的解答。但问题是，学术机构里的历史学，并不是自然状态下的活泼的历史学研究，很多研究是在经费、课题引导下的"治平宝鉴"性质的研究。专业外的史学研究者，相当多的人又缺乏基本史学训练，所以出现像《历史研究》这样写得活泼、有深度、有创造力又好读的东西，很难。

不必对所有的历史叙述，

都苛求以史学学术标准，却不能以历史媚世

VS

诚实的历史写作者该是审视者，

审视历史，更要审视对历史的书写本身

傅小平：依我看，国人对历史的态度，实在是极其矛盾的。我们一方面把历史当成一种信仰的替代品，要在当下碰到问题，会自然想到历史上去追索与求解；一方面又对历史采取虚构的态度，以至于历史成了任人打扮的小姑娘，戏说、改写盛行。当然正说也罢，戏说也罢，对历史都持实用主义的态度。这也无可非议，常言道，历史是为当下服务的。

然而，是出于迎合现实的需要解读历史，还是在历史的写作中，对现实持一种批判的态度，我想是能体现一个历史写作者的良知的。

夏坚勇：良知说起来似乎是一个纯粹的道德命题，其实不是。它是由个人的经历、学养、史识、价值取向和精神质地综合而成的生命境界。良知也不等同于虚幻的救世意识和病态的愤世嫉俗，即所谓的“世人皆浊，唯我独清”，动不动就怒发冲冠，仰天长啸。不是。真正的良知应该是对负载自己存在的这个世界的建设性努力，并在努力中倾注对人类命运真挚而完整的关怀与理解。如果用良知去叙写历史，即使是一个智力极普通的人，也能留下些许真知灼见。相反，若是丧失了良知，哪怕你才高八斗、学富五车，你的作品也只能发展错误，点饰不幸，其恶劣者甚至为独裁者的倒行逆施提供堂皇的包装。在历史书写中，迎合和批判这两拨人马都打着为现实服务的旗号，即所谓的“实用”，这很有意思。但同是“实用”，其出发点和归宿却大相径庭，例如，顾炎武和他的《天下郡国利病书》是一种实用，那种高扬着批判精神和思想光芒的“实用”有如昭示新时代的曙光。而姚文元和他批判《海瑞罢官》的文章也是一种实用，那种揣摩圣意、信口雌黄的“实用”，只会把时代引向黑暗和蛮荒。无疑，他们的分野正在于有没有良知。一方面，历史写作的出发点是现实，一个历史题目，一种历史内容，即使每代人都写，但一代人自有一代人的阐释。这就是所谓的“一切历史都是当代史”，任何历史写作，都离不开写作者的当下情怀，而批判也并不等同于否定，而是一种具有历史感的解释，有了批判，解释才具有力量。另一方面，千古兴亡，百代悲欢，留给我们的远远不仅是某种直接的借鉴，把历史完全等同于借鉴，无异于说饮食仅仅是为了果腹。这种简单化的借鉴，只是把历史事件与现实社会的一些外部现象加以比附，用已经确定了的历史结果解释和指导尚不确定的现实与未来，其末流者甚至以此为手段，谋取个人的“实用”——名利、职务和权势者的青睐。因此，同是讲究实用，以良知为分水岭，一边高扬批判的旗帜而走向宏阔和深刻，一边奉行迎合而堕入现买现卖的市侩者流。

赵柏田：一个诚实的历史写作者，应该是一个审视者，审视历史本身，更要审视对历史的书写本身。苏格拉底说，未经审视的生活是不值得过的，同样，未经审视的历史也是没有价值的。

李洁非：这真的不是中国的传统。中国从很早起，就严格追求史学操守，如实记述、秉笔直书，有"历史应如镜，勿使惹尘埃"的执着。像春秋齐国史官不惜被杀身，前赴后继忠其职守的故事，就表现着这种精神。当然，对于借历史为文艺创作的题材，不必苛求以史学学术标准，否则我们既没有《水浒传》看，也没有《三国演义》看。我觉得关键在于是否拿历史去媚世，就是你说的"实用主义""迎合现实的需要"，这对历史的曲解、伤害最大。

谢有顺：历史的写法大体有几种，或记言，或记事，或记人。此三种，构成了中国人的历史观。近三千年来，中国人都以这种方式记载历史，从未中断，这堪称是人类历史中的人文奇迹。《西周书》记言，《春秋》记事，《左传》既记言也记事，但这些似乎都不如司马迁所开创的记人为主的《史记》，也就是所谓的列传体。列传体后来成了正史，自西汉至今，共积存了二十五史，蔚为壮观。史学一路演进下来，虽有伪造、美化之处，但后来者也有辨别、考证、纠错；治史和疑史之风并重，使得中国历史即便不全是信史，也迹近信史，自有其书写的传统所在，即便是小说，源自虚构，在讲述历史的时候，也不得不参证《史记》，而不能全然信口开河。

读历史著作，可以认识很多历史人物；读文学著作，也可以结识很多文学人物。但是，到底历史人物真实还是文学人物真实，这就很难说。有一些历史人物，当时很重要，但没有文学作品对他的书写，慢慢就被世人淡忘了；相反，一些并不重要的历史人物，甚至无关历史之大势的人，因为成了文学人物，一代代相传，他反而变成了重要的历史人物。比如陶渊明，一个小官，对当时的社会进程可谓毫无影响，但因为文学，他在中国人的观念中，早已是重要的历史人物了。又如伯夷、叔齐这两人，不食周粟而饿死，他们并非什么大人物，对当时的朝代兴亡也不重要，但他们的故事太具文学性了，所以，他们的故事几千年后还被传颂，知道他们的人甚至比知道周武王的人还多。这可以说是人生即文学的最好诠释。

文体探索，看似技法层面的追求，
深层驱动力还是对历史的敬畏和热情
VS
好的历史叙事，得考虑语调、结构、视角，
还要考虑让文本可信、可爱

傅小平：应该说中国的读者，对历史向来抱有很大的热情。只要是跟历史有关的著作，是不难引起关注的。而读者的追捧，当然会引发作家写史的热情，同时也可能会滋长一种写史的惰性，以为写史无须像写小说，或写其他体裁那样讲究怎么写的。我看这该是一种误解吧，实际上更有可能的是，作家的写作探索里，往往包含了怎样的格局与识见。当然也有不少作家在写史时，特别注重文章或说文体意识的。要这么看，文体探索对历史写作而言有何重要性？

李洁非：不是探索的问题，是流失的问题。中国拥有历史书写最棒的文体技艺，只是今天多半“不会”了，丢失了。司马迁、班固、陈寿……这些史家，个个是文章高手，为史撰写作留下了丰厚的经验，怎么取舍，怎么剪裁，怎么谋篇布局，怎么推敲细节，怎么控驭线索，怎么运用对话，怎么寄托褒贬，怎么锻炼字句，怎么凝聚文气……洋洋大观。我觉得我们离这些传统越来越远，现代以来的“散文”难辞其咎。散文这词原来含义简朴，仅指无韵的文体，现代以来它不知何故逐渐变成了怪胎，特别为文造情，特别呻吟扭捏，特别酸不溜丢，一写散文，就端着诗情画意、凝眸远望、思绪徘徊、揽镜自怜、心事浩茫连广宇的架子。不少作家就是用这样的语感投入写史，人称“历史散文”“文化大散文”。鉴于目下“散文”所散发出的怪异味道，我建议写涉史的作品少一

点“散文家”意识，多一点“文章家”意识。这可能类似韩柳他们提倡“古文”，“古文”是与“时文”相对，要义在于品味正、未被流俗所污染。中国的文章之学、文章之道，有很多正大光明的道理，大家往这个正路上去寻，自然能够寻到正果。

谢有顺： 因为历史以人事为中心，所以历史学也可称之为生命之学。如果我们把历史看作是一个生命的过程，就会发现，由人的生命而有的生活，构成了真正的历史基础。而描绘这种生活最好的方式不是史著，不是史学，而是小说。尽管小说家所编集的诸书，比孔子创立儒家还早，但在中国，小说一直是被藐视的文体。即便在20世纪初，梁启超发表了那篇著名的论文《论小说与群治之关系》，把小说当作改造社会、启蒙民众的一个重要的文体，但到鲁迅开始写小说之前，小说还是不入流的文体。鲁迅是真正把中国小说从一种渺小的文体壮大成重要文体的奠基者。小说是一人之历史，也是想象之历史，它未必处处征诸实事，但它的细腻、传神，它所创造的想象之真实，也非一般史著可比。譬如，我们读历史著作，会明白明代、清代是一个什么样的社会，有什么样的制度和官品阶级，但我们很难通过历史学家的论述，真正明白明清时代的人是怎样过日常生活的，他们穿什么衣服，唱什么戏，吃什么样的点心，用什么样的器物等，这些都是历史著作所不屑，也无意用力的。因此，小说能补上历史著作所匮乏的当时时代的生活脉络、生活细节，从而使历史变得更丰满、真实。

夏坚勇： 文体探索，从表面上看是技法层面的追求，但深层次的驱动力还是对历史的敬畏和热情。你选择了这段历史（选择的过程就是一见钟情的过程），而且对它的音容笑貌已经谙熟于心，就不能不精心谋篇布局，操练辞采，生怕糟蹋了这么好的题材。这就有如对待自己清水出芙蓉般的女儿，你能让她粗服乱头、举止无行吗？除非你是一个没有爱心或审美品位的父亲（母亲）。《绍兴十二年》原先的构思是从岳飞入狱的十月十三日写起，写到最后被害的腊月二十九日，写出这两个半月中波诡云谲的政治运作和各种人物的心路历程。这样构思比较紧凑，很富于情节性，也应该具有相当的可读性。但到了临近动笔的时候，却觉得这样处理显得“轻”了，也“薄”了。由于手头掌握的资料越来越多，我的野心也越来越大，那就是要恢宏雍容地写出一个大时代的气象，而这种期许仅仅通过一桩岳飞冤案是不能包容的。于是我决定另起炉灶，把岳飞之死仅仅作为背景来处理，将原先的结尾作为开头，从绍兴十一年腊月二十九日岳飞之死写起，一直写到第二年的除夕，通过绍兴十二年这个历史的横断面，以一个按月份排比有序的时间脉络为经线，以该年发生的一系列重大事件为纬线，全方位地反映那个时代的政治风云和社会生活。这样写当然要承担很大的风险，写得不好就会失之松散甚至堆砌，成为流水账。但风险也是挑战，作家要敢于面对挑战。这中间，最重要的是对那个时代总体氛围和人物心理的把握，有了这种把握，你就有了底气。对历史现场睿智而高远的观照，对人性深处精微而犀利的开掘，对精神高度明亮而坚定的追求，这些都是文体探索的题中应有之义。当然，还有语言，那既是一个作家最初始的门槛，也是最终极的追求。一部以历史为写作对象的作品，若荆章棘句，滞气满纸，则历史顿成“立死”矣。

赵柏田：历史写作的热情不应来自市场，应来自写作者内心对世界的认知，来自对人性探究的无限好奇。

没有叙事就没有历史写作。好的历史写作者，应该是一个叙事大家，语调、结构、视角，这些都是他必然面对且要去探索的问题。同时他要考虑让文本可信、可爱，在事实的基石上让你所造的房子更加自由，灵动。在我的文学坐标里，历史叙事，它是一种比传统文体小说或散文包容更大的东西。

十三

现实主义与当下中国

－ 2015 年 －

主持人：傅小平

对话者：雷　达　白　烨　李建军　李云雷

背　景

前阵，电视剧《平凡的世界》热播，引发了文学界与公众对路遥同名小说的持续关注。这部现实主义小说，因其沿袭了在当时看来颇为传统的现实主义写作路子，长期为文学界漠视，也正因为其路遥式的现实主义书写赢得了一代代大众读者的心。这一冷一热，看似悖谬的现象，都关乎一个词：现实主义。那么，在当下中国的语境里，我们该怎样重新认识和理解现实主义？

现实主义不是以邻为壑的唯我独尊主义，

也不是万物皆备的“好作品主义”

VS

蔑视常识，蔑视大众，蔑视现实主义等固有的文学经验，

是极不可取的

傅小平：应该说，现实主义于20世纪初由苏联传入中国后，在当时中国的社会现实和艺术发展的大背景下发挥了重要作用。时过境迁，现实主义在很多文学中人的眼里却成了守旧和缺乏创意的代名词。现实主义真的过时了吗？以路遥小说为代表的一批现实主义作品，在漫长时间里迸发出来的持久的生命力，事实上已经对此给出了否定的回答。

雷　达：当年《平凡的世界》之所以评论界与读者的看法发生巨大反差，乃是因为评论家总是习惯于从文学史、社会思潮、创作方法、文学的思想艺术背景来考虑和评价作品，从而形成一种“专业眼光”。何况在当时那个观念革命，先锋突起，大力借鉴和实验西方现代主义文学方法的热潮中。记得黄子平当时开玩笑地说，新方法像条狗，撵得人连撒尿的空儿都没有。如此氛围，突然遇上这么一部面貌颇为传统的现实主义作品，评价怎么会高呢。路遥说，我是用中国的筷子吃饭，你们是用西方的刀叉用餐。事情好像也不完全如此。对读者，特别是普通社会读者而言，他们很少从文学思潮或方法革新的角度审视作品，以定高下，他们更看重作品与他们的生活、命运、心灵体验有多少沟通和感应，能否引起他们的共鸣和震撼。这大约就是出现反差的重要原因。但是，我们却不能从《平凡的世界》得出要独尊现实主义的结论。

现实主义不是以邻为壑的唯我独尊主义，也不是万物皆备的“好作品主义”。就20世纪文学而言，作家的主体意识得到了空前的开发，小说家们已不限于展现周围的客观世界和传统的主观世界，而是深入到人的潜意识和无意识领域，在意识流、象征、荒诞、反讽、魔幻、神话原型等方面，都有了极大的开拓。正如卡彭铁尔所说，当小说不像小说的时候，那就有可能成为伟大的作品，像普鲁斯特、乔伊斯、卡夫卡那样，任何一部伟大的小说，都是从读者惊讶“这不是小说”开始的。我们在肯定《平凡的世界》的同时，要看到我们还有许许多多并不是用传统的现实主义，而是用魔幻的、狂野的、心理的、变形的、浪漫的现实主义，或现实主义与现代主义，甚至后现代主义融合而成的好作品。

白　烨：我认为，从我们的作家的旨趣和他们的作品的意趣来看，自新文学以来的现代与当代文学，其创作的主潮，就是现实主义。在当下的理论批评界，人们往往不大愿意常谈和再提现实主义，是因为谈论这个概念，不仅先要进行自我论证，而且显得了无新意。

如果我们就依据按照生活的本来样子真实地反映生活，并在此基础上进行艺术概括和性格塑造的本义，来打量我们的文学创作，看取我们的作家风格，就会看到，这种基于现实主义精神的写作，大概是大多数作家作品的基本写法，主要路数。这不仅为作家们所擅长，也为读者所喜欢。因此，现实主义一直都在生存着，发展着，演进着，不必刻意再去重提。

李建军：中国近现代到当代的文学发展，最开始接受19世纪俄国文学的传统，到五四时代建立启蒙和批判的传统，到后来这些传统都被抛弃，开始借鉴苏联的“社会主义现实主义”，建立了一种简单化的狭隘的叙事模式。从20世纪80年代中期以来，这种模式被抛弃，更多人因为学习西方的文学观念和技巧，开始使用一些很极端的技巧和方式，放弃对人的个性、内心活动的描述，追求冷冰冰的“零度写作”效果，排斥作者个人情感和思想的介入。我们以“现代主义文学”的理念和趣味来作为评价的尺度和坐标，而过度地强调了怪诞、奇异、陌生、晦涩等美学效果，过度地强调了对暴力、力比多等非理性内容的意义。我们蔑视常识，蔑视大众，蔑视那些固有的文学经验。极端自我和极端封闭的叙事内容，极端反交流的叙事方式与含混不清的“叙事圈套”，都受到了不少学者和批评家无原则的赞赏和不合理的过度诠释。事实上，这样的经验，只是西方现代主义变形过程中不成熟的经验。

现实主义不仅是一套观念体系和方法体系，
还是一种文学精神和文学情怀
VS
当前最需要“清醒的现实主义”，
对当代中国的现实做出自己的观察与思考

傅小平：在当下中国语境里重新认识现实主义，有必要对被加上各式前缀的现实主义做一辨析，也有必要对现实主义与现代主义、后现代主义等形形色色的文学思潮之间的关系做一梳理。大体来看，只要是有生命力的作品，不管是什么主义的创作，都没有脱离开对被现实主义创

作极为关注的社会现实的观照与书写。

白　烨：现实主义并不是一个简单的概念。关于现实主义问题，在20世纪80年代初中期，就曾开展过为期数年的热烈争论与讨论，各种意见相持不下，各有各的说法。而我们所说的现实主义，是联系着中国的社会文化现实，对应着中国新文学以来的创作，跟欧美的批判现实主义、苏俄的批判现实主义，实际上是剥离开来的，是内涵与外延都并不类同的两个概念。简要地说，关于现实主义，有偏严与偏宽两种思路的理解。偏严的，在内涵与方法上都持守现实主义的原本要旨，即“真实地再现典型环境中的典型人物”的真实性、客观性与典型性；偏宽的，则主要强调富含人文主义内核的社会性、真实性与向上性统一的基本精神。

李建军：现实主义不仅是一套观念体系和方法体系，而且还是一种文学精神和文学情怀。就前者讲，现实主义是相对的，是可以被不断吸纳、丰富和完善的；就后者讲，现实主义是绝对的，也就是说，只要你是文学，只要你想成为伟大的文学，你就必须是现实主义的，你就必须有伟大的伦理精神——有仁慈的情怀，有真诚的态度，有求真的热情，有批判的勇气。从伦理精神的角度看，在当下，重提现实主义，已经是一件很迫切的事情。

雷　达：在近当代的世界范围内，现实主义的衍变名目是十分繁多的，“无边现实主义”“开放现实主义”“功能现实主义”“魔幻现实主义”“浪漫现实主义”等，各有各的含义。在我国，近年来的情形又何尝不如此。姑且不论作家们自立的各种名目，仅就评论界来看各人心目中的现实主义也是大相径庭。把本应属于现代主义或浪漫主义的作品一股脑儿装进“现实主义”大口袋的现象，或者把仍属于现实主义的作品硬拉进“现代主义”或“后现代派”的现象，并不少见。

事实上，现实主义并非是“20世纪初由苏联传入中国的”，那是指的所谓现实主义“方法”。其实，现实主义是人类艺术地把握世界的最古老、最普遍、常在常新的一种基本的创作精神。中国古典小说的现实主义根子就很深。现实主义是有其质的规定性的。就现实主义来说，无论远近，我想它总是承认人和世界的客观实在性的，它总是力图按照世界的本来面目再现（或表现）世界的，它也总是强调人类理性的力量、实证的力量和判断的力量；由于它对人和世界客观实在性的肯定，它也许更重视包括人在内的环境（即存在）的作用，并重视社会性，把人看作“社会动物”。当然，方法虽对创作有极大影响，但终究方法不是决定性的、根本性的，要承认，在漫长的文学发展中，多种创作方法是可以并存的，都有其生命力。重要的不在于你采用了什么方法，而在于作品思想艺术的深度和高度，在于社会历史文化的涵盖广度，人性揭示的深度，艺术上的创新尺度。

李云雷：确实如此，现实主义的生命力来自它与时代、生活的密切联系，而生活之树长青，现实主义也必然会胜过更多观念性的写作。今年年初，我写了一篇《重申“清醒的现实主义”》也谈到这个问题：在20世纪中国文学史上，现实主义影响深远，也发展出不少艺术流派。批判现实主义、社会主义现实主义、荒诞现实主义、新写实主义、现实主义冲击波等，都在不同的历史时期留下了深刻的印痕。当下，也有作家提出了对现实要“正面强攻”等有关现实主义的创作理想。在这些基础上，我依然认为，当前中国文学界最需要的是“清醒的现实主义”，对于现实，我们需要的并不是先在的“批判”或直接将其视作“荒诞”，也不是某种单一的理念或方法，而是要以一种清醒、理性、冷静的态度，对当代中国的现实做出自己的观察与思考。“清醒的现实主义”是一种态度，也是一种方法。面对复杂的世界或未知的因素，重要的不是急切表明态度，而是以清醒的态度去探索，去思考，去把握；重要的也不是以个人的主观想象将复杂的世界简单化，而是在充分认识到世界的复杂性之后，以新的方式为之赋形。

批判是文学的灵魂
VS
批判现实主义不能照搬过来运用于中国当代文学

傅小平： 综观现实主义文学发展的历史，我们可以看到，其中最能体现创作实绩的是批判现实主义。各种矛盾聚集的当下中国，可以说为这一创作准备了丰厚的土壤。那为何当下中国特别缺少批判现实主义一脉的创作？

李建军： 批判是文学的灵魂，是文学面对现实的基本态度；批判也是文学的力量之源，是文学是否具有感染力和生命力的决定性因素。缺乏批判精神的文学，大多是虚假的、软弱无力的文学，是缺乏力量感和生命力的文学。就文学的叙事资源和表现内容来看，我们的文学确实拥有"丰厚的土壤"。但是，倘若没有"精神的种子"，再肥沃的土壤也不可能开出灿烂的文学之花，结出丰硕的文学果实……

李云雷： 从理论上来说，20世纪的现代主义和社会主义现实主义，都试图对19世纪的批判现实主义做出超越，现代主义将探索的范围从世界转向内心，社会主义现实主义从批判转向建构，这两种不同方向的探索都有得有失。在我看来，批判现实主义的发展，一是要对当下中国有一个整体性的认识，二是要有一种稳定的价值观。

当下中国确实各种矛盾聚集，我们生活在其中，但要想对之有一个整体的理解确实很难。从宏观上，可以说中国处于民族复兴的过程中，14亿人口的社会主义国家，在全球化的环境下进行社会主义市场经济与现代化，这可以说是人类历史上前所未有的现象，中国经验不同于欧洲、美国、日本的经验，现在我们在知识上尚不能充分解释与说明，对于如此丰富复杂的人类经验，我们需要更加深入与清醒地加以认识。

从价值角度来说，批判现实主义背后是一整套19世纪人道主义思想体系，社会主义现实主义背后是20世纪社会主义的理论与实践，只有在一种超越现实的价值体系中，才有可能对现实进行批判，而在我们这个时代，如何重建一种稳定的价值体系，确实是一个重要的问题。

白　烨：我以为批判现实主义，作为一个有特定含义的文学流派，已是一种历史形态，是欧美和俄苏资产阶级文艺思潮的一种概括，它确实是19世纪世界文学高峰的标示，但不能完全照搬过来运用于我们中国的当代文学。我们的文学创作，并不缺乏现实主义，只是有“高原”，无“高峰”，缺少拔尖的文学大师，缺乏应有的精品力作。

现实主义理当有更强烈的现实感，
更关注当下的生存，把故事推向存在
VS
现实主义不是千篇一律，要有发现，
要有独特的视野、眼光和艺术敏感点

傅小平：如果说现实主义的某些创作手法过时了，现实主义的创作精神却并不过时，或者说只要文学存在，这种精神就不会过时。那么在新时代条件下，该如何继承和发展这种精神？

雷　达：现在确实有必要强调和发扬现实主义精神。在我看来，现实主义精神就是具有更强烈的现实感，更关注人民的苦乐，更关注当下的生存，更能与人民同呼吸共命运。也可以说，善于把故事推向存在。我不认为，只有现实主义作品才有现实主义精神，卡夫卡是现代主义鼻祖，但他的作品却有极强的现实主义精神。所谓现实主义精神不能只看有多么大胆，多么尖锐，展示了多少问题，那样的话，文学与一般的社会调查何异。真正的现实主义作品，它的艺术鹄的只能指向人，为了人，且以人物刻画的深度和绕系在人身上的矛盾的深度来衡量其艺术质量。

白　烨：我赞同要持守现实主义精神的说法，这一说法要比仅仅在手法上去理解现实主义，显得更有弹性一些。现实主义精神，我理解就是人文性与人民性的合而为一，秉持文人的操守与良知，坚持为生民鼓呼与代言，有这样的胸怀与职守，是至为重要的。

创作贵在创意，创作需要创新，但在具体文学实践中，人们常常把创意与创新主要理解为手段上的、形式上的，而忽略了与相应的观念和意境的内在对接。我觉得，在艺术的创作与创新中，一定不少忘记带上精神，这是最为重要的。

李云雷：在新的时代条件下，现实主义首先应该汲取现代主义、后现代主义探索的一些成果，比如在经历过现代主义、后现代主义洗礼之后，我们不会再简单地认为，一个“完整”的主体可以“透明”地反映现实，对于何谓真实、如何抵达真实等问题，现实主义可以在汲取新的探索之后，做出更深刻的表达。其次，现实主义要对时代的“新颖性”有充分的敏感，现实主义要有“发现”，要有独特的视野、眼光和艺术敏感点，而不是一谈现实主义，就陷入了千篇一律的故事及其讲法，这是最没有创造力的。

李建军：我们的文学必须克服外部的诱惑，改变急功近利的写作态度，要有伟大作家的责任意识和高尚追求。具体说，就是要写有疼痛感和诗性意味的作品，要摆脱“贪多求快”的写作方式，将目光放得更远，像柳青那样，“以六十年为一个单元”，不要心心念念想着“获奖”，总想着获得平庸的批评家的廉价的赞赏和吹捧。我们民族的文学有着伟大的传统，有着俊伟而刚健的“中国格调”，从司马迁到杜甫，从曹雪芹到鲁迅，从巴金到路遥，这些属于同一精神谱系的伟大作家，为我们提供了可靠的方向和丰富的资源。有了这方向和资源，我们的文学就有了走出困境的“阿里阿德涅之线”。

能不能再有一种有理想有方向的现实主义，取决于对现实的理解与总体感受

VS

新写实小说之后，看不到人民性。有必要重建现实主义与人民性的联系

傅小平： 当我们提出“路遥式的现实主义”这一特定的指称，我们不能不注意到，他的创作所包含的当下性与人民性的意涵。这可以说是呼应了习近平总书记在文艺工作座谈会一的讲话精神，也是对现实主义的丰富与发展。由路遥的创作引申开去，可否对现实主义与当下性、人民性的关系问题做一探讨。

李云雷： 路遥的《平凡的世界》不是一种批判现实主义，而是一种建构性的现实主义，是一种有方向、有理想的现实主义，但是它又跟50年代的社会主义现实主义不一样，它所有的不是一种比较明确或者坚固的理想，或者特别急迫的理想，而是在悬置了理想或将理想抽象化之后，仍朝那个方向努力。所以我觉得《平凡的世界》里面的这种有理想的现实主义，正是其乐观的基调、理想的基调存在的根本，也是他获得老一代评论家认可，包括能获得茅盾文学奖重要的因素。以后能不能再产生《平凡的世界》这样的作品，能不能再有一种有理想的、有方向的现实主义，这很难，取决于现实及对现实的理解与总体感受。虽然路遥的小说也有悲剧感，但整体上是向前的，底色是温暖的，是看得见希望的。习近平总书记给广大文艺工作者提出的希望时指出，文艺要让人们“看到美好、看到希望、看到梦想就在前方”，在这个意义上，重建一种有理想的现实主义，《平凡的世界》可以给人以启发。

路遥小说中的人民性和其现实主义一样，也处于一种历史中的过渡状态，他小说中的人民性与柳青小说中的不同，柳青小说中的人民性是扎根于乡土的，而路遥则要从乡土中走出，但他的小说是有人民性的，

而到90年代新写实小说之后，我们看不到人民性，看到更多的是“个人”的“日常生活”。今天我们有必要重建现实主义与人民性的联系。当下性也是如此，但我们对当下性要有一种历史的理解，要从历史的视野对当下有深刻的认识，路遥也正是因此，才选择了1975—1985年的中国农村作为《平凡的世界》的表现对象。

李建军： 任何伟大的作品，都不能真正抛弃现实，更不能抛弃对人本身的关注。现实主义是直面现实和历史的文学，越是史诗性的作品，就越和大事件有关。路遥所写的，都是影响人们命运的大事件，《惊心动魄的一幕》写的是“文革”乱象，《在困难的日子里》写的是“大跃进”所造成的困境，《人生》写的是城乡二元结构所造成的农村青年人的精神痛苦和人格分裂，以及他们所受到的屈辱、歧视。《平凡的世界》关注的，则是“文革”之后、改革之初农民的困境和挣扎，是他们在苦难境遇中为了尊严而付出的努力。

关注现实和人在现实中的境遇，是现实主义所擅长的，也是路遥和他的作品在数十年后还能够引发全民风潮的原因所在。路遥为什么至今还被人推崇，《平凡的世界》为什么在今天还能这么热？原因就在于它所表达的是社会性的内容，不论是在30年前，还是30年后，不论是农村还是城市，人们都在体验着和孙少安、孙少平这对兄弟一样的困境，即社会环境对人的生活、情感、思想、价值乃至命运的束缚，以及人们在这种束缚下，对生命的激情和对生活的热望，这是它感染人的原因所在。或许有人会把《平凡的世界》当作一部励志的作品，但事实上，它绝非简单的励志，它是从人格、情感、价值观、生活态度上去感染人，影响人，而不是告诉人们有志者事竟成这样理想化的道理。正是这样的精神高度和思想深度，使他无愧于当代最伟大的作家的称号。

白　烨： 路遥的小说，大都基于自己的生活经验与生命体验，因而不仅带有强烈的现实性，而且还带有一定的自叙传性质。无论是《人生》里的高加林，《平凡的世界》的孙少平、孙少安，都带有他自己的某些影子。路遥不是一般地描写人物，而是旨在揭示生活的艰难、命运的磨难。

我觉得还特别值得注意的是，他作品里常常出现的“我们”的用语。他写景时有“我们”，“在我们亲爱的大地上，有多少朴素的花朵在默默地开放在荒山野地里”；叙事时有“我们”，“一刹那间，我们的润叶也像换了另外一个人”；议论时也有“我们”，“在我们短促而又漫长的一生中，我们在苦苦地寻找人生的幸福，可幸福也往往与我们失之交臂”。在这里，“我们”不仅使作品的叙事方式在第三人称里融进了第一人称的意味，使作者自然而然地成为作品人物中的一员，而且又在不知不觉中把读者引入局内，使你清楚地意识到：“我”（作者）、“你们”（读者）和“他们”（作品人物），都处于身历生活和思考人生的同一过程中，是一个彼此勾连又相互影响的命运共同体。一般说来，创作者是生活的观察者，也即旁观者。但路遥与此明显不同，他不仅是生活的观察者，而且是生活的体验者。写别人与写自己，在他而言是难以分割，浑然一体的。因此，他从写作姿态到语言风格，都带有极为强烈的参与性，乃至鲜明的半自传性。在“我们”的特有用语里，既把路遥为百姓代言、为生民请命的文学追求显露得彰明昭著，也把路遥用大众的眼光看取生活、以大众的情趣抒写人生的现实主义追求表露得淋漓尽致。

认为路遥的作品没有多高文学价值，
是幼稚的“文学进化论”观念的表现
VS
虽然现实主义的某些具体手法落后了，
但不能得出“现实主义过时了”的结论

傅小平：路遥现象为当下文学批评及文学史写作提供了反思的契机。是否文学批评漠视现实主义创作，很大程度上是因为现代主义、后现代主义等创作潮流，因其先锋性、创新性及在某种意义上提供了更大的阐释空间，更能吸引评论者的关注，也更便于理论的操练？是否文学史在进化论的影响下书写文学思潮的流变，进而造成了对不依附、不趋时的

文学创作的漠视与遮蔽?

李建军：路遥在那个年代已经清醒地认识到了“现代主义”的问题和局限，也认识到了现实主义文学传统的重要性。在他看来，无论是《红楼梦》《战争与和平》这样的经典，还是十七年文学时期像《创业史》这样的作品，都有它们各自宝贵的东西。比如《创业史》，在细节描写、景物描写等方面都达到了非常高的水平，可以说是第一流的小说。当然，它也有它本身的问题，比如人物的脸谱化、政治立场高于一切等。事实上，路遥正是突破、克服了人物脸谱化等许多之前的问题，同时又继承了传统文学的财富。路遥不像先锋文学那样，幼稚而又固执地拒绝和反对一切传统，而是很自觉地维持了过去伟大经典的叙事关系，表现出真实的现实主义。他的作品中充满现实感、历史感，以及对人物性格丰富性的把握。他从不玩弄技巧，他的文字非常朴素，只要认字的都可以读进去，只要进入，就一定会对那些人物留下深刻印象。

《平凡的世界》写于20世纪80年代，那个时候，中国文学正在摆脱过去社会主义现实主义的僵硬模式，开始学习西方的现代主义，当时流行的是现代主义、先锋文学等，新奇的文学技巧受到过度推崇，相反，任何对过去文学形式的一点点继承，都可能会被认为是落后的而加以批评。

然而，就是在这样的风潮中，路遥清醒而独立地坚守着最基本的现实主义文学精神，用老老实实的写实方法，表现切切实实的生活事象，不仅在观察生活和把握生活上，显示出一种热情而理性的成熟态度，而且在细节描写、人物塑造和开掘主题方面，也表现出难能可贵的大师风范。尤其是在伦理精神和道德诗意方面，他的作品更是包含着值得珍惜的宝贵资源。他的写作很好地维持了与文学传统的关系，是一种积极意义上的健全的写作。成熟的现实主义写作经验，这是路遥的《平凡的世界》等作品提供给我们的最为宝贵的文学经验。这种精神和这些经验，至今仍然值得认真地体会和吸纳。

直到今天，仍然有很多人并不认为路遥的作品有多高的文学价值，这其实一点儿都不奇怪。这是幼稚的“文学进化论”观念的表现，也是20世纪80年代“现代主义幼稚病”在文学认同和文学评价上的反映。事实上，文学有变化和丰富，但无所谓“进化”和“进步”。谁敢说自己写作比司马迁、杜甫和曹雪芹的写作更文明、更进步？文学的评价尺度，是看作家表现“真善美”的意识是否自觉、效果是否理想，是看他在伦理性和诗意性的追求上，是否达到了高尚和完美的境界。这样的尺度具有稳定而普遍的性质，绝不会随着环境和时间的变化而失效。

雷　达：我一直强调，文学的历史从来都不是进化史，而是变化史，不能认为我们在技术上、手法上大大先进于古人，我们的作品就比他们更有感染力，更有价值，更永恒。要知道，文学的历史不是按思潮的先后，或像一节节车厢式的一个线性发展过程。我们可以说，现实主义的某些具体手法落后了，但我们却不能得出“现实主义过时了”的结论。然而，文学的历史既不是进化史，同时也是进化史。既是变化史，同时也不仅是变化史。这话怎讲？这就是说，它是变与不变的统一。从人类历史的长河看，从大趋势看，它当然也是一个进化的过程；但是，就每一品类的艺术而言，就不朽的经典而言，它又是“一时代有一时代之文学”。几乎无法纵向比较。

白　烨：你说的文学史研究与理论批评操练更看好创作中的突破与超越，因而不大喜欢过于传统的作品，确实也是一个事实。我觉得事情要从两方面来看。

一个方面是理论批评本身已走出简单诠释作品的时期，理论批评也在面对生活和艺术，进行自己的发现与阐释。从求新求变的角度看，在现实主义的基础上进行更新和超越的作品，更有理论阐释的空间，更能显出研究者自身求变的意图。

另一方面也要看到，理论批评与大众阅读是两回事，从80年代以来，两者就在不断分离，这已经成为一种常态。不只是《平凡的世界》，还有汪国真的诗歌，也面临同样的遭遇。有时候，大众越是喜欢的，专家越不待见。这不能说谁就有问题，只是尺度不同，看法各异而已。

因此，学界审美与大众审美之间的分离，是一个事实，也有其内在缘由。只能是尽量靠近，很难完全弥合。学界的审美标准，带有趋雅的稳定性，大众的审美带有趋俗的流行性。这种张力的存在，也是相互取长补短的参照，或借以反思的根据。

在谈到一些作家作品广为流传的原因时，法国文学史家朗松曾说道："也许更多的是表达了人人共有的情感，而不是艺术形式的别出心裁。"这段话也向人们表明，读者看重的往往是前者，而专家看重的常常是后者。放开视野来看，评论家也是读者，是小圈子里的读者，而普通读者是大圈子里的读者。这些不同层次的读者总和起来，才是文学阅读的一个真实呈现。

李云雷：确实如此，但似乎也不应该求全责备，文学史总是不断重写的，陶渊明、杜甫、莎士比亚在同时代人的评价中都并不高，只是在后世才获得了重要的地位。具体到路遥现象，确实存在你所说的这些现象，这也提醒我们文学批评与研究者，应该对自己的分析与判断持一种开放性的反思态度，另一方面，对于80年代文学及其文学评价体系，我们也有必要进行重新审视。

十四

今天，如何重塑“文学中国”？

- 2014 年 -

主持人： 傅小平

对话者： 李　锐　欧阳江河　郜元宝　余泽民
阿　乙　陈　谦　李　浩　黄孝阳

背　景

莫言获诺贝尔文学奖后，中国文学似乎豁然间有了开阔的前景，有关文学的很多话题，尤其是“文学与译介”的话题，都在有意无意指向“文学中国”的建构，而诸多诉求，都表达了“走向海外、走向世界”的强烈愿望。

然而放到近两百年世界文学的坐标上，对照灿烂辉煌的俄罗斯文学、欧洲文学，乃至拉美文学，面对中国文学是否为世界贡献了真正有价值的思想和作品的质问，我们不免黯然神伤。而近期，将莫言作品介绍给英文世界的重要译者葛浩文所谓“中国作家的思想没能真正走向世界，中国当代文学缺少应有的国际性，没有宏大的世界观”的议论，无疑也给很多中国读者以迎头一击。

土耳其作家奥尔罕·帕慕克曾说，第三世界国家的作家，贵在深知他们的写作远离中心，并能在内心感觉到这种距离。他们的独特之处，也恰恰体现在他们意识到，他们的作品多少远离了中心，并在作品中反映了这种距离。或许唯有在世界文学中心与边缘的辩证思考中，才能真正理解何谓“文学中国”。

千载难逢的文学盛世是可遇不可求的

VS

每个文明国的文学都应有自己的评价标准

傅小平：谈到“文学中国”，很难避免的是一种意识形态化的解读。这会让我们想到“国家竞争力”“民族影响力”“文化软实力”之类的指称。作为一个有着文化、文学情结的人，当看到今年2月23日索契冬奥会闭幕式上，邻国俄罗斯设置了一个“文学书房”，12位19世纪至20世纪俄罗斯文学巨匠渐次呈现的场景，一定感慨良多。我们多半也会自问，何以中国现当代没能产生一批极有分量的、足以让一个国家和民族为之自豪的文学巨擘？何以中国没能像“文学俄罗斯”一样，当得起一个“文学中国”的钦羡与赞誉？

李　锐：19世纪到20世纪是俄罗斯社会急剧变化的时代，也是俄罗斯文学大师辈出的时代，正所谓风起云涌之上的星汉灿烂，尤为惊心动魄。那笔巨大的财富不仅仅是俄罗斯的，也是全人类的。但是这样千载难逢的文学盛世是可遇不可求的，如果非要和这种可遇而不可求强作比较，难免让人自愧弗如。不止中国，全世界恐怕都难有第二例。就像古希腊的悲剧、盛唐的诗歌，那都是举世罕有其匹的。还有一个更重要的原因，19世纪、20世纪的俄罗斯文学毕竟是基督教文化圈之内的，毕竟是欧洲文化的一部分，是欧洲文化全球化过程中上升曲线之内的辉煌，具有一种“先天优势”；而在这期间，中国正经历着自己历史上最为悲壮、惨烈的剧变，正在历史的深渊里挣扎，所谓“三千年未有之变局”，所谓向死而生。中国尚且不保，到哪儿去找“文学中国”？这叫霄壤之别，这就是命运。命运不相信眼泪，也不需要钦慕与赞誉，命运需要的是苦海慈航的悲悯和自救。

但是，有一个问题很值得深思：在苏联产生了《静静的顿河》（肖洛霍夫）、《骑兵军》（巴别尔）、《日瓦戈医生》（帕斯捷尔纳克）、《古拉格群岛》（索尔仁尼琴）等，这样一批世界大师级的杰出作家和作品。最耐寻味的是，这其中竟然同时包括了对苏联历史进程正面表述和反面批判的截然相反的政治立场。相对比之下，中国却没有产生这样的作品和作家。在我看来，这恐怕和俄罗斯文化当中的东正教传统有绝大的关系。基督徒为了信仰而献身的殉教精神，对罪恶和爱的终极追问，在罪与罚的煎熬之间所练就的精神结晶，都成为俄罗斯作家或说苏联文学当中最为浓重的精神内核，成为他们超越时代的精神高地。

现在回过头来反观我们上个世纪初的新文化运动，之所以大师辈出，之所以能狂飙突进，那正是中国两千多年皇权倒地之后的一段空白期。那时百花齐放、百家争鸣，尽管这在当时的历史条件下还只局限于新兴的精英阶层，即便如此它所释放出来的巨大能量也极大地改变了中国的历史走向和社会面貌。此后的一切波澜壮阔和曲折坎坷无不与此紧密相关。

欧阳江河：谈论“文学俄罗斯”是没有问题的，从19世纪到20世纪，俄罗斯文学取得的巨大成就，全世界公认。我记得有一年，西川和北岛在美国去看了一个叫《彼岸》的话剧，是一个英国导演导的。这个话剧在伦敦演了一两年后，到纽约也演了一两年，九个小时，分三个专场的演出，场场爆满，可见演出的轰动。这个话剧包括车尔尼雪夫斯基、别林斯基这样的文学批评家。正是这些给世界带来重大影响的大师，塑造了这么一个“文学俄罗斯”的形象。我们那时看到的这个话剧《彼岸》，就是解析“文学俄罗斯”的一个高级版。

有这么一个话剧，然后再看到索契冬奥会上呈现的“文学书房”，我还是感到有点吃惊。这是一个文学俄罗斯的视觉版，一个简化版。在全球几十亿人看的这样一个奥运会的背景下，文学俄罗斯又一次得到极大的关注。而且这一次，动用的是国家力量。这也说明，文学构成了俄罗斯这个国家的几大元素之一。我记得有一个大师，有可能是果戈理，他说了这么一句话。他说，由于俄罗斯太穷，没有什么可以贡献给欧洲，所以，他们就找到了一个突破口，就是文学。也就是说，他们即使不能贡献任何别的东西，但至少可以贡献文学。通过文学，他们塑造了俄罗斯。如果没有文学，也就没有现在意义上的俄罗斯。所以，俄罗斯文学的这样一个建构，实际上也标志着在眼下这个消费时代里，俄罗斯文学从世界历史的镜像出发，走向了更为开阔的公共生活空间。

说回我们，要是把传统包括进来，“文学中国”这个概念是成立的。你可以说中国文学在全世界影响很大，只是我们自己没意识到而已。中国文学，不像欧洲以宗教、神话的形式，对世界产生巨大影响。我们立于世界文化之巅的主要是诗歌。无论从消费角度，还是从文化角度，都是如此。比如说，我们历史上两部最好的小说《红楼梦》和《金瓶梅》，要从世界文明史的高度上看，他们的作者曹雪芹和兰陵笑笑生，都不是超一流的小说家。因为他们没有像中国古代的诗人那样，对世界带来重要影响。其实，让“文学中国”成为可能的，主要就两个方面的人物，像李白、杜甫、王维这样的大诗人，还有像孔子、老子、庄子这样有文学才能的思想家。我就举一个比较近的例子，就说庞德。他对现代主义文学影响至深。但如果没有中国的古诗，那就没有我们看到的那个庞德。而没有庞德，你就不知道现代主义文学会是一个什么样的面貌。我还记得德国汉学家顾彬说过一句话。他说，整个西方文明，如果不算《圣经》，只有一个人可以和老子相比，就是尼采。其他人都在老子之下。实际上，你只要去读德国文学，你就会知道，老子的思想是怎样深刻影响、改变了德国文学的面貌。

那么，我们还没说到孔子、老子、庄子的思想。庞德在《诗章》里，就阐释了孔子的思想。再比如说，美国“垮掉的一代”。其实它并不是一个单纯的诗歌运动，它还是一个影响很大的文化运动。它就受到了禅宗的影响，这是中国古代文学很重要的一部分。所以，要放到传统里面来讲，有李白、杜甫这么一群诗人，有老子、孔子这么一批思想家，“文学中国”的概念绝对是成立的。但你要放到当下，就没有“文学中国”一说了。当然，要放到当下，“文学俄罗斯”的概念也不成立。索契冬奥会闭幕式上，呈现的俄罗斯作家里，布罗茨基是离得最近的一个，可以算是当代诗人，但他的思想影响更多来自奥登、艾略特这样的西方诗人。你可以说他是在用俄语写英语的诗歌。而比他稍早的阿赫玛托娃、茨维塔耶娃，还有曼德尔施塔姆这样的诗人，实际上，都是秉承的二战前的冷战思维。但柏林墙倒了之后，俄罗斯至今也没有出现文学大师。

余泽民：在回答这堆问题之前，应该先界定一下概念，否则很容易陷入胡搅蛮缠。第一，“文学”包不包括网络、手机、消遣性读物、以销量论英雄的流行文学、投机性写作的风向文学或带政治宣传色彩的主流文学？我想不应包括，人家“文学俄罗斯”也没包括。第二，“中国”指民族意义上的，还是某时代的？我想应该是前者。第三，我们说的是现当代文学，不包括古代，而中国古代是出了几位影响世界的巨擘的。远的不说，就说匈牙利，我书架上的《道德经》匈文译本就有四种，诗人沃洛什·伊什特万在前年出了一本新诗集《机器的流浪岁月》，里面有一组诗歌《自己的道》就是向老子致敬的。《红楼梦》《西游记》《金瓶梅》现在都在欧洲书店里销售，虽不能说影响很大，但确实传播很广，我那些爱读书的外国朋友家大多都有。

圈定了范围之后再审视我们的19世纪至20世纪的文学，应该说有，但确实不多。俄罗斯文学从彼得大帝时期就广泛西化，为19世纪的黄金时代打下了基础，而我们则是从20世纪初开始，时间上晚了一个世纪……当然，起步晚也可以出巨擘，俄罗斯也是在起步不到一个世纪，就出了普希金、莱蒙托夫、果戈理等巨匠，更不要说19世纪下半叶的车尔尼雪夫斯基、陀思妥耶夫斯基、托尔斯泰、契诃夫了。我想，究其原因，是19世纪的俄罗斯作家拥有独立思考、自由表达的文学空间，这些作家们都具有强烈的民族性、社会责任感和进步意识，但他们是在自觉自发的状态下写作并担当角色。这也解释了为什么俄罗斯文学进入20世纪却结束了黄金时代，纳博科夫、索尔仁尼琴、布罗茨基都是流亡作家，《日瓦戈医生》和《大师与玛格丽特》曾是多年的禁书。在斯大林时代，苏联文学是喑哑的，政治对文学的强行介入，对政治有利，对文学不利。文学巨擘的诞生需要自由思考、创作与表达的环境，当然，也可以没有，像索尔仁尼琴，他的作品都是在高压和威胁下写成的，但他是特例，大多数作家缺少这种乐意用鸡蛋碰石头的自由意志。俄罗斯文学在高压下出现了巨擘，但不能反过来说高压是打造巨擘的环境。

郜元宝：这个问题看似简单，其实很难，里面潜伏着许多陷阱，我实在不敢用“一言以蔽之”的方式贸然回答，——尽管我也很想知道答案。

早在三四十年代，中国文坛就不断有人提出类似的问题：为什么中国产生不了托尔斯泰那样的伟大作家？这以后，同样的问题，改头换面，仍然顽强地留驻在中国文学爱好者的头脑里，成为一个至今难以解答的跨世纪的悬念。

当然你也可以说，这或许根本就是一个伪问题。中国作家伟大与否，为什么非要用托尔斯泰、陀思妥耶夫斯基或俄国别的作家，或西方或拉美或日本或印度等国家的伟大作家做标准来衡量呢？每一个文化国度的文学，首先都应该有自己的评价标准。巴尔扎克、福楼拜必须首先是优秀的法国作家，而不必一开始就考虑他们是不是法国的托尔斯泰或法国的陀思妥耶夫斯基。托尔斯泰、陀思妥耶夫斯基也必须首先是俄国的优秀作家，而不必一开始就追问他们是不是俄国的巴尔扎克、俄国的福楼拜。巴尔扎克、福楼拜、托尔斯泰、陀思妥耶夫斯基首先必须符合了他们各自国度的优秀作家的标准，然后才能发生世界的影响，成为世界一流的文学大师。在这意义上，我们依旧可以说，“越是民族的，就越是世界的”。很难想象，如果大多数俄国读者不承认托尔斯泰、陀思妥耶夫斯基，大多数法国读者不喜欢巴尔扎克、福楼拜，这四位会越过各自的国境，发挥世界影响。

但问题在于，这种所谓各自国度的文学标准是什么？刚才说“大多数俄国读者”“大多数法国读者”，乃是一个很模糊也很危险的概念。也许“大多数俄国读者”并不一定能够真正理解和欣赏托尔斯泰、陀思妥耶夫斯基，“大多数法国读者”也不一定能够真正理解和欣赏巴尔扎克、福楼拜。也许，他们真正理解和欣赏的是中国读者根本就不知道的某个在当时十分流行的三四流的俄国作家或法国作家，只不过由于某种更加有效的来自法国和俄国国内的文学评价标准的规训和校准，“大多数”才逐渐首肯，最后靡然成风。

各自国度的这个有效的文学标准之所以有效，还因为它不仅适合于俄国和法国国内，更具有普适性，在世界范围同样有效。而且这不是碰巧的现象，乃是经过相当长一段历史时期国内外读者的反复检验，证明这个标准不仅适合一国之内，也适合一国之外。要不然就会产生这种现象：某法国作家，法国国内很流行，但硬是不能走出法国，获得世界范围的普遍认可；或者某法国作家，在法国之外一度走红，但法国国内读者硬是不承认。必须获得国内外读者双重认可，你才能说这是一个不仅为本国读者所喜爱也为世界读者所认可的世界一流作家。

还有一种特殊情况。比如莎士比亚，19世纪中期以后逐渐获得了普世的赞誉，但托尔斯泰硬是不肯承认莎士比亚，直到生命的终点，托尔斯泰仍然冒天下之大不韪，公然否认莎士比亚，认为莎士比亚为世界所赞誉，乃是一个天大的误会。很少有人怀疑莎士比亚，但也很少有人怀疑托尔斯泰的文学鉴赏力和真诚性。同样，鲁迅一生留意和激赏弱小民族文学，对英美大国许多文学大师，包括莎士比亚，都不曾明白表示过自己的赞赏和崇敬之情。怎么办？在这种情况下，恐怕只能“从众”，牺牲托尔斯泰和鲁迅针对莎士比亚的评价标准了。

关于“普适性评价标准”，除了需要考虑上述特殊情况，还必须承认其相对性。就是说，某些作家被“公认”为世界一流，其实也是在一定历史时期、一定的世界文学读者圈里的现象。一旦超出一定历史时期、一定的世界文学读者圈，就难说了。就拿19世纪俄国批判现实主义大师们来说吧，那也只能在19世纪俄国批判现实主义文学冲击波实际冲击到的世界文学范围内和时段内获得公认的。超出这个范围和时段，譬如对今天的年轻读者们来说，托尔斯泰、陀思妥耶夫斯基的知名度，不是早就大打折扣了吗？

另外，世界级文学大师的产生还有一个条件，就是通过文学翻译和文学交流所完成的世界文学影响圈的有效建构，最好和大师们生活的时代相对同步，由此产生最大程度的文学共振，而不至于相反，让大师们度过太长的不为人知的冷冻期，过多地耗散掉他们实际可发挥影响的潜力。比如，曹雪芹写了《红楼梦》，这是直到20世纪20年代晚期，才为一部分中国读者所知晓，《红楼梦》的外文翻译热则滞后了更长时间。等到曹雪芹的文学成就被中国读者普遍认可，等到一部分外国读者通过翻译也见识了曹雪芹的文学成就，这时候距离曹雪芹生活的时代已经有好几个世纪了，世界文学范围内大多数读者就不会像对待一个同时代的中国作家那样对待曹雪芹了。曹雪芹如此，鲁迅、老舍、沈从文、张爱玲等也是如此，更不用说像屈原、李白、杜甫等中国古代那些文学大师们了。

说了半天，并没有直接回答你的问题，只是谈到要回答你这个问题，需要考虑一些相关的文学评价和文学接受的问题。如果完全不考虑这些问题，要想直接回答你的问题，恐怕也难。

还有一个问题，也值得注意。谈到世界一流、国际认可的文学大师，除了坚持国内国际“双重认可”的标准，也还应该给国际或国内“单向认可”保留一定的余地。既然上面谈到“双重认可”的相对性，也即“双重认可”的有限性，那就不难想象，在“世界文学”有限而相对的“双重认可”之外，必然还存在着同样相对而有限地具有其有效性的“单向认可”的可能性。有些作家，并没有获得国际国内“双重认可”，但那不是因为他们本身的文学成就不高，而是因为在世界文学范围之内，已有的“双重认可”评价体系由于本身不够完备，还不能马上发现他们普适性的文学价值。这时候，墙里开花墙外香，或墙里开花只有墙里香，就不足为怪了。毕竟，畅通无阻的“世界文学”的建构不仅需要及时而有效的文学翻译，也需要及时而有效的普适性文学鉴赏标准的建构，而这二者又取决于人类在文学欣赏领域能否真正冲破民族文化或虚妄的世界文化的隔阂，能否真正实现有效公允的世界文化价值的大融合，世界文学读者的心灵能否真正发生沟通和响应。在现有的条件下，如果完全不承认“单向认可”，那么所谓“双重认可”就很有可能走向蛮横和专断。

阿　乙：我对异国历史了解甚少，但我喜欢俄罗斯作家，包括陀思妥耶夫斯基、托尔斯泰、契诃夫、屠格涅夫、布尔加科夫、安德烈耶夫、布罗茨基。中国也有重量级的作家，比如曹雪芹、蒲松龄。如果中国文学是站在他们的肩膀上前行的，至今日估计已经是神妖的级别。但20世纪曾有过推翻、毁坏古字、文言文以及诗歌小说。现在我们的文学很多是中文为字体，西文为内容。我们是照西方学习的。至少我是。我现在在慢慢了解中国过去的文化。

李　浩：在这里，我也想问，我们对文学的态度，能与俄罗斯一样吗？能和欧洲一样吗？我觉得在我们的国度，我们的文学某种程度上遭受着漠视、冷落甚至诋毁，而这些，如果从国家和民族的认同感考虑，它恰是破坏性的。很长一个时期以来，文学的发生、发展和可能完全在我们的视野之外，钦羡和赞誉不再交给文学。我不知道，你何以让不读书的人去钦羡和赞誉？

莫言获得诺奖后，中央电视台在某书店的采访中得到的回答是，不知道莫言是谁。关心，也就是关心得了诺奖他能得多少钱。鲁迅，似可公认吧，足以吧，可大家对他的态度又是如何？在时下，包括一些作家那里，他只是一个名字而已。我再提几个名字，像莫言、王小波、海子、多多、阿来、王安忆、铁凝、白先勇、北岛、余华、洛夫……我觉得他们也应值得我们自豪。但普遍性，我说了不算。

当然，相较于整个世界，我们的文学尤其是叙事文学还是滞后，这也是我们必须承认的。关键是，我们对那些有分量的前行者注意到没有。一棵大树的长成有它漫长的、综合的需要。

陈　谦：在莫言获得诺贝尔文学奖后，中国的文学升起了新标杆，那就是“文学中国”的概念。而且这个“文学中国”概念的中心思想和奋斗目标是走向海外，走向世界。也就是说，要扩大中国文学在世界的影响力。但文学的影响力并没有一个如GDP这类可量化的衡量标准。文学应该是作家面对内心、对人类生存困境的关注和表达。良性的文学生存环境是一片森林，呈现一种自然的生态。只有在这样的基础上，才能慢慢长出参天大树。

我认为，追究“文学中国”情结背后的历史心态其实更有意义。

黄孝阳：这个问题讲起来极复杂。或者说，这个问题首先应该是俄罗斯为何要把这12位大师（不是其他人）出场的“文化盛宴”，端到这个世界范围的“体育盛宴”上来。马雅可夫斯基就一定比高尔基更像“一个国家和民族为之自豪的文学巨擘”？要想大致说清楚，要一本书的篇幅。

全球化与国族复兴这两个现实正在重塑人类社会的结构。全球化根源于“普世价值、现代科技、消费主义”三者。它是欧美的产物。国族复兴的根源在于传统，是文化差异、历史记忆、语言与肤色、民族性与地缘等的总和。它通过汲取过去的力量得以凝聚人心，是在全球化浪潮中，一个被各个国家与民族苦心经营的事实。全球化与国族复兴两者间存在着极深的冲突。以历史为例。对于国族而言，“忘掉历史无异于背叛”，但全球化时刻都渴望遗忘。

任何一个国家与民族都有它为之自豪的文学巨擘。更何况中国。这一百年来，我们在西方文明面前太不自信了。而西方文明的兴盛也就是这五百年的事。当然，从技术角度来说，小说这种文体是通往文学巨擘的主要道路。现代小说毕竟是起源于欧洲的艺术。卖产品标准的，相比较卖产品的，肯定是处于一个支配地位。

我们迟早会看见一个“文学中国”的身影，甚至不必等到一个世界各地的人民都开始“疯狂汉语”的时期。它一直就在那里。不妨就把它比喻成曾被讽为桃色作家的沈从文吧。

文学本身就是目的，而不应该是工具或途径
VS
在网络交互时代，自主自觉的文学阅读和文学判断仍然匮乏

傅小平：假设存在一个文学意义上的中国，我们最应该问的或许是，在中国这样一个具体的文化语境里，文学是什么？文学意味着什么？而

文学之所以在我们这个国家里，没能得到相对客观的认知，某种意义上，也是因为对这个问题不曾达成共识。如果问哥伦比亚人文学是什么，马尔克斯对他们意味着什么，或许会有比较清晰的回答。

余泽民：文学是什么？我在前一个问题里已经回答了。我再补充一个例子，在匈牙利的书店里，不像中国的书店把所有虚构小说都鱼龙混杂地塞到“小说”架上，而是分为“美文学”（也称“严肃文学”，即我们所说的“纯文学”吧。又分“匈牙利美文学”和“外国美文学”，“文学俄罗斯”的巨擘们都包括在这里）、“消遣文学读物”（又细分为罗曼蒂克、惊悚、科幻、奇幻、幽默、犯罪、冒险、吸血鬼小说等）、“青少年文学读物”、“报道、纪实”……除了“美文学”，其他都不分国内国外。人家对文学的范畴分得很清楚，有的中国当代名家作品是被人家放到“消遣文学读物”的架上卖的。想国内时下流行的“反贪小说”“盗墓小说”“社会小说”都不可能摆在“美文学”架上，我见过几本关于中国皇帝、皇后的虚构文学，也是被摆在“消遣文学读物”的书堆中。“主旋律小说”的概念在东欧肯定有过，现在没有。所以，从人家书店分类就能看出，文学的意义对人家来说并不是问题，只有我们在问“文学是什么”。

李　锐：在中国目前的语境里对文学的定义是截然不同的，官方、市场、民间、真正的写作者对文学的定义和理解都有天壤之别。一生笔耕，我现在终于学会了不再梦想能和所有的人一起来回答“文学是什么”。说到底，文学也从来就不是一种特权，文学从来就不曾专属于某些人，这正是文学生生不息的源泉之所在。大家之所以那么怀念20世纪80年代，是因为十年“文革”浩劫让所有的中国人终于下决心离开那个废墟。这里的“所有”是包括了上上下下无论为官还是为民的中国人。那时的“语境”才有那么一点真实的人心所向，你会觉得，你也会看见一个人的所思所想，忽然间一呼百应、天下涌动。就是在那样的语境下，新时期文学经历了自己一场又一场神话般的轰动。现在回头看去那都不是属于文学的轰动。那是浩劫之后的人们一次又一次的自我肯定和自我安慰，那是苦海里的自我超度。从这个意义上说，它比文学重要得多。

李　浩：文学是什么，我认为在我们这里也应有一个确切的回答，至少对我来说是，三十余年，它基本没变过。我所做的，只是微调。在教授“创作学”的第一课，我就曾向我的学生阐释过我的文学观：它是作家用他的理想、幻想和梦再造的一个世界，尽管有时它和我们的世界离得很近，但它致力探寻的是存在的可能而不是已有的存在；它是人类对世界最敏感、最深入、最微小又最阔大的感知，它让我们停下来思考我们的生存，生存的境遇和问题，思考他者的生活的不同，思考我们对生活应有的思虑；它是艺术，是艺术的建筑，它让我们从中领略之前未能领略、未能充分领略的美和魅力，让我们的心获得飞翔，让命运获得呼吸；它带我们进入到一个总被忽略、遗忘甚至掩饰的沉默区域，让我们审视人何以为人，生活是否存在另一种的可能。在这里，我也重提一下我的好文学的标准：一、它首先是也必须是有艺术质地和情感投入的好文字，让人回味、思考和会心的好文字；二、它是新的，有强烈的“创新意识”，在思想上、艺术策略上有自己独特的提供和发现；三、它探究人的存在，通过对某个人的具体考察来发现和审思我们的生存，在这里，作家需要也必须称得上是人类的神经末梢；四、发现只有小说（艺术）才能发现的东西。符合这四条标准的文学在我看来都是好文学。

阿　乙：文学应该简化，文学就是文学，就是讲故事、传递传说。文学被请到政治、商业的门口站台，实在是篡改文学的定义。文学本身就是目的，而不应该是工具或途径。现在有很多人来定义文学，定义越多，则占有的欲望越多。谁都想将文学私有化。这也包括那些这个流派、那个流派。

文学一定会公平地回答他们。

黄孝阳：人在小时候容易达成共识，多半因为无知。长大了，就要把彼此视为奇葩——如果他能一直保持着思考的能力。而这也是意义所在。

要有共识，也要有分歧。“文学是什么”，这样的问题要问，但请不要去给出一个标准答案，哪怕它是真理，那也乏味。世界在于异同。现代社会有五种基本冲突：一是知识体系，二是资本与权力，三是国族利益，四是技术与伦理，五是代际。我把知识体系的冲突排第一位，又把文学视作各知识体系形象化的叙事策略，抒情手法。

文学当然不是政治的附庸，不妨颠倒过来说：政治是文学中的一个视野，或者结构。“很多文学中人依然怀念20世纪五六十年代或八九十年代文学的辉煌”，他们怀念的多半是那个时代本身，以及文学背后的名利。

人总是渴望清晰的回答，而世界又何其复杂。对与错或许深刻，又往往失之于狭窄。关于文学是什么，我有过很多彼此矛盾的说法。今天再添一个：大风能掀翻屋顶，但撕不破一只蝴蝶的翅膀。文学是这只蝴蝶的翅膀。

另外，马尔克斯，本身即是一个全球性的文学符号，一个哥伦比亚人从他那里获得的，并不会比一个中国人更多。

欧阳江河：现在我们理解文学，首先想到的就是小说，而中国文学在很多人的理解里，就是中国小说。这也符合世界范围内文学样态变化的潮流。这让我想到前不久在沈阳举行的“中国当代文学翻译高峰论坛”。会上请了很多小说家、批评家、翻译家。但只有我一个诗人，而诗歌翻译家，却是一个都没有。这一点很能说明诗歌的边缘化。自现代性开始，叙述就慢慢占据了历史的中心，随之，长篇小说就成了所有文学体裁里最重要的代言人。在英国，是勃朗特姐妹、简·奥斯丁、狄更斯等作家的长篇小说，代表了英国文学的一个高峰；在德国，则是卡夫卡、托马斯·曼；在美国，在拉美，无一例外。但不要忘了，在现代主义的开端，其实特别重要的是诗歌。它对文学趣味的塑造，对文学地位的奠定，起到了长篇小说无可替代的作用，但目前仍然是长篇小说占据主流，至于这种潮流能持续到什么时候，我们也不知道。

当然，眼下诗歌的边缘地位，也很好理解。就诗歌翻译而言，诗歌要想翻译好就很困难。翻译了以后能不能出版，又是一个问题，而出版后，诗歌也不可能畅销。所以，从根本上讲，翻译诗歌得不到任何回报，即使是批评家，相比批评小说等其他体裁，批评诗歌更难得到关注，也更不容易成名。但也正因为此，诗歌有了一种天然的免疫力，没有被我们的时代消费，而是保持了某种纯粹性。事实上，很好的作品，大多都不能获得消费意义上的成功。

郜元宝：在文学上，所谓“达成共识”，有时确实也很难。我就不敢想象，是不是所有哥伦比亚人都知道、都认真看过、都真正理解、都十分喜欢马尔克斯，并且都能从马尔克斯的个案中切实知道“文学是什么”。谈到趣味，无可争辩。用我们的话来说，叫作“众口难调”。即使鲁迅，一直以来，不是也有许多人不喜欢甚至害怕吗？鲁迅尚且如此，其他还有哪个作家，敢说是代表了“文学是什么”的绝对理念？

我觉得，重要的恐怕不是急忙建立什么“共识”，或者急忙想象一个“文学中国”的概念，而是希望有越来越多的读者，能切实地培养清醒自主而非盲目奴从的文学鉴赏的标准与趣味。即便单个读者的文学口味说起来吓人，甚至荒谬绝伦，但如果大多数读者都有“自我”，都能够“自主”和“自觉”，那么这样构成的一个文学交往圈和文学共同体之普遍和平均的鉴赏水平，才相对比较靠谱。即使不靠谱，至少相对比较真实，而不是被一种托尔斯泰所说的可怕的“蛊惑”牵着鼻子走，今天制造这个文学神话，明天制造那个文学神话，结果文学神话多多，大师多多，但就是没有单个读者自主、清醒的文学判断。

今天，可怕的不是没有足以令我们自豪的“文学中国”的整体形象，可怕的是即使在如此先进在网络交互时代，真实的、清醒的个人自主自觉的文学阅读和文学判断仍然如此匮乏。一个最浅近的例子，诺贝尔奖公布之前，有几个中国人知道作家莫言？莫言在中国国内的影响力可以跟村上春树相比吗？但诺贝尔奖公布之后，为什么一夜之间，莫言的书如此热卖？热卖之后，究竟有多少人真的看过莫言，真的形成了自己对于莫言的真实判断？这样的阅读空间，是很难培育良好的文学评价体系的，更何谈“达成共识”？怎样达成共识，达成怎样的共识？

世界性不是刻意追求的，
作品本身仍从本民族的历史、文化中汲取养分
VS
并不存在“文学亚洲”的概念，
文学写作应抱有人类文明意义上的观念和自觉

傅小平：当我们谈到马尔克斯，包括其他的拉美作家，自然会想到拉丁美洲大陆，他们的写作都渗透了深厚的拉丁美洲意识。我还记得昆德拉在《被背叛的遗嘱》里表达过这样一个见解：小语种国家的作家，要么成为一个狭隘的地方性的作家，要么就成为一个广博的世界性的作家，他们别无选择。事实上也是如此，欧洲哪怕是小国作家的写作，似乎都脱不开一种欧洲意识。那么亚洲呢？至少泰戈尔有过东方世界的想象与实践，他逝世后就风流云散了。由此，我想中国作家某种意义上，会不会因为欠缺亚洲意识或人类意识，乃至相对狭窄的中国意识，以致难以以一个整体的形象融入世界，从而影响了“文学中国”的建构？

李　浩：这个问题好。它值得所有的作家深省，并且不断地深省。不过，我可能对昆德拉的那个见解有所误读，我记得他说的是，如果一个作家的写作只能为本民族接受的话，那他是有罪的：因为他造成了这个民族的短视。哈，我更喜欢这句。

这是作家们尤其是亚洲作家普遍要回答的问题。我意识到它，更确切地、更迫切地意识到它也是近几年的事——之前它似乎并不迫切。我们看那些同属于亚洲的或有着亚洲血统的作家们的回答吧，当然他们的回答更多的是“用作品说话”。譬如大江健三郎，譬如奥尔罕·帕慕克，譬如奈保尔，譬如拉什迪，譬如石黑一雄……帕慕克在《四位孤独忧伤的作家》中谈到那些仰慕西方文明的作家，“他们想写得跟法国人媲美，这点毋庸置疑。但他们的内心一角也明白，若写得能跟西方人完全相同，就不会跟他们仰慕的西方作家一样独树一帜”“这些作家为这两条训谕——

顺应西方的同时，又保持原汁原味——之间的矛盾甚感苦恼”。我承认，我也如同帕慕克笔下的那四位作家一样，为顺应和保持之间的矛盾甚感苦恼，尤其是最近几年。缺乏亚洲意识更为阔大的人类意识是一个严重的桎梏，这是需要中国所有作家警醒的，如果连这也缺乏他永远没有可能成为真正的作家，更不用说是伟大的作家了。我觉得这个警钟需要长鸣才行，中国作家和我们的读者普遍缺乏这一点。这也将影响民族的进步，影响我们对自我的审视与反思。至于中国化、中国故事，我觉得其前提是建立在人类意识的基础上，也就是说“人本”，然后才是这点，才是对区域差异的个性表达，对我们所处的审思与观照。我在想，其实时下的欧洲作家才更为“艰难”，因为他们无法用地域差异与前辈作家相区别，而亚洲，对亚洲和中国的叙说才刚开始，我们有的是可能。

余泽民：昆德拉的话有一半道理，也正是因为这一半道理他才去了法国，甚至后来改用法语写作。但他创作的题材并没有抛开自己的民族，恰恰是因写自己民族人的命运而被世界接受的。所以，他指的“世界性”主要是创作手法、风格、对读者群的选择。他有的书一看就是给非捷克人写的，尽管很文学。同样在捷克，还有赫拉巴尔、哈维尔、克里玛，他们都没有流亡，都没刻意追求自己创作的世界性，但他们被世界发现了。在匈牙利也一样，为当代世界文坛瞩目的几位文学大师——凯尔泰斯、艾斯特哈兹、克拉斯诺霍尔卡伊、纳道什、施皮罗都是“在场写作”，像艾斯特哈兹，根本就不追求自己作品的可译性，他尊崇赫拉巴尔（我曾翻译过一本他向赫拉巴尔致敬的小说《赫拉巴尔之书》），以自己作品的“不可译”（难译）为荣，拒绝为自己的家族历史小说做任何注解，他说他的小说是给那些有能力读懂的人写的。结果呢，他的书被翻译成各种语言，还多次获得诺贝尔文学奖提名。我说这些的意思是，昆德拉走的是一条通向世界的路，写《恶童日记》的匈牙利作家雅歌塔也选择了昆德拉的路，也走成功了；赫拉巴尔、艾斯特哈兹走的，也是一条通向世界的路。但不管作家们的个人创作道路怎么走，作品本身仍要从本民族的历史、文化中汲养，至于意识，我想他们写作时抱的既不是民族意识，也不是欧洲意识，而是“人类一分子的在场意识”。我想，对于中国作家也一样，作为一个人思考和表述问题，跟作为一个当下的中国人思考和表述问题，结果肯定是不一样的。

郜元宝：我不知道如何去谈亚洲意识、中国意识、人类意识，就像我也不知道如何去谈作家的阶级意识、乡土意识、城市意识、未来意识、历史意识一样。这些当然都很重要，但首先作家需要的还是自我意识，包括自我对这个时代、世界和自我存在的追问和疑惑。这些都很缺乏。从90年代以来，我发现中国的小说在技巧上似乎越来越进步了，尤其在迅速捕捉生活现象、最刺目地描绘新的生活现象这一点上，许多中国作家的能力可以说是越来越发达了，就小说的客观生活的画面感来说，比起过去在各种意识笼罩下的写作，无疑是清晰得多，也丰满得多，生猛得多了！但是，恰恰在整个小说的意识世界里，留下了太多的空白。作家为什么要写这些“生活流”？作家以怎样的心情在写，作家面对这些旋生旋灭、五彩斑斓的“生活流”，自己有怎样的足以震动读者的思想感情？没有。填补这些“意识的空白”的，仍然是客观的新鲜的刺激的生猛的描写。当代作家，就描写的丰满、生猛、逼真、清晰而言，似乎已经超过了鲁迅，但类似鲁迅那样鲜明的主体意识，主体的思想感情的印记，却往往渺不可寻！

我们的文学，似乎总是在极端的客观主义和极端的主观主义之间徘徊，作家的思想感情与笔下的生活画面融为一体、一时俱见、同时成熟的境界，始终难以企及。我们可以很逼真很生猛地写性，写暴力，写丑恶，写官场，写商界，写魔幻，写“穿越”，写生老病死，但都是“一根筋”的写作，看不见作家主体的深邃的心灵和宽广的眼界。以今日中国作家的“经验”来说，孔乙己、祥林嫂的故事，大概已经不值得写了，大概已经看不上眼了，但是在孔乙己、祥林嫂背后，类似鲁迅所投入的那种主体的感情、所流露的主体的思想、所传达的主体的态度，则极其稀少。在“文学中国”的巨大屏幕上，涌动翻飞的是与时俱进的客观的生活画面，作家主体的形象多半被这样的生活画面给掩盖了。这是我最近一段时间读小说的最强烈的印象。

李　锐：20世纪80年代末之后，一种充满了市侩气的生存之道正在成为不约而同的潜规则。在这样的潮流之下无数的“繁荣昌盛”都和文学无关。所以，对我来说不存在“文学中国的建构”这样的问题。天下滔滔，能坚守诚恳的写作就是对文学最大的忠诚和建构……

黄孝阳：汉语是不是小语种？中国人肯定不认。汉语几乎是全世界使用人数最多的语言。但在欧洲，在相当长的一段时期，把汉语视为东方语系里的一个罕见语种。

昆德拉说得很对，要么甲，要么乙，没有第三条道路。

中国作家相对欠缺亚洲意识。这也没有什么不好的。但中国作家从来不缺乏人类意识——就看这个概念怎么说了。

应该承认中国现当代作家所处理的基本上还是农耕社会的题材，少有工业社会、信息社会与知识社会的。毕竟中国的现代化进程也就是这三四十年的事。而作品经典性获得的两个关键性的外部因素是：阐释与传播。这也需要时间。我很喜欢泰戈尔关于东方世界的想象与实践，不大喜欢“难以以一个整体的形象融入世界”这个提法，虽然它在技术上是对的——大家去买书，那些码堆成一个整体的，通常卖得好。从技术层面探讨，如何在一个世界性的高度，建构“文学中国”，是一个很有意思的话题。

为什么不喜欢呢？世界是东西方的总和，不是说西方的价值体系目前占据着一个支配性的地位，东方人就必须绞尽脑汁在这个体系找到一个缩胳膊捏腿的位置，才能成为这个世界的一部分。“我”就在这里，是世界意识的一块凝聚。当然，人有生老病死，物有存住坏空。国族亦不能例外。死与坏是残酷的，但它里面包含着生的种子。青叶化为腐殖层，一场雨水，植物发芽。

阿　乙：我听过格非先生的讲述，他大概认为，《金瓶梅》是彻底虚无的，虚无到无法再虚无，而《红楼梦》是对它的反正。

我觉得这两部小说都是在构建一个文化上的天下。现在我们来写中国，来写汉人，应该有这种包容的胸怀。包容这种丑恶、绝望、堕落，以及包容美。俄罗斯文学背后有上帝的影子，上帝是庞然大物。中国小说背后是没有神灵的，只剩下人跳上跳下，但这正是中国小说的特色。有人批评中国小说里太多欲望的描写，这种批评是不恰当的。因为整个时代都是欲望的，因为欲望而颤巍巍，因为欲望而精神荒芜，大地荒芜。生来闹腾，死而空无。

就应该写得极有欲望。

什么时候中国小说实现到《佩德罗·巴勒莫》那样的程度，在无耻与虚无的终点有着悲怆的回望，或许对其他写作者，对民族内的读者皆有益。

欧阳江河：我们不妨从“文学拉美”谈起。拉丁美洲文学，是一个非常独特的现象。它并不是一个东西方对立的产物，它跟拉美本土的东西连在一起，可以说是一个地方主义的东西。当然它借鉴西方现代主义创作，受到卡夫卡、福克纳等作家的影响。但谈“文学拉美”，首先要注意到，它并不是冷战的副产品，它的背后也没有一个“文学俄罗斯”这样的建构，也没有国家主义的官方体制，或国家主义的支撑。从“二七”一代开始，在短短十几年的时间里，产生这么一个爆炸性的奇观。首先是诗歌，然后鲁尔福、博尔赫斯等作家的中短篇，再然后是马尔克斯等作家的长篇小说，并由此最终确立全球性影响。你看“文学爆炸”这前后传承的时间，也不到一百年。它的传承有这样一个鲜明的层次感。

“文学欧洲”的情况就很不一样，它是“文化欧洲”的一个产物。我们知道，是欧洲大陆的思想、音乐，文学等，一起构成了文艺复兴的基调，欧洲文化的基础。最终是这些站立在人类文明前端的，散发出独特魅力的因素，经过综合以后，让欧洲变成一个文化共同体。比如说到巴赫，我们不只说他是一个音乐家，莎士比亚也不只是一个戏剧家，叶芝也不仅仅是一个诗人。因为他们的创作都构成了欧洲文明的一部分，要只是局限于一个领域谈他们的创作，显然是缩小了他们的价值。以此反观我们中国，成就“文学中国”的只能是一批了不起的作品，了不起的思想。

我觉得并不存在“文学亚洲”的概念。亚洲也不曾产生过像但丁、莎士比亚这样的文学人物。我记得法国导演特吕弗有过一个说法。他说，好的电影，必须同时具有好的世界观和电影观。好的文学，同样也是如此。文学不只是风格的产物，技术性的产物。“世界观”换一个说法说是人类意识，要再强调得具体一点，就是文学的观念和自觉。这种人类文明意义上的观念和自觉，说实在不可能人人都有。你要没有了，你就是写不出来。写不出来也没什么要紧，毕竟不是人人都能成为大作家。因为它不只是代表词语、修辞、风格之类的东西，它是来自生命深处的一个东西，是伴随着成长、挫折、胜利，与生命同在的一个东西。有这种世界观的写作，一定对应着这样一个深处，而这些大作家的写作，说到底只是对这个深处的不同方式的呈现。所以，你看到一些作品，尽管语言很好，但就是打动不了人。因为它只是表面的写作本身，没有这个深处。

人人都想写出“中国”来，
可能人人都会遗漏那很容易被遮蔽的真实的一角
VS
文学应该先有狭小的空间，然后再有宏大。
太大的舞台先搭出来，久无大师，难免有人滥竽充数

傅小平：在我看来，“文学中国”的称谓，未尝不包含了绝大的想象和气度。对于古代那些杰出的文人墨客来说，这样的称谓或许并不陌生，他们兼济天下，有一种“精骛八极，心游万仞”的宏伟气象。即使到近现代，这股气脉依然延续。及至当代，我们至少还能想起，丁玲曾主办过一本名为《中国》的文学杂志。有这样一个背景，你会不禁黯然神伤，这种恢宏的想象和气度，都到哪儿去了？

黄孝阳：第一，中国人这三十年忙着赚钱去了。实在是穷怕了。穷，

不仅意味着物质上的匮乏，还极易造成一种思想（文学）上的匮乏。这是一种隐蔽的掠夺。但只有穷过的人，才能真正理解穷是什么，“何不食肉糜”这样高难度的问题是问不出来的。另据西谚云：“富人想上天堂，比骆驼穿过针眼还难。”某种意义上，文学是天堂的隐喻。西方的“后现代文学”未必就一定比中国的“前现代文学”更具有文学性。从国族层面来说，文学不是谁更优劣的问题。它真正的奥秘在于那些阅读它的人群里。当然，就具体作品而言，就某种传承已久的技艺门类来说，它是有区别的。

第二，这也是一个全球性的问题，是一个工具理性与消费主义盛行必然的结果。工具理性让人们更愿意相信科学所说的，把科学视为真理本身。文学不过是“唾余”。从事文学工作的人不过是一群“说谎家”。消费主义干脆就把文学当成麦当劳与餐后甜点。曾经有人做过统计，进入90年代，禾林一天销售的浪漫爱情小说堆积起来的总高度是纽约世界贸易中心的5倍。

浪漫爱情小说就不是文学吗?

如果一个人只盯着这个5倍世贸高楼的书塔，他肯定看不见哈金先生提到的那些辞职回家“渴望写出伟大的美国小说”的年轻人。

另外，还是另外。

有本书叫《法国文人相轻史》，写巴尔扎克那帮19世纪的文人。仇恨、情欲、恶毒，以及下流，都是被苦心经营的。一个女作家对另一个男作家投怀送抱，为的是明天可以更好地羞辱后者，好让自己成为各个沙龙里谈论的主题。而两个男人之间的决斗，看上去是为了一个女人，其实都是因为自己需要一个哗众取宠的敌人。

我可不觉得他们当时能觉得自己“恢宏”。

但今天，至少是我，看见了这两个字。

要讲气度，首先也得自信。

余泽民：我想就这个问题本身说一个看法，中国古代的文人墨客，确实是有“精骛八极，心游万仞”的宏伟气象，老子、李白、蒲松龄都是天马行空、俯瞰世界的人。丁玲这个例子举得不大妥帖，她主办的文学杂志名字叫《中国》，但不是我认为的“文学中国”的那个“中国”概念，比那个要狭隘，说“当下中国”可能更贴，只是听起来不那么大气而已。

郜元宝：作家的气度的确应该大，但气度之大不等于笔下的生活世界之大。质言之，不一定非要冲着心目中的中国去，因为我的中国可能完全不等于你的中国。人人都想写出中国来，可能人人都会遗漏那很容易被遮蔽的真实的一角。《呐喊》《彷徨》的绝大部分作品都没有笼统的中国想象，但放在一起，却刻画出那个时代中国灵魂的最深刻最全面的图景。

阿　乙：文学应该是先有一个狭小的人、狭小的空间，然后再有宏大。

太大的舞台先搭出来，久无大师，难免会有一大批滥竽充数的人粉墨登场，误人子弟。

欧阳江河：如果说文学体现国力，就要说到一国文学的国际影响力，而不只是某部或某几部文学作品本身，而影响力的体现非常具体，比如中国的作品，有多少被翻译到了国外，在国外出版界获得了多大成功，拿了多少国际奖项。相应地，我们还要注意文学作品之外的一系列环节，比如作协的体制本身，也不是什么坏事，至少它让作家受到足够的尊重，还有作家在高校任教，也可以让他们更好地静下心来写作。然后，我们就会说到批评、研究，我们需要确立自己的价值标准。还有媒体，它作为很重要的中间环节，把这些标准向社会传输。这之后第五个环节，是评奖机制。在我们的时代里，评奖的作家，不下于畅销书机制。它塑造了我们文学史的看法，乃至塑造了文学史本身。尤其是诺贝尔文学奖的辐射性作用，它不只是包含了那些获了奖的作家，还包括那些有资格获奖但没有获奖的作家，甚至是对一些重要作家的疏忽，也变成了诺奖历史的一部分。其他像普利策奖、布克奖、龚古尔奖等各种各样的奖，都在影响着文学史的书写格局。而这些奖，主要都是颁给小说，这也在某种意义上决定了小说这种体裁的中心地位。还有第六个环节，就是文学出版和发行。文学在当下，被当成一个生意在做。所以才有“哈利·波特”系列、《达·芬奇密码》等类型小说的成功。而资本的介入，实际上把文学变成了消费品。这也不是什么阴谋，而是光明正大不得了，尤其是统计学的介入，文学的影响得到了数据化的呈现。某部作品有没有进入畅销榜，又在榜上挂了多长时间等，都有一系列的数据可以跟踪，文学就这样蜕变成了统计学，你上了榜，很长时间挂在榜上，就意味着你成功了，出名了。文学变成了消费的一部分，这是很糟糕的一件事。好在中国文学，还没有彻底堕落到这个份上。莫言、余华的作品，可能没郭敬明、韩寒畅销，但我们都知道，畅销本身，跟文学品质的高低，文学影响的大小不成正比，也就是说统计学，在文学领域还没取得全面的成功。试问，统计学跟“文学中国”能有什么关系呢？

李　浩：是的，这是个问题，是我们时下文学的一个大问题。我们的文学的确有着矮化、萎化的危险，多数作家只专注于时下和物事的表象……当然，也不是说“精骛八极，心游万仞”一定要写百年写史诗写宏大，写一沙也可以写成一世界，问题是，我们时下多数的文字写沙子只是写到了沙子，写到沙子的表层质地而没有世界。当然这也是这个时代的集体共性——我们越来越“精致”“利己”，越来越全球化，也越来越狭窄，这个狭窄更在心胸上，或者你所说的气度上。文学，更多的是关注、审视个人，没有个人即没有文学；但这个个人，哪怕是K，是变成甲虫的格里高尔，是包法利夫人，在他们身上都有着故事之外的深宏，在故事结束的时候，它还有意味，还有引人的深省。

恢宏的想象和气度——我们被教育着，或者暗暗地教育着：它不适合。它的存在像一个笑话。它不“现实”。它不能卖钱，不能当饭。而且包含着种种的危险。于是，我们悄悄地把它从文学中舍掉了，也舍掉了文学上的真正野心。是啊，多么让人悲哀啊。

"民族特性"更体现在作家以什么样的文化精神和文化涵养来写

VS

我们应该让民族性成为一个决定性的评价标准

傅小平：实际上，一个作家或一部作品，升华到国家、民族的精神高度，多半合乎了主流思潮。但我们对主流的认知，似乎发生了很大的变异，比如把主流等同于主旋律，认为与主流合拍会丧失文学的独立性，等等。所以眼下很多作家，特别乐意表明自己的边缘性。当然，也有一些作家在正面强攻我们的时代，意在对当下中国有一个完整的描绘或表达，也不妨视为对主流或中心的一次次进发，只是大多无功而返，没达到预期的效果。以此看，我更愿意把主流理解成最能体现一个民族核心精神或意志的特性。至少在托尔斯泰等俄罗斯文学巨匠，在马尔克斯这样的哥伦比亚作家，还有我们普遍认为的"民族魂"鲁迅身上，我们能触摸到这种有着坚硬质地的民族特性。而这种特性，实际上也体现了民族自豪感或凝聚力的诉求。然而在当代作家的写作里，这种特性确乎是越来越少了。

郜元宝：我最近看作家红柯的一篇谈鲁迅的文章，很受启发。他说鲁迅的《故事新编》《呐喊》《彷徨》放在一起，正好融合了先秦神话和诸子百家、魏晋风度、五四精神这三个中国文化史上的轴心时代的最高意识，不想成为经典也难！所以你说的"坚硬质地的民族特性"，不单单体现在作家写了什么，更体现在作家怎样写——我说的"怎样写"，不是指技巧方面、形式方面，而是作家以什么样的文化精神和文化涵养来写，流露出作家在先于写作的主体意识深处的素养和气度。有一种从文化深处而来的涵养，同时又真诚地拥抱同时代的普通人的生活，这样才有可能具备你所说的"坚硬质地的民族特性"吧？

余泽民：让我们看看19世纪的俄罗斯巨擘，车尔尼雪夫斯基、陀思妥耶夫斯基、托尔斯泰、契诃夫、屠格涅夫，他们的作品都反映了时代的现实和发展主流，但代表的不是沙皇意志。20世纪的俄罗斯巨擘们，除了肖洛霍夫，都是受当局迫害过的作家，肖洛霍夫其实也曾很悬，他的《静静的顿河》之所以能进入世界文学殿堂，是因为他剖析、刻画了在革命进程中复杂的人性，而不是仅仅因为讴歌革命，革命是他探讨人性的背景，就像凯尔泰斯以大屠杀为背景对个体脆弱的探究。不知道在"文学俄罗斯"里有没有高尔基，我觉得应该有，他就像匈牙利诗人阿蒂拉·尤若夫，是伟大的无产者作家，高尔基的大部分作品是独立思考下的自由创作，只在晚年将主流变成了主旋律。但即便那样，他在被安排参观劳动营时，当局为他演了出戏，只让他看了"要他去看的地方"，想来当局还是怕他的自由意志。在中国现代作家中，不管怎么说，鲁迅都是绕不开的巨擘，他是少有的民族性、世界眼光、个性视角、自由意志、社会和历史责任感、文学素养兼具的作家。为什么在当代作家的写作里，他那样的特性少了？

阿　乙：余华的《兄弟》《第七天》都在尝试表达这个时代。但似乎任务先行。他有点像是招标成功的建筑商，来搭建这个"时代叙事"。这两部作品的不太成功，可能就是因为它不是发源于作者的灵感，而是发源于作者的使命。

我理解，先有作品，后有批评，后有阐释，后有时代叙事的册封。

未写之时便有了最后一项，有可能高估自己的能力。

对作者来说，任务应该越少越好。怎么高兴怎么来。当伟大的旨意（我指的是文学上的巨大旨意，那种无可阻挡的伟大情感，一个叫包法利夫人的形象，一个叫大观园的世界来到心灵中间）出现，那就是作者得道的时刻。

如果我心里出现一个像包法利夫人那样的伟大形象，我动工要写时，跟我说"文学中国"，岂非可笑。

李　浩：我一向对那些无功而返的进发抱有敬意，我想我的一生，很可能也是那种无功而返的人，当然更可能不返，却无功。没有决绝的进发当然不可能无功，但这个安全的区域也不是文学的。文学当然需要艺术冒险，永远需要，每一篇都需要，所以昆德拉说，“发现是小说唯一的道德”。跟在背后、不探寻的文学是不道德的，因为你缺乏对艺术的、对创造的敬重。说实话我在写作的时候很少考虑有关国家、民族之类的概念，我更多思考的，是它是否艺术，是不是一种有着人类经验综合又包含着自我勘探的文字；我会考虑，同样的问题别的作家（无论是国内还是国外）是否已有发现，他们是如何回答的、思考的，我有没有更为新鲜、独特的提供；我会考虑我提出的问题是不是真问题，它包含不包含多歧性，如果它有固定的答案，那我就舍掉它。走在黑暗里，四周都没有可供参照的灯盏，你不知道前行一步是通途还是悬崖……我想这可能是我要的，是文学从业者们要的。这是题外。

我觉得，任何致力探寻的、冒险的、帮助我们认识自己和他者的、艺术的文学都是主体性的，它会汇入到人类认知的伟大传统中；至于它是否“最能体现一个民族核心精神或意志的特性”，则不一定：像加缪的《局外人》，像纳博科夫的《洛丽塔》，像让·热内的《鲜花圣母》……这些伸向人内心沉默的幽暗区域的文字很可能并不符合国家、民族“核心精神或意志的特性”，但它们在我眼里却是文学文体，它们也是文学中珍贵的发现。我觉得我们的“主体”可以拓展外延。你说呢？

陈　谦：“升华”“精神高度”这样的字眼，本身就非常主旋律，而且难以界定。主流应该不等同于主旋律。以我喜欢的美国人对“伟大的美国小说”的定义为例——“一部描述美国生活的长篇小说，它的描绘如此广阔、真实并富有同情心，使得每一个有感情、有文化的美国人都不得不承认它似乎再现了自己所知道的某些东西。”在这个定义里，那“每一个有感情、有文化的美国人”就是主流。自觉面对这样的主流，并为写出令这主流首肯的作品而努力，是一代代美国作家的追求。

如果中国作家写出了一部能让每一个有感情、有文化的中国人都有认同感的小说，那他就是一个很值得骄傲的中国作家。

跟中国唐宋文学的辉煌相比，俄国和拉美文学都是后起之秀。它们都是拿了老欧洲的遗产，再加上本土特色，站在别人的肩膀上往上攀登的。它们并不是凭空而起的。俄国的文学语言要到19世纪初期，才在普希金手里成熟，而普希金又受到英国诗人济慈等的影响。19世纪中期，欧洲小说已相当成熟，托尔斯泰便是在欧洲小说的基础上，加上俄国大草原的大气磅礴。马尔克斯则以欧洲现代派小说为底，加上西班牙、撒哈拉沙漠以南的非洲和印第安人的幻想混合。我们中国现当代文学的进步，也有这样的进程。从鲁迅那一代，到“文革”后的20世纪80年代，中国文学也在不断地吸收外来精华的进程中往前发展。莫言就是个典型代表，他走的也是这条路。他在现代派小说里加入轮回等中国元素，在“洋为中用”的道路上走出了成绩，获得了诺贝尔奖。

欧阳江河：从文化战略上讲，“文学中国”的建构，必须包含民族的东西。我们不能总是从西方角度，来评价本国的文学，而是应该让民族性成为一个决定性的评价标准。当然这个民族性从哪儿来？该如何建构？实际上，它并不是一个放在哪儿的现成的东西，某种意义上它是一个发明。它是多元化的产物，体现的是一种包容力，一种综合能力。它包含了一些异质的东西，而不是全部同质化的。

需要从具体的语境里，来谈论民族性的表达。就拿诗歌来说，我们曾经历一个反传统的阶段，冯至与他同代诗人创作的诗歌，承继的资源主要来自翻译诗歌。但是到了当代，尤其是这七八年来，随着中国在物质上变得富裕，诗歌开始出现复古的倾向。我们说古诗，某种意义上是一种称得上是美文的诗歌，它与农耕时代契合，与自然环境契合，也与如今很多诗歌里出现的小资情调天然契合。那么，是不是说这些美文的东西，这些乡土、怀旧的文化资源，我们继承下来，就能体现民族性呢？实际上，它们与现代性中的一些中产阶级的东西合流，只会带来诗歌的另一种平庸和肤浅。但换个角度看，如果把老子、孔子的思想资源，把韩愈、黄山谷的诗歌精神等文化资源，综合到我们当下的写作中，就非常有意思。所以，同样是对民族性的吸收，不同的方向、路径，会带来不同的结果。

把太阳照在人脸上的不一样的感觉
表达出来才叫文学、叫艺术
VS
文学的“国界”是活的，如果没有缘分，
这个“国界”就难以跨越；如果有缘分，就比较容易跨越了

傅小平：全球化时代，人们热衷于谈论“文学无国界”，这很符合国际潮流，但泛泛而谈，或许会带来一种误解，以为真有一种“无国界”的文学写作。当然，文学影响“无国界”，但只要细加辨析，我们就会发现，在精神体现，还有形式追求等方面，文学其实是有“国界”的。而所谓的“文学无国界”，更不意味着是对民族特性的一种取消。我们可以拿日本文学来打个比方，眼下村上春树很是红火，可以说是东西方通吃，特别符合世界潮流的一个日本作家，他也让日本文学更好地融入了世界，但要说到最能代表日本精神形象的作家，我们一定会首先想到川端康成、三岛由纪夫，还有大江健三郎，而不会是村上春树。

陈　谦：从文学应该关注人性和人类生存困境并加以表达这点而言，文学是无国界的。但当你想要与外界交流时，如何让你的表达使与你的生存条件、宗教信仰、文化传统等有很大背景差异的读者理解，并产生共鸣，其实是个技术性非常强的工作。

在莫言获得诺贝尔文学奖之后，“文学中国走向世界”的下一个刻度，看上去主要是要打响美国市场。为了中国文学“走出去”这个目标，近年不少中国作家的作品被译成外文发行到海外。但在以美国和英国为代表的英语阅读市场上，读者非常有限，同时获得的评论也不是特别好，这是不争的事实。有人批评说，这是因为美国人狭隘，不阅读外国小说。连诺贝尔文学奖评委会方面都在批评美国文学自绝于世界文学圈，不与外界交流。这其实不是个可以简单下结论的话题。美国本身是一个移民国家，文化大熔炉。当代活跃的美国作家里，至少一半左右是移民作家。

他们在活跃地写着各自族群的故事，也不乏读者。在20世纪80年代末从中国移民美国的哈金，以他的中国故事《等待》获美国国家图书奖，而他的英文离美国读者的距离，比葛浩文的中国小说英译离美国读者的距离更远。这些都是美国文学读者阅读兴趣的注脚。

美国是一个激赏个人奋斗的年轻移民国度。他们的读者相对更喜欢那些历经磨难而百折不挠，在苦难中成长的故事。被他们视为“伟大的美国小说”的《了不起的盖茨比》，就是最典型的例子。

在技术层面上，在20世纪80年代中国文学开始多元化时，美国完成了流行文化革命。电视、电影、流行歌曲等成了文化主流，读文学小说的基本都是“高眉”（highbrow）读者，人数不多，但很稳定。同时，从德国传过来的接受美学也在美国被普及了，读者参与被当作是文学作品的最后完成。“高眉”读者有强烈的参与愿望，他们要求小说里留下足够的线索和余地，供他们补足和发挥。当代美国小说的篇幅相对较小，如今两百页的小说，让狄更斯写大概要五百页。这裁去的三百页，就是留给读者参与“创作”的。如果系统地阅读过一些当代英语文学小说，不难明白这一点。获诺贝尔文学奖的门罗，就是一个非常典型的代表。她的小说篇幅虽不长，但很多中国读者表示有阅读障碍，这就是差异所在。

反观我们如今大部分中文小说，仍有很多报纸读者，微博和故事会读者，并未“高眉”化。小说的发展较迟滞，传统说书人讲故事的方法至今还没有淘汰干净，由于不存在强迫作者精练、藏掖、留白、暗示、多义的市场压力，大多叙述太满太实，不符合美国“高眉”的阅读习惯，而且如美国评论家批评的那样，不少中国小说对人物内心缺乏关注，看不到人的成长。这些都可能成为中国文学作品要在美国打响市场的较大阻力。而美国的“低眉”读者群，则喜爱类型小说，他们不会对以文学内容输入的小说感兴趣。

村上春树是个好例子。他是不是更代表日本精神形象的作家，这要由当代日本读者来回答。村上春树的小说很有现代感，关注的问题也很普世化，但当我阅读他的小说时，又觉得很日本。他小说里行走的那些人，他们的外形和内心情感，那些景致，那些风情氛围，总会让我忍不住想起在日本的感受，连声光色影都栩栩如生。他的小说是不是具有文学的深刻性，这可以讨论。但难以否认的是，他的小说写得好看。以《海边的卡夫卡》和《1Q84》第一册为例，可看出他在小说形式创新上的野心。这跟日本文学的犯罪小说传统有关，也与英语文学的侦探小说传统有关。

无论一部小说有多么伟大的内核，如果它无法吸引读者，也是难以成功的。我们常说，文学作家不必太关心读者要什么，只需要面对内心写作。但如果你想“走出去”，而且能“走进去”，这又是无法回避的问题。

李　锐：说“文学无国界”和说“太阳是从东边升起来的”一样，是真理也是废话。根本的区别在于，太阳从东边升起来照在每个人脸上的感觉是不一样的，能把这种不一样写出来、表达出来才叫文学、叫艺术。九百年前，一场促雨让苏东坡写出了传世佳句“一蓑烟雨任平生”，令人至今难忘，可对于绝大多数人来讲，经历了一场促雨之后最多就是回家换件衣服、把雨伞晾干，而后吃饭睡觉过日子。

余泽民：文学创作是有疆界的，文学阅读可以没疆界；当然阅读也是有疆界的，语言就是疆界，我们的文学作品必须通过翻译才有让世界人民阅读的可能性。在写作的时候就抱着让世界人民阅读的雄心是可以的，像昆德拉；但在写作时为了让世界人民都读懂而刻意淡化民族性的作家是不正常的，也许读的人不少，但未必能让人感觉有深度。马尔克斯的民族性，凯尔泰斯的民族性，赫拉巴尔的民族性，正是他们成为世界文学巨擘的根基，因为全世界读者不仅希望看懂故事，更希望读到其他民族的命运，或从其他民族的命运中寻找共鸣。你拿这几个日本作家打的比方很说明问题。

阿　乙：纯文学大于畅销文学。

李　浩：我个人，多少属于文学上坚定的“共产主义”者，我倾向于无国界，我觉得凡是好的东西我们都可以拿来，而我们这个民族是世界上最善于拿来、把他者的变成自己民族的，何况我们在文学、文化上的拿来并不会使他人的东西有所减少。如果我们做得够好，肯定也会输出，一定会的，我相信，同样坚定地相信。

具有世界性没有问题，我倾向于没问题，像马尔克斯、略萨也具有世界性，在这里，我觉得应当警惕的是媚俗——无论向东的曲媚还是向西的曲媚都是应警惕的，“普遍接受”很可能是因它强烈的通俗性诉求，我想，和不思考的流行思想达成一致是伤害文学的最大利器，尽管多数作家并不自知。

至于日本文学的代表——我看日本，是这些作家加在一起的综合，还包括从新闻和各类知识中得来的。当然，从作家中得到的可能更多一些。我看村上春树，首先看他是一个作家，最后才是日本作家。我对他的衡量也是放在作家中的而不是放在“日本作家”中的。我觉得，村上春树可能更能代表时下的日本——某些旧有的、我们想象的东方化特征正在减弱，“脱亚入欧”在精神上可能较之前期有了更为迅速的演变——村上春树，也许代表的是日本当下的共性认同。当然，可能我是错的。

黄孝阳：川端康成有日本人最典型的美学。三岛由纪夫有日本人最极端的性情。大江健三郎，至少，他得了诺贝尔文学奖。

村上春村是消费时代的轻——不是卡尔维诺笔下的“轻”。也许哪天，诺贝尔文学奖评委们能发现他的特殊意义，他的流行性即是他的文学价值所在。

郜元宝：我没有比较过村上春树与川端康成、三岛由纪夫、大江健三郎，我也不敢贸然在他们之间定出高下来。我遇见不少日本的汉学家，特别是研究中国文学的专家，发现他们多半瞧不起村上春树，我以为他们的文学口味真的很高，结果发现，在他们眼里，卫慧等远比村上春树优秀。真的如此吗？当然村上春树写得太多，太没节制了，于是乎良莠互见，参差不齐，也造成了才华的浪费。但是他毕竟写出了日本城市人生活的某些极富特征性的内容，这些内容，我在川端康成、三岛由纪夫、大江健三郎等人的书中还没有看见。许多中国作家在逐渐摆脱马尔克斯、博尔赫斯、卡夫卡的影响之后，亲近村上春树，不是没有道理的。怎么说呢，我觉得文学的“国界”是活的，如果没有缘分，这“国界”就难以跨越；如果有缘分，有共通的生活体验和文学资源，这个“国界”就比较容易跨越了。

可能无须担心文学失去了大众，不用为文学着急，着急的应该是大众。为什么他们失去了文学
VS
实际上，谈论“文学中国”的时候，我们指的不仅仅是写作问题，还有文学评价机制的问题

傅小平：很多人在感叹文学边缘化，文学也确乎很久没重现过多少年前的那些轰动效应了。在这样的背景下，谈论“文学中国”似乎有些不合时宜。但只要换个角度看，或许无须这么悲观。比如在文学界，至少屡屡被改编成影视剧的网络文学就有大量读者。而在文学界外，你也会惊奇地发现“文学新大陆”。就拿任志强、王石、冯仑等企业家来说，他们近年都曾推出自传，还有其他一些作品。他们并不是职业的写作者，但在他们的文字里，你会辨认出一种让你“眼前一亮”的文学性。如此，当代文学给你一种非常芜杂的感觉，而现代知识分子写作与传统意义上的文学中人写作的不相吻合，也让其更显芜杂。如此，当你试图对当代文学有一个完整的描绘时，你看到的却更多是碎片化的印象。这是不是说，当代文学缺少有效的整合？换言之，这样一种整合对“文学中国”的建构有何重要性？

阿　乙：这个问题不好回答。格非先生说过一个观点，就是文学是靠一些精英传递下去的。我的理解是一些很好的读者、作者和批评者在维护文学的传递，而且越是现在越是明显。可能无须担心文学失去了大众，不用为文学着急，着急的应该是大众。为什么他们失去了文学。

一个飘逸脱俗的女人，为什么一定要那么多凡夫俗子去看到？

有时候，我想象自己的书被一个脑袋极其空洞的读者读到，还妄加评论，我还会怀疑自己写作的目的何在。脑袋、思维极其空洞，同时对自己的修为没有任何要求的读者，你为什么要将自己的心血交给他，任由他判断？

余泽民：文学本来就是边缘的，只是进入影视时代后更边缘了，但边缘不等于没有生命力，网络文学的冲击是形式上的，确实抢走了传统文学的许多读者；不过应该看到，真正的文学读者是抢不走的。我认为，文学越边缘，越要坚持文学的文学性，否则就是自杀了。另外我还是不怕得罪人地捅破一层窗户纸：有文学性的作品不一定就是我们说的“文学中国”概念上的文学。你说的“眼前一亮”，只是说明你在阅读之前有偏见，读到的东西超出了你想象的水平，毕竟没有让你“心里一震”。当然我想我还是在“美文学”的范畴（我之所以借用这个从匈牙利语直译过来的“美文学”概念，是因为“纯文学”概念在国内人脑子里也模糊不清）谈谈“文学中国”。

李　锐：所以我说文学从来就不是一种特权，文学总会在人料想不到的地方长出一片绿洲。我很长时间以来有个困惑：为什么自改革开放以来的校园歌曲、摇滚歌曲一直不被纳入中国当代诗歌的范畴之内？这么一大群纵情歌唱者的创作为什么就不算是诗歌？根据我有限的阅读，还有一批科幻作家的创作也很出色。文学在中国什么时候中心化过？大概最多是有过一两次“在中心”的幻觉。关键不在整合还是不整合，为谁整合？谁来整合？整合了又要干什么？所谓“文章千古事”，是在说文章和历史的边界是不一样的，所以才会“得失寸心知”。

李　浩：文学不具轰动效应也许应是常态，它是种精神和幻想的潜流——但如此边缘化的确是非常态的，我很后怕，后怕我们这个民族会为此付出过大的代价。这绝非什么屁股决定脑袋，不是，我相信即使在文学轰动的时代我的写作也会是“边缘”，我也甘于写给无限的少数——我是说，不阅读，不思考我们何以如此，如何认识和理解他人，不去认知和感受生活和世界的幽微，会导致集体性的群盲，对美好和人性柔软缺乏感知，对他人的权利与诉求极端漠视……我是悲观的，你所言说的“无须”我不认可——企业家的自传，它吸引人的更是成功学，你甭想在其中发现更多更深的人性追问、命运反思，以及属于文学性的精妙技艺……当然它的阅读者也不是冲着那些去的。至于影视、网络，抱歉。

当代文学缺少有效的整合？没错儿。缺乏。需要向作家提醒。需要作家努力。当然，这个整合应是作家来完成，而不是我们高屋建瓴地鸟瞰——当上帝死了，绝对真理碎裂成许多的相对真理，有效整合的可能就变得可疑，但朝向它的努力我认为还是需要的。一直需要。当前学科的分化越来越细，能够把世界当成一个整体来打量的只有宏观的哲学和文学了。

陈　谦：我们如今常听到对“文学边缘化”的感叹，其实文学在中国的地位，与美国相比，至少在纸质媒体上，其实不算低。不少港台报纸仍然有副刊；大陆报纸通常也会有文化版，经常登载文学评论文章。小说的出版量和阅读人数也还说得过去。八十年代那种所谓的“轰动效应”很大程度上其实是非关文学的。

如在最前面谈到的，良性的文学环境应该是一片自然的生态，如果能够提供自由生长的环境，它肯定能有更广阔的发展空间。至于“整合”这类工业化的概念，跟文学艺术对多样性、不可重复性的本质追求是相抵触的。出版业、杂志界可以整合，但文学本身如何整合？

诗歌、小说、戏剧是西方经典文学定义下的内容。因为中国的文化传统，我们把散文也包括进来。但是这些企业家所写的自传，能称为“文学新大陆”，令人意外。而且我从来不认为，文学的标准可以因载体的不同而有变化，所以对网络文学的讨论也应该在这样的框架之下。

黄孝阳：我们说文学在式微。这话对，也不对。式微的，其实是几种文学媒介与形式，以及社会对文学的关注度。文学本身并不式微，反而随着知识生产的倍增，呈现出一个极开阔、极复杂的图景，且与教育水平得到普遍提高的公众更密切，呈现出一种从公共空间走向私域的倾向。文学在成为母体，犹如水滋养各种艺术形式。

这是我原来说过的一段话。

至于整合，这是批评家干的事。这是有必要的，极其重要。没有阐释与传播，所有的文学作品就没了电，又哪儿来的光呢。

欧阳江河：谈这个问题之前，我想先来谈谈文学品位的问题。如果做一个对比，你就会发现在资本主义早期，虽然经济快速发展，阶级急速分化，但它们暗中都把贵族阶层作为楷模，那些富裕起来的阶层，都赞助支持音乐、绘画，那些富人们读最好的诗歌等文学作品，他们依然保持了很高的文学品位。

但中国那些暴发户的文学品位，却是相当之低。他们那种散发浓厚暴发户味道的庸俗肤浅的消费模式，影响了整个消费政治，也对文学带来了恶劣的影响。它使得文学也成了消费政治的一部分，并且塑造了低劣的文学精神性格，进而影响了我们对文学的判断、品位，文学本身的生态、语境，以及标准的确立。实际上，谈论“文学中国”的时候，我们指的不仅仅是写作问题，还有文学评价机制的问题。消费形态，以及资本的介入等从根本上改变了评价机制。有这样的背景，再加上精神定力的缺失，还包括以资本形态呈现的成功的诱惑，乃至成功本身反馈到文学领域，这些因素使得中国几乎不可能向全人类奉献有价值的文学作品。而文学本来是肩负让人的生活变得更好的责任的，但在无处不在的成功学的驱使下，在消费经济的裹挟中，在市场黑手的操纵下，文学恰恰产生了反作用，它只会使人的生活变得更加糟糕。对这一点，我感到特别痛心，我之所以一再强调泛消费，就源于这个根本性的考虑，因为消费的后面是成功。有人就质问我，你现在不也很成功吗？我就说，我是沾了盛世的光，但我的成功本身，没有导致资本的收买，我靠写书法及其他途径来养活我自己，我从根本上杜绝以文学本身、诗歌本身进行消费。

当然，成功人士的写作，能不借助文学性吗？只有傻子才不会想到这一招。因为有文学的修辞，写作才会更吸引人，更具有感染力。当然，这不足以构成“文学中国”的组成部分。这就好比是锻炼身体，我们打羽毛球、长跑，乃至参加业余的马拉松，这些跟真正的足球运动是两回事，也跟那些资本家作为消遣，作为交际手段，参加足球比赛、网球比赛、高尔夫球赛，是不同的概念。同样，回到文学，我们一定谈的是最高级意义上的文学，也就是那种对于最好的文学而言，其他文学什么都不是的文学概念，它绝不是有没有文学性这么简单。

当然很多人都会有文学上的喜好，但未必什么样的人都有文学情怀，也不是说，你只要喜欢文学，就意味着你有好的文学品位，好的文学接受力。那么，什么才叫好的文学品位？比如说，在前现代主义时代，为了支持瓦格纳的创作，有些亲王甚至不惜倾家荡产。再举个近些的例子，我是听张枣讲的。故事的主人公是德国最大的烟草商，有六七十亿马克的资产。后来我在德国的巴伐利亚王王宫，见到了这个人。我们参加的一个盛大的文学活动，就是他赞助的。那时东德西德刚刚合并不久，是1997年。他被绑架的事则发生在1994年。这个人喜欢严肃文学，喜欢到了痴迷的程度。他每年给一个他喜欢的诗人六十万马克，等到第三年，也就是给到第三个诗人的时候，他被绑架了，绑架他的人，向他索要两三亿马克的高额赎金。这个烟草商被关在了以前东德的一个小城里，在三四个月的时间里，德国警察找不到任何有关他的消息。他被关起来后，绑架他的人，就问他有什么要求，是不是要看看电视消磨时间。他却只要求读乔伊斯的《芬尼根的守灵夜》。有意思的是，这个小城的书店里居然真有这本书，十几年前进的货，从来没卖掉过。看完了这本书，他要求买卡夫卡的全集来读，看完卡夫卡的全集，他又要求读庞德的《诗章》。反正，他就是要读最高级难懂的文学。他老婆知道他有这个癖好，正好这个小城短时间里卖掉几套这样的书。警察就依据这个信息锁定了他被绑架的地点，在三个月后破了案。这就好玩了，害他救他的，居然都是同一个东西，就是严肃文学。这个烟草商，他自己不写作，是个纯粹的读者，但在资产阶级里，就是有这样贵族习气的人，他们在精神上很高级，把钱捐给好的诗人，不需要任何理由，而这三个受了恩惠的人，居然都不知道是谁给的他们钱。你能想象在中国资本家身上发生这样的故事吗？你能想象他们也有这么高的文学品位吗？他们一夜暴富了，但很多人的记忆深处都是贫穷，富了以后，就拼命炫耀，或者想着占有更多的物质。他们富了，但人生品位并没有提高。而好的文学品位，实际上也会影响到文学本身，影响到人类文学的形态，成为文学建构中隐形的一部分。我们是不是应该反省反省？当然有些人曾经爱好文学，那是他们的青春记忆。我出去参加活动，经常碰到人说，你是欧阳江河，我以前读过你的诗歌。那我就说，你读没读过我的诗，跟我有什么关系。那只不过是你怀旧的一部分，它根本不构成你的文学品位。

郜元宝：我觉得还是让我们努力培养个体的自觉，而把整体上的“文学中国”的想象与整合的工作，交给愿意在这方面有所作为的人去做吧。

任何文学的表达，都带有虚构的性质，

而文学的力量也来自虚构，来自对真实的想象和叙述

VS

“文学中国”建构有赖于虚构文学的追问、想象、探求和开掘。

舍此，中国精神将日益萎缩和凋敝

傅小平：近年最受诟病的，恐怕是虚构文学写作。与之相比，非虚构写作倒是前景明朗。但不能不承认，体现文学最高水准的，只会是虚构的文学，文学的虚构。很多国外读者走近中国，也是因为读的国内作家写的小说。我记得去年采访《邓小平时代》的作者、中国问题研究专家傅高义时，他也说到正是读了茅盾、沈从文、丁玲的作品后，才激发了他关注和研究中国的热情。前些年，德国总理默克尔访华，把李洱写的德文版《石榴树上结樱桃》作为礼物送给时任总理温家宝，也是一个很好的例证。然而，眼下严肃的虚构文学作品，确乎在不断失去理想的读者。虽然这并不意味着它就此走向衰退。更准确地说，它是在经历艰难的转型。在这样的背景下，对“中国文学”或“文学中国”，你有何期许？

欧阳江河：从宽泛的意义上讲，任何文学的表达，都带有虚构的性

质，而文学的力量也来自虚构，来自对真实的想象和叙述，正是借助了文学的表达，非虚构的作品才能如此深入人心。非虚构文学热潮，体现了文学生态的变化。这股热潮主要在英语世界流行，是用文学作为复述的手段，直接反映真人真事，它糅合了新闻和文学，用以传递、渲染人的真实生活形态。文学在这里，变成了从属的东西，从属于所谓生活的真相。我们不得不承认，但丁、莎士比亚、托尔斯泰意义上的文学，几乎没有了，这种纯粹意义上的文学，与当代人已隔得太远，一些二三流作家退而求其次去写真实，这完全可以理解。

郜元宝：20年代末期，针对当时文学界失望于虚构文学而寄希望于日记之类的纪实文学，鲁迅曾经说过，虚构文学的长处在于“假中求真”（大意如此），他对于人们将虚构等同于虚妄的观念，很不以为然。恰恰相反，他认为，文学正因为摆脱了事事真实的羁绊，才能够借助虚构和想象，达到更深更广的艺术上的真实，而日记之类的纪实文学最大的蛊惑之处就在于“真中见假”。他当然只谈到日记作家的故意作假，我觉得还可以延伸开去，提醒读者注意，万不可以纪实文学的标准来衡量虚构文学，更不能以纪实文学所追求的历史的真实性做判断文学的唯一标准。纪实文学奉追求历史之真为其最大的理想，这无可厚非，让它这么去追求好了，只要它真的能够抵达它的目标，也很好。但是除了被历史所掩盖的那些真实以外，世界上更有我们的理解力、想象力、情感方式、文化劣根性等主体能力所不能抵达的存在的真实，这方面只能仰仗我们的虚构文学。

所以，一定要说“中国文学”和“文学中国”，我宁可把更大的希望寄托于虚构文学，寄托于虚构文学的真诚的追问、大胆的想象、严肃的探求、深入的开掘。没有这种努力，中国精神将日益萎缩和凋敝。

李　锐：前面说了那么多的不满和批评，我想强调一下，那首先是对自己的反省和批评，首先是说给自己听的。我们前面已经说到过一个真理了——不管你喜欢不喜欢，太阳明天都会从东边升起来。生活和历史从来就不是为了适合文学发展才存在的。说到期许，就我自己结交的朋友而言，有作家，有诗人，有导演，有编剧，有演员，有画家、雕塑家，多年以来他们一直在坚持原创性的创作，一直在努力做得更好，一直在竭尽可能地竖起自己的精神标杆。他们之中有人名传天下，有人默默无闻，可他们都是文学和艺术的希望。在这个时代，这些人的存在证明了有比金钱和权力更值得追求的东西。更不用提自新时期文学以来，我们已经产生了诺奖获得者，是因为使用方块字进行虚构创作而获奖的。对这个奖尽管有诸多争论，但它仍不失为一个郑重的世界性的文学标志。这个奖当然是作家的巨大荣誉，但在我看来这也是对三十多年来中国新时期文学的一个重大肯定。说到底文学创作是写作者自己的选择，你既然选择了写作，既然选择了把写作当成自己的生活，那就专心致志不必再有别的期许。

李　浩：我当然希望我们的文学能够更好，用汉语写作的作家们能够有几个人可以和莎士比亚、卡尔维诺、卡夫卡、博尔赫斯、君特·格拉斯等作家并立山顶，而且我相信会。这不是期许，而是判断——它也许会漫长，也许会在某个时段出现。

我相信，但不期许。我相信文学还会迎来它的黄金时代，因为它是种需要，并将和人类的存在一样长久，而这也是我们这个民族进入文明社会并获得发展所必需的。我相信，多年之后，我们在课堂上、公交车上、聚会中还会争论我们刚刚读过的文学，谈论中国往何处去，世界往何处去，尽管这种争论里依旧包含着可能的偏见和浅薄。我相信，多年之后，国人征婚，首要考虑的不再是房子车子位子，而是他是否阅读，是不是个有责任、有进取心、珍视他者权利的健康人。

我不期许。我只是一个写作者，我的写作不是为那个期许而进行的，我写作，是因为我需要，我要和另一个自己对话，追问与诘问，把自己的理想、幻想和梦涂到纸上，在纸上，建立另外的生活和另外的可能。

阿　乙：中国文学未来的巨子，可能是像曹雪芹、蒲松龄那样，活着的时候不得志，死了后被人一窝蜂追捧。

我觉得未来一百年内就可能出现一位较大级别的大师。中国人不怕繁复，中国艺术如此，会有人实现一部民族性的巨著。白话文现在还在自我修正的阶段，到那时应该圆熟了。

余泽民：我刚才说的那么多，并没有轻视中国现当代文学的意思。现当代文学中有能走向世界的好作品，而且我抱着乐观的态度，相信迟早会出现。默克尔送书是个偶然事件，与其说是文学事件，不如说是政治事件，只是我们把它当成了文学事件而已。她本人是否认真读过，我都在心里画问号。我相信，在欧洲，李洱的作品并没有因默克尔送温家宝书而变得更红更火，李洱作品在欧洲的价值仍在于作品本身。应该这么讲，虚构文学从来没失去理想的读者，失去的是那些不那么理想、在阅读品质上摇摆不定的读者，这确实不意味着文学的衰退。我们的作家为什么就不能像艾斯特哈兹那样想呢？为什么不能用平和的心态只给能读懂、想读懂自己作品的读者写呢？即便这类读者在比例上很少，但在全世界的人数总和仍很惊人。我对“中国文学”的期待是能有更多的作家不看市场地用心写书，能有出版社在做赚钱书的同时也能够“看在好书的分上”出书，在新作者手里发现好书。对“文学中国”，我希望中国的文学界、出版界能更重视文学翻译，无论是翻译外国文学的译者，还是翻译中国文学的汉学家；前者为你们提供更好的养料，后者则让世界尝到你们的果实。现在，不光在中国，优秀的文学翻译普遍没受到应有的重视和有尊严的待遇，翻译不等于文学翻译，好的文学翻译是一部作品的再生父母，不好的文学翻译则是好作品的杀手。

在匈牙利有一个“翻译之家”，将各国翻译匈牙利作品的作家结集到一起，为文学翻译和作家搭桥，并为翻译们提供工作空间，这是值得我们借鉴的。

最后，我讲一个让人即使不伤心也感到遗憾的故事。汉学家在中国文学的传播上是最重要的环节，各国出版社选择中国作品，大多通过汉学家推荐。我们应该让各国的汉学家们开阔眼界，多了解中国的作家和作品，我认识一位匈牙利的老汉学家——谷兰（KarmárÉva）女士，她父亲是华罗庚的朋友，援华专家，她在中国生活了十五年，北京大学毕业，后来在匈牙利的欧洲出版社做过十几年编辑，专门负责东方文学，编辑并翻译了许多中国作品。现在七十多岁了，还在翻译，刚翻译了莫言的《酒国》，许多出版社只要想出中国小说都要问她。可问题是，她最后一次来中国是80年代中期，她后来想来中国了解当代文学，但没有机会。汉学家都很清贫，自己负担不起来中国的开销，只能靠来中国的学生随机带给她一些书。前年，作协召开国际翻译家大会，她高兴地报名了，以为可以圆这个梦，结果被中方婉拒了。她沮丧地跟我说，中方觉得她年岁太大，希望邀请年富力强的翻译……最后，中方邀请了她的学生，一位三十多岁的年轻翻译。我听了这个很心酸，也很恼火……老汉学家是年岁大了，精力弱了，但他们的学识和对出版社的影响力不是年轻翻译可以比的；年轻翻译是有精力和热情，但他们的资历对出版社没有影响力。

黄孝阳：这些年我在各种场合说当代小说。这是一个彻底的“虚构”。当代小说不等于小说的当代性。当代小说是在“大海停止处，望见另一个自己在眺望大海”，它强调深度、广度、维度、高度。深度是说“我的每一次触及都在打开更深远之门”，广度是说“我的履痕及对世界广阔性的赞叹”，维度是说“我看见了银幕这面，也看见了银幕的后面”，高度是说“我在月球上望见地球是圆的”，世界是复杂的，且日趋复杂。

当代小说将帮助我们更好地认识这个事实。

李敬泽先生出版了一本《致理想读者》。在我看来，这个“理想读者”其实就是致一个理想的自己，是对自我的镜中凝眸。另外，在这个每天都在被“全球化、消费社会、技术进步、互联网思维、知识革命”等深刻改变着的社会里，理想读者也不会只有一个固定不变的形象，映雪囊萤，悬梁锥股……一个刚运动完的少年，坐下休憩，顺手拿出手机开始阅读，指尖划过屏幕，突然有那么几句文字犹如闪电一样，照亮了他的心灵世界。那时的他，就是理想读者。

阅读可以分为三种，或者说三重境界。第一是倾听别人说话；第二是与自己对话；第三是见万物众生。第一种好理解，在倾听的过程中，读者逐渐地发现“我”与他者的关系，自我意识渐渐萌芽。第二种指六经注“我”，万物皆备于“我”。随着“我”的茁壮成长，世界因此五彩斑斓，有荒谬虚无爱恨愁苦。但这还不够，阅读还有更深的指向。第三种其实就是孔夫子讲的“从心所欲不逾矩”。读者能从他 / 她 / 它的角度出发，像男人一样思考，像女人一样思考，像一个自由主义者一样思考，像一个国家主义者一样思考，像情人一样思考，像仇人一样思考，甚至是像动植物 / 无机物一样思考。一句话，一条公理，一篇文章，一个模型，能同时在读者心里激起 N 种不同的，甚至是截然抵触彼此矛盾的声响。自我成为一个真正的内心宇宙，而不是傲慢与偏见的代名词。

后两重境界，是当代小说家所要引领读者的所去之处。

文学中国，它一直就在那里。

我很乐意把这句话再重复一次。

十五

门罗获奖：短篇小说自此复兴？

- 2013年 -

主持人：傅小平

对话者：李文俊　陆建德　郜元宝　袁劲梅　徐则臣
张悦然　何大草　付秀莹　吴　君

背　景

对短篇小说的漠视，在很长时间里可以说是世界性的文学潮流。有“短篇小说女王”之称的加拿大作家艾丽丝·门罗获2013年度诺贝尔文学奖，仿佛在一夜之间使得短篇小说的前景变得柳暗花明、豁然开朗。门罗本人未尝抱有如此期待。她坦言直到很多年以后，她才对自己为何选择这一写作形式有了更深的体悟，并最终对自己只写下短篇小说这件事表示释然。她希望自己的获奖能使人们意识到，短篇小说从来就是重要的艺术形式，有必要使之还原它本来的地位。

事实上，任何对门罗获奖正在或可能产生的影响的言说，从眼下看都言之过早。但以此为契机，我们诚可以对小说篇幅长短与内在品质间存在何种关联；作家如何避免“滥用和误用”自己的写作才能；如何处理传统与现代等写作中不可回避的问题；怎样理解政治与写作，女权主义与女性写作之间存在的错综复杂的关系；作家写作在触及“心理之谜”的同时，如何写出门罗作品所达到的那种准确性和普泛性等问题，做出一种可能的解读和探讨。

门罗获奖，短篇小说不见得因此复兴。

作家写作最好不要去想哪种创作题材热门，哪里是成功的捷径

VS

得不得奖，写什么类型作品的作家得奖，用门罗的观点看，

和探讨生命、宇宙的意义相比，那是偶然

傅小平：我们知道，在门罗获奖之前的好些年里，她一直是诺贝尔文学奖的热门人选。但几乎没有人能确定一个一生只写短篇小说的作家能否获奖。门罗获奖后，国内很多博客与微信都将“爆冷”作为标题和关键词，而即使是专业的文学圈，对这位在欧美文坛有着巨大影响的短篇小说女作家也知之甚少。她的小说集除了《逃离》及散见于《世界文学》等专业期刊的零星篇章，几乎从未得到翻译与引进出版。当然门罗获奖在以写短篇见长的作家及偏好读短篇的读者那里获得了热烈的回应。有人甚至以为，短篇小说自此有了一次复兴。

李文俊：门罗获奖前，国内译介不多。但在加拿大、英国、美国，她的名气很大，差不多三四年就出一本书，也并非所谓的畅销书，而是严肃文学读物中比较畅销的一类。她早年写过一部长篇小说，但还是以中短篇为主。近年来，在美国的重要文学刊物如《纽约客》《大西洋月刊》《巴黎评论》上，都可以经常读到她的作品。美国一年一度出版的年度最佳短篇小说集中，也多次收入她的作品。她几乎每隔两三年便有新的小说集出版，曾三次获得加拿大最重要的总督奖，两次获得吉勒奖。另外，英美的文学评论界很喜欢评论她，比如英国的《新政治家》杂志，经常刊发一些她的小说的评论文章。

我是比较早就知道了她的名字，译《逃离》以前就知道。我有时候去图书馆借，有时候在旧书市场淘。因为英国美国的旅客到中国来，会随身带来一些读物，看完扔在旅馆里，服务员收起来卖给捡破烂的，然后到了我手里，从这些英文读物里看到了她的作品。七八年前我在潘家园买到一本英文小说集，里面就有篇门罗的小说《熊从山那边来》。后来我

翻译了，发表在《世界文学》上。我们这个杂志还发表过她的《善良女子的爱》及《逃离》中的两篇。《小说山庄》(人民文学出版社)里也登过我与高兴的几篇译作和一次访谈。之后就是2008年，北京十月文艺出版社找到我，请我翻译一本门罗的小说集。我用了半年时间就译完了，这就是门罗在国内第一次整体出版的小说集《逃离》。

陆建德： 国内一直不大知道她，可能跟我们更重视长篇小说，而不太看重短篇小说有关。其实，出版社决定引进第一部《逃离》时，也没想到她会获奖，只是非常喜欢她的作品，认为值得推荐给国内读者。门罗在英语世界名声很好，她不是那种刻意追求不朽的作家，常在《纽约客》等发行量较大的刊物发表作品。国内也有出版社前几年就买了她的版权，可惜作品的翻译有点耽搁了。短篇小说不见得因此复兴。最好不要去想哪一种创作题材热门，哪里是成功的捷径。

徐则臣： 在诺奖开奖之前，我和朋友聊天，觉得把奖给门罗，可能是更靠谱的选择。她果然拿到了本年度的诺贝尔文学奖，而且是以短篇小说摘得桂冠，这在诺奖史上大概尚属首次。她该不该拿？该拿。不是因为她拿到了才说她该拿，而是作为我最喜欢的几个短篇小说作家之一。大家都说门罗的小说在中国翻译得少，其实如果你对外国文学持久关注，会发现隔三岔五就能看见门罗的文字，因为写得好，看过了你也不会轻易忘掉，在这个意义上，好作家的作品的传播，并不一定非得靠量来取胜。我以为门罗实至名归。

郜元宝： 门罗获奖消息传来，网上有个"咋整君"为白领和普通读者们设计了许多谈论这个话题的方案，极尽讽刺挖苦之能事。看了朋友的转发，我也真的忍俊不禁，再一次看到网上自有高人，文学绝不是可以在封闭的文学圈子里关起门来瞎说的。

要想不落入"咋整君"所设计的种种装腔作势、不懂装懂、为赶热闹而无话找话的窠臼，我只能老老实实承认，对门罗所知太少，最好不说，但不妨趁机说说我们自己的文学，比如短篇和长篇的问题。

短篇会不会因为门罗的获奖而复兴？我很怀疑，至少在我们这里不会。我们什么时候单单因为别人有好东西就一下子学过来了？恰恰相反，或许正因为好东西是别人的，我们就拒绝学习。或者，有心学习，却因为不肯一探究竟，只想拉大旗做虎皮，只想走捷径，而画虎不成反类犬。

袁劲梅：门罗的作品，我是在她得奖之后才找来看的。我想以她的一篇作品为例来谈一点我的看法。譬如说，门罗的作品有灵魂。我以她的名作《木星的行星们》这篇故事为例来讨论，故事讲了一个女儿，在老父亲面对死亡，将做心脏手术时，对家庭、父母、子女关系的重新认识。“我”作为一离异的女子，是父亲的女儿，又是女儿们的妈妈。这样的多重角色，使她有多样的感受。大女儿在她跟前闹独立走了，让她想起她自己的年轻时光；小女儿和男朋友在她眼前的一个细微亲昵动作，让她读懂小女儿是向男友道歉她太唠叨。她看透女儿，因为她自己也曾经这样宣示自己的独立，不用听父母摆布。故事如果只写到这个层次，也可以说是个有血有肉的故事。但是，门罗的家庭关系故事，没有停在这个层次，而是向更深的故事的灵魂走去。从故事一开始，她就选择了从生命将尽的角度来评价生和生命中发生的故事。这个角度本身就会比描述一些家庭冲突更接近生命本质。那位面对死亡的老父亲跟“我”说，有过死亡经历的人，有灵魂飘在天花板上审视自己生命的感觉。老父亲还告诉“我”，自己突然懂了，死，不过是一个无岸的海洋。老父亲为当宇航员的二女婿和三个聪明的小外孙感到骄傲。宇航员女婿在研究人所未知的宇宙。从“无岸的海”和“无垠的宇宙”来看人生的意义、人生中的如意和不如意。门罗，给这篇作品注入了一个宏大的主题。在无限的宇宙中，有一个太阳系，太阳系里有一颗最大的行星，叫木星，木星是深暗交叠的土红色，像个老父亲。它带了一串月亮，月亮又带着自己的小月亮。小月亮在月亮外的轨道上独立地转着，月亮又独立在木星外的轨道上，但还绕着木星转。如果老父亲是木星，“我”和“我”的女儿们就是环绕木星的月亮和小月亮。月亮们都很独立，可当老父亲面对死亡时，当女儿面对父亲的死亡重新审视生命时，却发现无论月亮们多么独立，还有一种宇宙间的引力，使他们的生命相关、相通、相似。面对“无岸的海”，生命里的冲突、得意、沮丧、疏离、悲欢，是不能和那种普世的生命之爱相比的。

人常常不能超越，还自以为是，用老父亲评价“我”前夫的话来说：“如果他知道他自己只有他自以为的一半聪明，他就比他现在聪明两倍了。”然而面对“无岸的海”，老父亲对自以为是的人也都能给予平静的爱了。

这个短篇这样写，它探讨的主题和对生命的认识，比哪一个长篇浅了呢？

我想，门罗一定会高兴看到一个短篇小说的复兴。如果写短篇的作家们，因为门罗的作品得奖受到鼓励，也写出更多的好短篇来，这是再好不过的事。但是，我不知道短篇小说复兴会不会由此产生。作家该怎么写，还得怎么写。得不得奖，写什么类型作品的作家得奖，用门罗的观点看，和探讨生命、宇宙的意义相比，那是偶然。

何大草：说到艾丽丝·门罗，她的《逃离》，李文俊的中文译本出版后，我就买来读了，很喜欢。说实话，她获诺奖，我不很意外，虽然我更希望村上春树获奖。门罗短篇的了不起，不仅在扎实，史学家可以比她更扎实；不仅在她写出了人生的问题，社会学家面对问题可以比她分析得更深入；她的短篇写出了言外之意，不是人生问题，而是人生况味，深深地触动了我们。读她，不是让我们激动，是让我们沉默。精巧的构思、绵密的叙述、突然抽空的一笔……尊她为大师，是适当的。

付秀莹：相较于长篇和中篇，短篇小说是最能考验一个作家的艺术才情的。短篇小说因为篇幅限制，仿佛一个舞者，在有限的空间中，闪展腾挪，进退自如，这需要高超的技艺和厉害的功夫。正因为短，因此短篇小说容不得你犯错，也绝不给你改正错误的机会。短篇小说不能藏拙，甚至它更容易暴露你的短处和弱点。而且短篇小说需要不断地开始，不断地体验“万事开头难”这句老话。写短篇，需要非常大的勇气和强大的内心。或许正因为短篇小说具有的这种艺术难度，使得很多人对它望而却步。当然，浮躁而势利的市场，也是促使短篇小说遇冷的一个重要原因。况且短篇小说因为其艺术难度，对读者的要求似乎更高。总之，短篇小说费力不讨好，这几乎是一个共识。此次门罗获奖，或许会使得人们有机会重新认识短篇的魅力，至少对于长期从事短篇小说创作的人，是一种激励和鼓舞。

张悦然：门罗的产量是非常大的，她的短篇小说写得非常多，我觉得她就是把小说当成一个个故事来写。作为一个小说作者和小说还是有距离的。当然，这里面的情节性又非常强。她说过一段话，她觉得短篇小说像一个一个房间。所以你能感觉到她的短篇像小中篇，是很多个小单位组合起来的。

门罗拿到这个奖，可能也是在呼吁对短篇小说的重视吧。再者我觉得是对传统的这种说故事的小说的回归。目前中国出版太注重鸿篇巨制。关于长篇，我觉得确实挺怪的，可能小说家确实有一个适合自己的长度。其实在门罗的小说挺典型的，就是时间的元素，虽然她写的是短篇小说，但是她的短篇小说往往会有倒叙或者是“多年以后”，会有一个跳出来的场景、另外一个时间。从这个元素、这个角度来说的话，她的很多小说真的确实是更像中篇或者更长的篇幅。但是可能因为小说故事或者作者情感，是一个特别微小的点，这个点在短篇里才能让你震动，放在长篇里就稀释掉了，你就没有办法集中地感觉到这个点。

吴　君：读者还是有想看见别人命运的愿望，而短篇显然无法满足，这也是导致了短篇无法进入寻常百姓家的原因。短篇是芭蕾，凌空飞扬炫酷炫技，动作完成，评论界和小说同行们便知道你玩什么了，知道你的段位在哪里，在写作江湖上有没有地位。可是这些并不是普通读者需要的东西，读者也不关心。作为普通读者来说，哪个短篇肩负过安抚了他内心的大任呢，很少或者没有，短篇多是挑起事端或提出问题，便不再理会后事如何，这显然不合当下读者的审美需求。所以从这个意义上说，门罗得到的也是照顾奖，对于短篇这个门类，对于她多年的坚持和艺术上的追求和贡献。这让短篇作家们兴奋了一阵，而对于读书市场来说，情况并无太大改观。

许多作家的自信心是靠长篇撑起来的，这很虚假。
而被长篇折磨得身心俱疲，划算呢，还是折本呢？

VS

门罗获奖提示我们究竟适合写什么。作家选择文体，
既要有敢于尝试和挑战的精神，又要有自知之明

傅小平： 早年在接受《巴黎评论》采访时，门罗曾透露自己的困扰，她非常害怕自己留下的只是一些短篇故事，她在写作之初认为，只有写出长篇小说，自己才会被当成作家来看待。但门罗特别自知，她找到了自己擅长的领域，一生执着于此，并获得了世界性的认可和赞誉。相比而言，国内很多作家为了获得更多的认可，尤其擅长闻风而动追赶潮流，他们急于证明自己无论在最受关注的长篇小说领域，还是在文学的其他方面都能获得成功。或许，正是这种急功近利的写作态度，导致了一些作家"滥用和误用"自己的写作才能。

何大草： 这个问题挺复杂。就我所知，许多作家，包括我，都很喜欢读短篇。但致力短篇的作家少，好的短篇出得少，究其原因，既有急功近利，也更在于短篇难写。福克纳就坦承，"我是一个失败的诗人。也许每个小说家都想先写诗，发现自己写不了之后又试着写短篇小说。短篇小说是在诗歌之后最讲究的形式。只有在写短篇小说失败之后，他才着手长篇小说的写作"。换句话说，写好诗需要天才，写好短篇需要天才加匠才，何其难也。

福克纳的短篇《献给爱米丽的一朵玫瑰花》，我从念大学到如今教大学，反复读过十几遍，它的精巧结构、惊世骇俗、裹挟的历史容量，使它的重要性不下于他本人的任何一部长篇。这个短篇，堪称神品，放在他的众多小说中，也可谓珍稀。契诃夫一辈子写短篇，苦心孤诣，四十五岁去世了，比巴尔扎克还短命。后者在贫穷中还推土机似的写出了一百多本大部头。写短篇，比写长篇耗神、耗生命。中国古典小说的

优异之作，也在于短篇。《三国演义》《水浒传》《西游记》都是由一个个相对独立的精彩短篇构成的，而它们在时间中的打磨，何止十年、一百年。《儒林外史》的结构，则完全可以视为一部短篇小说集。至于《红楼梦》，在一个较为松散的结构中，分布着大大小小的短篇，而这些短篇，甚至都可以拿出来演一出独立的戏，譬如已成经典的京剧《尤三姐》。而这也可以理解，为什么未完成的《红楼梦》，可以被代代阅读，因为未完成的是全书，而已经完成的是若干的短篇。就像恢宏的《清明上河图》，虽为长卷，但每个局部都值得细细观赏。这也可以理解，曹雪芹只活到四十多岁，吴敬梓也只活了五十多岁。这一传统延伸到了现代小说中。今天，撇开研究不谈，还值得我们去阅读、品味的现代小说，也大多是短篇，鲁迅、沈从文、张爱玲、萧红等。《呼兰河传》虽称长篇，其实是一系列诗化的短篇。

中国当代的好短篇少，除了作家的“急功近利”，也有出版业和读者的问题。

作家们大多有这样的经验，出短篇小说集的难度远高于出长篇小说。出版业者也有自己的苦衷，读者不读，总不能老做赔本的买卖。说起来，似乎很矛盾，这是个快节奏的时代，按理说短篇好卖才是啊。其实不然。读长篇，读者可以快读故事，忽略言外之意；而读短篇，非慢不可，没耐心咀嚼言外之意，这短篇也就跟一块蜡差不多了。

我的看法是，门罗的获奖，会带来我们对短篇的新打量，但不会带来短篇小说的复兴，更不会出现短篇热。

郜元宝：关键还是市场导向和作家的定力、读者的趣味。读者未必喜欢长篇或小长篇，但架不住出版社、书商、媒体多年如一日的经营，弄得好像只有长篇或小长篇才能“运作”，才能赚钱，才能获奖，加之评论家也一哄而上，一般读者当然就只好被迫消受剩下来的唯一供给他们的长篇，别无选择了。作家要想不被这样的潮流淹没，也只能挤到长篇这一条路上。

五四新文学以来，鲁迅、郁达夫、冰心、叶圣陶、许地山、沈从文、张爱玲、赵树理、孙犁、吴组缃等现代作家都主要写短篇，并以短篇赢得了广大读者的信任和尊重。当代作家有许多人固然写了不少长篇，但真正出色的还是他们的短篇，比如贾平凹、史铁生、莫言、苏童、王朔、余华、格非、叶兆言、阿来等。许多评论者对这几位作家的长篇多有美言，我想恐怕他们的眼睛也是为俗尘所蔽了吧。长篇而少水分，能大致保持短篇所显示的才气和水准，这样的作家能有几个？

但作家多半有长篇情结，好像没有一部像样的长篇就不算作家似的，结果写了一部又一部，成强迫症了。像汪曾祺、林斤澜那样满足于短篇的作家，现在简直没有。许多作家的自信心是靠长篇撑起来的，但这样的自信心很虚假。而且为了获得这样的自信心（多半还是为了在已经被炒热的长篇市场捞一把），被长篇折磨得身心俱疲，本来可以多写几篇精致的短篇，结果只剩下一大堆没有多少人要看的失败的长篇。划算呢，还是折本呢？

其实不是没有好短篇，比如刘庆邦、王祥夫、范小青、韩东、朱文、西飏、魏微，过去的阿城，现在的鲁敏、纳兰妙殊等，但他们自己似乎坚持下来也颇吃力，有的不得不最终向长篇投降了，而这样一来，要保持短篇小说那样的水平，就很困难，有几个恐怕最后还是要被长篇所误的。

绝不是说，中国作家不适合写长篇，事实上，远的不说，就是新时期以来，好的长篇小说也不少，但这里有一个共同的前提，就是好的长篇都不是追逐市场和潮流硬写出来的，而是真正厚积薄发、水到渠成，甚至不期然而然诞生的。而且长篇佳作迭出时，也丝毫不会挤压中短篇的生存空间。《古船》《活动变人形》《在细雨中呼喊》《心灵史》等，都是很好的例子。

徐则臣：整个世界文坛都有“长篇意识形态”，都喜欢砖头，固然有追风逐利的原因，但也得承认，长篇在表现世界的丰富性和复杂性上，在实现一个作家对世界的整体性把握上，的确有中短篇小说不可替代的功用。而且一个作家写到一定的份上，驾驭长篇的冲动很大程度上也是源于对自我和艺术的挑战，无可厚非。长篇紧俏都追着长篇去写固然有问题，现在门罗获奖了，掉回头大家又都冲着短篇去，我同样不赞同；一个作家适合哪一种文体，既要有敢于尝试和挑战的精神，又要有自知之明；我们不该轻率地批评作家们写长篇还是写短篇，要提及大家反思的是，你究竟适合写什么，别削足适履，也别打肿脸充胖子，守住自己，做一件跟自己无关的事，才是真正的“才能的误用和滥用”。

袁劲梅： 我觉得门罗的坚持，不是坚持下去就可以得奖，或得到世人的肯定，而是坚持当她自己。从她对这个奖的态度看，她就是没得奖，她也还会这么写的。作家首先是“独立人”，然后才能有所谓他的作品。我觉得，像门罗这样的作家，年轻时有过困惑，又从困惑中走出来，一定是有她自己的信念。她用短篇小说探讨生命，是她度过生命的方式之一。这点恐怕与她得不得奖没有直接关联。一个作家没有自我，他的作品可以流行，但不大可能是好文学作品。没有自我的作家，他到哪里去给自己的文学注入灵魂呢?

急功近利，是我们这个时代的特点。一个独立作家任何时候都应该是时代的观察者。我觉得国内作家还不如花时间写下这个急功近利的时代，那里一定有无数能表现人性的故事，但作家自己不要急功近利。一急功近利，作家的眼睛就看不清楚了。不过，我能理解为什么国内作家中会出现急功近利的现象。因为我们这时代太热闹，跑得太快了……这对自由作家不利。一个作家的成功，常常不是因为他有多努力或多有才就能得到承认的。其他一些无聊的因素也被当作文学因素，用来衡量作家。譬如说，与评委的关系。这样从利益出发，作家地位的确立，就变得比文学本身更重要、更有价值。假如人际关系不在评价作者作品的过程中有作用，我相信不会有作家会低三下四给评委送礼、请评委吃饭，眼睛就盯着得奖的。然而，我也相信，一切从利益出发一定是暂时的，而且是假象。作家万不可上当。因为文学不能摆脱寻找灵魂这个工作，这和只管找钱的工作不一样。作家总是要在灵与肉之间挣扎。用现任教皇的一句话来比喻：“为上帝服务和为钱服务，不是一个可以两全的事。”上帝和钱，统一不起来。文学当然不是上帝，没上帝那么纯粹，但它和钱也不能完全统一起来。文学的灵魂，属于真理。文学记录真实的人生，是为探讨生命的真谛。好作家，把文学当作信仰来做。门罗把她的信仰坚持下来了。

如果有作家想从商，或从政，那是另外一回事，也没什么不可以。你从探讨生活，寻找真理，换到满足生活需要，没什么可难为情的。这是你的选择权。这类作家可以赶着追着去写作品，譬如，广告词和从政演讲稿。听说国内有一所大学的中文系，把诗歌课取消了，换成“广告应用文课”。如果有学校不想培养诗人、作家，可以。全国有几所这样的中文系就够了。只要别把文学的灵魂和作家谋生手段混为一谈，就行。

不想从商或从政的作家，完全没有必要着急，仔细观察，仔细想。别把文学商业化当作是对自己的新要求。把文学商业化的人，可以是书商，绝不应该是纯文学作家。

陆建德：门罗的很多短篇小说其实也不太短，称为中篇也可以。写长篇确实是一种诱惑，中国作家练练短篇也很好，因为短篇需要纪律，不能放纵，不能忘情于铺陈。雄辩的天才会觉得短篇格局太小，施展不开。我还有点想法，过多的展示并不一定意味着内容丰富。有的思想感情花了大力气写出来，却没让读者感到有味道。

想自己想得太多，就容易出现你说的现象。热爱自己所做的事，不要让它为自己的所谓“成功”服务，让它沦为自己的敲门砖、垫脚石，这是我们的文化里比较缺少的一种精神。我们今天谈门罗，也不必把她当成“一生坚持”的楷模，好像她一直有个目标，锲而不舍，最后抵达光荣的目的地。这是穷人家孩子考状元的模样。她写短篇小说，就像鸟要歌唱、马要奔跑一样。我更愿意这样看。中国这样的作家也是有的。

李文俊：我一直认为短篇小说更难写好。

付秀莹：一个清醒和明智的作家，应该知道自己的长处所在，有自己的艺术坚持，应该深知，自己致力哪一个领域，才有可能最大限度地绽放自己的才华。我个人更偏爱短篇。如果说长篇是马拉松的话，那么短篇则更像是一场短跑。它比拼的更多的不是体力和耐力，而是爆发力。这种爆发力是创作激情的燃烧，热烈而充分的燃烧，那一种畅快淋漓，是磨难更是享受，这正是短篇小说的魅力所在。我非常迷恋这种短跑运动。即便是正在写的长篇，我也更愿意用短篇系列的形式来完成，这是难度，也是挑战。放弃难度和挑战的写作是不值一试的。

好作家很多，用什么样的方式写作，这由他们的特长定，
但好作家的作品，不管长短，一定都有灵魂
VS
就文学来说，举世唯长篇是崇，忽略短篇小说，
肯定是一种泯灭真诚、个性、趣味和原则的时髦势力

傅小平：某种意义上，门罗获奖也提供了一个检视小说这一形式的契机。我们习惯于以小说篇幅的长短论“英雄”，而实际的情况是，从小说的内在品质上说，长短从来都只是一个相对的概念。比如，为门罗做了三十多年编辑的资深出版人安·克洛丝就说，门罗小说精确的描述和活泼的文笔，让她短篇的内涵可与许多长篇媲美。“跟许多伟大作家一样，字里行间蕴含着无比丰富的言外之意。”

陆建德：是的。门罗对怎么讲故事非常用心，她的作品并不容易读，有时候几乎需要像读侦探小说那样去读，细细体会每句话、每个字的含义，读到作品最后才明白前面的意思。她的笔法极其简练，同时对复杂的性格、动机有深刻洞察，心理活动往往表现在细微的工作之中。中国同类作品中几乎没有，我们对于生活的观察其实往往是粗线条的，感觉也粗糙。敏感性的退化或许与过于范畴化的思维模式相关，是极大的损失。门罗对生活的体会让我佩服，那是一种宽容、善良但是又无比犀利的感受力的体现。她的人物不是好人坏人，她没有那种自以为是的谴责社会不公、为民代言的意愿。她试图以一个聪明人温暖的心灵去理解人性中微妙的心理和弱点。营造一个场景是很难的，她有那么多设计巧妙

的场景。一个习惯于直来直去说话方式的人是不会读懂并欣赏门罗的。

李文俊： 的确，门罗还是比较擅写短篇小说，特别是篇幅稍长几乎接近中篇的作品。她自己也说："我想让读者感受到的惊人之处，不是'发生了什么'，而是发生的方式。稍长的短篇小说对我最为合适。"

实际上，她的作品都有很强的"浓缩性"，每一篇四五十页的短篇，让别的作家来写，也许能敷陈成一部几十万字的长篇小说。读多了门罗的短篇小说之后，你就会感觉到，她的作品除了有故事吸引人、人物形象鲜明、"含泪的笑"这类已往大师笔下的重要因素，还另有一些新的素质。英国的《新政治家》周刊曾在评论中指出："门罗的分析、感觉与思想的能力，在准确性上几乎达到了普鲁斯特的高度。"

何大草： 写短篇对作家的素养、对语言、对结构，有更高的要求。好短篇，之所以耐得住反复阅读，是它储存在语言中的无穷意味。当代作家汪曾祺以短篇而成卓然大家，当之无愧，他的理念是："写小说就是写语言。"看似轻飘的一句话，实在是亮出了极高的难度。《白鹿原》是一部优秀的长篇小说，但我读第二遍时，却有种难以下咽的感觉。读了些陈忠实之前之后的短篇，也有类似的感觉。究其原因，语言粗糙。写长篇，故事好，语言粗糙些不是大问题。但要耐读就难了，要写好短篇，就更难。

袁劲梅： 短篇小说是短，但诗还更短呢。诗人获诺贝尔文学奖，不在他写了多长的诗，而在他写出多好的诗。诗、散文、短篇小说、中篇小说、长篇小说，不过是文学用来表现生活、情感和思想的不同形式。文学给形式灵魂。不同形式的文体，有不同的力量。写短篇的作家获奖，虽不多，但是应该的。

门罗写了一辈子短篇，她得奖，因为她的作品虽短，但篇篇有文学的灵魂。她写的是短篇小说，但她探讨的是大主题：人性。就思想厚度来讲，并不比长篇小说表达的人性薄。她的小说写得很精细，她喜好精细。短篇小说的形式能让她精心编织。门罗的小说语言非常简洁、干净。光那种简洁、干净就是一种魅力。这也是短篇小说的力量。好作家很多，用什么样的方式写作，这由他们根据自己的特长定，但好作家的作品，不管长短，一定都有灵魂。

郜元宝：按说作家是最有个性、最有主见、最能抵抗流俗的人，但如果为了长篇热就趋之若鹜，宁可放弃比如在散文、短篇领域已经摸索出来的道路，甚至为了附和市场的喧嚣而跟着扰攘一气，不敢选择少写乃至不写，我想这时候，他就已经失去了作家所以为作家的可贵品质，变成起哄者、赶时髦者、捞金者和文化垃圾制造者了。

有人说，油画、交响乐、长篇小说之类，都是现代才有的文化时髦，真正能驾驭这些艺术形式而为我所用的文艺家不多，而不为所动、安心耕耘自己的园地的人就更少了。就文学来说，举世唯长篇是崇，举世忽略短篇小说，肯定是一种泯灭真诚、个性、趣味和原则的时髦势力。如今这种时髦势力正逼迫我们不但遗忘古往今来无数优秀的短篇、散文、戏剧、小品和诗歌的辉煌，也遗忘了曾经有过的长篇小说真正的辉煌。证据是：我们竟然对那么多低劣粗糙的假长篇小说之名大行其道的伪长篇俯首帖耳、唯唯诺诺、敬谨接受，甚至追腥逐臭、奉若神明，听任甚至鼓励这些空洞无物、妖形怪状的东西如山似海般压过来，充天塞地，不留余地，以至使人几乎艰于呼吸。

吴　君：我也写过许多年短篇，深知影响确实有限。即便很好的短篇也只是在同行间有影响而已。对于作家来说，长篇过后的短篇有奖励自己的意味，高峰体验，很过瘾。但对于长时间里不断地寻找题材和角度的作者来说，短篇同样是苦闷和希望渺茫的，除非你写的是有社会影响，又有艺术上的贡献，而且又生逢文学盛世。好作品一样是可遇而不可求的，是神仙附体，不可指望，这些年我确实见过这样让我叹为观止的作品。但作者后面的作品又回归日常表现了。所以目前来讲，对短篇的未来不预测反倒是件好事。写作上我主张十八般武艺都要会，这对一个职业作家来说是必需的。短篇、中篇、长篇都要能写，像莫言、王安忆、毕飞宇那些优秀的大作家那样，会根据素材，决定哪种表现形式更合适，并能够跳转自如，除了可以显示出作家的状态，同时也会完整地展示出作家的眼界和写作能力。

付秀莹：有时候，一个优秀的短篇内在意蕴的丰富性，远比一个平庸的长篇更高。倘若仅仅以篇幅的长短论英雄，真是简单粗暴的做法。优秀的短篇，它的内部空间一定是幽深而宽阔的，有着一眼望不到底的艺术品质。正因为短，短篇小说的华彩，或许不在于露出水面的部分，而恰恰在于藏在水中的部分。因为隐匿，而更加神秘迷人。

徐则臣：文体本身没有高下之分，关键是你把它做成了什么样。门罗的有些短篇跟很多长篇比，肯定有过之而无不及，因为她写得好。陈子昂的《登幽州台歌》、南北朝时期编选的《古诗十九首》，这些更短，很可能比当下文学几年的成就总和都高。

对人内心的反思，做得好的极少，一旦做好了，
负载这种发现、质疑和反思的载体会因之化腐朽为神奇
VS
只要作家找到他喜欢且熟悉的形式，
他就用不着去前卫写作。只要能把传统和现代自然结合就行了

傅小平：读门罗的小说，我自己的一个感觉是，它们在形式上是偏于传统，甚至可以说是老派的。但就小说传达的意蕴来说，又似乎特别现代。这有别于我们目前占主导地位的用前卫、另类的方式表达文学的新质观念。而这在某种意义上也“颠覆”了所谓“形式就是内容”的流行见解。我想门罗获奖对怎样处理传统与现代之间的关系等写作中不可回避的问题，提供了另一种思考的维度。

张悦然：门罗是一个比较传统的小说作家，她的小说不是特别实验性、形式特别强的那种，她甚至是有一点点保守，用一种非常传统的、契诃夫式的方式写小说，这是非常符合故事性的，她的小说很好看。我们一直在说村上春树的情节性太强，或者说他的小说是不是有庸俗的嫌疑。其实我觉得在情节性强这个问题上，门罗真的不输村上春树。她在

全世界应该有很多读者，我觉得她的小说无论你在任何地方都很容易进入。

徐则臣：如果把门罗和鲁迅做个比较，你会发现他们的作品有很大的相似处，就是现代性的问题。他们两个都是在“人心”上做足了文章的短篇小说家，作品呈现出来的幽深和暗色调也比较像。我们一直在说现代性，说对人内心的反思，其实真正做好的极少，一旦做好了，负载这种发现、质疑和反思的载体会因之化腐朽为神奇，鲁迅和门罗小说的形式感都不是特别强，但任何时候你都不会觉得这种形式土，相反很洋气，大概就是这道理。

李文俊：门罗的小说很有嚼头，内容丰富，短小精悍，回味无穷。《逃离》里每一篇都很有意思，她的写作手法不是现代派，但是她的思想很接近现代派。她关注女性的命运，描写她们在婚姻、恋爱当中所遇到的困难。她的小说很有嚼头，里面有许多内在的哲理，值得玩味，她的语言很平实，但是平实中又有道理，能够抓住人性的方方面面。《逃离》里有一个小说叫《播弄》，讲的是一对生活在小镇的姐妹俩，妹妹说话很刻薄，喜欢刺伤人，姐姐每年会固定去一个地方看莎士比亚的戏剧作为心灵的安抚。有一年她去看后没赶上回来的火车，散步碰见一个遛狗的男人，两个人聊得很投机，她就去了男人的家里，得知对方是东欧移民，约好了第二年再碰面。第二年她看完戏再去，看到那个男人在门口坐着，但是却不理她，她只好离开。之后她继续自己的生活，在一个医院里做护士长，有一天送来一个病人她觉得很眼熟，一看姓名，发现姓和那个男人一样，但名字不同，同样也是东欧移民。她才知道这是那个男人的弟弟，有些弱智，那一年她看到的也是这个男人的弟弟，那个男人出去遛狗了。时间过去了那么久，她也不可能再回头去找他，她就这样在小城里度过了她的青春，这真是造物主的播弄。

所以说，门罗的作品实际上是能让人读到现代西方人在生活和精神上的苦恼的，她的写作并不琐碎，拥有独到的女性视角，擅长于写普通的日常生活，基本都是写普通人，普通人各自的命运、痛苦、喜悦。她不写离奇的故事，但能写出平静生活下藏着的苦恼。看她的东西，对了解人的复杂性有帮助。她的作品不艰涩，中国读者不会有任何接受上的障碍。

袁劲梅：门罗一直在写。作为一个80多岁的女作家，她本人就是历史，就是故事。她的小说在形式上偏于传统，那是自然的。前卫写法还没出来的时候，她就是门罗了。又因为她一直在写，她的故事内容和对人生的探讨，又总有新发现。这就出现了你所说的：形式传统和内容现代的关系问题。我觉得，只要作家找到了她喜欢且熟悉的形式，她用不着去换成前卫写作。只要她能把传统和现代结合得自然，就行了。这是她的本事。

传统和前卫也是会变的。大家以前穿布衣服的时候，出了化纤衣服，后者是前卫。过了若干年，又倒过来了。大家又换成喜欢穿布衣服了。门罗没跟潮，世界转了一圈，又回到穿布衣服的年代，也没有什么不可能。新人旧人换了，门罗就是门罗。她的布衣服一穿就穿了六十多年。说到底，形式因为内容而生光彩。文学是创造，没有一定的规格和非接受不可的形式与内部的统一。门罗的坚持不懈地写作和探索真理，使她超越了传统，也超越了前卫，形成她自己的风格。老派新潮结合无间，这是她的创造。

陆建德：传统、反传统这对矛盾不一定能用到门罗身上。形式这概念好像也偏大了。我以为作家的本领还是得体现在故事上，门罗是会讲故事的人，而这本领又来自对生活、对人非常细腻的观察，她是有道德感的，不是那种僵硬的善恶感、正义感，她对善意的表示有出色理解。比如一位女士偶然坐别人的车去看望一位养老院里的老人，与开车的人有了默契，两人上了床，告别时女士想与他吻别，他婉拒了，说自己不习惯那样。女士意识到这背后有着成熟的克制，本意是善良的。所谓“反传统的形式”并不难，甚至是一条捷径。门罗不走捷径，我愿意向她致敬。在价值观上门罗是开明的，同情是她最突出的特点。

问题是现在许多作家，根本放弃了对人与我的灵魂的探索，而把文学转换为对政治的外壳说三道四的工具
VS
短篇是艺术中的艺术，门罗获奖说明诺奖更看重的是文学，是艺术，而非政治，且敢于打破“长篇意识形态”

傅小平：很多人都倾向于认为，诺贝尔文学奖包含了太多政治上的考虑，有无可避免的倾向性，也少不了意识形态偏见。每年诺奖颁发，总会有专家做有关文学与政治的各式读解。而门罗获奖之所以出乎很多人的预料，很大程度上也因为她的写作与政治“完全无涉”。《纽约时报》评论称，门罗是一个面目模糊、难以定义、非政治化的作家。对此，你们怎么理解？

郜元宝：诺奖是否特别着眼于门罗的无政治性，或门罗是否确实回避政治，这都难说。不同于好多次的故意挑起敏感的政治神经，这次的暗示门罗的无政治性，也许也是诺奖的一种深思熟虑的政治秀。当然我这样推测，说明了我的政治神经的敏感，但也必须看到政治的无处不在。门罗被人指为无政治性本身不就已经将她卷入一种和主动出击略有不同的政治话语中去了吗？正如她不承认自己是女权作者，客观上也成了一种政治论述。关键要尊重不同的政治关怀和政治介入模式，这比尊重不同政治立场，有时还要困难，尤其对作家来说更是如此。沙皇念念不忘陀思妥耶夫斯基早年的政治活动，一直暗中监控着，这令陀氏非常无奈，因为他后来已经完全放弃了早年的政治立场，但恐怕谁也不能说，他的心理现实主义和宗教热情完全与政治无关。这不同于政客政治，也不仅仅等同于党派政治，或现实的社会政策，作家对这些或介入，或超脱，都是有可能的，但优秀作家从来不会根本上放弃政治，放弃对社会与人民的关心，只不过他有自己的方式而已。比如鲁迅，他的方式主要不是拥共或反蒋，而是深刻的思想启蒙，是挑战造成现实政治痼疾的文化心理，为此他不得不像陀思妥耶夫斯基那样，努力描写人与我的灵魂的深，只有和读者一同抵达灵魂的深处，才能有真正的交流，才能从各自的本心出发来关心政治。

问题是现在许多作家，根本放弃了对人与我的灵魂的探索，而把文学转换为对政治外壳说三道四的工具，甚至满足于扮演某种意见领袖或告洋状的专业户，在这种情况下，他也许履行了公民的政治义务，却放弃了作家的文学使命，和那些完全不问政治而享受不问政治的好处的犬儒主义者相比，他们也许会博得更多的同情，但他们和犬儒主义者一样，都没有将深刻的政治良心内化为文学的心理和灵魂需要的勇敢与献身精神，最终都是隔绝了文学和政治的关系，而将文学与政治裁为两截，区别在于，犬儒主义者只要没有政治关怀的空洞无血的文学，而另一些满脸激烈的作家只要没有文学或者仅仅把文学当作工具的政治。

何大草：诺奖好像是常跟政治走得很近的，但似乎它的标准也在摇摆。看远点，从前获奖的福克纳、海明威跟政治的关系就不大。从近十年看，耶利内克、克莱齐奥，政治色彩都不浓。距诺奖仅一步之遥的已故的沈从文先生、健在的村上春树，他们的写作也属于“深入展现人性和心理的作品”的纯文学写作。作为一个作家，我的态度挺简单，写纯文学。在纯文学可能已稀缺的年代，做一个珍稀动物是很有意思的。

陆建德：我从来不相信纯文学，那是一个显得幼稚的说法。《纽约时报》真会用纯文学这种表述吗？英文是什么？门罗不是很政治化，这倒是真的，或许她感到生活太丰富，无法用一些概念来做简单的切割。政治包含的范围也很广泛。她作品里也讲到中国人、唐人街。她写到唐人街路边经常有卡车违章停车卸货，这来自她细致的观察，很精确。我读到这样的细节不免发出感叹。这是政治吗？

张悦然：她的小说确实没有什么政治背景，她是谈人类普遍的微小的一些感情的变化，你对这个小说发生的地方，或者说整个人的教育背景的所有东西，不需要有特别多的了解。其他有一些作家有他自己背后的政治背景、宗教背景、所有的背景，你会觉得你必须得了解那些，然后才能够进入他。所以有的时候你会有进入那些作家的焦虑，就是觉得我是不是能够充分地读懂他的焦虑。但是门罗就完全没有这种焦虑，因为她写的确实是一些特别普遍的人和人之间的感情，可能发生在任何的地方。

袁劲梅：政治是个小领域，人的世界是个大领域，宇宙就更大了。文学是表达后者的。它本身所涵盖的，就应该是比政治大得多的领域。从一个文学奖中，看出政治，那是看小了文学。要不然，就是看的人政治上太敏感，并不是所有的人政治上都很敏感，当然，政治运动经历多了的民族，容易敏感。

政治是什么呀？如从学术上看，西方现代政治学以量化研究为主，假设一个模型，收集很多数据，根据数据显示的结果，证明模型是否有效。这和文学作品毫不相干。那么政治指那些政治家做的事、写的演说？这也和作家写的东西不同。那么，政治是什么？是看你反对不反对我或者我的政府？若这样理解政治，那和理解帮派有什么不同？这不也太小心眼了吗？

那些解读作品的人，自己有政治立场，夸大了诺贝尔文学奖与政治的关系，以一个不清不楚的“政治”概念来考虑一个文学奖，我觉得没什么积极意义。

就作品和作家而言，要是读者在诺奖得主的文学作品中，不小心读出了人物的政治倾向或作者的政治倾向，这也是正常事。文学是以人为对象的。文学写人，什么样的人都有，什么样的人都能进故事。作品中冒出一个人来，他的故事不可能完全和社会无关，和生活的价值取向无关。如果与社会有关，与价值取向有关的作品，得了文学奖，那叫就有“政治考虑”，就太夸张了“政治”这个概念，而缩小了文学的力量。按这种思维，那连门罗的作品也逃不掉被夸张成很“政治”的命运。门罗的作品中多次写到二战老兵，不仅如此，她还写道，工人家庭看不起妓女的孩子，工人阶级的父母融不进打高尔夫球的那类上层人。若这些生活中的情境也成了“政治”，那就是编个科幻人物来写，也逃不出所谓“政治考虑”的评论。

我觉得，作品中涉及政治因素，只不过是因为政治是文学可以涵盖的领域而已。我相信，诺贝尔文学奖的评价标准一定有它的文学客观性，不会仅因为门罗写了或没写到“阶级”而决定给不给她奖。把它就当作一个受世人尊重的文学奖来看，更合理。

至于诺奖评委个人有没有政治倾向，那我就不知道了。

李文俊：门罗是个自由作家，她不是大学里搞文学的、教书的，也不在哪个著名学者的门下，可以说是“无门无派”，跟政治也没什么关系。但她的书写出了人生悲欢离合的一些真谛，能捕捉到女性日常生活背后的一些暗流和痛苦。

徐则臣：门罗获奖是否关乎政治不是我要说的重点，我想由此说说文学奖的平衡问题：即便门罗获奖名副其实，也存在一个平衡问题——地区平衡、语种平衡。我以为瑞典学院的长老们挑了门罗，在各种“平衡”的选择里，大概是上上之选。首先，英语世界的作家获奖了，尽管没给美国，但给了邻国的加拿大，也算对美国的半个安慰；其次，如果奖给一个长篇小说作家，阿特伍德或者美国的某个大师，给哪一个呢，都是超一流的高手，给门罗就不必纠结了；最后一条，门罗是短篇小说作家，给她等于以诺奖的名义公开肯定短篇小说创作，短篇是小说艺术中的艺术，这说明诺奖更看重的是文学，是艺术,. 同时，也表明诺奖与时俱进，并非陈腐和僵化，敢于打破“长篇意识形态”，只要写得好，我们同样可以大张旗鼓地送短篇小说作家进诺奖的万神殿。

事实上，奖是人评的，诺奖是一个奖，它总会是三思之后的结果。现在看来，此次诺奖还是很靠谱的。可见平衡本身不可怕，可怕的是乱平衡，完全看不出它的游戏规则。一个奖的公信力建立在它对自身游戏规则的信守上。也就是说，文学奖固然要平衡，这平衡还必须得加上前缀：首先是纯粹文学意义上的平衡——寻找好的文学，寻找更好的文学，寻找各种可能存在的更好的文学；其次，是在自身游戏规则的框架下，寻找与文学有关的平衡。唯其如此，我们的奖才可能像诺奖在门罗那里寻找到“平衡”一样，评出惊险但绝不会离谱的奖。

门罗的独立是宽容的，不是激进的。

她所希求的那种独立空间，也是很多作家所希求的创作环境

VS

门罗不从单一性别角度去认识人和看待世界。

“对抗”不是一个想明白了的作家的目标，“包容”可能才是

傅小平：总体来看，体现在门罗的作品里，很少有彻底的、尖锐的对抗，而是充满了和解和包容的姿态。她笔下的主人公总是在试图理解自己的生活，理解自己与世界的关系。从这个意义上讲，即使说门罗是一个女权主义者，也不能算是特别典型的。她也从不自认为是女权主义作家，看问题也从不站在强烈的女性角度，反而充分理解男人在这个世界上要面临的诸多难题和困境。这与我们印象中女性作家一贯持有的对所谓男权社会激烈的批判态度对比鲜明。有意思的是，刚刚去世的2007年度诺奖得主、英国作家多丽丝·莱辛被视为女权主义代表作家，也同样拒绝这个称谓。她不断拓展写作疆域，也在一定程度上可视为对这一标签的抗拒。这是因为作家都不愿意被简单归类，还是有更深层次的诉求？

袁劲梅：你说得对，“作家都不愿意被简单归类”。把作家归类，其实是假设作家只能穿一种颜色的衣服。就门罗的作品而言，我觉得她是一个很独立的女作家。独立是她的特点，女权不是。她的作品中写了一个又一个独立的女子和她们的心理活动。但她不是强烈的女权主义者。她对男人和女人都很公平。他 / 她们是性别不同的人，因为性别不同，他 / 她们有不同的心理和举止，因为都是“人”，他 / 她们又相通。

门罗有四篇自传体小说：《眼睛》《夜》《声音》和《亲爱的生活》。她自己说这四篇小说是记录她的感觉的自传作品，她说：“我相信，它们是第一次，也是最后一次——最接近我自己的故事。”既然她自己这样说了，我想，这四篇故事应该是读者认识门罗的起点吧。《眼睛》是讲，在她五岁的时候，正是用眼睛观察生命并迎接弟弟妹妹新生命到来的时候，突

然看到她和弟弟妹妹的保姆的死亡（车祸）。在整个过程中，她对每件事都有自己的感受，而她也感觉到她的母亲希望她如何去感受身边的事物。她表现出母亲希望她做的样子，但她知道得非常清楚，她自己的感觉是不同的。这份不同，就是门罗从五岁起就尽力想保持住的独立。她能在几十年之后，把这份独立的感受记录下来，说明她不可能是任何一个“主义者”。她是一个“独立思想家”。

因为这种独立精神，她也尊重别人的独立性。这也许就是您说的她总是在试图理解自己和自己周围的人。在《亲爱的生活》里，她写了她在少年时，就不听母亲的禁令：别去找妓女的女儿玩。即使这个女孩子走了，她还一直去看女孩子的外婆。这算是她对自己独立价值观的坚持，对母亲权威的反对吧。但是成年之后，母亲去世了，而她因为经济困窘和女儿所累，没能回去陪病重的母亲走到生命终点，她写道：“我们基本是无法付得起回去的费用的。而我的丈夫潜意识里是反对形式上的行为的。但是，为什么要指责他呢？我那时也是这么感觉的。我们说有些事情是不能被原谅的，或我们永远也不会原谅我们自己。但是，我们原谅了——我们总是在原谅。”

可见，门罗的独立是宽容的，不是激进的。她所要的是她自己的独立空间。这种独立空间，也是所有作家所希求的创作环境和心态。可是，我们周围的人也总像门罗的母亲那样，希望我们像他们那样想，还做出是为我们好，希望我们合群的样子。这让我们很难过，也很生气。门罗五岁感到的压力，一个中国作家大概到五十岁了，也还能感到。人们希望作家写好东西，却不希望作家“独立”。而对作家来说，只要给了他这种“独立”，他什么都是可以原谅的。门罗作为一个女作家，把这种追求独立的感受替所有的作家说得清清楚楚。在这一点上，我感谢门罗。独立是作家的基本素质。

门罗，就是一个独立的女作家。不是女权主义者，或其他什么主义者。

陆建德：人除了性别，还有阶级、文化（文明）、种族、宗教等属性，女权主义是“从一而终”的，值得敬佩，但是与现实相差太远。一位美国女权主义者会感到她与中国姐妹的情谊如海深吗？我甚至有点怀疑是不是有“她们自己的文学”，这是美国女性学者肖瓦尔特的用语。莱辛确实不是什么女权作家，虽然她的《金色笔记》被认为是20世纪60年代女权主义者的宝典。莱辛晚年还写男女之间的爱情，而且还是六十多岁的女人跟年轻男人的爱情。记得她和英国女作家德拉布尔在1993年访华时都与女权主义理论保持距离。门罗对她父亲的同情也许更多一些，对母亲有负面的记忆。对抗还是有的，那是善良与不善良（也可以理解为一本正经、拒人于千里之外的道德）的对抗。比如她间接点明母亲在舞会上如何公开羞辱一位年轻的风月女子，致使后者逃到楼梯上哭泣，两位英国士兵轻声安慰她，“我”为那亲切的口音所感动，甚至后来在梦中也听到。这是发生在二战期间带有自传性质的故事：母亲喜欢跳舞，把她也带上，但是发生了不愉快的事。妙的是门罗避免直说母亲该为此事负责。

作家永远不喜欢标签，批评家应该多多关注作家的发展变化。标签总是固定的，暗示着局限性。桑塔格就明确拒绝“后现代作家”的大帽子。我们现在常见70后、80后之类的标签，居然想得出来，真是想象力丰富啊！

徐则臣：不愿被归类是肯定的，但对修炼成这样段位的作家来说，她们一定有更重要的诉求，有更关心的，不可能只到“战斗”就为止了。即使她们反对、批判、争取，即使她们在过程中的确如我们所看见的，希望能让广大的女同胞过上健康、平等的好日子，她们的终极目标一定只是“人”，男人女人在价值通约意义上的人。她们应该不会从性别的单一角度去认识人和看待世界。“对抗”不会是一个想明白了的作家的目标，“包容”可能才是。

何大草：所有作家都不愿被归类，一归类，就简单。五色迷目多好啊，一归类，就只剩单色了。多丽丝·莱辛之拒绝被视为女权主义代表作家，是因为那样一来，充其量只是个斗士、代言人而已，做到最好，她能获得的是诺贝尔和平奖。这对一个作家来说，怎么会比文学奖有魅力呢？文学的魅力是复杂难言。能够被归类的作家、作品，都不是一流的。打个比喻，虔诚的宗教徒写的小说，大多是用故事在演绎、阐释他们的信仰。他们是宗教小说家。而伟大的小说家，即便是虔诚的宗教徒，如陀思妥耶夫斯基，他的小说并不如此，非但不如此，就像帕慕克在谈到他时所说的，“伟大作家都通过写作来反对自己的信仰，或至少在不知不觉中对其信仰进行深刻的诘难，以至于他们有时候看起来是在用写作反对信仰”。这就是伟大小说家和宗教小说家的区别。后者有类别，前者只有高度。贴标签的行为是轻率的，但一个作家能轻易被贴上标签，责任可能不在批评家，而是作家本人了。

张悦然：我觉得是这样的，就是门罗她能够感觉到，她和她的小说人物应该还是生活在一个男权社会里的。她在写女性，并且是在为女性争得一些权益，或者是争得一些自由，但是她绝对不是特别强烈，或者说特别走在前面的女权主义者。感觉到她里面还是有男权的阴影，那里面的女性还是没有完全地得到自由。她要的只是一点点的空间，并不是那种彻底的颠覆，她其实还是在说女人在男权社会里面怎么样得到自己的自由和空间，怎么样与这个世界相处，而不是说去把这个事件破坏、摧毁，我觉得门罗不是这样一个观点。

比如把她和阿特伍德做比较，虽然她们只差十岁，但我觉得她们的小说观至少差五十年。阿特伍德是一个非常实验性的作家，她的小说里充斥着各种各样的拼贴，各种后现代小说的写法，她强调形式，也有特别强的女权姿态，比门罗强硬很多，这会让一些人不舒服，可能有人特别喜欢她，可能也有人特别不喜欢她。但是门罗，我觉得不会有人特别不喜欢她，因为她的小说能让你读进去，并慢慢在心里融化，不是拿个刺刀刺你一下的感觉。

门罗的体察，虽然平和，但深切、锐利。

还有点像冬天的铜管乐器，看起来暖融融的，摸到手上冷得战栗

VS

理解了门罗小说里的人物，就理解了我们自己。

这种基调或许并不全是冷灰，还包含了一种别样的暖意

傅小平： 当然门罗的写作姿态是平和的，却并非温暖的，有一种冷灰的基调。这体现在她的主人公身上，她们很难说是幸福的，也很少为争取幸福付诸行动，而即使有一点点局限的行动，也常常是不彻底的。由此，从传统、主流的角度看，她的写作自然是偏于消极。相比而言，那些典型的女权主义作家，虽然体现了颠覆和解构的姿态，却同时体现出强烈的建构性，反而让人感到是有希望的。

李文俊： 我自己翻译《逃离》时就有这样的感觉：门罗写的都是母女之间、夫妻之间种种苦痛的事情。这些事情看起来写得轻轻松松，但是我念了以后，再琢磨琢磨，还是觉得挺痛苦的。比如，小说里的第四篇写到女儿离家出走，跟母亲一辈子不联系，特别打动人。一个母亲怎样想念着女儿，怕她找不到自己，连家都不敢搬，最后女儿连一张贺年卡都没有给她寄来，她只能跟要好的朋友诉诉苦。

当然门罗有这样的写作特点，跟加拿大的地理和人文特征大有关系。她的小说里从来没有热带描写，很多人物都是英国殖民者的后代，跟美国关系特别密切。这都是鲜明的加拿大特点。我曾先后三次走访加拿大，还曾深入到当地的穷乡僻壤，对加拿大这块土地有一定的了解。在加拿大尤其是门罗描写的小镇，你见不到像上海、广州那样人挤人的场面。大家都住得很分散，一个小镇一个小镇的。每个小镇的房子也是一栋与一栋隔了好几百米。城市里的公寓跟我们一样，门一关，根本不知道里面发生了什么。这必会影响人和人的关系、气场。

吴　君： 我想从她获奖小说的名字《逃离》上便可以知道门罗是消

极的，躲避的，或者说是悲观的。这样的作品当然是女性小说，除了题材，还有小说中的人物面对男性世界的态度，显然承认了自己的弱者地位。她那份抗争后的认命不应该算是温暖吧，而是心酸和无奈。她的小说没有高高在上的东西，甚至你会对作者也生出怜悯，而不是由门罗自己向读者发出慈悲。她的小说为什么有那么多作家喜欢，应该与“不隔”有关，与她制造出的这种平等关系有关，与我们对命运的无力感有关，那些点点滴滴拉近了作者和读者的距离。这样的小说是贴心的，既能安放作家的内心，也能安放读者的内心。写作终究要解决作家自己的问题，内心的困难，都需要在写作的过程里去面对和解决，门罗的小说做到了，她让我们知道，噢，原来加拿大的女人也会这样，然后，我们的疼痛便显得没有那么强烈了。

徐则臣：在门罗的小说里，使用正能量负能量、积极消极等价值判断可能是无效的，她关心的不是这个，她也不关心主流，她只关心生活的真实和人物内心的真实。在加拿大的一个小角落里会不会出现这样的姑娘？她的逃离是否可能呈现这样一个轨迹？她的生活和内心的局限性是否符合逻辑？如果这些问题都解决了，那门罗就可以理直气壮地这样写。修辞立其诚，这是文学的第一要务。宏大的意志固然有相当的可供阐释的空间，但真实可以解读的层面可能更加丰富和立体。

袁劲梅：门罗作品中的男人，常常“很男人”。《逃离》中的男人就把粗鲁当作是男人的个性。门罗的写作偏于真实。她希望用真实性，跟她所描写的劳工阶层、中产阶级构成共鸣。劳工阶层和中产阶级都非常辛苦，也非常现实。门罗简单直白的语言和现实的写作特点，适合写劳工阶层、中产阶级。

女权主义也有不同派别。奠基人西蒙娜·德·波伏瓦说过婚姻家庭这样的传统社会结构，天然与妇女的自由相冲突。结婚后，不管女人愿不愿意，事实上，作为妻子和母亲，女人会失去一些她的自由。所以后来有很激进的女权主义者，要求从生物学意义上铲除男女不同的意识，解构社会传统格式。但是，还有更多的女权主义者，是为妇女的权益呐喊，做实际工作的；她们从社会习惯和权力结构上入手，要求从法律上保障男女平等。只有激进的女权主义者，表现出“颠覆和解构的姿态”，并不是所有女权主义者都很激进。20世纪的西方女权运动，给社会带来很多进步。在门罗生活的时代，男人和女人平等的意识已经是社会常识。门罗所处的社会已经基本走出了歧视女人的习惯认识。换一句话说，门罗要描写的女人，已经不是“娜拉出走”时那种心态了。她们可以是家庭主妇，管家保姆，她们并没有强烈的不自由、不平等、受男人奴役、低男人一等的感觉。相反，她们能感觉到自己的力量，她们要的是发现自我的价值，坚持独立人格，而非推翻男权统治。因为社会的进步，让她们有自信心。这就使得当她们体谅男人的时候，没有媚骨。她们不是男人的玩偶，她们做家务但并不比男人低一格。面对这样的女人，门罗的追求便是超越男女性别的更高追求。门罗通过笔下的人物，总能发现人的共同性。她讨论的是普世价值，以不同形式的爱为特点。以爱为核心的关系，如同万有引力一样存在于人与人之间。这大概就是您感觉到的门罗有“强烈的建构性”吧。

门罗写过不同的人，青年、中年、老年。她有很多时间，也见过很多人，写劳工阶层和中产阶级的生活，她有绝对优势。尤其是中产阶级，他们不是一个以破坏为特征的阶级。劳工阶层和中产阶级对她的看法，就像您引用的《纽约客》杂志的评论所说:“门罗是‘我们的’作家。”

何大草：我曾把门罗和张爱玲做过比较。张爱玲是天才，她的代表作大都写于二十五岁前，凌厉，残酷，宛如刀子。而门罗是软刀子，她可能不是天才，是一点点修炼出来的人才，对人情世故的体察，是伴随着年龄增长的，虽然平和，但深切、锐利，依然让读者有刺痛之感。还有点像冬天的铜管乐器，看起来暖融融的，摸到手上冷得战栗。读完之后，的确可以说冷灰、消极，甚至有点绝望。然而，这点绝望却也是积极的，她像是一束冷光（冷静、冷酷），照亮了人们忽略或刻意视而不见的一个角落，这角落被岁月、劳碌、庸常层层包裹，这就是幸福、激情。她庖丁解牛般把它剥开，让你看，让你痛，让你在主人公不成功的“逃离”中思考自己的人生。今天的作家们常琢磨，要把小说写得更狠些，我很同意。但狠和狠不一样，颠覆、解构、凶巴巴的女权主义是一种狠；门罗貌似平和的软刀子是另一种狠，她让我想到导演李安，儒雅、淡定，却一直在干着离经叛道的事。

陆建德：基调是冷灰吗？有时我想，门罗不是生活的反抗者，她展现生活，不那么理想的生活，但是你得学会接受它，或者与它谈判、协调。欢天喜地的爱情、婚姻不多，总是有那么多的遗憾和不自由，女性得与之共存，难道男性不是这样吗？我又想说门罗的爸爸。门罗小时候一度失眠，有一次半夜走出去，看到她爸爸也在门外，心里纳闷，他在等他的女朋友吗？她没有愤怒谴责的意思。门罗也很会写男性，各种各样的男性，他们也有种种弱点和不如意的地方，未必幸福。争取幸福不一定是幸福的事，她作品里的男性、女性好像都不敢对生活期望太高，或求全责备。“逃离”的主题也出现在男性人物身上，比如逃离责任和彻底的感情投入。

付秀莹：或许门罗小说的这种冷灰的基调，正是道出了生活的某种真相。在《逃离》中，女主人公那种深陷生活泥淖中所经历的种种，挣扎、忍耐、反抗、顺从，这千百种姿态或许是我们每一个普通人面对生活的可能姿态。小说的精彩之处，是写出了人物内心的明暗变化和微妙丰富的人性起伏，幽微丰富，细腻精准。我们理解了人物，也就理解了自己。这种基调或许并不全是冷灰，自有一种别样的人生暖意在里面。

门罗更愿意像个家庭主妇盘桓在人物的内心，

将一幅幅人心的室内剧编织得貌似隐忍实则动荡

VS

门罗选择了最大众的题材，从小事，从家常入手，

最后探讨的总是生命的本质和人生价值问题

傅小平：门罗的小说大部分写的是普通家庭主妇的故事。她的早期

创作中，主人公是一些刚刚进入家庭生活的女孩子；到后期，主人公则是在中年危机和琐碎生活中挣扎的女性。而她所有小说的主题，几乎可归结为2001年出版的一部小说集的标题，那就是“仇恨、友谊、礼仪、爱与婚姻”。也因为此，门罗被贴上“家庭主妇”的标签。有评论就认为，她的作品太过家庭化，琐碎而无趣。一则轶事说的是，一位男作家曾戏弄门罗：“你的故事写得不错，但我不想跟你上床。”门罗则轻蔑地回击：“谁邀请你了？”这调侃其实触及了作家写作中经常会碰到的一个困惑：写什么样的题材，才能凸显其价值和意义？一般说来，宏大题材比较能体现大的格局和气象，很多作家都在往这方面努力，但要是驾驭不了大的题材，这样的追求很可能是误入歧途，因此有必要对题材的取舍权衡问题做一辨析。

徐则臣：可能会有人觉得门罗就写了点鸡零狗碎的日常生活，篇幅不吓人，产量不吓人，题材也不吓人，各项指标似乎都跟宏大无关，便以为她“轻”了。我不这么看。我以为她重新发现了平凡人物内心宽阔的幽暗、纠结、想望，乃至乖戾的恶。其实她的小说故事性都不太强，假如你要在她的作品中找跌宕起伏的外在的故事情节，很多篇目你可能都读不下去；她更愿意像个家庭主妇一样，盘桓在人物的内心，在尺寸之地，绕线头和织布一般，将一幅幅人心的室内剧编织得貌似隐忍实则动荡，小说结束，你也许会有“于无声处听惊雷”之感。门罗的小说里人物仿佛一个个都孤悬于自己的角落里，孤独得都像世界上唯一的一个人，即使他们身处人群、爱情和家庭；她把人物从喧嚣的世界里撤出来，然后专注地将他们的内心放大，直到把每个人都变成一整个灰暗、荒凉的世界；门罗不喜欢锣鼓喧天和大团圆。

袁劲梅：门罗有她自己的生活。她的写作从来没有离开过她自己的生活圈子：加拿大劳工阶层和中产阶级。他们是社会的大多数，门罗写的是他们的家庭生活。因为她太了解这些人了，她能把这些生活中的琐碎都打磨得精致，耐看。不管人家给她贴上什么标签，她写的是社会大多数人的生活，写的是加拿大的普通人，叫“草根一族”也未尝不可。所以，她有很多读者。她选择了最大众的题材，探讨最大众的一批人生命的价值和意义。她那么耐心，那么心平气和，从小事，从家常入手，最后探讨的总是生命的本质和人生价值问题。

你说到《仇恨、友谊、礼仪、爱与婚姻》，在这本书里，有九个精彩的短篇，这是其中一篇，是她一篇成功探讨人生价值的短篇小说（叫它小中篇也行）。这篇小说情节设计一个一个出人预料。让读者看的时候，有一步一惊奇的兴奋，读到最后，是深深的感动。虽然它写的是一个女保姆的故事，但我不觉得它是“家庭主妇”小说。我认为这是一篇讨论“个人生命价值”的小说，就像门罗的其他许多小说一样。

故事是这样的：人近中年的女保姆乔安娜要运一批存放在主人家仓库里的家具，到加拿大西部一个很小的镇子去。她穿着她前一位女主人死后留给她的衣服，给自己买了坐票，小心点着找回的零钱。无疑，她是个劳工阶层的妇女。然后，她进了一家中档的服装店，给自己买了一套合身的、有一点档次的棕色衣裙。她对衣店里的女导购有意无意地说她要结婚了。

保姆乔安娜悄悄走了，给男主人和他的外孙女留下三天的食物和如何食用的指南。她一走，老先生的日子立刻就乱了，他失去了平常的绅士风度，跟小镇上的老朋友、老邻居抱怨：保姆把家具拿走了（人们误解成偷得他连睡觉的床都没了）。他骂他的女婿，一个前空军士兵，在战争中性格被扭曲。在他女儿死后，把外孙女送来给他带，自己却不务正业，买下了一个旅馆，倒来跟他借钱修理，要把存放在他家的家具卖成钱。老先生不懂为什么乔安娜只拿走了家具，肯定是到他那个混蛋女婿那里去了。但他还是给女婿寄了钱。

保姆乔安娜为什么走？原来是源于老先生的外孙女沙比莎和她的少年女友的亲密友谊。这两人正是少年骚动不安时期，一起做了一个恶作剧，冒充沙比莎的空军退役兵父亲给保姆乔安娜写了几封情书。保姆乔安娜是孤儿，在孤儿院长大，学了护理，在前一位老太太家干了十几年，照顾老太太，被老太太依靠，她爱老太太，也得到老太太的爱。老太太死后，她觉得那种爱已没有了，只有工作。所以，当收到一个英俊退役兵的求爱信后，她觉得她想结婚了。

乔安娜到了小镇之后，发现一切很糟糕。但是，小镇的人帮助他人不计报酬。她那个不知所以然的空军退役兵，正病得稀里糊涂，也搞不清楚她为什么来了。乔安娜在退役兵肮脏的旅馆，换下自己的棕色相亲服，开始护理病人，什么脏活都做。等空军老兵好些了，她发现了问题所在：退役兵有着军人对朋友的忠诚。谁跟他借钱，他都借，他也跟别人借钱，根本不会管理自己的生活和旅馆。这时，保姆乔安娜发现了自己的价值：她可以帮助这个潦倒的老兵，就像她被前任老太太需要着一样，在这个小镇上的退役老兵家里，她发现她被他人需要着，她说这是我的爱情。

原来，爱不是索取，是给予。这种爱，是人与人之间的爱。乔安娜和退役老兵结婚生了儿子。两个恶作剧的女孩子也长大了。人和人之间的关系到底是怎么回事？在一系列灾难（战争）、丑恶（穷困、疾病、仇恨）和命运的恶作剧之后，那最核心的、让人成为人而区别于动物的关系，被门罗揭示出来了：人们互相需要着，并在被需要中发现人的自我价值。这是爱情的本质。她用其中一个“坏”女孩子的拉丁语作业结束了故事：命运储存于我之身的，也储存于你。

这样的故事，我觉得不应该简单归于“家庭主妇”故事，或“女权”故事。这是探索共同人性和爱的本质的故事。乔安娜的道路不是宿命，是发现独立人格和自我价值的道路。

宏大的题材自然有体现大格局的优势，但是，还有什么比生命本质更宏大的题材吗？从社会最普遍的大多数中，取出一个一个普通人的生活来检验生命。这是门罗不知疲惫地观察和记录人性中的冲突和矛盾的结果。她尽了最大努力，把生活中的假象排除掉，揭示出最深处的人文精神和人的荣誉。我同意加拿大女作家玛格丽特·阿特伍德对她的评价：“她的故事里充满着这样一种感知：在任何人内心深处，也许都存在着一个危险的宝藏，一块无价的红宝石，一种内心的向往。”

门罗得奖，说不定也是因为她故事里有那块“无价的红宝石”。

陆建德：门罗爱写家庭生活里非常具体的事情，这没有什么不好，生活难道不就是由这些事情组成的吗？没有跌宕起伏、大喜大悲的情节，反而要有更大的功力。《仇恨、友谊、礼仪、爱与婚姻》那本书我正好有，“礼仪”大概应该指“求爱”（英文是 courtship）。批评她“琐碎而无趣”好像不大公平，或者说批评者有点不幸，没能力品味门罗。她笔下的女性日子过得不容易，我的印象是她们其实非常容易做出出格的事情来，根本原因是生活里有无名的遗憾，可能是丈夫的原因，也可能是她自己的原因，淡淡的，然而总是在那里。有的女性的命运让人难过，她们不工作，经济地位不独立，很少向丈夫提出物质上的要求，大概是我国谈婚论嫁的乡村姑娘（不论是不是在外打工）非常不理解而且也极端鄙视的。但是门罗从不滥情，非常克制，也不想骗读者眼泪。

宏大题材要有托尔斯泰那样的大力气才能驾驭。但是以为宏大题材能凸显写作的价值和意义，那是很俗气的，有点像中学男生的想法。平常生活中处处是不平常，写好平常生活要有眼力。与此相反的是所谓情节剧。一个作家不能老是考虑自己应该写什么题材，有个好的故事，把它讲出来与人分享，这就很好。讲出来的过程充满艰辛，要不断修改。完全不想题材不大现实，但是我还是要说，想多了就掉入“主题先行”的陷阱。题材的取舍权衡也许是个伪命题。

李文俊：门罗的的确确是一个非常普通的妇女，她念过大学，没有得到什么高学位，嫁人之后在加拿大开了个书店。门罗是她第一任丈夫的姓氏，她再婚之后并没有改变这个姓氏。她一直不断写书，和读者见面，除此也没有更多的文学活动。她就是个很普通的人，像家庭妇女一样，走在街上看上去很平常。

那她写身边普通人的故事，写和她一样的普通女性的故事特别正常。她的作品里大多以女性为主角，有的作品是两三篇连环性的，讲同一个主人公的不同生活，写她看到的这些女性内心的想法，把她们不可告人的东西写出来，告诉读者，生活是怎么回事，都是家长里短，就像隔壁大嫂聊天一样。这跟福克纳就大不相同，福克纳是要写他的故乡，把它写成一个世界，他的雄心很大。门罗写的加拿大小镇本身就比较闭塞，不像美国那么开放。

何大草：宏大叙事可能是一个陷阱。所谓的小题材，倒特别考验一个作家是否大手笔。《红楼梦》写的就是家务事。《老人与海》写的只是一个打鱼的故事。《百年孤独》是史诗，可故事始终限定在一个小镇上。诺奖的颁奖词中这样说道："加西亚·马尔克斯用他的故事创造了一个他自己的世界，这是一个微观世界。"唯其小，唯其微观，当它被写透时，"它反映了一个大陆及其人们的财富与贫困"。这是对小和大的一个很有说服力的注解。

付秀莹：所谓题材的取舍，指的是"写什么"。相对于"写什么"，我更愿意探讨"怎么写"：如何拓展审美的疆域，如何为读者提供新的审美质素，如何在"寻常"中发现"不寻常"。题材或许本没有大小之分。一个普通家庭主妇的内心风暴，或许比外部世界的一场战争，来得更加激烈动荡，惊心动魄。就我个人而言，相较于"大"，我更偏爱"小"。杯水中的微澜，或许更加接近和契合短篇小说的艺术气质。相较于外部世界的宏阔场景，我更愿意走入人物的内心。人心浩瀚，难以穷尽，这正是短篇小说大展身手的地方。

真正的小说家应该能够进入别人的世界，这就是创造力，

而不是沉溺在自己的情绪世界、经验世界里面

VS

读门罗最受启发的是，把心理作为沃土来开发。

不管大故事小故事，从这里探索，都是最接近人性的路

傅小平：其实谈论门罗写普通题材、普通人物的同时，不能不强调她写出了他们并不普通的掩藏在平静生活之下的心理与情感顿悟。她的作品捕捉人物微妙的心理变化与情感成长，正如有评论指出的，总是能

抵达更多人的愿望，以及某种作家与读者间的私人而亲密的情感。当然，很多作家也在试图抵达这种幽眇的“心理之谜”，但很多时候只是在过度阐释。以此看，考验作家才能的根本，在于能否写出门罗所达到的那种准确性和普泛性，这或许是写作者要追求的一个高标，也是门罗获奖所能给予我们的一个最重要的启示。

陆建德：说得很好，把我想说的都说了。“准确性”和“普泛性”大都来自人情世故。难的是既精准，又简约。她不大会洋洋洒洒。对“普泛性”我还是有点保留，不是她那文化中的人，不是那样说话，也不是那样待人接物。中国作家观察、感受世界的方式让一般读者感到比较熟悉。有时这会成为一种局限，还是自己不大会意识到的局限。主导我们的心理是什么？不会是吃亏便宜、有利不利吧。我觉得在90年代的时候，我们关注的女性作家有时稍微有点偏差，说得不好听一点，就是有的人过分关注自己，过分地讲自己的故事，写小说好像是一种自我心理治疗一样。这样的话读者很快就会感到疲劳了，因为你写的东西没有那么多姿多彩，不太值得关注。一个有趣的人这样写写也无妨。

当然王安忆和不少其他女性作家不是这样乏味，她们也在写作中加入一些历史题材，写过往的时代，一些完全跟自己不一样的人物，需要付出很多辛劳才能进入其内心世界的人物。真正的小说家应该能够进入别人的世界，这就是创造力，而不是沉溺在自己的情绪世界、经验世界里面。最不好的是滥用写作者之权，泄私愤，图报复，身兼法官、控诉人和行刑者数任。所以我觉得女性作家真要出色的话既要有个性，还要有一种非个人性的东西。也许后者更重要。这当然也适用于男作家。把固有的自我化解掉，这是很高的境界。

徐则臣：门罗这种绵密、散淡、看似无意之意的写法，在我看来应该是勘察现代人内心的最佳途径之一。门罗很“现实主义”，实则很“现代主义”。她进入人物内心、进入小说的方式，她叙述的坚定与毅力，她对现代短篇小说这一文体的“洋气”的理解，我以为放在最尖端的世界短篇小说创作中，也当是遥遥领先。门罗的成功得益于她一以贯之地忠直于自我。

李文俊：门罗在小说里描述着种种“心理之谜”，它们并不是在表面。好比加拿大这么一个地大物博的国家，表面上看起来很平静，其实每个人有每个人的痛苦，她写出了对人类的了解，她的小说对了解人类的内心很有帮助。

张悦然：门罗的小说里其实有很强的宿命感，你能感觉到她的人物，好像被一个更大的东西控制，然后被各自的命运收复的感觉。所以说她是一个比较传统的作家，她还是挺相信，挺敬畏一些东西的。其实在很多传统的作家那里，因果的东西特别强，比如雨果。但是，宿命感太强，很多时候也是不利于小说的，因为自由创作的空间会被紧紧地束缚住，必须得遵循宿命的秩序。这种宿命感也有契诃夫的影响，而且是娓娓道来的。

袁劲梅：人的心理活动，是又一个“无岸的海洋”。这是个作家们可以好好开发的领地。走到这个领地，就像生物学走到基因的层面、物理学走到场和粒子的层面一样。门罗是一个心理描述处于前沿的作家。她探究自己的成长心理，也探讨不同人物的心理之谜。读者读她的书，就会体会到这些。

我举几个例子来讨论。在《木星和月亮们》中有一段，“我”看着走在前面的丹（“我”女儿的男朋友），心里想到女儿一定跟他讲过她妈的故事。“我”想，他有什么权力知道“我”过去的事情。因为“我”多问了几个问题，女儿向前几步，碰了一下丹的胳膊。门罗写道：“我知道那样一碰——一种道歉，一种挂虑的重新保证。你碰一个男人，提示他你的感谢，你知道他在为了你做一件他一点兴趣也没有，或有损他尊严的事儿。这使我觉得我简直老得就像到了我孙子看着我女儿用这样的方式碰一个男人——一个男孩。”

这种细致的心理描写，在门罗的小说中处处都是。这类描写直击人的内心感受。因为我们是人，我们会有这种那种感受和心理活动。这种细致的描写，最终能更好地衬托出，在略带黑暗和自私的人性下，还有一种更深的关心、关爱和关联潜藏着。这更深一层的潜意识，恰是普世的、更本质的人性和人与人的关系。

还有一段，也很有意思。乔安娜在商店里买去见“情人”的衣服。比较来比较去，这个太贵，那个露了太多大腿，看中了一件绿呢子，价钱又高了。这时候，商店里的女导购把手伸进更衣室，递了一件棕色的衣服，说：“这是你眼睛的颜色。你不需要穿粗天鹅绒的，你的眼睛就像粗天鹅绒。”女导购说：“这件棕色的，配你眼睛的颜色。”乔安娜就买下了那件棕色的衣服。不是因为这件衣服的价钱，是她知道了她有天鹅绒般的眼睛。

这种间接的心理描写，非常女性，符合两个女人的角色。我读门罗的小说，最受启发的是：把心理作为一块沃土来开发。不管大故事小故事，从这里探索，都是最接近人性的道路。

十六

“莫言热”背后，如何确立当代文学价值？

- 2012 年 -

大事件是不可或缺的挂钩，一年的文学图景就挂在这个挂钩上。莫言获2012年诺贝尔文学奖，对于当下文学如此具有爆炸性，尽管这一年的文学创作实际上并没有特别突出的表现，但因为这一事件的引力，多少年后我们翻阅久远的历史记忆，都注定很难把这个年份从中国文学的星空里抹去。

但文学圈内外谈论莫言获奖，谈到更多的并不是文学，而是政治，是经济，是人情面子，是泛泛的文化，更是娱乐八卦。莫言获诺奖后，坊间就有议论，在这之前颁给他茅盾文学奖是何其明智的决断，要是一个堂堂诺奖得主都不曾获国内文学界的这项最高荣誉，中国文坛情何以堪。虽然实事求是地讲，获奖作品《蛙》很难说是莫言整体创作中最出色的一部，也很难说是莫言的巅峰力作。

莫言是在对中国当代文学评价歧见纷出的语境下获奖的。莫言获奖之后，是否需要对其作品的文学价值进行重新评估？当代文学应以何种标准确立自己的价值？2012年12月1日在上海举行的，由《文学报》与《文汇报》文艺部联合主办的“诺贝尔文学奖与当代文学价值重估”学术研讨会聚焦诸如此类的话题。莫言获奖并不意味着中国文学存在的一些问题就会自行消失，也不代表当代作家群体一夜之间引人瞩目。相反，因为诺奖的介入，当下文学更加被放置于中外文学的坐标上加以打量，我们才得以更切近地审视其微妙处境。而从文学创作的角度看，我们更应关注的或许是，这一事件是否拥有激活当代文学的能量？

对于莫言获奖，将为当下文学带来怎样的影响，已经变相繁殖出各种言说且将继续延伸。尽管种种说法看上去言之凿凿，最终还是得交由时间来评判。我们所希望的是，这个具有魔幻色彩的“挂钩”如现实一般的坚固，可以挂得住文学的春华秋实，而不是脱落并最终蜕化成为时间之墙上的斑点，只是让我们在对这影影绰绰的斑点究竟为何物的猜想中，留下无尽的喟叹。

混杂的文本结构，
带来很多角度的解读
VS
缺的不是天才的描绘，
而是丰厚的内涵

当雷达、王彬彬、汪政等评论家不约而同提到，莫言获奖并不意味着中国文学存在的一些问题就会自行消失时，我们更应强调的或许是，借由莫言获奖这一事件，在正确评估其对于当下文学产生何种积极意义的同时反思，这又在何种意义上凸显了当下文学存在的重要问题。

事实上，等如火如荼的“莫言热”自行消退以后，只要是稍有理智的人都能回到常识判断中来，也因此会意识到，一个作家群体不会因为某一位作家获世界性的大奖忽然间变得没有缺点起来。相反，因为诺贝尔文学奖的介入，当下文学如此切近地被放置到中外文学的坐标上来加以打量，也因此被几何级放大，我们才得以更切近地审视其微妙处境。我们也应由此更加明了：某些曾经被过度夸大的问题，其实并不成其为问题；有些问题其实很重要，却被我们不经意间遗忘或忽视了；而更重要的是，还有一些深层的问题，是我们很难直面却不得不直面的。

这些思考集中到一点，就是包括莫言在内的很多当代文学作品普遍缺乏厚度。外国文学研究专家陆建德举了美国以眼光犀利著称的评论家莱昂纳尔·特里林提到的一个例子。“他曾在一篇文章里谈到，读19世纪英国作家的一些作品，你会感觉到其小说呈现的社会背后的肌质特别丰厚。这让我想到英国作家弗吉尼亚·伍尔芙在一篇随笔中写到伯爵制度，她讲到去见一个地位尊贵的伯爵的子女，自己怀着怎样复杂的心情穿着打扮。文章最后，她笔锋一转道，假如这个社会里所有的人跟伯爵的子

女一样平等，我们去见他就不用考虑用什么样的语言，应该怎样穿戴。这个人人平等的社会里面，我们还有文学吗？这一质问就特别有穿透力，其背后蕴含的深层意味不言而喻。”

同样在中国的一些文学作品中，也能读到其所刻绘的那个社会的价值。在陆建德看来，读《红楼梦》就会感到，里面的人物不管是刘姥姥还是王熙凤，他们背后有很深厚的东西，他们待人接物都有自己的讲究，她们说话也不是直来直去的，但她们并不像我们有些作品中的人物一样动辄骂人、说脏话，尽管这和其人品好坏并没有必然的关联。“其实我们都知道曹雪芹生活的那个年代，对文学创作有诸多束缚，但种种制约因素并不让作家缺少对社会的观照和理解。读这样的作品，你总会留下很多回味，然后会在心里对那个社会心存一种温存的敬意。”

然而在读莫言作品的过程中，陆建德显然找不到那种丰厚的感觉。“毫无疑问，他的语言自由、狂放，有奇特生动的想象，也经常做无限的夸张。他笔下的社会或许是荒诞的，也可能是真实的。但我们要追问的是，那是一个什么样的社会。他笔下的那些人物，没有文化，说话、做事情，待人接物的方式都进入了另一种缺乏内涵的渠道，他作品里描述的这样一个社会无疑是让人非常失落的。”

在评论家洪治纲的感觉里，阅读莫言的作品之所以会产生这样的印象，某种意义上源于其颠覆性的写作姿态。“莫言获奖后，我一直在想，为什么是莫言？我觉得莫言最大的聪明，就在于他总能把他所能想到的，或者比较有意思的有特点的东西，无论中外都放在一块。这样混杂的文本结构可以带来很多角度的解读。同时，他也不像别的作家提供一个主导性价值，这样读者可以从真善美、假丑恶等各个角度来做出自己的判断。喜欢他作品的人，自然会把它吹得很高。而不喜欢的人，也可以从中找到自己理解和接受的角度。”

这种写作方式的确像评论家王纪人所形容的“拼图游戏”。然而，既然是拼图就难免有拼错的时候。洪治纲表示，莫言把中外文化都组合在一起，有时就会出现很奇怪的现象。“比如在《丰乳肥臀》里，马洛亚牧师是信仰新教的，而新教教义是反对自杀的，马洛亚却选择了跳楼自杀。又比如，莫言后期的几部小说，很多人认为他用的古典形式，但里面很多分明是神幻的成分，写法上其实也并不古典。他的这种写作，也难免会带来价值观的混乱。你不知道他到底要在作品中传达何种价值。所以，他的作品给人感觉就有些混乱，因为混乱而缺乏厚度。透过他文字的背后，很难找出像摄影景深那样更为深广悠远的东西。”

某种意义上正是基于此，评论家肖鹰认为，在评价莫言作品的时候，我们还需要对文学本身的社会文化价值有所反思。在把莫言作为一个大师来评价的时候，我们也要追问他作品的厚度是否已达到作为一个文学大师的标准。“文学的真正价值，体现在其厚度上。就像在中国文学史上占据重要地位的《金瓶梅》和《红楼梦》，前者价值要低于后者，并不在于其不犀利，不鞭挞现实，而在于其缺少作为文学应有之义的人性理想的观照，这恰恰是文学厚度的一个重要体现。这个厚度一定要带来人性关怀，带来人性的理想，同时带来一种对生命的敬畏和对人性的爱和美的深刻呈现。以此来观照莫言前后两个时期的创作，尤其是其后期的作品，只有粗鄙的宣泄，而缺少对人性矛盾的解析和多层面的展现。”

也因为此，在肖鹰看来，从重估中国当代文学价值的角度看，中国文学的未来还是要重现中国现代文学的精神路线。“以我自己的阅历经验来说，有两个标杆，是我们在进一步发展中国文化的过程中要牢牢记取的。一个是鲁迅，他体现了一种彻底的自我批判的精神高度，一种自20世纪以来曾经为中国文学乃至中国文化所触及的精神高度。另一个是沈从文，他代表着中国文化千百年来所积淀的相辅相成的美，这种美的表面可能是软弱的，也可能是粗陋的，但是深处仍然是光华灿烂的。换言之，当代文学唯有在现代文学已有的高度之上进一步开拓，才能真正赢得世界文学的尊重。”

对此，汪政不抱乐观态度。究其因在于在他看来，中国的文学问题不来源于文学本身，而是来源于当代文学背后的社会，因此也并不是文学本身所能解决。而所谓文学的厚度，也并不仅仅靠文学本身能够提供。

“打个比方说，但凡伟大的作家都有着非常丰富的知识。这也是一部作品能够有厚度的一个重要前提。但问题是，现在中国知识界还在生产知识吗？我们现在的知识界存在文化生产问题、价值生产问题、传统延续问题等诸多问题。这些问题使得丰富的知识生产非常困难，而没有人生产知识，又如何来体现文学的厚度？”

汪政举谈论莫言作品时经常谈到的“民间”一词为例表示，当整个社会，包括人本身，都可能已经碎裂成一个平面，不再有整体感的时候，被我们挂在嘴上的所谓的民间其实已经消亡。莫言笔下的民间只能是一种虚构的想象，一个纸上的空中楼阁。所以，资源的枯竭必然会造成文学创作的衰竭。“然而从写作资源角度来讲，获诺奖的一些伟大作家，包括中国古典文学、现代文学的一些伟大作家，都不曾割断与真实的社会、与民间的关系。以此看，既然当代社会已很难给文学，包括民间文学的原创提供这样的资源，又怎么可能产生伟大的作家、作品？”

小说其实是一种民族生活的叙事形态
VS
道德感，并不只是一种简单的叙事基调

围绕莫言创作最大的争议，莫过于对其所体现出来的道德感的质疑。莫言获奖以后，这一争论在一段时间里被搁置了起来，即使是对其做出尖锐批评的评论家也适时地保持了沉默。某种意义上基于这样一种认识，莫言获奖有其一定的代表性，借以对体现在其作品中的道德感的探讨，我们得以透视当代文学创作的重要问题。也因为此，评论家们并没有选择回避而是围绕此直抒己见。

事实上，不少对莫言创作持保留态度的评论家，在获悉莫言获奖的时刻，都不能不产生一个疑惑：何以以人道主义自居的西方，以理想主义标举的诺奖，却给了因在作品中描写了诸多血腥、暴力等场景而在国内颇有争议的莫言这个奖项？难道是诺贝尔文学奖委员会的价值标准发

生了微妙的转变？有一种解释是，西方读者大多不懂中文，能读到的只是莫言作品的外文翻译。而经过翻译，如陆建德所说，作品实际上已经做了很大的改动。“莫言自己也这样说的，翻译把很多的东西都改变了，有一些场景也许消失了。”

好的翻译无疑为莫言获奖创造了有利条件，诗歌翻译家李笠直言，莫言获奖要归功于他作品的瑞典语翻译陈安娜。我们需要进一步追问的是，是不是某种意义上还得归功于陈安娜的改动和删节？当我们谈到文学翻译，一贯强调翻译要力求做到“信、达、雅”。以此标准看，莫言作品的外文翻译显然没有遵循这基本的信条，而我们却赞赏有加，这种功利主义的解读耐人寻味。而更深层的问题或许还在于：更为忠实的翻译未必就导致莫言错失诺奖，这般改动和删节却可能让我们回避对于道德感的深层追问，从而错失反思自身文化的绝佳机会。

当我们以此来对莫言的作品做一观照，我们发现其早期的作品不乏为一些批评所称道的理想主义和人道主义的描绘，其描绘本身也充满感人肺腑的力量。然而，经历创作的转型之后，血腥和暴力的场景确乎在他笔下得到愈来愈多的呈现，而这与他对小说叙事艺术的探索几乎是同步进行的。评论家葛红兵注意到，莫言一直扎根在中国传统的叙事方式中，他在写作中非常重视传统虚实技巧。“我以为，小说实际上是一种民族生活的叙事形态。很长一段时间里，我们的作家却不屑于去学习叙事，去学习如何倾听我们这个民族叙事本身的要求，他们都热衷去搞西方切断式的叙事。而莫言恰恰相反，他的精神气质我觉得有点像《水浒传》。”

这恰恰是莫言写作的最大特色所在，也可能是我们诉之于莫言的道德感问题的根源所在。如若以“形式就是内容”的见解而论，《水浒传》等传统章回体小说，采取那样一种独特的叙事方式，与其对诸如李逵“不分青红皂白一路砍将下去”的杀人场面的描写，实际上有着潜在的关联。就像法国文艺复兴时期的杰作《巨人传》，因为拉伯雷一开始就为小说奠定了狂欢式的叙述基调，他笔下人物那种粗鄙、戏谑的夸张表现才有了坚实的合理性。而作家之所以选择这样一种叙事方式，在看似偶然的表象下，其实又深藏着某种必然。因为这样的选择不仅体现了作家的思维特点，在其深层还有着民族和时代意识的回响。以此看，当代文学在如何借鉴西方，同时走自己本土化的实践中，的确有许多需要剥离和解析的重要命题。而莫言在回到传统民间叙事从中汲取养分的过程中，何以呈现出这般的叙事奇观，也正是我们需要做深层分析的课题所在。

但确如雷达所言，不论其成败得失，莫言及以他为代表的少数作家在借鉴、吸收、转化表现中国经验、中国心情，表现中国化的道路上，的确做出了可贵的探索。作家陈冲表示，莫言有一个区别于其他很多作家的重要特质，就是其强烈的风格化写作。“什么叫风格化？通俗的说法就是，同样的人物、同样的故事、同样的情节、同样的主题、同样的题材，换一个人来写就会大不一样。”言下之意是，这种风格化的写作无论放在何种情境下，都很容易让人加以辨识。

在陈冲看来，这对于作家写作是一个极大的考验。“比如俄国的陀思妥耶夫斯基、英国的狄更斯，如果你去读读他们的原作，你就能感受到强烈的个人风格。中国20世纪80年代一些作家，刚开始写作时也有自己鲜明的风格，但他们那些风格后来慢慢就没有了，以至于我们现在一讲到风格就是僵化的主义。但莫言的写作，不管他本身风格有多少变化，也不管我们喜欢不喜欢他的风格，他都不曾改变这种风格化写作的可贵探索。”

以此看，即便是看似简单的道德感问题，都会延伸出很多深层次的命题。对莫言这样颇具复杂性的作家，任何简单的判断都会造成很大的偏差。正如评论家何平所言，谈论莫言，其实并不只是谈论莫言本身，它涉及一个很大的文学生态的问题，诸如莫言和他的时代，莫言和他同时代的作家，莫言和他继承的文学传统等问题。也因为此，当我们以莫言获奖为契机，来谈论当代文学价值重估的问题，并不是意味着当代文学就因此被赋予了一个全新的坐标。相反，我们更需要借此对当下庞杂的资源做一番系统的梳理。以此看，对当代文学价值的重估非但没有逼近“终结的感觉”，更可以说一切还只是刚刚开始。

莫言获奖，
并非基于对中国现实的认同
VS
价值重估，
不如从重估文学奖的价值开始

即便是李笠自己也未必明了，当他说到“诺贝尔文学奖与当代文学价值重估”这个题目怎么看都觉得有些荒诞时，他到底确切地想表达些什么？他只是凭一个诗人的直感，及没必要把诺贝尔文学奖抬得过高的常识判断，觉得把这两者并置在一起并不如大多数国人想当然以为的那么合乎情理，“如果是在国外开研讨会，是断不会出现这样的题目的”。然而正如评论家陈歆耕所言，把看上去不尽合理的事物联系在一起，能让你从中发现问题且引发深入的思考，这其实已经显示了研讨会主题的价值。

确如其言，“诺贝尔文学奖”与“中国文学价值重估”这两个话题，看似八竿子打不着的关系，却在莫言即将于12月8日赴斯德哥尔摩领奖这一敏感而重要的时刻提出，其题中应有之义是：我们是否需要借由莫言获奖这一契机，对当代文学进行重新评估？换言之，当代文学是否因此有必要换一种新的视角或标准来重新确立自己的价值坐标？

莫言获奖的确唤起了我们重估其作品价值的疑问，但是否因此就有对整个当代文学价值做出重估的必要，又值得商榷。一方面，或可预期的是，莫言获奖会推动中国文学更好地融入世界，但这并不意味着中国文学短时间内会在更广泛的世界文学的意义上迅速升值。正如有人指出的，“从诺贝尔奖颁给莫言的授奖词中就可以看出，其选择莫言更多是基于西方世界所认为的莫言所建构的东方乌托邦神话的好奇，而不是基于对中国当下文化和社会现实的由衷的接纳和认同”。因此不必侥幸以为一个中国作家获奖“就俨然中国文学可以独步世界文坛”。

从另外一方面看，重新评估当代文学，自然也隐含了该怎样理性看待当代文学在整个中国文学史上的位置的问题。事实上，这也是当下文学界争论不休，却注定短时期内难有共识的问题。近些年来，对当代文学进行质疑和否定的声音，恰如对其肯定和激赏的声音一样高亢，也因此才会出现当下文学处于“最好时期”及“处于低谷”的两极判断。而究其实，无论其判断是否合理，其指向的潜在参照系，实际上就是与当代文学最为接近的现代文学。

面对现代文学、当代文学孰高孰低的争论，确实可以如评论家范培松调侃的那样，既然现代文学早已成了经典，而当代文学正在形成经典的途中，当代文学自然就不如现代文学。进化论者当然无法对这样的妙论心领神会，莫言获奖也终于让他们悬着的心放了下来，他们大可针锋相对指出，现代文学史上可曾有作家最终问鼎诺贝尔文学奖？鲁迅、沈从文、老舍是有希望获奖，但那终究只是个风中的传说。然而反对者也可反驳：获了诺奖又当怎样？大批评家哈罗德·布鲁姆在获悉英国作家多丽丝·莱辛获奖时就曾惊叹：一个三流作家获奖，真是诺贝尔文学奖的耻辱。更何况，你可曾见现代作家占有像莫言置身其中的当代那样天时、地利、人和的有利条件？在人世间，的确有“一人得道，鸡犬升天”的奇迹，在“时间自会给你公道”的文学史上，断然没有“一人获奖整个文学界就跟着沾光”的道理。以此看，对一个时代的文学的评估和定位，并非一个或几个大事件就能让“旧貌换了新颜”，其最终得由基于时代及文学本身的需要而造就，这似乎是当下一波又一波的重估热最终都成了“神马都是浮云”的理由所在。

然而事情的另一面在于，且不论诺奖这样世界性的文学奖项，当下不正是数不胜数的文学奖，勾勒出波澜壮阔的文学奇观？汪政说到自己看了中央电视台做的一个作家访谈，当被问到什么途径能让一个作家被读者所了解，嘉宾的回答并非如主持人意料中的那样说是影视，而是获奖和影视。“而且把获奖摆在前面。其实，诺贝尔文学奖就是在瑞典那样一个小的国度，由十几号评委评出来的，其可能存在的局限可想而知。”

当然，这并不是即使是“一个人的排行榜都有人想进去”的一些中国作家首先要考虑的问题。“他们把国外的奖也当成我们国内的奖，是可以按照中国式的逻辑去跑去操作的。好在他们没有得逞。”

由此汪政表示，当下作家要端正写作心态。在他看来，即使是在很多作家平常说出的日常话里，都能反映对奖项的暧昧情态。“比如，有人写一部长篇出来就会说，我这个作品长得不像茅奖。”这看起来像是一种自嘲，自然也包含了对文学评奖制度的一种评价。而在这种表面的不屑后面，正是包含了极其在乎的心态。

或许这般非理性的狂热，并不一定会出现在鲁迅生活的那个“现代”。这不仅在于，鲁迅及像鲁迅那样的现代作家有一种理性的自觉，就像他在拒绝诺奖提名时所说的，“诺贝尔赏金，梁启超自然不配，我也不配，要拿这钱，还欠努力。”还在于，那时的文学与文学奖还没结成坚不可摧的同盟，那时的作家也没患上为各种各样变相繁殖的文学奖所驱使的“文学奖情结”。以此看，借由莫言获奖，我们与其要重估当代文学的价值，倒不如先借这样一个契机，首先从文学奖编制的樊笼中剥离出来，对其做一番梳理，为找到当代文学真正的价值铺路。

缺乏独立立场，
暴露文学批评存在的弊病
VS
警惕把文学批评作为材料，
去迎合强势话语

如同一个物体，光线呈现其上，愈大的体积反衬出愈大的暗影。由莫言获奖这一事件折射出来的文学的光与影形同于此。当诺贝尔文学奖由看似遥不可及的梦想照进切近的中国现实，随之而来的那一束强光，恰如葛红兵所说的那样，使得创作界跟世界文学对话的可能性因此而增加。而作为文学创作另一面的批评，却如同物体的那一抹暗影，光谱愈

大、光线愈强，愈加显得隐没而沉寂。

这并不是说自莫言获奖以后，中国就听不到批评的声音。事实的情况恰恰相反，无论是普通读者、媒体，还是文学批评界，乃至是整个社会都争相加入了评论的大合唱中。因了诺奖的眷顾，读者大抵以为莫言的作品肯定错不了，而即使是不置一词，也以买书来读的实际行动表明了自己的赞赏态度；媒体的反应自然是肯定的、正面的，即使是曾经对莫言有过非议，也纷纷一边倒唱起了赞歌；而在文学批评界，纵使并非莫言作品研究专家，甚或只是略略读过一点他的作品，一夜之间似乎也变得专业起来，滔滔不绝地发表自己的“真知灼见”。

当然，作为文学大家族的一员借此分享一下作家同行获奖的喜悦，实是无可厚非。然而，如陈歆耕提到的现象：某位学者在莫言获奖之前写了一篇文章，说其作品中存在若干问题；得知莫言获奖后，很不凑巧又要去一个地方就此发表演讲，如此一来，原来文章里的若干个问题人间蒸发，摇身一变统统成了优点。这般现象除了证明一些批评家何其缺乏自信，何其擅于变通，又何其缺乏独立的批评立场，更是暴露出当下文学批评存在的弊病。

也是在这个意义上，评论家郜元宝直言，当下文学批评的神经确实太弱了，一旦外面有了风吹草动，那种一锤定音的气概整个就崩盘了。“莫言获奖给我最尖锐的感觉，正是来自我们批评界本身。我不觉得诺贝尔文学奖真的改变了我们整个文学界对莫言的评价，或者对当代文学的评价，倒是我们批评本身冒出了很多问题，特别是批评心态的问题。”

郜元宝认为，我们尤其需要反思自己到底是在怎样一种心态下面做批评。评论家杨扬直言，当下文学批评显而易见地缺乏自主性，所谓的权威更是无从谈起。当然这并不是说，文学批评要形成统一的意见。“就具体的评论家来说，他们每个人都各有各的意见。只有这种种‘各执己见’的具有说服力的意见集中在一起，经过争论辩驳形成相对意义上的共识，才能真正展现出中国批评界权威的声音。”

而这也是当下文学批评所缺乏的。陈冲表示，当下批评界欠缺一种能力，就是用多种多样的眼光、方法，去看不同作家、不同作品。“相比而言，20世纪80年代，批评家们都有自己的眼光、自己的角度。他们也敢于发出自己真实的声音，开研讨会一般张嘴就说缺点，而且能说得作家们心服口服。当下批评界就缺少这种气度。他们动辄就从大而空的文化角度说起，但往往说不到点子上。其实，文学批评还是得回到语言的层面上来，因为语言的差别会带来表达与接受之间的差别，语气上的差别，从中能反映出文学创作的各个侧面。而空谈文化，只能证明文学阐释的软弱无力。”

葛红兵显然于此颇有会心。在他看来，围绕莫言生发出来的虚假繁荣的评论背后凸显的贫乏，正显示批评界缺乏与世界理论界进行对话的能力，或说是尚未发展出一种真正阐释自身的写作技巧或是能力，一种真正对文学作品做出解释的理论方案。“就莫言来说，类似‘潜在写作’‘民间写作’这样的理论叙述，是在不断接近莫言，但这种努力显然没有成为一种整体性的阐释方案。也就是说，在面对莫言这样的作家作品时，我们正处在一种理论上的循环的悖论情境之中。”

在葛红兵看来，莫言实际上处于评论界几大视野之外。首先是解放话语，比如，五四一般被称为文化解放的时期，到了1949年以后则叫作阶级解放，20世纪80年代以后则是思想解放，但莫言跟这些解放话语没有什么关系。“莫言跟我们的开放话语也没有关系。如果说，解放话语是属于左翼，那么开放话语基本上都是右翼在用，但开放话语跟莫言也没有什么关系。同时，莫言在中国古代或者是世界上也基本承认的道德话语系统之外，用道德这个词来简单地对待莫言，就会出现理解上的偏差。莫言同样还处在知识分子的知识系统化之外。”

评论滞后或缺位可能带来的负面影响是显而易见的。由于评论跟不上创作的需求，或创作得不到及时的阐释，并在一定程度上为读者理解，作家作品在公式化的接受过程中就容易被圣化或妖魔化。“比如我们说，鲁迅这样的作家，他在‘文革’当中是创作的神，到了80年代以后的开放社会，他在一定程度上还是一个神。”葛红兵表示。

那么，在我们当下的文学语境中，会不会出现像陆建德所担忧的，因为莫言获奖，我们就把他和其他有同等创作实力但没有得奖的作家，乃至更广泛的作家群体，在性质上，在层次结构上，都分成两种境界看待的倾向？正是在这个意义上，莫言获奖更能让我们见出批评的缺失，同时也就在某种程度上呼唤一种常态而持久的文学批评的盛装归来。

十七

消费时代与文学反思

－2011年－

主持人：傅小平

对话者：邓晓芒　徐友渔　沃尔夫冈·顾彬
汪涌豪　梁　鸿　李　浩　余泽民

背　景

近期，贾平凹推出讲述“文革”记忆的长篇《古炉》。在小说后记中，他感叹，“文化大革命”已经很久没人提及了，或许那四十多年，时间在消磨着一切，可影视没完没了地戏说着清代、明代、唐汉秦的故事，“文革”怎么就无人感兴趣呢？他的这一质问，再次把暂被搁浅的“文革”叙事推入读者视野：对“文革”的理解，是否达到了相应的水准？既有的文学反思是否存在误区？在当今消费时代，文学反思如何成为可能？

凡是把文学建立在“反映”什么东西之上的文学观，都是陈腐的文学观。文学要有更高的使命，它不是反映，而是开拓，对人心的开拓

VS

不愿意仅被认为是作家，而更愿意做时代精神的发现者和人性的拷问者时，一个作家才会真正面对历史，同时也面对真正的历史

傅小平：但凡重大灾难性的历史事件，注定是一个永不过时的命题。这就好比二战，已然过去了半个多世纪，却依然吸引着人们强烈的兴趣。去年引进出版的美籍法裔作家乔纳森·利特尔写的《复仇女神》，就是一部深刻反思二战的严肃作品，不仅包揽了法国各项大奖，而且深受国内

外读者欢迎。在国内，“文革”叙事一直是近年文学写作的热点。前些年引起广泛关注的《兄弟》《后悔录》《平原》《空山》《启蒙时代》，这两年出版的《蛙》《河岸》等作品，虽然并不都是全面描写“文革”，但“文革”至少是故事发生的重要背景。尽管如此，这些作品对“文革”的反思，是否达到了相应的水准，在文学界内外一直是很有争议的，至于反映辛亥革命、抗日战争、改革开放等重要历史事件的作品，也是如此。

邓晓芒：我认为，凡是把文学建立在“反映”什么东西之上的文学观，都是陈腐的文学观。我不反对文学要反映什么，但我也不主张文学一定要反映什么，以为文学家担负着社会历史使命，要来反映某个历史时代和事件，这是对文学家的苛求，甚至是贬低。文学要有更高的使命，它不是反映，而是开拓，对人心的开拓。当然有时候它需要借助于反映来开拓，比如写“文革”，这的确是一个对于开拓极为有效的题材，但也还有其他的题材。经历过“文革”的作家，即使只是面对一只狗、一朵花，甚至一种感觉、一种幻觉，也能够开拓自己的心灵。关键是你找不找得到那种感觉，那种全新的、以往没有人体验过的感觉。

这不在于你有多少社会经历，搜集了多少现实发生的故事，而在于你的心胸是否开阔和深沉，能否容得下人类各种连自己都感到陌生的情感。用这种眼光来看，反思“文革”就不是一个要为历史做结论的事，而只是一个深入自己内心的契机，从这个契机入手，写“文革”就是写我们自己，包括那些从来没有经历过“文革”的，甚至“文革”后才出生的人。如果没有这种眼光，反思“文革”题材的作品再多、再有高度，也只是表面化的，甚至是非文学的。

梁　鸿：不管是否达到某种高度，“文革”这段历史还未被穷尽，对它的真正反思才刚刚开始，它需要我们不断地去研究和发现，这也正是“文革”叙事的意义。就这一点而言，作家的努力值得肯定。我以为，就你提到的这些作家作品，已经在试图发掘新的进入历史场景的途径，如《后悔录》以戏仿的方式进入一个人的精神史，主人公所有的“后悔”恰好映衬了“文革”对人性和人生的伤害；《河岸》更富于象征性和隐喻性，一个人被社会驱逐，“永远只能在河中漂流”，“河岸”成了最难以企及的渴望和世俗社会的象征；《平原》则把整个“文革”放在大地之上，在自然的恒久壮丽中，人类社会在残酷地相互伤害。像《启蒙时代》《蛙》《兄弟》《古炉》等都有独特的进入角度，我觉得，这些“文革”叙事已经颇有深度，也值得研究者去探讨。当然，也存在着本质的缺憾，如作家整体批判主义历史观的简单化倾向，作家对历史现场细节的过于抽象化叙述，这都妨碍着进入历史和写作的深度。

余泽民：《古炉》我没读过，不能就书论书，只能对你提的问题本身发一些己见，且是隔洲之见。我觉得，任何历史题材都不存在过时不过时的问题，只有写作的视角新不新，对人性的开掘深不深刻，是否能用有原创风格的文学手段表达。

以“文革”为故事背景，不等于是对“文革”的反思；当然，对“文革”的反思，也不一定非要以“文革”为背景。我相信有些“文革”小说多少还是做了些反思努力，至于其他的历史小说，包括时下流行的宫廷、家族、反特、反贪小说，本来追求的就是斯蒂芬·E.安布罗斯写的《兄弟连》式的成功。

李　浩：我也还没读到贾平凹先生的这部新作，所以无法对小说做出评判，不过，他说他写下的是关于“文革”的记忆，倒让我有了更多的兴趣。我个人觉得，“文革”给我们提供了太多的言说可能，提供了太多的人性丰厚，提供了太多的……它几乎是不会被竭尽的。对“文革”的反思，进而对人性、对政治、对“时代精神”的反思，应当是永恒的，这是对文学的内部而言。文学，本质上是一种记忆，是向后的。

你提到的这些长篇我没有全部读过。所以它们是否达到相当高度我不敢妄下断语。不过我承认，我希望它们能提供给我一种更新质的可能，在旧有文本、旧有文学理念上更前行一点儿——在这点上，我多少还是有些不太满足，尽管我读过的大部分篇什都是很不错的。

在这里，我觉得我们更应当思虑的是作家的思想资源问题、作家在写作中综合能力的问题。我们的作品实在需要高度，太需要了。尽管我所读过的这些作品已经有了可观的高度，但似乎还有许多的可能。

汪涌豪：对任何一个亲历者来说，“文革”都是一段不可能被遗忘的记忆，但这不等于说它一定会被表现，特别是那种触及关键的成功表现。事实是，我们现在所看到的文学中的“文革”，只剩下一个空洞的年代标识。在这个标识下，聪明的作家借以安顿许多人性的丑恶、猥琐、背叛和屈从，而实际展开的其实就是一个再世俗不过的故事，且这个故事在本质上并不一定与“文革”有什么必然的联系，甚至有时往前推，放置在民国、晚清；往后拖，放置在90年代末，都可以成立。所以，个人有一个较为峻刻的判断，在经历了“伤痕文学”式的文字控诉后，当代文学并没有找到继续反映和更深入反思“文革”的途径——其实这段历史恰恰是释读中国人人性历史的最好切入点，并且有些作家更可能已失却了表现这段历史的担当与热情。

当然，这是有原因的。但当这一切还未到来之前，难道文学就不能做些什么吗？通观古今中外真正的文学的历史，我们显然可以看到许多相反的例证。许多时候，文学就是能够站到时代的前列，通过反思，甚至先知般地洞穿了历史的尘雾，预见其可能有的将来；许多作家也因此实现了自己痛苦而勇敢的穿越，揭示了历史的真相和它潜在的影响。所以问题不在文学能不能够反思，而在作家如何要求自己，如何处置自己的文学活动。现在，有这样担当，不是将写作与个人的小生活、小感悟相联系，而是与大时代、大历史相联系的有“野心”、有才具的作家，不能不说是越来越少了。

卡尔维诺晚年曾感叹，未来的文学将要在没有“历史重量”的境遇中存在，这一点在如今的文学中已见端倪。这是文学面临的新挑战。如今的作家与当下的境遇、趣味媾和的多，迎合的也有，做不懈追究和精神反叛的较少。或许，当一个作家不愿意仅被认为是作家，而更愿意做时代精神的发现者和人性的拷问者时，他才会真正面对历史，同时也面对真正的历史。他的笔下，历史才不是一个活动背景，而是它本身。

徐友渔：中国作家有各种才能，但最缺对历史的把握、感悟和判断，他们写一些小情小趣、个人际遇或人世冷暖还是可以的，但写历史在中国历来是王朝史官的事，其他人只有人云亦云的份儿。

也有例外，阎连科的多数作品都反映了时代和历史，包括直接写“文化大革命”，相当有力度和深度，但像他这样的作家太少。

顾　彬：这问题牵涉政治，也关系到政治的背景，回答起来不容易。1974年11月我来到中国，在当时的北京语言学院学了一年的现代汉语，所以对“文革”有切身体会。而且我知道，“文革”不仅是中国的问题，它也是德国的问题，因为在1968年的西德也发生过一种小的“文革”，它是由柏林自由大学东亚学研究院的汉学生或汉学老师发起和带领的。德国汉学和“文革”其实有着密切的关系，中国的“文革”结束后，德国的“文革”还继续爬升到20世纪80年代，它的影响到现在还能感觉得到，有些政党还是对精英分子表示轻蔑，他们要求百分百的平等。

1989年东欧解体后，德国知识分子开始反思原先对社会主义的希望。他们当中不少原本推崇社会主义的阵营，公开承认他们过去错误理解乌托邦理想。不过，有一批人，尤其是汉学家，到现在还是保持沉默。这些当年的革命分子，有的如今成了各个大学的教授，他们不敢承认自己的错误，还辩解说“文革”是对的，也是有文化的。

写作是我的第三专业，我写过不少有关“文革”的诗歌和小说。我不得不承认，这是一个很大的难题。如果写得太具体的话，语言会缺少诗意；如果写得太有诗意，读者不明白“文革”是怎么回事。实话实说，汉学界根本不读我写“文革”的著作。他们不看，很可能是因为他们怕看。简单的一个道理，看我的诗歌或小说，会让他们不得不面对自己，面对历史，包括德国历史在内的历史。我想，这就从一个侧面说明，创作有吸引力的“文革”作品，对中国作家何以是那么困难。

作家对中国生活的“经验”和“常识”缺乏必要的反思
VS
思想、反思或批判是衡量一个时代文学整体水平的尺度

傅小平：几年前思想界与文学界有个争论。有部分思想界人士认为，中国作家已经丧失了思考能力、道德良知和社会承担。文学界部分作家针锋相对指出思想界缺乏常识、阅读量、感知力，并强调文学有自己的特性，而非简单的表达思想的载体。应该说，这样的辩护有一定道理。然而，我们考虑一部作品，在要求其达到一定的艺术性外，还要看蕴含其中的思想的深广度，这样是否在文学写作中展示出一种反思和批判的态度，就显得特别重要。拿近年的“文革”叙事来说，这些作品要么止于缅怀、感伤的表达，要不就是对那个时代做诗意或扭曲的呈现。作为一种写作态度的反思很大程度上是缺席的，或说是可以存疑的。

梁　鸿：或者我们不能简单地认为作家对“文革”仅仅是一种缅怀、感伤或诗意的表达，我想，每个作家都希望能“发现”最独特的“文革”存在，但为什么难以达到？这是我们应该思考的问题。我以为，其中一个很大的问题在于作家对中国生活的“经验”和“常识”缺乏必要的反思。

这其中隐藏着的是对两个重要词语的误读——“批判”和“历史意识”。在启蒙主义思想中，批判是对现存制度、文明发展、人性存在等的一种彻底的怀疑、审视态度，其中包含着深刻的思辨特点，也包含着对批判本身的批判，并对社会声音、自我声音始终保持着一种警醒的态度。具体到中国语境来说，批判并不是简单地否定土改、反右、“文革”，也不是简单地否定政治，同情人民，它包括对这一否定和同情的再审视。它更需要作家具有深刻理性精神的历史观，这一历史观既包括对中国当代历史和当代生活一般性的质疑和批判，也包括对这种质疑和批判的再质疑和再批判，再进一步，它还包括作家超越历史并建构新的历史图景

的能力。作家应该有一种更为宽广的历史意识和冒险的勇气，这一冒险不只是指与政治之间的巧妙周旋，同时，也指敢于违背民众普遍思想之勇气，我甚至以为后者更为重要（因为可以确定地说，探讨“文革”还有其合理性的作家比完全否定“文革”的作家要承担更大更多的风险）。我想，作家们大部分实现了第一层的批判，而对第二层的批判则没有充分的认识。

徐友渔：思想、反思或批判是衡量一个时代文学整体水平的尺度，也是衡量一部作品是否伟大的尺度，它们不是衡量单个作家或作品是否够格或优秀的尺度。比如，张爱玲其人其文都不满足这些条件，但不能否认她是好作家，她的小说写得不错。我们说中国当代的文学不行，因为当代作家思想性不行，反思、批判精神缺乏，这是就整体情况而言，我们不能具体要求单个作家或作品一定要有思想，要批判。对于本来就不认为自己作品伟大或优秀的作家，我们不必强求他们要有多少思想。

汪涌豪：尽管这个世界从来存在着许多追光摄影式的浮表写作，以与这个纷乱繁芜的浮世众生相对应。但真正的文学必然是除了感知与感性，还有反思与批判的。因为作为一种精神性的生存活动，文学追求的是人的精神自由。作者与读者经由文学，经历的都是一种纯粹的精神生活，都会从内心深处对世界发表自己的见解，并力求体会到一种超越的乐趣。

由于相对于这种精神生活，现实往往不能令人满意，尤其20世纪以来，物欲横行与张扬的市场经济，使马克斯·韦伯所说的“形式合理与实质不合理”表现得特别充分。所有这一切，都需要一个有良知的作家站在生活的反面加以批判与引领。在此过程中，他可能会时时体会到卡夫卡所说的个人与现实的“紧张关系”，但读者却有福了，因为通过他的反思与批判，人们得以洞悉复杂世相中种种伪美与假善，一个社会也得以保持它健康而诚实的理想。所以，尼采会说，“没有一个艺术家是容忍现实的”；马尔库塞也强调，艺术应该用形象“活生生驳斥既定秩序”。能否不容忍地驳斥现实，端赖一个作家的反思能力与批判锋芒。

文学没有也不能超然于思想的常识之外，文学的特殊性没有也不能超然于思想的特性之外。一个作家如果在这个问题上与思想界去往返辩驳并纠缠不休，不唯无视人们有用人类普适性的认知要求文学的权利，更是对自己应承担的责任的弃守。它暴露的是作家本人思想境界的凡近与艺术造诣的庸浅，因为你都已经不能很好理解或正确对待别人所说的“思考能力、道德良知和社会承担”了。人们无意于要你的小说成为“表达思想的载体”，而是说，如果有足够的出息，你完全可以让这种“思想”艺术化地呈现出来。

邓晓芒：前几年所谓思想家对作家的质疑，我也参与了，但很明显，我是“思想家”中的一个另类。我对当代作家的批评，所针对的也是缺乏思想性，但我所谓的思想性，并不是其他人所习惯认为的道德良知和社会责任，而是对自己习以为常的人性、国民性的拷问。这种思考不是单纯理论上的，更不是用一些抽象的概念和大帽子来强求作家遵守，而是诉之于作家对时代精神的感觉。当代作家普遍的问题是感觉的迟钝、陈旧甚至腐朽，他们以为用现代搞怪的手法来搬弄一些耳熟能详的话题，就能够生产出创新的作品来。他们绞尽脑汁搜罗一些奇奇怪怪的故事，或者虚构出一些“魔幻”来，为的是能够继续吸引读者的眼球。还有一些作家回归日常生活的俭朴，沉醉于老一套的乡情、亲情、友情和爱情(“纯情”)，名为“现实主义复归”。其实，经历过“文革”以后，所有这些看来毫无疑问的人之常情都需要做一番彻底的批判和怀疑，它们根本不可能成为人性的最终归宿，而恰好有可能成为人性的欺骗性的面纱。

有一些作家把自己悬在虚无主义的空中，标榜自己的玩世不恭，他们自以为看破了红尘，但他们的致命的病症是自我感觉良好，没有真正的痛苦，因而也没有追求，只有逃避和自欺，甚至是洋洋得意。现实中的一口风就可以把他们吹得无影无踪。西方的虚无主义是在痛苦中追求的虚无主义，中国的虚无主义是及时行乐的虚无主义，是精神上的甘于沉沦和乐于沉沦，甚至沉沦得理直气壮。

顾　彬：谈到这个问题，我从二战后在德国，也可以说是法国现当代哲学中出现的一个新趋势说起。从海德格尔开始，哲学家们经常选择用文学作品表达思想，去发展他们的哲学体系。海德格尔通过荷尔德林、德里达通过卡夫卡。他们这样做，是因为作家们也会有最新、最前的思考。思想当然应该有固定的基础，即学问，学问从何而来？当然是从学校，从大学里来的。在德国，学校里的学生，最少会三门外语，他们学会自己思考问题。德国作家外语能力一般来说也很好，大部分上过大学的。相反，中国的作家很少会外语，很少是大学毕业的。另外，德国作家，如果是真正的作家，他们是独立的，他们不会为市场而写或者写作的时候观察市场。因为市场是最无聊的，好的作品不一定有市场。我就根本不看畅销书，最喜欢看谁都不买、谁都不看的书。

不过，我也承认，到了新世纪前后，欧洲有过一批人反对学问与精英在文学中所起的作用。虽然我古代希腊文和拉丁文还算好，但最近怕让人家看到我的这门“技艺”。我还记得，2000年，我在维也纳大学开会的时候，专门谈中国文学和黑夜的概念。为了说明一些哲学思想，我当时用了一些拉丁文的说法。提呈之后，从荷兰和英国来的两位教授开始嘲讽我，他们最后决定不收录我的论文，还增加了对我的成见。在欧洲，不光有学问的学者有时会碰钉子，有学问的作家也是。如果他们的作品引文太多，人家也会说，这些著作不是用心而是用头写的，太抽象。因此德国读者不太喜欢看德国当代小说，他们宁愿看美国的小说，因为美国小说还讲故事，有情节的。

余泽民：我推崇有反思力量的严肃文学，但并不认为文学必须承担批评的任务；再宽容些讲，不具反思力量的文学未必就不是好文学。如果中国的思想界真像你说的那样，认为“中国作家已经丧失了思考能力、道德良知和社会承担”，那么我认为这是思想界在推脱责任，因为他们所指责文学界的，恰恰是他们自己应负的责任。客观地讲，文学不必非要具有这些条件，而具有了也未必就是好文学。我认为，中国当代文学的最大问题在于，要么干脆不承担，要么承担太多被动的承担。如果我们的作家也能像赫塔·米勒，像乔治·奥威尔，像卡夫卡或黑塞那样在自己的文字中主动承担，那才是真正的文学承担。

说老实话，我不太肯定你说的带引号的“思想界”是不是标榜为“自由派知识分子”的人群？如果是，我实话实说，这个“思想界”幼稚、愤青，具有了破坏的潜质，但尚缺少建设的能力；相对而言，你说的文学界的辩护倒是听之有理（尽管这种辩护可能只是堂皇的掩饰）。谈到“文革”叙事，我想我们应该允许有各种角度和各种方式，诗意或扭曲呈现的本身，也是呈现，当然，作为赶上一个“文革”尾巴的人，我也很遗憾至今没能读到一本像博胡米尔·赫拉巴尔、艾斯特哈兹·彼得、巴尔提斯·阿蒂拉那样勇于将匕首内翻转向自己的东欧作家的作品。

李　浩：我赞同这样的观点。反思和批判是小说思想的重要组成，但不是唯一，在这里，我部分认同文学界强调的：文学有自己的特性，而非简单的表达思想的载体。的确如此。但我们也必须看到，文学性和思想力是互为表里的，是一枚镍币的两面：它们都要受到重视，极度的重视，并尽可能将二者结合起来。

缅怀、感伤的表达很有必要，但不能止于此；对那个时候进行诗意或扭曲化的呈现也是一种方式，小说是“创造一种真实并接受这个真实所带来的全部后果”（纳博科夫）。但问题是，这样的表达是出自作家的内心吗？它是经过了慎思和追问之后的结果吗？

巴尔加斯·略萨，在他著名的《谎言中的真实》一文中谈到，小说的真实并不取决于它写下的是“真实事件”，而取决于小说的说服力，取决于小说想象力的感染力，取决于小说的魔术能力。一切好小说都说真话；一切坏小说都说假话。因为“说真话”对于小说就意味着让读者享受一种梦想；“说假话”意味着没有能力“弄虚作假”。

我们有些小说看上去假，一是思想力不够，二是没有能力“弄虚作假”。

放宽历史的视野予以重新认识，以前是由于功利和实用，
现在是由于浮躁和轻薄，真正有分量的“反思文学”仍没有出现

VS

“如果只让人陷入义愤之中，不带来思辨的、矛盾的
和更深远的情感震动和思考，
那么，一部作品的‘反思’肯定存在问题。”

傅小平：如果说国内的文学缺乏反思，难免会招来激烈的批评。最典型的例子，当是20世纪80年代盛极一时的反思文学。无可否认，这一文学思潮在当时的历史背景下，推进了文学对“文革”“十七年”以至更早历史事实的思考。遗憾的是，它很快被其他思潮所淹没。回过头去看反思文学，有人直言不讳质疑它的真实性。与此相仿，如果我们对新中国成立后的文学做一回顾就会发现，文学的反思似乎并没有真正剥离功用、实利的色彩。这不仅体现在文学的整体，即使是在同一个作家身上，也很少有一以贯之的。而事实上，反思并不是一个单向度的过程，它是有多面向、多维度的。任何反思都是一个需要层层剥离，并由此不断向深处掘进的动态过程。从这个角度看，我不以为当下的文学写作，真正达到过它可能抵达的反思。你们是怎么理解的？

汪涌豪：“反思文学”已经写入当代文学史，在此关键词下，拢聚了20世纪80年代一大批作家作品。我们不能超越历史现实，将这些作家作品一概贬斥为歪曲了历史。就算歪曲了，也反映了当时历史条件下人们的认识，因此本身就是真实历史的一部分。更何况，有的不失为到位和精准。当然，世易时移，今天再看，许多流于面上的揭露和谴责，审视反省的力度是不够的。从《班主任》《犯人李铜钟的故事》以下，那些作家作品，如果说有反思，也是集体反思多，个人反思少；政治反思多，人性反思少；时代性反思多，国民性反思少；苦难反思多，文化反思少。它体现了那个劫余的年代，人们特有的认知特点和情感水平，而所谓新

的意识形态建构和社会转型的需要，其实还远没有发生。

今天，因这种新的意识形态建构和社会转型的需要，我们发现，那个时代所谓的“反思文学”，其实反思的特征并不明显，深度更谈不到。因为所谓反思是人对自己意识的内在活动和内省经验的观察，是人对一己心灵内部活动的一种知觉。它以人自己的思考内容为对象，并对这种思考对象再做思考。因此，如黑格尔所揭示的，它是让思维成为认识的活动。虽然基于现实的理性把握，但作为对思想本身进行的一种认识活动，它所面向的不再是客观世界，而是人的思维本身，人对世界秩序、观念意识的深刻究诘与质疑。以此来衡量，不仅是80年代“伤痕文学”为代表的反思，即使到90年代，如王蒙《活动变人形》等小说，虽触及了文化反思，但也还是浮于表面的。之后尤凤伟的《中国一九五七》调动虚构和想象力做超越式的省思，相对要好一些。

所以，我同意当下文学写作没能真正达到它可能抵达的反思高度的判断。眼下有论者在评论2009年的中短篇小说时称，这一时期的小说标志着“新的反思文学的崛起”，我看也未必。虽然现在产生了一些将原本认为已经可以挥别的革命年代重新拉回审视的作品，并且其作者也注意了尽可能放宽历史的视野，予以重新的认识，但以前是由于功利和实用，现在是由于浮躁和轻薄，真正有分量的“反思文学”仍没有出现。就是贾平凹的作品也不例外。他作品中所表现出的颓败人性，有时并不基于当下，也不基于“文革”，而基于更古老悠远的旧时代的传统陋习。对这些陋习，他有时会禁不住做玩赏式的展览，即使批判时也这样。要说这是反思，实不敢苟同。

或许，可以一言以蔽之，要求今天正过着闲适优裕生活的作家们能有反思的维度和深度，其困难不下于要骆驼穿过针眼。法兰克福学派的霍克海默曾经感叹，当个人生活转变为闲暇，人的“内心生活”就会消失。而反思，恰恰是人最重要的“内心生活”。

徐友渔：“文革”之后的70年代末、80年代初曾被称为思想解放的年代、拨乱反正的年代，也是反思的年代，这种说法有一定的真实内涵，当时的“伤痕文学”“反思文学”既有为新时期意识形态转型服务的一面，也有文学从单纯为政治服务走向表现真实生活与人性的一面，比如刘心武的作品《班主任》《我爱每一片绿叶》等，其蕴含的永恒价值直到现在还有现实意义。

任何作家和作品都免不了时代的局限性，但有些基本的界限也不容抹杀，比如，自觉地、强制地为政治服务与独立创作但不免有一定偏见或局限的区别。我们不能因为达不到纯粹的、终极的反思（一定达不到，因为不可能有）而站在极端相对主义立场上把所有的努力都消解掉，把所有的作品都等量齐观。其实，我们现在可以批评80年代的不足正是因为我们经历了80年代，80年代是我们抵达现在的开端。

邓晓芒：在我看来，80年代的“反思文学”充其量只是一种“吾日三省吾身”式的反思，即检讨自己哪些地方背离或丢掉了既定的天经地义的原则，现在要把它找回来。曾子曰：“为人谋而不忠乎？与朋友交而不信乎？传不习乎？”“文革”中我们失去了忠、信和道德的传习，失去了几千年的亲情孝道，现在悔不该当初。这种反思非常肤浅，它不是对这些天经地义的原则本身的反思，而只是以这些原则为标准的反思，这种反思必将落入“文革”思维的圈套，而不可能有新的突破。

真正的反思还未开始，例如前不久揭示出来的“卧底”事件，几乎全体知识分子都自愿地或潜在地成为“信息员”，到底是怎么回事？这些人究竟是好人还是坏人？现在写农民和底层的作家多，写知识分子的作家比较少。农民和底层当然要写，其实中国知识分子骨子里也是农民；但知识分子是对中国农民意识表现得最为深刻和淋漓尽致的一群人，作家不写他们，实际上是回避写自己，对自己的内心深处“无可奉告”。当然写自己也不一定就是反思了，也可能是粉饰自己，自欺欺人。人们以为写自己是最容易的，许多作家都是从写自传开始的，但其实真正要写出自己的灵魂来是最难的。而一旦写出来，就具有普遍意义，如鲁迅的阿Q，其实写的是鲁迅自己，但又是整个国民的国民性，中国人谁敢说自己身上没有一点阿Q精神？

李　浩：我也不以为当下的文学写作，真正达到过它可能抵达的反思。我们的思想力不足，我们习惯按照“哲学”“政治”“社会学”“心理学”提供的那些来建构我们的小说，文学从一开始就有了某种滞后，就有了用他人之眼看世界的嫌疑。我们的许多文学习见，我们的批评武器，包括我们的所谓反思，都时时带出“文革”化的尾巴、倾向，无论它是以“左”还是以“右”的面目出现。

说文学是人学虽然陈旧但大致没错。缺少反思，和缺少艺术品质一样，都谈不上是什么文学。通俗品而已。

顾　彬：实际上，对中国80年代文学和1992年后的文学，我的看法有点矛盾。二者相较，我个人还是趋向前者，1992年后的文学，除诗歌外，我就不太想看了。可是我不能判定，从20世纪90年代末开始，有些我重视的80年代作家就逊色了，比方说王蒙。不过，到了90年代以后，莫言、王安忆、张炜等一批作家开始注意笔调问题。但也没有因此就对我们产生更大的吸引力。

问题在哪里呢？20世纪80年代，我经常从内容、从政治的问题来看那一时期的中国文学，当时所有德国读者和汉学家都是这么做的。因为当时的中国作家比记者开放得多，那个时候，看中国报纸不如看中国文学作品。所以，1979年后，我们很想通过中国当代作家的眼光，了解中国1949年以来的社会发展和中国人心的变化。不过，随着中国经济发展，社会越来越开放，作家不一定再占通讯优势。如果想了解今天中国社会发生什么，我宁愿看报纸，无论是德国国内还是国外的，现在记者好像比作家更了解中国的情况。德国最重要的报纸，比如《法兰克福汇报》，每天发表第一流的有关中国的消息，我们不再需要中国作家向我们介绍中国的概况。

所以，我们现在不那么从政治、从社会来看中国作家的新作。相反，我们也可能会要求，别再用太简单的方法谈政治，比方说“文革”，我们听够了，看腻了，我们愿意看到你们的技巧、文笔，你们心里的真话，你们为写好作品所做的努力。但看1992年后的中国文学，我经常看不到作家的心！我常问我自己，他真的住在中国吗？他真的了解中国吗？他描写的城市他真看过吗？80年代容易找到中国作家的心，因为他们关心中国，怀有不少理想。当然，我这么说也有问题。大家都知道现代文学的一个特点是非人化。有代表性的现代著作，却不一定允许读者了解到一个作家的心事，很麻烦，不过这是另外一个课题。

梁　鸿：谈到这个问题，我以为关键在于我们如何理解反思，在什么样的立场和知识背景下反思。反思不只是对一段历史的否定或控诉，而是去“发现”历史深处的矛盾点和生成性，最终让我们有某种启发。同时，反思也不只应针对某一段历史，而应该把这段历史放进民族发展和人类存在的长河之中，这样才能够对历史做出真正的体察与理解。因为此，如果一部作品只让我陷入某种义愤之中，只让我去痛恨或否定什么，而没有一种思辨的、矛盾的和更深远的情感震动和思考，那么这部作品的“反思”肯定存在着问题。

就反思而言，中国作家缺乏整体的历史观，缺乏对时代学术式的思辨和理解。有许多时候，作家甚至以为只有感性就够了。我觉得，感性必须以对社会生活深入的、深刻的理性认知为基础。

余泽民：其实，任何的思考都会有局限，但不应该担心有局限而不反思。另外，还要看这个局限是来自外界，还是来自自己，并不见得有局限的作品就注定短命，重要得看写作者是否真诚。更何况，反思文学本身就需要读者经验的参与，想从一本反思小说了解历史，就像透过门上的窥视孔看来人，肯定是片面、变形的。西方人读《日瓦戈医生》《古拉格群岛》虽然震撼，并不能了解整个苏联，但能透过作者的真诚嗅到什么，至少他们看到的那个片面是真实的。作家直面自我的勇气和坦诚相见的态度可以带你穿破局限，从某种角度说，更重要的在于反思的过程。这个过程，这种抵达，是有功用、实利之心者不可能完成的。

中国知识分子对自己的知识缺少高贵意识

VS

解构知识分子的倾向缺乏对“自我精神”的探究和批判

傅小平： 在现代文学史上，知识分子曾在不同作家的笔下扮演了复杂的角色。自20世纪八九十年代以后，知识分子则齐刷刷成了被解构的符号。于是，在很多作家的写作中，知识分子成了被戏谑的对象，而没有被知识所“污染”的人物，倒还保留着某种纯真和自知，甚至寄予了作者所谓的理想。与此形成鲜明对照的是，在西方带有浓厚反思色彩的作品中，担当反思主体的多是知识分子，而且这种反思不仅仅是面向历史的，它同时也是针对自我的，正是从对自我的无情解剖中，作者建构起了抵达历史深处的路。如何看待这种反差？

余泽民： 问得很好。这就是我刚才说的反思者能不能翻转刀刃朝向自己的问题。我们总说知识分子，但什么人能成为知识分子呢？事实上，我们对知识分子的定义是降低了的，似乎有大学文凭的都是法定的知识分子。如果从文学思想角度讲，埃利亚斯·卡内蒂、爱德华·萨义德、罗伯特·穆齐尔他们才是我心目中纯粹的知识分子。

如果你读过《获救之舌》《耳中火炬》《眼睛游戏》三部曲和《格格不入》，你就会知道他们的作品为什么伟大，他们自己担任反思的主体，用对自我的剖析抵达历史，他们同样剖析其他的个体，不像我们的作家那样，总是把个体当作历史机器下的受害者描述，却忘了历史的机器也是由个体操纵，在历史的悲剧中，受害者和迫害者同样扮演着角色。

轮到中国作家反思，总习惯先拉开一个高高在上的反思姿态，提前将自己摘出去，变成一个不涉嫌的局外人和无辜者，出于这个角色的扮演，有意无意要掩饰、躲避、粉饰自己的影子，反思的结果不可能彻底，不可能真诚。我想，这一是胆量问题，二是能力问题，三是有没有可剖析之物，一个没有思考经验的人即使想剖析自己也是徒劳的。所以我并不赞成忽悠所有的作家都去反思，有些人是天才的悬念大师、故事大王或煽情高手，逼他反思等于谋杀。但是，一旦你要反思，必须积淀，必须真诚，必须残酷，必须有自知之明，必须脱离功用与实利，否则等于自杀。

李　浩：这个问题说明了什么？说明我们的部分作家认同着某种对知识文化的鄙视，当然也和在我们国度里，许多知识分子仅是“知道者”和带有更多的恶、劣有关系，和许多知识分子没有人文承担却利用知识为自己的肮脏和狭隘进行辩解有关系。记得李敬泽在一次讲座中感叹，我们的文学、批评，不得不一次次地面对常识，在常识上打转儿，而却与常识越来越远。这也是你我的感叹吧。

而西方知识分子，包括中国古代知识分子，他们是有承担的，他们的心里有“道”。不过，我也得向你指出，在王小波的笔下对知识和知识分子的敬重、感吁一直在着。我觉得，在知识分子和所谓普通人的身上，都有参差的光和恶，都有美好、良知，也都有自私、怯懦。不讳，也不有意曲解，尽可能达到真实，更应是文学家要提供的。

徐友渔：知识分子成了戏谑的对象，无知识者被歌颂。当然，也不可一概而论，胡发云的《如焉》写20世纪90年代初一批知识分子，就比较全面、真实，各种人都有，其中最正面的角色也很感人，符合实际。

知识分子在文学作品中的形象，说到底反映了他们在不同环境中真实的地位和作用。

在西方，知识分子在社会和历史中作为独立的力量、启蒙的力量，发挥公共知识分子的作用。

邓晓芒：以我看，中国知识分子和西方知识分子有一个最大的区别，就是他们与底层百姓没有根本的区别，他们就是代表底层“为民请命”的士大夫，本身出身农家，靠苦读走出山村，载负着乡亲们的嘱托而为天下国家谋利益。中国知识分子对自己的知识缺少高贵意识，这些知识只是政治实用的工具，不被权力所用则毫无用处，叫作“怀才不遇”。像孔乙己这种怀才不遇的知识分子连老百姓也是看不起的，他们自己更看不起自己，所谓“皮之不存，毛将焉附”。他们对世俗权力有种本能的膜拜。

西方知识分子则自始就有一种高贵意识，他们自认为是和神直接打交道，对世俗权力有种不屑。而他们唯一能够与神沟通的就是他们的内心灵魂。所以他们的反思是摆脱了一切外界世俗目的干扰的自我拷问，一切外界环境和外部命运都成为这种内心拷问的刑具。今天我们很多自称为独立知识分子或自由知识分子的人其实都还远远没有达到这种境界，就更不用说一般的作家们了。

某些中国作家的作品多半不是媚上就是媚俗，媚俗也包括对底层百姓生活的美化和赞扬，很少有像鲁迅的《故乡》那样真正揭示出底层的真相的（据最近的研究，闰土在鲁迅笔下的确是做过偷窃周家碗碟的勾当的，不过写得隐晦一点而已）。所以当有人出来攻击鲁迅时，作家们恐怕都松了一口气。

汪涌豪：20世纪80年代，在古华《芙蓉镇》等小说中，我们读到过许多知识分子的苦难史。类似那样的“被解构”，今天当然已不复存在。但90年代，知识人地位的新一轮沦落，似在另一重意义上凸显了其作为“边缘化生存”的无奈。其时，京沪两地学人曾发起过一场人文精神大讨论，探讨知识人的天下意识、忧患精神、历史使命感和社会责任感，但大众反应负面，以为这是基于知识人自身地位跌落的困惑与焦虑，反映的是他们对大众与民间的傲慢与偏见。一些知识人也跟着妄自菲薄，进而消解神圣，躲避崇高，傲世不行就顺世，甚至玩世不恭起来，有些则拿自己开涮。于是我们在这种形式的艺术创作中看得到，读书人最愚蠢，不仅不通时风，窝囊穷酸，还性无能，甚至比一般卑鄙的人更卑鄙，比一般无耻的人更无耻。特别是在一些反映大学教授和官场的小说中，知识人的无耻达到了顶点。

西方自古希腊时代开始，虽然那里的读书人早先也都依附于权贵，但政体与文化的原因，使得知识分子作为爱知的一群，头上拥有着良知守护的冠冕。一直到近现代，如德国人洪堡《德意志道路》所说，仍是社会的“校正力量”。有鉴于当代世俗生活流行，知识人纷纷退居书斋，只求在技术层面上安顿自己，而放弃对社会的责任，福柯曾尖锐地批判过知识分子的消失，以为现在只留下在各专业领域里忙碌的“专门家”，拉塞尔·雅各比《最后的知识分子》一书也感叹专家有的是，知识分子却“历史性地消失了”。今天，这样的情形轮到了中国，只是对此发出质问的声音还很弱。

落实到作家，通常也安于做一个码字的“专门家”，编着不咸不淡的故事，且编的时候，未必把自己放在中间，通过拷问自己再拷问人物。小说的起承转合很好，只是一次次出色的文体探险与实验，都无关历史的丰厚与反思的深刻。甚至以生活细节的丰富代替历史反思的深刻，并为追求这种细节丰富，放弃了对历史背后意义的追索。莫言的小说有时就有这个毛病。反观像君特·格拉斯的《蟹行》等小说，不仅有细节，更有对历史的反思。从20世纪30年代的《西线无战事》开始，德国的战后文学，一直充斥着这种反思的维度。因为在那里，作家的知识分子身份很昭彰。

为今之计，应该让我们的作家自觉，作家也是知识分子，而知识分子天然具有公共性的特征。有出息的作家，千万别仅仅成为一个手艺人。

顾　彬：如果问一个中国当代作家，1949年以后的中国文学，为什么不怎么理想，基本上他们会回答“政治原因”。这种“我们都是政治牺牲品”的理论，我完全不苟同。因为1949年以后，中国知识分子大部分同意，也支持新中国的建立，所以如果有什么问题的话，那也是他们自己的问题。80年代“反思文学”的代表作家，把自己描写成牺牲品，这是一个有利于自己的背景。像张贤亮，他的诉苦作品给他带来很多好处。他达到目的以后，基本上不再写作了。

德国知识分子大部分不会这样。1989年东欧解体以后，他们一个一个开始思考，为什么错看了苏联、民主德国等。他们不觉得自己做出了什么牺牲，相反，他们知道自己有罪。因此，他们敢于公开承认自己的错误，谁都原谅他们。例如我们德国外交部前部长菲舍尔，在20世纪70年代，为了促进革命曾向警察投掷石头。1989年，这事曝光以后，他不得不在公众前面承认，他当时的做法是个错误。德国知识分子跟鲁迅一样，多剖析自己，少攻击别人。这可以说明为何鲁迅在德国作家的眼中享有那么高的地位。

梁　鸿：这种对知识分子解构的倾向，其实反映了几个层面的含义：首先，它意味着作家把自己从“知识分子群体”中剔除出去，这样解构中就没有对“自我精神”的探究和批判。“知识分子”只是一个与“我”无关的书写对象。作家的这种主体姿态相应地产生了很多问题，譬如作家承担能力的降低、自我批判的减弱、对文学意义的缩小化理解等。这些同时导致了文本意义的单向度发展，也出现了如你所说的巨大反差。其次，这种“剔除”本身的确体现出知识分子在当代社会精神生态中较为暧昧的存在地位，知识分子不再代表着社会独立精神，而成为权威、腐朽和投机的象征。作家作品中的“戏谑”和“嘲讽”正是对知识分子这一精神存在的反讽。最后，作家不是“反思”当代社会思潮中这一现象的发生，而是选择了“回避”，不是“自我批判”，而是简单地“批判他人”，这本身说明了作家的非独立性和对社会内在运动的简单化理解。

中国人缺乏对终极价值的追求
VS
文学中所谓神性的神是指洞察人类本质的视角

傅小平：从文学的角度，对十年“文革”或是更为漫长的战争做一检阅，我们会不自觉地拿苏联来做对照，并问这样一个问题：苏联产生了《静静的顿河》《日瓦戈医生》，产生了索尔仁尼琴、布罗茨基……为什么中国百年来经历了那么多翻天覆地的变化，竟没有产生出任何一部堪与比肩的作品？这一被称之为中国文学百年“天问”的追问，自然会牵扯出很多的缘由。当我们试图对此做出解答的时候，却常常会忽略非常重要的西方宗教背景。应该说，随着神性时代的结束，虽然写作的视角普遍下移，但在不少西方作家的写作中，依然保有一种神性的光辉。所以，在阅读他们作品的过程中，尽管作者使用了一种平视的视角，但还能感觉到一种“俯视”的姿态。这种隐身于作品之后的姿态，也让作家的反思有了必然的空间。相比之下，当下我们的写作，比如反映“文革”，采取的同样是平视的视角，但写作的姿态是形而下的，作品往往只是“还原”了“文革”时代的生活状态。这其中是否存在问题？

徐友渔：解释中国现代文学的贫乏，有无宗教传统是一个值得重视的因素，但并不是唯一的或决定性的因素。你说到的《静静的顿河》《日瓦戈医生》，体现的是人道主义传统，而不是明显的宗教传统，虽然二者并非没有关联。

文学成就的大小，与写作自由的有无或多少有关。因为许多作品是在不太自由的社会产生的，所以自由的多少比自由的有无更关键。一定程度的不自由可以激发人的精神力量但不至于彻底扼杀创造力，但极度的不自由会摧残一切生机，就像汤因比在《历史研究》中所指明的。

文学不能靠外在条件说明，文学繁荣与社会条件没有必然的因果性。“国家不幸诗家幸”，这句话不一定成立。

梁　鸿：我觉得，作品中是否有“神性的光辉”，是否有宗教背景并不是最关键的，这一点也很难弥补，因为中国生活一直匮乏宗教，但并不是妨碍我们写出伟大作品的最根本原因。我觉得真正的原因可能是作家没有把自己放进去，没有把自己的心和精神投放在民族历史之中，在罪责和痛苦中去灼烧、忏悔，在此基础上，再努力发现历史的真相。当然，这种说法也许有点过于感性和象征性，但从最根本意义上讲，最终决定一个作家创作是否成功的不是他的语言和修辞，而是心灵的深远度、广阔度和对民族的热爱度。

说到“还原”“文革”时代的生活状态，以我看是否真正做到了这一点，还是值得质疑的事情。我想说的是，中国生活在很多层面是一直被遮蔽的，这种遮蔽部分来自我们自己的历史观和经验观。作家，包括普通的个体，都会不自觉地被各种声音所左右，因此现在你要真的问“文革”中到底发生了什么事儿，恐怕这一基本的问题都还没弄清楚。

邓晓芒：宗教其实是一种灵魂的操练，它让人相信某种彼岸最高的绝对的东西，不管这种东西叫作神还是什么别的，总之是超越世俗生活而值得追求的价值。中国人由于缺乏这种训练，也就缺乏对终极价值的追求，中国人一旦超越，就容易成为虚无主义，没有是非善恶的区分标准。这种虚无主义在现实的社会生活中是根本不可行的，于是只有要么躲进深山老林隐居起来（如道家），要么躲进自己内心装糊涂（禅宗）。这两种态度对人世的不公、不义和不平没有任何影响，也很少给人提供值得追求的价值目的，所以剩下来的只有儒家世俗化的权力诉求。儒家所讲的道德其实不过是家庭宗法体制的一层温情的面纱，它最终落实到世俗政治生活的泛化和无孔不入，把家庭亲情关系也变成了一种政治关系或权力关系；而国家政治生活也把赤裸裸的权力统治关系纳入“大家庭”的服从范式中，使人的眼界始终超不出这一群人的情感恩怨的纠葛。所以我们的战争文学所谈的始终是我们这一群人的“家务事”，而并没有全人类和普遍人性的维度。

我们还可以设想在将来把“家”的范围再加以扩展，最后可能包括整个“地球村”，但如果境界没有根本性的提升，这种扩展只不过是量的扩大而已。这种状况不限于作家和文学界，而是包括思想界、学术界和科学界的所有中国知识分子共同的局限。凡是为真理而真理的学者，为正义而正义的律师，为美而美的艺术家，常常会遭到嘲笑。文艺界只要吸引眼球，哪怕出乖露丑而在所不惜，还自以为风光。

我这样说，并不是主张从西方引进基督教信仰来改造我们国民的灵魂。我只希望随着与西方文化的广泛接触，中国人也许可以意识到超越性的价值理想的重要性和高贵性，至少不再局限于世俗价值而自满自足。

汪涌豪：的确，这是一个比较深刻而困难的问题。中国人的传统，从无意于谈论怪力乱神。即使超迈不羁如庄子，也说“六合之外，圣人存而不论”，故大体“重实际而黜玄想”，如章太炎在《驳建立孔教议》中所说：“国民常性，所察在政事日用，所务在工商耕稼。志尽于有生，语绝于无验。”因此向天致思的宗教热情发育得从来不够，神性发展也很不充分，类似西方的原罪与救赎的观念，乃至悲悯与反省的意识都未植入人心，而实用理性却至为发达。

譬如西方的宗教让人相信世界充满苦难，有末日；人生充满罪恶，有地狱；但只要你坚定地、有排他性地归信上帝，必能得救，并灵魂不灭。由于有将灵魂从肉体的束缚中解脱出来的追求，西方人大多很关注生命个体在抽象的精神层面的努力，知识人和作家尤其如此。在他们那里，宗教的解答，关涉的是人类生存的真谛。作为一种根本转变的形态，它让人向上升华，理性地认识到抽象精神的真实存在，然后由这种精神的灌溉获得新生。所以，站在这样的立场和高度，进而把自己暂时想象为具有评判能力的至高无上的神，他们对现实与人性的批判就能做到彻底，并且也只有这种批判，才让他们摆脱一己的内疚和卑微感，获得灵魂的升华。而在我们这里，因少完全否定现实的宗教传统，本土的道教不是，外来的佛教经过改化后也不如此，相反，与权力配合，与世俗往还，导致即使对现实与人性有所批判，也因缺乏对精神的绝对崇拜而流于表面，不仅失去应有的高度，不够超拔和深刻，还常常为一人一时的具体细节牵累，没能在对制度的究诘和人性的拷问中获得提升，有时反而会成为维护现状的力量。

从这个意义上说，当一个作家的批判是基于个人或一部分人的感受，表达的是对一个善良的人曾经遭受的不公的不满，他至多像一个小孩，受了委屈，需要大人的安慰；而在索尔仁尼琴们那里，他们有基于宗教体验的道德高度和彻入灵魂的绝大悲悯。在这种悲悯面前，现世的权力与说教不足以代人行使拯救、平反或补偿的功能。他们也从不指望这种权力，只是批判，并且很重要的一点，他们把自己也放在需要批判与拯救的人里面，所以他们的作品既入情切境，又深刻伟大。

李　浩：谈到这个问题，我想原因有很多，或明或暗，或可说或不可说。如果将它仅归为西方宗教背景，也是不完全的：中国古代的“士”，对仁和道的强调，其实也有很强的宗教意味。当然，我们一直传承着的功利主义、成王败寇思想也更为巨大。一种文化被斩断之后的修复是艰难的，接入也是同样艰难的。

在我们的文学教育里，从孩子开始，就有太多的谬识给予了他们，他们中的许多人会将这些谬识当成常识。现在的许多所谓学者、批评家，都是某些谬识的受害者和坚持者。在这种情况下，当然存在问题了。采取平视的视角，写作的姿态是形而下的——这是我们文学教育的结果。真的，要救救孩子。

顾　彬：东欧国家，尤其民主德国和波兰，1989年前都曾出现很好的文学作品。如果从当时的民主德国来谈，那里的作家有两个好处：那里从来没有否定德国古典文学，相反，他们的领导和干部都支持人们学好德国古典文学。这个政策的良好影响到现在依然看得到：目前最好的德国诗人都是在民主德国出生的，语言水平最高的德国作家，也是民主德国培养的。原因在于，当时的联邦德国否定了德国古典文学和语言。第二个好处在于，如果民主德国的作家不能在他们的地方发表作品，还可以在西德出版。

以东欧作家的创作来看，中国知识分子和作家缺少第三个“对象”。中国文人面对的唯一最高力量是皇帝，或是政治家 / 统治者。欧洲的文人还会面对另一种更高的力量，这就是上帝。如果文人和国王等之间有什么摩擦的话，上帝会给他出路，他还可以很好地进行写作。虽然，第二次世界大战后，东欧知识分子当中不少是无神主义者，但他们的思想还保留不少基督教的因素，所以他们和政治的关系不一定非常近。

余泽民：以我看，中国作家在20世纪下半叶最大的丧失，就是丧失了对于存在的主动思考习惯，丧失了新文化运动留下的遗产。近十多年，进入物欲时代，在一种限制尚未完全打破时，作家又自觉接受了另一种丧失：思想性的丧失，社会性的丧失，理想物的丧失，对文学美学追求的丧失。市场的杠杆，畅销的标准，声名的诱惑，当作家们抱怨读者浮躁的时候，有没有意识到自身的浮躁？屈从，无限地屈从，从一种屈从到另一种屈从。这正是凯尔泰斯洞视到的人类常态：屈从，即生存。在屈从中挣扎的，反被视为病态的、不正常的、异端的。

信仰是一个人作为人类个体对于人类理想的信仰，是在于我们自身有没有信仰，有没有选择信仰、培植信仰、坚持信仰的内心动力，这是作为人的、超乎个体的形而上虔信与追求。这里我再引用一句凯尔泰斯的话，“不管你相信什么，你都会死掉，但是，假如你什么都不相信的话，那么对活人来说，你已经死了”。

文学中，所谓神性的神，不是宗教的神，是指作家通过个体或群体经验获得了超乎个人与群体的视角，即洞察人类本质的视角，这样写下的作品自然也超乎读者的个人体验，所以具有俯视感。这种神性，不可能仅通过技巧获得。这也是为什么国内许多模仿性作品不伦不类的原因。如果写作者未获神性的视角，自然导致仅仅“还原”的效果，即使以“文革”为背景，也只能说是在特定的环境用特定的手法以特定的谨慎讲述了一两个在特定时期特定地点发生在特定人身上的特定故事，缺少反思的力量。

真正的反思是面对永恒的
VS
不反思自己的反思，不是真正的反思

傅小平：以反思为主导的作品，因为面对的是历史，往往被认为是指向过去。在我看来，这是一种误解。事实上，只有对过去、现在和未来的整体性理解，才可能有真正的反思。以此观之，我们又必然会遇到一个难题，当下所处的消费时代本身就支离破碎，在后现代的社会语境里，人已然被撕裂成了碎片。在这样的背景下，该如何建立起对生活的整体性理解，进而对过往的历史进行深入的反思？

顾　彬：你说得对，中国历年来的文学毛病在于缺乏历史感。基本上，与韩寒同时代的作家发表的作品没有过去，也没有将来，只有一种“现时”“刻下”“当今”的概念。这些概念跟消费主义有密切关系。不过，这不仅是中国的问题。国外研究中国当代文学的年轻汉学家，也有缺少

历史感的。看他们的文章，就会发现1992年以前的中国文学，他们不是很了解；1949年或辛亥革命以前的中国文学，他们更不懂。

人是碎片这个概念，是德国理想主义哲学家谢林最早提出的。人如果失去他原来的信仰或世界观，就不再能把世界看作一个整体。这个问题关系到现代性本身。若要进行梳理的话，恐怕我们应该还从哲学和神学开始，这不是我们现在要讨论的。

邓晓芒：的确如此。真正的反思是面对永恒的，西方19世纪的文学就已经达到了这一洞见，而我们至今还停留于历史相对主义和《资治通鉴》的水平，即借用历史的反思来解决眼下的一些具体问题。当前的消费社会使一切深层次的思考都被边缘化了，这其实是一切历史的通例，试看历史上那些振聋发聩的思想家，哪一个不是在对当时社会的普遍沉沦敲响警钟？倒是在那种真正的太平盛世，文学反而没落了，这就是所谓“国家不幸诗家幸”。

今天的中国人的人心被各种不同文化撕成碎片，因而在时代精神的深处已经发出了这样的呼唤，即要求作家重新对中国人的精神生活建立起全新的整体性理解。但遗憾的是，少有中国作家意识到自己所处的这样一个文学土壤肥沃的时代，他们太喜欢媚俗了，他们历来只以老百姓对自己生活的整体性理解为创作对象。一旦这个对象本身分崩离析，他们就无所适从。

和其他国家比起来，当代中国充满着文学创新的各种契机。其他国家已不再有多少全新的东西可供作家们去开拓，只有不断地旧话重提，或做点形式上的翻新，文学越来越好莱坞化。中国不同，西方那些已经显得陈旧的观念如果不限于那种口号式的鼓动的话，在中国还是全新的；而这些全新的观念与中国特有的传统和国情的结合更是前所未有的，不但中国没有，全世界都没有。所以，当此世界文学日显衰落之际，其实是中国文学崛起的最好时机。但中国的作家由于思想境界太受局限，又不爱学习，至今还没有接过时代的机遇，他们整体上辜负了他们的时代。

汪涌豪：在今天，仍因历史书写是一种“反求构造”，而认为可以疏离于当下的看法实在太悖情太落伍了。因为事实显然是，任何历史之所以被人提及并反思，或者用各种艺术手段加以表现，必是因为其之于当下有非常重要的关系，此所以有“一切历史都是当代史”的说法。更切要的是，历史的书写还别有意义，由于如伽达默尔《真理与方法》所说，“历史解释的真正对象不是事件，而是事件的意义”，它尤需要今人调动全部身心的力量和智慧，用一种“整合的历史观”，做创造性的书写。史学研究中有所谓“历史重演论”，即经由想象与体验，在研究中再现历史发展的整个过程。文学创作更需要发挥这样的想象与体验。

当然，重要的是这个作家需有这种历史意识。在今天，要一个作家真正建立起完整的世界，从浮躁繁芜的当下世相中，看到其所从来，又往何处去，由此会通今古，连接中外，下笔见本源、显世情，确实是一个很高的要求。但你既不取时尚化的“轻写作”，而选择了书写和反思历史，就得有身心到知识两方面的充分准备。如果说20世纪80年代，人们尚不能冷静、深入地读取历史，那么经过30年的沉淀，一种真正的“反思文学”应该可以出现了。可是遗憾的是，今天的作家普遍地和消费时代贴得太近，与版税、码洋、电影改编和各类评奖贴得太近，甚或以为这就是沉入生活。殊不知超拔于当下的世俗生活，也是一种当下的生活，甚或是当下作家更需要的生活。因为拥有这种生活的人更能反思；或者可以说，正是因为要投入反思，他才取这种生活态度。当下，我们有多少作家是取这样的生活态度的？贾平凹是吗？恐怕不是。因此，对他的《古炉》，我无法乐观。

余泽民：说来说去，究竟什么才是反思？反思不只是回忆，不只是揭秘，不只是责难，不只是清算，不只为了辩护或复仇、肯定或否定历史，而是为能从互不相同的理性角度透视人类悲剧的实质和必然因果，从而获知人类自身在悲剧中的角色。这样的反思不仅指向过去，还指向未来。要理解反思，凯尔泰斯是文学反思最好的样板，他是纳粹集中营的幸存者，14岁时被抓进奥斯维辛，亲历了一年的地狱生涯，他父亲也死于集中营，第一任妻子也是幸存者，他一生都写集中营题材，控诉残暴的独裁专制。然而，当2007年我去柏林拜访他时，我问他为什么偏偏选择柏林移居，他说纳粹那一代已经死了，他不能把他们的罪过归到下一代身上，而是应该帮助他们正视历史。他说他从来没因纳粹集中营而认为犹太人与德国人之间存在不可解除的敌意。如果那样认为，就太简单了。“我之所以选择柏林，是因为我的主要读者都在那里。”因为他在德国成为作家，“另外，还有我从年轻时就从中汲养的德国文化、哲学和音乐，现在我只不过借用德国文化的工具，将艺术归还给德国人”。

这就是凯尔泰斯的反省，他既没有宽恕纳粹的罪恶，也没有跟德国人势不两立，而是透过人类历史，看到“大屠杀是一种文化”，大屠杀将与人类共生共亡，集中营只不过是把大屠杀发挥到极致的水平。他的作品不停留于控诉，还通过弱小个体的反思学会如何抵抗，如何生存。他作为匈牙利人反思，作为犹太人反思，作为不幸者反思，作为幸存者反思，最后作为人类的一分子反思，不仅反思一段历史，而且反思人类的整个历史，他反思的历史包括过去、今天与未来。

凯尔泰斯告诉我们，“即使在集中营里，即使在如林的烟囱旁，也曾在痛苦暂息的时候有过某种与快乐相似的东西。所有的人都问我集中营是如何恐怖的问题……假如下次再有谁问我的话，我要向他聊聊集中营里的幸福”。在他看来，现代人始终生活在这样那样的集中营中，用电网圈起的集中营，用边境界定的集中营，现在则自觉自愿地将自己关在一个没有高墙的集中营里，金钱便是大独裁者。人们在战争的废墟上，建立起一个和平的废墟。他的反思不仅指向历史，而且指向未来，为现代人和未来人敲响警钟：“摩登，并不是年轻时代的风尚，而是老年时代的。它不是开始，而是最终的表白。”

所以，我建议有志于反思的中国作家都沉下心来读读凯尔泰斯的书。中国作家总习惯将个人的命运归罪于历史，归罪于时代，极少自省。传记文学尤其如此，只要涉及那个时期的反思，都不是真正的反思。冯亦代的《悔余日录》算一个例外，尽管他没有勇气像君特·格拉斯那样反思得那么猛烈、彻底，但公开日记也是种忏悔，即使不对别人，也是对自己。估计至今出版的“文革”回忆，大多数都是伪回忆（《悔余日录》不是“文革”日记），大多只强调自己的受害者身份，总是强调历史的不幸与命运的交错，总是避免反思自己，不揭开人性本身暗藏的险恶。而不反思自己的反思，不是真正的反思。

李　浩：的确，这是个大问题，是每个有志于文学的写作者都必须面对的、不能绕过的大问题。而我也承认，它对我构成着困扰，是我没有获得答案的问题。

梁　鸿：历史绝不仅仅是过去，而是一个民族的过去、现在和未来。T.S. 艾略特有一段话说得非常好，“不但要理解过去的过去性，而且还要理解过去的现存性；历史的意识不但使人写作时有他自己那一代的背景，而且还要感到从荷马以来欧洲整个的文学及其本国整个的文学有一个同时的存在，组成一个同时的局面。……就是这个意识使一个作家最敏锐地意识到自己在时间中的地位，自己和当代的关系”。

当面对具体的生存场景与人类生活时，没有这种广阔的历史意识，没有一种共时的存在感，很难超越生活的表层现象达到对其本质的认知与叙事。而只有当把目光延伸至整个民族的存在及其精神的生成时，许多简单的义愤之词才有可能被更谨慎地运用，那些没有被纳入历史场域内的场景才会蕴含新的更为复杂的意义。

很显然，历史意识并不仅限于对具体事件的判断，而是一种关联意识，是作家自我与时代、历史、民族之间的关联感，它要求作家以纵深的、情感的、理性的眼光去触摸民族过去的种种，并赋予其渗透于当代生活的当代意识。最终，才有可能达到真正的反思。

徐友渔：我并不同意以消费时代来定义当下中国，也不认为我们现在处于后现代语境中，设定这样的前提来反思我们刚过去的历史和当下的处境，一定会得到一些不得要领、莫名其妙的结论。我们的时代不能用现存的话语来定义，但可以用文学形式来显现，就看作家愿不愿意、敢不敢、有没有能力表达。

文学的思想性不是说教，往往一个有思想性的作家不见得自己能够意识到这种思想性，但他有敏锐的饱含思想的感觉

VS

眼下消费社会，中国人普遍表现出骇人的集体性冷漠和向钱看哲学，不付出思想劳作，不可能写出有反思深度的作品

傅小平：随着网络、影视等新媒介的发展，文学表达的空间正在不断受到挤压。与之相关的是，传统文学特别是小说所赋有的反思和批判的功能，有一部分正被别的载体所替代。或许，正是在这个意义上，卡尔维诺预言小说的未来必然是轻逸的。反思却往往意味着沉重，同时，反思还意味着我们必须得做出诸如善恶、美丑等价值判断。这似乎也不符合文学特别是小说发展的趋势。至少我们当下的很多作品，常常以“人性是复杂的”为由，把一切的“判断”都悬置起来。如此，固然可以让小说变得圆滑，却也增长了思想的惰性。联系到小说令人忧虑的前景，文学的反思如何可能?

李　浩：有时我感觉到语言的复杂、多意、不及和遮蔽，你发现它和你的想说有着相当的距离，甚至是悖反。卡尔维诺预言小说的轻逸时，似乎也没有略掉反思，他的有意强调可能标明的是他对这一艺术法则的看中。我引用过纳博科夫的“深刻的思想只是一腔废话，而风格和结构才是一部作品的精华”，引用过奥尼尔的“不与上帝发生关联的戏剧是无趣的戏剧”，引用过过士行的“作家应当是人类的神经末梢”等。这些话，都有相当的合理性，它建立在偏执和片面上，却并不意味对另外的否定。

反思当中自然有判断，但面对的歧义、选择的两难以及在我们人性当中的掩藏，更是文学的，更是应当置于反思中的。小说，在某种意味上说的确不是做出判断，而是呈现问题的可能，将我们带入这个问题中。所以，我很认同悬置道德判断，但这并不意味，我反对道德，反对道德在文学中的介入。它有，一直有。只是小说不是以做出判断为核心目的，

那是社会学、哲学的事，如果仅将这一块拎出来拿它和社会学、政治、哲学去拼，它肯定是弱的，所以卡尔维诺强调文学的轻逸，这在本质上是对文学艺术品质和游戏性的强调。

文学的反思如何可能？有一些有追求的作家进行反思，文学就有可能；有你和朋友们的不断提醒，文学的反思就有可能。

邓晓芒：卡尔维诺的“沉思之轻的东西”不是说不要反思，而是经过了沉重的反思才达到的境界，即“举重若轻”。这种沉重的反思不是要沉陷于对世俗道德和善恶的称量，而是要在灵魂的根基处升华，成为“宇宙智慧的一部分”。因此他与米兰·昆德拉的“生命中不可承受之轻”并不矛盾。当你俯视芸芸众生时，你感到生命之沉重；而当你仰望天空时，你会有种解脱的轻松。卡尔维诺要为未来“新千年的文学”做“备忘录”，当然必须轻装上阵，高蹈轻盈，他的肉身虽然一样沉重，他的精神却早已飞向了一个不受物质拖累的灵明的世界。今天仍然保持这种理想主义激情的作家已经不多了，人们更欣赏的是昆德拉式的愤世嫉俗。昆德拉可以占领影视，但必须把文学留给卡尔维诺。

自从有文字记载的历史以来，文学符号就成为文明的主要载体，这是有其必然性的。因为文字本身是表达思想的，它的外形只具有象征性而不具有形象性，中文虽然是象形文字，但本质上也是象征思想的。而思想是一个文明的精髓，是一切有形物质文明的灵魂。所以我不认为网络和影视能够完全取代文学的功能，它们只不过表明今天的人们在审美意识方面有了更多的选择空间而已。而以往那种全民关注文学的现象也并不是一种理想的状态，有太多的附庸风雅，而现在那些人都去关注网络媒体了。现在读小说和诗歌的人多半是对网络和影视还不满足的人，他们的口味更高。

至于文学中的价值判断，倒不一定与文学的发展背道而驰，问题是这种价值判断的深度如何。老生常谈的价值判断当然是不适合于文学的，它们可以到影视文化中去尽情表达，老百姓百看不厌。但文学的长处是能够振聋发聩，甚至与世俗相对抗。这就是思想性，这种思想性不是说教，往往一个有思想性的作家不见得自己能够意识到这种思想性，但他有敏锐的饱含思想的感觉。例如托尔斯泰写《安娜·卡列尼娜》，本来想写一个“堕落女人的故事”，结果写到最后，为了忠实于自己的感觉，不得不写她自杀，成就了俄国文学史上一个最具思想启发性的典型形象。但所有根据这部小说拍出的电影都未能把小说的这种思想性拍出来，只能拍出托翁最初的那种构思，即“一个堕落女人的沉沦”，观众们看了后自然得出“向卡列宁同志学习”的结论。这说明了文学的不可替代性，但只有一个有思想的民族才能意识到这一点。如果有一天，文学完全被影视和网络所取代，就证明了这个民族的彻底沉沦。

余泽民：以我看，卡尔维诺的预言只是泛泛而言，就像预言无爱性交将逐渐增多一样，但不等于说有爱的性交将会消失。思想就跟身体一样，也是需要锻炼的，一旦开始了思考，就会去读对智力有挑战的作品，好读的读物，反会被视为对智力的侮辱。当然，至于一个人什么时候开始思考，那完全是另外一个问题，现代社会，我相信不需要思考也能肩负贷款活下去的人会越来越多，这不在文学讨论的范畴之内。

小说变圆滑，也是市场效应的结果。国内的一些文学出版社，跟畅销书出版社一样，看当年年终发行量来择书，那是对文学的直接扼杀。要知道，有分量的文学书是常销书，印出来再过五年、十年也卖得出去，而畅销书不然，畅销一两年后便无人问津。我希望我们的文学出版社也能有欧洲文学出版社的眼力与静气，为要出的书分个类，分别对待；也为自己定好一个坐标，沉着固守。

但反思的作品不能圆滑。再拿“文革”题材来说，“文革”并不是“文革”悲剧的本身，而是人性本身恶的元素的浮现，即使中国没有“文革”，它也会通过另一种历史培养基体现。比如现在的消费社会，中国人表现出的集体性冷漠和向钱看哲学，不付出思想劳作的作家不可能写出有反思深度的作品。平心而论，在相似的历史背景下，东欧作家的反思比我们的作家要勇敢得多，真诚得多，“神性”得多。《和谐的天国》《赫拉巴尔之书》《船夫日记》《英国旗》《一个女人》《摘郁金香的男孩》《宁静海》

《撒旦探戈》《悲伤的上帝》《销魂之岸》等著作，莫不如此。

汪涌豪：过去小说多塑造对立两极的人物，读者也多做是非对错的价值判断，确实已经过时，并且也不符合人性的现实。但这绝不等于说作家可以放弃关怀，小说可以放弃判断。事实是，包括以新媒介形式发布的艺术作品，放弃这种对价值的关怀，对是非的判断，也是不应该的。

事实上，当下网络、影视作品，有一个很大的毛病，就在于将生活简单化，将人性单一化，弥漫着一种“娱乐至死”的颓废气息和痴愚的基调。正因为这种东西无远弗届地侵入人们的生活，文学才需要承担起提醒疗救的使命。当生活挣脱了意义的监管，一路狂奔，小说家不必以匍匐的姿态跟风随行，相反，应守住底线，乃至不惜成为理想的殉道。

那种以“人性是复杂的”为由，放弃对人性的反思，不说是对生活中、人性中一切非真、非善和非美的放纵，至少是一种没有出息的遁词。人性复杂正是我们要识别人性的理由，再说判断、识别了善恶，就一定破坏了小说的真实或艺术的创造原理？你可以做不加说明的展现呀，在一种复杂的人性表现中，你让读者看到什么叫真善什么叫伪美，不是更好嘛！所以，说因为人性复杂所以无法判断，绝对是一个伪命题。

顾　彬：“现代性”的时期，人们想改变世界，所以小说主人公喜欢采取行动。不过，现代化了以后，在一个越来越复杂的社会，人觉得不一定再能决定自己的命运。因此，法兰克福学派的一个代表，阿多诺说过，在现代社会，不是人决定什么，是社会体系决定了一切。这样人不再那么喜欢行动，小说特别是1945年后西方小说里的人物，也变得缺少行动了，小说的情节越来越弱，小说家慢慢跟诗人一样，多主张思考和反思。

但大部分读者并不喜欢读反思的小说。他们还需要别人给他讲故事，通过故事好了解自己的生活，了解世界。《圣经》说得很清楚，如果人听不到什么故事会生病。小说家讲故事就是要让他的读者舒服，不提供他们太多精神上的负担，这样他的书也可能更被读者接受和喜欢，因此，小说与消费主义是分不开的。怎么办？

小说家和诗人一样，都应当承担责任，这责任在于语言、形式和世界观方面。世界观又牵涉到政治、哲学和道德等。苏东坡和鲁迅，不管我们今天看来是怎样的对错，他们都以他们高水平的语言的著作继续影响今天的读者。读他们的作品，我们能感受到他们语言里面的力量。他们用的语言多一个字少一个字都不行。法国小说家福楼拜，对文学就提出了这样的要求：作家应该去找恰当的词。今天的小说家，无论是中国的、美国的，还是德国的，他们不少是为了钱多写不必要的句子和段落。他们这样就是背叛了文学。所以，我经常说，中国当代文学不是被政治破坏的，是中国作家自己让它倒台的。

徐友渔：网络时代、大众传媒时代并没有使文学的本性发生根本改变，只不过使文学变得小众化了，但也可以说更纯粹了。从古典（理想主义、英雄主义是其题中应有之义）到现代之间有一道坎，中国还没有越过这道坎。预支未来的条件而规避现实的问题是中国作家油滑的表现。在今日中国，善与恶、是与非的界限是一目了然的，而且其对立冲突非常尖锐。文学的反思需要的只是诚实与勇气，不需要多少高深的道理。

梁　鸿：其实还是老生常谈，无论处于何种人类的生存场景，作为写作者、知识者，都必须保持足够的独立性和警惕性，警惕这个社会对人的巨大同化作用，尤其是要警惕自身，要不断反省自身的精神、情感和生活方式。我们无法阻止“别的载体”的产生，但是，我们要尽最大努力使自己所使用的“载体”能够有足够的清醒和深度。

十八

诺奖、写作与政治

- 2010年 -

主持人：傅小平

对话者：徐友渔　张　闳　邵燕君　止　庵
李云雷　李　浩　朱振武

背　景

每年诺贝尔文学奖揭晓，是不是出于政治考虑的质疑声都会顿起。这已然成了我们的一种思维定式。2010年诺奖颁给秘鲁作家巴尔加斯·略萨，尽管世界范围内的多数读者认为他获奖实至名归，还是不免有人提出这般质疑。在颁奖决定公布后，就有美国媒体指出，瑞典学院“又一次让政治介入了文学”。

事实上，这也并不是诺奖所特有的现象，但凡人文社科领域的奖项，都很难规避一定的政治倾向性。更何况，略萨本人也的确因其鲜明的政治立场受世人关注，他在写作中对政治的深层介入，包括身体力行参与政治，时时让他处于风口浪尖，但这也在另一层面上彰显了文学介入和干预现实的力量。

在文学边缘化的大背景下，我们以此来反观自身，是否对现实政治有意无意的回避，在一定程度上导致了文学的苍白无力？体现在写作中的政治到底是什么，对于写作者又意味着什么？有理由相信在做如是追问的时候，我们已经对写作与政治的纠结，做出了一种可能的廓清和解答。

没有“纯粹”的作家和艺术。所有的人，所有的作品都是政治的，
分别只是主动的政治还是被动的政治
VS
文学的政治性，不在于其是否符合某一政治单位的“政治正确”，
而在于它总是在努力追求独立的表达

傅小平： 今年的诺贝尔文学奖颁给了秘鲁作家巴尔加斯·略萨，尽管世界范围内的多数读者认为巴尔加斯·略萨获奖实至名归，还是有人提出了批评。在公布略萨获奖后，就有美国的媒体指出瑞典学院“又一次让政治介入了文学”。事实上，每年的诺奖都会引来类似的争议，这也并非诺奖所特有的现象，但凡一个人文社科领域的奖项，要回避政治倾向性几乎是不可能的。或许是因为这种规则已经深入我们的骨髓，当我们谈论获奖作品时，一般只限于从艺术含量的角度来考虑获奖作品是否与奖项相当，反而忽略了其政治背景。对此，你怎么看？

徐友渔： 当我们谈评价文学作品或社会科学论著免不了要有政治上的考虑或要讲政治正确时，应该注意这其实有广义和狭义之分。我赞成广义地讲政治或要求政治正确，比如一个作家、一部作品，总应该讲人性、人道主义，不能提倡种族主义、法西斯主义，不能歧视妇女、少数民族，等等。

我觉得，这次诺贝尔文学奖授予秘鲁作家略萨，是因为他始终不渝地反对专制，而不是因为他倾向于“左”或者“右”。“左”或“右”是大的立场之下的具体划分，有人在这个层次上与略萨对立，就抱怨诺贝尔奖考虑政治。我认为，在大的立场上应该要求政治正确，再具体一定要与自己一致才满意，是过分了。

邵燕君： 我想，这里我们必须分清两个概念，一个是作家的职业身份或专业身份，一个是作家的公民身份或政治身份。一个作家在是一个写作者的同时，还是一个公民，甚至一个有机知识分子。通常我们指责某些奖项让“政治介入了文学”是指这样一种情形：一个作家以公民、有

机知识分子的身份倡导某种政治主张，甚至采取某种政治行动，这一政治行为受到某一奖项授予者的支持，为了鼓励其政治行为，而授予其艺术水准不够的作品以奖项。略萨显然不属于这种情形。他的政治追求不仅是文学之外的行动，更是文学内在的价值支撑。这里涉及对艺术性的理解问题。文学的艺术性不是单纯的修辞性，而是必然包含思想的张力。我不相信有“纯粹的作家”和“纯粹的艺术”。所有的人都是政治的，所有的作品也都是政治的，分别只是主动的政治还是被动的政治。主动的政治主体是有主观能动性的。

张　闳：这里多次出现了的“政治”这一概念，并引出一个悖论式的命题，但在我看来，每一次使用的这个概念，含义并不相同，也就是说，虽然使用的都是“政治”这个词，但实际上却是不同的概念，所以，貌似悖论，实则不是。

众所周知，“政治”是当代中国的语言中使用最为频繁、最为熟悉的语词之一，整个当代中国的社会生活与这个词之间存在着一种极为复杂、纠结的关系。在特定的语境中，“政治”一词的含义会有所不同。一种是跟现实权力相关的政治，一般而言，它总是站在当权者一方的，它以当权者的利益为政治的最高原则，听命于当权者的意志。而更为宽泛意义上的政治，把一切公共活动，无论是行动层面的还是话语层面的，都视作为一种政治表达。如果根据后者的原则来看，一切活动都是政治性的，文学话语也不例外。服从或抗拒，逃离或介入，依附或独立，也都是某种意义上的政治表达。

瑞典学院并非一个政治实体，而是一个跟文学相关的学术性的机构。如果说仅仅以所谓“政治正确”的外部标准来评判文学，显然是对文学的干涉。瑞典学院的行为，在我看来，并非像某些媒体所说的是“政治介入了文学”，而是正好相反，是“文学介入了政治”。这种“介入性”的行为，应该是文学的应有之义。文学的政治性，不在于其是否符合某一政治单位的“政治正确”，而在于它总是在努力追求独立的表达，在喧闹的政治舞台上发出自己独特的声音，并试图让公众能够识别。

李云雷：略萨获奖确实是实至名归，当美国媒体说“又一次让政治介入了文学”时，它所强调的其实是一种不同于他们的“政治”，并加以批评。文学本身作为象征领域的一种符号，其实与政治密切相关，无不包含着政治的因素。获奖的作品应该是政治与美学标准都能达到一定程度的作品，我们可以从艺术质量的角度要求获奖作品，也可以从政治标准要求作品。我们可以假设一下，很难想象一个歌颂侵华日军的作品能够获奖，即使它的艺术水平再高，因为这涉及一个民族的尊严、历史及面对历史的态度。而一个作品既然获了奖，当然我们应该在艺术质量上对其有较高的要求，我想这也是自然的。

止　庵：诺贝尔奖有时的确带有政治倾向性，萨特就曾以他认为“诺贝尔奖在客观上表现为给予西方作家和东方叛逆者的一种荣誉”而拒绝领奖；但是诺贝尔奖现在如果仍有政治倾向性的话，大概也与1964年萨特说这话时不大一样了。依我之见，只有因政治倾向性而降低了文学评判标准，我们才有必要特别提出并予以批评。当萨特说“很遗憾，帕斯捷尔纳克先于肖洛霍夫获得了这一文学奖，而唯一的一部苏联获奖作品只是在国外才得以发行，而在它本国却是一本禁书”，我更关心的是《日瓦戈医生》就其文学水平而论是否足以获奖。假如它当之无愧——在我看来显然如此——那么萨特式的指摘未必不是另外一种“让政治介入了文学”。萨特的话实际上有意回避了一个更重要的问题：为什么《日瓦戈医生》“只是在国外才得以发行，而在它本国却是一本禁书”？

李　浩：我觉得有人提出批评是非常正常的，本来就众口难调，事实上，如果没人批评只证明它的平庸，我一直坚持这样认为。我承认，在我的心中，可能某些人更应当得这个奖，而某些作家（我说的是已译成中文的）较为一般，我看不出他的优秀和独特的创造性来，但他们也获得了这个奖。当然，我始终坚持认为，诺奖是在“好”和“更好”之间的选择。我对诺奖有着较充分的信任度，虽然这并不表示我对所有作家所有作品都有所高看。

至于说“让政治介入了文学”，我不这样认为。诺贝尔奖给略萨，是因为他是好作家，而不是因为他是竞选总统失败者，也不是因为他的政治倾向；我没听说过哪个政治团体或个人曾以政治的名义对瑞典学院施加影响——如果没有，怎么说让政治介入了文学？另外，我想说“美国媒体”的表述也许并不确切，它可能也只是代表个人吧，就像我认为说这句话的那个美国人多少有些偏狭和盲目。我的这一判断也只代表我个人。你说呢？

如果反过来，说文学介入了政治，或者说略萨的文学有强烈的政治倾向，这我倒是有些承认，正如你所说，“但凡一个人文社科领域的奖项，要回避政治倾向性几乎是不可能的”。我们说文学即人学，在这个人学里，政治性、政治倾向是无可回避的，也不应当回避的。小说，也包括诗歌，它是对具体人、具体事物的个体考虑，可我们必须知道，人一直具有并且永远具备着社会属性，这个社会属性里面就包含着政治性。我们要求文学的思想性，这个思想性里多少是要包含政治性的。惮言文学的某种政治性，可能也是一种自欺，尽管多数的文学并不以具体的政治问题作为自己的言说目的。

我们也必须重审，文学，对文学的审视，第一位是艺术，第二位还是艺术，第三位，应当还是艺术。我对我们某些所谓“直面现实”的文学抱有轻视，就是因为他们对艺术的忽略让人难以忍受，我觉得这部分人包括对他们的作品叫好的人都曲解了文学，或者缺少那种审美能力，所以纳博科夫才那么固执、偏执地宣称，“高深的思想只是一腔废话，而风格和结构才是作品的精华”。如果从我的审美标准来看，我觉得略萨得这个奖是实至名归。我这个看法，是针对他文学作品而言的，也是从艺术的角度考虑的。

朱振武：前几天我还在跟人说，我国当代作家要想写好小说，应该好好学习毛主席《在延安文艺座谈会上的讲话》。脱离实际、不关心当下的作家不可能成为优秀作家，这样的作品也很难成为好作品。文学是现实生活的反映，政治生活也是现实生活的一部分，作为现实反映的文学作品当然要把政治纳入他们关怀的对象。我们每个人都不可能完全脱离或远离政治生活。略萨当然也不例外，政治既是巴尔加斯·略萨文学创作的重要主题，也是他人生经历的主旋律，更是他取得巨大成功的堂奥之一，但他本质上却始终是一名文学艺术家。在他看来，个人从来就不是独立于政治的社会存在；而艺术，也从来不是能够脱离于历史的虚幻构想。于是，在国家和民族的危机之中，他用自己的艺术天赋将他的所见所闻和他对时局当然包括政治的理解及关怀塑造成一个个艺术珍品。

政治，其实是你对世界真实、对人的真实的正视。

对政治的超越，并不意味着文学是一种寡淡无味的纯净水

VS

体现在写作中的政治首先应该重建文学与世界的关系，

文学不能以“纯文学”的追求，来回避对公共事务的关切

傅小平：我想很多文学奖项受到政治倾向的质疑，是基于这样一个文学共识：政治因素的介入，对文学的独立性是一种侵害。然而，换个角度看，在我们关注奖项本身的政治背景时，却常常忽略了一个非常重要的因素，那就是文学本身就天然地包含了自由、开放、宽容、多元等政治性的诉求，因此它必然会要求一个真正的写作者具有一种无畏的道德勇气和理想主义的情怀。由此，我们经常会谈到文学与政治的关系。但有一个问题或许是从来没有真正厘清过的，那就是体现在写作中的政治到底是什么？这对于一个写作者而言又意味着什么？

李　浩：你说得对，我很认同这个观点，所以，无论是谁的作品，无论是什么样的奖项，我个人都会只从文学的角度去审视它。文学，应有自己的规律和自由。米兰·昆德拉说，“发现是小说唯一的道德”“小说的智慧产生于道德悬置的地方”“缺少幽默感不会发笑，对流行思想的不思考，媚俗，是小说的三大敌人”。他的意思是对艺术独立性的重审，对艺术本身质地的重审。

如果非要用政治化的眼光看诺贝尔文学奖（我的了解仅限于文学奖），

它的确有“政治很不正确”的时候，它既授予过左派作家，也授予过右派；君特·格拉斯的某些政治观点和他的历史可能也不是评委们都认同的，而奈保尔（似乎是他）对妓女的感谢可能让许多有洁癖的人也感觉不适，这也未必是评委们意料内的。我们再看布罗茨基、贝克特、萨拉马戈等。还有，同获诺奖的萨特和加缪最终的反目不是因为文学观念，而是对世界的认识！这也就是我们所说的政治性！可是，诺奖给予了他们。我想，我们都不会以为诺奖评委们没有个人的政治倾向，或者根本看不出这些作家和作品中的政治倾向，但他们更知道，自己评的是文学奖，是对艺术、对探寻的褒奖。

我看到的是文学对政治的超越。在此，我重审我的纯文学观：它不是意味着文学是一种寡淡无味的纯净水，不包含任何有关社会、人性、政治和哲学内容——那是一种偏执的、不怀好意的曲解。事实上，文学是一门综合性的艺术，它包含这些，包含着人类关于人的全部经验。它的纯在于，无论写下的是什么，多么深刻丰富，都必须是艺术的，缺乏艺术品质的文学是不可想象的；它的纯还在于，它不是仅仅针对一时一事的发言，而是基于人类和人性、普世和永恒。对于纯文学而言，政治并不是它所要关注的核心，尽管它非常重要，尽管它对人有着深刻而巨大的影响，它要关注的是在我们的人性中，这些问题、观念产生的可能和可能的后果。你看卡夫卡的小说中，并没有有关政治的具体指涉，他的小说中没有政党、军队、意识形态，但似乎又都存在着，成为可能。

体现在写作中的政治到底是什么？这对于一个写作者而言又意味着什么？你只要写下了人就同时写下了政治。当然，这个政治非彼政治，请横眉立目者高抬贵手，别上纲上线，我是说，它包含有政治的因子。写动物，写鸟和鱼虫的爱，这里面也有政治，只是此政治又非彼政治。如果在写作中有意忽略或回避政治，那他可能写不出真正博大、优秀的作品；如果一个写作者根本意识不到政治问题，那他只可能是小作家。政治，其实也是你对世界真实、对人的真实的正视。

徐友渔：对一个作者或作品有政治要求，但这个标准应该相当基本和宽泛，也就是你说的“文学本身就天然地包含了自由、开放、宽容、多元等政治性的诉求，因此它必然会要求一个真正的写作者具有一种无畏的道德勇气和理想主义的情怀”。其实，有些邪恶的东西在美学上是有魅力的，比如希特勒的讲演，那个歌颂法西斯的女导演里芬施塔尔的作品《意志的胜利》。独立性、无畏的道德勇气等是优秀文艺作品的必要条件，那是遵命文学、服务文学所没有的。批判性也是最重要的条件之一，当然这指的是对自己所处当下环境的批判，在北京批判华盛顿的帝国主义就比较讨巧，它不冒风险。中国有些宣称自己有批判精神的人总是舍近求远、避实就虚。

张　闳：通常人们把不同的政治集团为了自身的利益而互相争斗或妥协，看成是政治生活的核心部分。这只是政治的一种表达方式。言辞和话语也是一种政治。文学表达无疑也有其政治性，但它显然不是一般意义上的政治表达，它往往以拒绝某种特定的政治利益单位的立场和价值，以自身美学上的完整性和独立性，来完成其政治表达。

写作首先是一件发生在私领域内的事情。写作不具有在公共领域里公开展示的功能。当人们面对一个书写文本（比如文学作品、学术著作等）的时候，所见到的是一个已然完成的作品。写作是写作者在孤独状态下完成的动作。与写作行为的孤独性相一致，书写作品的文本内部也是一个相对孤独的空间。一个作品一旦完成，即有着相对稳定的形态，而且要求作品有一种内在的自足的和自我完善的特性。文学作品遵循其美学上的完满性，学术作品则遵循其逻辑上的完满性。这种相对独立、自足的完满性，并不会轻易随外部环境和舆论力量而变化。

在文本的私密领域内，文本拥有其自足性，但它并非一个自闭的空间。通过传播和公众的阅读行为，文学的话语空间向公共领域敞开。文学在其内部空间，模拟公民社会的状态。文学以及人文学术的写作所建立起来的“书写理性”，它与公民社会的政治理性相类似。每一个个体都是独立的，并有权选择自由表达的方式和对象。虚构性写作、纪实性写作、学术性写作和批判性写作，凡此种种基本的写作类型，实际上也可以看作公民社会意见表达的诸种方式。个体的独立性要求和内在的精神律令，是建构其公民主体的基本保证，正如文学和学术遵循其自身的美学的和逻辑的规律。

另一方面，每一个独立、自足的文本，又是无限敞开的。文本与读者之间，构成了一个奇妙的交流装置，更为重要的是，这种交流并非简单的单向灌输和控制。读者有权随时抛开手上的任何作品，如果他对它不满意的话。他甚至可以因为愤怒而撕毁手中的书，这也是正当的行为。从这种理想的文学阅读关系中，我们可以看到理想的公民社会交往伦理的雏形。通过阅读关系，作者与读者共同建立起一个微型的有关美学和价值的“精神共同体”。而真正意义上的公共空间由此开始形成。

朱振武：我们可以把政治理解成上层建筑领域中各种权力主体维护自身利益的特定行为以及由此结成的特定关系。我们每个人都不是生活在真空中，即使我们再“纯洁”，都不可能彻底摆脱政治生活的影响，都不可能使我们的文学想象不浸染意识形态的东西。换句话说，没有任何政治因素的作品一是不太可能，一是也很难成为好作品。

文学是现实生活的形象表达，因此它毫无疑问要关乎当下，所谓的当下很大程度上就是现实政治生活。略萨的小说，美国作家丹·布朗的小说《达·芬奇密码》《失落的秘符》等，都没有离开过政治，特别是《骗局》，是典型的政治惊悚小说。丹·布朗作品走俏的原因其实也许简单得很，那就是他的每部小说关怀的都是当下和未来，尽管其作品的材料或素材从历史的沉渣中搜索了不少，但这些爬梳来的东西无一不是拿来为现在——或时髦点说就是为当下，当然也包括为政治服务的。

邵燕君：你这里所说的“文学的独立性”背后有一个神话，这个神话就是20世纪80年代中期以来创造的纯文学神话。而纯文学的概念本身就是政治的。在80年代改革开放的语境中，它具有明显的抗拒意识形态专制、摆脱文学“工具论”的反抗意图；在90年代“告别革命”的语境中，它很快与“专业性”结合，成为新的主流意识形态。今天的纯文学甚至去掉了形式实验的爪牙，变成对各方面都没有触及的温柔敦厚的圆熟之作。所以我说，纯文学是最政治的，尽管这种政治是被动的。

李云雷：在80年代，我们都追求一种独立于“政治”之外的纯文学，这在经历了“文革”之后，也是一种可以理解的选择。但是另一方面，如果我们不将政治理解成某种政治主张或者具体的社会政策，而理解为一种公共事务，那么文学就不能以纯文学的追求，来回避对公共事务的关心。我们可以看到，80年代以来文学的一个弊端在于极端的个人化或私人化，但是我们也可以看到，即使是最为个人或私人的事情，都与公共性或时代相关，比如我们每个人的身体，也会因为美容业或时代审美标准、健康标准的变化，而发生巨大的变化，但是我们的文学却缺乏对公共事务的关心、思考、参与，这也使得文学本身失去了公共性，我认为体现在写作中的政治首先应该重建文学与世界的关系，恢复对公共事务的关心，而对于一个写作者来说，则需要具备一种理解他人的能力、理解世界的能力，而不能仅限于个人的世界中——事实上，如果我们不能理解他人与世界，甚至也不能更深刻地理解自我。

止　庵：我的看法是，文学作品可以有政治因素，但并不必须有政治因素；基于某种政治立场，否定或忽略作品的文学价值，无疑是错误的。举个例子，根据诺贝尔的遗嘱，诺贝尔文学奖应授予“在文学方面创作出具有理想倾向的最佳作品的人”；易卜生、托尔斯泰和斯特林堡被排除在获奖者之外，多少与此有关。现在回过头看，与同时期的获奖者相比，易卜生、托尔斯泰和斯特林堡的作品显然更具“理想倾向”，由此可见，当年瑞典文学院对于所谓“理想倾向”的理解何其肤浅。

文学介入政治，不是直接地介入，而是以文学的方式介入，
那就是以艺术的方式表达出我们的意见、看法

VS

对于现实生活的真正意义上的介入，必然是政治性的。
不谈介入政治，充其量只能说是作家的一种话语策略而已

傅小平： 近些年，学界一直在反思文学边缘化的问题，其中有一点是大家不约而同都会谈到的：作家对当下现实失语。也因为此，底层写作被看成是贴近生活真实的写作而受到格外关注和推崇。但我有一个疑问，我们强调作家写作应该关注和介入现实，却避而不谈介入政治。这是正常的吗？其实，一个很简单的事实是，政治是现实生活中一个很重要，甚至可以说是核心的内容，它渗透于生活的每一个神经末梢。然而，我们在谈论文学问题时，下意识的反应就是作家脱离生活现实。但是否对现实政治有意无意地回避和不能正视，也在一定程度上导致了文学的苍白无力？

李云雷： 的确如你所言，对现实政治的回避，也在一定程度上导致了文学的苍白无力，但是另一方面，我们强调文学介入政治，也不是一种直接的介入，而是以文学的方式介入，那就是以艺术的方式表达出我们的意见、看法与想法，这本身就是一种介入。以鲁迅为例，他既没有直接参与到现实政治中，也反对仅仅将文学当作一种宣传，而是通过自己的笔，通过自己的作品参与到思想文化界的争辩之中，从而获得其社会与政治意义。提倡介入的萨特也是如此，他也是以自己的文学与哲学作品介入的。

李　浩： 作家对当下现实失语，它的确是个问题，不过，我们当下的刊物选刊选的不都是“贴着地面行走”的所谓现实主义的小说吗？我们的现实主义多么轰轰烈烈！

学界，如果存在这一学界的话，他们对文学边缘化的反思我以为是

错谬的，文学的边缘化不是因为我们非“现实主义”，而是，社会整体缺少读书环境，社会整体在浅薄化、弱智化，“娱乐至死”。你问一下，这些学界的学者们培养的学生，有多少人在读文学书，无论是国内的还是国外的，经典的还是当下的。文学的边缘化问题也在于，我们整个社会或者更广阔点说，整个世界、整个人类在近几十年的进程中，都进入一种高热的商业热情中，进入到娱乐化、浅薄化、粗鄙化之中，可以说，整个世界能够安静下来，用脊椎骨去阅读，领略文学之美、细致之美、会心之美吗？莱辛获得诺贝尔文学奖后，在斯德哥尔摩发表的演讲词中不也提出了警告？我们学界的学者们，请先在你们的自身和学生中培养阅读热情吧，把自己培养成一个优秀读者吧。

优秀读者，现在他们的存在凤毛麟角。我们别对他们再进行误导了。纳博科夫说读书人的最佳气质在于既富艺术味，又重科学性，他说，对小说的欣赏是用脊椎骨来完成的，“可以肯定地说，那背脊的微微震颤是人类发展纯艺术、纯科学的过程中所达到的最高情感宣泄形式”“要是消受不了那种震颤，欣赏不了文学，还是趁早罢休，回过来看我们的滑稽新闻、录像和每周的畅销书吧”“面对文学作品，去研究它的社会学效应，或政治上产生的影响，这种方法主要是应某些人而生的，也不得不如此。这些人因性情或所受教育的关系，对货真价实的文学之美麻木不仁，感受不到任何震动，从未尝到过肩胛骨之间宣泄心曲的酥麻滋味，我一而再、再而三地说，不用背脊读书，读书还有何用”。

似乎昆德拉也说过这样的话，他说，有些人，是不懂得领略艺术的美的，他们要的只是明确的、先于理解前的判断。他们要选择正确，要的是一个简单划分的世界：要么卡列宁是有罪的，要么安娜·卡列尼娜是个荡妇，她必须去死。在这里，他们把艺术看成是现实、政治或思想的附庸，在某种意义上来说是对艺术的贬损。

张　闳：对于现实生活的真正意义上的介入，必然是政治性的。不谈介入政治，充其量只能说是作家的一种话语策略而已，并不能视作文学可以不介入政治的证据。在当下中国，关心底层，介入现实生活，能够漠视底层的痛苦吗？如果不能，那么你的写作就必然是政治的，否则，你就不能说自己的写作是关注底层。底层这一概念，本身就是一个政治概念。

近年来，所谓“底层写作”一类的说法纷纷出笼，但在更多的时候，它们只是一个口号，一种姿态，作家为自己赚取道德豁免权的一种借口。面对现实的不公和苦难，作家的表达躲躲闪闪、装腔作势，这种虚伪的写作不苍白无力才怪呢！

邵燕君：“底层文学”是文学躲进纯文学的象牙塔近二十年后，当代作家首次大规模地面向现实的写作。文学是否能深入地表现底层，这在相当程度上考验着中国当代作家表现现实的能力。应该说，这一轮的底层文学取得了相当的成就，出了一些有分量、有影响的作品，但是也确实显现出深层的困境。其中，最深的困境就在于作家思想资源的薄弱。于是，人道主义这套在五四前后传入中国、在新时期思想解放运动中再度深入人心的价值体系，成为迄今为止“底层文学”写作者主要的思想资源。尽管以中国当下社会发展进程的特殊性而言，这套产生于西方资本主义发展初期、曾支持欧俄批判现实主义的思想体系，仍然有着很大的发挥空间，但毕竟难以应对21世纪的新问题。思想资源的陈旧和滞后使“底层文学”在最初的爆发后难以继续走向深入。作家们写出了底层的苦难，却无法挖掘苦难背后的根源；写出了底层人的不幸，却只能哀而不敢怒。在当下的话语体系里，“底层”这个本来就暧昧的概念外延被无限扩大（甚至扩大到任何一个阶层的弱势一方），越来越接近于“小人物”。于是，“底层”的苦难被轻化为“小人物”的悲欢。沿着这一路径，“底层文学”的异质性和挑战性正在被逐渐消解，虽然人多势众，但很可能未能走深就“自然”落潮，融入主流叙述中去。

徐友渔：政治是现实的重要组成部分，但现实并不全等于政治。直白地谈政治的文学作品不是好作品，因为文学就是文学，不能靠政治加分，用文学的形式反映政治，只能在初级的、实用的层次，不能在真正的艺术层次。许多优秀文学作品与现实有关，但也有一些优秀作品与现实不太有关。当代中国文学的问题不是与现实无关，而是有意歪曲现实、粉饰现实，你不谈现实也可以，比如去写神话、童话，写历史。令人恶心的是明明接触到现实而用逢迎的态度，用没有是非甚至颠倒是非的态度去写。其实，写非现实的情况也有一个价值立场的问题，是否坚持真善美的问题。张艺谋的电影歌颂秦始皇的专制和侵略性的征伐，把大一统抬到至高无上的地步，与“孟姜女哭长城”的传统相对立，与人民性、人道主义对立，人们就接受不了。

止　庵：文学可以介入政治，也可以不介入。举个例子，在日本，前者有大江健三郎，后者有川端康成，介入政治与否并不影响他们的文学成就。即使要在他们两人之间分出高下，也绝不会以其是否介入政治为标准。“脱离生活现实”，未必意味着脱离人类理想，而人类理想当然包括对于美的追求。

朱振武：是作家们对当下现实失语，还是我们的思维方式出了问题，抑或是我们的价值体系需要反思，或者是我们的学养和艺术素养不够导致我们的功力不够，这些问题值得我们思考。

既然政治像空气一样密布于我们的生活，对它的正确态度，
就是正视和捕捉它的存在，让它得以艺术地呈现
VS
今天要写出真正具有“现实主义精神”的作品，
对作家思想力的要求，远比价值形态相对稳定的年代为高

傅小平：既然在写作中，政治是无法回避的，那写作者需要面对的是怎样表现政治。从我国当下的文学环境来看，我想这是一个很纠结的问题。新中国成立以后到改革开放前，为政治而写作的“遵命文学”，导致的是对文学艺术价值的严重摧残；另一方面，就我们的思维惯性来看，政治与艺术两者很难在一部优秀的文学作品中并肩共存，似乎只要沾染上了政治，必然遭遇的将是艺术生命的短暂。这样也让人在写作中不由

生出对政治的疏离。不过，这些更像是写作者为自己寻找的借口，政治其实完全可以完美地融合在写作中，主要看作家有没有对其进行同化和再造的能力。就拿加西亚·马尔克斯的《百年孤独》来说，这部名著甚至可以看成是拉美历史和现实政治的隐喻性书写，但它无疑也达到了相当高的艺术水准。另外，巴尔加斯·略萨坚持不懈的“结构现实主义”有着强大的生命力，也并非因为它是一种单纯的写作技巧，而主要因为它同时也根源于现实政治的。

李　浩：略萨说，文学是表达生活的一种方式，我非常认同他的这句话，虽然我的“生活”未必与他的“生活”是完全重合的概念；表达生活，当然需要对政治和政治问题有所发言，这的确是无法回避的。

我们的惯性思维，再重复一下米兰·昆德拉的话，对流行思想的不思考是文学的一大敌人，只要成为我们的惯性思维，就可能属于流行思想了。同样是米兰·昆德拉的话，他借一个小说中的人物说，我不是反对某某主义，我是反对媚俗。在这里，我在想，我们的惯性思维中是否把政治狭窄化了，或者妖魔化了？其实，对人的生命和尊严进行保障，保障他的自由不受侵犯，保障他不受抢劫、侮辱，这是政治啊；运用合理的合适的税收保障公共设施建设服务民生，这也是政治啊。导致艺术生命短暂的不是沾染政治，而是“为政治”的写作，按照政治理念图解化的写作，这类写作本来就缺乏艺术性，缺乏有自我在场的“血肉感”，它不速朽才是怪事。为市场而写作，为改编成影视而写作，为了什么所谓专家教授而写作，和“为政治”的写作本质上是一样的，都可能是速朽的。尽管它们在当下都那么大行其道。

当然，像《1984》《动物庄园》一类的小说，它有着强烈的政治针对性和较为深刻的寓意，但在许多大作家那里，它们同样不占有非常高的艺术位置：因为它们在艺术性上有所匮乏，它们完全可以用一种说明文式的政治宣传册来完成。小说、文学、艺术必须把自己的根扎在艺术性中，扎在其他学科所不能替代的土壤中。所以，我以为对政治的正确态度是，既然它像呼吸和空气一样密布于我们的生活，我们必须正视和捕捉它的存在，让它在艺术中艺术地呈现；同时，我们又不能从一个极端进入另外的一个，我以为一个作家更应关切的是人性之谜，是这一切之所以存在和发生的可能。

“政治其实完全可以完美地融合在写作中，主要看作家有没有对其进行同化和再造的能力。”——对此，我深以为然。我非常认同你所说的这句话。这一点，不仅是个技术问题，更是思想力和超越个人情绪判断的问题。

说实话，我不太愿意使用什么“结构现实主义”“魔幻现实主义”“意识流”等诸如此类的提法，20世纪以来，所有的作家都有融汇使用多种艺术手段的能力，而贴标签的方式只会使它简单化，进而僵化。不过，我们也必须看到作家们对艺术技巧的注重和准确的把握能力，这些更能让那些作家呈现出强烈的“个人面目”。略萨的所有小说几乎都来自他的生活，我看过一本《谎言中的真实——巴尔加斯·略萨谈创作》的书，是赵德明先生译的，其中略萨的自传《我的人生与文学道路》让我读得非常入迷，我觉得，他本身就是一部复杂的、有着众多包含的大书，他得奖后我和朋友李亚也谈道：“他本身的经历就足够获奖。”——当然这肯定是一句玩笑。我们得承认，略萨并没有像马尔克斯那样建构生活寓言，也并没有像博尔赫斯那样习惯玄思和追问，他更多的是呈现给我们生存自身所具备的丰富多义，他发现并使用着那种源自生活生命本真的混浊和冲击。

我所喜欢的作家，像卡尔维诺、博尔赫斯、尤瑟纳尔，他们的写作更多的是智慧之书，是对人存在可能的探究，敞开对人的多重理解与追问，他们甚至建造了一个与所谓现实相对应的彼岸。当然，我也喜欢像君特·格拉斯、拉什迪、胡安·鲁尔福，他们有着复眼，写下他们所见的多侧面的现实——我必须强调首先是他们文字中强烈的艺术气息让我入迷。

张　闳：把所谓“遵命文学”视作政治的文学，这本就是对文学的政治功能的一种严重的歪曲。从宽泛的意义上说，奴才和吹鼓手对强权的俯首帖耳和歌功颂德，当然也是一种政治，但这只是主人和奴仆之间的利益交换的政治游戏。

在某段时间里，文学曾呼吁减少政治对文学的干涉。写作者感觉到政治强权对自身安全的威胁，而以文学“美学独立性”和“非政治性”来自卫。从更宽泛的意义上看，这显然是一种政治策略。表示对政治疏离的纯粹的话语游戏，也可以视作一种政治表达——妥协的、退缩的政治态度。

拉美文学的新技巧，并非一种话语游戏，而是一种针对现实生活之秘密文本的高强度的解码手段。现实生活（包括政治生活）以其繁乱琐碎的细节尘埃，掩饰了世界的真相，马尔克斯、略萨他们发现了其间的结构性的秘密，他们通过特殊的文学叙事手段，拂去了生活世界表面的尘埃，进入了拉美大地的深处，它的孤独、荒诞和希望一下子呈现出来了。这就是现代文学的力量。

邵燕君：我们一直嘲笑“遵命文学”，其实，近来的许多“史诗性”的鸿篇巨制，其水准远不如当年“三红一创”等“革命历史小说”。其中一个重要原因就是作家缺乏一种整合的、高屋建瓴的政治视野，不管是主动的还是“遵命”的。作家必须以个人的方式做出独立的思考、选择和判断，这也就意味着，今天要写出真正具有“现实主义精神”的作品，对作家思想力的要求，远比价值形态相对稳定的年代为高。然而，与之相应的现实情况是，自从80年代末文学界逐渐与思想界分离后，中国大多数作家的思想水准实际上停留在80年代，对90年代以来思想界面对社会重大变迁的思考、争论少有了解和吸收，更不用说在深入思考的基础上形成自己明确的价值立场（即使形不成完整的观念体系），在对现实进行详细解剖中提出有深度的批判或质疑，这正是那些有史诗雄心的“时代大书”陷入溃败的根本原因。

李云雷：对新中国成立后到“文革”前这一段时期的文学作品，我们现在研究得很不够，仅仅以“遵命文学”很难概括其实质，其实那是另外一种实践与探索，探索文学的人民性、民间性与民族性，具体实践的结果我们可以讨论，但这样的探索是值得尊重的。

我同意你说的政治可以完美地融合在写作中，但这也对作家本身提出了很高的要求，需要作家把握历史与现实的能力，及其艺术上的功力，并能够将二者结合起来。当然作家对现实社会与政治的关心是首要的。

止　庵：我在上面已经谈到，文学并不一定要与政治有关，但这并不排除有将两者完美结合的作家，不只是加西亚·马尔克斯和巴尔加斯·略萨，还可以提到加缪和索尔仁尼琴，他们获得诺贝尔奖可以说是实至名归。

朱振武：为政治而政治的写作应该不在我们的讨论之内，那和写作班子有什么区别！高明的作家完全可以将政治与艺术融汇在一部作品里。新中国成立以后到改革开放前也不都是为政治而写作的“遵命文学”，好的作品还是能数出不少来的。

那种毫无政治风险和思想创新的写作，在西方世界仍具有挑战性和冒犯性，其实是一种对现实政治的变相依附和媚俗

VS

无论是介入还是超越，或是以不同形式介入，

都离不开作者高超的文学功力和对于人类生活的深刻理解

傅小平：如果说国内的作家远离现实政治，未免有些偏颇。且不说，他们中有一些在现实中熟谙政治，在写作中也体现出了对政治的思考。比如，在一些作家创作的官场小说中，多的是和政治的正面交锋；一些作家祭起米兰·昆德拉的大旗，言必政治与性，意图通过性来解构政治；还有的作家把笔触伸向历史和民族文化心理的深处，写的是过去的历史，也未尝不包含对现实政治的思考。应该说，相比脱离现实的向壁虚构，这种直面现实政治的精神让人敬佩。但仔细寻味，你还是会发现，他们的批判和反抗其实缺少一种独立的价值立场，相反却可能是对现实政治的一种变相依附和媚俗。

邵燕君：我们这里还是要区分政治题材和政治立场，而且，政治和权力也是两回事。许多官场小说写的是权力游戏，与政治无关。说到题材和诺奖，还特别需要警惕一种哗众取宠、献丑媚俗的态度。近年来我们一些颇有“诺奖呼声”的当代作品，往往有意挑选一些“特别中国”的题材，一种惯常的写作方式就是用性解构政治。这些作品表面上采用一种“新历史观”——把革命历史小说的叙述颠倒过来（如讲述好地主和坏长工的故事），事实上这种“新历史观”在《白鹿原》获茅奖的90年代已经被主流意识形态所接纳。然而在西方一些人僵化的冷战逻辑中，这样毫无政治风险和思想创新的写作仍具有挑战性和冒犯性。这其实也是一种对现实政治的变相依附和媚俗。

李云雷：官场小说中的“政治”，其实可以说是一种“小政治”，是具体的人事纠葛，与我们所说的“大政治”不同，相比而言，缺乏一种对现实政治的总体思考，以及政治理念、立场。而像昆德拉那样“超越”政治，以及对历史的思考，其实也是对现实政治的一种回避，在这个“去政治化”的时代，其实最重要的是直面现实生活中那些最为迫切的问题。

李　浩：请原谅，我个人阅读国内的作品相对较少，而类型化的小说则更少。不过，通过你的描述和阐释，我认为你的判断可能是对的，这里面有更多的是“变相依附”与“媚俗”。我在一篇文章中谈道：中国的写作者似乎关心成功学远甚于文学。刊物特别是选刊口味决定写作方向是一个基本事实。我们见惯了太多的“集体讲述”——《活着》获得成功之后马上跟了一批大大小小的“准活着”“类活着”，它们并没有延续《活着》中对人生境遇的思考，却发动了一场规模巨大的“比惨运动”，大家“集体讲述倒霉蛋的故事”，看谁更能撼动人的泪腺；《玉米》成功之后跟着一批小玉米青玉米老玉米，欲望叙事被提出时大家纷纷开始欲望叙事，“底层写作”被强调了大家都换下西装围上白羊肚毛巾，努力显得苦大仇深……当下的长篇小说写作又集体宏大起来，大家怕显得不够宽阔不够“经典”，于是又集体动辄书写五十年六十年一百年的“风雨变幻”，这种宏大恰恰显露了许多写作者内存不足，更明晰地显示了苍白。——通过性来解构政治，无论它是否要于我们的生活，是否属于所谓“国情”，我们都拿来一次次复写，让你看得真是味同嚼蜡，不，是被别人嚼过三十个小时的口香糖，有时我不得不惊异地佩服某些作家的复写能力和敢于一次次复写的勇气。这同样是对流行思想的不思考，无论这种流行思想来自哪里，来自谁。

不过，我也必须为“脱离现实的向壁虚构”说几句话。虚构，是小说家的天赋权力，纳博科夫曾谈道：“我们可以从三个方面来看待一个作家：他是讲故事的人、教育家和魔法师。一个大作家集三者于一身，但魔法师是其中最重要的因素。”如果我们不试图掌握魔法而只在现实这摊泥沼里打转，不试图有某种超越，建立部分的彼岸感，这样的小说在我看来也不太值得一读。我再次提及我所喜欢的那些作家：卡尔维诺、博尔赫斯、卡夫卡、尤瑟纳尔、拉什迪、马尔克斯……他们不是不关注于现实，他们的生活和“现实”是创作的根与基石！但在他们的写作中完成了超越，他们建立了一个梦与现实完美黏合的新世界，在他们的写作中那种魔法得到了充分展现。这些大作家们深深知道，他的文本所要面对的对象、现象、目的，都可能因时代的转换而失去“现实感”和“现实意义”，某些问题（特别是政治问题）在下一个时代可能就不再成为问题——但那令人眩目的、隽永深久的艺术却能够得以保留，获得长存。莎士比亚写下的国王故事并不因国王的消失而进入消失中，他关于“活着还是死去”的追问至今依然是我们要面对的问题。我的看法是否多少与你有些相左，愿意和你有更多的交流。对于写作者来说，我更关注文本，甚至是唯一关注，所以我也不太知道主流。

止　庵：无论是介入还是超越，或是以不同形式介入，都离不开作者高超的文学功力和对于人类生活的深刻理解。无论加西亚·马尔克斯和巴尔加斯·略萨，还是加缪和索尔仁尼琴，他们所取得的成就均与这两方面有关。相比之下，我们的作家正是在这两方面水平有限，介入也好，超越也好，并无决定意义。

朱振武：目前，国内的作家并不是远离了现实政治，而是由于多种原因缺少深刻的政治关怀和对现实社会的深刻洞见。还有一些作品试图用西方文学和文学批评中的一些写作手法和批评话语简单图解和结构我们的社会现实，就显得更加拙劣和落伍。

徐友渔：应该说，有社会责任感和良知的中国作家不算少，他们的问题不是方向问题，而是水平问题。当然，他们未见得要求自己写出传世之作，我们也不应该强求。谈到“获得主流社会的认可和好评”，不宜简单化。我们只能就其规模和声势定义“主流”，其中还要分官方和民间、政府和社会。

脱去那些业已僵死的躯壳，文学的精神将会在其他表达形式上复活，在与现实生活的搏击中，获得新生
VS
抓住当代世界的复杂性，并不是小说唯一的追求，它还可以为这个世界提供情感、心灵并赋予其形式

傅小平：当下，也有一种流行的观点认为，一个高明的作家，他的写作应该表现出人类普遍的生存处境。事实上，这也成了一部文学作品是否具有经典性的重要标准。以此来看，对写作而言，对人性和存在等问题的关注，其重要性是远远大于具体的现实政治的。这不难从作家的创作中找出例子来，打个比方，茅盾的作品，因为对时局的关注，等到时过境迁，其作品的魅力就黯然失色。相反，沈从文、张爱玲等的作品，却因专注于对人性的探索，在尘封多年后，依然绽放出夺目的光彩。这似乎也在警示作家写作，应该撇开暂时性的政治并追求永远的艺术的纯粹性，当然随之而来的却可能是文学影响的式微。我想也正是在这个意义上，2001年诺贝尔奖得主V.S.奈保尔断言，小说的时代已然过去，只有报告文学那样的非小说作品才能抓住当代世界的复杂性。

邵燕君：我认为没有“人类普遍的生存处境”，只有每一个人具体的生存处境，普遍只有透过一个一个具体才能抽象而出。同样，没有“超

越时代”的作品，只有“穿透时代”的作品。我不想在此评论茅盾、沈从文作品的高下，但说关注时代变迁的作品一定低于专注于人性探索的作品，这个公式无法推演出托尔斯泰和契诃夫的文学地位。对于沈从文和张爱玲的追捧也是一个神话，这背后有纯文学的神话，也有海外汉学权威的神话，有“告别革命”的现实语境，也有对革命历史的规避隐痛。至于奈保尔的断言，我以为反映了当代作家的一种普遍思想困境，小说是隐喻，需要有对世界整体的看法，而报告文学则可以描写破碎的现状。这也是贾平凹写作《秦腔》的态度，既然已经无法叙述，就只能描述，不能书写历史，只能记录现实。但我更愿意把这看作是作家的困境而不是宿命。内心深处，我仍然期盼能把握现实本质的“时代大书”，哪怕其时代逻辑是有争议的，但至少是卓然独立的。

张　闳：文学的政治性，并不只是对某种暂时的、有限的政治局势的关注，这一点毫无疑问。古典小说总是试图通过一种总体性的叙事，来表现更为广泛的生活现象和更具普泛性的精神内容，并以艺术自身的完满性来保持与具体的、不完满的现实生活的距离和批判性的立场。如果文学确实跟人性有关的话，那么我们并不能断言，有关人性的探索已然终结。事实上，所谓人性从来都是在现实生活的沉湎或搏击的过程中呈现出来的。茅盾的问题并非在于他过分关注现实，而是在于他过分以某种既定的观念来图解现实（以及政治）生活。

然而，在信息时代，面对瞬息万变的现实世界，这种古典的文学表达，确实显得力不从心。极端一点儿说，甚至连奈保尔所推崇的非虚构类的文学作品，也不一定能抓住现实世界的复杂性和易变性，纪实的影像作品和互联网所提供的实时性、多媒介的作品，比任何文学性的书写，都更具表现力和冲击力。在此背景下，文学存在的可能性和意义，确实受到了前所未有的挑战。或者，也可以这样说，正是在这样一个危机的时刻，文学的特有本质方有可能真正被揭示出来。

如果我们不再拘泥于某种固定不变的文学观念，不再拘泥于刻板的文学体裁和文类的区分的话，文学的生命力则有可能以另一种方式呈现出来。很可能某种固定的文学样式和表达手段确实已经或正在死去，但如果我们把文学看作是一种特殊的言说方式，一种有别于信息传达、日常交流等直接功利目的的言说，一种以锋芒锐利的言辞穿透生活世界的表象，抵达存在和人性的深处的话语形态，一种针对现实生活中的强权、邪恶的批判性的语言锐器，一种能够通过语词在自身内部构筑一个相对自足和形式上相对完美的思维结构和话语装置，这样的话，文学不仅不会死去，相反，它在今天这样一个混乱、平庸、轻浮、丑陋和唯利是图的时代，显得格外稀缺。死去的某种文学形式，很可能它本身早已垂死，它只是徒有文学的躯壳，这种僵死的躯壳，反而阻碍了文学的生命。脱去那些业已僵死的躯壳，文学的精神将会在其他表达形式上复活，在与现实生活的搏击中，获得新生。这在我看来，恰恰是当今文学的希望所在。

李　浩：我不知道奈保尔是在什么情况下说这句话的，如果他真的曾如此言说过（其实我在之前也确实读到过他的这个言论，只是已经忘了具体的语境），我觉得这是片面的、荒谬的，这泄露了他的部分无能——我建议他读一下君特·格拉斯和拉什迪，你看他们是如何抓住、呈现、建构当代世界的复杂性的。当然，如果是出于某种感吁，小说的时代的确已经过去，包括多数艺术的时代都已过去，我们人类在悄悄地消灭高端，消费着平庸。当下，各种学科的分工越来越细，把握世界整体性的难度的确是越来越大，而哲学和小说似乎还有努力的可能。小说，依然可以把人类当成一个整体来打量。

文学的影响式微，是的，这也是我作为写作者越来越感受的痛。我希望那些忙于奔跑却不知跑向何处的人慢下来，看一下沿途被忽略的风景，我希望更多的人能够感受文学和艺术的美妙，审视和打量我们自身，追问我是谁，我从哪里来，到哪里过，这样的生活有无另外的可能。大江健三郎有句自喻，他引用的是《圣经》里的话，“我是唯一一个逃出来向你报信的人”。一个作家的存在，一个优秀作家的存在，不会受太多非文学本质因素影响的，无论他的写作有无所谓读者，有多少读者，众还是寡，他更应关注、思考的，是他希望通过文学向人类传达怎样的信息，他在写作中表达了怎样的反思、追问、疑虑和两难。在此我转述一句话：“作家，应当是人类的神经末梢。”在写作的时候我会用它来提醒我自己。

“一个高明的作家，他的写作应该表现出人类普遍的生存处境。事实上，这也成了一部文学作品是否具有经典性的重要标准。”——我承认到现在为止，我认同这一流行的观点。这一观点，我可能认同了二十年了，是否需要更换新的？等我怀疑过了，也许会。

徐友渔：我认为，什么事情都不要简单化和一概而论。茅盾作品经不起时间磨洗，不在于关注时局，而在于用固定的理论去图解时局。托尔斯泰写一场战争，写一个民族保家卫国，《战争与和平》无疑是巨著。文学作品的生命在于忠实于生活，茅盾没有做到这一点。

奈保尔说的话有些偏颇。我不认为小说时代已经过去，报告文学反映现实有优势——快速、简洁、包容面广，但反映不出某些细腻微妙的东西，精神层面的东西。我们这个时代即时的、浅白的东西大行其道，但对深刻微妙东西的欣赏并没有停止。我认为妨碍读者欣赏纯文学作品的，是作家太自我中心，在自己的作品中太注重自己喜欢的探索和实验，读者跟起来困难，阅读的门槛太高。文学作品的要义毕竟是与读者共鸣，而不是要求读者信任而进行艰苦的跋涉，小说不应该是只写给评论家看的。

李云雷：其实我们也正处在历史之中，我们只能通过对具体现实生活的把握才能考察“人性”或“人类普遍的生存处境”，而不是在抽象或想象中去把握。关于茅盾与张爱玲的评价，也是处于历史的变化之中的，据我的了解，现在对包括茅盾在内的左翼文学的研究，正是当前文学研究界最为关切的焦点之一，而张爱玲虽然作为一种文化符号在某些群体中虽然较为流行，但在文学研究界其重要性已经大不如前了。

“永远的艺术纯粹性”是一个值得反思乃至怀疑的说法，文学与艺术的评价标准也处于变动之中，并不是那么“永远”与“纯粹”。

“抓住当代世界的复杂性”并不是小说唯一的追求，它还可以为这个世界提供情感、心灵并赋予其形式，还可以提供想象未来的可能性，所以在这个意义上，小说的时代并未过去。

止　庵：我只补充一点。茅盾的作品与沈从文、张爱玲作品之间的高下并非因为“对时局的关注”与“专注于对人性的探索”之间的区别所造成，最终还要归结到文学功力以及对人类生活的理解上去。

朱振武：文学作品具有娱乐性，这是毋庸置疑的，但没有教诲功能的文学作品也是有大缺憾的，它应当引导读者一起思考我们当下应该关注的一些问题，或者是一些关乎人类生存状况和未来命运的大是大非问题。顺便说一下，我不敢苟同经典作品过时的说法，经典作品之所以经典，原因之一就在于它的与时俱进性，它的功用就在于激起不同时代读者的共鸣，并激起读者的某种集体无意识，这一点卡尔维诺的《为什么读经典》说得最为深刻！

十九

重估当代文学

－ 2009 年 －

主持人：傅小平

对话者：张　炯　张　柠　张　闳　贺仲明　洪治纲
贺绍俊　李建军　汪涌豪　葛红兵　张清华

背　景

近年，“重新评估当代文学”成为文化界备受关注的话题。

如果说，由作家王蒙2009年10月在法兰克福书展上所谓“中国文学处在最好时期”的言论，引发开去的一场关于中国文学是处在“高峰”还是“低谷”的争论，更多停留在悬而未决的口头或书面的争执上，最近，由评论家张炯主编，张柠、张闳、贺仲明和洪治纲四位中青年学者共同推出的“共和国文学60年”四卷本，则从另一个角度对这一话题做出了一种“面向文学史”的可能的解答。

事实上，自20世纪80年代，《上海文论》开辟由陈思和、王晓明主持的“重写文学史”专栏，对中国现当代文学史上已有定评的一些作家作品和文学现象，提出了某些质疑性的探询和多元化的阐释以来，“重新评估当代文学”的争论就没有停止过，而每隔一二十年，就会掀起一个不小的高潮。

一个不容忽视的现实是，有关争论看着热闹，却难见对文学史写作有根本性的推动作用。由此，“重写”“重估”的呼声背后，有着什么深层的动因？又隐含了怎样的文化诉求？是什么原因使得文学史写作的探究总是停滞不前？又该如何寻求实质性的突破？这些问题无疑更值得我们深思。

真正要使“重写文学史”达到一个相对稳定的阶段，首先要彻底解决好文学史研究的哲学根基和元理论问题

VS

基于当前社会文学边缘化的严峻现实，当代学人对文学的回顾与重估，显然有为文学找回中心、拉回主流的冲动

傅小平：近年，不少学者一直在强调要对当代文学进行“重新评估”，由王蒙所谓“中国文学处在最好时期”的话引发开去，还出现了广泛的争论。近期由张炯主编，张柠、张闳、贺仲明和洪治纲四位学者推出的“共和国文学60年”四卷本，尽管更多立足于个人长期研读的体会和思考，使用个人化的视角，但未尝不包含对中国当代文学发展进行“重新评估”的意图。与此同时，“重写文学史”的呼声也从未间断过，你认为这些所谓“重写”“重估”的背后，有着什么深层的动因？又隐含了怎样的诉求？

贺绍俊：这个问题可以追溯到20世纪80年代末期一些学者提出“重写文学史”，从此以后，“重写文学史”几乎就成为一种最普遍的学术目标。80年代的“重写文学史”是当时“解放思想”社会思潮在文学史研究领域的必然反应。“解放思想”最初只是作为一种政治策略提出来的，应该是一个政治现实主义的口号，但也许政治决策者们并没有想到它会带来一种多米诺骨牌的效应。而与政治有着千丝万缕联系的中国现当代文学史自然就成为最先倒下的几张牌中的一张。人们发现，以前建构起来的现当代文学史大厦是一个很糟糕的建筑。“重写文学史”的主张从根本上说，就是企图建构起一个崭新的、更漂亮的建筑。

为什么这种呼声二十多年来从未间断过？因为还没有一个真正说得上是崭新的、完整的建筑矗立在人们面前。为什么“重写”了二十年，还不能建构起一个崭新的大厦？因为人们建构大厦的基础并没有发生根本的改变。中国的学者在“解放思想”上并不是彻底的，主要体现在技术层面，但在思维方式、哲学基础层面没有得到彻底的解放。所以，今天的

"重写文学史"相对于过去的文学史研究，人们的思维方式并没有发生根本性的改变。因此，真正要使"重写文学史"达到一个相对稳定的阶段，首先要彻底完成"解放思想"的任务，也就是要解决好文学史研究的哲学根基和元理论问题。

张清华："重新评估"其实还是80年代以来"重写文学史"运动的继续，自然很有必要。但这里面的含义有所变化：原来的"重写"主要是试图颠覆关于现当代文学的一套评价系统、叙述框架，把被埋没和忽视的作家诠释出来，把占据统治地位的主流化和意识形态化的作家逐出中心；90年代以来的"再解读"主要以文化研究的方式解释红色叙事的奥秘，有些"偏左"的研究者则通过所谓"现代性"过度诠释与"现代民族国家想象"之类的理由，给革命文学以合法性的解释。

但在最近出现的"重新评估"当代文学的思潮，我以为则带有某种总结和反思的意味——特别是有关当代文学的"本土经验"的重要性的认定。这其中有许多原因：首先是中国作家自我意识的增强，即本土经验书写和民族美学意识的增强；再者是由当下中国社会的空前复杂所决定，作家介入现实经验、当下经验的必要性更加突出，而这些必要性在中国作家近十几年的创作中已经有所体现，也就是说，中国作家的成功和成就再也不是基于对西方文学的追赶和模仿，而是基于其对中国现实与当下经验的丰富而真实的描写，基于对中国固有文学传统的某些再认同。

这当然也还不是全部，在我看来，90年代以来中国的确出现了许多在美学上具有了成熟和典范意义的文本，特别是长篇小说，它们同时具备了两个重要属性：在思想与价值尺度上具有了人文主义的普适性，在经验的书写与美学神韵上则具有了十足的中国性。这是最值得欣慰和应该加以认可的，但文学方面的成败完全是一个人文范畴的命题。

张　炯：这其实很好理解。因为文学发展是十分复杂的社会现象，要客观地认识它，往往需要有反复的认识过程。以我看，文学史包含三个基本的方面：第一，客观地叙述文学发展的过程；第二，恰当地评价具有一定历史影响的作家作品；第三，尽可能发现和论述文学发展的规律。我以为真正做到上述要求的文学史，就是比较成功的文学史。

但由于人们对文学资料的占有，往往从不够完备到比较完备；人们对文学作品和作家的评价，常依世界观、人生观、价值观和审美观的差异，其或褒或贬也会有所差异；而对客观规律的把握，则只有在对历史性的文学现象进行深刻研究的基础上才可能有所得。因此，文学史的书写必然会因人而异，因代而异。常常对一个作家、一部作品的评价，都要经历数代人乃至几十代人的评价，才可能得到定评。

所以，对我国当代文学不断有学者进行重新评估，这是正常的。三十年来，我对当代文学史就书写过多次，先后撰写和主编过《中国当代文学讲稿》、《新中国文学史》(上下卷)、《新中国文学五十年》、《中华文学通史》中到当代文学部分(共三卷)，这次又主编《共和国文学60年》四卷。每次都有差异，都有新的认识。这也是正常的。

汪涌豪：说到底，任何对过往的回顾与重估都是为了当下，为了再出发。对文学的回顾与重估自然也是如此。不过，基于中国社会的特殊情况，包括文学在内的一切精神创造都不同程度被边缘化的严峻现实，当代学人对文学的回顾与重估，显然有为文学找回中心、拉回主流的冲动。这个中心或主流既可以是话语的中心或主流，也可以是关注的中心或主流。究其实，这反映了一种焦虑和不安，是历史与社会尚未做出判断前，文学对自身所做的稍嫌急躁的自我确证。在当代文学批评中，不是有所谓“文学经典化”这个话题吗?

洪治纲：因为解析的视角和思考方式的不同，人们面对同一段历史，常常会得到不同的体会或结论，这是一种常见的现象。所以，人们常说，历史总是常读常新；克罗齐也说，一切历史都是当代史。对文学史的理解更不例外。中国当代文学发展60年了，大多数人都或长或短地参与其中，因此，对它的评估当然也会不同。

从90年代到现在，不少学者都在强调“重写文学史”，尤其是“重写中国现当代文学史”，并且也做出了不少新的努力。但是，如何在文学史的意义上重新评估中国当代文学的发展实绩，显然还没有出现本质性的跨越。因此，近段时间以来，围绕着王蒙的评价，文坛出现了不少针锋相对的争论，其中所隐含的深层动因，我想主要有两点：一是学者的主体意识进一步加强了，他们在面对既定的历史评判时，不仅有着独立的思考，而且有着明确的质疑，并不盲从某种价值评判；二是中国当代文学史的既定价值体系，已经或多或少存在着一些问题，特别是那种“大而全”的史学观念，导致了人们不断强调对一些作家作品的文学史定位，却失去了作者个人的思考特性。

从这个意义上看，我认为，真正意义的重写文学史，并不只是对某些文学思潮、作家或作品进行重新评价，也不只是对它们进行文学史的重新定位，而是要有效地挣脱传统文学史“大而全”的观念，根据自己的深入思考，确立有效的考察视角，并把握其中一些贯穿性的精神主脉。只有这样，才有可能挣脱既定的观念，写出全新的文学史。这也是我们在写作中最初的设想。不追求文学史的“全面性”，但要面对文学史做出自己的思考和判断。它并不一定要为一些看似重要的作家作品寻找历史地位，但要通过一些作家作品展示某个时段文学发展的主脉，并对这种文学主脉的意义和作用进行分析和梳理，以呈现文学发展的内在因素。

葛红兵：在我看来，“重写”“重估”的根本动因是“重新理解自我”，我们对自我的理解是有定式的，每隔一段时间，我们就需要反思这种定式，突破这种定式，尤其是在某些时间窗口，有的时候这种时间窗口是由突发的事件引起的，有的时候是由特别的整数（比如十年、六十年等）引发的。当代文学一直处于这种反思和重审之中，一方面是因为我们离它太近，这种反思和重审往往艰难，导致需要重复工作；一方面是因为我们在不断地遇到新问题、新挑战，我们需要从回顾中寻找启发和灵感去应对。张柠、张闳、贺仲明和洪治纲四位是非常杰出的青年学者，他们长期从事中国当代文学的跟踪研究，一直处于文学发展的第一现场，又有非常精深的学理诉求和伦理操守，我能理解他们的这种努力，但是，我依然不认为他们的重写冲动来自“重新评估”。

贺仲明：之所以出现“重写”“重估”，是因为感到以往的“写”和

"估"存在有不够的地方。我上了多年的当代文学史课程，一个深刻的感受是缺乏好的教材。这一点比较现代文学史更突出。一个重要的原因是时间太切近，缺乏必要的距离来审视。再就是当代文学研究一直是情绪化论争多于客观实证等多重因素影响很深。我们希望做出自己的努力。

张　柠：我倾向于从我个人学术实践的角度来谈这个问题。此前我的学术领域一直是中国当下的文学和文化批评，比较关注前沿动态。近五六年，因在北师大为本科生讲授《中国当代文学史》课程的原因，开始向后回溯，并参与了十卷本大型学术资料《中国当代文学编年史》的编撰工作，负责前十七年部分。让我困惑的是，掌握了大量的第一手原始材料，反而感到对当代文学评价的困难。比如，尽管多数学生认为，前二十七年的文学作品难以卒读，认识价值高于审美价值，但也有一些学生认为，前二十七年的文学很感人，与今天流行的文学相比更具"理想"色彩，那些夸张的"高大全"形象，正是今天的文学所缺少的，叙事中的"传奇"和"诗史"特点引人入胜。在无语的同时，我深感"审美经验"的不确定性。在五四现代性的文学经验谱系中，前二十七年的文学问题很多，如果将被五四压抑下去的文学经验再度挑逗起来，重新评价的诉求自然就冒了出来。

于是文学评价领域，变成了"现代"与"传统"的擂台。这样就出现了一会儿说坏，一会儿说好，一些人说"垃圾"，一些人说"黄金"的怪现象。有没有一种更为冷静、客观、科学的视角？我认为，应该将遭割裂的"写什么"和"如何写"这些问题，纳入"为什么这样写"以及"为什么只能这样写"的问题中去。实际上就是关注"文体发生学"和"形式演变史"这一属于文学自身的问题。这也可以算作是"深层动因"吧。至于做得怎么样，那是另一回事。

张　闳：可以说，写一部自己的文学史，是每一个文学研究者的梦想。不同时代都有其对历史的不同理解，因此，每一次真正意义上的历史书写，都是在重写，否则，写史就毫无意义。由此看来，"重写文学史"基本上是一句废话。另一方面，如果文学观念和历史观念更新的条件没有成熟，没有新的文学史观的形成，“重写文学史”的呼吁就只能是一种空洞的口号。

在我看来，历史书写不是一个口号或宣言，不是一种呼吁，而是写作实践。历史书写的要义，就在于客观、公正和整体性。以史的视野来理解和描述一个阶段的文学，是对一个学者的文学观、史学观的整体检验，它需要写作者具有良好的对文学作品的理解力，以及对文学现象与历史语境之间的关联的充分理解，还需要有强大的历史阐释能力。站在21世纪初来审视20世纪下半叶的中国文学，是必要的，也是可能的。

至于现在是不是文学史上的“最好时期”，我不关心。好或差的评价，或许对某些人有意义，对历史学者来说，毫无意义。历史书写不在乎其对象是“最好的”还是“最差的”时期。有时，一个很差的时代，倒有可能是最好的书写对象。

李建军：就其本质来说，任何成功的文学史，都是具有个性特点的“重写”和“重估”，都意味着对价值、意义的独到发现与对问题、缺陷的深刻分析。然而，我们现在面临的问题是，对当代文学的价值估价似乎太高，而对其残缺和问题的分析，却很不到位，缺乏应该有的价值立场和质疑精神。从未间断的呼声，或许反映的就是这种不满以及诉求。

任何文学史都意味着基于个人趣味的选择性和评价性，
其价值很大程度上，取决于它在表达这种个性上所达到的高度

VS

需要的是在理性与感性、细节与整体、客观性与主体性、
个人性与公共性等方面之间取得结合和平衡的研究与书写

傅小平：我们强调“重估当代文学”“重写文学史”，近年也出现了相当多的文学史著作。但如果把这些著作放一起做考虑，就会发现他们非常相像。这不仅体现在写作内容上，还体现在文学史的书写方式上。从这点上看，这套书的推出，似乎在看似客观公正实则面目呆板的文学

史著作和类似程永新《一个人的文学史》那样纯个人化的文学表达之间，开辟了一条新路——用洪治纲的说法，即是一种面向文学史的严肃写作。这让我想到一个问题，谈及文学史写作，我们通常计较于诸如作家、作品地位的升降起落，或是文学材料的新发现之类的话题，却很少去追究文学史应该是什么样的，它该呈现出怎样的面貌，是否在既有书写框架的基础上，能有新的突破。从所谓“学术含量”的权威面目中跳脱出来，像勃兰兑斯的《十九世纪文学主潮》或布鲁姆的《西方正典》那样，不失学术水准，且充满机智和创造，同时还能让读者尽享悦读之美。

洪治纲： 确实如此。只要细细比较目前流行的一些文学史，包括中国当代文学史，我们就会发现，无论是思考方式还是结构模式上，都大同小异。所谓“大同”，就是指它们都是从文学思潮到文学体裁的分类总结；在每种体裁内部，也都是以若干代表作家和作品的论述作为主要内容。所谓“小异”，只是对某些作家、某些作品在文学史中的地位和评价不同罢了。可能在一部文学史里评价较低甚至被完全忽略的作家或作品，但在另一部文学史里放在了突出的地位。这种“重写文学史”的方式，我觉得并没有突破既定的史观。

另一方面，就像你说的，我们的文学史无论怎样变化，都似曾相识，而且并不好读。之所以不好读，主要是缺乏鲜明的个人化视野，也缺乏鲜活的表述方式，说到文学现象或思潮，总是过程、意义和局限，而且通常是七分意义三分意见；说到作品，总是从思想特色到艺术特色。我并不认为这种思维有什么错误，只是感觉所有的文学史都建立在这种框架上，读者有一种接受上的疲劳。

其实，文学史也可以像文学创作一样，拥有更多的个人思想和个人风格，包括表述方式上，也可以更轻松一些，甚至也可以像布鲁姆那样，立足于自己确定的重要作品，由此及彼，形成自己对文学发展的总体判断。如果这种个人化的文学史多一些，我想，我们的文学史或许可以更丰富。

张　闳： 教科书式的历史书写，自有其存在的价值。学院里的那些文学教师之所以需要文学史，是因为要上这么一门课程，而且，学生们要考试。考试需要条分缕析、重点突出、明白好记。至于这些跟文学和历史有什么关系，师生们并不关心。课程考完了，文学史的使命也就结束了。这种文学史的生命周期是一个学期，等到下一届学生的新学期开始，它又像虫子一样从冬眠中复苏，在课堂上开始新一轮的嘶鸣。如此循环往复。我也上过这种文学史课程。我跟学生们说，等你们考过了，就赶紧把它忘掉，记那么多死人的名字，没有什么好处。

然而，如何让历史在重新书写中活过来、开口说话，这是历史写作的一个根本性的难题。历史学者常说：让材料说话。但事实上材料沉默不语，让它说话的只能是历史的叙事者。在我看来，历史材料是否有言说能力，关键在于写作者对别人是否有话可说，以及他是否掌握一种叙事话语，能让沉默的材料开口表达。历史写作者自己无话可说，如何能叫材料说话？写作者的历史书写，首先源自一种关于历史的言说冲动，这样他才会有话要表达。另一方面，又需要通过材料来说话。这种间接话语的表达，实际上需要高超的历史叙事能力。

还有一层，就是话语风格问题。一个有独特话语风格的言说者，其无论谈论什么内容，人们都能分辨出他的声音，比如布鲁姆。死气沉沉的教师爷腔调，哪怕他说的句句是真的，那也是假的，因为历史的现场是活的，而他的叙事却是死的。

李建军：的确如此，文学史的写作当然应该具有描述过程和细节的具体性和真实性，但是，却不存在绝对意义上的“客观呈现”，因为任何文学史都意味着基于个人趣味的选择性和评价性，在我看来，一部文学史的价值，很大程度上就决定于它在表达这种个性上所达到的水平——这里涉及发现问题的眼光、分析问题的能力以及表达自己的感受和判断的才华。

我们总是把排斥“价值判断”当作文学史写作的重要原则，总是试图讳掩自己的审美趣味与价值立场。我们的文学史之所以缺乏“文学性”，之所以显得呆滞、沉闷乏味，之所以陈陈相因、千部一面，就是因为虚假的“学术性”太多，而活泼泼的个性太少。你看勃兰兑斯对作品的体悟和分析多么精微，对卢梭和缪塞的质疑又是多么不留情面；你看布鲁姆对“憎恨学派”的充满偏见的好恶态度是多么鲜明，否定和嘲笑起来又是多么辛辣、犀利。

张　柠：当时策划这套书的时候，我们的想法很清楚：第一，不要按照正规文学史的写法去写，不要让所谓的干枯的逻辑掩埋了丰富历史细节的可感性；第二，在充分占有原始材料的基础上，将观点化在叙述之中，让叙述的连续性带出历史逻辑；第三，不要人云亦云，写出自己的风格，让读者在阅读历史的时候产生现场感，并由此诱发他们自己的判断。

就我自己的这一本而言，写作的基本逻辑起点就是“为什么会这样”。我特别关心的问题是，十七年的文学，特别是文体（叙事体、抒情体和忏悔体）形式呈现出一种什么样的风格，它们发生的机制和秘密是什么。当涉及这一历史时段的许多重要作品时，我关注的不是作品有多高的艺术水准，哪些地方写得“美”或“不美”这些似是而非的问题，而是这些作品的构成要素和形式秘密是什么，它为什么能够成为“重要”作品，它在那一时段文学的总体风貌中的意义如何。

至于哪些作品重要、哪些作品可以选为分析标本，这些问题已经成为历史定论，用不着做翻案文章。问题在于我们如何对它的重要性进行阐释。你的问题中提到《十九世纪文学主潮》，我还想到《伊甸园之门》等优秀的文学史著作，这都是我们的焦虑和压力。我不敢奢望去模仿他们，但在写作的时候，的确是有一种历史叙述的节奏感在内心涌动。

张清华：我个人从二十几岁就一直梦想写出勃兰兑斯那样的文学史，那时基于对社会思想史的综合理解与把握，基于对文学本身规律的准确而内在的把握、对于文本与艺术的内行的理解，以及大量“文学事件”的亲历和与作家艺术家的唱酬交往而写出的“浪漫主义的学术著作”，它所生成的“历史修辞”是直观和格外丰富的，是属于文学本身的。我们的文学史研究和书写其实是呈现了长期裹足不前和倒退的局面，研究者的思维惯性，还有历史学、文学史学思想资源的匮乏，再者就是研究者的学术目标的低下等，是导致出现这种局面的原因。

不过，上述理想并不能简单地拯救现今中国的文学史研究与文学史撰写。我觉得单纯勃兰兑斯式的文学史书写可能也已经不再适用，因为新历史主义告诉我们，任何历史的叙事说到底都是一种“修辞活动”，是对历史的一种想象，而不能穷尽历史的真实本身。所以也不必迷信任何形式（包括福柯那样的“编纂学”）的文学史，我们所需要的应该是在理性和感性、细节与整体、事件性与文本性、客观性与主体性、个人性与公共性之间取得结合和平衡的研究与书写。事实上，时间性叙述模式所导致“进步论”（或者相反）的文学史模型是非常糟糕的，在中国古代根本就没有这种形态的“知识”，但我们现在没有办法，必须使用时间模型的文学史叙述，因此我们所做的只能是尽量让它多元化。

你所提到的“共和国文学60年”的几位作者都是我的同事或朋友，坦率地说，我差一点也忝列其间，只是因为工作效率低，赶不及进度而被淘汰了。但我看过张柠和洪治纲二位的提纲，我觉得还是眼前一亮，兼具历史的现场感和强大的思想性，非常不错。我觉得眼下类似的文学史还应该出现更多，所持有的历史眼光也还可以更自由和多元，而不只是与某些重大的历史节点相契合。

汪涌豪：此前文学史的写作多受俄苏影响，大抵以时间为顺序，安顿重要的文学流派与作家作品。由于庸俗社会学和泛意识形态化流行，多关注价值判断，轻结构分析，内容苍白，学理稀薄，乃至使文学史几同政治史，或成了变相的政治史。詹姆斯·哈威·鲁滨孙《新史学》说得好，政治史是最古老、最显然、最容易写的历史。这种一段时代背景综述过后，再一家一派胪述，而胪述的方法不外先内容后形式再地位与影响，天晓得与文学的本意有什么相关。它看似实证，显得严谨，有学术含量，其实恰恰是臆造的，并因视野狭隘，手段缺乏，甚至对文学的知觉隔膜，最终成为反历史的摹本。有一个佐证是，人们通常不能也不会通过这样的文学史去了解文学。这一点，在当代文学史上体现得尤为明显。学生的选择是，宁可找作品来看，也不愿看你那种呆定单一的无聊八股。

葛红兵：我写过一本小书《文学史学》专门讨论过这个问题，我把文学史撰述看作是一种由未来文学发展可能性勾带出来一种反思性文学关注方式，文学史在本质上不是向后看的，而是向前看的，因此，它总是本质地需要不断重写。多数的文学史撰述都是有模式的，有没有可能出现一些没有模式的文学史撰述？多数的文学史撰述是由某个抽象信条驱动的，是否能出现一种蕴含着自我质疑、自我消解的文学史撰述？我还在思考。

这几位作者的博士论文以及最近几年的重要论文我都细读过，他们多是能贯穿现当代、又重点研究当代的学者，我非常佩服他们在方法论上做出的探索，这对当代文学研究的贡献非常大，他们的方法论是相当好的。我觉得这几位作者的根本目的可能还不是“重估”，他们都是以分析见长的，断论多数时候不是他们的根本目的，在我看来他们的写作指向更多的是走向“寻找新的阐释空间”“寻找新的理解方式”。张闳等的思路都是分析性的，不是演绎性的，这个我非常看重。

张　炯：文学史可以有各种各样的写法，或者说已经有各种各样的写法。我国古代的文苑传，也可以说是一种文学史。我国现代以来，有林传甲、黄人等写的《中国文学史》，也有鲁迅的《汉文学史纲要》和谢无量、钱基博等的《中国文学史》，还有胡适的《白话文学史》、郑振铎的《插图本中国文学史》和《中国俗文学史》。他们所书写的对象和写法均有所不同。新时期以来，中国当代文学史的著作已出版百余部，写法也不都一样。

高等院校基于教学的需要、受课时的限制，这类文学史大同小异居多，许多是互相借鉴的，当然也反映了高校老师对当代文学的基本看法。“共和国文学60年”四卷的推出，确实企图通过不同的视角，去对中国当代文学做比较个人化的论述，并且力图发掘新的史料去做新的论证。考虑到四位中年学者各有自己的知识结构和学术视野，所论的具体时期也不同，所以前面加一篇我写的总序，以体现主编的基本看法，也期望起到认识互补的作用。

贺仲明：在我看来，文学史写作可以有多种方式。在作家作品、文学思潮、文学事件等方面可以各有侧重，各有取舍。当前的文学史写作思想比较局限，形式比较单一等，很难出现像《十九世纪文学主潮》和《西方正典》那样有独立思想、个性鲜明的文学史著作。但我以为这种状况肯定会有改变，或者说正在改变。不过要真正出现大手笔的文学史，也许还得等许多年。

一部个人写的文学史性质的书，不可能是“百科全书”，
也无法面面俱到，但叙述逻辑应该是具有包容性的
VS
一个好的历史阐释者，并不需要追求面面俱到、无所不包，
而是需要知道自己所阐释的问题的边界何在

傅小平：如果把这套书放在文学史写作新探索的这么一个基点上看，我们就会碰到一个问题。通常只有那些带有强烈时代性，可以被涵盖进某一文学潮流的代表性作家、作品，才会进入写作者的视野。那些即使在写作艺术上特别优秀，但与时代保持距离的作家、作品，则会被忽略，因此必然带来更大的遮蔽。

张清华：这个问题很专业，看来是有思考的。我刚才说了，任何历史叙述的模型都有先天的局限，思潮与运动史模型也一样，注重了事件性、环境氛围的营造，便有可能会使具体的文本被遮蔽；这和只单纯围绕作品来构造文学史的“新批评”式的“文本中心主义”视角一样都有片面性。但没关系，当你不把它当作一个“终结者”来看时就好了，它们也是所有“重写文学史”工作中的一个，如果它们对已有的文学史的缺陷有所补正和纠偏，那就达到目的了。

我个人还比较信任一种长久的个人化的工作，也许一个人用十几年

或更长的一段时间来研究和完成这样一个叙述会更理想，兼顾历史与文本，慢慢地磨，但那样也就很悬了，在如今的学术环境下，毕竟得沉住气、最后得落实在纸上才行。

贺仲明：确实有这种可能。但也并非说思潮型文学史就一定会与艺术个体相对立。因为文学艺术的创新也是一种时代思潮，尤其是如果某个作家或某部作品确实达到了很高成就，自然会产生很大影响，会开启一种艺术创新的潮流。

张　柠：一部个人写的文学史性质的书，不可能是“百科全书”，也无法面面俱到。但叙述逻辑应该是具有包容性的，或者说分类学标准应该是具有统摄力的。语言，特别是文学语言，是一个时代总体精神状况的探针。精神状况的复杂性，决定了语言状况的复杂性。在选择分析文本的时候，正反两个方面及其结构性的冲突，都应该体现出来。

我对颂歌体和忏悔体的分析，对抒情体和叙事体的分析，都不只是选择传统文学史写法中所谓的“代表作”为分析对象，而是力求选得更广泛一些。比如，在诗歌文本的选择中，不仅要有郭沫若、胡风、贺敬之、郭小川，也要有卞之琳、穆旦、昌耀、闻捷。在小说文本的选择中，不仅要有主流作家，也要有边缘作家；不仅要有工农兵题材的，也要有知识分子题材的。我对曹禺和郭小川等人检讨书的详细解剖，对路翎、萧也牧、宗璞、王蒙50年代小说的结构分析，对穆旦和卞之琳50年代诗歌的解读，都在试图呈现当时文学状况的复杂性。

更重要的是，我不是在为作家树碑立传，而是在为一个时代的精神或文体成因，寻找语言和叙事的例证。

张　闳：一部文学史，究竟是要阐释历史，还是要阐释文学，这是一个难题，也是文学史写作中又一个根本性的悖论。然而，问题是，什么是“时代性”，什么是“时代潮流”，什么是“代表性”，什么是“文学性”。这些概念，并不是“自明的”。好在我写的那个阶段，这个问题并不特别重要。但我倾向于认为，任何一种阐释，都会带来不同程度上的新的遮蔽。一个好的历史阐释者，并不需要追求面面俱到、无所不包，而是需要知道自己所阐释的问题的边界何在，需要意识到自己的阐释可能会遮蔽到问题的哪些层面，并将这些可能性充分呈现出来，留给别的阐释者从另外的层面去阐释。这就是历史的多重性、丰富性，也是世界敞开的多样可能性。历史叙事的真正魅力也在于此。

洪治纲： 如果要写成文学史，我想，这套书虽然不会过度追求所谓的全面，但也不会轻易地放下某些作家或作品。至于你所强调的艺术上非常成熟的作品，反而会因为不符合某种时代思潮，倒有可能被遮蔽，我觉得这种情况比较少，因为现在的学者们都非常注重“文学史应该是文学艺术的发展史”这一基本观念。即使会出现这种情况，我认为，并不是因为作品与时代潮流之间的差距，而是学者们对作品本身的艺术价值在评判上有所差别。

李建军： 忽略那些“与时代保持距离的作品”，是按照流行的尺度和庸俗的标准进行写作文学史的必然结果，也是按照市场逻辑原则和娱乐主义原则进行写作的必然结果。与此相应的，就是对那些很会跟风趋势的作家和“著名作家”的无原则的吹捧，只要是他们写出来的东西，就不加分析地说好，很有些“势家多所宜，咳唾自成珠”的意思。

汪涌豪： 我们称这种呆定单一的文学史写作为“观念的写作”，由于是“观念的写作”，先入为主的一个判断，必然会牺牲掉文学史上大量存在的丰富生动的原生态，特别是那些非当路之人的创作活动，非著名或主流作家的重要作品。因为它不能兼容这种创作，更无法解释何以会出现这样的创作。其实，这种创作正是以一种与时代、潮流保持距离的方式，深深介入了时代的精神创造，这样的例子在当代文学史上，在类似沈从文、孙犁等作家的创作中可以清晰地看到。

葛红兵： 其实多数文学史撰述，尤其是当代文学史撰述，都在试图打破这种魔咒，试图融含那种看起来和“时代”有距离的作品，比如陈思和先生，他在做这个工作的时候做过很多让人尊敬的努力，比如“潜在写作”“民间写作”等观念的提出、方法的建立。

张闳、张柠的相当数量的现当代文学研究积累，贺仲明近年对思潮研究模式的调整型运用，洪治刚曾经长期以年度审视的方式追踪当代小说创作，都为这种空间的开辟带来了新的可能。我其实不相信有什么特别高的艺术性文学作品会和“时代”脱节而不能被文学史撰述扫描到。因为我把文学史撰述看作是指向未来的反思，某个非常重要的艺术作品在未来的向度上，遭到埋没，这种可能性几乎是没有的。

文学史不是封闭的，不封闭于过去，也不封闭于某些特定的钦定撰述人，开放的文学史不应该受到这种魔咒的左右。

张　炯：我以为比较好的文学史，应该有比较科学的评价标准。文学是审美意识形态，也是社会意识形态，还是反映人类生活的语言艺术。每个时代都产生无数的作品和作家，却不是任何作家作品都可能进入文学史。能够进入文学史的作家和作品，总是在思想和艺术上，在反映时代的广度和深度上，在文学形式和语言的创造性运用上，都对文学发展的历史做出贡献并被广大读者所认同。也许，写作艺术特别优秀的作家和作品会在有些文学史著作中被遮蔽，但从长远看，真正优秀的作家和作品还是终归不会被遮蔽的。

我们的文学史写作要有什么问题，在于将文学理解得过于狭隘，

导致了文学研究的圈子化，文学史写作上的黔驴技穷

VS

文学史写作应该变“观念史”为“总体史”。在这种“总体史”的

罩摄下，应注意文学史还是一种“过程史”和“经验史”

傅小平：看近年的文学史，总体给我一种印象。似乎急剧变动的时代和社会，在文学上打下了深刻的印记。而文学是阴性的、被动的，只是包裹在重重帷幕之中，看不到它对时代的反作用。但我以为，客观地看，不论国别、不论时代，也不论其成为中心还是置身边缘，文学都以其特有的方式参与了时代和社会的建构过程。这在一个伟大的文学时代中，比如我们的春秋战国，比如西方的文艺复兴，体现得尤为突出，文

坛上就有一些批评家认为，我们正处在这样一时代里。从这个角度看，你觉得我们的文学史写作存在问题吗？为何会出现这样的偏离？

张　柠：问题无疑是存在的。但我不知道你所说的“文学史”是指文学创作，还是文学史写作。急剧变化的时代，或许会在文学中打下深刻的印记，或许不会。作为语言的精华，文学是一个有相对规定性的概念。而100年间没有什么令人瞩目的经典或“文学标本”，并不是什么新鲜事。但时代一定会在语言上留下深刻的印记，文学可能是被动的，但语言不会被动。一个时代的语言与社会现实之间，会产生极其密切的关联性。但语言实践的丰富性，常常会在僵化的概念和逻辑监控下被压抑、删除、扭曲。

当代文学史的前二十七年中，我们看到的正是语言被压抑、删除、扭曲的过程，其中自然暗含着个体精神状况被压抑、删除、扭曲的历史。所以，我的书名开始叫《枯萎的语言之花》，后改为《再造文学巴别塔》，因过于专业而显得别扭。与“文革”文学的“地上”和“地下”截然两分不同，前十七年的文学语言更多呈现出复杂的“扭曲”特征。对文学文本的解析，看到的正是那种语言的扭曲和变形过程。

此外，面对这种状况，文学史写作就只能是按照单一标准去赞美或批判吗？就研究范围而言，对“文学”这一概念的理解，是不是至少可以回到《文心雕龙》时代，而不是近两百年来的“Literature”？现代文学研究，作为“人文学科”（或者“诸精神学科”）的一个分支，它以“人”（精神状况）为研究的起点和终点，而不仅仅是以“文学标本”为研究的起点和终点。如果说我们的文学史写作有什么问题的话，那就是将文学的概念理解得过于狭隘，以为只有将一部部文学经典，糖葫芦一样串联在一起，才能构成所谓的“文学史”，最终导致了文学研究的圈子化，文学史写作上的黔驴技穷。

洪治纲：文学肯定要受时代的影响，这是一个不争的事实。时代的不同，人们的生存观念、生存方式都不同，人们的精神际遇、内心所面临的焦虑和欲望也不相同，包括作家的审美经验和艺术感受也不同，这些都会在文学创作中烙下鲜明的印痕。而文学在参与时代和社会的建构方式，肯定是有的，但是这种参与究竟达到了一种什么程度，却很难辨析。譬如，80年代，既是启蒙主义全面苏醒的时代，也是理想主义高扬的时代，文学在很大程度上逾越了单纯的审美领域，而成为社会群体情绪的重要载体，作家和诗人也成为社会核心价值的代言人。像谌容的《人到中年》发表后，甚至直接影响了国家对知识分子政策的调整；李存葆的《高山下的花环》发表后，对越自卫反击战中的英雄，顿时成为全国大、中学校园里的明星。但是，到了90年代之后，这种情况似乎很小了。因此，要从文学史上对这种“参与”进行阐释，我认为很难，也没有太大的必要性。

张清华：这是一个非常重要的问题，这实在是激动人心的，19世纪俄罗斯伟大的批评家们确实是通过他们的文学活动、批评实践参与了构建那时的“俄罗斯思想”和“俄罗斯性格”的伟大创造的，我读别尔嘉耶夫的《俄罗斯思想》时也充满这样的激动。确实，当代中国的批评活动如果按照这样的要求来看确实相差太远，但反过来说，那样的时代在人类历史上也并不总是出现的，也是“可遇而不可求”的，所以太焦虑也没用。

最近，我们北师大当代文学研究所的同人们都在做《中国当代文学编年史》，我在这个过程中最深切的一个感慨是，当代中国文学批评的起点之低简直是难以想象的——从姚文元的“棍子批评”到70年代、80年代前期的“政治社会学批评”，稍后到比较初步的“历史审美批评”，再到90年代开始的“学院批评”，一步步走来也殊为不易，这个成长的过程必须要客观看待。所以就像你所说的，文学史的研究和文学批评并不是走在社会文化与“时代精神”（黑格尔）的前面，而是跟在后面亦步亦趋，修修补补，这也很正常。

但说到底，时代和知识分子、文化人是互相创造的，总是抱怨时代和环境而不是用自己的行动去改变它，也是近乎无耻的。文学史研究和文学批评的从业者还要努力。

汪涌豪：正是在这个意义上，我们提出文学史的写作，应该是一种“总体的写作”，文学史应该变“观念史”为“总体史”。在这种“总体史”的罩摄下，应注意文学史首先是一种“过程史”，要体现文学发展的过程性。有时一个作家或一部作品孤悬在人们视野之外，一个非事件性的文学事象潜隐在整体性的文学构造背后，但他们（它们）有可能是文学史显在发展的重要推手，至少是文学历史性展开的生动环衬。他们（它们）的存在，显出了主流形成的过程，尽管他们（它们）自己的存在可能只是历史大河上的泡沫。当代西方史学很重视对所谓“碎片”的研究，可以给当代文学史写作提供借鉴。因为说到底，文学史是一种专门史，它没理由自外于历史写作的一般原则。此次张闳对十年动乱时期各种地下文学暗流的发掘，正体现了对这种“过程史”的关注。

其次，还要注意文学史是一种“经验史”。以前文学史写作由于过重观念，特别追求揭示规律，结果给人的印象，似乎社会富庶，精神容易堕落；社会动乱，文学才能繁兴。这个在古代文学史写作中相对要明显些。但当代文学史写作也有它的变种。其实，生活的复杂与人性的活跃，都有跃然于规律之上的丰富性在，而这种丰富性恰恰是文学史家应该特别留意的地方。将它们写入文学史，必能使一种带着温度的感性形式，稀释掉知识形态的文学史通常有的抽象与枯涩。虽然，文学史写作离不开这种形态，需要获得普遍性，普遍性是构成知识的最终形态，但考虑到文学毕竟建基于情感、个性与美，所以，适度地关注经验的个体性与特异性，关注“内心重演”对文学史写作的意义，非常重要。洪治纲所写的部分，一定程度就注意了文学对新媒介时代、全球化背景的应急反应。这其实是对文学的新的经验的注意。如果我们体认到文学史应该是一种“总体史”“过程史”和“经验史”，就会有意识地改变关注点，进而改变写法，从而重新获得历史书写的信心。因为这样的历史可以介入文学发展的流程，可以对献身文学的作家、对喜爱文学的读者，乃至对社会，产生积极而正面的影响。

李建军：从对时代的“反作用”这一角度看，现在的文学处于典型的“无作为状态”。文学与现实和时代生活之间，维系着一种彼此无涉的隔绝状态。作家们普遍缺乏介入生活的勇气，有的陶醉于对个人的无聊经验的琐屑叙述，有的则梦回“大秦”“大唐”和“大清”，替专制皇帝大唱赞歌，表现出一种令人忧虑的蒙昧状态和固执的反现代性姿态。另外一些问题更严重的文学，则不仅缺乏帮助人们了解生活真相和培养生存的勇气的内在自觉，而且还通过自己的低级形态的“消极写作”，助长了时代精神上的萎弱风气和堕落倾向。我们的文学史写作，有必要向世人揭示当代文学的这些残缺和问题。

张　闳：中国的20世纪可以说是一个伟大的时代，但不是伟大的文学时代。可能正相反，这是一个渺小的文学时代，甚至可以说，是一个卑琐的文学时代。作为同时代人，我很难过，也很惭愧。至于问到为什么，我觉得三言两语说不清楚，而且，我也不打算要求别人接受我的观点。这样悲观的论调，不接受或许更好。

葛红兵：我刚刚接受过某个课题研究组的采访，我明确地反对那种倒退论的文学史观，那种认为我们今天的文学不如过去的文学的说法，其实合乎直觉，但是不合乎真正的研究者的理性结论。就是拿十七年文学、“文革”文学来说，它们不是最好的，但是依然不是倒退的，我们不可能在中国史上找到一个真正的黄金时代，会绝对地比它们更好。

文学时刻都在参与时代进程，反作用于时代进程，但是，我们常常因为自己的偏见和视野的狭隘，还有它们被隐瞒，而无法看见它们。文学史本身是其所是地发展着，本身不存在问题，任何以政治的、道德的、艺术的等名义对它提出的高要求，也许都是不合理的。其实，我对四位作者的撰述是有信心的，我知道他们和当代写作有广泛的联系，拥有把当代文学从政治、道德、艺术偏见、成见中勾带出来，做一定向度上的重新展示、解释的能力。

张　炯：我国当代文学已是个庞大的历史现象。这六十年是我国历史上产生极其深刻变化的历史年代，是我国摆脱半封建半殖民地的屈辱地位，走向建成伟大的社会主义现代化强国的历史年代。我们的文学不仅反映了这个时代的社会深刻变动，反映了在这变动过程中的优点和弱点，反映了我们所取得的成就和付出的代价，而且也表现了我国各族人民在这伟大时代所发生的思想情感和精神领域的种种升华与蜕变。

这个时代从事文学创作的作家，仅中国作家协会的会员即近万，业余作者以百万千万计。全国有数百家出版社出版文学作品，有两千余家报纸副刊发表文学作品，专门的文学期刊也以百计。近十年，我们每年出版的长篇小说新著上千部。文学发展的历程也十分曲折和复杂。面对这样庞大的历史现象，我们的评论工作者和文学史研究者，都应该深知自己的研究和把握很不够。

这方面的研究和把握还需要不止一代人做很多工作。我们已有的文学史著作绝非定论，而是只反映我们的认识过程的某个阶段。当然，文学批评和文学史评价并非对文学建构的发展没有作用。相反，这方面的工作做得正确或错误，都会对文学的创作产生影响。

贺仲明：伟大的文学当然能够参与时代的文化建构。但我觉得文学史难以去直接参与。文学史的影响主要还是在文学范围内，对社会的影响比较间接和缓慢。文学史通过树立自己的价值观，以文学读者为媒介来影响文学以及时代。不能寄希望于一部文学史著作产生大的社会效果，但它的影响可能会很深远。

新的文学样态，还在生成的过程中，虽然需要关注和研究，
但还远远没有形成进入文学史所需要的稳定价值和成熟品质

VS

文学史没有理由拒斥新起的各种文学样式。因为这些新的样式，
有的不仅具有文学文本的价值，还有社会文本的分析价值

傅小平：新世纪以来的十年，网络文学、青春文学及其他类型小说的写作，已经成为一个很重要的现象。但在迄今为止的文学史格局中，还没有一种有效的理论可以对此进行系统的评说。在这方面，这套书同

样鲜有详尽的论述。对于如何估量这类文学的价值，并最终使之进入文学史的架构，持何种看法？

洪治纲：近十年来的文学开始出现了一些新的创作态势，就像你所说的那样，包括网络文学、青春文学和其他类型小说等，但我的感受是，这些影响颇大的文学实践，除了缺少相应的理论来阐述，还缺少一些具有生命力的作品来支撑，很多作品只是昙花一现。对此，我曾在“主体的喧哗”一章里进行了简略的分析。

李建军：新的文学样态，的确需要关注和研究。但是，在我看来，似乎不宜操之过急，因为它们还在生成的过程中，还远远没有形成进入文学史所需要的稳定价值和成熟品质。

贺绍俊：曾有人提出，传统的批评家不能够批评网络文学。其实这样的说法很不准确，能不能够批评网络文学，并不在乎你的身份，而在乎你的思维方式，批评家不应该以传统的思维方式去批评网络文学这种完全不同于传统文学的新东西。传统的文学史格局自然难以装载进网络文学这类新的东西，但网络文学作为一种新现象，不仅是在生产一种新的文学样式，也是在生产一种新的文学史格局。关键在于做文学史研究的学者能不能发现它，抓住它。当代文学不同于古代文学的关键之处就在于它的不确定性和动态性，这也恰好是它的魅力所在。

汪涌豪：文学史没有理由拒斥新起的各种文学样式。因为这些新的样式，有的不仅具有文学文本的价值，从接受等其他角度看，也具有社会文本的分析价值。今天对文学是不是已经死亡的讨论，不就是被这种新的文学催逼出来的吗？它已然构成了当下一个重要的文学事件，相信一定会写入当代文学史。其实，包括网络写作本身，正是文学不死的铁证，那些写手不用其他形式宣布自己的颓废、无聊、焦虑，而用文学的形式，不用其他方式赚钱，而用文学的方式，想想这个，文学的未来一定远大。雨果在《论莎士比亚》一文中曾经这样反驳文学消亡论——这等于说春天已经逝去，这个世界再也没有玫瑰花。这可能吗？所以，文学史的撰写者要有能力处理它、解说它，而不能高高在上，其实是因解说无力而不得不回避。

张清华：这反映了批评家和研究者的迟钝与无能，不能迅速地处理眼下的文学变化与文本现象，是所有这一行当同人的耻辱。但具体说，我认为主要的原因有这样几个：一是观念的滞后，多数批评家还按照纯文学的观念来处理文学现象，对你所说的这些现象缺乏有效关注与研究；二是停留于观念性的判断而不是细读和统计学意义的分析，比如我要问，现在中国到底有多少个文学网站和论坛？现在究竟有多少部青春文学作品？每年出产多少部？恐怕没有人能够回答，我个人长期关注中国的民间诗歌刊物，但迄今也没有做出一个准确的统计数字，这是很让我感到惭愧的。而理论研究——像尼尔·波兹曼的《娱乐至死》那样的著作，我们似乎也没有真正出现，也就是说，无论是理论上，还是实践上，我们都还有差距。

但如果说“懒惰”，似乎也不是，中国的学者和批评家都很“忙”，体制内的、媒体的、民间的那么多的文学批评活动把他们的精力都耗尽了，但这些工作除了证明自己是一个“批评家”正在发言，有多少是有效的呢？

葛红兵：我很看重网络文学，也看重一直被文学史排斥在外的“类型小说”。我们做这个工作已经有相当长时间，正逐步在找对网络文学、类型小说的解释方法，比如我们正尝试提出“创造性成规”“地方性知识类型”“类衍生演替规律”等，我们试图就此找到一种有效的阐释方式，可以把它们通过这种阐释引进文学史撰述，同时我们也试图把它们和“创意写作”结合，与高校的文学教育改革结合。文学的发展总是走在理论的前面，但理论不会永远袖手旁观；文学的发展也总是走在文学史撰述的前面，但是，文学史一定是公正的，不会抹掉任何真正有潜力和有贡献的事物。

还不到给当代文学做结论的时候。尤其是给八十年代以来的文学，乃至当下文学做结论，还是太仓促了

VS

当代文学可能还受到时间的制约，难以界定某些作家和作品的价值，但有些作家和作品应该是绕不过去的

傅小平：中国当代文学，以普遍认定的六十年计，比通常认为是三十年历史的中国现代文学长出了一倍。但我们显然不能因时间长短来裁定不同时期的文学水准。有些学者认为，当代文学的成就并不高，像顾彬等人甚至认为有不少“垃圾”，无法与现代文学相提并论。在参与写作这部书的过程中，你们做何理解？

张　炯：我曾在北京师范大学举行的一次学术会议上对顾彬先生说，我赞成你所指出的当代中国创作中的浮躁现象，有些作家写得太快、太粗，甚至出现一些垃圾性的作品的见解。但我以为，这并不是中国当代文学的全部。我们有不少作家是十年磨一剑的，比如杜鹏程的《保卫延安》，所写的稿子前后曾拉一板车；梁斌的《红旗谱》前后酝酿到写成花了将近二十年；《金瓯缺》的作者徐兴业写成此书花了四十年；姚雪垠的《李自成》五卷也花了几十年时间；张洁的《无字》写了十年；熊召政的《张居正》也写了十年。

我以为当代文学有许多方面比较现代文学是有超越的。不要说文学品种样式的繁多，世界有的，我们也都有了，描写了许多新的人物和新的世界的生动图画，文学语言更加丰富和成熟，这些方面都一目了然。即以反映国家当代文学水平的长篇小说而论，不仅数量远远超越现代，在质量上也涌现了许多名作，足可被视为共和国文学的经典。还有些意见，我在“共和国文学60年”总序中，已基本表达了。我以为对中国当代作家的研究和评价，现在还做得很不够。

张　柠：文学研究指向“总体的人”及其精神现象的生成机制和表

现形式，通过对这些“机制”和“形式”的再阐释，实现经验交流的目的。如果说人的心理、意识、精神现象，还有道德和审美水准等，它们存在等级的话，那么它们的呈现形式的确也是有等级的。但是，这种等级的划分是暂时的而非恒久的，是变化的而非凝固的。在这里，对复杂的心理经验或者精神现象，以及产生这些现象的社会背景和历史根源，还有它们的表现形式（无论它是“垃圾”还是“黄金”），进行重新阐释，是文学研究乃至文学史写作迫切而重要的工作。

而所谓“重新阐释”，不是放弃价值判断，而是改变思维的惯性，寻找更为有效的分析方法。分析的目的在于，让更多的人增加感知的复杂性，承认精神生活的多样性，提高公众判断的自觉性，提高“自我启蒙”的可能性。同时，也对那种粗暴地规训个体精神生活、表达方式、语言形态、文学创作，使之简单化、一体化的做法保持警惕。在我这部书的写作中，无论是那种貌似优美的抒情诗，还是检讨书，抑或是“史诗”般的鸿篇巨制，人为的等级都被打破，它们都是我的分析材料。你说它是黄金，我偏要将它丢进“王水”中泡一泡；你说它是垃圾，我也不嫌弃，而是去分析一下它的组成元素是什么，以便净化处理或变废为宝。

张　闳：当代文学垃圾论，几乎成为一个共识，没有问题。至于所谓现代文学是否如顾彬所说的那样，恐怕尚存争议。我认为，二者之间并没有本质上的差别，只有程度上的差别。但历史研究不排斥垃圾。非但如此，历史有时还偏偏对垃圾感兴趣。历史学家看上去往往跟捡垃圾的没什么两样。他们沉湎于那些历史的混乱、琐碎和污秽当中，寻找他所感兴趣的话题，并尽可能从这些垃圾中甄别出好的、善的、有价值的东西来。我所写的文学史，就是一部关于历史垃圾的分类存放的书。顾彬有历史洁癖，但我很喜欢这种“环卫工人”式的工作。

贺仲明：我以为还不到给当代文学成就做结论的时候。如果说给十七年文学做评价也许还可以，因为它有半个世纪的距离了。但给80年代以来的文学做结论，尤其是涉及当前文学，我以为是太仓促了。我们作为同时代人，只有评述的权力，没有最终判断的权力。而就当代文学来说，80年代以来的文学是最重要的部分。

洪治纲：这仍然是一个“重新评估”的问题，当然也涉及文学经典化的问题。我的看法是，时间对于文学的发展并没有特别的规定性，就像社会的发展与文学的发展也不存在着某种同步性一样。任何一个国家和民族里，有可能三十年里出现一大批杰出的作家和优秀的作品，也有可能近百年出现不了一部像样的作品。如果一定要与现代文学相比，我觉得当代文学可能还受到时间的制约，难以界定某些作家和作品的价值，但是，有些作家和作品应该是绕不过去的。

如果认为一个时代也有它的“无意识”的话，一个时代的文体形态，
在一定程度上就是这个时代的“无意识”的表征

VS

新世纪文学的文体风格之所以杂乱无章，包括价值观念、
审美趣味的多元并置和杂乱无章，其历史成因是有章可循的

傅小平：不知道是写作者做了沟通，还是一种暗合，在前三部著作里，文体被提到了一个很重要的位置，或者可以说，它是洞悉时代、政治的一条重要路径。但到了洪治纲的论述里，不再谈文体，而是格外强调主体意识。这里面是不是隐含了当代文学史写作的一种精神线索？

张　闳：没有。我到现在还没见到其他三位的著作，尤其不了解洪治纲所谓“主体意识”具体意指为何。在我看来，一个时代的文体形态，在一定程度上就是这个时代的“无意识”的表征，如果我们认为一个时代也有它的“无意识”的话。比如说，前后两个时代无论在政治的或文化的意识形态方面倡导什么，如果文体上没有根本变化，那么在话语和文学的研究层面上，就可视作同一时代。从时代的维度可以这么看，从写作者属性的区分上，也可以这么看。其实，我曾经有过一个单独完成整个六十年文学史的写作构想，即企图从文体、话语方式的演变来描述。

贺仲明：这应该与各时期文学发展的特点密切相关。不同阶段中文

学思潮所凸显的内容和特点不太一样。

洪治纲： 我觉得，这套书的核心观念还是相对一致的。前三部之所以选择从文体入手，是因为在1990年以前，无论是意识形态对作家的规训，还是作家对意识形态的逃离（或者说意识形态开放后作家主体意识的复苏），其最终都体现在具体的文体形态之上。立足于文体形式的变化，可以清晰地看到创作主体的精神状态自由不自由，然后由创作主体的精神状态，看到其背后所隐含的各种自上而下的深层因素。而在第四卷里，我之所以直接从作家主体来入手，是因为20世纪90年代以来，作家的主体意识很多受意识形态的制约，但又不自觉地受到消费主义的潜在影响，并且从文体形式已无法说明这种影响了。

张　柠： 作为一套书，前期有过简单的沟通，但由于四位作者居住在四座不同的城市，见面不易，加上我们一直在强调个人风格，所以写法各异这也很正常。第四卷淡化了“文体”概念，选择“主体意识”，纯属作者个人的意思。就我个人的想法，从“文体”的角度切入也未尝不可。新世纪文学的文体风格之所以杂乱无章，包括价值观念、审美趣味的多元并置和杂乱无章，其历史成因是有章可循的。

张　炯： 正如我在“共和国文学60年”的总序中所说，我尊重四卷撰稿学者的意见和观点，关于怎么写并没有统一沟通过。我审阅过他们写的原稿，也提过供他们参考的一些意见。文体意识和主体意识的加强，这是多年来文学批评和文学史研究的趋向。这方面的加强，我以为是应该的，弥补了我们以往工作中的不足。文学史写作，在我看来，应该重视文体的演变，也应该重视作家作为创作主体的作用。因为文学总是内容与形式的统一，主体与客体的统一。轻视任何一方面都是不妥的。

“表态文学”作为有创造性的提法，其中包含的文学形态、样式，
不单是那个时间段的一种文学表现，而是可以延伸得更远
VS
通过语言形式来放弃自我把自己献出去，以便融进一个更为
强大的权力之中的“表态文学”，对于文学而言，是极其可悲的

傅小平：有必要依次来谈谈这其中的每一部作品，借此可以对共和国文学六十年的概貌有个整体的了解。张柠的《再造文学巴别塔》，可谓新创了一套独特的叙事逻辑，非常注重文学外部环境考察，包括文学体制的建立、作家和刊物的管理等。一般的文学史着重论述作家、作品，很少触及这些看似文学的“周边”，但很显然，这些“周边”构成了十七年文学之所以走向“一体化”的根本原因。借用洪治纲的话说，正是因为建立了这套完整而又严密的外部环境，十七年文学才在具体创作中形成了高度模式化的特征。另外，不同于一般文学史高屋建瓴的宏大气象，这种叙事给人一种平视的视角，读者参与其间，仿佛身临其境。

张　柠：不敢说创新，但整部书的叙事逻辑还是有其特点的，概括起来有以下几个方面：

一、作家队伍的组织：包括新老解放区作家会聚北京的线路安排、接待规格、交通工具等；国统区左翼作家的进京线路；被排斥在外的现代著名作家的行踪。

二、作家生活待遇、行政级别和专业级别的确立，以及这种待遇的不稳定性。

三、新作家的培养模式，中央文学研究所的建设，师资力量和课程设置表，最终成果统计采用了大量第一手原始材料（由鲁迅文学院提供复印材料）。

四、作品的发布和传播，文学媒介的管理方式，同人刊物的终结，新的机关刊物的管理模式，以及对文艺报刊经常性的整肃。

五、作家思想改造的基本模式，从新中国成立初期的“人民革命大学”开始，到60年代的下乡锻炼和下放。

六、文艺界的政治批判运动：为确定最终的文体风格、语言形式和叙事模式等文学基本问题奠定基础。

七、最终指向当代文学文体的发生：1. 表态文体，包括忏悔型、攻击型、逃避型三种，从1949年初期开始一直到“文革”时期的检讨书解析。2. 叙事文体，主要是分析重要的短篇小说和长篇小说的标本，以及它们的基本模式。3. 抒情文体，分为三种类型。第一是“领袖颂歌体”，从延安时期开始，一直到新中国成立，重点考察了解放区、国统区、新中国不同时期最早歌颂毛泽东的诗歌标本，总结出领袖颂歌体的两种模式及其结局。第二是“政治抒情诗”，作为领袖颂歌体模式的一种延伸，分析政治抒情诗的精致化过程，其意象体系的建构。第三是“个人抒情体”，分析遭到压抑的个人抒情体的词语和意象构成，以及遭到删除的过程。

八、总结下七年文学发展的基本逻辑。除了战时思维和文学斗争，以及“文革”前夕激进的文学试验，还重点引进了国际视野，即“冷战思维”中的文学选择，这在一般文学史中较少涉及。

“正统”的文学史中，“文革”时期的文学通常只占据极小的部分。
挖掘当时民间文学或地下文学的珍贵资料尤显重要
VS
“文革”文学研究，有必要把红卫兵运动研究中的文艺和文学的部分、
样板戏及样板文艺研究、文革地下文学研究结合起来

傅小平：在我们“正统”的文学史中，“文革”时期的文学通常只占据极小的部分，张闳在他的《乌托邦文学狂欢》中，却做了非常详尽的论述，且挖掘出了不少史料——尤其是“打捞”出来了不少当时民间文学或地下文学的珍贵资料，包括“文革”时期的手抄本。这种写法是基于怎样

一种考虑？史料取舍又持何种标准？

张　闳：其实，在此之前，已经有不少文学研究者对“文革”期间的文学史料做了许多挖掘、整理工作。他们的工作对我帮助很大，在此再次向这些同行、前辈们表示谢意。

“文革”的文学材料的整理，难度相当高。众所周知，“文革”期间的文学秩序被彻底破坏，文学写作、出版等活动陷于停顿，零星的写作也是一片混乱。另一方面，长期以来因种种原因，“文革”文学研究也甚为萧条。在“空白论”占支配性地位的情况下，文学史在涉及“文革”的时候，基本上是一笔抹杀。在写本书之前，我正好接受了北京师范大学文学院委托的一个研究项目——《中国当代文学编年史》的“‘文革’分卷”，我在我的研究生的协助下，花了半年多时间，搜集了大量的“文革”文学材料。在收集材料的过程中，我们发现，图书馆里的“文革”史料要么残缺不全，要么被抛弃在某个角落里任灰尘掩盖。年轻的学生们对这段历史甚为陌生，起初几乎不知道从何下手。这么近的历史，这么重要的历史时期，就这么快成为遥远的陈迹，几乎像史前时代的历史那么模糊。真是令人感叹。好在我本人在少年时代被灌输过不少“文革”的文学和文艺，或多或少有点儿印象，一些材料的寻找尚且有较为明确的目标。这样勉强把那部“编年史”完成了。这正好成为我的“文革”文学史写作的前期准备。

“正统”文学史且不去说它。从现有的“文革”文学研究的情况来看，我认为可以分成三个板块：红卫兵运动研究中的文艺和文学的部分；样板戏及样板文艺研究；“文革”地下文学研究。这三个板块各自形成规模，但彼此割裂。我努力的重点在于将三个板块拼合在一起，并尽量使之成为一个整体。这次材料收集，我就确立了兼顾三个板块的原则。在我看来，只有这“三位一体”的文学，才能够反映出“文革”文学的较为全面的面貌。

傅小平：延伸开去问一个问题。近年，“文革”叙事在很多作家的写作中占有显要的位置。你作为一个“文革”文学史的研究者，对于其成败得失，有何见解？

张　闳：“文革”叙事有三种模式：一、伤痕叙事。这是“文革”叙事的经典模式，从“文革”期间的地下文学中就开始了，到“文革”结束后的70年代末达到了高潮。伤痕叙事一方面符合主流意识形态的“文革”判断，另一方面也与公众对“文革”的基本理解相一致，在政治上是正确的，但叙事模式上往往陷于刻板，呈现为一种简单的扬善惩恶的伦理批判。后来王朔等人通过电视剧《渴望》对这一模式进行了隐晦的嘲讽，之后，便日渐式微。以伤痕叙事来表现“文革”的写作者，成分较复杂，既有“文革”中遭冲击的资深作家，也有参与“文革”而又能进行批判性反思的红卫兵一代，还有一些追随政治风潮的主流作家。二、神化叙事。这种“文革”叙事的主体是“红卫兵—知青”群体，“文革”叙事是他们青春记忆的载体。将“文革”理想主义化，事实上是对自己逝去的青春年华的追悼和缅怀，因此，或多或少要美化一番，哪怕是其苦难和污秽的一面。这种声音在80年代较为微弱，奇怪的是，这几年却开始高亢起来。三、讽喻叙事。这一叙事的主体是所谓“60后”一代人，也就是“红小兵”一代。他们是“文革”的局外人和旁观者。他们了解“文革”的游戏，在少年时代半真半假地模仿过“文革”的造反运动。他们震撼于“文革”的残酷，又被这种残忍所魅惑。于是，以游戏性的方式再现荒诞、疯狂的故事，以戏谑的手法避开心理伤害，同时又可以有距离地欣赏残忍游戏。这正是他们在“文革”中所扮演的角色，历史故事成为其个人的“成长寓言”。关于“文革”的讽喻叙事，则是这种角色扮演在文学中的延续。但仅就文学性而言，讽喻叙事保持了一定的距离感，它既不为伤痕的愤怒所冲昏头脑，也不会因与自己相关而去刻意自我美化，因此而赢得了更大的美学空间。王朔、余华、苏童、东西、韩东、朱文，以及“新生代”作家们，都属于这一群体。

但所有这种种叙事作品，在真实的“文革”面前，都显得渺小、苍白。能真正再现、穿透，同时克服——也就是能与“文革”这个历史相对抗的作品，尚未出现。

80年代异常活跃，寻根文学、先锋文学、新历史主义文学、
新写实主义轮番上演，难以用“理想与激情”概括

VS

80年代的内在精神是有共同性的。在80年代生活过的人，
肯定可以很深地感受到其文化脉搏和文学精神的变迁

傅小平： 在《理想与激情之梦》这本书中，贺仲明所阐述的，主要是新时期尤其是80年代的文学现象。众所周知，这段时间文学异常活跃，知青文学、寻根文学、先锋文学、新历史主义文学、新写实主义……轮番上演，你用“理想与激情”来概括，是否准确？

贺仲明： 80年代的文学潮流虽然很多，但内在精神是有共同性的。在80年代生活过的人，尤其是80年代的大学生，肯定可以很深地感受到其文化脉搏和文学精神的变迁。就我个人的感受，80年代确实是一个“理想与激情”的时代，或者是从理想到现实嬗变的时代。它与90年代以来由现实主导的文化差异太大了。文化如此，文学亦如此。当然，对此，也不能完全排除其他的理解方式。

傅小平： 套用洪治纲的话说，80年代，既是启蒙主义全面苏醒的时代，也是理想主义高扬的时代，更是作家主体意识高扬的时代。也正因为此，80年代，也成了一个现象、思潮众多的时代。这种丰富和复杂，体现着文学的活跃，同时也会带来认知的混乱。你是怎么梳理的？

贺仲明： 80年代文学到今天已经有二三十年了，确实应该走出文学批评的语境，进入到具有严谨学术性的文学史领域。在这中间有很多工作需要做，包括材料的辨析和梳理，包括对一些文学现象、文学思潮的重新认识等。这方面已经有一些成果。比如朦胧诗、知青文学等，就已经有不少当年的参与者在书写回忆录。历史的真相在有了一定的时间距离之后开始得到呈现。同样，一些文学思潮、文学现象也是如此。现在来看，80年代许多思潮和现象的命名，包括群体的概括，都是不够准确

的。这不是责难当时的文学批评，更不是说今天的人比当时高明。这本来就是文学批评的特点，它需要跟踪和引领，不可能那么严谨和细致。文学史和文学批评承担各自不同的工作。所以，今天的文学史写作应该从文学批评中走出来，承担这个整理和重新认识的工作。有了二三十年的时间距离，已经有了写作文学史的可能。

我举一个例子。八九十年代之间的“新写实小说”，包括对这一思潮特点的概括，包括对其成员的认定，在当时就存在有很多异议，其中包括一些被作为代表作家的重要成员。如果再沿用当时的批评观点显然是恰当的。再如“寻根文学”，我始终认为作为思潮和流派（或群体）要做出区分。广义的“寻根”，在80年代中期是一个全社会性的潮流，尤其是在文化界，“新儒家”不是更明确的“寻根”吗？在它的影响下（或者说作为它的一部分），文学界也出现这方面的倾向。这是很正常的。但是，不应该把这一潮流与具体的文学流派（群体）混为一谈。当前许多对这一概念的理解确实是过于泛化了。所以，我以为“寻根文学”的命名应该从狭义的角度，事实上它完全具备了一个文学流派（至少是文学群体）的基本条件。有宣言，有会议，有相互的呼应，有密切的文学联系，有带有明显主题意图的创作。只是没有独立的刊物阵地——而这在中国的现实情况下本来就是做不到的。

这些文学史的辨析和梳理其实很有意思，更有必要。就我了解的，中国人民大学的程光炜先生在组织学生做这方面的事情，很有意义。我在这本文学史的写作中努力吸收了一些新材料，如一些新发表的80年代人的回忆录，更尝试站在今天的高度，从文学史的立场去重新认识这段历史。当然，还只是尝试。随着我们距离80年代越来越远，新的资料会更多出现，历史的真相也会更清晰些，对这段历史的认识会更准确全面，也会出现更贴近历史真实、更有深度的80年代文学史。

傅小平：这本书有相当大的篇幅写到了先锋文学。你对先锋精神的失落，做出了自己的解读。尤其是谈到我们学习了西方现代派文学中语言、形式的一面，却忽视了其强大的西方历史文化传统。这一点应该说击中了先锋文学的要害。然而，对于一个中国作家来说，要从自己的历史文化传统中，“生长”出西方式的人文关怀，多少有些勉为其难，也正因为此，我们的“寻根”最后也不免落入俗套。而从西方文学的发展看，给我们带来先锋精神的现代派文学已被摈弃，继而回到故事叙述的传统。这样的背景下，你认为在当下倡导先锋精神，有何意义？

贺仲明：先锋其实主要是一种创新和探索意识。这在任何时代，在任何不愿意墨守成规的人笔下，都可能存在。80年代的先锋文学有值得尊敬的地方，尤其是放在那个时代的背景下去看。今天的文学其实也非常需要先锋精神，我甚至感到商业文化已经很严重地窒息了我们的先锋精神。当然，方向肯定是创新性的——事实上，既然名为先锋，就意味着它的方向是创新的。

底层写作者未必刻意逃避人文关怀，而是觉得关怀的虚假和不可能，评论者对他们有现实关怀的期许，当然也就落空了
VS
“底层写作”一个非常重要的问题是作家们常常带着浓厚的道德眼光来书写底层生活，并没有切入底层人物的内心深处

傅小平：最后我们来谈谈《多元文学的律动》，在这本书中，洪治纲写了最近十七年的文学。在后记中，你引用了狄更斯《双城记》中的话，说“那是最美好的时代，那是最糟糕的时代；那是智慧的年头，那是愚昧的年头；那是信仰的时期，那是怀疑的时期……说它好，是最高级的；说它不好，也是最高级的。”在你看来，90年代以来的文学，果然如此复杂？

洪治纲：的确如此。我在写作过程中，非常深刻地体会到了狄更斯对一种多元而又无序的时代的精确概括。可以说，随着消费主义、后现代主义、全球化、后殖民主义……这些文化思潮扑面而来，在90年代以来的文学创作中，我们既可以看到最放纵的欲望，最尖锐的人性，最幽

暗的历史，也可以发现最先锋的文本，最无畏的论战，最彻底的自嘲，以及保守主义、理性主义、解构主义、犬儒主义、反智主义等。而刊物、报纸、电视、网络等现代传媒，更是以立体化的手段全方位地将之聚焦和放大。一切都让人眼花缭乱，并且无所适从。

傅小平：这是你选择作家的主体意识来作为考察线索的一个重要原因？

洪治纲：是的。90年代以来的文学出现的重要变化，不是作家的主体意识被意识形态所规训，而是恰恰相反，被市场消费所劫持。当然，这种劫持只是一部分作家，而不是全部。在我看来，人是一切价值活动的主体，当然也是审美活动的主体。作为人类精神活动的一种特殊形式，文学从来都不是对客观生活本身的直接再现，而是在作家主体意志的积极参与下才得以创造而成，并始终受到主体意识和情感的支配。所以，我立足于消费主义的文化语境，从不同角度、不同领域、不同代际方面，分析了当代作家主体意识的变化与文学创作之间的复杂关系，也试图揭示这一时期多元文学格局中所蕴含的精神肌理和审美镜像。其中，既有主体的突围、抗争和救赎，又有主体的迎合、喧哗与放纵，更有主体的位移与漂泊。

傅小平：让我颇感兴趣的是，在这本书中，你选取了一些可能无法进入常规文学史的作家作品，譬如网络文学中的《悟空传》、木子美的《遗情书》等，来展开关于“主体”的论述。出于何种考虑？

洪治纲：这些作品艺术价值也许并不高，甚至只是昙花一现，但是，它们反映了20世纪90年代以来的文学在“多元”上的审美景象，也折射了当代作家在主体意识上的一种喧哗或放纵，也就是说，它们除了艺术价值之外，还有特定的史学价值。就像刘心武的《班主任》，虽然并没有多少艺术价值，我们却不能否认它的文学史价值，因为它毕竟是“伤痕文学”的发轫之作。

傅小平：你论述“底层写作”那部分，让我印象深刻。基于没很好展示出笔下人物艰难的心灵蜕变过程，而这种描写的随意，凸显了写作者人文关怀的缺失，你对作家刘庆邦、罗伟章等的“底层写作”做出了尖锐的批评。但从另一个角度看，他们的描写也有可能反映了消费时代的病症，身体既然是被消费的，心灵的痛感也随之被消解。由此，会不会有另外一种可能，写作者未必刻意逃避人文关怀，而是觉得这种关怀的虚假和不可能，这样评论家对他们有现实关怀的期许，当然也就落空了。这或许说到底是我们时代的尴尬，你怎么认为？

洪治纲：我从来都没有否定“底层写作”的重要性，但是，在读了很多“底层写作”的作品之后，我觉得一个非常重要的问题就是作家们常常带着浓厚的道德眼光来书写底层生活，或者以一些共识性的经验来对底层生活进行概念化的处理，并没有切入底层人物的内心深处写出他们精神上的丰富性，导致不少作品都一味地“崇苦崇恶”。优秀的作品应该将创作主体的道德立场和人文关怀放在作品的背后，去寻找并呈现属于人物自身的品性。为什么我们读迟子建的《起舞》、王安忆的《骄傲的皮匠》等反映底层生活的作品时，不但看不到这种道德化的弱点，反而能够从人物身上看到某种诗意而温暖的东西？

二十

文学写作：无关圈里圈外，生活才是根本

- 2009 年 -

主持人：傅小平

对话者：安波舜　袁　敏　周昌义　程永新　王理行　曹元勇

背　景

2010年两会召开期间，被称为“民工小周”的周述恒——中国两亿多农民工中的一员，创作的《中国式民工》引起了广泛关注。这部写了17个月、45万字、80%来自真实经历的小说，被网友们称为中国农民工的“陈情表”，称其用饱含情感和真实的笔触，让世人看到数亿农民工的真实生存状况。

一部小说引起如此强烈的社会关注，《中国式民工》不是首例。近年，《杜拉拉升职记》《蜗居》等小说，都因为关注社会焦点问题，击中了时代的敏感神经，在社会和图书市场上产生了广泛影响。有人评论说，这是对当下沉闷、苍白的文学写作现状的一种有益冲击。甚至有出版界人士在对传统文学作家作品表示担忧的同时毫不隐讳地表示，“我们现在把希望寄托在文学圈外”。

但事实很可能是，所谓圈里圈外之争其实只是表象，文学的希望不在圈外，也不在圈内，而是在生活，在直面现实人生、裸露真实心灵的生活，更在让大多数读者感同身受甚至有切肤之痛的生活。

有创造性的作家在创作中不会只考虑他的作品是否会畅销

VS

称畅销小说为“大众读物”比较合适，不宜对其期望太高

傅小平：近年的文学图书市场中，最受关注且最畅销的，多是文学圈外的写作者写的作品。比如六六的《蜗居》《双面胶》、李可的《杜拉拉升职记》、最近因为写农民工而备受关注的周述恒的《中国式民工》，另外，还有不少业余作者写的类型小说等。相比之下，纯文学作家作品的市场表现普遍低迷，以至于有人直言文学的希望在圈外。从一个出版人、杂志人的角度，你对此持何种看法？在你看来，是什么原因造成了这种现象？

安波舜：实际上，除了你提到的，还有一些文学品质比较好的小说，比如姜戎的《狼图腾》和都梁的《亮剑》。这两个作家也是“业余”的：姜戎是研究政治经济学的学者，都梁是石油工程师。

文学的希望在圈外我十年前就发现了，原因大约有三个：首先，改革开放后成长起来的一些作家，他们本身就是被时代推到前台的产物。很多人连起码的高等教育都没有受过，知识结构十分有问题，更遑论艺术天分和形象思维的想象力了。其次，他们功成名就之后与现实的苦难和主流生活脱钩，所写题材一般就是屋里屋外、床上床下、酒吧饭店，除了发发文人的牢骚，就是刻毒地仇视青春、美和财富。即便是像莫言、余华、王安忆这样严肃的作家，也只能书写历史和童年，无力表现当下和现实。最后，最要命的是，没有信仰和信念。不是理论，而是那种渗透到骨头里的文明习惯和追求自由的潜意识，是带血带肉的生命体验和意志。普通人可以没有，可以中庸，但作家必须执着和坚持。否则就不可能在小说中创造艺术境界。这是常识。

而圈外的人，虽然也没有信仰的传统和洗礼，但只要是在市场经济的风浪中摸爬滚打过，习惯用主流社会的契约关系约束自己和处理问题，

形成自我认知和社群认知，就会有商业伦理到社会伦理的进化，甚至是政治伦理的进化，形成写作者普世价值的伦理“信念”。这使得姜戎、六六们的小说主题和故事阳光健康，有社会担当，能够覆盖大多数的读者和受众。自然也就畅销和有影响了。

王理行：文学和文学出版是两个概念。说文学的希望在圈外，是不成立的；但按你所举的例子，可以说，文学出版的希望在圈外。对于文学出版来说，价值取向完全是以市场为中心的，只要是有市场的东西就是好东西。图书如果要畅销，就应该投合大众趣味，普通读者都能读得懂又喜欢读。文学圈外的作者，或者说业余作者，其写作往往是率性而为。他们写作的时候往往没什么明确的目标，只有一种冲动，要把自己心里想表达的东西表达出来。他为什么会有这种冲动？那是因为他自己经历或是周围发生的事情，对他的震撼太大了。人与人各有各的个性，同时也有很多共同点。因此，能震撼他，能让他自己感动的事情，往往也能震撼、感动别人。我想这就是文学圈外作者写东西能引起大众共鸣，从而畅销的一个重要原因了。

文学圈内的作家写作，情况就复杂一些。以我个人的观点看，文学圈内有两类作家。一类就是所谓的纯文学作家，包括我们通常说的大部分的专业作家，他们往往更多地从文学创作本身出发。他们的创作更多地包含了文学价值的考虑。他们希望自己的创作在语言、形式、技巧、风格的探索与创新方面，在题材的挖掘与出新上，在对人类的历史、现状和未来的把握与认识上，都能达到一定的高度。希望自己的作品能流传下去。所以，尽管他们也希望自己的作品受到关注，但重心依然在文学创作本身，而非图书市场。另一类则是我们常说的通俗作家，他们希望自己写出来的作品能让更多的读者接受和喜欢，但希望归希望，他们想象的未必与现实吻合。因为他们是从读者的角度出发去创作的，他们在作品中表达的未必是且常常不是自己非要表达出来不可的东西，而是他们想象中读者会喜欢看的东西。这样的作品，连自己都感动不了，当然也就不一定能去感动别人了。

我们现在常要求作家深入生活，强调作家要有生活经验的积累。其实这种提法本身就是很有问题的，其认定的前提是作家在生活之外。一个作家，再怎么刻意地深入生活，他都会跟他想要深入的生活有些隔膜。而圈子外的作者，他就在生活中，他也从来没觉得自己需要去深入什么生活。所有的经历和感受都是他自己的。出来的作品，可能在创作形式或技巧方面显得粗糙，但那种真切的情感，却能打动人。这样的作品自然也会受读者欢迎。我想基于这些原因，我们可以说，文学出版的希望在圈外。

袁　敏：近年来，文学的边缘化和其在信息时代多媒体爆炸的大趋势下声音越来越显微弱是不争的事实，作家们一部作品出来举国瞩目，万人追捧的时代已经一去不复返了。作家圈子的高门槛和作家的优越感受到了巨大的冲击，作品能够发表或者出版的难度也大大下降，最不济的写手也可以将自己的作品挂到网上，瞬间流传一举成名变得易如反掌。

在这样的时代大背景下，谁都可以写作，谁都有资格和权力冲进文学图书市场做个弄潮儿。我觉得这不是一件坏事，这样的现状既给传统文学殿堂里的正牌军作家带来了压力，又能让那些具有文学才华和创作实力的业余写家有机会试水。你所提及的《蜗居》《双面胶》《杜拉拉升职记》等我都看过，而且都是自己掏钱到书店去买来看的。这些书都有很好的销量，在读者中口口相传。我觉得最主要的原因就是这些书太贴近普通百姓的现实生活了，不仅仅是贴近，简直就是生活的白描，或者说是实录、翻版，那些细节、对话、生活场景、人物心态、纠结在大众心头的种种问题，都是老百姓熟悉得不能再熟悉的东西。

因此，这些书的走红是必然的，象牙塔里的纯文学作品在市场份额上确实无法与之抗衡，但我个人以为纯文学作家也没有必要为此沮丧，因为两者之间没有可比性，是两个范畴的话题。

曹元勇：对一个出版人来说，能够抓到广受读者欢迎的畅销书当然是一种职业快乐，因为图书也是商品，如果你推向市场的商品得到广大读者的消费，这自然是一种成功。

不过，图书尤其是文学图书及其他人文图书，毕竟也具有不同于一般物质商品的特质，那就是它是一种精神创造，关涉到人的精神生活和灵魂寄托。考虑到这个特质，有创造性的作家在创作过程中就不会只考虑他的作品是否会畅销。

当然，现在我们的图书市场上很多畅销的作品大都是被称为“文学圈外作者”写的。且不说这种给此类写作者的定位是否带有歧视性，单从他们的作品广受读者欢迎消费，这本身的确是一个值得深思的现象。当然，这些作者的作品之所以受欢迎，主要还是因为他们写的是当下生活中的焦点问题，写的是中国人，特别是普通老百姓关注和关心的问题。这就像别人要讨论一个跟你的切身利益密切相关的大事，你作为当事人不可能完全置之度外一样。……我听说有过一个问卷调查，现在读“小说”最多的人群，不是大学知识分子，不是职场白领，而是工人阶层。而他们读的最多的小说就是反映社会焦点问题的畅销作品，《蜗居》呀，官场小说呀，帝王小说呀之类。我个人认为，有广大读者来读书，哪怕读的是这些畅销小说，毕竟不算坏事。毕竟中国人每年的读书量还是处在很可怜的水平线上啊。只要这些作品不低俗，我觉得它还是有存在的价值。

当然，从文学的角度来看，这些畅销小说虽然有的也继承了一些优秀作品的创作手法、技巧，但一般都缺乏创新；它们除了让你快速读到生活中你早就见到的现象、知识，对人性、人的精神和灵魂，一般都是老调重弹、缺乏新意的，你不可能对它的精神期望值太高。这类作品，我觉得称其为“大众小说读物”比较合适，与文学圈内圈外没有多大关系。至于所谓纯文学作家的作品市场经常显得低迷，问题肯定是多方面的，比如有作家自身追求、自身创造力的问题，有读者趣味取向的问题，等等。作为出版人，我们当然喜欢出版畅销作品。但是，如果我们的文学出版物全都是那种“大众小说读物”，放弃对文学艺术的创造性和精神深度的追求，那我们中国人的精神问题也是不堪想象的。当然这种现象也是不可能出现的，毕竟有艺术追求、精神追求和思考灵魂问题的作家还是大有人在的。所以，作为文学出版人，对这类有追求的作家作品我们也还不是很重视的。更何况这类作家的作品也不都是没有市场竞争力的。

程永新：这种现象产生的原因是多方面的。你举出的这些作品都比较贴近生活，或者说触及了生活的神经末梢，所以，它们会受到读者的关注。进入新世纪的文学写作，确实遇到了一些难点。其中，远离生活、格局不大致使一些写作者不断制造文字垃圾，一段时间里，我一直在思考文学整合问题。未来的文学应该是开放的，网络文学、类型小说都可以而且应该整合进来。比如像《蜗居》里的旁白写得很精彩，它完全是小说心理描写的方法。未来的艺术各门类似乎都可以互相借鉴，彼此打通。当然，这么讨论问题也有局限，我们所处的社会形态比较复杂，读者的审美和阅读质量也需提高，真正伟大的文学作品不一定都是畅销的。

周昌义：造成这种现象的是生活。当编辑的大约都面临一个选稿困惑：有名气有功夫的没生活，有生活的没功夫没名气。结果总是在两头取舍。偏向功夫，就是《收获》；偏向生活，就是《当代》。图书的读者比起几家老刊物的读者，没有了习惯和感情约束，更偏向生活。在文从句顺的基础上，生活甚至就是他们买书的全部理由。所以，文学的希望在生活，在大多数读者感同身受甚至切肤之痛的生活。不管是圈内圈外，如果总是跟读者没丝毫感情联系的我爹我妈我爷爷我奶奶我叔叔我婶婶我祖宗十八代那些发霉的记忆（还是编造的），永远没希望。

进圈子的钥匙无关作品好坏，
只关臭味或香味相同，更关态度
VS
受传统评论家青睐，就是一个圈子？
其实，那只是个“传说”

傅小平：就我个人的理解，对这种所谓文学圈内圈外的说法是有保留的。也许，只有在我们这种特殊的文学体制下，才会圈定这么一个模糊不清的边界。有评论家也认为，圈内与圈外是相对而言的，业余作者写出了优秀的作品，也就进入了圈内，而专业作家如果长时间没有作品或好作品，也就淡出到了圈外。当然，这种说法似乎也有问题，业余作者即使写出了优秀的作品，但如果一直置身文学圈外，或许未必就进入了圈内。而且，从本质上说，任何真正的创作其实都是业余的。对这种圈内圈外的说法，大家怎么看？

袁　敏：在我看来，文学圈内圈外之间的分割或屏障本来就无多大意义，谁能写出受读者欢迎的作品谁就不可能被漠视。说实话，从前被许多业余作者或者说文学青年向往和羡慕的所谓圈内作家才有的荣耀和光环，现在似乎慢慢变得黯淡，并不具有多少吸引力。圈内和圈外的说法我并不太在意，相信真正优秀的作家对此也不会有多大兴趣。

安波舜：关于圈里圈外的话题十分无聊，是个伪命题。因为实际上，所谓的文坛的圈子十分狭窄，也无人愿意往里钻。钻进去也没有什么利益可图。我想人们之所以还有个圈子的印象，大概是指那些受传统评论家青睐的作家和作品。以为那就是个圈子。其实，那只是个“传说”。在今天批评和传媒的多元化局面下，任何一个作家的作品，只要是呕心沥血的真诚之作，任何的圈子都没有力量排斥，也灭不了。

程永新：我觉得完全没有必要这么划分。就像艺术门类需打通一样，圈内圈外也要打通。所谓的文学圈是一种虚拟的假想出来的陈腐概念。当一个人拿起笔或坐在电脑前，他就是一个写作者，他不属于任何圈，他只属于他自己的心灵。我是一个职业编辑，我也偶尔有兴趣写小说，但我知道自己是一个业余作家，因为只有你一直保持旺盛的创作激情，你才可以称得上是一个职业的小说家。

王理行：对于真正的文学创作来说，圈内圈外的说法没什么意义。普通读者也不关心这个问题，他只关心读了你的作品之后，有没有阅读快感，能不能引起共鸣。他们爱读的作品，前提就是必须有一个好故事，情节曲折紧张、令人欲罢不能的故事。但纯文学作家的创作，并不以赢得普通读者的关注和喜欢为首要目标。法国文豪马塞尔•普鲁斯特曾经说过，可读性或趣味性，从根本上说是反艺术的。

曹元勇：圈内圈外只是一种特殊社会机制下对写作者的界定，对出版者来说没有什么实质性意义。我想对读者来说也是没有什么实质性意义的。对我们来说，你写出了作品，写出了可以出版的或是有读者阅读的作品，你就是作家。如果要对作家做个区分，那也是有创造性、创造力的作家和没有创造性的作家之分。所谓的业余作家写作，最多是相对于写作者的职业而言，如果你有一份社会工作，你的写作只能在工作之余进行，相对于你的工作，你的写作是业余的，但就写作本身来说，你又是职业的，因为那是你的乐趣，你的内心追求所在。

圈内很多作家，都没有了“绘声绘色”和“栩栩如生”的创作能力？
VS
坚守文学之路，就得接受作品很可能是小众的结果？

傅小平：这些文学圈外作者的作品，尽管写作内容、表现方式等看似各有不同，却有一个相同的特点，都是普通人写的自己及身边人的故事，内容或是关乎敏感复杂的社会问题，或是非常巧妙地把握住大众读者的娱乐兴奋点，对类型小说而言尤其如此。不过，我还是感到有些疑惑，近年传统文学作家的写作其实也在急剧地发生转向。比如，叶兆言《苏珊的微笑》和六六的《蜗居》一样触及了“小三”问题。莫言的《蛙》关注计划生育问题等。但从总体上看，社会影响远不及圈外作家。传统作家在写作上承受的压力和焦虑感，是显而易见的。怎样看待传统作家写作的转向？何以效果总是不尽如人意？

程永新：转向是必须的，意味着整合的开始。效果不佳说明整合的道路并不平坦，还有很多任务需要我们去完成。

周昌义：作家们的突围，不是现在，二十年前就开始了。所谓新写实，就是第一次羞羞答答的突围努力。二十年后，才彻底扔掉遮羞布，坦坦荡荡地写故事。只可惜享受了改革开放的成果，在城市养尊处优，肚子大了，肉都垮了，只会窝沙发里倒腾脑子里那发霉的记忆。如你所说关注现实的努力也有，很多作家也拼命写社会焦点问题，结果都不理想。这不奇怪。“绘声绘色”“栩栩如生”这一类词不被评论家使用，已经很多年了。圈内很多作家，包括很著名的作家，都没有了“绘声绘色”和“栩栩如生”的愿望，或者没有了“绘声绘色”和“栩栩如生”的创作能力。而这恰恰就是人家畅销的最大理由。小姑娘和老太太一同送秋波，效果应该有差别。

安波舜：《蜗居》是长江文艺出版社出版的，客观地讲，《蜗居》的畅销不仅仅是艺术的力量，而是民生房价与电视剧热播搅和在一块形成的风雨。与莫言的《蛙》可比性不大。《蛙》虽然也写了计划生育，但用的是小说的人文视角。也许几年后房价不成问题，《蜗居》不再火了，但相信《蛙》依然有魅力。

问题是，不管是写历史还是写当代，传统作家的确是存在你说的焦虑：他们的作品无法感动也更无法撼动读者的心，越来越边缘化乃至无声无息。还是那个老问题：没有学识也没有信仰。举例讲，同样是写历史，湖北的作家熊召政不仅写出了振聋发聩的《张居正》，今年还要完成一部书写北宋王朝如何“娱乐至死”的长篇巨著。我预测此书不仅一定会大为畅销，更能引发轰动。因为他要用历史来证明：娱乐至死的经济繁荣，不堪一击。熊军人出身，也办过企业。加入作协是半路出家。熊的长处就是学识和信仰。连走路和吃饭都铿锵有力。

曹元勇：传统作家，或者说有艺术追求的作家并不是主要靠写社会敏感问题获得自己的影响力的。比如莫言的《蛙》，社会问题、计划生育问题只是小说人物生活的环境，作家写人不可能完全脱离人所处的社会环境，不可能不涉及他所处的社会环境中的焦点问题，但对人的挖掘，对人性、精神、性格的挖掘，才是一个有追求的作家成熟的表现。《蛙》触及的计划生育问题，莫言不写，读者也可以通过别的媒介、渠道了解，但是他对人的精神问题，如对作品里的叙述人的精神犬儒性的挖掘，恰恰也是对中国知识分子精神犬儒性的挖掘，这才是莫言作为一个有创造性的作家不同一般之处。

至于作家写历史题材、当下题材，我觉得这是作家自己的选择。大众畅销书作家选择的出发点一般都是他写的题材能否引起市场的消费需求，有创造性的作家选择的出发点肯定离不开他要探索的问题、所要塑造的人物的需要。出发点是不一样的。传统作家应该关注当下社会问题，这是一个知识分子应该做的，但不一定非得在作品中写社会焦点问题才叫关注社会问题。如果你是一个传统作家，那也得看你是不是一个在写作上有创造性、有精神和灵魂追求的作家，如果是，我觉得你所说的市场压力对他就不是一个大问题。只有只考虑市场的作家才会有压力。

袁　敏：我们都知道，一个作家的成名作往往是他的第一部作品，而在写第一部作品时作者几乎个个都是圈外人。此时他们还不是作家，没有任何功利性，也没有任何包袱，有的只是扎实厚重的生活积累和喷涌而出的创作激情。他们大多没有写作技巧，也不太考虑什么文学性、艺术性，但是，真实的生活和饱满的激情以及对生活的深刻思考常常可以成就一部作品，并让一个无人知晓的人从此爆响大名。有了名声以后，他们中的一些人开始从圈外走进圈内，但大部分的人之后再也没有写出超过其成名作的作品。

而从另外一个层面或者换一个角度说，我觉得传统作家在写作的文学本质上大多还是能坚守的，他们感到压力和焦虑的是图书市场对他们的无所谓和轻慢。我觉得这就要看一个作家的定力和其对自己的作品是否有足够的自信。我曾经看到过王安忆对媒体的一个访谈，其中讲到了她对图书市场的看法，原话我记不得了，大意是她对图书市场不反感，但她很清楚自己的每本书在市场上大约也就是两三万的销量，她觉得挺好。王安忆的淡定透出满满的自信，这是一个不为市场所左右的作家所拥有的底气，让我觉得有些遗憾的是有些我很佩服的大作家，完全可以像王安忆一样有底气的优秀作家，在市场面前也开始焦虑，进而想寻找一种迎合市场的通道，结果反而丢失了自己，这是让人很遗憾的。

王理行：前面已经提到，文学圈外作者和传统文学作家在创作中的追求是有差异的。即使写相同的题材，他们的写作态度、写作方法、写作过程和写作的追求也不尽一致，当然其最后的结果也就不一样了。传统作家承受的这种压力和焦虑感，可以理解。传统作家可以分为两类：一类是真正具备文学创作能力的作家；一类是本质上不完全具备文学创作能力但因为历史的、社会的或个人的一些特殊原因使之走上文学之路并以作家为职业的人。后一类作家如果想要减轻这种压力和焦虑感又不愿完全脱离文学创作，至少可以考虑仅把文学创作当作自己的业余爱好。而真正具备文学创作能力的作家，如果要坚守文学之路，就要明白，当你的目标是追求文学价值的时候，你就要准备接受你的作品很可能是在小众范围内得到接受和欢迎的结果。

在当今的网络时代，在信息爆炸的时代，在休闲娱乐多元化的时代，在高度市场化商业化的快节奏的时代，纯文学或严肃文学的边缘化早已是不可逆转的现实。普通读者并不在乎文学价值的高低。20世纪80年代那种全民热读热议一部文学作品的时代已一去不复返了。在当今中国处于社会转型期这一经济社会发展的特殊阶段，既然整个社会都以经济为中心，作为文化精英的那些作家，在其中受冷落是必然的。具有较高的文学价值同时又受到普通读者的广泛接受和欢迎，得到名利双收的大喜结果，这样的作品是有的，但为数不多，更多的文学作品往往能占其一头就不错了。文化精英，坚守文学价值的作家，要耐得住寂寞。

在许多西方发达国家，大量唯文学价值是取的作品，照样能畅销十几万甚至几十万。这是因为那些西方国家在经济发展到一定阶段后，民众的文化水平、文学素养和精神追求也已上升到一定的水准。相信我国的经济社会发展会在不久的将来也会赶上西方发达国家。到那时，纯文学或严肃文学作家的生存环境就会得到改善。

作品的文学性强，更多的时候反而会成为畅销的障碍？

VS

把自己创作的无能和低下包装成高雅，难道就是纯文学？

傅小平：要是从文学的角度来加以考虑，类似《杜拉拉升职记》《蜗居》《中国式民工》这样的作品，显而易见是很不成熟的。但畅销的恰恰是这些作品。如果对近年的图书市场做一个粗浅的分析，极端一点，几乎可以得出这样一个结论：凡是文学性强的都不畅销，畅销的并不文学。而是否集中了时代问题或是娱乐的敏感神经，则似乎成了作品能否畅销的唯一标准。有时我们不禁怀疑，是不是我们这个时代的文学标准已经发生了变化？又该如何看待这种悖谬的文化现象？

袁　敏：没有这样绝对吧？我就看过一些又文学又畅销的图书，但你说的这种情况确实也是存在的。我想你提这个问题希望界定的，其实不是什么样的作品有文学性或没有文学性，也不是想对畅销图书市场的热门书不够文学表示质疑，你是有点隐隐担心畅销会不会打败文学，或者说图书的市场化商业化会不会扼杀文学的精英性？

我以为我们这个时代的文学标准有否发生变化无关紧要，因为在我看来，文学本来就没有硬性的标准，我也不对你说的矛盾现象有太大的感觉，我觉得无论选择《蜗居》之类的畅销书，还是寻找越来越小众的纯文学，都是图书市场上不同的阅读消费群体，谁也没有必要追随谁，谁也没有必要瞧不起谁，多元的状况很好，让图书市场很丰盈，很多彩。

曹元勇：中国大众文学读物无论是作品的创作，还是读者市场，应该说都不是很成熟。我们的古典文学中的大众文学读物，主要是小说，应该说还是取得过不小的成就，尽管大多数小说的文人化取向比较重。但作为文学门类，大众文学在近一百年中其实没有得到很好的发展，这也是我们现在很多畅销作品艺术性、创造性不高的一个原因。

当然，也不能全部归因于社会，写作者自身的文学素养还是起关键作用的。很多所谓传统作家也受社会大环境的影响，对自己没有一个很好的文学定位、写作定位，这个问题在市场化时代，在作品是商品的时代，就凸显出来了。以前很多作家通常都是向大师看齐的，但有一些人其实对自己的创造力没有比较客观的估计，导致他们自以为自己创作的是纯文学的作品缺乏市场竞争力。现在的很多大众文学畅销书，其实正是图书市场化下的产物，这些书的作者可能对世界文学大师也很熟悉，但他们的写作定位比较恰当，也就取得了市场的成功。

至于说到时代的文学标准，这是一个时代大众读者的阅读趣味问题，也是一个社会怎么导向读者趣味的问题，比较复杂。打个可能不恰当的比方，这就像改革开放之前，城市很多居民家的地板一般都是没有任何装修的水泥，墙面都是白石灰墙，那时大家都很习惯，也活得津津有味；后来，居民家的地板墙面都开始装修了，而且还要追求趣味，这时你还想回到从前那种简陋的生活环境中去吗？文学阅读也是一样，如果你总是读艺术上简陋的作品，你也会习惯，你会不知道还有属于精神高层次的作品存在；但如果你习惯了有艺术追求的作品呢？

程永新：有一句话说，读者是需要培养的。而读者的培养又与这个国家的经济发展态势紧密相关，应该看到，我们的社会还是比较粗放的、浮躁的。如果我们哪一天也能工作半年休息半年，我们读书的时间要充裕得多，我们对书本的要求也会高得多。

王理行：要成为畅销书，自然要有大量的普通民众来购买，而普通民众并不关心作品是否具有较强的文学性，他们只在乎作品是否有一个好故事，是否能让他们起到休闲放松娱乐的目的，而他们现实生活中最感兴趣或最头疼、最敏感、最让他们痛苦的题材，甚至能够让他们置身于作品对号入座，自然最能让他们引起共鸣。作品的文学性强，更多的时候不但不能促使作品畅销，反而恰恰成为普通民众阅读的障碍，亦即畅销的障碍。

必须指出的是，畅销的作品也好，不畅销的作品也好，都不一定说明其文学性的高或者低；同样，文学性高的作品也好，文学性低的作品也好，也不一定导致其畅销或不畅销的结果。畅销书作家虽然不一定主要追求但肯定不刻意排斥文学性，作品畅销的同时又具有较强的文学性的话，作家肯定很乐意；同理，追求较高文学价值的作家虽然不一定主要追求但肯定不刻意排斥自己的作品畅销，以追求较高文学价值为目标从事创作的结果最后畅销了，作家肯定很高兴。事实上，文学性高和畅销的作品，在很多时候是有着很大区别的两类书，在某些时候也有可能在某些作品上合而为一。

随着时代的不同，社会各个方面的变化发展，民众感兴趣的作品内容是会发生变化的，但前面提到的他们阅读的倾向和偏好是基本不变的。比如近一个世纪以来，中国民众最爱读的文学作品，基本上都是现实主义作品，而整个世界文坛的创作主流，至少就我们所谓的纯文学界，则已经历了由现实主义到现代主义再到后现代主义的发展与转向，到20世纪末，又出现了经过现代主义和后现代主义洗礼的现实主义的回归，或曰新现实主义。总的说来，不同的时代，文学评判的标准是会有所变化和调整的。

安波舜：首先我想说的是，文学的标准没有变化，不但没有变化而且还得到加强。特别是现在的初高中学生，他们是读世界名著培养的阅读口味和文学品质。论据就是改革开放三十年来，每年我们国家大大小小几十家出版社和民营公司都在再版两百多种世界名著。每一种的发行量都在8万册至12万册左右。只是他们从来不进入图书的销售排行。而国内所谓的纯文学不畅销，在我看来，是他们的作品实在谈不上是严肃文学、纯文学。国内一些伪现代派和伪纯文学一直把自己的无能和低下，包装成高雅，别人看不懂就说人家水平低，书卖不动就推说是纯文学。不管是从出版规律出发，还是用美学规律衡量，流行千年的艺术规律绝对不会随着时代的变化而变化。因为呼唤同情、怜悯和爱的美学手段是人类成长的文化积淀，也是人的生物遗传。实际上，最近我们长江出版集团北京图书中心出版了传统作家李锐的女儿笛安的小说《西决》，几乎完整地印证了我的看法。《西决》是苏童写的序，称赞有加，是纯文学。

2009年几乎占据畅销书榜大半年。单就销量来讲，不亚于《蜗居》。但文学润物润心，都无声无息。鲜有风生水起，大红大紫。相反，笛安的父亲李锐的作品虽被文学界称道，但从未走出文学界。销量和影响当然就小。迄今为止，我和我的评论家朋友们都说，几十年来，我们还没有发现一部真正的文学作品因为出版后无人问津，或者因为小人和组织的压制而被埋没的。正是由于读者的群体发生了变化，他们的口味越来越普世化，越来越高级，才排斥了中国作家的“低档次产品”，就像中国的大片、中国的电视剧。最终的结果应该是积极的。

周昌义：在我看来，你举例的文学性都很强。一个时代一大群公民的生存艰辛，他们的喜怒哀乐，他们的切肤之痛，他们和时代休戚相关的命运，这不是文学是什么？很多人的文学就是文字，就是技法，就是腻腻歪歪，颠三倒四，自说自话。把故事写明白了写痛快了他们就看不惯，那是因为他要写明白了会露怯。盖头一掀开是个木乃伊。

你说他们不成熟，那就对了，成熟了，就奔腐朽去了。不成熟就不精致，就糙。我们不能因为他糙就说他不是文学，如同城市女性猛一看西部野汉，可以说他是糙人，不可以说他不是人。所以，我们可以说他是糙文学。过去流行精细，现在流行糙。糙米就是一例。糙人更是。人太精致，就没生气了。精致到极点，就成遗容了。最不糙的人都躺殡仪馆。我这一番话是糙话，但用活人和死人的角度看畅销的糙文学和躺作家阁楼的精致文学，是一目了然的。

想当年，陈子昂在幽州台上那一声“孤独”，李白那一声“哎哟，四川的路好难走喔”，比起那些几绝几律，是不是也很糙？

最繁荣的文学一定是生机勃勃的，一定是糙文学。大家无比怀念的新时期文学，是最糙的文学。所以常常有人埋怨自己被退稿的大作比刘心武的《班主任》好多了。那时候百废待兴，圈子也待兴，梁山泊108把交椅都还空着，只有生机勃勃的糙汉，才可能抢到位。那时候的圈子和中国一样大，读者和中国的非文盲一样多。那时候作家的痛连着中国人的痛，所以，没人说作家无病呻吟。那时候作者也不埋怨读者肤浅庸俗，只埋怨编辑有眼不识金镶玉。

文学的标准从来就不会发生变化，《蜗居》的火爆和《班主任》的火爆都是一个理由。变化的是圈子的标准。如果承认糙文学也是文学，那文学从来就没有也永远不会萧条。萧条的只是圈子习惯了的某一类文学。同样，哀叹文学末路的也只是圈子内的从业者（包括我自己），六六他们，甚至余华、王海鸰、杨志军他们都不会哀叹半句。

所以，我对文学不担心，因为圈外的糙文学会层出不穷。即使多少年以后，都糙成了好莱坞剧本，说不定会恍然大悟：《阿凡达》《拆弹部队》之流，比我们那些号称精致的《麦田》《狼灾记》精致一万倍。

我对圈子文学也不担心。天下的圈子都有永生的能力，都会找到一些标准维护圈子的自豪。即使圈子小成了欧洲，也会有龚古尔奖一类。而且，圈子越小越神秘，外人敬而远之，也不妨给它一个光辉的名字：殿堂。

多数作家揣摩市场，边埋怨社会边趋俗，美其名曰突围

VS

谁坚守理想主义，坚守小说的艺术，谁的作品就持之久远

傅小平：不妨拿国外的畅销书来做个横向比较。就我的了解，被引进或在本国热销的一些文学图书，如胡赛尼、帕慕克、村上春树、麦克尤恩、斯蒂芬妮·梅尔、斯蒂芬·金等，按我们的标准并非严格意义上圈内作家的作品，乃至影视同期书，还包括国外的一些类型小说，文学水准都是比较高的。这跟我们国家的文学畅销书形成了鲜明的对比。由此，在谈论文学的希望在圈外、传统作家写作如何应对图书市场等话题的同时，是否也该对读者普遍水准有待进一步提高，出版机制还不完善，在应对传统文学的策划、营销方面存在严重不足等问题做出应有的反省？在应对这些问题时，我们的杂志、出版又该如何作为？

曹元勇：这些问题就更复杂了，涉及作家从小时候就开始的文学教

育问题、作家的追求问题、图书作品商品的优势问题、文化的优势问题、读者的趣味问题等。在全球化的时代，或者用马克思的话说进入了“世界市场”的时代，图书作为商品的竞争是必然的。

外国文学作品的确在国内取得了比较稳定的市场，他们的整体文学素养也的确令人敬佩。但这并不意味着我们的原创作品一无是处了，这些年我们很多作家的作品打入了西方市场就是很好证明。从出版人的角度来说，选择有价值出版的原创作品、运用符合市场规律的推广手段推广作为商品的图书，则是一个需要不断探索和发展的大问题。

程永新：你的话让我想起了一件事，今年华语传媒奖新人候选名单中，有一本书叫《西决》，是笛安写的，笛安是很有才华的青年女作者，但她这本书原来不是这个书名，市场销售也一般，后来据说是郭敬明替她改了书名，这本书一下火了。营销是很专业的一门学问，这些年图书市场还是诞生了许多高人，你的这个问题不妨去问问他们。

王理行：出现这样的现象，跟我们不成熟的出版机制有很大的关系。在国外，有专门的文学经纪人、代理人，他们手上掌握了大量的作家及其作品。出版社基本上不会直接从作家手上拿书稿，而是从文学经纪人推荐来的手稿中选择自己感兴趣的作品。一旦一家出版社取得某部作品的出版权，那么在这部作品的版权进入公共领域（作者死后50年或70年）之前，这部作品的出版权就一直归这家出版社所有。

只有图书在市场上脱销，有读者要买，该出版社却不能满足读者的需要又不肯重印的情况下，作家才有权收回并另行处理这部作品的版权。而文学经纪人是靠推荐给出版社的作品成功出版并销售后得到的佣金得到报酬的。在这样的情况下，无论是文学经纪人还是出版社，都会考虑到维护自己的信誉，考虑到作家作品的可成长性，自然会专心打磨作品，并很用心投入、长期经营，对作品的文学质量自然也会严格把关。这样出来的图书，文学水准自然会有一定的保证。中文读者能看到的外国文学畅销书，又是经过中国的编辑们精心挑选的，所以多半既畅销，同时也有一定的文学水准。

国内的情况很不相同，文学经纪人作为一种职业，最多仅处于萌芽状态，还没成为普遍现象。作品的版权，尤其是畅销书的版权，由作家本人说了算。独家出版权的授权期限越来越短，由以前的十年、五年，发展到近年的短至一两年。一两年的授权期满后，考虑到利益，作家很可能就会转到别的出版社去出版。这样出版社就不可能有一个从长计议、细致打磨、用心经营的思路，而只是短、平、快地追求经济利益的最大化。在这样的情况下，如果畅销书原稿的语言、创作手法、风格等方面存有（明显的）缺陷，出版社很可能来不及或不愿意费力进行必要的修改以保证或提高文学水准，而是尽可能在较短的有限的授权期限内快出书，多卖书。

袁　敏：其实我从前在作家出版社时就是一个编辑，当了编辑室主任也还是一个编辑。我很奇怪别人包括一些作家和媒体为什么总称我为出版人。后来我想明白了。传统意义上的编辑主要是做案头的文字编辑工作的，而在新形势下的当代出版人，他的工作要包括策划选题、发现或选择作者、文字编辑、包装定位、营销宣传、市场跟踪等一系列案头以外的工作，某种程度上说案头以外花费的心血和劳动甚至远远超过了案头工作本身。

我在作家出版社的那些年确实不仅仅是做案头的文字编辑，自己所编图书都很大程度地介入了上述的一系列工作，这对我成为一个真正的出版人帮助很大，在实践中我弄明白了为什么在国外营销的地位要高于编辑，也懂得了一个深入了解所编图书的内容品质、读者定位、市场投向的编辑，能够介入市场发行、营销宣传，将会较为准确地架构起作者和读者之间的桥梁，他们所起的作用，是对书并无多少了解的单纯的发行人员所无法企及的。

用今天出版人的概念来涵盖从前编辑和发行以及其他宣传策划等诸多环节所需做的工作，应该说提法还是科学的。如果编辑拿出三分之二的精力放到营销上，你所说的作为肯定会立马显现。

周昌义：关于你说的那些外来经典，我无话可说。因为我从来不读，读了也茫然。因为我不知道他糙还是不糙，不知道是他糙还是翻译糙，我更不知道他和他的国家、民族、读者之间那些微妙的情感联系，我也就找不到他畅销或不畅销的理由。即使中国人写的中国人看的书，我看着都茫然。即使是自己编辑的书，火了，都不知道怎么火的；死了，也不知道怎么死的。作家和读者之间的恩怨，太微妙了，一辈子都学不完。在我看来，大多数作家不需要揣摩、突围市场。

安波舜：事情的真相是，恰恰是你说的那些外国的作家、作品基本是没有什么宣传，而本土的作家却是开动所有的宣传机器炒作。但畅销书榜上常年占据的确是他们，比如《追风筝的人》《生命中不能承受之轻》《挪威的森林》，以及最近的《暮光之城》系列。我的经验是，当一个25岁的读者拿起上面那些书，经常是在书店爱不释手，看上半天，最后下定决心掏钱买了；拿起国内作家的书，看看封皮，再溜几眼文字，很快失望地放下。决定买不买书的那匆匆一眼，其实就是几分钟，看的就是语言。语言的艺术质感和个性，叙述语言的诗性张力和细节的审美情趣。

而这恰恰就是国内作家缺乏的。能看的就剩下时尚和轰动，如《蜗居》，如大多数流行的类型小说。绝对不是营销问题，是文本问题。不过，我的感觉是，随着时代进步和文明进化，我们国家出现文学大师和大师级作品的时间不会久远。对此，我抱有十足的信心。因为我每天打交道的是作家和作品，我有切身的体会。当年我创办布老虎丛书的时候，就做过这方面的实践。那时候谁在作品中坚守理想主义，坚守小说的艺术，谁的作品就畅销轰动。

二十一

在新的时代背景下，
如何打开城市书写新空间？

- 2009 年 -

主持人：傅小平

对话者：朱大可　张　柠　白　烨　徐则臣　汪涌豪　夏　烈

背　景

近年来，伴随着城市化进程的加速和整个社会结构的大调整，城市文化或城市文学正日益成为文学界内外关注的热门话题。

毋庸置疑，现代以降，囿于种种原因，相比在新文学发展史上占据主流地位的乡村题材作品，城市文学始终无法摆脱置身边缘的尴尬处境。同样显而易见的事实是，近年鲜见有描写城市的优秀作品，作家们对城市的各式读解，也更多止于浮光掠影的描摹。

基于此，在新的时代背景下，如何打开城市书写新空间，成了写作者、研究者共同面对的一个巨大困惑：为什么城市文学作品，往往不如乡村题材写得深厚、丰富？是什么原因让作家与当下的城市始终呈现出一种疏离状态？向来被认为是城市文化良心的作家在体现城市精神和魂魄中的缺席，又意味着什么？

重要的是超越，能否超越自身的体验向度，
领会丰富复合中的现代城市意义
VS
如果作家是天真好奇的人，就不会故意妖魔化城市，
而是应该真正与它相遇

傅小平：通常意义上，我们说作家是城市精神的体现者，比如谈及上海我们会想到张爱玲、王安忆，北京有老舍、王朔，武汉会想到池莉、方方，等等。这里有两个问题，这些作家大多写的并不是当下的城市，或者说即使他们在20世纪八九十年代写过同时期的城市，近年的创作却似乎与当下的城市甚为隔膜，他们普遍运用向后看的视角抒写城市的过往。另一方面，像慕容雪村及早先的卫慧、棉棉等书写的是当下的城市，但在他们笔下体现出来的城市面貌是单向度的，所谓城市也就是罪恶、阴暗、欲望等的化身。而且一写到城市，他们几乎不约而同采用了妖魔化的写作手法，这并不意味着他们对城市持一种批判精神。对身居其中的城市，他们提出了浅层的批评，却少有像波德莱尔、本雅明那样对此做真正的反思，而从物质、精神层面上讲，他们无一例外都享受着城市带来的种种好处。

夏　烈：这是两个有难度的问题，说来并不容易，但需要指出的一个共同的事实是：我们对中国当代的城市小说并不满意，当下的作家们无法提供出我们的感受世界中那个丰富、复合的现代城市整体，从人物到细节到矛盾到心理。

说王安忆、王朔、方方、池莉等没有提供重要的城市文学的文本，其实并不确切。《长恨歌》的写作，《水在时间之下》的写作，指向城市的历史和历史中的人物，这是城市文学的一部分。毫无疑问，如果我们把概念定位在“城市”，那么历史的记忆这种特殊的知识考古学无疑会有效地指出某个城市的传统及其精气神所在，作家们安排人物命运的时候

肯定会突出历史记忆中城市精神的审美特质，说明这种古旧之物的遗失或者赓续。

但这恐怕不是我们想要的“城市小说”。即便上述作家曾经乃至今天仍然有作品介入过当下的城市经验，但一个事实是，他们这个年龄的作家对介入到目前“后现代式样”的城市经验已经产生了困难，他们惯性使然的生活轨迹没法让他们再从最潮和最喧嚣的城市语境里，发现和刺探是否仍然有最新鲜的人性萌芽在奇崛地生长。这一点，我们可以多少感叹中国三十年来城市变化的高速叠压，几代迥然不同的人生活在同一时空领域，其生活方式和价值观分裂的存在，王安忆、王朔、方方、池莉所理解的那个城市，与慕容雪村、卫慧、棉棉理解的那个城市都是不同的，何况80后、90后眼里的城市。

同样，慕容雪村、卫慧、棉棉的城市叙事体现的所谓“妖魔化”，其实也是一个向度的理解。表面是一种炫奇，把城市理解为容纳欲念的容器，其实却折射出这个年龄阶段的作家的城市陌生感和内心的恐惧。在他们的年龄记忆里，城市是从童年、青少年时期的准农业社会、半工业化一下子起高楼、修快速、灯红酒绿、蝇营狗苟的了。一种不自然的城市文明的消化不良症导致这一代的城市叙事没法不“妖魔化”。

所以，重要的是超越，是否可能超越自身的体验向度，领会丰富复合中的现代城市意义；同样重要的是守护文学的本质，那就是关注人性，关注人性如何在城市语境中的分裂、逃逸和回归，关注城市历史性格如何对快速变幻的现代城市人性产生作用——作为一个作家，不但需要一种深刻的自我观察，还需要一种上帝式的观察。

徐则臣：有些作家的城市书写失之片面和单向度，固然和作家本身的视野、深度和笔力有关，另一个原因也是因为当下的中国城市变化实在太快，如果拉不开足够的审美距离，你以为你抓到了本质，过几天发现很可能是个假象，连片面都算不上。文学本身就应该是滞后的，是慢的，只有纪实报道才能实现真正的“当下”。作家要在纷繁驳杂的世相中理清头绪有所发现，必须要充分地沉淀，要退一步看，有个距离和时间差。在这个意义上可以说，文学只能是一种回忆。

此外，也和我们城市文学的传统薄弱有关，有人甚至怀疑我们是否有城市文学的传统。我们有巨大的乡土文学传统，后来者写乡土，起码有众多典范和前车之鉴，知道如何才能有效迅捷地进入乡土文学，知道如何有效地让文学与乡土现实产生张力，而城市文学不行，对当下城市化的描述，也许得从头开始，从你开始。

朱大可：跟中国文学的整体状态相比，城市文学并不更好，但也并不更坏。这是因为城市文学样式所面对的难题，大文学早已经遇到。在新生代作家群里，绵绵的《糖》应该算一部杰作，卫慧的《上海宝贝》虽然很概念，但首次涉及了上海小资的形象，这应该是它的一种贡献。对城市的阴暗面的批判性揭示，是城市文学的重要使命。在我看来，这种批判还远远不够。城市不需要我们去妖魔化，它自身就是一个庞大的妖魔，完整地表达出现代城市的各种阴郁特性。

张　柠：中国人对现代意义上的城市和城市文化还很陌生，对乡村和乡土文化当然是很熟悉了。正因为陌生，所以才疏远它，拒绝它，逃避它。一些作家，躲在闹市区里，终生写着一个记忆之中的乡下梦。为什么会这样？难道除了“记忆”功能，其他的感官全部坏死？中国人习惯于农业文明的“熟人社会”，只跟熟悉的人和事物打交道，而面对陌生人就紧张、排斥、逃避，对陌生的东西有天然敌意。而城市正是一个“陌生人”的社会，陌生的景物、街道、商品、人群、眼神、表情，都是你不曾见过的。要捕捉城市，首先要善于面对这些陌生的新奇事物。比如在街上遇见一位陌生的姑娘，应该直接描写她的衣裙、眼神、表情，而不是首先将她变成熟悉的东西：一朵丁香，一棵草，一只小蜜蜂，描述和比喻的词语体系，还是那些农业文明中的动植物。对照波德莱尔写于1860年的诗《致一位交臂而过的妇人》和戴望舒写于1927年的《雨巷》就很清楚。

作家应该是一个天真好奇的人，一个对任何东西都抱有疑问的人。对任何东西的好奇和疑问，成了作家创作的一个基本前提，城市的、乡村的、石头的、泥土的，他都无所谓，或者说他是一个丰富多彩的人，能够发现他人所不能发现的东西。当一位作家的思维成了道德家的思维或者政治家的思维时，作家所描写和表达的对象就会越来越狭隘，比如先入为主的判断：乡村好城市不好，或者城市好乡村不好，城市化进程中文学也不能落伍，等等。一般而言，许多人都试图占据道德制高点，认为以城市为代表的现代文明是罪恶的、不道德的。这种简单的价值判断，不应该是文学所为。如果作家是一位天真好奇的、有疑问的人，那么他就不会对他身处其中的城市视而不见，也不会故意妖魔化一座城市，而是应该真正与它相遇，观察它，熟悉它。把城市当作“主人公”来写，中国作家尚未起步。当然，我们也期待有真正现代城市品格的城市精神的出现。

白　烨：能当得起“城市精神体现者”的作家，只是个别人。我们更多的作家是身居城市，心系乡村，或者更熟悉乡村，所以才有乡土与农村题材长期以来的持续不衰。我们的文学传统中，乡村的经验也更为丰富。这与作家的个人出身、身份构成有关，更与社会生活的城市化进程有关。我以为，进入当代之后真正意义上的城市文学的生成，是20世纪90年代之后，此前只有城市作家，没有城市文学。你提到的王安忆、王朔、池莉、方方等的出现，是城市文学开始形成的标志。作家描写社会生活，不是记者做实时报道，不必非瞄准当下不可。作家只能写自己所熟悉的，不写当下不一定就“隔膜”。严格意义上说，当下的作家无论写什么，都一定会具有“当下性”。

70年代的人的写作，题材与主题大都与城市有关。这一代人城市出身的比较多，他们基本上是与城市一起成长起来的，所以写城市生活驾轻就熟。至于他们作品中呈现出来的单向度的倾向，跟他们的个人化又欲望化的视角有关，也跟城市生活还在发展之中，本身还不够丰富有关。不必过高要求我们的城市文学，它跟我们的城市社会一样，还处在一种成长的过程之中。

汪涌豪：当代作家普遍擅长写乡村，而不善于表现城市，与中国社会的农耕传统有关。这种传统罩摄下发生的许多故事，以其顽强的原型再生能力，形塑了中国人的想象。所以即使居住在城市，当代作家们的生活方式与人生趣味，仍脱不了与广义的乡村的联系。像贾平凹等作家，甚至就是乡村的。而真正意义上的城市在中国产生得很晚，它所特有的城市伦理与基础文明，至今还不能说完全定型。所以，当依照今天的标准做学理的判断，明清的北京或许也不能算真正的城市。到民国时从经济上看是，文化上看仍不一定是。正是基于这一点，我们才承认张爱玲写的上海是城市，老舍写的北京就未必尽是。至于当代一线作家，依他们的家庭出生、礼仪教养所习得的气性禀赋，可知其所接受的伦常礼仪与德性教化大都是来自农耕模式，并在乡村环境中滋育完成的那一套东西，加以到今天创作的老熟阶段，从年龄上说又都进入到人生的回望期，写前者得心应手，写后者感到生疏，很可以理解。而年轻一代的作者没有这种认知上的“前见”，他们的气性纯粹在城市中养成，所以是更适合写城市的一群。

不过，问题也随之而来。正如前者写及城市，会不自觉地带一种审视的目光，且这种目光一定难免传统的维度与乡村文明的视域，由此多少会妨碍他们对城市的全身心投入和有针对性的记录，后者因不了解这个传统，至少此时还不感到这种不了解有什么要紧，更多的只是热情的投入与主动拥抱，结果对这个还在形成中的城市的种种复杂面相，缺乏足够的认识，最后流于展览酒吧情色，看着碟在小说中翻名牌，翻西化的生活方式，如卫慧这样。质言之，他们对城市单向度的表现，首先是因为在精神上，他们就是“单向度的人”。如果说他们的小说在某种程度上触及了城市的负面，也根本谈不上是对城市的“妖魔化”，因为所谓将城市妖魔化有来自西方对城市文明做某种文化批评的维度，以后这种维度又形成深刻的追究与拷问的人文传统。这些在现在那些年轻的写手那里都看不到。

在当下写活城市，取决于能否写活城市中的人，写出城市与人的独特关系
VS
一座城市的“魂”究竟是什么，是需要仔细琢磨的，需要侦探一样的心灵

傅小平：另一个事实是，有不少作家在写城市，这是城市化进程必然会出现的写作现象。但读他们的作品会发现，无论是写北京、写上海、写广州，他们都会写到城市里的摩天大厦、霓虹彩灯……或许只有某一些地标名、街道名能让人辨认出他们写的是哪一座城市，此外，他们笔下的城市是可以任意置换的。联系到老舍、陆文夫等作家，正是因为对北京、苏州等城市的传神描写，为读者深深铭记，且作家与城市之间体现出一种不能割舍的精神联结。当下这样的情形不复可见。这到底是因为在后现代背景下城市同质化，越来越没特色之故，还是作家对自己生长于其间的城市，越来越缺少独特的认知和体验？对此又有何建议？

徐则臣：两个原因都有。全球化了，地球村了，别说北京和上海区别在减少，就是纽约和东京，也在越发地趋同。也正是在这个背景下，对当下的城市书写提出了更大的挑战。在我看来，对当下城市的书写肯定比老舍和陆文夫时代难度要大。老舍之北京和陆文夫之苏州的城市精神的确也已写入了骨髓，但起码有个民俗和风情的城市在，独特性不容置疑，亮出来就有效。而现在，这点民俗风情都不新鲜了，民俗风情对人的塑造和规约也更小了，上海的城隍庙小吃北京有很多，北京炸酱面在上海也不会少见，重庆火锅满世界都是。所以说，在当下写活一个城市，不在建筑，不在民俗，而在能否写活这个城市中的人，写出来城市与人的独特的关系。

张　柠：摩天大楼、霓虹灯、金融街、酒吧区等，的确是城市的标识，每一座城市都有这些东西，而且大致类似。但是，这些东西在不同

的城市有不同的功能和地位，这就是每一座城市不相同的原因。比如，同样是金融区的外滩和陆家嘴，在上海人心目中的地位很高；相反，北京的金融街就很冷清，基本上是个摆设，因为北京只有一个中心——紫禁城，金融街就不可能成为中心。在什刹海这个所谓时尚消费区，酒吧里的国际友人旁边，有很多穿三角裤的老头在海子里爬上爬下地游泳，景象十分奇异。所以，城市符号的功能和地位，依从着这座城市的“魂”。一座城市的“魂”究竟是什么，是需要仔细琢磨的，需要侦探一样的心灵。当你抓住了一座城市的“魂”时，一切都活起来了。

通俗的城市小说的写法，往往是采用“风俗画”的方式，用“散点透视”的技巧将城市展示出来，就像《清明上河图》和《南都繁会景物图卷》那样。张恨水的小说就属于这一类，很适合拍成电视剧。而“焦点透视法”最适合写出一座城市的“魂”，老舍的描写技巧当然是以“焦点透视法”为主的。这完全是一种现代的观察和描写技巧。老舍的确抓住了北京的“魂”——四合院文化（宫廷文化的延伸部分），这种与他有着深刻精神关联的东西。但要知道，他们那个时代毕竟过去了，如今四合院基本上与普通市民的日常生活无关，或者变成了大杂院。活生生的四合院文化成了文化摆设，仅供参观的文化遗产。面对貌似相似的城市，如何写，这是一个问题。我们每天在街上看到的人服装大致相似，其实每一个人是不一样。当你把你居住的城市当成一个“主角”来写的时候，那就完全不一样了。这与其说跟“后现代”有关，不如说与作家的素质有关。

夏　烈：我首先赞同这确实有客观原因在起作用。我们面对百年中国现代化进程，一茬茬的武器搬运和内忧外患，但至今还没能面对新的世界文化树立比较清晰明了的常识体系。这是文化和历史对于文学体系的制约。

如果说老舍、陆文夫在地域性城市小说中颇有建树，某种意义上来自他们对该地域和城市的文化领悟，并且这种文化领悟在他们的历史时段里，还比较静态，比较有根脉。而当年的“寻根文学”，某种意义上就是当新的世界文化参照系出现之后，作家主动调整和企图建立新的常识体系的努力，从而让城市历史和当代变化求得某种联系和平衡。但很显然，这样的主体意识在今天并不彰显，我们新生作家相对的历史缺失感、零碎化记忆、全球一体化之下的浅层次城市感受，都没法再凝聚起类似“寻根”的思潮，这样，笔下的中国城市书写也会缺少差异性，避开了属于中国的现代城市内部真正的矛盾和人性罅隙。这令我们遗憾。

白　烨：写城市生活容易，写出城市精神很难；像老舍、陆文夫等大家，他们笔下的城市不仅具有鲜活的人物形象，而且具有浓郁的民俗风情，这需要很深的文化造诣与艺术积累。对于当下的城市作家来说，达到这样的高度，可能还需要时间的沉淀与艺术的演练。没有别的办法，只能耐心等待。

汪涌豪：至于更广大的作家群体，只是通过一些城市外在的符号来表现城市，既与全球化时代、转型期的中国城市尚没有形成自己独特的关注，城市伦理与城市文明都还在成长中有关，也与作者本身模式化的城市想象有关。其实，世界上许多国家的城市并没有太多的高楼大厦，也不见得处处灯光璀璨，作家们常常出国，都看得到，但为什么还偏好从这里切入？这与他们某种特殊的期待视野与存在焦虑有关。偏激一点说，那种对灯红酒绿的好奇，对名来利往的关切，以及对后现代状态下种种不确定性的无法克制的冲动，通过小说中人物的暗换，其实已清晰地呈现了作家本人的某些秘密。它与城市的过于同质无关，而只与今天的作家过于等同于常人有关。古典时期的作家常常有高过一般的认识视野与人性光辉，今天的作家太缺乏更挺拔的身姿了。城市的同质化问题可以交与规划城市的人去研究，一个作家，其情感认知与理想期待的同质化，道德力量与理想视镜的同质化，最是可怕。要这样的作家去看透形似的城市外相中曲折丰富的人性变相，没有可能。

为今之计，作家应该调整对城市的态度，一方面既不漠视，因为你身在其中，正享受着它给你带来的种种好处，所以应该下功夫理解城市不仅是生活场所，某个物质化的具体符号，更是一种生存方式，一种特别的心态。陆文夫写苏州的美食，不是饕餮，是因为他笔下关乎某种生活方式与理想，而这种生活方式与理想的背后，有一座城市的深厚的气场。一个乡村来的与一个自小生长在城里的，他们即使财富相埒，处世态度与内心盘算仍然不同。正是在这一点上，有人认为即使如茅盾，也未必算写活了上海。相反，张爱玲为什么是，这里面的道理值得玩味。

另一方面，又不沉浸与迷失，因为城市扩散着现代人的精神孤单，更滋育着许多势利浇薄的人性罪恶，所以它需要有“值更者”敲醒它的困睡，有“守夜人”批判它的沉沦。前及卫慧的创作，她是从与乡村文明很切近的小地方来到上海的，她对城市的这种拥抱方式，正是她没有真正出离乡村文明的证明，这其间复杂的种种，正是城市小说绝好的题材。作家应该能够写好这样的题材的。只是，他需要一个高度。作为人类的良知，作家应该要求自己有这个高度，有些伟大的作家在某些特殊的时刻，更扮演过人类先知的角色。当人类的精神发生了种种问题，人整体性的精神出路成为社会关注的焦点，我们觉得，一个作家光取一种追随式的记录姿态，没有批评与反思，是绝对不行的。

朱大可：城市同质化，的确是其中一个重要因素，但也仅限于外在的景观而已。无论是北京、广州、成都或上海，市民性格、趣味和生活方式，都保留着鲜明的地域风格，它们之间的差异，远远超出了我们的想象。上海缺乏的不是特色，而是本雅明所说的那种漫游者。作家应该是最具漫游激情的人群。漫游可以改变居民的固化视界，获得全新的城市经验。一些城市摄影师做到了这点。他们扛着照相机在大街小巷里穿行，日复一日，不倦地观察和记录城市的变化。这些摄影漫游者应该成为作家的榜样。

当代文学从创作到批评，都面临从古典型乡村向现代化城市转型的大问题 VS 对当下城市的认知，不能靠书斋里的想象，而要浸身于其中、混迹于其中

傅小平：有评论家认为，我们的作家尽管在城市生活，都普遍面对一个认知经验失效的问题。究其因在于，对城市化进程这一正在席卷我们的生活，改变我们的感受方式和想象图景的现实，理论批评界和作家们都没有充分的准备。极而言之，真正“在”城市，从城市的内部去看、去想，这在我们的文学中没有形成传统。中国文学的观念重心、审美系统的重心至今也没有完成向城市的转移。如果引进一个参照系：茅盾、老舍他们的写作无关城市化进程，但他们笔下的上海、北京，至今看来都写得非常成功。两相对照这种提法似乎也并不尽然。

白　烨：我认为“经验失效”与“还没做好准备”的说法有道理。整个现当代文学的基本经验，也是主要来自乡村的。茅盾与老舍笔下的城市人物，也主要是城市下层人们的生存艰难，是民俗层面的城市写作，而且这种写作取向一直非属主流。我觉得现在的当代文学，从创作到批评，都面临着一个从古典型的乡村向现代化的城市整体转型的大问题。

夏　烈：理论评论家是通过分析找到合理解释，发现问题最终提出解决方案的人群，所以他们的意见是客观意义上的、对多数现象有效的判断。

我前面说了，作家和理论批评界，同样处在一个百年焦虑，于今又特别提速的时段。文学相对已不成其为时代显学，但同样沾染着时代的习气，匆匆忙忙、泥沙俱下地往前奔。质量不行数量行，文学与工业大生产同调。所以没有时间也没有心力静定下来涵化新的世界文化和城市化进程，无法建立起清晰明了的新常识体系。你对变幻中的城市没有一

个文化意义上的领悟，对灵魂的无助、身体的迷失、言语的增殖就没有一种超越的观照和互相诘难的生命感。

茅盾、老舍的城市文本的成功，其实正是因为他们对变幻中的时代——城市和城市中的人，有文化意义的领悟。他们知道吴荪甫是那个时代上海滩里最新鲜的人物，知道这样的灵魂有典型的焦躁和命运；他们也知道《茶馆》里的那些人从哪儿来会往哪儿去，折射着一个时代京城各色人等的转折。你不能要求作家是为写某个城市而写作，他们总是为人物的，但那人物必然活在那个时代的那个城市里，作家能感同身受并如神一样超脱又悲悯地看着人。那就是文学的成功。

朱大可：在我看来，作家跟城市的脱节有两方面的原因：一方面，三四十年代中国城市面貌和日常生活比较单一，而现在却因城市容貌的快速变化、各种亚文化的崛起，而变得复杂多元起来。以我自己为例，我生在上海，却是这座城市的异乡人，始终无法进入它的核心。另一方面，今天的作家大多生活状态封闭，趋于小圈子化，一些城市作家热衷于充当饮食男女，沉浸于各种琐碎而平庸的快乐。这种状态，让作家丢失了作为漫游者、观察者和思想者的契机。顺便说一下，无论在上海、悉尼还是纽约，我都曾经是个积极的漫游者，但现在却只在城市的边缘漫游。我的漫游空间在日益缩小。这是我个人面临的问题。我同样需要自省。

张　柠：对城市的认知，不能靠书斋里的想象，而是要浸身于其中、混迹于其中，而且乐此不疲。对这种认知的捕捉和表达，也需要一个缓慢的积累过程，写了几年就人为地中止它是不成的。现代城市，作为一种完全陌生的东西出现在中国人面前，使人不知所措。传统的抒情性的风格无疑是不能再用了，剩下来的就是历史叙事（所谓“史诗般的”）的技术。这些技巧对真正的城市生活不合适。只有城市暴动题材可能用得上史诗般的叙事技巧，如雨果笔下的街垒战。《三家巷》上半部市民生活写得比较好，下半部城市暴动写得很糟。

市民与农民完全不同，农民之间是道德关系，它强调善恶，强调个人人格的完整性，所以很容易与史诗扯到一起。市民之间是契约关系，它强调的是守约与毁约。只要两个陌生人之间的契约关系完成了，一次交换就算结束了。如果两人的契约是一件犯罪的事，于是就出现了现代侦探小说（爱伦•坡式的，而不是柯南道尔式的）。一般而言，市民生活都是由一些细小叙事构成的，这些生活的细节，就像一种完成了的生活一样令人不安。对这些细节的敏感，构成了城市写作的开端。

老舍、茅盾他们，上海的新感觉派作家，当然还有张爱玲、苏青等，都可以算是写城市的作家。茅盾比较极端，他一开始就用霓虹灯、口红和裸露的大腿（城市），宣告了吴老太爷（乡村）的死刑。老舍写得较多的是四合院，四合院就是一个小村落，人际关系还是村级的，胡同里的王大妈也就像村委会主任。即便如此，这一传统很快就被人为地中止了。1976年至1985年是一个转换时期，其间的波折也是一言难尽。直到80年代中期新潮小说兴起，才出现了直面城市生活的短篇小说，如刘索拉、徐星、刘西鸿、王朔、孙甘露等。尽管是一次不起眼的操练，但在当时足以构成一道风景。

在现代城市，真正的交流越发显得重要。

现代小说正是应了其孤独而诞生的

VS

没有真正的现代和后现代意义上的精神疑难，

就不可能写出城市的个中三昧

傅小平：如果说50后、60后、70后这些代际的作家，因为各种原因，创作侧重书写乡土经验，即使写到城市，也难脱乡土情结。为什么城市在可说是与城市化进程同步成长的80后、90后作家那里，也鲜有体现？他们似乎更热衷去写玄幻、穿越、盗墓之类的题材，更多表现出对自我的迷恋——唯美、颓废，具有一点点城市孤独的精神特质，却无关真实的城市经验。与此相仿，近期被集中引进的日本80后作家青山七惠、金原瞳、绵矢莉莎等人的作品，以东京作为故事背景，通过表现个体与世界、社会和他人的疏离，真实传达出了日本社会的城市经验。

朱大可： 逃避现实，恰恰是中国新生代写作者的一个重要特点。玄幻、穿越、盗墓之类的类型小说，跟现实基本无关。书房想象成为唯一的支点。这种写作跟青年一代的生活方式是严密对应的——他们的生活方式，可能比老作家更依赖互联网、影视和手机之类的现代媒体。

张　柠： 80后、90后面对的世界，是一个互联网时代的虚拟世界，真实的世界在他们眼里好像不存在似的。他们在虚拟世界里像话痨一样，真正面对面了，却一句话也没有。他们沉浸在游戏软件的想象世界，而不愿意与别人对视。如果说城市是一个陌生人的世界的话，那么，北京的老四合院、上海的老弄堂、广州的老骑楼，还都不是标准的城市形态，其中的人际交往方式还有农业文明的遗痕。而现代城市的写字楼、公寓，那才真正是一个孤独的、陌生人的世界。面对这个陌生人的世界，真正的交流才越发显得重要。现代小说正是为了现代城市的孤独而诞生的。

文学创作，是一种最深切的交流。没有这种“深切交流”的冲动，就不可能有真正的文学。那些玄幻的把戏、盗墓的伎俩，他们自己都玩腻了，于是不断“创新”，就像商品更新换代、杀毒软件天天升级一样，在一个毫无意义的平面上展开。至于日本青年一代作家的小说我没读过。但我想这很正常。一个时代总有一些不愿意跟随文化泡沫狂奔的人。一个时代总有一些人对人类的优秀思维传统保持一丝敬意。一个时代总有一些人会写出那种让我们感到亲切的、产生交流冲动的作品。

夏　烈： 不完全如此。中国肯定有自己的青山七惠、金原瞳、绵矢莉莎等。笛安、张悦然、韩寒、周嘉宁、张惠雯等80后我觉得都有不错的表现，70后中的路内、任晓雯、徐则臣也都在写城市和自身的成长记忆。但问题之一是一种遮蔽的存在。比如网络小说风行，我们就会看不到纯文学作者的变化，至少在大众视野里。大众的视野在某种意义上，是由媒体、出版商、财富排行榜、明星化等构成的。仅仅信任这些，生态就不会好，智力就会偏颇或者低下。

但有些事实同样应该正视：一、网络化生存和网络文学（包括盈利模式）的成功，使得更多的年轻作者会认同网络文化，跟随网络利益前行。所以网络上的轻松阅读和符合虚拟世界特质的玄幻、穿越、盗墓会遮蔽掉其他一些板块。二、中国的80后、90后如何向日本的同龄人青山七惠、金原瞳、绵矢莉莎等借鉴学习，找到面对这个世界如何解读出自我的丰富性和自我价值的文学经验，是大有可为的正道。

白　烨：应该说相较于50后、60后，80后的写作更多地表现出了城市写作的特质。青春文学、校园文学，都是城市写作，玄幻、穿越与悬疑、盗墓等浪漫性写作，因与智性游戏有关，本质上也是城市文化的变相表现。80后是与经济市场化、社会市民化一同成长起来的，他们是现代城市的产儿。从发展的眼光看，真正意义上的城市作家，可能会从他们之中涌现。

徐则臣：不是你生在城市就一定能写好城市，就像很多生长在乡村的作家照样也写不好乡土一样。环境很重要，文学和精神的传统更重要，在一个形式上的现代和后现代社会里，如果你的精神难以实现相应的体认，没有真正的现代和后现代意义上的精神疑难，你就不可能写出个中三昧。而我们的文学进程，整体上还处在乡土文学和现实主义传统的洪流中，要想从中抽身而出成为异数，需要具有比日本的80后更多的真诚、胆识和才华。

城市是人造的“天堂”，它的“虚幻”之处，

正是自由之处，也是其魅力所在

VS

作家参与城市记忆的考据，经由审美含化，

才可能有真正意义上的文化创造

傅小平：从另外一个角度看，要说作家普遍存在对城市的漠视，并不恰当。恰恰相反，当下不少城市都掀起了挖掘本地历史人文的热潮，

就拿上海来说，前些年盛行怀旧风，近年，作家介绍海派文化、上海掌故的文章、书籍更是层出不穷。他们或许对上海的某个侧面做了或深或浅的解读，但给人的印象是碎片化的，而且写到此种特色也是言必称20世纪二三十年代，对当下上海的解读常常是浮光掠影，更上升不到体现上海这座城市精神、魂魄的高度。

张　柠：在当代作家中，能够有意识地将城市当作描写的主角的作家并不多，而且开始关注的时间也不长，再加上纸质媒介遭遇网络媒介的挤压、影像文化的冲击等多种原因，导致了当代城市文学总体上不能与30年代的上海相比。城市的病症是“孤独”，城市的好处是“自由”，否则，为什么那么多人蜂拥而至。尽管城市里有很多不自由的地方：不能横着走要靠右行，不能大声嚷嚷，不能随地吐痰，要认识字，等等。但城市的灵魂却是自由的。

最早远走他乡的农民，都是一些道德的叛逆者、智力超群的人，是城市接纳了他们，条件是你能干什么，需要什么。（分工）乡村生活是一个诞生和死亡紧密相连的永恒的生活。城市是一个远离诞生和死亡的人造的“天堂”。城市的“虚幻”之处，正是它的自由之处，也是它的魅力所在。

朱大可：怀旧也是一种向历史的逃避。但我可以理解上海写作者的这种自恋式的怀旧，因为二三十年代的确是值得缅怀的岁月。陈丹燕曾经以三部曲的方式缅怀旧人旧事，由此带动了上海作家的怀旧风潮。她的书写虽然小资，却还是有内在批判性的。不过，她所使用的关键词，像“金枝玉叶”和“风花雪月”之类，却把追随者引向歧途——炫耀豪门生涯，传播名流隐私，由此形成上海叙事的浅薄化特点。也许这正是上海文化衰退的一种标记。进入21世纪后，上海作家就告别了文学。

夏　烈：知识不是感受。历史、哲学、心理学、文化人类学都不同于文学。作家亲自参与城市历史的考据和历史记忆的梳理，固然是踏实准备材料，充实自我理解和体验的事，但很显然，这中间没有审美涵化和心灵境界的领会，基本等于转行成了历史学者和文史工作的普及者。

此外，当无法用文学方式写照出城市历史中的人物魂灵时，大量的作家只能用零头碎布填补自己的心理遗憾，满足自我的城市文化虚荣感，也满足一部分城市摩登式样的市场消费，这是无力和自欺的潜意识。什么是真正的文学和城市文学经典，其实每一个懂行的人心里都明白。

徐则臣：言必称二三十年代，那是因为二三十年代的确有很高的成就，有一群人共同创造出了一个高峰；此外，凡事提历史也最保险，因为已成定论，大家都看得见。我们一直有厚古薄今的传统，习惯于认为昨是而今非，且不敢贸然对当下做结论。其实对当下上海的叙述，王安忆已经做得非常好了。当然，我们都想看到更多的作家写出让我们信服的上海，这没错，作家们也很努力，这也是事实，但能否写好是另外一回事，文学不遵守“人有多大胆，地有多大产”的逻辑。

白　烨：我觉得文学与文化上的“海派”，对中国近现代文学与文化的发展是有很大贡献的。而现在的上海给人的感觉是，有“人”又有“作”，但无“派”也无“流”。上海这个东方的大都会，应该在当代文学的城市化进程中发挥自己的独特作用。因此如何整合现有的资源，突出整体性的特点，形成群体性的优势，发现与培养新的“海派”人才，确实是当务之急。

由娱乐和体育明星，而不是作家为城市代言，

更符合消费时代的文化逻辑

VS

如果真正写出城市的精气神，当喧嚣的尘埃落定，

还是那个作家代言更靠谱

傅小平：与此同时，值得注意的一个现象是，如果说过去通常是作家的写作体现着城市精神和魂魄，那现在代言城市的往往是娱乐明星。比如说到上海，我们很容易想到体育明星姚明、刘翔，还有影视明星黄圣依、孙俪。在我们当下这样一个后现代的语境中，要求一个边缘化的

作家体现城市精神，会否是一种苛求？

朱大可：既然文学已经被普遍边缘化，那么作家就不应成为城市的象征。作家的黄金时代早已过去。由那些娱乐和体育明星来代言上海，似乎更符合消费时代的文化逻辑。

徐则臣：就像文学边缘化一样，作家同样也在边缘化，在一个大众传媒发达的年代，谁能最大限度地覆盖传媒，谁就是“明星”，谁就可能成为所谓的“代言人”。这也是“眼球经济”。你不能指望作品发行量只有五千或者一万的作家去占领老百姓的日常生活，我想中国当下还在创作的最著名的作家的知名度，也未必能超过一个三流影视明星，你不能整天在老百姓的眼皮底下晃，人家也不看你的书，凭什么要知道你？但是三流影视明星不一样，黄金时段上演的一部戏就可以在一夜之间让全国人民都认识他。所以，明星成为城市代言人很正常，但成为城市代言人并不意味着就能成为城市精神代言人。如果一个作家真正写出了某座城市的精气神，那么若干年后，当喧嚣的尘埃落定，当明星们终成为过眼烟云，能代表一个城市精神的，我想还是那个作家更靠谱。

汪涌豪：落实到上海，只知道收罗旧上海的物质符号，以复原20世纪二三十年代的独特气息，不知道收罗的目的在于由那个时代的文化留存，从百乐门到亭子间中人们的生活百态与复杂心态，来揭示这座城市的气质与性格，以及它们与当下城市发展的相关性，只会使我们成为古董收集者与骸骨迷恋者。而一旦我们的作家真正关注海派文化的创造，以此创作出反映这个城市独特的心态与精神成长的小说，必然能让人看到一座在东西方文明几度交汇中一路过来的城市的前世今生，并进而饶有兴趣地去设想它的未来。这样的作家肯定比姚明和刘翔，更适合成为我们这座城市的形象代言。

张　柠：如果我们用100年甚至更长的时段为观察单位，那时候的城市代言人还会是姚明、刘翔吗？刘翔的孙子的孙子不知道跑得多快了，姚明的孙子的孙子不知道长得多高了！速度和高度是进化的，精神和思维不一定是进化的，说不定还退化呢。行政思维有行政思维的道理，为了降低行政成本，总是要以最少的投入获得最快的回报。在这一点上，明星文化最有效。现在说起20世纪的作家，还能数出一大串，再过几百年，恐怕也就鲁迅、沈从文等了。因此，我们并不是在苛求作家去体现现代城市精神。我们不过是在说一些常识，或者在陈述一些事实，以便达到交流想法的目的。至于他们是否愿意表现现代城市精神，那是他们自己的事情，谁也不能强求。

白　烨：现在我们的社会生活日益走向多样与多元，因而城市精神乃至时代精神，都是以不同领域的代表人物来分别体现的。就上海文学与文化而言，王安忆就是一个很好的代言人。在她之后，还有陈村、陈丹燕等；上海的70后、80后群体中，也有一些文学新锐在迅速成长，把希望寄托于他们吧。

夏　烈：真正的作家是不会这么去逃避和托词的。姚明、刘翔、黄圣依、孙俪，和作家是不同跑道上的人选。有了他们就不必有作家作品来体现城市精神，显然没道理。更重要的是，作家似乎不该这么去考虑他在时代历史中的位置。作家写人物和城市，与形象代言无关。作家是为内心的敏感写作的，作家忠于自己，也相信文学来自原始的神奇，所以有些现世的荣耀无关写作本身，为外在的目的（如形象代言）写作，已经疏离了作家精神，所以也就没法体会到城市精神了。

二十二

80 后办杂志书：叛逆姿态被消费，韩寒的时代来了？

主持人：傅小平

对话者：谢　泳　洪治纲　李建军　白　烨　夏　烈
葛红兵　刘绪源　徐则臣　王晓渔

背　景

有人用“群雄并起，逐鹿中原”的说法，来描述当下80后青春写手投身办杂志书的热闹景象。

继前些年郭敬明、孙睿、明晓溪等80后作家相继推出各自的杂志书以来，近期，饶雪漫叫板郭敬明的“最小说”，推出《最女生》；Hansey主编的《爱丽丝》推出升级版，吸引了安妮宝贝等当红作家加盟；张悦然把目光转向具有更广泛社会共鸣的话题，她主编的《鲤》系列丛书，每期围绕一个话题进行深度剖析，其敏锐的判断力和鲜明的文化立场，令人刮目相看。

一向语出惊人的韩寒也不甘寂寞，他以同名小说命名的杂志《独唱团》，也于今年初“开唱”。从在博客上刊登征稿启事，提出千字2000元的“巨额稿酬”，到千呼万唤始出来，却爆出因经费问题有可能胎死腹中的传闻。有关这本杂志书的动静总会引来各方关注，韩寒的时代来了？

希望有自己的文学阵地，做一些新质的文学的推动，是很正常的事 VS 80后表达封闭的“代际经验”，缺乏丰富的社会内容和人生经验

傅小平： 80后办杂志书的那些事儿，尽管被媒体、出版界炒得火热，学界却鲜有人发出自己的声音，这一冷一热的对比耐人寻味。作为一个评论家，你怎么看这种现象？这背后有什么深层的动因？

谢　泳： 不论从哪一方面看，青春写手独立办杂志，都是一件好事，应当鼓励。社会的生气，一般在青年人身上体现，这是规律。中年人有的是沉稳，而少的是热情。我很少读当代作家的作品，但对韩寒的行为还是比较关注，我对他的评价很高，因为他的判断符合常识，对中国当下真实现实的判断也是有眼光的，这很不容易。他对当代文坛的分析也非常有道理。社会要珍惜韩寒这类青年人的思考，要从他的思考中看出社会的真实。他是一个敢说真话的人。

至于他们办杂志有什么深层的动因，我还不清楚。当然，在中国现实中，办杂志不是一件简单的事，要理想和商业兼顾很难。但我看了韩寒的征稿启事，我判断其中体现了他深刻的社会关怀。他是先富起来的人，商业可能不是他的重心。

葛红兵： 80后作家办杂志是好现象。他们多数有比较完备的文学艺术知识、经验，也多数具有相当天赋，他们加盟杂志出版业，是出版业的好现象，可以给出版业带来新鲜血液。提高文艺刊物的编辑水准、组稿能力。它显示了这样几个方面情况的好转：一、纸面文学阅读的复兴，经过20世纪末纸面文学刊物的衰退，这种复兴值得肯定；二、中国当前出版状况的好转，政府鼓励文化产业发展，出版政策宽容了；三、作家和市场的结合找到了更加呵护文学内在要求的形式——中国现代文学史上

类似现象很多，鲁迅、施蛰存等都办过刊物。作家办刊，最有利于文学。茅盾就是一个例子。

洪治纲： 我不太清楚整个学界是否都不太关注这个现象，但我想，从事现代媒介和大众传播研究的学者们应该会关注他们。文学批评不太关注这种现象，一是因为他们所办的刊物并非单纯的文学刊物，其中的文学作品也并不是具有某种代表意义的作品；二是信息文化所带来的海量文本的困扰，使很多从事文学批评的人已经面临着极为艰难的选择和甄别，除了沿着自己既定的研究范围持续跟踪，很难有时间和精力对这些青春读物进行认真的阅读和思考。当然，有些从事80后写作研究的专家，可能会密切关注这一现象的。

白　烨： 青春文学杂志书目前在市场上长驱直入，而基本上不在文学批评的视野之内，这是一个很真实也很现实的问题。文学批评有自己的难处，现在的文学批评基本上以传统形态的为主，它所对应的也基本上是以主流作家为主体的传统型文学，像青春文学、网络文学等大都少有批评介入，并非主流的文学批评不为，而是现在的传统型批评家不能。

现在的文坛已逐渐演变为“一分为三”的新格局，即以严肃文学期刊为阵地的传统型文学，以图书出版营销为依托的市场化文学，以网络传媒和信息科技为平台的新媒体文学。批评与这种不断繁衍的文学和陡然放大的文坛相对而言，可以说是一个缩小了的批评，在面对一个放大了的文坛；一个相对传统的批评，在面对一个活跃不羁的文坛。

因此，我觉得基本上不要指望传统型的文学批评在评说这种新兴文学现象时发挥什么有力的，乃至是神奇的作用，只能是勉力而为，就其主要倾向发表一些来自传统角度的看法。那些真正内在的介入，切实而深刻的评说，要寄望于与这种写作现象属于同一时代的新的文学批评的出现。这就又属于另一个话题了。

夏　烈： 目前的80后作者纷纷创办自己的杂志书（MOOK），自然有其背后出版市场和出版商的利益在支撑和推动，但无可否认，希望有自己的文学阵地，利用自身资源获得更广泛的受众认可，做一些新质的文学的推动，是很正常的事。“五四”时各流派的新文学人物都是这样做的，并且更自由，今天不也成了我们缅怀的文学史的重要部分了吗？所以，面对此现象，从态度上，我们的宽容更重要；而从学术的立场上，我们精准有力的批评更重要。

大众媒体、大众出版和传统学界、评论界事实上有一道很大的鸿沟。这一方面来自其合理之处，那就是独立的学术和评论理当同热闹的炒作划开距离，以保证文学的标准和尊严；但另一方面，鸿沟无法跨越，有距离不意味着不发出声音，不关怀，不介入，一味的默然预示了某种失语、隔膜和偏见。这是当代学界和评论界的病相。

李建军：在我看来，这“一冷一热”其实很正常。首先，80后青春写手所表达的基本上都是封闭的“代际经验”，缺乏丰富的社会内容和人生经验，所以很难引发读者普遍的阅读共鸣。我曾经找了一些80后的作品来看，但是，发现读这类作品实在太单薄，甚至太粗糙，于是，只好放在一边，忙别的去了。

其次，由于媒体和市场的过度炒作，使一些80后产生了虚幻的自我感觉，于不自觉间表现出一种自得甚至傲慢自大的倾向（郭敬明在败诉之后赔钱，但拒绝道歉，就是这种傲慢和自大的表现），助长了他们身上原本就存在的反交流、反社会倾向，常常以一种非理性的方式回应别人的批评（韩寒对白烨的凶猛回应，就是典型的个案），这也使得很多批评家不愿去捅“马蜂窝”，引火烧身，自取其辱——这大概也是学界和评论界较少研究和批评他们的一个原因。

80后的刊物很难提供规约，可能导致青春期延长

VS

不用担心80后不成熟，“不成熟”也是一种风格

傅小平：这些杂志书，尽管千差万别，但有一个共同的特点：都是依靠主编的个人品牌吸引力，都打上了个人的深刻印记。在一些人看来，

80后这批明星作家在思想和心理上都没有真正成熟起来，而他们的思想观念和阅读趣味，将深深影响青少年读者。鉴于此，有人对这些杂志书在市场上的流行表示担忧。

洪治纲：首先，我不太认同“这些明星作家在思想和心理上都没有真正成熟起来”这一看法。他们大多都逼近30岁了，如果说心智尚不成熟，似乎有些武断。况且，从他们的所作所为来看，我的感受是：恰恰相反。他们是早熟的一代，也是有勇气有谋略的一代，只是他们成长于消费文化的背景之下，更看重现实利益与个人成功之间的关系，而不是像我们这一代人总是惦念着内心里那份形而上的理想。如果说他们通过自己的刊物阵地来影响下一代更年轻的读者，这也不值得担忧。这里面隐含了一种代沟文化，即“后喻文化”的作用。它表明，现在的年轻人越来越讨厌向长辈学习，却非常喜欢向同辈学习，尤其是同辈中的“成功”人士。

谢　泳：依靠个人声望办杂志，这是社会进步的表现，是好事，因为接近市场的选择。我们现在杂志多数是行政管理，杂志的好坏和主编的声望没有直接关系。作为一种过渡期的转型选择，现在依靠个人声望创办杂志，虽然在商业上有把握，但像韩寒这样有风格的作家，不会满足商业，他的杂志一定是有理想的。

夏　烈：由于我们传统的成人世界的话语权威对80后以及更多新兴文化内涵无法做出精准的判断，造成我们实际上无法介入和引导这样的现象。80后的MOOK只能承担80后今天的认知和趣味，并由于他们与这个时代最有力量的大众传媒、大众出版以及新技术平台（如网络）的天然结合能力，他们将很大程度上改造当代文化向度，影响青少年。一个提醒是，80后文学并不是洪水猛兽，究竟不能谈什么无可救药；另一个事实是，在这个传媒时代，明星效应和良好的运营几乎成了从海量信息里脱颖而出的必要条件。所以我们更该研究这个时代的政治经济和文化的关系，光盯着80后说事儿是避重就轻了。

徐则臣：一代人有一代人的文学，80后和更年轻的作家的确需要有能够充分表达自我和他们对这个世界的认识的阵地，这种表达无疑是有价值的。而且，文学需要多元，他们可以通过这个自由的平台尽量伸张和完善他们认可的、擅长的那一元和几元。再者，年轻的创作需要扶持，年轻作家之间的相互温暖和鼓励也十分重要。在这些意义上，我很赞同80后自己办杂志。

在赞同的前提下，也许也有一些忧虑。

既是相对自由表达的平台，就可能纵容和放任，尤其这种类似集团军作战的方式；但对文学来说，往往又需要自我的警醒和外在的规约。当一个年轻的写作者在写作之初的宣泄式情绪表达完成后，他需要及时地向真正的创造性的写作方向转移，写作往往会发生巨大的转向，从表达内容到修辞方式，需要一次“革命”：在一个相对成熟的、更加成人化的杂志的语境下写作。80后的刊物可能很难提供这样的警醒和规约，反而有可能导致青春期无限延长。

王晓渔：我不看好这些杂志书，但是也不看坏它们。因为对青少年读者的阅读趣味产生最为致命影响的，主要是教科书和教辅，不是这些杂志书。

葛红兵：刊物有很多种，以主编个人魅力来办同人刊物、圈子刊物，没有什么不好。《小说月报》《现代》《红玫瑰》多数是如此，《新青年》大体也是这个情况。每个刊物都有一个个人品牌，那么很多这样的个性刊物结合起来，就构成了繁荣。相反的策略，要求一本刊物适应所有读者，要求一本刊物适应所有“好文学”的要求，可能恰恰适得其反。

不用担心80后的不成熟，“不成熟”也是一种风格，人类就是在不断地走向成熟的过程中丰满起来的，今天的“不成熟”说不定就是未来的成熟，今天的成熟说不定就是未来淘汰的对象。万万不要用僵化的教条的框框去界定80后的成熟和不成熟。用一种“成熟”的眼光，去要求所有人“成熟”，有时候很可怕。

市场时代，用高稿酬吸引有理想的作者，也不是坏手段 VS 将巨额稿酬和催生思想联系在一起，可能是简单思维

傅小平： 相比其他青春写手的办刊理念，韩寒的诉求显得有些特别。一边是试图靠巨额稿酬来吸引眼球，引来关注；一边标举自己的杂志将追求常识、趣味和情怀，带有比较强烈的理想主义色彩。你觉得巨额稿酬果真能催生思想吗？如果照韩寒说的他不是拿巨额稿酬来炒作，我们又得怎样看待这种看似矛盾的现象？

葛红兵： 稿酬和理想没有矛盾。高稿酬也许对实现理想是有点儿帮助吧？总不能说，不给稿酬或者低稿酬更有利于理想吧？市场时代，用高稿酬吸引有理想的作者，也不是坏手段。让有理想的好作品得到比较高的稿酬，总是好事情。这样可以鼓励作者写有理想的作品。

谢　泳： 将巨额稿酬和催生思想联系在一起，可能是一个简单思维，其中的关系没有那样简单的。韩寒用稿酬的高标准来显示自己的理想，我个人愿意从尊重思想的角度理解和评价。青年人容易有狭隘的民族主义情绪，这与青春期的成长有关，因为知识、阅历和经验还不成熟，这种情绪在相当程度上是可以理解的，特别是对青年人。韩寒的长处是直觉很好，他明白我们这个社会处在何种时代，他比许多成年人还成熟。韩寒很真诚，我看不出他有什么矛盾的地方，他说真话。

洪治纲： 永远不要忽略韩寒的内在潜能。他是中国社会在90年代急速转型之下成长起来的、最具商业头脑和传播智慧的人物。很少有人能够像他那样充分利用各种现代媒介，非常完美地实施自己的计划和目标，包括一个小小的个人博客。我们还没有看到他所主编的这份刊物，自然也无法知道他的“比较强烈的理想主义色彩”是什么。

夏　烈：巨额稿费与思想催生没有直接的关系。每个人的价值关怀和人格不同，这种关系就不同。

韩寒这个人，对这个时代的窍妙是比较精通的，哪怕他做的 MOOK 最终确实支付了巨额稿费，但前期新闻的注意力效应显然通过这么一说是达到了。也就是说，说话做事制造新闻点，对他是轻而易举。但韩寒对这个时代的顺应毕竟有其叛逆做底子，他的某种理想主义或者反讽意识，构成了他人格和文格的独特魅力。吊诡的是，这种叛逆姿态在这个时代同样可以消费，人格和文格的独特同样转化成了商品的独特，韩寒多多少少是在利用这个消费规律。

而从事实和经验出发，我曾有一个概括，那就是这个时代做得最好的文化和文学活动，似乎都无法逃脱理想主义（一个理念）和商业策略的结合。比如“新概念”，比如“超女”。在我们这样一个时代，判断一个文化和文学活动的好坏，并不在于它背后该不该有盈利的诉求或者团队运营，而在于它前台的文化或者文学理想是否具有革命性和创造性，是否还是符合文学或者人文的本质意义的，然后观察其执行中是否商业利益僭越、篡改了理想。——这个时代规约了我们的生存方式，我们必须运用智慧构建新的常识。

王晓渔：我不认为千字千元或者两千元是巨额稿酬。在我看来，韩寒开出的稿酬标准一点也不与他所主张的常识矛盾。“巨额稿酬”未必能够催生思想，但是一个思想者应该获得与思想相对称的回报。同时，一个思想者应该有力量面对贫困，但只有在贬低精神价值的地方，会鼓励思想者贫困。

办杂志光赚钱不行，光有市场也不行，还得有能立得住脚的作品 VS 五四时代杂志关注公共问题，青春写手的杂志书只关注情感问题

傅小平：从韩寒说开去，有人将青春写手办杂志的现象拿来与五四时代的办刊做对比。他们认为：此种现象，与五四时代陈独秀、鲁迅等在当时社会上有一定影响力的青年，办《新青年》《新潮》《太平洋》等杂志，有异曲同工之妙。两者同是为宣传自己的思想理念搭建理想的平台，同是展示出了一种开放的公共姿态，同为追求个性自由和思想解放的一种表现。与当下前辈作家沉溺于个人创作相比更是一种进步，你觉得这种对比成立吗？这之间有什么本质的区别？

葛红兵：我觉得这种类比也是成立的。办刊物我看是一种有理想的举动，都是理想青年的作为。我看没有本质的区别。多数情况下我把韩寒看作是理想青年。我多种场合说过了，他是个有理想、有价值追求的青年。我很欣赏他。我看他们和五四青年没有什么区别。至少他们面对的保守力量的强大态势是一样的。

谢　泳：这种对比在气质上多少有点道理，但在事实上没有可比性，因为时代不同，政权形式也不同。

夏　烈：一个标准是，如果办的MOOK从内容起就是按照功利的书商思路在迎合市场利润，何谈跟五四的比较呢？但如果办的MOOK包含了自己的文学理想和价值追求，当然同五四办刊是可比的。青年人理应用自己的锐气和风格撬开陈陋腐朽的板块，激活文化潮流和文学革命，而判别的标志就是理想主义。

2002年，早期的《萌芽》书系做活动的时候，我记得新概念作者周嘉宁说，80后应该有自己的网站、自己的出版人、自己的杂志、自己的

作家和评论家，我当时就意识到如果时代环境合适，这样的观点实际上代表了80后新人的文学革命意识，我内心是欣赏的。所以，当她和张悦然后来在2008年办了《鲤》，我还是很乐意看到她们应有的作为。

遗憾的是，现在看来，80后自身的局限限制了他们的成就。他们与前几代人一样，被时代劫持而无法形成代际的超越性。他们那堆里至今没有鲁迅（韩寒是有鲁迅风的80后，值得期待），没有陈独秀，没有胡适，也没有周作人。格局不够，分化得也快。所以，拿他们跟五四比有点大小不称，也许他们为将来的格局起到了开先路的作用，只能算是些晚清近代的"小说界革命"者？

刘绪源：现在这些刊物，和当年五四时的情形是很不相同的。五四时的《新青年》，那是一本很激进的刊物，是有自己的思想和办刊宗旨的。此外如《新潮》等，那是几个北大学生办的刊物，也有思想和激情，但不是名人办刊。再以后的《语丝》《新月》等刊物，虽也是名人在编在写，但并不多从商业上考虑，市场情况也并不十分好。那时的商业性的刊物，是鸳鸯蝴蝶派的《礼拜六》之类。而真正带有商业化性质的、由五四后的新文学家编的刊物，是从20世纪30年代初的林语堂的《论语》开始的。可是林语堂毕竟是有文化抱负的大家，他要赚钱，但更想编一本第一流的好杂志，所以，他不断变换阵地，从编《论语》，到编《人间世》，再到编《宇宙风》，四年里换了三个刊物，此中情况相当复杂，有被动也有主动，但不可不承认，他在这中间不断否定自己，不断总结和实践，这三本刊物，一本比一本格局大，质量也一本比一本高。过去有很多人都说这些刊物一本不如一本，那是不符合实际情形的。今天这些编刊物的80后作家们（当然此中也有个别年纪较大的作家），有没有林语堂那样的造诣和抱负呢？我是比较怀疑的。

今天这些刊物，商业性的目的是很明显的。我至今看不出这几位作家个人独特的思想在哪里，要他们办出一本《新青年》，几乎是不可能的。办成《语丝》和《新月》，好像也无这种可能。现在的情形，无非是他们的书卖得比较好，而接下去再要靠一本一本的新书写出来，速度太慢，而市场瞬息万变，很可能到明后年已不是这个行情了，也不排斥有的作家已经缺乏写作的后劲了，如何最大限度地利用这些写手的市场影响呢？最好的办法，莫过于以他们的名义来办杂志，这样书（杂志）还是他们的书，写却可以不由他们自己（或不全由他们自己）来写，如能保持市场势头，书商无疑就能连续大赚，作者本人当然也可大赚。从这一点上看，这些刊物和当年的鸳蝴派杂志的距离，似要比与新文学家们的距离更近些。

我当然希望这些杂志都能成功，在现在文学刊物不景气的市场上，有一些年轻人自己编的刊物，造成某种市场效应，这应该是件喜人的事。但办杂志不同于办卷烟厂，光赚钱还不行，光占领市场也不行，还得有作品，尤其是能立得住脚的作品，这就是一个严峻的考验了。而且，据我所知，当编辑是很累人的，当主编尤其累人，这几位年轻作家是否真的有心做一个好编辑呢（林语堂就是一个真正的好编辑），还是只像某些早年成名的老干部或老作家那样只挂一个主编的名字？或者只参与极少的编务而听凭名字被书商利用，只需主编费到手即可？我个人以为，这也是一个考验。

王晓渔：两者貌合神离。现在不可能出现当年的《新青年》等杂志，虽然据说有同名杂志即将出现。本质区别在于，当年那些杂志关注的是公共问题，现在青春写手主办的杂志书基本不关注问题，或者说只关注情感问题。

李建军：这两者只有形式上的相似性。首先，鲁迅等人所处的，是一个真正意义上的“启蒙时代”，是一个真正意义上的充满青春活力的“创造的时代”，而80后所处的却是一个“非启蒙时代”，是一个平庸的、唯利是图的“拜金主义时代”，是一个沉闷的、老气横秋的“消费主义时代”。其次，五四一代的“个性自由和思想解放”具有极强的社会批判性和文化启蒙性，像鲁迅所说的那样“立意在反抗，指归在动作”，而80后的“个性”和“自由”里面似乎并不具有这样的文化自觉和文化抱负——他们的眼光超出自己的脚下三尺远的时候，实在并不多。

洪治纲：这种对比完全没有意义。五四时期的刊物都带着明确的启蒙（或反启蒙，如《学衡》）的目标和使命，从来就没有考虑过市场占有率，其中的撰稿人也没有考虑所谓的稿费标准。也就是说，五四时期的刊物只是作为启蒙运动的一种传播手段和方式，并不具备市场上的经济价值，而且那时候的鲁迅还并没有多少社会影响力。但现在的青春写手办刊物，似乎看不出有多少思想启蒙的意味，而是更多地突出了市场化的经济行为。我的感觉是，这些主编其实只是一个个具有商业潜力的符号，支持他们办刊的出版商才是真正的利益集团。

青春文学市场显得单一，
缺乏多样性和理想主义的坚持
VS
商业炒作把部分80后
写作变成了类型或准类型文学

傅小平：就像刚洪治纲所提到的，如果我们细加考究，就会看到这些杂志书的背后，毫无例外都有书商、图书公司、知名出版社在做幕后推手。从传统意义上看，我们都说出版社对图书市场起到一个积极的引导作用。现在似乎有了很大的改变。事实上，正是各方面形成的一股合力，让青春文学杂志书，在社会上大行其道。该如何看待这种出版功能的转换？

谢　泳：我对书商介入出版，从来都是正面评价，他们是真正的出版人，有商业，但也有理想。书商对中国出版变革的推动和促进，将来的中国出版史应当有正确的评价，没有他们的努力，中国的出版业不会达到今天这样的局面，比如十年前贺雄飞“草原部落”的系列出版物，确实对社会的阅读，尤其是大学生的阅读起了积极作用。韩寒的时代正在到来。

洪治纲：明星效应加资本输出，使其进入文化消费的生产链中，最

后获得更大的经济效益，完成丰盛的利润分享。这就是你所说的这一现象。

葛红兵：作家毕竟是书生，哪里真有什么经营能力？他们最多就是编好稿子而已。如果有好的经营人才、公司愿意襄助他们，是好事情。万万不要有市场恐惧症，好像东西一到市场上就会变坏，一畅销就会变坏。我看用各种手段压制、操控市场那才更坏。至少我们要相信读者：多数读者是有鉴赏力的，他们愿意花钱的时候，多数不傻，表明他们选出了好东西。我们常常相信质量好的东西才会获得消费者的青睐，为什么碰到书籍、文学，我们就不相信这条原则了呢？

夏 烈：今天不仅在中国，甚至全世界的出版人，都是有点尴尬的角色，他们越来越多地要考虑商业包装、炒作、营销、利润，所以他们的功能就从传统强调的积极引领文化，变成投合大众趣味的文化产品制造者了。在中国，青春文学市场确实显得单一，缺乏多样性和理想主义的坚持。活跃在这个领域的出版人像路金波、沈浩波等，以及相关出版社如长江文艺、世纪文景、21世纪、作家社等，就素养和能量来讲，绝对是很文学的阵容，但在青春文学的培养和塑造上，迎合得多，引导得少。这在一个角度讲，也是成人世界精神溃败的征兆，我们不管自己是怎么活的，但很显然对下一代人的文化生活比较没想法，也比较没办法。

徐则臣：刊物背后市场的推手防不胜防。市场是个好东西，市场也可能是个坏东西，在过去的几年里，成功的商业炒作其实已经把部分80后写作变成了类型或者准类型文学。类型文学有足够的存在理由，但通过某种方式使得该写作变成一个庞大的集体行为，就有问题了，既破坏了文学多元的生态，也耽误了一批很有才华的年轻作家。如果80后自办的刊物比通常的文学刊物更直接、更全面地替市场考虑、为市场负责时，那么这个担忧就需要提请大家关注了。

偶像崇拜式的阅读，会使青少年读者在视野上、情趣上趋向狭隘 VS 通过阅读青春读物获得“族群归属”的满足，从长远看，弊大于利

傅小平： 当下，这些杂志书在青少年读者中间非常流行，从某种意义上甚至可以说，已经垄断了青少年图书市场。这些读物、杂志书都存在着内容雷同、看似丰富其实单一、多是青春伤怀、“快餐”特征明显、缺乏思想内涵等特点。有些人担忧这种浅阅读，从长远看会对青少年成长带来很不利的影响，而且可能造成民族文化的断裂和严重缺失。面对这种现状，有何可行性建议？

夏　烈： 实际上，今天的 MOOK 主要有两种类型和格调，一种是青春独白、青春絮语式的感伤文本，一种是以类型小说为主的“新故事会”。自恋和娱乐功能是这些杂志书的主要特征。韩寒做的杂志或者那个打着《新青年》旗号的 MOOK 是否会开辟更多的杂文和思想型文本，有待观察。

浅阅读确实已经影响到青少年思考人生与生命意义的深度和广度。虽然清浅的阅读同样作为基本需要，不必被抛弃。但我不赞成把“民族文化的断裂和严重缺失”怪罪在这样的青春文学 MOOK 上，我们很清楚，目前的民族文化断裂和严重缺失与新中国成立后的“文革”有关，与我们今天还活着的几代人在适应国家社会高速变革中生成的功利和心智的无力有关。当下社会说到底还是我们几代人共同在建设的，80后在其中的实际权力远没有此前的年长者多，所以问题出在哪儿不可以倒置因果吧。

一个建议是，我们前面的人必须踏实地梳理自身的历史经验，与80后、90后积极智慧地沟通；另一个建议是，我们应该介入青春文学、网络文学等崭新文学和文化版块的内容建构和价值建构中去，我们也可以

搞点有意思的MOOK，我们更可以做及时的批评和争鸣。还有，必须意识到80后、90后中个体的差异性和丰富性，看到他们当中同样有热爱中西经典阅读、熟悉古典诗词和历史、语言能力和文学创造力高于过去几代人的群落，所以还有很大的空间等待着我们与他们携手。

洪治纲：除了偶然翻阅过几册《最小说》和《鲤》，我没有看过更多的此类刊物，所以我不敢肯定它们是不是一种快餐读物。不过，如果从当今的中国网络文学的情形来看，浅阅读的存在完全有可能。譬如在“起点中文网”里，人气最高的，基本上是武侠、玄幻、青春、言情等几类，但是，该网站每天拥有200多万的付费用户，超过800万独立用户的访问。要知道，这个数量是新浪读书频道的四倍。

所以，这些青春写手所办的刊物在内容上存在着雷同，或者是一种模式化的浅阅读产品，并不值得奇怪。至于从长远的角度来，这些读物会对青少年产生何种不良的影响，我倒觉得没必要太在意。因为我们还有一套相对完整的学校教育体系，而且一个人的成长因素十分复杂，不是几份刊物就可以起决定作用的。另外，中国的公开出版物也有一整套相关的思想要求，如果不断地倡导一些低俗或不健康的思想，我想他们也没有办法让刊物长久地生存。

谢　泳：我很少读青春读物，我女儿读的时候，我有时候拿起来翻翻。文字还是很有风格，至于思想我不好判断，因为我不愿意用成年人的眼光去判断青春期成长中的问题，至少不能下简单的结论。很难说这就是浅阅读，我们成长的时候，没有书读，拿到带字的东西就看，那个时候带字的东西，也不见得就是什么高级的读物，恐怕多数是相反，但从那个时候过来的人，他们的思想如何变化，如何形成，也不能简单判断。今天可读的书相当丰富，到了一定的时候，年轻人自会判断。现在喜欢四书五经的年轻人也非常多，社会的责任是把大门开得再大一点，再自由一点，再真实一点。

葛红兵：每个人的阅读都会有年龄的痕迹，某个年龄段喜欢某种作品，这是正常的。《少年维特之烦恼》也是青春文学。没有关系。如果所有人，青年人也天天读《论语》《孟子》，那倒是更让我担忧一点。民族的文化传承不用担忧，一是只要我们这个民族存在，文化就断不了，数千年断不了，经历战火和异族统治，都断不了，现在更断不了。年轻人多一点儿青春气息，多一点儿简单，多一点儿浪漫、感伤，不会影响一个民族。

王晓渔： 对于一个成熟的读者来说，开卷有益；对于青少年读者来说，尽信书不如无书。2009年广东高考作文题目是《常识》，青少年需要阅读的未必是经典，但一定要有常识。解铃还须系铃人，目前缺乏常识的不仅是青少年，还有成人。所以如果要反思，成人先别把板子打到青少年身上，先自我反思是否拥有常识。当然，这个常识指的是公民常识。

白　烨： 属于青春文学杂志书的，我看到的有郭敬明的《最小说》、饶雪漫的《最女生》、张悦然的《鲤》，别的还没有看到。就我读到的这几种来看，我觉得是编者与出版者在利用郭敬明、饶雪漫和张悦然的个人名声和人脉影响，在延续一种文学的写作与交流。他们几位作者在青春文学的读者与市场中，已是一种品牌的象征。他们分别拥有既大量又稳定的读者群，这些读者已不同于一般读者，在一定程度上与他们热爱的作者构成了一种“偶像”与“粉丝”的关系。

对于这些“粉丝”来说，寻求经常性与连续性的交往，已是他们日常文化生活的一部分。而现在，除了可以看他们的小说，还可以再看由他们主编的刊物，这会形成一个写作与阅读、沟通与交流的链条，这对于这些青春文学名家作者保持和延宕自己的广泛影响很有用处。当然，在这背后，也是文学与商业两种因素相互借力的一个结果。

要说负面影响，可能这会使青春文学从“写”到“读”，进而分众，分化，并走向一种“圈子化”。之后还可能会在相互竞争之中，出现相互挤压、相互轻视等现象，这样的苗头似乎已经在出现。至于青少年读者，现在这种类乎偶像崇拜式的阅读，可能会使他们在视野上、情趣上走向单一与狭隘。这种现状从目前来看，还是刚刚起势，还需要看看再说，没有到必须加以改变的程度。

刘绪源：我在去年曾写过一篇《杨红樱现象：商业童书与批评标准》，指出在童书界，大量商业性质的书占据了当今的市场，这已是不可逆转的潮流，它们的存在是正常的，不必大惊小怪；问题是我们必须认清它们的性质，不要以为这就是主流文化，更不要以为这就是儿童文学的方向。我想，这一原理，在成人文学界，在整个出版界，都是共通的。

关键是，我们要想一想，如何更好地发展商业图书之外的、真正的文学书籍——这些书的印量不会太大，就像当年的《语丝》和《新月》，但它们代表一个时代真正的文学水平，它们的价值长存。在人们热衷于讨论几位80后畅销作家的商业性刊物时，我以为，批评界的注意力不放在这里，而更放在怎么提高纯文学的创作上，这是十分正确而明智的选择。

李建军：快餐特征明显、缺乏思想内涵等的确是80后青春读物的鲜明特点。青少年读者也许真的可以通过这些作品里满足某种“族群归属”，找到心理释放的通道，但是，这样的满足具有虚假的象征性和暂时性，从长远来看，是弊大于利的。只有第一流的作品，才能带来真正意义上的文化体验，才能给读者的内心生活带来持久而积极的影响，所以，我建议那些处于青春期的读者，在浏览青春读物的同时，一定要经常、深入地阅读那些历千百年而不朽的经典作品——读这样的作品，是会受益无穷的。

现在要反思的不是读物问题，

而是信息时代的文化伦理问题

VS

不能把青春读物和经典对立起来。

青春读物也常会变成经典

傅小平：一个毋庸置疑的事实是，相比青春文学读物，特别是杂志书在青少年读者当中的广为流行，严肃文学、严肃文化读物在他们的阅读中是严重缺席的。有人面对这种现状无奈地感叹道：不管青少年读的是什么，经典也罢，青春读物也罢，看书总比不看书强。换个说法，正因为严肃文学的缺席，才让青春文学读物在青少年读者中占领了巨大的市场份额。从这个角度看，你觉得读书界存在哪些问题，需要做何种反思？

谢　泳：读书自由，求知可爱。现在没有什么缺席不缺席的问题，读物基本是极大丰富，网络如此发达。我们的问题不在这里，我们的问题还是如何对普世文明保持内心的敬意。

洪治纲：什么是严肃读物？这是一个很难说清的标准。在我们所希望的读物和青少年自愿索取的读物之间，还存在着一种遥不可及的鸿沟，这也是一个非常突出的现实。更重要的是，现在是一个信息时代，按波兹曼的说法，随着多媒体、互联网等现代媒介的出现，世界正在成为“一个娱乐之城，在这里，一切公众话语都日渐以娱乐的方式出现，并成为一种文化精神。我们的政治、宗教、新闻、体育、教育和商业都心甘情愿地成为娱乐的附庸，毫无怨言，甚至无声无息，其结果是我们成了一个娱乐至死的物种”。

在这种背景下，人们都在充分享受各种具有高智能化技术成果的同时，越来越依赖这些技术成果，越来越成为一个个“单向度的人”，甚至成为一种精神慵懒、思维平面、感官放纵的动物。连成人的生存都是如此，还指望或要求青少年什么？所以，我们现在要反思的不是读物问题，也不是读书界的问题，而是我们的文化伦理问题，尤其是信息时代的文化伦理问题。

夏　烈：严肃读物不是面目可憎的代名词吧。如果是，那我宁可拒绝严肃读物。好的书，好的文学确实是体贴人心的，阅读快感和精神愉悦的统一是大多数读者包括专业读者都希望的结果。所以，我理解的严肃文学、严肃文化读物是更有修养和特点的书籍，他们的作者往往在语言上、人性的探索和关怀上、结构和故事的安排上、知识性和德性的承担上比庸俗的读物更有追求和更加自律。但美丽的感伤和不错的可读性其实与这些追求不相违背，它们是小说、文学乃至文化读物很好的调料，是食物的本意之一。

读书界或者相关的学界、评论界在我看来太严肃了，严肃得自限门户，严肃到保守的程度。跟真实的趣味不通真气的精神修炼，可能是伪精神。也因为我们太严肃，所以当涉及年轻人时，我们习惯不说话，或者说瞎话，或者说话说不过80后、90后，这恐怕不是好事。我觉得我们一方面不会“玩”(所以不讨年轻人的喜欢)，另一方面不会引导(不能向他们成功地说明我们手中的经典的好处，以及一些基本的敬和爱的必须)，所以我们对80后纷纷举旗做杂志书会那么警惕和议论纷纭。我们本该有资格拍拍他们的肩膀，微笑着跟他们说，好好玩，我们当年也玩过的。

葛红兵：不能把青春读物和经典对立起来。经典是让我们学会如何面对永恒的。而时代读物是让我们学会看同龄人如何思考生活，让我们直接面对时代问题的。他们不经典，不永恒，但是对我们这些短暂者，是有用的。青春读物常常也会变成经典。

一个只会读经典的民族，恐怕也很难有出息。我们有数千年封建史，那是真的人人都只读经典，连读个《西厢记》都要偷偷摸摸的？我看有时候，青春文学恰恰是创造力的代名词。

后　记

我曾想，要不要把这十二年话题，汇成一本集子。因为构成这本集子的作者是“我们”，而不只是我。我只是构成这整个大陆的一小片地方。

如是应了宁肯先生的溢美之词，我扮演着“思考者、提问者、对话者”的角色，在书里唱主角的是作为对话者的“我们”。需要明确的是，这里的“我们”，并不指一个面目暧昧的群体，而是一个由百余位有着独立思想和见地的“我”汇合而成的，有着丰富而隽永的意涵的称谓。

从这个意义上讲，这本“我们”的书，归根到底是“我”的书。借帕斯卡尔的名言“人是一支有思想的芦苇”。一百多枝芦苇以各自独立而又相互联结的姿态，融汇在大江大海里，至少让单独的“我”不是那么孤单，这是我乐于见到的。

十二年跋涉不寻常。是一个个受访对象和我共同的行走，走成了一条着实有些不寻常的路。每一次采访，都给我留下了清晰的记忆，足以让我写成一篇或长或短的文字。我无意于去渲染完成它的诸多不易，只想对他们道一声谢谢。

这些话题中有近半数首发于《文学报》“新批评”栏目，感谢编辑部同人的支持。其余话题则先后以完整或节选的方式刊发于《江南》《南方文坛》《芳草》等杂志。感谢袁敏、刘健、张燕玲、刘醒龙老师的帮忙，还有很多熟识的、不熟识的朋友的支持，让我在一个并不是那么温暖的时代，感受到真实的友谊。

感谢广西师范大学出版社再次出版我的对话集。感谢黎金飞，借助于他的慧眼，这部书稿得以在历经波折后有了理想的归宿。感谢梁文春、王小敏，这部书稿所具有的庞大的体量，还有较强的思辨性，意味着她们接手的并不是一个轻松的活儿。她们以极大的热情认真校阅，让它以最好的方式呈现，于我而言，甚感欣慰。

犹记得多年前听过一句话，如果我们真的爱这个世界，我们其实不是爱它本身，而是爱对它的叙述。实际上，我们也很可能不只是爱对这个世界的叙述，还爱对它的思考与言说。由此想到，如果我们爱文学，我们或许不只是爱文学叙述，也爱有关文学的思考与言说。这本书至少提供了这样爱的可能。希望读者能从中有所启发与收获，也希望读者能通过广泛的阅读与思考爱文学，爱这个世界。